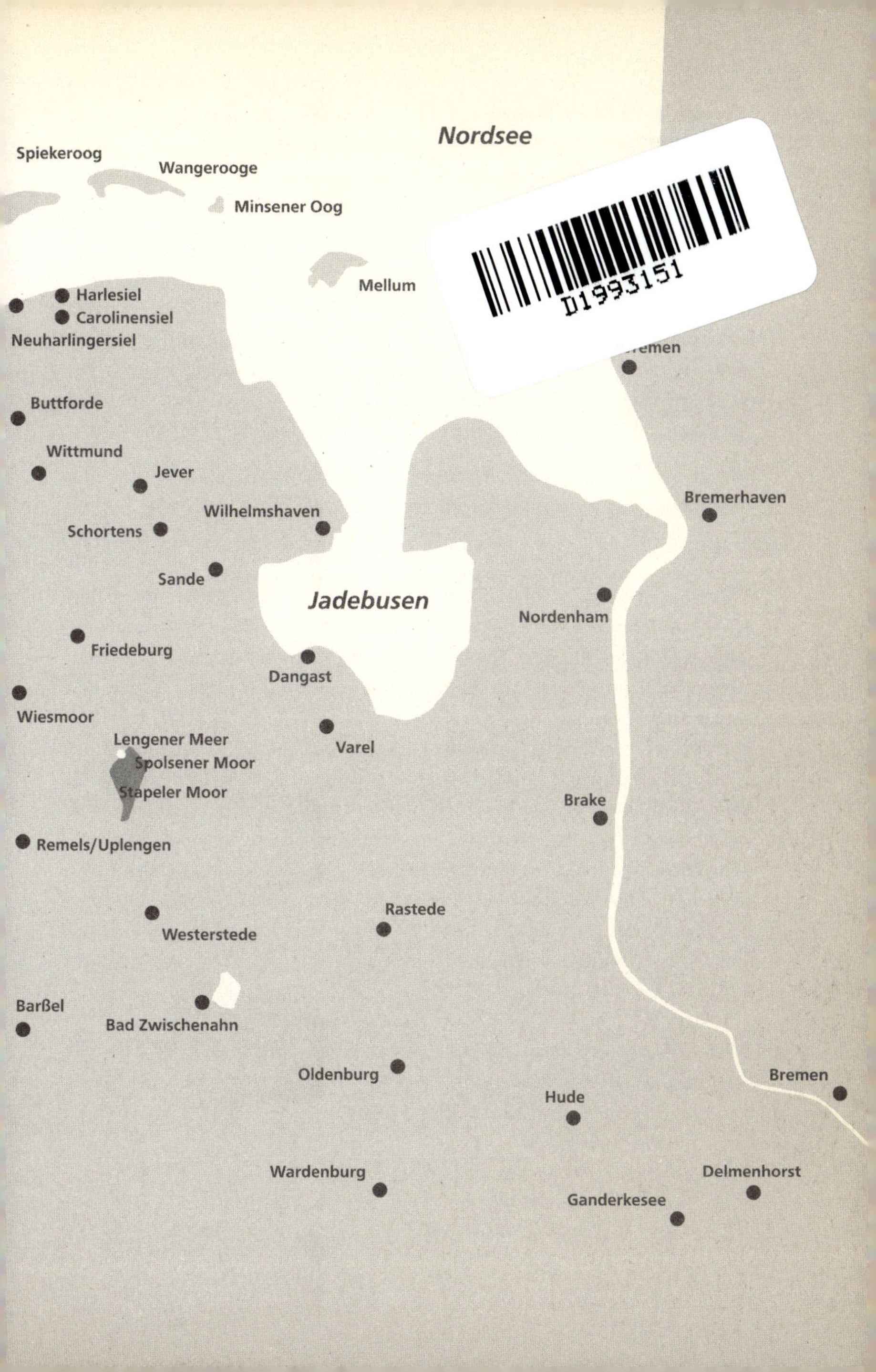
Nordsee
Spiekeroog
Wangerooge
Minsener Oog
Mellum
Harlesiel
Carolinensiel
Neuharlingersiel
Buttforde
Wittmund
Jever
Wilhelmshaven
Schortens
Sande
Jadebusen
Friedeburg
Dangast
Wiesmoor
Lengener Meer
Spolsener Moor
Stapeler Moor
Varel
Remels/Uplengen
Westerstede
Rastede
Barßel
Bad Zwischenahn
Oldenburg
Wardenburg
Bremerhaven
Nordenham
Brake
Hude
Bremen
Delmenhorst
Ganderkesee

Die NATURGEWALTEN in OSTFRIESLAND kann sie nicht besiegen. Doch wenn Hauptkommissarin ANN KATHRIN KLAASEN vor Wut schäumt, ist höchste Vorsicht geboten.

In Leer wird eine junge Frau tot aus einem Weiher gefischt. Erste Spuren führen Ann Kathrin Klaasen zum Freund der Toten. Doch merkwürdig: In der Wohnung des Mannes gibt es keinen einzigen Hinweis auf dessen Identität. Könnte es sein, dass hier einer im Verborgenen lebt und agiert? Als Ann Kathrin ihre Recherchen aufnimmt, ahnt sie nicht, in welches Wespennest sie sticht. Die Aufklärung könnte sie nicht nur ihre Existenz, sondern auch ihr Leben kosten. Das Schicksal einer ganzen Region hängt nur noch an einem seidenen Faden.

»Er ist nah dran an seinen Figuren, blickt dorthin, wo es weh tut, und lässt uns in die Abgründe der menschlichen Seele blicken.«

Hamburger Abendblatt, Rebecca Kresse

Klaus-Peter Wolf, 1954 in Gelsenkirchen geboren, lebt als freier Schriftsteller in der ostfriesischen Stadt Norden, im gleichen Viertel wie seine Kommissarin Ann Kathrin Klaasen. Wie sie ist er nach langen Jahren im Ruhrgebiet, im Westerwald und in Köln an die Küste gezogen und Wahl-Ostfriese geworden. Seine Bücher und Filme wurden mit zahlreichen Preisen ausgezeichnet. Bislang sind seine Bücher in 24 Sprachen übersetzt und über neun Millionen Mal verkauft worden. Mehr als 60 seiner Drehbücher wurden verfilmt, darunter viele für »Tatort« und »Polizeiruf 110«. Sein Roman »Ostfriesensünde« wurde von den Lesern der ›Krimi-Couch‹ zum »Besten Kriminalroman des Jahres 2010« gewählt. »Ostfriesenangst« und »Ostfriesenmoor« standen wochenlang unter den TOP TEN auf der Spiegel-Bestsellerliste, dem achten Band, »Ostfriesenfeuer«, gelang auf Anhieb der Sprung auf Platz 1.

Weitere Informationen auch zu E-Book-Ausgaben, finden Sie bei www.fischerverlage.de
Besuchen Sie auch die Website des Autors:
www.klauspeterwolf.de
www.ostfrieslandkrimis.de

KLAUS-PETER WOLF

Ostfriesen WUT

Kriminalroman

FISCHER Taschenbuch

Dies ist ein Roman. Ich habe in einer real existierenden Kulisse eine von mir frei erfundene Handlung angesiedelt. Alle Dialoge und Aktionen von Personen sind meiner Phantasie entsprungen und haben in Wirklichkeit nie stattgefunden ...

Klaus-Peter Wolf

2. Auflage: März 2015

Erschienen bei FISCHER Taschenbuch
Frankfurt am Main, März 2015

Satz: Dörlemann Satz, Lemförde
Druck und Bindung: CPI books GmbH, Leck
Printed in Germany
ISBN 978-3-596-19726-2

»Es ist besser, die Deiche zu erhöhen, als auf die Vernunft der Sturmflut zu hoffen.«

Ubbo Heide, ehemaliger Chef der ostfriesischen Kriminalpolizei

»Ann Kathrin leidet nicht an Wirklichkeitsverlust. Sie genießt ihn.«

Hauptkommissar Rupert, Kripo Aurich

»Sage keiner, man könne von Pflanzen nichts lernen! Ich finde zum Beispiel Gänseblümchen toll! Sie werden oft achtlos plattgetreten, aber danach richten sie sich einfach in voller Schönheit wieder auf …«

Ann Kathrin Klaasen, Hauptkommissarin Kripo Aurich

Ann Kathrin Klaasen liebte diese Novembertage am Meer, wenn kaum Menschen an der Küste waren und der Wind blies, als hätte er vor, die Deiche weiter nach hinten ins Festland zu verschieben. Selbst die Möwen hatten Mühe, sich gegen die Böen zu behaupten. Und dann riss plötzlich der graue Himmel auf, und die Sonnenstrahlen suchten das Land nach freundlichen Gesichtern ab.

Ann Kathrin spürte die Wärme wie ein Streicheln auf der windkalten Haut. Sie hörte das Flattern ihrer Haare und war glücklich, jetzt hier sein zu können.

Wenn sie geahnt hätte, dass der Mörder ihres Vaters gerade eine Flasche Champagner aus dem Kühlschrank fischte, um mit einer süßen Blondine anzustoßen, die gut und gerne seine Tochter hätte sein können, wäre sie bestimmt nicht in Greetsiel zum Captains Dinner am Sielgatt gegangen, um sich mit einer Erbsensuppe zu stärken. Sie hätte Himmel und Hölle in Bewegung gesetzt, um ihn wieder hinter Gitter zu bringen. Aber noch hatte sie keine Ahnung.

Sie schaffte nicht mal die Hälfte der Suppe. Sie dachte darüber nach, heute Abend ein Geschenk für Ubbo Heide mitzubringen. Nein, kein Marzipan. Das würden wohl die meisten besorgen. Sie ging jede Wette ein, dass es heute Abend vom Marzipan-Seehund bis zum Marzipan-Polizeiauto alles geben würde, was nur aus Marzipan herstellbar war.

Sie hatte beim Ausräumen von Ubbo Heides Büro geholfen und dabei vier Buddelschiffe gefunden. Allerdings sehr kleine

Fläschchen, mit Dreimastern. Ob er heimlich so etwas sammelte?, fragte sie sich und beschloss, in der Alten Müllerei nachzusehen, ob es dort originelle Buddelschiffe zu kaufen gab.

Als Ann Kathrin mit ihrem Geschenk für Ubbo auf dem Beifahrersitz nach Leer fuhr, klingelte es beim Mörder ihres Vaters. Er nannte sich inzwischen Wolfgang Steinhausen.

Doktor Wolfgang Steinhausen!

Seine neuen Papiere sahen verdammt echt aus, was man von den Brüsten seiner neuen Freundin nicht sagen konnte. Er hatte die OP zwar bezahlt, durfte die Prachtexemplare aber noch nicht berühren, sondern nur bestaunen, weil die Haut darüber noch zu sehr spannte.

Die Champagnerflasche stand jetzt neben dem Wasserbett, auf dem sie gerade gemeinsam erstaunliche gymnastische Übungen hinter sich gebracht hatten.

Steinhausen schlüpfte in seinen Bademantel und ging zur Tür.

»Och, nö, Wolfi!«, schmollte sie. »Jetzt bitte nicht! Wimmel den doch ab!«

»Es dauert nicht lange«, sagte er, aber so, wie er aussah, klangen seine Worte wenig glaubwürdig für sie.

Auf dem Weg zur Tür steckte er sich eine Schusswaffe ein. Eine Marotte von ihm, über die sie inzwischen nur noch grinste. Er war wohl vor zig Jahren mal in seinem eigenen Haus überfallen worden. Seitdem öffnete er die Tür immer mit seiner Beretta in der Tasche. Er trug die Waffe auch, wenn sie mal ausgingen, was selten genug vorkam.

Am Anfang hatte sie geglaubt, er wolle damit vor ihr angeben. Inzwischen wusste sie, dass er sich echt bedroht fühlte.

Ann Kathrin blieb nichts anderes übrig, als den Wagen im Parkverbot abzustellen, so viele Menschen waren zur Eröffnung der Krimitage zum Kulturspeicher gekommen. Der Schriftsteller Peter Gerdes begrüßte die Gäste schon an der Tür und stellte humorig fest, dass: »Ihnen, liebe Gäste, heute hier wohl kaum etwas Böses geschehen wird, denn so viele Polizisten wie jetzt sind selten im Kulturspeicher zugegen. Hier hat sich die Speerspitze der ostfriesischen Kriminalpolizei versammelt.«

Und tatsächlich waren alle gekommen, um Ubbo Heide, den ehemaligen Chef der ostfriesischen Polizei, bei seiner ersten Krimilesung zu sehen: in der ersten Reihe Frank Weller. Neben ihm Ann Kathrin Klaasen und Sylvia Hoppe. Holger Bloem vom Ostfriesland-Magazin fotografierte den sichtlich nervösen Ubbo Heide, der im Rollstuhl saß, links neben sich eine Leselampe, die warmes Licht spendete, und einen kleinen Tisch mit einem Wasserglas. Rechts neben ihm war ein Standmikrophon aufgebaut worden, was allein schon ausreichte, um Ubbo zu ständigem Räuspern zu motivieren.

Seine Tochter Insa schob ihm ein Hustenbonbon in den Mund. Das war lieb gemeint, doch Ubbo hasste den Geschmack. Aber weil er seine Tochter liebte und nicht kränken wollte, lutschte er es.

Sie versicherte ihm, er könne gerne noch mehr haben, sie hätte genug davon dabei. Er lächelte dankbar.

Rupert glaubte, dass es kaum etwas Langweiligeres als Lesungen geben könnte: »Wieso liest der uns was vor, und wir kommen alle und sollen lauschen? Denkt der, wir könnten nicht selber lesen?«

Aber seine Ehefrau Beate fand die Idee, zu einer Krimipremiere zu gehen, großartig. Und jetzt waren sie beide da, was Rupert eigentlich auch schon wieder blöd fand, denn im Kulturspeicher sah er ein paar Frauen, die zu der Sorte zählten, die er gern als »scharfe Schnitten« bezeichnete, obwohl Frauen, die gerne ihre Nasen in Bücher steckten, ihm prinzipiell nicht gefielen. Die belesenen machten meist mehr Probleme als Spaß, wollten immer alles hinterfragen und diskutieren. Das ging ihm auf den Keks. Trotzdem waren da mindestens zwei, na, eigentlich drei, im Grunde, wenn er genau hinsah, sogar vier, die er am liebsten noch heute Nacht vernascht hätte.

Er hatte beim Baumtest versagt. Das Ergebnis machte ihn so sauer, dass er noch gar nicht darüber sprechen konnte. Polizeioberrätin Diekmann, die dusselige Kuh, hatte darauf bestanden, dass dieser Test zur Optimierung der Leistungsfähigkeit der Polizeikräfte, mit dem in Köln bereits so erfolgreich gearbeitet wurde, jetzt auch in Ostfriesland angewendet werden müsste.

Dieser Auswertungsbrief war eine einzige Beleidigung, fand Rupert.

Und da kam sie auch schon: Polizeioberrätin Diekmann. Ihr gekünsteltes, falsches Grinsen war kamera-, aber nicht gesellschaftstauglich. Ihre schrille Lache hatte etwas Nervtötendes an sich, wie Fingernägelkratzen auf einer Schiefertafel oder abgefahrene Bremsen, wenn Metall auf Metall knirschte.

Ann Kathrin Klaasen sah sich um. Hinter ihr saß der Literaturkritiker Lars Schafft. Er winkte einer Clique von Krimiautoren zu. Manfred C. Schmidt, Micha Krämer und Christiane Franke standen bei Peter Gerdes, der noch mal seinen Spickzettel durchging, weil er Gäste begrüßen musste und keinen vergessen wollte.

Ubbo Heide blätterte in seinem ersten Buch. Plötzlich war er unsicher, ob er wirklich die richtigen Stellen zum Vorlesen ausgesucht hatte. Überhaupt – vielleicht war auch der Titel des Buches falsch gewählt: *Meine ungelösten Fälle.*

Sie konnten stolz sein auf ihre Aufklärungsquote in Ostfriesland. Sie lag weit über dem Bundesdurchschnitt, aber es gab auch ein paar Verbrechen, die waren im Laufe seiner Dienstzeit ein Rätsel geblieben. Ungelöst. Ungesühnt. Diese Taten ließen ihm keine Ruhe, deshalb hatte er das Buch geschrieben. Ein Rückblick auf die Niederlagen.

Er musste über sich selbst grinsen. Andere stellten am Ende ihrer Laufbahn alle Erfolge groß heraus, aber das war nicht sein Ding. Er wollte den Staffelstab an die nächsten Läufer weiterreichen. Vielleicht würde es eines Tages neue Ermittlungsmethoden geben, mit deren Hilfe auch die Täter überführt werden konnten, die ihm noch entwischt waren.

Er hustete. Sein Hals kratzte. Dieses grässliche Bonbon klebte am Gaumen fest. Er zerkrachte es jetzt mit den Zähnen und spülte es mit einem Schluck Wasser runter.

Es war verdammt voll hier im Kulturspeicher, und ihm wurde heiß und kalt, wenn er daran dachte, dass er gleich siebzig, vielleicht neunzig Minuten lang vorlesen sollte. Mit Betonung, wie seine Frau Carola verlangt hatte. Sie konnte die Stellen inzwischen auswendig, so oft hatte er mit ihr geprobt.

Carola Heide hatte Ubbos Lieblingsband, *Die fabelhaften 3*, engagiert. Sie sollten zum Auftakt für Ubbo spielen. Eigentlich war es eine norddeutsche Studioband, aber mit viel Überredungskunst war es Carola gelungen, die drei für Ubbo auf die Bühne zu holen.

Im Krankenhaus hatte er ständig ihre CDs gehört, und er behauptete, sie hätten ihm die Lebensfreude zurückgebracht. Jetzt eröffneten die drei den Abend mit seinem Lieblingslied: *Die süßesten Früchte fressen nur die großen Tiere*. Und Ubbo, das alte Schlachtschiff der ostfriesischen Polizei, hatte tatsächlich Tränen in den Augen.

Eske Tammena hieß wie ihre ostfriesische Großmutter, was sie selbst spießig fand. Es klang ein bisschen wie der Name einer neugezüchteten Rose oder einer Tiefseefischart, die längst ausgestorben war, deshalb nannte sie sich lieber Eschi.

Jetzt kniete sie auf dem Wasserbett und hörte, wie Wolfgang, den sie herzig »Wolfi« nannte, sich fürchterlich mit dem Besucher stritt. Es war so laut und heftig, dass sie den Glauben daran verlor, ihr Liebesspiel könne gleich weitergehen. Auch den netten Abend zu zweit vor dem Kamin konnte sie endgültig vergessen.

Sie zog sich an. Die knatschenge schwarze Jeans und die pistazienfarbene Strickjacke mit pinkfarbenem Satinband. Dazu die immer noch nicht richtig eingelaufenen hochhackigen Schuhe.

Sie war gekränkt. Warum schickte Wolfi den lästigen Typen nicht einfach weg? Sie sahen sich nur einmal pro Woche, da konnte er doch wohl mal seine Geschäfte Geschäfte sein lassen. Sie hatte sich schließlich auch eine Babysitterin für den Abend genommen, um frei für ihren Wolfi zu sein. Auf keinen Fall wollte sie sich diesen Abend verderben lassen.

Sie hatte ohnehin vorgehabt, zur Eröffnung der Krimitage in den Kulturspeicher zu gehen. Sie hatte zwei von den begehrten Karten besorgt, und er hatte nur angewidert geguckt, als sei so eine Lesung das Allerletzte. Jetzt würde sie eben alleine hingehen. Es war nicht weit, und sie wollte ihm gern zeigen, dass sie eine unabhängige Frau war, mit einem eigenen Willen. Auch wenn er ihren Golf bezahlt hatte, sie gehörte ihm nicht!

Stolz ging sie an den Männern vorbei zur Haustür.

»Lasst euch nicht stören. Ich höre mir diesen Kripochef an, der ein Buch geschrieben hat.«

Manchmal, dachte sie, muss eine Frau den Typen einfach zeigen, dass sie einen eigenen Wert hat und man sich um sie bemühen muss.

Die Veranstaltung hatte schon begonnen. Sie betrat den Raum als Letzte, und weil die Tür quietschte, sahen sich viele Menschen zu ihr um. Selbst Ubbo Heide unterbrach auf der Bühne seine Lesung kurz und blickte zu ihr. Sie wäre am liebsten im Erdboden versunken oder wieder unter Wolfis Bettdecke gehuscht.

Ubbo Heide sprach ruhig: »Nicht aufgeklärte Verbrechen belasten jeden Polizisten. Mich verfolgen sie bis in meine Träume hinein. Wurde jemand aus Mangel an Beweisen freigesprochen und ich weiß, dass er der Mörder ist, dann habe ich schlecht gearbeitet. Das ist es, was mich fertiggemacht hat. Das Gefühl, versagt zu haben, und nur wegen meiner Fehler läuft einer frei rum und hat sich vielleicht schon das nächste Opfer ausgeguckt ... Serientäter, meine Damen und Herren, sind nicht, wie alle glauben, die Ausnahme. Nein! Sie sind die Regel. Der brave Bürger, der immer seine Steuern zahlt und irgendwann mal durchdreht und seinen Nachbarn beim Würstchengrillen erwürgt, der ist die Ausnahme. Fast alle Täter, die wir wegen Kapitalverbrechen verhaften mussten, waren bereits vorher auffällig geworden. Deswegen ist es auch sehr sinnvoll, dass wir im K1 nicht einfach nur eine Mordkommission haben, sondern alle Verbrechen gegen den menschlichen Körper bearbeiten. Wer seine Frau umbringt, hat sie vorher meistens schon mehrfach verhauen.«

Er hatte drei Buddelschiffe geschenkt bekommen, einen selbstgebackenen Honigkuchen von Weller und einen achthundert Gramm schweren Pilsumer Leuchtturm aus Marzipan. Alles stand zu seinen Füßen.

Der Mörder von Eske Tammena wartete bereits vor dem Kulturspeicher. Er fühlte sich mit so vielen Polizisten nicht wohl, deshalb ging er nicht rein. Er spielte mit der Stahlschlinge in seiner Tasche. Damit wollte er sie erwürgen. Es war eine einfache, lautlose und sehr effektive Mordwaffe. Man kam damit mühelos durch jede Polizeikontrolle.

Der Gedanke, dass dort im Speicher so viel kriminelle Energie versammelt war, amüsierte ihn. All diese Kriminalschriftsteller und ihre Leser, dazu die vielen Polizisten ... Es fehlt eigentlich nur ein richtiger Krimineller, dachte er. Einer wie ich.

Er ging vor dem Kulturspeicher auf und ab. Es reizte ihn schon, sich dazuzugesellen und in der Menge zu schwimmen wie ein Fisch im Wasser. Er tat es nicht.

In der Pause traten ein paar Raucher vor die Tür. Sie hatten Weingläser in den Händen und hörten Peter Gerdes zu, der über seinen nächsten Kriminalroman sprach und geheimnisvolle Andeutungen machte.

Rupert, der keinen Wein wollte, hatte endlich ein Bier ergattert und kam raus zu Weller und Ann Kathrin, weil es ihm drinnen zu warm war. Dieser Novemberabend hätte jedem September gut zu Gesicht gestanden.

Für einen winzigen Moment blickte Ann Kathrin in die Augen des wartenden Killers, und sie registrierte dieses Getriebensein, das sie von Rauschgiftsüchtigen kannte, von Fanatikern und von Menschen, die unter großem Druck standen.

Wie ein Blitzeinschlag in ihrem Kopf, der einen Kurzschluss auslöst und alle Sicherungen raushaut, sah Ann Kathrin plötzlich die Bilder vor sich, wie sie ihre Handflächen auf die Herdplatte drückte, und der Schmerz von damals jagte wieder durch ihren Körper, als würde es genau jetzt geschehen.

Weller hielt sie, weil er glaubte, sie würde stürzen.

»Geht's dir nicht gut, Ann? Soll ich dich nach Hause bringen?«

Sie schüttelte den Kopf. »Nein, nein. Alles okay. Geht schon.«

Sie rieb sich die juckenden Handflächen. Wie lange hatte sie nicht mehr an den Kampf mit dem Mörder ihres Vaters gedacht? Was passierte hier? Lag es an der Stimme von Ubbo Heide? Woher plötzlich diese emotionale Attacke?

Am liebsten wäre sie nach Hause gefahren. Ihr war zum Heulen zumute. Aber weil sie Ubbo verehrte, ging sie wieder in den Saal und blieb bis zum Schlussapplaus. Während sie Ubbo Heide lauschte, verblassten die Erinnerungsbilder. Ihr Kopf kam ihr vor wie eine riesige Bibliothek, und es gab darin ein paar Bücher und Fotoalben, in denen sie besser nicht blätterte.

Holger Bloem fing noch die Meinung einiger Gäste ein. Polizeioberrätin Jutta Diekmann stand ein bisschen pikiert herum und hörte Weller zu, als der sagte: »Wenn es mehr solcher Chefs gäbe, sähe die Welt besser aus. Ubbo Heide hat eine natürliche Autorität, die nicht aus dem Dienstgrad erfolgt, sondern aus Lebenserfahrung, ja, Weisheit, wenn man so will. Ich habe oft gedacht, einen wie dich, Ubbo, hätte ich gerne zum Vater gehabt.«

POR Diekmann räusperte sich: »Die moderne Polizeiarbeit von heute hat kaum noch etwas mit dem Schutzmann von nebenan zu tun, an den wir uns alle so gern erinnern. Die Polizeiführungsakademie wurde in die Deutsche Hochschule für Polizei umgewandelt. Die Studienabschlüsse wurden dem universitären Studium angepasst. Es geht heutzutage um Sicherheitsmanagement ...«

Zu ihrer Verärgerung und zur Erleichterung vieler anderer spielten *Die fabelhaften 3* jetzt *Piraten, Ahoi!* Den Song hatte Weller als Klingelton auf seinem Handy, so dass er unwillkürlich hingriff, als die Musik ertönte.

Eske Tammena schlenderte am Leeraner Hafen entlang und dachte über sich und ihr Leben nach. Die Babysitterin würde noch zwei Stunden bleiben. Warum also sollte sie jetzt schon nach Hause zurück?

Es gab eine Stimme in ihr, die sagte: *Wenn du jetzt zu Wolfi gehst, gibt es Streit, und dieser Abend, von dem du dir eigentlich so viel Schönes versprochen hast, könnte mit dem Aus eurer Beziehung enden.*

In der Tat war sie sich nicht mehr sicher, wie die Geschichte mit Wolfi weitergehen könnte. Er war so ganz und gar kein Vater.

Sie rauchte. Wenn sie über unangenehme Dinge nachdenken

musste, ging sie gern dabei am Wasser spazieren und rauchte. Je tiefer sie inhalierte und je fester sie auftrat, umso näher kam sie einer Entscheidung.

Ja, es war Zeit, die Sache mit Wolfi zu beenden. Sie brauchte nicht einfach nur einen Lover oder einen großzügigen Verehrer. Sie brauchte einen Mann, der bereit war, ein fester Bezugspunkt für Focko, ihren fünfjährigen Sohn, zu sein. Der nächste Mann, den sie ihm präsentieren würde, musste der richtige sein.

Wolfi hatte er erst gar nicht kennengelernt. Die Affäre mit Wolfi war irgendwie von Anfang an ein Geheimnis gewesen. Zunächst hatte sie vermutet, er sei selbst noch verheiratet, aber so scharf, wie er Grenzen zog, war er gar nicht der Typ Ehemann, der es nicht schaffte, sich scheiden zu lassen und deswegen seine Geliebte verheimlichen musste.

Sie hatte den Mann hinter sich nicht bemerkt. Sie warf ihre Kippe auf den Boden und wollte sie gerade austreten, als der Angriff erfolgte.

Sie wusste sofort, dass es um ihr Leben ging.

Die Stahlschnur schnitt in ihren Hals wie eine Rasierklinge und nahm ihr die Luft.

Der Mann drückte ihr sein Knie in den Rücken und bog sie nach hinten.

Einen Selbstverteidigungskurs hatte sie zwar lange schon vor Fockos Geburt gemacht, doch jetzt war alles schlagartig wieder da. Sie ging mit der Kraft ihres Gegners, wie ihr Trainer es ihr immer empfohlen hatte. Sie griff über ihre Schultern, bekam seine Haare zu fassen und zerrte daran. Dann warf sie ihren Kopf und ihren Körper, so weit es ging, zurück in seine Richtung.

Ihr Hinterkopf knallte gegen seine Nase. Er jaulte auf.

Ein paar Krimiautoren, die noch einen Absacker im Jameson's Pub nehmen wollten, diskutierten die Situation auf dem E-Book-Markt.

Peter Gerdes sah das kämpfende Pärchen zuerst. Er und Manfred C. Schmidt rannten sofort los, während die anderen noch beratschlagten, ob es nicht besser sei, die Polizei zu rufen, statt hier Selbstjustiz zu üben.

»Quatsch, Selbstjustiz!«, keuchte der rennende Manfred, »wir hauen dem einfach nur was aufs Maul!«

Der Mann floh. Von einer alleinerziehenden Mutter und ein paar Krimiautoren verhauen zu werden erschien ihm wenig verlockend.

Eske Tammenas Hals sah schlimm aus, aber sie lebte. Gegen jeden Rat wollte sie nicht zur Polizei und auch nicht ins Krankenhaus. Sie zitterte plötzlich so sehr, dass sie kaum noch sprechen konnte.

Ihr Freund wohne in der Nähe, sagte sie, und zu dem wolle sie jetzt gehen.

Die Krimiautoren begleiteten sie noch ein Stück. Micha Krämer versuchte gar, sie zu überreden, noch ein Guinness mit ihnen zu trinken, aber sie wollte jetzt zu ihrem Wolfi, um ihm von dem Vorfall zu erzählen und sich bei ihm frisch zu machen. So, wie sie aussah, wollte sie weder der Babysitterin noch ihrem kleinen Sohn begegnen.

Christiane Franke diskutierte später an der Theke leidenschaftlich die Frage, ob sie nicht doch die Polizei rufen müssten, unabhängig davon, was die verwirrte Frau wolle oder nicht. Das sei ein Angriff mit einer Stahlschlinge auf ihr Leben gewesen. Da könne man nicht einfach so drüber hinweggehen.

Peter Gerdes glaubte auf dem Heimweg, den Mann wiederzuerkennen, der Eske Tammena angegriffen hatte. Er fuhr auf dem Fahrrad in Richtung Museumshafen. Aber Peter Gerdes war sich nicht sicher, ob er dort wirklich den Täter auf dem Rad sah oder nur einen Mann vergleichbarer Statur oder ob seine Kriminalschriftstellerphantasie ihm gerade einen Streich spielte.

Zu dem Zeitpunkt schwamm der leblose Körper von Eske Tammena bereits im Leeraner Hafen.

Ein paar kleine Barsche wurden von ihrem Blutgeruch angezogen und zupften an ihrer Haut herum, als seien ihre kleinen Härchen Würmer.

Kirstin de Boek hatte jetzt ein echtes Problem. Sie war sauer auf Eschi. So ging es einfach nicht weiter. So nicht!

Sie kam jedes Mal zu spät. Jedes Mal!

Früher war auf sie Verlass gewesen, da waren die beiden wie Freundinnen. Aber seit sie in diesen Wolfi verknallt war, fühlte sich Kirstin immer mehr wie eine Angestellte behandelt. Wenn sie sich beschwerte, dann wechselte Eschi rasch die Rolle, von der Arbeitgeberin zur Freundin und umgekehrt.

Entweder sagte sie: »Aber wir sind doch Freundinnen!« oder: »Immerhin bezahle ich dich dafür«.

Aber jetzt war endgültig Schluss. So dringend brauchte sie das Geld nun auch nicht. Dreißig Euro für einen Abend war nun wirklich nicht sehr viel. Aber sie hatten ausgemacht bis vierundzwanzig Uhr, und jetzt war es kurz vor zwei, und Eschi ging natürlich nicht ans Handy und beantwortete auch keine SMS.

Vor Wut setzte Kirstin sich hin und schrieb ihrer Freundin einen Brief. Es wurde eine Abrechnung. Vier Seiten lang. Der letzte Satz lautete: *Auf eine Freundin, die sich nur bei mir meldet, wenn sie mich braucht, kann ich verzichten.*

Kirstin las den handgeschriebenen Brief noch einmal. Das tat gut.

Inzwischen war es zehn nach drei. Sie wollte den Brief hier auf dem Tisch für Eschi liegen lassen. Sie schwankte zwischen dem Impuls, einfach zu gehen, und dem Pflichtbewusstsein, den kleinen Focko jetzt nicht einfach allein lassen zu können. Dem Jungen konnte sie das einfach nicht antun. Was, wenn er wach wurde, weil er zur Toilette musste?

Nein, Eschi wollte sie nur zu gern eins auswischen, aber der Kleine sollte darunter nicht leiden.

Kirstin legte sich mit einer dünnen Wolldecke aufs Sofa. Sie konnte nicht einschlafen. Sie war viel zu sauer.

Sie stand wieder auf und postete auf Facebook: *Es reicht, Eschi! Ich bin nicht dein Fußabtreter! Bei allem Verständnis für deine Liebesbedürftigkeit, ich habe auch ein Leben! Deine Exfreundin Kirstin.*

Erik Haag konnte es nicht lassen. Er hatte keinen Angelschein. Er war durch die Fischerprüfung gefallen, weil er bei der Frage:

Was muss ein Angler mit zum Gewässer nehmen?

A: einen Hakenlöser

B: ein Kofferradio

C: einen Kasten Bier

C angekreuzt hatte. Natürlich wusste er, dass er, um hier angeln zu können, zwei Scheine brauchte. Einen Fischereierlaubnisschein und den Fischereischein. Aber ohne Fischereischein – also ohne bestandene Prüfung – verkaufte ihm auch kein Fischereipächter einen Fischereierlaubnisschein.

Vieles in seinem Leben war an der Bürokratie gescheitert. Der Papier-, Paragraphen- und Verordnungswut verdankte er auch die Pleite seiner Kneipe. Erst durfte er kein Essen ausgeben, dann wurde das Rauchen verboten, und schließlich, nach einem eigentlich trotz aller Regeln und Strafgelder recht erfolgreichen Jahr, kam auch noch das Finanzamt und wollte Steuern. Immer wenn er Post von Stadt, Land oder Bund bekam, stand da mit vielen Worten zackig ausgedrückt eigentlich nur eine einzige Botschaft: *Erik Haag, gib auf!*

Ja, so empfand er es. Als reine Schikane.

Wir werden dir nie verzeihen, dass du mit deiner eigenen

Hände Arbeit dein Geld verdienen willst. Wir legen dir so lange Schwierigkeiten in den Weg, bis du endlich aufgibst.

Jetzt war er eben auf Hartz IV. Aber der Papierkram nahm trotzdem kein Ende. Nun wurde er *gefördert und gefordert.* Das hörte er praktisch täglich, falls er Radio oder Fernsehen einschaltete.

Aber jetzt wollte er Ruhe haben, und die Aussicht auf einen guten Zander oder einen dicken Aal war nicht schlecht.

Wenn er noch sein Auto gehabt hätte, wäre er weiter rauf zu Leda, Jümme und Ems gefahren, um dort Meeresfische zu fangen. In diesen Gezeitenflüssen, nahe an der Nordsee, waren Ebbe und Flut noch zu spüren. Flussaufwärts konnte Butt gefangen werden. Bei auflaufendem Wasser hatte er hier mit einem Freund einen ein Meter vierzig großen Wels gefangen. In ihrer großen Freude ließen sie sich stolz fotografieren. Ja, er war mit dem Fisch in der Zeitung lobend erwähnt worden. Nur hatte er leider keinen gültigen Fischereischein, und der Ärger wurde groß. Seitdem wollte er auch mit Zeitungsfritzen, wie er Journalisten nannte, nichts mehr zu tun haben.

Jetzt, um diese Zeit, war es ruhig hier an der Hafenpromenade. Noch hatte der Lärm nicht begonnen. Die Geschäfte waren geschlossen, auf dem Wasser hing weißer Nebel, es war kühl, und er hatte keinen Hakenlöser dabei, zwar auch keinen Kasten Bier, wohl aber ein Sixpack. Was war so ein Anglermorgen ohne Bier?

Erik Haag hatte zwei Ruten dabei. Mit einer wollte er auf Aal gehen. Ein Matjesfetzen am Haken, tiefgelegt auf Grund. Er wusste, wo sich hier ein Aalloch befand, und er legte seinen Köder direkt davor aus und befestigte ein Glöckchen an der Angelspitze.

Mit dem Blinker wollte er einen Zander fangen, ganz nah an der Uferpromenade. Dort hielten sich die Räuber im Schatten auf. All die Fußgänger, die hier flanierten und ihre Eiswaffeln achtlos wegwarfen, ja selbst die Rentner, die hier Enten fütterten, lockten mit ihren Krümeln die kleinen Fischchen an. Und wo viele kleine Fische schwammen, da waren auch die großen Räuber nicht weit, dachte er.

Erik Haag zog den Blinker zum zweiten Mal durchs Wasser. Dann sah er die Frau.

Im ersten Moment glaubte er, eine Betrunkene sei ins Wasser gestürzt. Ja, komischerweise ging er davon aus, sie müsse betrunken sein. Aber ihre Gliedmaßen waren so unnatürlich verrenkt.

Als er ihr helfen wollte, wurde er selbst ganz nass, und sein finnisches Fischmesser fiel ins Wasser. Er sah es sinken. Fast hätte er die Frau wieder losgelassen und nach dem Messer gegriffen, aber dann siegte der Retter in ihm.

Er zog sie ein Stück hoch. Ihr Kopf fiel auf seinen Oberschenkel. Jetzt klebte Blut an seiner Hose, und er sah ihren Hals.

Er riss die Arme hoch und ließ die Frau fallen. Er wurde sofort panisch.

Er sah sich schon in Handschellen. Ihm fehlten zwei Erlaubnisscheine zum Fischen. Sein Messer war hier versunken. Die Frau hatte einen tiefen Schnitt im Hals. Er hatte hier im Grunde nichts zu suchen, und jetzt war auch noch Blut an der Hose.

Erik Haag wollte einfach nur noch abhauen, aber dann bimmelte sein Aalglöckchen wie verrückt. Es war wie ein Weckruf.

Er hatte einen Biss, und was für einen! Die Angelspitze bog sich, und der Aal nahm sich mächtig Schnur. Sie surrte nur so von der Rolle.

War das überhaupt ein Aal? Oder hatte sich ein Hecht den Köder geholt?

Er wusste jetzt nicht, was er zuerst erledigen sollte. Die Tote aus dem Wasser ziehen? Die Angelschnur einholen? Die Polizei rufen? Abhauen?

Wie so oft im Leben, wenn er zwischen mehreren unschönen

Herausforderungen stand, machte er sich erst mal ein Bier auf und nahm einen tiefen Schluck. Dann zerrte er die Leiche auf die Holzbefestigung und rannte zu seiner Aalangel.

Das Glöckchengebimmel würde ihn noch Jahre später in seinen Albträumen verfolgen.

Er setzte einen lausig schlechten Anschlag und wollte den Aal reindrehen, aber der hatte sich inzwischen so viel Schnur genommen, dass es kein leichtes Spiel für Erik Haag wurde.

Er saß irgendwo fest. Der Aal hatte die Schnur um einen Stein gewickelt oder einen Ast. Jedenfalls spannte sich die Schnur und drohte zu reißen.

Dann schwamm der Aal plötzlich auf Erik Haag zu. Er drehte an der surrenden Rolle. Er sah den Aal im Wasser. Er war gut sechzig, vielleicht achtzig Zentimeter lang.

Erik Haag zog ihn aus dem Wasser. Der Aal schlängelte sich auf dem Boden und versuchte, ins Wasser zurückzukommen. Aber Erik Haag hielt das glitschige Tier mit der linken Hand fest und suchte instinktiv mit der rechten nach seinem Messer. Wie sollte er so einen großen Aal ohne sein finnisches Fischmesser erledigen? Und wie ihn von der Schnur bekommen?

An diesem kalten Novembermorgen schwitzte Erik Haag mehr als im Hochsommer. Ja, einen Zander, einen Hecht oder einen Barsch hätte er wie üblich mit einem kurzen, heftigen Schlag auf den Kopf betäubt. Er benutzte dazu einfach seine Bierflasche, nicht so einen Holzknüppel wie die Snobs vom Angelverein. Aber dieser Aal mit seinem spitzen Kopf war unempfindlich gegen Schläge auf sein Gehirn.

Vielleicht, dachte Erik Haag, war er nicht zu betäuben, weil dieses Urzeitvieh gar kein Gehirn hatte.

Der Aal verwickelte sich jetzt in der Schnur und Erik Haag versuchte, sie einfach mit den Händen zu zerreißen, um Angel und Aal zu trennen, aber die Tragkraft und Abriebsfestigkeit der aus acht Fäden geflochtenen Schnur war nicht nur ein Werbegag, sondern schlichte Wirklichkeit. Das spürte er, als sie in seine Finger schnitt.

Er blutete und hatte in seinem Angelutensilien-Eimer kein Verbandszeug mit. Er kippte den Eimer aus, hob den Aal an der Schnur hoch und ließ ihn einfach in den Eimer fallen. Dort drehte der Aal sich wild im Kreis und erinnerte Erik Haag an einen Hamster im Rad.

Erik Haag nahm noch einen Schluck aus der Flasche und überlegte, wie er am schnellsten die Polizei informieren konnte. Er hatte beim Angeln nie ein Handy dabei. Welcher Idiot vertreibt mit seinem Klingelton die Fische? Außerdem, wer sollte ihn um diese Zeit anrufen? Aber wo, verdammt, gab es hier eine Telefonzelle?

Der Aal lärmte im Eimer, und Erik Haag entschied sich, statt nach einem öffentlichen Telefon zu suchen, einfach loszubrüllen.

Er schrie, so laut er konnte: »Hier liegt eine tote Frau!«

Er war schon fast heiser und wollte seine Sachen zusammenpacken und abhauen, als er endlich eine Reaktion bekam. Ein Fenster wurde geöffnet, und ein Mann rief: »Halt die Fresse, du blöder Penner! Andere Leute müssen arbeiten und brauchen ihren Schlaf!«

Als er mit zwei Angeln, einem Eimer und einem angebrochenen Sixpack Bier in Richtung Bahnhof verschwinden wollte, kam ihm ein Polizeifahrzeug entgegen. Sie wollten seine Papiere sehen und seine Fischereigenehmigung.

Einer, offensichtlich ein Hobbyangler, reagierte gereizt, weil der Aal nicht waidgerecht vom Haken gelöst worden war und bezeichnete diese Art, mit dem Aal umzugehen, schlicht als Tierquälerei. Er müsse das gefangene Tier töten, und zwar sofort.

»Ja, wie denn?«, klagte Erik Haag. Er habe sein Fischmesser doch beim Bergen der Leiche verloren.

»Beim Bergen der Leiche?«

»Ja, genau, deshalb schreie ich ja so.«

»Wer schreit denn hier?«

»Ich. Zumindest bis gerade.«

Ann Kathrin Klaasen hatte das Gefühl, sich gerade erst hingelegt zu haben, als ihr Seehund jaulte und Wellers Handy *Piraten Ahoi* spielte. Sie hatten fast gleichzeitig ihre Geräte am Ohr.

Weller meldete sich mit: »Herzlich willkommen bei der Sparkasse Aurich-Norden. Sie rufen außerhalb unserer Geschäftszeiten an. Falls Sie Ihre EC-Karte verloren haben, sagen Sie bitte *Eins*. Falls Sie einen Kundenbetreuer sprechen wollen, *Zwei*.«

Ann Kathrin stieß ihn an. »Mensch, sei doch mal leise!«

Sie saß schon auf der Bettkante und walkte sich das Gesicht durch.

»Ja, falsch verbunden«, sagte Weller und drückte das Gespräch weg.

Ann Kathrin stand auf und reckte sich. »Wir kommen«, versprach sie.

»Och, nö«, stöhnte Weller. »Ich will weiterträumen!«

Ann Kathrin zog sich schon an. Sie nahm einfach die Wäsche, die sie vor einigen Stunden ausgezogen hatte. Alles hing noch auf der Stuhllehne.

»Wovon hast du denn geträumt?«, fragte Ann Kathrin ihren Mann.

Weller griff sich das Hemd von gestern. »Glaub mir, das willst du gar nicht wissen, Ann.«

»Von anderen Frauen?«

Weller lachte und begann zu schwärmen: »Nein, du hast im Traum mitgespielt. Wir hatten eine Fischbude in Norddeich am Hafen, mit Blick auf die Nordsee, auf Juist und auf Norderney. Reines Stoßgeschäft. Immer, wenn die Fähren kommen und fahren. Dazwischen diese unendliche Ruhe und höchstens mal Möwengeschrei. Keine Scheißkriminellen. Keine Falschaussagen. Keine Verrückten mit guten Anwälten. Nur Krabbenbrötchen, Matjes und natürlich Bratheringe.«

»Keine Pommes?«, fragte sie.

Er schüttelte den Kopf. »Nix da. Nur Fischbrötchen. Keine Pommes, keine Wurst, keine Hamburger.«

»Im wirklichen Leben«, sagte sie, »müsstest du dich deinen Kunden anpassen und genau das führen, um nicht pleitezugehen.«

Er stieg in seine Jeans, und weil er seine Socken so schnell nicht fand, schlüpfte er barfuß in die Schuhe. Er ließ sich nicht desillusionieren. »Nee«, sagte er, »nicht an meiner Fischbude!«

»Unserer. Ich dachte, ich stand mit dir hinter der Theke ...«

Schon im Flur bekam Weller, vielleicht wegen des Gesprächs über die Fischbude, richtig Hunger. Er hatte nachmittags einen Honigkuchen für Ubbo Heide gebacken. Der erste war verunglückt – zu lange im Backofen – den zweiten, den gelungenen, hatte er an Ubbo verschenkt. Das Rezept war aus Tini Peters: *Meine traditionelle ostfriesische Küche*. Er liebte dieses Buch und die Back- und Kochideen. Im Kripoalltag oder wenn er vor dem Fernseher saß, ergriff ihn manchmal eine tiefe Hoffnungslosigkeit, als stünde die Welt am Rande des Abgrunds und würde uns alle bald verschlingen. Wenn er aber am Herd stand, Teig knetete, Gemüse putzte oder Zwiebeln würfelte, hatte er das Gefühl, alles könnte vielleicht doch noch gut ausgehen.

Weller lief in die Küche zurück und schnitt zwei dicke Stücke aus dem Honigkuchen. Die Nüsse darauf waren angebrannt, aber das störte ihn jetzt nicht.

Ann Kathrin fuhr. Er saß neben ihr und aß. Es ging ihm gleich besser. Leider hatte er vergessen, sich etwas zu trinken mitzunehmen.

»Sie haben eine Tote auf der Hafenpromenade«, sagte Ann Kathrin.

Weller flogen beim Sprechen Kuchenkrümel aus dem Mund. »Geiles Rezept«, hustete er. »Willst du mal probieren?«

»Nein, danke, ich nehme gerade ab.«

»Wieder so eine Scheißdiät?«

»Nein, diesmal eine, die funktioniert.«

»Mein Gott, Ann Kathrin! Du siehst toll aus! Du hast keine Gewichtsprobleme! Du hast, wenn überhaupt, ein Wahrnehmungsproblem! Genieß das Leben. Du bist toll so, wie du bist!«

»Ja, dann bin ich mit fünf Kilo weniger aber auch noch toll.«

»Okay«, sagte Weller mampfend, »dann esse ich den Kuchen eben alleine.«

Das war ihm im Grunde auch lieber.

Rupert war bereits vor Ort. Der Tatort war mit weißroten Bändern abgesperrt. Zwei Kriminaltechniker arbeiteten schon. Die Spurensicherung lief.

Ann Kathrin ließ sich von Rupert, der kein bisschen müde aussah, auf den neuesten Stand bringen.

»Im Grunde hättet ihr gar nicht kommen müssen. Der Fall ist praktisch aufgeklärt. Wir haben die Leiche und den Täter.«

Weller wollte schon wieder zum Auto zurück, aber Ann Kathrin fragte: »Hat er gestanden?«

»Nein«, raunte Rupert, »das nicht. Aber die Frau wurde mit einer Schlinge erwürgt. Tiefe Schnitte im Hals.« Rupert demonstrierte es ihr, als könne es sein, dass Ann Kathrin keine Ahnung hatte, wo beim Menschen der Hals sitzt.

Rupert fuhr fort: »Er hat die gleichen Schnitte in den Fingern an beiden Händen. Er muss sie mit der Angelschnur erwürgt haben. Blut klebt an seiner Kleidung. Das Ganze wird ein Freudenfest für die Spusi.«

»Zeugen?«, fragte Ann Kathrin.

»Keine.«

Dann wollte sie wissen, wer die Polizei gerufen hatte.

»Meinst du, man kriegt hier irgendwo schon einen guten Kaffee?«, fragte Weller.

»Glaub ich nicht«, sagte Rupert.

Weller sah enttäuscht aus und gab sich gleich mit weniger zufrieden. »Er muss ja nicht gut sein, aber heiß und mit Koffein. Ich hab hier im Bahnhof mal einen guten Kaffee getrunken. Weißt du, wann die da aufmachen?«

Ann Kathrin warf Weller einen tadelnden Blick zu und winkte ab.

»Ja, schon gut, schon gut. Dann eben nicht«, brummte er.

Ann Kathrin wiederholte ihre Frage: »Wer hat die Polizei gerufen?«

»Es gab eine Beschwerde wegen ruhestörenden Lärms, weil einer so rumgeschrien hat«, erklärte Rupert, bemüht, dienstlich zu bleiben.

»Die Frau?«, fragte Ann Kathrin.

»Nein, ich glaube, er hat selber so laut geschrien.«

»Er hat uns praktisch auf sich aufmerksam gemacht?«, wunderte sich Ann Kathrin.

Rupert bestätigte: »Ja.«

»Wurde sie vergewaltigt?«, fragte Ann Kathrin.

»Sieht nicht so aus. Sie ist vollständig bekleidet. Ich denke, es ist eine Beziehungstat. Sie wollte Schluss mit ihm machen, er hat es nicht ausgehalten. Der übliche triviale Mist, wie so etwas eben täglich geschieht.«

»Hatten sie denn eine Beziehung miteinander?«

»Warum«, konterte Rupert, »soll er sie denn sonst umgebracht haben? Ein Raubmord war es nicht. Sie hat noch über hundert Euro in der Tasche.«

Weller mischte sich nicht ein. Er sah aufs Wasser. Er mochte diese morgendlichen Nebelschwaden, die sich wie Geisterschiffe bewegten. Hier, dachte er, könnte man auch eine Fischbude hinstellen. Am besten eine mit einer guten Espressomaschine.

Ann Kathrin sah sich die Tote an und winkte Weller herbei. »Die kennen wir doch. Die war auf Ubbos Premierenlesung.«

Weller gab ihr sofort recht. »Stimmt. Sie kam zu spät und hat im Grunde gestört. Ubbo hat sogar wegen ihr kurz unterbrochen.«

Ann Kathrin betrachtete die tiefen Schnitte am Hals. Dann wollte sie den mutmaßlichen Täter sehen, aber der war bereits in eine kleine, gut beheizte Zelle gebracht worden.

Weller flüsterte Ann Kathrin zu, das könne alles auch noch morgen erledigt werden. Hier sei ja im Grunde jetzt alles klar. Aber sie bestand darauf, mit dem Verdächtigen zu sprechen.

Weller stöhnte: »O Mensch, es gibt wichtigere Dinge im Leben als solchen kranken Scheiß.«

Erik Haag saß zusammengekauert am Tisch. Er schien die Atmung eingestellt zu haben, aber seine Augenbrauen zuckten.

Ann Kathrin ging zweimal um ihn herum. Sie sog die Luft tief ein.

Rupert nannte das spöttisch: *Sie beschnüffelt den Verdächtigen.*

Sie roch Bier, Aalblut und Urin. Hatte der Mann sich in die Hose gemacht? War er inkontinent und trug irgend so eine Windel für Erwachsene?

Erik Haag reagierte nicht auf ihre Fragen. Sie stellte ihm einen Becher Kaffee hin, aber er rührte ihn nicht an.

»Wenn Sie schweigen, wird es nicht besser«, sagte sie. »Wir können gerne einen Anwalt hinzuziehen, wenn Ihnen das lieber ist …«

Jetzt wurde er zappelig. »Nein, keinen Anwalt. Keinen Anwalt. Ich bin in keiner Rechtsschutzversicherung. Ich kann mir keinen Anwalt leisten.«

»Ihnen steht ein Pflichtverteidiger zu.«

»Ich gestehe alles, und ich werde es auch echt nicht wieder tun!«

»Na, da bin ich aber beruhigt. Sie wollen also ein Geständnis ablegen?«

Er nickte. »Ich habe das noch nicht oft gemacht.«

Ann Kathrin folgerte daraus, dass er schon mehrere Frauen umgebracht hatte.

Weller stand hinter der Glasscheibe. Seine Kinnlade klappte runter.

Weller verstand, warum der Mann den Kaffee nicht anrührte. Er schmeckte einfach grässlich.

Warum haben wir keine so guten Kaffeeautomaten wie unsere Schweizer Kollegen?, dachte er.

Ann Kathrin stellte ein Aufnahmegerät auf den Tisch und sagte: »Jetzt bin ich aber mal gespannt.«

»Das ist doch alles nur passiert, weil ich durch die Scheiß-Angelprüfung gefallen bin. Das ist so ungerecht! Ich fische schon seit meiner Kindheit! Wir haben doch alle als Schwarzangler angefangen. Wie denn sonst? Wenn man an der Nordsee aufwächst, hat man so was im Blut. Früher haben wir Wattwürmer ausgegraben und angeködert, um Plattfische zu fangen. Da gab's noch solche Schollen!«

Er deutete mit den Armen eine klobrillengroße Form an. Er sah jetzt Ann Kathrin groß an und wartete auf eine Reaktion. Wahrscheinlich hoffte er, sie mit seinem Anglerlatein beeindruckt zu haben. Doch sie fragte: »Eske Tammena musste sterben, weil Sie die Angelprüfung nicht bestanden haben?«

»Nein, Quatsch! Wieso? Damit hab ich nichts zu tun. Ich bin nur ein Schwarzangler, kein Mörder! Ich hab die Frau gefunden und aus dem Wasser gezogen. Ich dachte, ich könnte sie retten, und dann bimmelte plötzlich mein Aalglöckchen, und mein Messer ist dort ins Wasser gefallen und …«

Er schwieg.

Ann Kathrin zeigte auf seinen Mullverband. »Und wie haben Sie das gemacht?«

»Ich hatte keinen Hakenlöser mit, und ich wollte den Aal von der Schnur holen. Dabei hab ich mir dann in die Finger geschnitten.«

»Mit der Angelschnur?«

Er nickte. »Ja, wie denn sonst?«

»Kennen Sie Eske Tammena?«

»Nein. Woher denn?«

Ann Kathrin verließ wortlos den Verhörraum und nahm das Aufnahmegerät mit.

Weller grinste sie an. »Das hätte doch wirklich Zeit bis morgen gehabt, oder?«

»Die Angelschnur soll ins Labor«, sagte Ann Kathrin. »Ich glaube nicht, dass sich das Blut von Eske Tammena daran befindet, sondern nur sein eigenes.«

»Du glaubst ihm also die Geschichte?«

Sie nickte. »O ja.«

»Kann es nicht auch sein«, fragte Weller, »dass der da angelte, die gute Frau vorbeikam, die beiden in einen Streit gerieten und er sie schließlich umgebracht hat? Vielleicht war es nicht geplant, sondern …«

Ann Kathrin musterte Weller: »Klar. Und dann hat er die Nachbarschaft zusammengeschrien, und anschließend ist er mit dem Aal im Eimer auf unseren Polizeiwagen zugelaufen …«

»Manche Täter verhalten sich so behämmert«, konterte Weller. »Aber jetzt lass uns nach Hause fahren, Ann. Ich bin müde. Das können die Kollegen hier in Leer auch ohne uns.«

»Ja«, sagte Ann Kathrin, »wir können ihnen ja Rupert so lange als Verstärkung dalassen.«

Weller ahnte, dass dieser Satz nicht ernst gemeint war. Ann Kathrin beschleunigte im Flur ihre Schritte, und er hatte Mühe, mitzuhalten.

»Fahren wir jetzt nach Hause oder nicht, Ann?«

»Wir suchen die Wohnung von Eske Tammena auf. Dir muss ich doch nicht erzählen, dass mit jeder Stunde, die vergeht, die Wahrscheinlichkeit sinkt, dass man einen Mordfall löst, oder?«

Weller stöhnte. »Nein, das habe ich schon gelernt, bevor ich bei der Polizei war.«

»Von wem?«

»Das steht in jedem guten Kriminalroman …«

Rupert hatte die Füße auf den Schreibtisch gelegt, rührte in seinem Schwarztee herum und war zufrieden mit sich und der Welt, weil er den Fall so schnell gelöst hatte. Er hatte eigentlich vorgehabt, hier in Leer die ruhigen Morgenstunden zu genießen und dann Feierabend zu machen. Der Job vom K1 war aus seiner Sicht erledigt, und er konnte zurück nach Aurich.

Gerade wollte er in sein Mettbrötchen beißen, da stand plötzlich dieser Zeuge vor ihm. Rupert schätzte Peter Gerdes auf Ende fünfzig, und Rupert fand, dass Männer in diesem Alter nicht solche Frisuren tragen sollten. Er machte zwar einen gepflegten Eindruck, aber ein Langhaariger mit Bart blieb eben ein Langhaariger mit Bart.

»Sie waren doch gestern auch auf der Veranstaltung im Kulturspeicher«, sagte Peter Gerdes.

Mürrisch nahm Rupert die Füße vom Schreibtisch und legte sein Mettbrötchen auf einem Aktendeckel ab.

»Erinnern Sie sich nicht mehr an mich, Herr Kommissar? Ich habe ein paar einführende Worte gesprochen.«

Rupert verzog das Gesicht. Er konnte sich an ein paar scharfe

Schnitten erinnern, die er am liebsten abgeschleppt hätte, und dann noch an diese Band. Aber Schriftsteller, die einführende Reden hielten, hatten ihn noch nie interessiert.

Er war eigentlich auch nicht bereit, sich von Peter Gerdes diesen schönen Morgen verderben zu lassen, und ärgerte sich schon, dass er nicht längst zurück nach Aurich gefahren war, aber nun kam er wohl nicht drum herum, eine Aussage aufzunehmen.

Peter Gerdes setzte sich ungefragt und begann, ruhig zu erzählen, was er nach dem Krimiabend mit Ubbo Heide erlebt hatte. Dabei schielte er immer wieder zu Ruperts Teetasse. Er war zwar nicht der Meinung, dass man Ostfriesentee mit einem Beutel in einem Becher machen sollte, aber das wäre ihm jetzt lieber, als gar nichts zu trinken.

Rupert bemerkte die Blicke wohl, ignorierte sie aber kühl. Das hier war eine Polizeiinspektion und kein Café mit hausgemachtem Kuchen und Frühstücksbüfett.

Rupert schrieb erst einmal gar nichts mit, sondern hörte nur zu. Dann tat er, als ob er sich Notizen machen würde, in Wirklichkeit malte er aber nur Wellen aufs Papier und träumte vom Urlaub.

»Sie haben also gesehen, wie die junge Frau angegriffen wurde? Sie sind ihr zu Hilfe geeilt, und der Täter ist geflohen?«, fragte Rupert gereizt.

»Ja. Manfred C Punkt wollte unbedingt hinterher, um ihm was auf die Fresse zu hauen. Er war kaum zu bremsen.«

»Und, hat dieser Herr Punkt ihn denn noch erwischt? Ich brauche dann seine Adresse.«

»Der heißt nicht Punkt.«

»Sie haben doch gesagt, Manfred C Punkt.«

»Ja, so nennen wir ihn. In Wirklichkeit heißt er Manfred C. Schmidt.«

»Und er ist auch ein Kriminalschriftsteller, genau wie Sie, stimmt's?«

Gerdes nickte.

Rupert fragte sich, wie viele ostfriesische Kriminalschriftsteller es eigentlich gab. Schrieb hier jetzt jeder Krimis? Sogar Ubbo Heide hatte damit angefangen.

Plötzlich schlug Rupert mit der flachen Hand auf den Tisch. Es knallte laut, und zwei Papierblätter flogen hoch. Das Mettbrötchen rutschte vom Aktendeckel und landete mit der Mettseite auf dem Boden.

Warum, dachte Rupert, warum, verdammt nochmal, kann ich nicht hier sitzen und in Ruhe mein Mettbrötchen essen und einen geklärten Fall genießen? Warum muss jetzt dieser Typ hier rumnerven?

Dann fuhr er ihn an: »Wenn ihr Helden alles gesehen habt und den Mörder vertrieben habt, warum haben wir Eske Tammena dann tot an der Uferpromenade gefunden?«

Peter Gerdes reagierte gelassen. Sein knorziger Kommissar Stahnke kam ihm wesentlich freundlicher und kompetenter vor als dieser Rupert. Aber den hatte er schließlich auch nur erfunden, während Rupert wirklich vor ihm saß.

»Ich vermute«, sagte Peter Gerdes, »sie wird dahin zurückgegangen sein.«

Rupert stieß sich vom Schreibtisch ab und rollte mit dem Bürostuhl rückwärts in Richtung Kopiergerät.

»Klar«, spottete er, »sie hat dann gewartet, bis eure Schriftstellertruppe weg war, um sich dann in Ruhe umbringen zu lassen.«

Peter Gerdes gefiel der Ton nicht, aber er blieb auf der sachlichen Ebene. »Nein, das denke ich nicht. Sie wollte zu ihrem Freund oder zu ihrem Mann, so genau weiß ich das nicht mehr. Der muss wohl in der Nähe wohnen ... Vielleicht hat sie sich dann mit dem gestritten und ist wieder zurück, oder sie wollte einfach nur spazieren gehen, um den ganzen Vorfall zu verarbeiten.«

Rupert stand vom Stuhl auf, hob das Mettbrötchen hoch, wog

ab, was dagegen sprechen könnte, eine obere Schicht abzutragen, um den Rest doch noch zu essen, entschied sich dann aber dafür, das ganze Brötchen im Papierkorb zu entsorgen.

»Das entspringt aber jetzt nur Ihrer schriftstellerischen Phantasie und ist keine Beobachtung«, giftete er.

»Man könnte es auch«, sagte Peter Gerdes, »eine Schlussfolgerung nennen. Oder einfach gesunden Menschenverstand.«

Als Kirstin de Boek durch den Spion in Eske Tammenas Tür Weller und Ann Kathrin sah, wusste sie gleich, dass etwas Schlimmes geschehen war. Sie löste die Kette und den Riegel, dann öffnete sie.

Sie hoffte, dass das Klingeln den kleinen Focko nicht geweckt hatte.

»Was ist mit Eschi?«, fragte sie und schämte sich schon jetzt, weil sie so einen wütenden Brief geschrieben hatte.

»Mein Name ist Ann Kathrin Klaasen, ich bin Hauptkommissarin bei der Mordkommission Ostfriesland. Das ist mein Kollege Frank Weller. Darf ich Sie nach Ihrem Namen fragen?«

»Ja, klar. Ich, also, ich bin die Babysitterin. Also, eigentlich die Freundin. Im Grunde, also, ja … ich passe auf den kleinen Focko auf. Was ist denn jetzt mit Eschi?«

»Es tut uns leid, aber Ihre Freundin wurde ermordet.«

Für Kirstin de Boek war es, als würde das Haus einstürzen. Die Welt implodierte, alles fiel in sich selbst zusammen. Etwas in ihrem Bauch wurde ganz schwer. Sie spürte ihre Beine nicht mehr. Dann war es für einen Moment, als würde sie schweben, und sie sah nur noch über sich die Decke. Schließlich konnte sie durch die Decke hochschauen bis in den Himmel.

Sie wusste nicht, wie lange sie so gelegen hatte. Der kleine Focko war jetzt bei ihr und rief immer: »Kirstin? Kirstin?«

Weller stand in der Küche und versuchte, telefonisch jemanden beim psychologischen Notdienst zu erreichen.

»Ist was mit meiner Mama?«, fragte Focko Ann Kathrin. Sie sah das Kind an und hätte den Jungen am liebsten an ihr Herz gedrückt. Aber sie war nicht in der Lage, ihm zu antworten.

Der Kleine spürte natürlich genau, dass etwas Schlimmes geschehen war und ging jetzt mit Fäusten auf Ann Kathrin los, als sei sie hier die Böse.

Sie versuchte, ihn zu bändigen, ohne ihm weh zu tun. Dann weinte er nur noch und lag in ihren Armen.

Kirstin de Boek atmete wieder regelmäßig, hob den Kopf hoch und stützte sich mit den Ellbogen auf.

»Wissen Sie«, fragte Ann Kathrin, »wo Ihre Freundin den Abend verbringen wollte? Gibt es einen Namen? Eine Adresse?«

»Ja, klar. Sie ist zu Wolfi gegangen.«

»Wolfi?«

»Dr. Wolfgang Steinhausen.«

»Waren die beiden ein Paar?«

Kirstin de Boek nickte, und Focko zog an Ann Kathrins Haaren und begann zu kreischen.

Rupert hätte diesen Beweis nicht gebraucht. Er wusste auch so, dass Männer nicht zur Hausarbeit geeignet waren. Konnte sich jemand Humphrey Bogart mit einem Putzlappen vorstellen? John Wayne mit Staubsauger oder James Bond beim Gardinenaufhängen?

Aber in dieser aus den Fugen geratenen Welt, in der er nun einmal lebte, blieb es ihm nicht erspart, die Spülmaschine auszuräumen, und das war gar nicht gut für seinen Rücken.

Es machte *Knacks*, und Rupert hatte den aufrechten Gang verloren.

Ausgerechnet jetzt, da er bei diesem Baumtest so schlecht abgeschnitten hatte. Er fürchtete, dass die Kollegen hinter seinem Rücken über ihn grinsen würden, weil er nicht schnell genug aus dem Wagen kam oder aus dem Bürosessel.

Es tat schweineweh, und er warf zwei Ibuprofen 600 ein, was dazu führte, dass er jetzt auch noch Magenschmerzen bekam, und wenn er zu der halb ausgeräumten Spülmaschine sah, begann diese zu wachsen und schien ihn dabei frech anzugrinsen. Er wollte sie zuklappen, aber er kam nicht weit genug runter. Er konnte sich einfach nicht tief genug bücken. Um der verdammten Spülmaschine zu zeigen, wer hier der Herr im Haus war, kickte er sie mit einem Fußtritt zu. Das Geschirr darin klapperte, als würde es ihn auslachen.

Ein rasender Schmerz fuhr seine Wirbelsäule rauf und runter und strahlte bis in seine Leisten aus. Es war ein Gefühl, als würden gleich seine Eier platzen. So, in diesem Zustand sollte er Zeugen vernehmen? Und dann ausgerechnet diesen Kriminalschriftsteller aus Esens, diesen C Punkt.

Rupert fuhr erst mal zur Ubbo-Emmius-Klinik in die Notambulanz. Mit seinem Ausweis und den Worten »Mordkommission Ostfriesland. Ich muss den Doktor sprechen«, versuchte er, sich vorzudrängeln, und vielleicht hätte es ja auch geklappt, wenn er sich dabei nicht mit schmerzverzerrtem Gesicht den Rücken gehalten hätte. Aber so fragte ihn die Rezeptionsmitarbeiterin am Eingang nach seinem Hausarzt und ob er schon beim Orthopäden in Behandlung sei.

Sie wollte wissen, seit wann er die Schmerzen hatte, und Rupert musste sich schwer beherrschen, sonst hätte er sie angebrüllt: »Seit ich diese Scheißspülmaschine ausgeräumt habe!«

Dr. Niemeyer hatte Zeit für ihn. Rupert musste sich hinlegen und das rechte Bein anheben. Es wäre ihm leichter gefallen, einen Stiefel Bier in einem Zug zu leeren.

Der Arzt interessierte sich dafür, wie das passiert war, und weil genau in dem Moment eine äußerst attraktive Krankenschwester das Zimmer betrat, log Rupert: »Ich habe einen Schwerkriminellen verfolgt. Er ist aus dem Fenster gesprungen. Ich hinterher!«

Die junge Frau sah Rupert bedauernd an. Dr. Niemeyer klopfte mit seinem Reflexhammer gegen einen Nerv unterhalb von Ruperts Kniescheibe. Sein Fuß federte hoch.

»Meinem Freund«, sagte die Krankenschwester und bückte sich nach einem Mullverband, der runtergefallen war, »ist das mal beim Ausräumen der Spülmaschine passiert. Der hat Wochen gebraucht, bis er wieder fit war.«

»Ja«, stöhnte Rupert, »Sachen gibt's ...«

Dr. Niemeyer war sich sicher. »Das ist eine Fehlstellung im Ileosakralgelenk.«

Noch bis vor wenigen Sekunden hatte Rupert keine Ahnung gehabt, so etwas überhaupt zu besitzen.

»ISG«, nannte Dr. Niemeyer es und schlug Krankengymnastik vor.

Rupert lachte und schielte zur Krankenschwester. »Ich bin doch keine achtzig!«

Dann sollte er sich auf den Bauch drehen, was ihm unter heftigen Anstrengungen gelang.

Dr. Niemeyer fragte, ob Rupert denn auch schon das Buch seines Kollegen Ubbo Heide gelesen habe. Der Doktor outete sich als Krimileser, und Rupert wollte nicht zugeben, dass er das letzte Buch in der Schule gelesen hatte, und zwar unfreiwillig.

Dr. Niemeyer drückte auf eine Stelle und fragte, ob das weh tue.

Rupert jaulte. Als er aber aufstehen sollte, kam er sich schon viel gelenkiger vor. Gut, ein Stepptanz wäre sicherlich noch nicht sein Ding, aber der aufrechte Gang funktionierte schon wieder einigermaßen.

Er hätte den Arzt am liebsten umarmt. Aber der riet ihm noch einmal dringend zur Krankengymnastik und wollte wissen, ob Rupert den Fall mit der Leiche im Leeraner Hafen bearbeite.

»Ja«, sagte Rupert stolz, »der Fall ist so gut wie gelöst, aber …«, er zwinkerte der Krankenschwester zu, »dazu darf ich leider noch nichts sagen. Schweigepflicht!«

Die vietnamesische Putzfrau öffnete, und als Ann Kathrin und Weller ihre Ausweise vorgezeigt hatten, beteuerte sie, erst ganz kurz bei Herrn Dr. Steinhausen zu arbeiten, und er hätte ihr versprochen, sie bald richtig anzumelden, mit Steuernummer und allem Drum und Dran.

Ann Kathrin hatte nicht geahnt, dass es solche Wohnungen in Leer überhaupt gab. Ein unverbaubarer Blick über den Hafen. Ein offener Kamin. Gut zweihundertfünfzig, wenn nicht sogar dreihundert Quadratmeter Wohnfläche.

Ann Kathrin staunte über das große Gemälde. Es ging von der Decke fast bis zum Boden und war gut drei Meter lang. Es zeigte die wild tobende Nordsee und in der Mitte einen Krabbenkutter. Die Mannschaft konnte einem leidtun. Es sah aus, als würden sie gleich in den Wellen verschwinden.

Das Bild gefiel Ann Kathrin nicht. Sie fand es zu dramatisch, die Nordsee zu lebensfeindlich. Sie wandte sich ab.

Es gab eine geräumige Sauna mit einem fußballgroßen Kristall als meditativem Mittelpunkt. Daneben ein mit modernen Geräten eingerichtetes Fitnessstudio. Laufband. Fahrrad. Latissimusmaschine. Hantelbank.

Wer immer hier zuletzt trainiert hatte, nötigte Weller Respekt ab. Er zählte achtzig Kilo an der Langhantel.

Das hier sah nach einem Innenarchitekten aus, der viel Geld hatte ausgeben dürfen. Edle Möbel. Dicke Teppiche.

»Wer wohnt so?«, fragte Weller.

Ann Kathrin antwortete: »Dr. Wolfgang Steinhausen.«

»Und womit verdient so einer sein Geld?«

»Keine Ahnung. Aber wir werden ihn fragen, Frank. Verlass dich drauf.«

Dang Thanh Bian wusste nicht viel, nur, dass Dr. Steinhausen oft nicht da war. Sie hatte deshalb einen Wohnungsschlüssel. Das heißt, einen richtigen Schlüssel gab es nicht, sondern nur einen Sicherheitscode, den man eintippen musste und der sich ständig änderte.

Nein, eine Handynummer von Herrn Dr. Steinhausen hatte sie nicht.

Ein paar Dinge fielen Ann Kathrin auf. Diese Wohnung war teuer eingerichtet worden, aber es fehlte jeder Hinweis auf den Besitzer. Kein Foto. Kein Computer.

Es gab eine Art Büro mit Schreibtisch und Aktenschränkchen, alles aus Kirschholz. Die Aktenschränke waren verschließbar, aber nicht verschlossen. Darin befanden sich ein paar dekorative, aber leere Aktenordner.

Auf dem Kirschholzschreibtisch hatte zweifellos mal ein Rechner gestanden. In der grünen Lederunterlage hatte er seine genauen Abdrücke hinterlassen. Die Stelle, wo die Maus platziert war, sah abgeschabt aus, aber nicht zu sehr.

Es gab eine Ablage für Schreibgeräte und sogar ein Tintenfässchen, aber keinen Füller.

Ann Kathrin öffnete die Schreibtischschublade.

»Bräuchten wir dazu nicht eigentlich einen Hausdurchsuchungsbeschluss?«, fragte Weller.

»Er benutzt einen Kolbenfüller«, sagte Ann Kathrin, als sei das eine Antwort. »Kennst du noch Menschen, die so etwas tun?«

»Ich kenne nicht mal Leute, die mit Patronenfüller schreiben«, erwiderte Weller und fügte hinzu: »Ubbo vielleicht ausgenommen.«

Ann Kathrin stellte sich Dr. Steinhausen als älteren Herrn vor, auf eine liebenswürdige Weise altmodisch, aber durchaus in der Lage, mit Computern umzugehen.

Die Küche genügte hohen Standards. Ein Induktionsherd. Ein Backofen, groß genug für einen Zwanzig-Kilo-Truthahn, aber keine Mikrowelle.

Weller fand einen begehbaren Humidor, aber darin nur drei leere Cohiba-Kisten und vier Zigarren Montecristo Nr. 5.

Nebenan gab es Regale mit gut fünfzig Flaschen Wein und einem Dutzend Champagnerflaschen.

»Er hat einen Weinkeller in der Wohnung«, staunte Weller. »Aber ich glaube, er hat aufgehört zu rauchen. Der Humidor ist praktisch leer.«

Ann Kathrin fragte die Putzfrau, ob es hier immer so aussähe. Sie nahm das als Kritik. Erst als sie verstanden hatte, dass Ann Kathrin wissen wollte, ob die Aktenordner in dem Schrank immer schon leer waren, zuckte Frau Dang mit den Schultern. In dieses Zimmer habe sie nie gedurft.

Das Wasserbett gefiel Weller und die schwarze Seide darauf auch. Den Spiegel an der Decke fand er bemerkenswert, aber Ann Kathrin fragte ihn: »Fällt dir etwas auf?«

Der Satz: *Ja, der Kerl führt ein aktives Sexualleben* lag ihm auf der Zunge, aber er wollte dieses Fass jetzt nicht aufmachen und zuckte stattdessen nur mit den Schultern.

Ann Kathrin beantwortete ihre Frage selbst: »Schlafzimmer sind sehr intime Orte, vergleichbar mit Arbeitszimmern. Dort bewahren Menschen sehr persönliche Dinge auf.«

Er fand den Vergleich schräg und passend zugleich und sah sie an. Sie fuhr fort: »Die einen haben ein Bild ihrer Liebsten auf dem Schreibtisch, die anderen neben ihrem Bett. Der hier hat nichts.«

»Vielleicht«, orakelte Weller, »hat der keine Kinder.«

»Eine Freundin hatte er jedenfalls.«

Weller konnte nicht anders, er berührte die schwarze Bettwäsche. »Und die liegt jetzt in der Pathologie.«

Ann Kathrin stand kerzengerade und blickte zum Spiegel hoch. »Ich will alles über diesen Mann wissen. Alles«, sagte sie.

Rupert wusste gleich, dass er sich in einem Künstlerhaus befand. Die vielen Bilder an den Wänden forderten Aufmerksamkeit von ihm. Rupert fühlte sich in so einer Umgebung meist unbegabt und irgendwie außen vor. Er wollte nicht als Kunstbanause dastehen, und er wusste, dass Ann Kathrin einen Bochumer Holzschneider toll fand. Horst-Dieter Gölzenleuchter.

Also spielte Rupert jetzt den Kenner: »Oh, sind das Holzschnitte von Gölzenleuchter?«

Manfred C. Schmidt sah ihn groß an. »Das sind keine Holzschnitte von Gölzenleuchter, sondern Kaltnadelradierungen von meiner Frau.«

»Ach so. Selbstgemacht?«

Schmidt grinste. »Ja, aber nicht von mir. Fast alle sind von meiner Frau. Die hier zum Beispiel.«

»Sie malt kaputte Schuhe?«

»Jeder sieht, was er sehen möchte, Herr Kommissar. Womit kann ich Ihnen dienen?«

Die beiden nahmen in der Küche Platz. Auf dem Tisch lagen zwei Bücher. Der neue Roman von Manfred C. Schmidt und Ubbo Heides *Meine ungelösten Fälle.*

Schmidt tippte darauf: »Ich hab es mir von Ihrem Chef signieren lassen.«

»Das ist nicht mehr mein Chef«, konterte Ruperte und fragte sich, ob Bücher im Wert stiegen, wenn sie signiert waren.

Manfred C. Schmidt bestätigte die Angaben, die Peter Gerdes gemacht hatte, im Detail.

Rupert zeigte ihm jetzt ein Foto des Anglers. »Erkennen Sie den Mann? Ist das der Angreifer gewesen?«

Schmidt schüttelte den Kopf. »Nein, das glaube ich nicht. Außerdem habe ich dem Täter nicht ins Gesicht sehen können. Hätte ich aber gerne …«

»Um ihm eine reinzuhauen?«

»Genau! Aber er war leider zu schnell weg«, ergänzte Manfred C. Schmidt.

»Wenn Sie ihn nicht richtig gesehen haben, wieso schließen Sie dann aus, dass es dieser Mann war?«, wollte Rupert wissen. Er wirkte gereizt.

Schmidt nahm das Foto in die Hand. »Ich schätze, dieser Mann ist fünfzig. Eher sogar Mitte fünfzig. Er macht einen, sagen wir mal, behäbigen Eindruck. Der Täter war von seinen Bewegungen her jünger, höchstens dreißig, und sehr flink. Durchtrainiert.«

Rupert zweifelte die Beobachtung an: »Das haben Sie gesehen? Im Dunkeln? Nachts? Auf die Entfernung?«

»Nein«, erklärte Schmidt, »wir sind ihm doch nachgerannt, und er ist uns entkommen.«

Da Rupert noch wenig überzeugt aussah, sich aber mit links den Rücken massierte und merklich verkrampft dasaß, grinste Schmidt: »Laufen Ihnen normalerweise Typen weg, die gleichaltrig oder älter sind?«

Rupert antwortete nicht, sondern drückte nun auch seine Rechte in den Rücken und bog sich nach hinten.

»Ich meine«, fuhr Schmidt fort, »wenn Sie fit sind und keine Probleme mit den Bandscheiben haben …«

»Ich bin fit!«, stöhnte Rupert.

»Klar. Sieht man.«

Schmidt stand auf, ging zum Schrank und legte eine Tube mit einem Schmerzgel auf den Tisch. »Das hilft«, versprach er.

Rupert lehnte ab.

»Sie folgern also aus der Tatsache, dass der Täter Ihnen entkommen ist, dass er jünger ist als Sie?«

Schmidt lobte Ruperts rasche Auffassungsgabe, und Rupert hörte den ironischen Unterton nicht heraus.

Als Rupert aufstehen wollte, ging plötzlich nichts mehr. Er war stocksteif.

Schmidt half ihm. »So können Sie nicht Auto fahren. Soll ich Sie zur Polizeiinspektion zurückbringen?«

So weit kommt es noch, dachte Rupert. Der Krimiautor fährt den Kripomann im Polizeiwagen spazieren. Das wäre *die* Geschichte für Holger Bloem. Ich hab keine Lust, mich von dieser schreibenden Bande an der Nase durch den Ring führen zu lassen. Dann kann ich ihm ja gleich meine Ergebnisse vom Baumtest zeigen.

Rupert dachte jetzt an den Trainingsvorschlag, der ihm gemacht worden war, und die Rückenschmerzen wurden gleich noch viel heftiger.

»Wenn ich vielleicht doch etwas von dem Schmerzgel haben könnte ...«

Leider kam Rupert nicht mehr selbst an die entscheidenden Stellen, und so wuchtete Schmidt ihn mit dem Oberkörper auf den Tisch, zog Ruperts Hose tiefer, schob das Hemd höher und cremte Rupert ein.

Zur gleichen Zeit kam Schmidts Frau vom Markt zurück. Sie staunte zunächst über den Polizeiwagen vor der Tür, aber was sie dann sah, verschlug ihr für einen Moment die Sprache. Sie schaute ihren Mann nur fragend an, und der sagte: »Der Kommissar verhört mich gerade wegen der Mordsache in Leer.«

»Klar«, antwortete sie. »Das dachte ich mir schon.« Dann schloss sie die Tür.

Sie waren mit dem Tidebus von Sande zum Anleger in Harlesiel gefahren.

Es gab im Schaltergebäude am Hafen ein behindertengerechtes WC. Solche Sachen, denen er früher wenig Aufmerksamkeit geschenkt hatte, waren plötzlich sehr wichtig für Ubbo Heide geworden.

Er war zigmal durch das Drehkreuz zur Fähre gegangen. Jetzt war er froh, dass auch ein Handzugang für Rollstuhlfahrer existierte.

Ubbo Heide hatte sich fünf Bücher von seinen neuen Krimikollegen eingepackt, die er auf Wangerooge lesen wollte. Den Rest würde er sich in der Inselbuchhandlung besorgen.

Als sie in Harlesiel auf die Fähre warteten, klingelte sein Handy zweimal. Vielleicht wäre er drangegangen, wenn seine Frau Carola ihm keine vorwurfsvollen Blicke zugeworfen hätte. Sie brauchte keine Worte, um ihn zu ermahnen. Ihre Augen sagten: *Du bist nicht mehr im Dienst! Das ist nicht dein Fall. Lass die anderen weitermurksen.*

Okay, er saß im Rollstuhl. Okay, er war pensioniert. Aber es gab eine Stelle in ihm, da fühlte es sich an, als sei er noch immer der Chef der ostfriesischen Kripo. Dieser Mord an seinem ersten Abend als Schriftsteller oder, wie seine Frau so gern sagte, als Privatier, beschäftigte ihn sehr. Es war wie eine Botschaft an ihn. Eine Frau, die seine Veranstaltung besucht hatte, war kurz danach nur ein paar hundert Meter weiter ermordet worden.

Ubbo Heide hatte trotz vieler Zweifel den Glauben an Gott nie verloren. Jetzt fragte er sich, ob der Mord ein Zeichen des Himmels gewesen war, dass er doch noch nicht aufhören sollte. Dass seine Aufgabe auf Erden noch nicht erfüllt war.

Solche Dinge konnte er mit seiner Frau besprechen. Das wusste er. Sie würde ihn nicht auslachen. Sie sahen gemeinsam aufs Meer. Ein Nieselregen erfrischte den Küstenstreifen.

Carola stand hinter ihm, beide Hände auf den Rollstuhl gestützt. Sie suchten keinen Schutz vor dem Regen, sie reckten ihm ihre Gesichter entgegen. Ubbo teilte Carola seine Gedanken mit.

Sie hörte ihm aufmerksam zu und schwieg dann eine Weile. Er kannte das an ihr. Sie ließ Dinge gerne erst sacken, bevor sie reagierte. Dann sagte sie gegen den Wind: »Glaubst du wirklich, der Himmel bedient sich eines Killers, um dir etwas mitzuteilen?«

Er lächelte. So gesehen erschien ihm der Gedanke in der Tat absurd.

»Warum geschehen manche Dinge überhaupt?«, fragte er zurück. »Ist ein Plan dahinter, oder leben wir einfach nur im Chaos und rasen auf die Apokalypse zu?«

Die Fähre näherte sich. Ubbo wusste, dass es dort eine Rampe gab. Er hatte immer wieder einzelne Menschen mit Gehhilfen gesehen, aber jetzt fragte er sich, wie er die vier Kilometer vom Anleger Wangerooge bis zum Bahnhof schaffen sollte. Er hatte oft in der Inselbahn auf der Aussichtsplattform gestanden, manchmal zusammen mit zehn anderen, obwohl dort ein Schild hing, es seien höchstens vier Personen zugelassen. Aber wie sollte er im Waggon mit seinem Rollstuhl klarkommen? Die Gänge waren eng.

Die Fahrt selbst hatte er immer genossen. Welche Aussicht auf die in den Wiesen brütenden Vögel!

»Ich werde«, sagte er, »mit meinem Flitzer gar nicht in die Bimmelbahn kommen.«

Carola lachte. »Doch, du bist nicht der erste Rollstuhlfahrer, der nach Wangerooge kommt, um die Insel der kurzen Wege zu genießen.«

»Ja, aber wie sind die anderen hineingekommen?«

»Die Bahn hat zwei Mehrzweckwagen. Genug Platz für Kinderwagen und Rollstühle. Außerdem gibt es vom Inselbahnhof aus einen Elektrobus-Shuttle, um zu den Quartieren zu kommen.«

Ubbo staunte über die ausführliche und genaue Antwort. »Du hast da angerufen«, folgerte er.

»Natürlich, mein Guter. Ich habe mir die gleichen Fragen gestellt wie du, nur eben schon vor zwei Wochen. Und den Bus-Shuttle habe ich uns direkt telefonisch bestellt.«

Er sah seine Frau an, als würde er sich gerade neu in sie verlieben.

Ann Kathrin hasste die Dienstbesprechungen bei POR Diekmann. Allein die hochnäsige Art, wie sie den Mund verzog und dann so tat, als sei damit alles gesagt ... Wenn Ann Kathrin sich nicht täuschte, beurteilte Jutta Diekmann Menschen zunächst nach ihrem Gewicht. Wer den in ihren Augen idealen Bodymassindex nicht hatte, galt für sie als disziplinlos, dionysisch und sank damit auf das Intelligenzniveau von Masttieren wie Schweinen, Rindern oder Gänsen herab.

Solche Leute hatte sie gern in ihrer Nähe. Sie waren aus ihrer Sicht leicht zu führen, und in ihrer Gesellschaft fühlte sie sich überlegen.

Untergewichtige Personen, hagere, durchtrainierte Marathonläufer, empfand sie als Gefahr für sich und ihre Karriere. Solche Menschen hatte sie immer auf Abstand gehalten. Hier, in der Polizeiinspektion, gab es solche Personen aber nicht, wenn man mal vom Computerfreak Charlie Thiekötter absah. Aber der war nicht fit, sondern todkrank und hatte deshalb knapp zwanzig Kilo abgenommen.

Wie immer fror Frau Diekmann und hatte die Heizung auf volle Pulle gestellt. Sie saß so nah wie möglich am Heizkörper. Ihre Fingernägel waren dunkelrot lackiert. Ihre Frisur saß tadellos. Sie wusste noch nicht, dass Menschen mit ordentlicher Frisur in Ostfriesland als Stubenhocker gelten. Hier liebt man den Wind und ist gerne strubbelig.

Weller klopfte seine Papiere auf dem Tisch zurecht und begann: »Die Tote heißt Eske Tammena. Sie ist 29 Jahre alt und hat einen fünfjährigen Sohn. Der Name des Vaters ist unbekannt. Falls man Namen wie *der dumme Wichser* mal als realen Namen ausschließt.«

Weller sah sich in der Runde um. Sylvia Hoppe und Rupert nickten ihm zu. POR Diekmann saß nur stocksteif da. Weller kam dadurch unter Druck, sich erklären zu müssen: »Also, ihre Freundin hat uns gesagt, sie habe ihn ständig so genannt.«

Ann Kathrin stieß Weller unterm Tisch an. Er schaute sie fragend an, und sie machte ihm mit zwei Fingern eine Geste, er solle jetzt fortfahren.

»Jedenfalls ist Focko nicht der Sohn von ihrem derzeitigen – ja, wie soll ich ihn nennen – Freund? Lebensabschnittspartner? Lover?«

POR Diekmann sah Weller kalt an. Dieser Blick machte es ihm schwer, nicht zu stottern. Er hielt ihm nicht stand, sondern guckte hilfesuchend auf seine Papiere.

»Eske Tammena ist offiziell noch Studentin. Nach Angaben ihrer Freundin ist sie aber nur mehr eingeschrieben, um billig versichert zu sein.«

Ann Kathrin warf ein: »Was ich bei den heutigen Studiengebühren für einen schlechten Scherz halte ...«

Weller las jetzt einfach vor, was er notiert hatte: »Sie hat jedenfalls eine feste Beziehung mit Dr. Wolfgang Steinhausen. Er soll auch für ihren Lebensunterhalt aufgekommen sein und ihr Auto – einen Golf – finanziert haben. Steinhausen ist ein wichtiger Zeuge, aber im Moment nicht aufzufinden. Er wohnt in einem beeindruckenden Penthouse über den Dächern von Leer, mit Sauna, Fitnessstudio und begehbarem Humidor.«

Rupert guckte kritisch.

»Das ist ein Zigarrenschrank, der die richtige Luftfeuchtigkeit hat und ...«

Rupert winkte ab, als wüsste er schon längst genau Bescheid

und könnte sich jetzt ein komplettes Bild von Dr. Steinhausens Persönlichkeit machen.

POR Diekmann zeigte ihr Missfallen über diesen erklärenden Ausflug von Weller deutlich. Weller räusperte sich: »Seine Wohnung wirkt jedenfalls wie fluchtartig verlassen. Es gibt keine persönlichen Dinge. Keine Fotos oder Unterlagen. Nichts.«

»Wieso«, fragte Rupert, »haut der ab, wenn seine Freundin ermordet wird?«

»Da liegt es doch nahe, dass er der Täter ist«, sagte Sylvia Hoppe.

Ann Kathrin widersprach: »Laut übereinstimmenden Aussagen der Krimiautoren wollte sie nach dem Angriff zu ihrem Freund zurück. Also wird er es kaum gewesen sein. Und er hätte bessere Möglichkeiten gehabt, sie umzubringen, statt nachts in der Nähe seiner Wohnung ...«

»Stimmt«, stellte Rupert fest, »Beziehungstaten geschehen normalerweise in den eigenen vier Wänden. Die Wahrscheinlichkeit, von seinem Liebsten im Schlafzimmer umgebracht zu werden, ist viel höher als die, nachts im Hafen überfallen zu werden.«

Jutta Diekmann tippte mit ihrem Stift auf die Tischplatte und sah Rupert strafend an. Der verteidigte sich: »Das ist nicht meine Meinung, sondern reine Statistik!«

»Ich denke«, sagte Ann Kathrin, »Dr. Steinhausen ist nicht unser Täter, aber wir sollten uns um ihn kümmern. Ich vermute auch, Wolfgang Steinhausen ist nicht sein richtiger Name. Er hat Dreck am Stecken und ist geflohen, weil er Angst hat, uns in die Fänge zu gehen.«

Jetzt verzog Frau Diekmann höhnisch die Lippen. Wieder tippte sie mit dem Stift auf die Tischplatte. Diesmal ließ sie sich sogar zu einem Kommentar herab: »Nun wollen wir doch mal die Kirche im Dorf lassen. Wir suchen also einen Mörder. Keinen Ehebrecher, der sich in Leer ein Liebesnest für seine kleinen Affären gebaut hat und nun befürchtet, ins Licht der Öffentlichkeit gezerrt zu werden. Lassen Sie Herrn Dr. Steinhausen in Ruhe und konzentrieren Sie sich auf Ihre Ermittlungsarbeit. Wir fühlen uns hier alle nicht wohl bei dem Gedanken, dass ein Frauenmörder in Ostfriesland herumläuft, der seinen Mutterhass mit einer Stahlschlinge auslebt.«

Rupert, der oft einknickte und ganz auf kleiner Junge machte, wenn Frauen in solchem Tonfall sprachen, wollte Punkte sammeln und bot an: »Wir hätten da noch diesen Angler …«

Ann Kathrin reagierte scharf: »Wer hat hier etwas von Mutterhass gesagt?«

Diekmann zog die dünnen Augenbrauen hoch und hüstelte: »Ist das nicht immer so, wenn Männer gegen Frauen gewalttätig werden?«

Weller wusste, dass es besser gewesen wäre, aber er konnte es nicht für sich behalten: »Manchmal sind es auch einfach dumme, triebgesteuerte Arschlöcher.«

Ann Kathrin beugte sich zu Diekmann über den Tisch. »Darf ich Ihre Worte so interpretieren, dass wir in Richtung Dr. Wolfgang Steinhausen nicht weiter ermitteln sollen?«

Jutta Diekmann hatte den lauernden Tonfall wohl herausgehört und antwortete betont sachlich: »Wie Sie richtig ausgeführt haben, Frau Klaasen, handelt es sich bei ihm nicht um den Täter. Genau den suchen wir aber, und sonst niemanden!«

Ann Kathrin setzte sich gerade und stellte beide Füße nebeneinander fest auf den Boden. Sie atmete aus: »Eske Tammena wurde zweimal an fast der gleichen Stelle im Hafen angegriffen. Einmal haben die Krimiautoren sie gerettet, beim zweiten Mal war sie leider allein. Niemand da, der ihr hätte helfen können!« Ann Kathrin verdeutlichte es mit den Fingern. »Zwei Angriffe auf ein und dieselbe Person in einer Nacht. Das bedeutet, sie war kein Zufallsopfer. Sie war gemeint. Wir müssen also in ihrem Umfeld, ihrem Freundes- und Familienkreis ermitteln. Folglich ist es nur logisch, dass wir uns mit Herrn Steinhausen beschäftigen.«

POR Diekmann stand auf und sah auf die Mitarbeiter herab wie auf einen Haufen Insekten, der ihr Büro verunreinigte. Sie spielte gestisch Ann Kathrin nach und zeigte mit ihren Fingern. »Zweimal dieselbe Stelle. Vielleicht hat der Täter dort auf irgendein Opfer gewartet, und sie war nur dumm genug, ihm zweimal in die Falle zu laufen.«

Jutta Diekmann machte die Tür hinter sich sehr bewusst ganz leise zu. Dann war das Klack-Klack ihrer Absätze im Flur zu hören.

Alle sahen erleichtert aus, nachdem sie den Raum verlassen hatte.

Rupert stöhnte: »Frauen!«

Weller meldete sich zu Wort: »Ihre Freundin sagt, Eske Tammena sei Raucherin gewesen. Vielleicht durfte sie bei Dr. Steinhausen nicht rauchen und ist noch einmal rausgegangen, um …«

Sylvia Hoppe gab zu bedenken: »Ein Rauchverbot in einem Haus mit Humidor?«

»Dort wurde schon lange nicht mehr geraucht. Es roch nach Nüssen und Obst«, sagte Ann Kathrin, und Rupert ärgerte sich. So etwas ging in Ann Kathrins Ermittlungen ein: Gerüche. Gefühle. Farben. Ihm war das alles suspekt.

»Ob da geraucht wurde oder nicht, dafür ist bei uns die Spusi zuständig.«

»Ja«, konterte Ann Kathrin, »sofern sie ausrückt.«

Erst jetzt verstand Weller, worauf alles hinauslief. »Du meinst, wir dürften diese Wohnung gar nicht …« Er ballte die rechte Faust.

»Ich fürchte«, sagte Ann Kathrin, »wir hätten die Räume gar nicht erst betreten dürfen.«

»Und was machen wir jetzt?«, fragte Sylvia Hoppe.

»Unsere Arbeit«, schlug Weller vor.

»Ich will alles über diesen Dr. Wolfgang Steinhausen wissen, und ich will ihn, verdammt nochmal, zu einem Gespräch vorladen ...«

Rupert gefiel es, dass Ann Kathrin sich nicht ins Bockshorn jagen ließ. »Dazu müssen wir ihn aber erst finden.«

Seine Worte lösten Zustimmung aus.

Rupert hielt plötzlich einen Fünfzig-Euro-Schein hoch. »Fünfzig darauf, dass ich ihn habe, bevor ihr überhaupt wisst, wo er ...«

Ann Kathrin zeigte mit dem Finger auf Rupert. »Solche Wetten erlaube ich nicht.«

»Das war ein Scherz!«, verteidigte der sich, doch Weller funkelte ihn frech an. »Ich erhöhe auf hundert.«

Er hatte diese Ferienwohnung im Fledderweg in Norddeich nie aufgegeben. Er besaß zwölf Ferienwohnungen, vier davon in Norddeich. Sie wurden professionell verwaltet und machten ihm so gut wie keine Schwierigkeiten. In diesen unsicheren Zeiten erschien es ihm klug, Geld in Baugold zu investieren.

Ulrich Großmann, der von der Vermietung von Ferienwohnungen lebte – wenn das keine glaubwürdige, bürgerliche Existenz war ...

Um diese Jahreszeit standen die meisten der Wohnungen leer. Er konnte sich im Internet den Verteilungsplan genau anschauen. Erst um die Weihnachtsfeiertage waren die Wohnungen wieder vermietet.

Er hatte hier zwar nicht den Luxus wie in Leer, aber niemand würde ihn an diesem Ort suchen.

Der Regen trommelte gegen die Doppelglasscheiben. Wenn er die Fenster öffnete, könnte er das Meer hinterm Deich hören. Möwen kreischten über seinem Dach. Er ließ das Fenster geschlossen und schaute sich die letzten Video-Aufzeichnungen aus seiner Wohnung in Leer an.

Er konnte sich ein unwillkürliches Lächeln nicht verkneifen, als er Ann Kathrin Klaasen und diesen Weller sah, wie sie sein Quartier in Leer durchsuchten. Weller blickte im Humidor in jede Zigarrenkiste und roch sogar an einer Montecristo.

Ann Kathrin öffnete seinen Aktenschrank.

Was seid ihr doch für blutige Amateure, dachte er. In seinem Leeraner Versteck machten sechzehn bewegungsgesteuerte Kameras Bilder, die direkt auf eine Seite im Netz übertragen wurden, zu der er weltweit Zugang hatte. Ja, das war die neue Internetzeit! Er konnte sogar der Putzfrau Dang Thanh Bian auf der Toilette zusehen.

Er wusste, dass sie ihn nicht bestahl und auch nicht in seinen Papieren herumschnüffelte. Sie war auf eine kaum zu glaubende Art religiös. Katholisch, wie sie jedem, der es wissen wollte, erzählte, und er war sich sicher, dass sie als Jungfrau in die Ehe gegangen war.

Für ihn und seine Zwecke war sie die ideale Putzfrau. Er bedauerte den Verlust sehr. Er musste sie und das Quartier in Leer auf jeden Fall aufgeben. Daran war nicht zu rütteln.

Seine Gesichtshaut spannte. Er ging ins Badezimmer, und für einen Moment befürchtete er, die Salbe im Penthouse in Leer vergessen zu haben. Aber nein, sie befand sich in seinem Kulturbeutel.

Er war es gewöhnt, in wenigen Minuten einen Koffer zu packen und rasch eine Wohnung aufzugeben. Wenn man lebte wie er, musste man in der Lage sein, alles schnell loszulassen. Einer wie er durfte nicht zu viel überflüssigen Kram mit sich herumschleppen. Man konnte alles überall neu kaufen. Wichtige Unterlagen gehörten sowieso nicht in eine Wohnung, sondern in ein Schließfach bei der Sparkasse.

Aber diese Creme war wichtig. Vielleicht hätte die Polizei mit Hilfe dieser Creme darauf kommen können, dass sie es mit jemandem zu tun hatte, der eine Gesichts-OP hinter sich hatte.

Er kam sich ein bisschen vor wie Michael Jackson, den er nie gemocht hatte.

Er war immer so stolz auf sein Aussehen gewesen und hatte sich in Form gehalten in all den Jahren. Sein biologisches Alter lag knapp über vierzig. Trotzdem war er eigentlich im pensionsfähigen Alter. Er musste darüber grinsen.

Sie hatten seine Nase operiert. Er kam sich selbst fremd vor mit dieser hochgezogenen Stupsnase. Seine Kopfform war nicht mehr so markant wie früher. Diese Scheiß-Botoxspritzen hatten sein Gesicht aufquellen lassen.

Er hatte *The Wrestler* mit Mickey Rourke gesehen. Seitdem war er schon eher in der Lage, sich wieder mit sich selbst zu identifizieren. Wenn er an den Mickey Rourke in *Angel Heart* dachte und dann den heutigen sah, wusste er, wie Chirurgen, Chemie und hartes Training einen Menschen verändern konnten.

Trotzdem schmerzte seine Haut, und wenn er den Mund weit aufriss, hatte er Angst, die Lippen würden platzen. Selbst das Küssen machte ihm keinen Spaß mehr.

Seine Lippen waren gefühllos geworden für Zärtlichkeiten, aber Schmerzen konnte er noch spüren. Welch ein Fortschritt der Medizin, dachte er ironisch.

Aber obwohl man ihn sicherlich zehn, wenn nicht zwanzig Jahre jünger schätzte, als er in Wirklichkeit war, fand er, dass er im Gegensatz zu früher jetzt einen aufgedunsenen Bumskopf hatte.

Die Chirurgen konnten heutzutage doch so viel machen. Aber sein Knie war immer noch steif und schmerzte bei Wetterwechsel. Daran hatten auch drei OPs nichts geändert. Für immer würde er diese Ann Kathrin Klaasen dafür hassen. Das Luder hatte sein rechtes Knie zerschossen, damals auf Spiekeroog. Der Gedanke war wie eine Erinnerung an ein anderes Leben.

Das Treppensteigen machte ihm Mühe, und vermutlich hätte er kaum eine Chance gehabt, zu Fuß zu fliehen, wenn junge, sportliche Polizisten hinter ihm her gewesen wären. Diese Zeiten waren vorbei.

Er grinste. Im Grunde hatte es diese Zeit nie gegeben, denn weglaufen war noch nie sein Ding gewesen. Er hatte sich den Problemen lieber gestellt. Stehen bleiben und den Gegner kommen lassen … Er hatte das Duell immer geliebt. Wenn er einem Feind ins Auge sah, dann spürte er sich wirklich. Manchmal, dachte er, war das besser gewesen als Sex. Manchmal. Wenn er die Angst in den Augen seines Gegenübers spürte und dem anderen klarwurde, dass nur einer von ihnen überleben konnte …

Er fuhr sich mit den Fingern durch die Haare. Aus dem Silbergrau hatten sie ein Mittelblond mit ein paar silbernen Strähnchen gemacht. Renaturiert nannten sie diesen Vorgang. Es ließ ihn noch jünger aussehen.

Er fragte sich, ob Ann Kathrin Klaasen ihn trotzdem erkennen würde … Die Wahrscheinlichkeit war sehr gering. Einerseits galt er als toter Mann, war verbrannt und in einer Urne beigesetzt worden. Das war sehr hilfreich, denn die Menschen sahen immer nur das, was sie sehen wollten. Trotzdem ahnte er, wenn es einen Menschen gab, der ihn erkennen würde, dann wäre das Ann Kathrin Klaasen und niemand sonst.

Sie hatten ihm empfohlen, auch seine Körperform zu verändern. Die Schultern hängen zu lassen und sich einen Kugelbauch zuzulegen. Über ein Gesicht ließ sich verhandeln, dachte er. Aber über einen einsatzfähigen Körper nicht. Er wollte sein wie Wladimir Klitschko, der nicht älter wurde, sondern nur besser.

Er stopfte sich ein Kissen ins Hemd und drückte dann den Bauch raus. Ja, er konnte auch die Schultern hängen lassen, und mit einem anderen Gang sah er eher aus wie ein Sänger aus dem Norddeicher Shantychor und nicht wie einer der gefährlichsten Männer dieses Landes.

Das Schließfach in der Sparkasse Aurich Norden erschien ihm im Moment noch sicher. Aber was er brauchte, war eine völlig neue Identität. Wieder einmal.

Es gefiel ihm nicht, Ostfriesland zu verlassen. Eigentlich war das hier sein Jagdrevier. Hier spielte die Musik! Hier kannte er Mittel und Wege, war mit den Verhältnissen vertraut. Hier gab es einige Leute, die ihn fürchteten und unterstützten, aber leider rannte hier auch diese kleine Kommissarin herum …

Es gab nur zwei Möglichkeiten: Entweder er kickte sie aus ihrem Job, oder sie musste sterben. Die zweite Lösung wäre sicherlich die beste, dachte er. Vielleicht konnte er ihren Wagen malerisch explodieren lassen, während sie mit Weller über die Störtebekerstraße am Deich entlang nach Hause fuhr.

Eine Weile würde noch ermittelt werden, aber dann würde alles rasch im Sande verlaufen.

Sie musste weg, und dieser Weller am besten gleich mit. Erst dann würde Ostfriesland für ihn wirklich sicher werden.

Er hielt die Aufzeichnung an und zoomte ihren Kopf ganz groß heran, so dass ihr Gesicht den ganzen Bildschirm ausfüllte und sie ihn lebensgroß ansah. Er streichelte über ihre Wangen. Schade, dachte er, dass es nicht besser mit uns gelaufen ist.

Er hätte sie sich für einen Moment gut als seine Partnerin vorstellen können. Sie galt als hochintelligent und ehrgeizig. Zwei Eigenschaften, die sie beide teilten, auch wenn ihre Intelligenz nur im Vergleich zu ihren tumben Kollegen überragend war und keineswegs im Vergleich mit seiner.

Aber er hatte im Moment größere Probleme als Ann Kathrin und diesen Typen. Das ganze Rudel war aufgescheucht worden. Der Showdown hatte begonnen, und er würde diesmal alles auf eine Karte setzen.

Ann Kathrin Klaasen wohnte nur ein paar hundert Meter Luftlinie von hier entfernt, im Norden von Norden. Er konnte ihre Anwesenheit wie ein Kribbeln auf der Haut spüren.

Du glaubst, dass du mich jagst, dachte er. Aber das ist ein Irrtum, meine Liebe. Ich bin der Jäger und du das Wild. Du hast mir einmal zu viel ins Handwerk gepfuscht. Diesmal wirst du es nicht überleben. Ich bin dir noch etwas schuldig für die zerschossene Kniescheibe. Ab sofort heiße ich nicht mehr Dr. Wolfgang Steinhausen, dachte er. Jetzt heiße ich Ulrich Großmann. Und wenn das alles hier vorbei ist, werde ich in der Karibik am Strand kühle Drinks mit Schirmchen daran schlürfen, während du, liebe Ann Kathrin, in ostfriesischer Erde begraben sein wirst. Ich werde dann Gonzales heißen oder Cruz oder irgendeinen anderen spanischen Namen haben. Und immer, wenn mein Knie schmerzt, werde ich das Glas auf dich erheben, du gottverdammtes Miststück, du!

Weller und Ann Kathrin saßen sich im Distelkamp 13 in ihrem Haus in Norden gegenüber und sortierten die Fakten. Weller hatte Kakao gekocht, mit einem Espresso drin. Das war bei diesem Wetter genau richtig, fand er.

Ann Kathrin suchte im Internet nach Spuren von Dr. Wolfgang Steinhausen.

Weller schaute zum dritten Mal ungeduldig auf seine Uhr. Theo Hinrichs' legendärer Glühweinstand eröffnete heute auf der Osterstraße in Norden. Weller wollte unbedingt dabei sein. Er würde diesmal garantiert nicht mit dem Auto hinfahren. Beim letzten Mal war er nach Ann Kathrins Angaben *fröhlich, aber breit wie eine Axt* nach Hause gekommen.

Theos weißer Glühwein und der Eierpunsch waren einfach zu gut. Außer bei Theo hatte er noch nie weißen Glühwein getrunken. Er erinnerte sich an den Abend. Ein heftiger Wind und Schneeregen hatten sie in Dreierreihen fast in die Bude gedrückt. Sein Nachbar, der Maurer Peter Grendel, und Literaturkritiker

Lars Schafft hatten heftig miteinander diskutiert. Er war praktisch von den nachrückenden Gästen zwischen die zwei geschoben worden.

»Willkommen in unserer Mitte«, hatte Peter Grendel gesagt und einen Arm um seine Schultern gelegt.

Lars hatte leicht abgewandelt ein Schillerwort hinzugefügt: »So gewähren wir dir die Bitte und lassen dich sein in unserem Bunde der Dritte.«

Satzfetzen waren jetzt für Weller wieder da. Bilder, Lichter, Gelächter. Er hatte echte Erinnerungslücken. Er war so viel Alkohol einfach nicht gewöhnt, und die zwei Bratwürstchen vom Stand gegenüber hatten ihm auch nur kurz geholfen.

Ann Kathrin staunte über ihren Frank. »Was ist mit dir?«, fragte sie. »Ist dir schlecht?«

»Nein, ich dachte nur gerade an etwas. Theos Glühweinstand müsste heute eröffnen.«

Sie hatte jetzt beim besten Willen keinen Nerv für solche Geselligkeiten. »Theos Glühweinstand eröffnet also?«, fragte sie, und es klang wie: *Deine Sorgen möchte ich haben …*

Aber dann fuhr Weller fort: »Ich muss mit Peter Grendel reden. Der hat damals etwas von einem merkwürdigen Umbau in Leer erzählt. Er sollte aus drei Wohnungen eine machen oder so ähnlich. Er sagte was von *Über den Dächern von Leer* und erwähnte auch, die hätten *einen am Appel.* Sie wollten eine tragende Wand rausbrechen oder so. Wie gesagt, wir waren sehr blau … Besser gesagt, ich und Lars. Peter verträgt einfach mehr.«

»Erzählst du mir gerade, dass Peter Grendel diese Wohnung für Wolfgang Steinhausen umgebaut hat?«

»Ja, ähm … ich glaube schon … zumindest besteht die Möglichkeit.«

Ann Kathrin rief Peter sofort an und erreichte ihn auf einer Baustelle in Norddeich, wo neue Ferienwohnungen hochgezogen wurden. Er war gut gelaunt und erinnerte sich sofort an den

Abend: »Dein Mann hat eigentlich bei Theo nicht zu viel getrunken. Er ist einfach nur fünfzig Kilo zu leicht.«

So hatte sie das bisher noch gar nicht gesehen. Sie fragte Peter nach der Wohnung in Leer.

»Ja, das Penthouse. Klar. So etwas vergisst man nicht. Leute mit viel Geld und offensichtlich ohne die geringste Ahnung wollten etwas ganz Besonderes. Das haben sie dann ja auch bekommen. Ich hätte ihren Auftrag aber fast abgelehnt.«

»Warum?«

Weller deutete ihr an, er wolle auch verstehen, was Peter sagte. Ann Kathrin schaltete auf laut, so dass Weller mithören konnte. Er setzte sich auf die Tischkante, nippte an seinem Kakao und hörte Peter Grendel zu.

»Na, ich habe gesagt, Leute, auch mit doppelt so viel Geld kann man die physikalischen Gesetze nicht außer Kraft setzen. Statik ist Statik, und eine tragende Wand ist eine tragende Wand. Am Ende waren sie einsichtig und zufrieden. Was die alles so wollten ... Kugelsicheres Glas. Einen zweihundert Kilo schweren Tresor in der Wand. Wände, als sollten sie einen Weltkrieg überstehen ... Ich hab gesagt: Leute, man baut Bunker nicht oben auf Hochhäuser, sondern unten auf dem Boden oder tief in der Erde. Aber ein Bunker mit Panoramablick, das ist schon selten.«

Ann Kathrin sah Weller an. Der hatte jetzt einen Kakaobart.

»Tresor? Wir waren in der Wohnung. Ich habe keinen Tresor gefunden.«

Peter Grendel lachte. »Da hängen die Leute meist ein großes Bild vor. Irgend so einen Öldruck mit viel Landschaft.«

Ann Kathrin zeigte auf Weller, und der schluckte: »Scheiße! Das hässliche Ölbild! Passte irgendwie auch gar nicht in die Bude.«

Weller stellte die Tasse ab, stand auf und ging in den Nebenraum. Er rief in Leer an und informierte die Kollegen über den Tresor. Er hatte keine Lust, deswegen extra wieder hinzufahren.

Erstens war er sicher, dass der Tresor dem Namen der Stadt, in der er stand, alle Ehre machen würde, und zweitens wollte er heute noch einen weißen Glühwein bei Theo trinken. Mindestens einen.

»Wer war dein Auftraggeber?«, fragte Ann Kathrin.

Peter Grendel atmete heftig aus: »Das war auch so ein Problem. Ständig führte da jemand anders das große Wort, und eine Hand wusste nicht, was die andere tat beziehungsweise wollte. Mal hüh, mal hott. Die Wohnung gehörte einer Firma, die dort ab und zu hochrangige Mitarbeiter unterbringen wollte. Irgendeine Gesellschaft mit beschissenen Hosen.«

Ann Kathrin verstand nicht gleich.

»Eine GmbH«, erläuterte Peter Grendel. »Die hieß Paul Dickmann oder Dickopf oder so ähnlich. Kann ich nachgucken. Jedenfalls haben die pünktlich bezahlt.«

Ann Kathrin bedankte sich und legte auf.

Woher kenne ich den Namen dieser Firma, fragte sie sich. Sie suchte die GmbH im Internet vergeblich. Sie ging davon aus, dass es sich nicht um den Fabrikanten von Schokoküssen handelte, aber der Name Paul Dickopf kam ihr bekannt vor.

Weller kam wieder herein und nickte ihr zu. »Das in Leer übernehmen die Kollegen vor Ort.«

»Paul Dickopf … hieß so nicht mal ein Präsident des Bundeskriminalamtes?«

Weller zuckte mit den Schultern.

War das Zufall, fragte Ann Kathrin sich, oder verspotteten hier irgendwelche Verbrecher, die sich für besonders schlau hielten, die Polizei?

Ihre Wut auf POR Diekmann war noch ziemlich groß und heiß. Sie beschloss, nach Wangerooge zu fahren, um mit Ubbo Heide zu reden. Irgendwie war er immer noch ihr Chef, und sie wollte sich mit ihm absprechen. Sie konnte sich nicht damit abfinden, dass Jutta Diekmann an seine Stelle getreten war. Für

Ubbo gab es so leicht keinen Ersatz, und Frau Diekmann war bestimmt keiner.

»Wenn ich noch einen Flieger kriege, besuche ich Ubbo auf Wangerooge.«

Weller hängte sich sofort ans Telefon, um es für sie zu organisieren.

Ann Kathrin ging duschen. Als sie sich im Badezimmer ausgezogen hatte, stieg sie auf die Waage. Sie hatte zwei Kilo zugenommen.

Warum mache ich das, dachte sie. Warum wiege ich mich ausgerechnet in so einem Moment? Will ich mich damit endgültig runterziehen?

Als sie unter der Dusche stand und sich Haarshampoo in die rechte Hand spritzte, las sie darauf: *Für extra mehr Volumen und Fülle.*

Vielleicht, dachte sie, sollte ich zum Abnehmen besser mit unserem Geschirrspülmittel duschen. Darauf steht: *Entfernt auch hartnäckiges Fett.* Was soll ich mit mehr Volumen und Fülle?

Dann schäumte sie sich die Haare ein.

Weller öffnete die Tür zum Badezimmer und rief: »Eigentlich kommt man jetzt nicht mehr rüber, aber es gibt noch einen Flieger. Weil du's bist, haben sie gesagt!«

Ann Kathrin beeilte sich.

»Soll ich mitkommen?«, fragte Weller. »Du wirst vermutlich heute nicht mehr zurückkommen, oder?«

»Ich muss einfach mit Ubbo reden, verstehst du?«

Er verstand nur zu gut, sie wollte das alleine durchziehen, und er freute sich auf Theos Glühweinstand.

Ann bekam eine SMS von Peter Grendel: *Paul Dickopf GmbH hieß der Chaosverein.*

Danke, schrieb sie zurück.

Es war ein kurzer, aber heftiger Flug gegen den Wind. Es kam Ann Kathrin so vor, als würde der Wind die Insel gegen jeden Eindringling verteidigen.

Wangerooge lag da, als sei die Insel gerade erst aus dem Meer geboren worden und könnte jeden Moment wieder von ihm verschluckt werden.

Ihr war ein bisschen flau, als sie aus dem Flieger stieg.

Ann Kathrin genoss den Fußweg vom Flugplatz zur oberen Strandpromenade. Der Wind fuhr ihr durch die Kleidung und streichelte ihre Haut. Die Kühlung tat ihr gut. Der Regen auch.

Der helle Sandstrand legte sich wie ein zärtlich schützender Arm um die Insel, die zu schlafen schien.

Bei Ubbo Heide brannte Licht.

Carola Heide öffnete. Es roch nach frisch gebrühtem schwarzen Tee und nach Mandelgebäck.

Ubbo saß im Ohrensessel am Fenster und sah aufs Meer. Ohne sich nach Ann Kathrin umzudrehen, sagte er: »Setz dich zu mir, mein Mädchen.«

Ann Kathrin fragte sich, ob er sie gerade mit seiner Tochter Insa verwechselte oder ob er jetzt, nach der Pensionierung, seinen Vatergefühlen ihr gegenüber nun endlich freien Lauf lassen konnte.

Der Sessel neben ihm war frei. Darin hatte zweifellos noch kurz zuvor Carola gesessen. Jetzt deutete sie Ann Kathrin an, sie solle ihren Platz einnehmen.

Die zwei, dachte Ann Kathrin, sitzen hier nebeneinander und schauen einfach aufs Meer, wie andere Ehepaare auf ihren Flachbildschirm, wenn eine Fernsehshow läuft.

Ubbos Gesicht spiegelte sich in der Scheibe, an der Regentropfen herunterliefen und salzige Streifen hinterließen.

Er klopfte mit rechts auf die Sessellehne. Ann Kathrin setzte sich. Jetzt sah sie die Untertasse, auf der ein zerteilter Marzipanseehund lag.

»Magst du?«, fragte er.

Sie wollte mit Rücksicht auf ihre Speckröllchen eigentlich ablehnen, aber bei Marzipan von ten Cate fiel es ihr schwer, nein zu sagen. Außerdem wollte sie gern diesen kleinen Genuss mit Ubbo teilen.

Gleichzeitig mit ihm schob sie sich ein Stück in den Mund. Während das Marzipan unter ihrem Gaumen schmolz und Carola Heide Tee eingoss, rüttelte der Wind an den Fenstern.

Der Kandis zersprang knisternd in den Tassen.

»Wenn ich hier sitze und diese Naturgewalten sehe, dann weiß ich, dass unsere Sorgen und Probleme meist nur aufgeblasener Unsinn sind. All die Scheinriesen, die uns quälen und sich wichtig machen, versinken dort in den Fluten.« Er zeigte aufs Meer. »Das da spült alles weg.«

Sie widersprach ihm nicht, obwohl sie gerade vor lauter Zweifeln und Fragen kaum ein noch aus wusste.

Sie blickte mit ihm aufs Meer und erzählte einfach, was sie bedrückte: »Der Freund der Toten heißt Dr. Wolfgang Steinhausen, und mit ihm stimmt etwas ganz und gar nicht. Er ist von der Bildfläche verschwunden, und, was viel schlimmer ist, es scheint ihn nie gegeben zu haben. Er ist ein Geist. Ja, es ist, als hätte ich es mit einem Geist zu tun. Er hat ein Penthouse. Eine Geliebte. Eine Putzfrau. Aber er scheint nicht wirklich zu existieren. Er hat nicht einmal die Wohnung gekauft oder Miete über ein Konto gezahlt. Das alles könnte auch im Lehrbuch fürs Zeugenschutzprogramm stehen. Aber eines der speziellen Art. Ohne organisierte Hilfe ist es undenkbar, dass jemand so wie er …«

Ihr fehlte das passende Wort. Ubbo legte seine Hand auf ihren Unterarm. Carola zog sich einen Stuhl heran.

»Hier kreuzen sich drei Schifffahrtswege«, sagte Ubbo. »Man sieht praktisch immer ein Schiff. Meistens mehrere gleichzeitig. Siehst du, dort zum Beispiel, und da.« Er deutete auf die Lichter. »Das da ist ein Lotsenboot. Weserpilot. Das Frachtschiff da hinten ist vermutlich die MSC Matilde. Fährt unter der Flagge von Panama. Wahrscheinlich nach Antwerpen. Sieht von hier winzig aus, ist aber in Wirklichkeit fast dreihundert Meter lang.«

Er deutete auf die Lichter. Ann Kathrin fragte sich, woher er so genau die Namen der Schiffe kannte.

Carola lächelte und berührte sein Gesicht. »Er weiß so gut wie alles über die Schiffsbewegungen vor Wangerooge. Er muss immer genau wissen, was um ihn herum passiert, studiert Karten und …«

Ann Kathrin gab ihr recht: »Ja, in der Polizeiinspektion wusste er auch immer genau, wer gerade wohin unterwegs war und was plante. Du bist ein richtiger Kontrollfreak, Ubbo, stimmt's?«

Er zeigte aufs Meer. »Das da hinten ist …«

Sie unterbrach ihn. »Ubbo, bitte!« Gleichzeitig fragte sie sich, ob sie eigentlich ein Recht dazu hatte, so mit ihren Problemen in seine Privatsphäre einzudringen. Trotzdem fuhr sie fort: »Eine Firma Paul Dickopf hat alles gekauft und umbauen lassen. Aber auch diese Firma scheint es nie wirklich gegeben zu haben. Wenn eine GmbH sich auflöst, muss sie doch eigentlich all ihre Immobilien verkaufen. Oder sehe ich das falsch? Das sind doch alles nur Tarngeschichten, oder?«

Ubbo Heide wog den Kopf hin und her. »Paul Dickopf?«, sprach er ihr nach. Sie schien endlich sein Interesse geweckt zu haben.

»Ja, Paul Dickopf, so hieß mal ein Präsident des BKA«, sagte sie, um ihm zu zeigen, dass sie ihre Hausaufgaben gemacht hatte.

»Nicht irgendein Präsident, Ann. Paul Dickopf war eine sehr umstrittene Figur. Ein alter NSDAP-Mann.« Ubbo Heide winkte beschwichtigend ab. »Zwei Drittel aller führenden BKA-Leute waren in den Nachkriegsjahren ehemalige Nazileute. Dickopf wurde sogar Chef von Interpol. Das war besonders pikant, weil sein Freund, François Genoud, vielen Kriegsverbrechern beim Untertauchen geholfen hat. Genoud war bis zum Schluss ein Hitlerverehrer. Aber Paul Dickopf ist schon lange tot.«

»Und warum taucht plötzlich eine GmbH mit seinem Namen auf und …«

Ann Kathrin schwieg und wartete auf Ubbos Reaktion.

»Es ist ein Zeichen, Ann. Ein internes Signal. Sie besorgen Wohnungen, Identitäten, und ich wette, sie organisieren Auslandsreisen und helfen Leuten, unterzutauchen«, sagte Ubbo Heide, ohne den Blick vom Meer zu wenden. »Und sie haben beste Kontakte zur Polizei. Das sagen sie damit all denen, die sich auskennen in der Geschichte unseres Landes und … in der Geschichte unserer Polizei.«

Der Mond lugte auf eine gespenstische Weise hinter einer Wolke hervor, als würde er sich dort verstecken.

Ann Kathrin war sehr aufgeregt. »Welchen Leuten helfen sie unterzutauchen?«

»Ich habe keine Ahnung, Ann. Aber so ergibt es einen Sinn – es sei denn, der Name wäre eine Zufälligkeit.«

Ann Kathrin protestierte: »Die Kriegsverbrecher hat man längst vor Gericht gestellt, oder sie sind gestorben. Dieser Dr. Wolfgang Steinhausen ist knapp sechzig. Wenn die Informationen stimmen …«

Ubbo Heide nahm einen Schluck Tee. Ann Kathrin ließ ihren kalt werden.

»Ich denke, Ann, es ist eine V-Mann-Geschichte.« Dann sah er sie fragend an. »Hat man dich schon zurückgepfiffen?«

»O ja, Ubbo, das hat man. Und zwar massiv.«

Er lächelte. »Siehst du. Da wurde also eine Legende für einen V-Mann aufgebaut. Ich mochte so etwas nie. Meine Vorgesetzten waren immer der Meinung, man brauche V-Leute. Ich denke das nicht. Ich meine, all diese Nazimorde in den letzten Jahren … Wir hatten die Szene doch mit V-Leuten durchsetzt. Und? Hat es etwas genützt? Im Grunde alimentieren wir diese Verbrecher doch nur mit unseren Steuergeldern. Wenn wir damit aufhören, gehen die einfach pleite.«

Ann Kathrin schwieg. Der Mond verschwand hinter der Wolke, und weit hinten, über dem offenen Meer, entlud sich ein Gewitter. Die Blitze verästelten sich und erleuchteten die regennasse Scheibe.

»Du meinst, das ist irgendein politisches Ding?«, fragte Ann Kathrin.

Auf der oberen Strandpromenade bellte ein Hund, der ins Haus wollte.

»Es muss ja nicht unbedingt um Politik gehen, Ann. Vielleicht ist dieser Dr. Steinhausen ein wichtiger V-Mann, der in ein Drogenkartell eingeschleust wurde, und in ein paar Wochen soll der ganze Laden hochgehen. Nun hat jemand seine Freundin umgebracht, und er muss sofort die Mücke machen, weil er sonst auffliegt. Lass am besten die Finger davon. Du pfuschst sonst nur den eigenen Leuten ins Handwerk.«

Sie reagierte empört: »Das rätst du mir? Ausgerechnet du? Ich soll aufgeben?«

»Ja, das rate ich dir. Bei V-Leuten fällt es schwer, zwischen Gut und Böse zu unterscheiden. Sie gehören nicht wirklich zu uns, und manchmal sind es einfach nur Täuscher, Hochstapler und feige Verbrecher. Dieser Dickopf ist ein gutes Beispiel dafür. Er hat nach Kriegsende behauptet, in die Schweiz geflohen zu sein. So wurde er zum Widerstandskämpfer. Andere sagten, er sei dort als Agent gegen deutsche Emigranten eingesetzt worden, und seine Flucht sei nur die Legende, die die Nazis ihm gegeben hatten, damit er unbehelligt in der Schweiz arbeiten konnte. Das ist eben immer das Problem. Bei diesen Leuten weiß man nie, was Wirklichkeit ist und was Manipulation. Die Aufgabe von uns Kripoleuten ist es schlicht, die Wahrheit herauszufinden. Lüge und Täuschung zu entlarven.«

Carola Heide wurde ganz aufgeregt. »Nach dem Krieg«, sagte sie, »sind plötzlich alle Widerstandskämpfer gewesen. Gerade hatten sie noch als Richter Todesurteile im Dritten Reich verhängt, und gleich darauf waren sie aufrechte Demokraten. Nein, das habe ich alles nie geglaubt.«

Ubbo gab seiner Frau recht: »Das BKA war Jahrzehnte auf dem rechten Auge blind, und wir wussten auch alle genau, warum.«

»Es geht also doch um Politik?«

»Nein, aber mit Sicherheit um einen wichtigen V-Mann.«

Ann Kathrin schaute jetzt zu Carola Heide, als wolle sie bei ihr den Rat suchen, den Ubbo verweigerte. Der schwieg jetzt in der Tat betreten.

Ann Kathrin brauste auf: »Und was willst du tun?«

Sie sprach mit ihm, als sei er nach wie vor im Dienst und voll verantwortlich, doch er antwortete gelassen: »Ich? Ich werde hier sitzen und diesen Naturgewalten zusehen. Man sagt ja, Wangerooge gehöre nicht mehr zu Ostfriesland. Aber ich glaube, der Nordsee ist das egal. Oder hast du je gehört, dass sich das Meer um eine Verwaltungsreform gekümmert hätte?«

Ann Kathrin wusste nicht genau, was er damit sagen wollte. Sie war einerseits wütend auf den alten Chef, und andererseits gönnte sie ihm von Herzen, dass er endlich zur Ruhe kam, hier sitzen konnte bis in alle Ewigkeit und nichts weiter tun musste, als Tee zu trinken und aufs Meer zu schauen.

Er nahm sich noch ein Stück Marzipan.

»Du wirst heute nicht mehr zurückkommen, Ann«, sagte er. »Willst du hier schlafen? Wir haben Platz auf dem Sofa.«

»Ja, wenn es keine Umstände macht?«

Carola beeilte sich zu sagen: »Macht es nicht. Im Gegenteil. Ich weiß doch, wie gern mein Mann dich in seiner Nähe hat.«

Als Frank Weller, Holger Bloem und Peter Grendel sich an Theos Glühweinstand zuprosteten und gutgelaunt dem Wind trotzten, ahnten sie nicht, dass sie in einem Albtraum erwachen könnten, der ihr Leben durcheinanderschütteln und die ganze Küstenregion verändern würde.

Eine Radfahrerin in regenabweisender Kleidung war zur gleichen Zeit in Norden unterwegs und warf drei Päckchen ein. Eins in den Briefkasten des Ostfriesland-Magazins, Stellmacherstraße 14, zu Händen von Holger Bloem, und eins beim Niedersächsischen Landesbetrieb für Wasserversorgung, Küsten- und Naturschutz, Am Sportplatz 23. Sie schob sich sorgfältig eine blonde Haarsträhne zurück unter die Kapuze ihres dunklen Pullovers. Dann radelte sie seelenruhig zur Polizeiinspektion Norden und legte dort am Markt auf der Treppe das dritte Päckchen ab.

Sie konnte von hier aus die Osterstraße sehen, wo noch ein paar vorweihnachtliche Buden geöffnet hatten. Der Wind wehte den Geruch von Bratwurst und Glühwein zu ihr rüber. Sie fand, dass sie sich eine Stärkung zur Entspannung verdient hatte.

Es dauerte eine Weile, bis sie drankam, so dicht drängten sich die Gäste vor Theos Stand. Sie bestellte sich über die Köpfe der anderen hinweg einen Eierpunsch.

Peter Grendel nahm das Getränk an und reichte es zu ihr durch. Dafür legte sie ihm ein paar Münzen in die große Maurerhand. »Stimmt so!«, rief sie fröhlich. Peter lieferte das Geld bei Theo ab, der nicht einmal hinsah, wie viel es war.

Es gefiel ihr bei den Ostfriesen, die wie eine Pferdeherde bei Gewitter nah zusammenstanden und sich gegenseitig gegen den Wind schützten. Sie mochte ihre trockene, ruhige Art.

Holger Bloem erzählte, er habe einen Ostfriesen interviewt, der mit seinen Eltern vor dreißig Jahren nach Indien ausgewandert sei. Angeblich besäßen sie jetzt dort so viel Land, dass er fünf Stunden brauche, um es einmal mit seinem Auto zu umkreisen.

»So eine Scheißkarre hatte ich auch mal«, sagte Peter Grendel.

In das Gelächter hinein bestellte sie sich noch einen Eierpunsch und dachte: Morgen schon werdet ihr das tun, was wir von euch verlangen. Oder ihr werdet alle sterben. Alle!

Es machte ihr Spaß, in ihre Gesichter zu sehen, und sie stellte sie sich jetzt schon als Leichen vor.

Als Ann Kathrin erwachte, hörte sie das Rauschen der Nordsee und roch Krabben mit Rührei und schwarzen Tee.

Carola Heide hatte das Frühstück bereits für drei Personen zubereitet und die Stühle so gestellt, dass jeder einen freien Blick auf die Nordsee hatte. Sie goss mit einer weiten, fließenden Bewegung aus einer Karaffe Leitungswasser in Gläser, als gäbe es nichts Wichtigeres zu tun auf der Welt.

Ubbo Heide prostete der verschlafenen Ann Kathrin zu: »Meine Frau sagt, man solle morgens immer erst ein großes Glas Wasser trinken.«

Er tat es demonstrativ.

»Ja«, lachte Carola, »das ist wie duschen von innen.« Sie zeigte auf den gedeckten Tisch. »Wir könnten auch im Pudding frühstücken oder bei Upstalsboom. Aber ich dachte mir, so macht es auch Spaß.«

Sie hatte schon frische Seelchen von Bäcker Bolte geholt, und Ann Kathrin aß mit Heißhunger, noch bevor sie ins Bad ging.

Wo die beiden sind, dachte sie, da bin ich auf eine merkwürdig selbstverständliche Art auch zu Hause. Da ist immer Platz für mich, und da kann ich im knubbeligen T-Shirt verpennt am Tisch sitzen. Wie schön!

Sie trank noch ein zweites Glas Wasser. Der Gedanke, von innen zu duschen, gefiel ihr.

Holger Bloem fuhr gern morgens mit dem Rad zur Redaktion. Er ließ sich den Kopf freipusten, und er spürte seinen Körper. Er fuhr gegen den Wind. Ein gutes Training für die Beinmuskulatur, dachte er.

Er öffnete das Päckchen nicht sofort, aber er registrierte, dass es weder Briefmarken noch Poststempel trug. Als er es in die Hand nahm, huschte ein kribbeliges Gefühl durch seinen Arm, fast, als sei das Päckchen elektrisch aufgeladen.

Im Niedersächsischen Landesbetrieb für Wasserversorgung, Küsten- und Naturschutz hegte eine Mitarbeiterin noch die Hoffnung, dass es sich um einen äußerst geschmacklosen Scherz handeln könnte. Gleichzeitig traute sie sich aber nicht mehr zu atmen. Sie hatte sogar Angst, sich selbst mit ihren Fingerspitzen zu berühren.

Sie ließ alles auf dem Schreibtisch stehen, ging rückwärts zur Tür zu den Toilettenräumen und wusch sich die Hände so intensiv wie noch nie zuvor in ihrem Leben.

Dann rief sie ihren Vorgesetzten an.

Das Päckchen lag auf dem Schreibtisch, neben einer Tüte Erdnussflips. Holger Bloem öffnete es und fischte zunächst den Zettel heraus. Er las und wählte sofort die Nummer 110.

Marion Wolters meldete sich: »Polizei! Notruf!«

»Mein Name ist Holger Bloem.«

»Der Holger Bloem?«, fragte Marion Wolters voller Respekt nach. Sie hatte das Ostfriesland-Magazin abonniert und mochte seine klare Art zu schreiben.

»Ja, Holger Bloem vom Ostfriesland-Magazin. Ich habe etwas hier in der Redaktion«, sagte er sachlich, »das Sie interessieren wird. Jemand droht, das Trinkwasser in Ostfriesland zu vergiften, und wenn mich nicht alles täuscht, hat er eine Probe des Gifts beigelegt, mit dem er vorhat, uns alle zu töten.«

»Haben Sie«, fragte Marion Wolters, »das geöffnet?«

»Na ja, sonst hätte ich den Brief ja kaum lesen können.«

»Ich meine, diese Giftprobe.«

»Ich bin doch nicht verrückt. Ich habe das Fläschchen nicht mal angerührt.«

»Gut. Fassen Sie jetzt nichts mehr an. Sie könnten Spuren verwischen …«

»Kein Problem. Ich hatte das sowieso nicht vor.«

Marion Wolters räusperte sich. Sie waren hier um diese Zeit notorisch unterbesetzt. Außerdem band der Mordfall in Leer die Kräfte.

»Können Sie, Herr Bloem, das alles in eine Plastiktüte packen und zu uns bringen?«

»Das ist jetzt nicht Ihr Ernst?! Ich soll irgendwelche biologischen Kampfstoffe quer durch Norden zu Ihnen transportieren? Wie denn? Auf dem Fahrrad? Mit dem Taxi? Ich hatte eher die Vorstellung, hier würde jetzt gleich jemand von Ihnen auftauchen und alles sicher entsorgen. Sie haben doch bestimmt Erfahrung mit so etwas.«

»Ja, äh … natürlich. Also, das kann ich verstehen. Aber vielleicht handelt es sich auch nur um einen Studentenstreich. Einen Abi-Gag. Da wollen wir doch nicht gleich mit Kanonen auf Spatzen schießen.«

Bloem überlegte, ob es Sinn machen würde, einfach ihren Chef anzurufen.

»Abi-Gag? Ende November? Ich fasse das Zeug jedenfalls nicht an«, sagte er energisch, und Marion Wolters entschied: »Okay. Es kommt gleich jemand vorbei.«

Bloem verließ das Büro und verriegelte die Tür. Dann informierte er seine Kollegen.

POR Diekmann war kreidebleich, als Rupert ihr das Päckchen auf den Tisch legte und sagte: »Das haben die Kollegen heute Morgen in Norden vor der Dienststelle gefunden. Das heißt, eigentlich schon gestern Abend, aber es hat da niemand dem Ding große Beachtung geschenkt. Entweder will uns hier jemand verarschen oder …«

POR Diekmann rollte mit dem Sessel ganz vorsichtig nach hinten, hob die Hände hoch, als wolle sie sich in Gefangenschaft begeben und atmete nur noch flach.

»Nehmen Sie das Ding weg«, hauchte sie. Ihre Stimme hatte dieses kratzbürstige Dominanzstreben verloren. Sie klang jetzt eher wie ein verängstigtes Kind im Vorschulalter. »D… das ist kein Scherz«, flüsterte sie, als könnte das Ding hochgehen, wenn sie zu laut sprach.

Rupert fragte sich schon lange, ob Frauen so einen siebten Sinn hatten, Dinge wahrzunehmen, die Männern verschlossen blieben, oder ob sie einfach nur hysterisch waren und deswegen hinter jeder Ecke eine Gefahr lauern sahen, wo in Wirklichkeit nichts war. Aber dann ahnte er, dass sie einfach mehr wusste als er, und es machte ihn sauer, von ihr für dumm verkauft zu werden.

»Sie wissen genau, was da drin ist«, sagte er und sein Ileosakralgelenk schmerzte pochend.

Sie antwortete nicht. Sie verließ einfach nur mit ihm den Raum, und so, wie sie aussah, hätte sie am liebsten das Gebäude räumen lassen und dann den Befehl gegeben, es in die Luft zu jagen.

Ann Kathrin verließ Wangerooge nur ungern. Als sie aus dem Flieger sah, fand sie, dass diese Insel sich auf eine zauberhafte Art ihre Unschuld bewahrt hatte. Sie wusste, dass sie in nächster Zeit öfter hierherkommen würde, um Ubbo zu treffen. Sie wollte weder auf seine Freundschaft verzichten noch auf seine Fachkompetenz.

Er wollte sie eigentlich noch auf eine Fischsuppe in den Compass einladen, aber die SMS von Weller hätte klarer für sie nicht sein können:

Wir brauchen dich hier, mein Engel!

Sie versuchte vom Flugplatz aus zweimal, ihn zu erreichen, aber er ging nicht ran, und ein Anruf in der Zentrale machte ihr klar, dass er aus irgendeinem Grund keinerlei telefonische Auskunft geben konnte.

»Aber«, lachte sie, »du erkennst doch meine Stimme, Marion!«

Doch die Frau, die Rupert so gerne *Bratarsch* nannte und die als so geschwätzig galt, dass ihr Spitzname bei den anderen lange *Radio Ostfriesland* gewesen war, blieb hart: »Ich verbrenne mir hier jedenfalls nicht den Mund, Ann Kathrin. Besser, du kommst.«

Dann waren plötzlich Hubschrauber da. Einer landete auf dem Parkplatz in der Stellmacherstraße, direkt vor der Redaktion des Ostfriesland-Magazins. Es stiegen Leute in futuristischer Schutzkleidung aus, als sollte hier ein Hollywood-Endzeitstreifen gedreht werden.

Holger Bloem stand vor der Tür. Er konnte nicht widerstehen. Er musste sie einfach fotografieren, wie sie in die Redaktion stürmten und das Päckchen aus seinem Büro holten.

Welche Bilder!, dachte er und fragte sich, ob sie im nächsten Heft weniger über Weihnachtsmärkte und dafür mehr über das hier berichten sollten, was immer hier im Gang war. Er hatte das Gefühl, es könne vieles in Frage stellen und vieles verändern. Allerdings nicht zum Guten.

Plötzlich stand ein Mensch vor ihm und stellte sich in militärischem Ton als Sicherheitsoffizier vor. Er trug im Gegensatz zu seinen Männern keinen Schutzanzug, sondern einen grauen Anzug und eine rote Krawatte. Er ging nicht mit ins Gebäude, sondern blieb draußen beim Hubschrauber stehen. Er fragte Holger Bloem: »Darf ich bitte Ihren Fotoapparat haben?«

»Nein«, antwortete Bloem, »dürfen Sie nicht.«

»Die Bilder«, sagte der Mann hart, »müssen gelöscht werden.«

Er streckte die Hand aus und wollte nach dem Apparat greifen. Bloem versteckte ihn hinter seinem Rücken und ging einen Schritt nach hinten.

»Mein Name ist Holger Bloem. Ich bin Chefredakteur des Ostfriesland-Magazins. Darf ich wissen, wer Sie sind?«

»Ich leite als Sicherheitsoffizier diese Aktion hier, und Sie kommen gleich in Quarantäne.«

Holger Bloem stieß einen kurzen, erstaunten Lacher aus. »Heißt das, ich komme in Quarantäne, wenn ich Ihnen den Fotoapparat nicht gebe? Wenn ich aber tue, was Sie sagen, ist alles in Ordnung und ich darf mich praktisch als gesund und geheilt entlassen betrachten?«

Der Mann antwortete nicht und presste die Lippen fest aufeinander. Dann sog er die Wangen nach innen. Das machte er immer, wenn er unter großem Druck stand, und Holger Bloem sah ihm an, dass er kurz davor war, die Nerven zu verlieren und zu explodieren. Trotzdem war Bloem nicht so einfach bereit, den Fotoapparat herauszurücken.

»Dies«, sagte der Sicherheitssheriff mit mahlenden Zähnen, »ist eine sehr ernste Situation.«

Seine Kiefer knirschten dabei wie rostige Zangen. Noch einmal versuchte er es im Guten. Er hielt die geöffnete Hand hin, als würde er um eine milde Gabe bitten. »Den Fotoapparat!«, forderte er, ohne die Lippen zu bewegen.

»Haben Sie keine Angst, dass der kontaminiert ist? Ich habe ihn doch angefasst. Wir wollen ganz sicher beide nicht, dass Ihnen etwas passiert ...«, sagte Holger Bloem, und in seiner Stimme klang nicht der geringste Anflug von Ironie mit.

Der Sicherheitsoffizier drehte sich um und knirschte vor Wut mit den Zähnen Er hatte Probleme, mit Zivilisten umzugehen, das wusste er. Seine Frau hatte ihn verlassen, weil er angeblich unsensibel bis zur Gefühlslosigkeit war, und sein pubertierender Sohn hielt ihn für einen *geistesgestörten Irren, der dringend in Behandlung gehört.* Frauen, pubertierende Jugendliche, Zivilisten – das alles war im Umgang für ihn schon schwierig genug, fand er. Aber Journalisten waren für ihn einfach nur nervtötend. Bei allem, was er sagte, musste er damit rechnen, später zitiert und lächerlich gemacht zu werden.

Er winkte zwei Mitarbeiter heran. Sie kamen in ihren Astronautenanzügen langsam, fast zeitlupenhaft, auf Bloem zu. Dann baten sie ihn gestisch, in eine Art aufblasbares Ganzkörperpräservativ zu steigen.

Er tat es, ein bisschen aus journalistischer Neugier und ein bisschen, weil er zunehmend befürchtete, an der ganzen Sache könnte doch etwas dran sein, und er war immerhin da, wo ein Journalist seiner Meinung nach hingehörte: mitten im Geschehen.

Den Fotoapparat hatte er nicht hergegeben, und sein Handy trug er auch noch bei sich. Er fühlte sich gewappnet für den Tag. Aber er ärgerte sich, dass er die Tüte mit den Erdnussflips auf dem Schreibtisch hatte liegenlassen. So merkwürdig es ihm vorkam, genau jetzt, in dieser Situation, bekam er Heißhunger auf Erdnussflips.

Noch vor Ann Kathrin erschienen zwei Männer aus Hannover in der Polizeiinspektion. Sie sprachen zunächst nur mit POR Diekmann, dann wurden alle in den großen Besprechungsraum gerufen.

Ann Kathrin stürmte die Treppen hoch und nahm nach Luft hechelnd Platz. Sie hatte Schweißtröpfchen zwischen Nase und Oberlippe.

Dr. Kaiser stellte sich als Staatssekretär aus dem Innenministerium vor, und Otto Nüssen bezeichnete sich als engen Vertrauten des Umweltministers.

Kaiser hatte einen frischen Bürstenhaarschnitt, zwei Zentimeter über den Ohren ausrasiert.

Nüssen dagegen trug eine Frisur wie ein Rauschgoldengel, der volltrunken von einer Wolke gefallen war.

Ann Kathrin schmunzelte. Sie waren beide politische Beamte, aber es war nur schwer vorstellbar, dass sie zur selben Partei gehörten. Vermutlich, dachte Ann Kathrin, ist diese Zusammenstellung das Ergebnis einer Koalitionsregierung. Die einen haben das Innenministerium bekommen, die anderen das Umweltministerium.

Kaiser trug einen dunklen Anzug, in der Hose einen Kniff, den er garantiert nicht selbst reingebügelt hatte. Seine Seidenkrawatte war ein Geschenk seiner Schwiegermutter, und man brauchte nicht viel Menschenkenntnis, um zu begreifen, dass die Frau ihn nicht leiden konnte.

Nüssens Blazer war blau, dazu trug er eine Jeans. Krawatte und Hemd hatte er vermutlich zusammen in einer Packung gekauft. Er hasste Krawatten und war nicht wirklich in der Lage, sie zu binden. Sein Hemd war am Kragen eine Nummer zu klein.

Jutta Diekmann nickte, während die beiden sprachen, als ob sie jeden Satz persönlich nur bestätigen könnte.

Dr. Kaiser begann: »Ich muss Sie darauf hinweisen, dass nichts von den hier gesprochenen Worten diesen Raum verlassen darf.

Wir müssen eine Panik und einen enormen wirtschaftlichen Schaden für ganz Ostfriesland und die Küstenregion abwenden. Jemand erpresst uns mit der Drohung, das Trinkwasser zu vergiften. Da will einer 10 Millionen abgreifen.«

»Wenn das hier geheim bleiben soll«, spottete Weller, »hätten eure Leute besser nicht mit Astronautenanzügen aus Hubschraubern klettern sollen …«

Dr. Kaiser nahm Wellers Worte locker auf. POR Diekmann dagegen warf ihm einen tadelnden Blick zu, als habe er etwas gesagt, das sich nicht gehörte.

»Wir werden«, erklärte Kaiser, »das ganz offiziell als eine Übung darstellen.«

»Unser Trinkwasser«, sagte Nüssen, »ist das sicherste und das bestkontrollierte Lebensmittel der Welt. Sie können es bedenkenlos aus jedem Wasserhahn trinken. Es gab schon immer Gerüchte, Al-Qaida könnte einen Terroranschlag auf die Trinkwasserversorgung verüben, aber es ist nie gelungen. Erstens ist es für nichtstaatliche Organisationen schwierig, an die nötige Menge Biokampfstoffe zu kommen, und außerdem haben wir ausgeklügelte Überwachungssysteme, die natürlich geheim sind, um genau so etwas zu verhindern.«

Ann Kathrin widersprach ihm sofort: »Die Schweizer veröffentlichen ja ihre Sicherheitsmaßnahmen: Im Kanton Zürich setzen sie ganz auf Wasserflöhe. Wenn die sterben, stimmt etwas nicht. In Bern dagegen arbeiten sie mit Forellen. Das sind ja auch sehr empfindliche Tiere. Aber offen gestanden, beruhigt mich das nicht …«

Ann Kathrin verblüffte Weller immer wieder. Er fragte sich, woher sie so etwas wusste. Oder bluffte sie nur?

Dr. Kaiser räusperte sich und sah zu POR Diekmann mit einem Blick, als wolle er ihr signalisieren, sie solle gefälligst für Ruhe und Ordnung sorgen.

»Jedenfalls sind wir auf alle Eventualitäten vorbereitet«, behauptete er. »Wir haben schon vor geraumer Zeit ein Team von …«, er schien zu überlegen, ob er die ostfriesischen Kripoleute wirklich so weit einweihen durfte, dann tat er es aber doch, »von hundertvierundfünfzig hochqualifizierten, in den USA ausgebildeten Mitarbeitern, die sich der Sache annehmen werden. Es gilt ein absolutes Informationsverbot. Totales Stillschweigen nach außen. Und Sie werden auch nicht Ihren Ehepartnern oder Freunden unter dem Deckmäntelchen der Verschwiegenheit davon berichten. Diese Sache muss vollkommen dicht bleiben. Wer gegen diese Regel verstößt, hat mit harten Konsequenzen zu rechnen. Habe ich mich klar und unmissverständlich ausgedrückt?«

Frau Diekmann nickte. »O ja. Das kann ich nur unterstreichen, und meine Dienststelle sichert Ihnen jede gewünschte Unterstützung zu.«

Rieke Gersema, die Pressesprecherin, zischte in die Runde: »Ihre Dienststelle! Hört, hört!«

Ann Kathrin meldete sich erneut zu Wort. POR Diekmann reagierte ungehalten, aber Ann Kathrin sprach trotzdem: »Kann es sein, dass der oder die Täter Ihre Informationspolitik durchbrechen wollen und deswegen mehrere Drohbriefe und Kostproben ihres Könnens verschickt haben?«

Nüssen sagte jetzt mehr, als er sich vorgenommen hatte, aber der Schock war für ihn noch so groß, dass er die Informationen, die er auf der Fahrt von Hannover nach Aurich bekommen hatte, erst jetzt zu verarbeiten begann.

»Also, die Proben wurden untersucht. Diese Leute haben nicht geblufft. Im Gegenteil. In jedem Päckchen befand sich ein anderer, hochgiftiger Stoff. Rizin, Anthrax und …«

Dr. Kaiser passte das alles nicht. Er unterbrach ihn: »Man unterscheidet bei biologischen Kampfstoffen verschiedene Gruppen. Bakterien sind Kleinstlebewesen, die sich selbst vermehren und Menschen sehr krank machen können. Sie zählen zu den bekanntesten Biokampfstoffen. Anthrax kann zum Beispiel Milzbrand auslösen. Bakterien sind auch außerhalb des Wirts sehr widerstandsfähige Überlebenskünstler. Viren dagegen sind intrazelluläre Parasiten, aber ohne eigenen Stoffwechsel.«

»Sind wir jetzt hier im Biologieunterricht?«, fragte Rupert.

Jutta Diekmann zupfte am Ärmel ihres Kaschmirpullovers herum, als würden darauf kleine Tierchen herumkrauchen, die sie aufsammeln müsste. Sie zerrieb etwas zwischen den Fingern und ließ es fallen. Sie hatte Sorge, dass hier alles aus dem Ruder laufen könnte. Sie wurde laut: »Die Täter fordern zehn Millionen. Sie werden bei der Geldübergabe einkassiert werden, aber das ist nicht unsere Aufgabe. Dafür gibt es …«, sie holte Luft.

»Hundertvierundfünfzig Spezialisten?!«, schlug Rupert vor.

»Jawohl, Spezialisten«, sagte sie, als sei sie dankbar für dieses Stichwort und strich den Ärmel ihres Pullovers wieder glatt.

Aus Leer bekam Weller eine kurze Nachricht auf sein iPhone. Die Kollegen hatten nicht nur den Tresor hinter dem Ölgemälde gefunden, sondern auch noch mehrere aktive Webcams.

Er hat uns also zugesehen, dachte Weller grimmig. Wer immer dieser Dr. Wolfgang Steinhausen ist, er war uns die ganze Zeit näher als wir ihm.

Weller schob die Nachricht Ann Kathrin rüber.

Er ging auf dem Deichkamm spazieren und aß dann im Diekster Köken eine Portion Bratheringe mit Bratkartoffeln. Er ließ es sich schmecken. Er konnte tagelang von Wasser und Kaffee leben, dann plötzlich verschlang er ein halbes Kilo Pralinen oder aß drei komplette Hauptgerichte hintereinander. Dazu wechselte er allerdings immer das Lokal, um niemandem aufzufallen. Wer nach dem Wiener Schnitzel mit Salzkartoffeln eine Fischplatte bestellte, den vergaß der Kellner so schnell nicht, und er wollte niemandem im Gedächtnis bleiben.

Aber wer in verschiedenen Lokalen je ein Abendessen zu sich nahm, über den würden später nur sehr widersprüchliche Angaben gemacht werden.

Ja, er hat im Diekster Köken Bratheringe gegessen und dazu alkoholfreies Bier getrunken.

Nein, er hat im Regina Maris ein Filetsteak gegessen, medium, und dazu Rotwein getrunken.

Kann gar nicht sein! Er war in Gittis Grill und hat eine Riesen-Currywurst mit Pommes und Mayonnaise gehabt, dazu ein großes Bier.

Er lächelte bei dem Gedanken, wie leicht es war, Menschen zu verwirren und zu manipulieren.

Damit die Polizei die Ermittlungen einstellen und die Akte schließen könnte, war es am einfachsten, ihnen einen Täter zu präsentieren. Am besten wäre es, wenn es nach Selbstmord aussah.

Er stellte sich vor, Mike eine Waffe in den Mund zu stecken und abzudrücken. Nein, nicht seine Beretta. Die brauchte er noch. Er fühlte den Sitz der Waffe, und das beruhigte ihn.

Die Polizei brauchte einen Täter. Gut, den sollten sie bekommen. Außerdem hatten sie vermutlich längst ganz andere Sorgen. Die Aktion hatte begonnen, und er musste ganz nah dran sein.

Er weidete sich an der Panik und der Hilflosigkeit der Behörden.

Stunden später wurde Holger Bloem in einem eigens für solche Einsätze ausgestatteten Lkw von seiner Schutzhaut befreit. Er hatte den kaum zu unterdrückenden Wunsch, sofort zu duschen.

Ein junger Arzt, der allein durch sein Auftreten fachkundig und vertrauenseinflößend wirkte, sagte zu ihm: »Sie sind nicht mit dem Zeug in Berührung gekommen, sonst würde es Ihnen inzwischen sehr schlechtgehen.«

»Es ging mir auch schon besser …«

Der Arzt lächelte verständnisvoll. »In dem Fläschchen, das Sie zum Glück nicht geöffnet haben, war pulverisiertes Rizin. Das ist ein äußerst giftiges Protein. Null Komma zwanzig Milligramm reichen aus, um einen erwachsenen Menschen zu töten. Es fällt unter die Biowaffenkonvention und gleichzeitig unter die Chemiewaffenkonvention der Vereinten Nationen. Im April wurden Briefe mit Rizin an Barack Obama und den New Yorker Bürgermeister Bloomberg abgefangen. Sie befinden sich also in guter Gesellschaft.«

»Na, danke. Soll ich das jetzt als eine Art Beförderung betrachten?«

Der Arzt lächelte verständnisvoll. »Wir müssen einige Tests durchführen, und ich würde Sie am liebsten auch über Nacht hierbehalten, aber es steht Ihnen frei, zu gehen.« Der Arzt zog die Schultern vor und wieder zurück. Er drückte die Brust raus und machte auf dem Stuhl Bewegungen, als würde er auf einem Pferderücken sitzen. »Sie zeigen keinerlei Symptome. Sie müssten längst eine starke Schleimhautentzündung haben, Brennen im Mund und im Rachen.«

Holger Bloem schluckte schwer und griff sich an den Hals.

Der Arzt fuhr fort, um ihn zu beruhigen: »Dazu kommt hohes Fieber und blutiges Erbrechen. Der Tod tritt normalerweise durch Kreislaufversagen ein. Ein Gegenmittel gibt es leider nicht.«

»Na klasse, dann ist ja alles in Ordnung.«

Bloems Handy meldete sich. Er sah den Arzt fragend an. Der nickte ihm zu, und Bloem sprach mit seiner Frau Angela. Er behauptete, es gehe ihm gut, und sie brauche sich keine Sorgen zu machen.

»Du hörst dich aber an, als ob du eine Grippe bekommen würdest. Deine Stimme ist ganz kratzig und …«

»Nein, meine Stimme ist nicht kratzig«, protestierte Bloem. »Das liegt an der trockenen Luft hier, Angela.«

Sie wollte wissen, ob er Lust hätte, heute Abend mit ihr im Smutje essen zu gehen. Deichlamm.

»Ja«, sagte er, »prima Idee, aber ich weiß noch nicht genau, wann ich hier wegkomme.«

Der Arzt rollte seinen Kopf hin und her. Ständig machte er irgendwelche Übungen im Sitzen, eine Art Krankengymnastik für Dauergestresste.

Dr. Kaiser bemühte sich immer noch, eine allgemeinverständliche Sprache zu benutzen, was ihm offensichtlich schwerfiel: »Dieser Journalist Bloem und die Mitarbeiterin vom Niedersächsischen Landesbetrieb für Wasserversorgung, Küsten- und Naturschutz befinden sich noch in Quarantäne. Sie sind aber wohlauf«, betonte Kaiser.

Rupert wurde bei den Ausführungen ganz anders. »Wenn Bloem und diese Torte vom Wasserwerk in Quarantäne sind, wieso hat mich dann kein Mensch untersucht? Oder …«, er zeigte auf Frau Diekmann, und die wurde ganz blass.

»Das Fläschchen in Ihrem Päckchen enthielt Cholera-Erreger. Das sind hochbewegliche Bakterien. Diese Krankheit ist bei uns längst besiegt. Cholera tritt nur in ärmeren Ländern immer mal wieder auf, wenn Trinkwasser- und Abwassersysteme nicht klar voneinander getrennt sind. Hier helfen schon ein paar Schutzmaßnahmen wie Abkochen, Hände waschen oder …«

Rupert hustete. »Mir wird schlecht.«

»Warum«, fragte Ann Kathrin, »schickt der Täter uns verschiedene Gifte? Rizin an die Redaktion, Anthrax ans Wasserwerk und Cholera-Erreger in die Polizeiinspektion?«

Dr. Kaiser nahm einen Schluck Wasser, als wolle er damit

demonstrieren, dass sie die Sache voll im Griff hatten. Allerdings trank er aus einer PET-Flasche.

»Er will uns seine umfangreichen Fähigkeiten demonstrieren«, schlug Weller vor und löste damit allgemeine Zustimmung aus. Ihm fiel auf, dass zwar Kekse auf dem Tisch standen, aber niemand sie anrührte. Nicht einmal die mit Schokoüberzug, und die waren normalerweise zuerst weg.

»Den letzten großen Cholera-Ausbruch gab es 2010 auf Haiti. Mehr als eine halbe Million Menschen waren damals erkrankt. Gut siebentausend sind gestorben. Es gibt aber sehr effektive Gegenmittel und Schutzmaßnahmen. Die letzte Epidemie bei uns war achtzehnhundertzweiundneunzig in Hamburg, mit mehr als achttausendsechshundert Toten. Robert Koch hat damals …«

Weller beugte sich zu Ann Kathrin. »Die kennen sich aber echt aus …«, flüsterte er.

Sie gab ihm recht: »Das hier trifft die nicht unvorbereitet. Sie rechnen seit langem mit so was.« Dann fragte sie laut in den Raum: »Warum ausgerechnet Ostfriesland? Hätten sich der oder die Verbrecher nicht besser eine Großstadt ausgesucht?«

Nüssen durchkämmte mit seinen feingliedrigen Klavierspielerfingerchen die Engelsfrisur und sagte: »Der Landesbetrieb für Wasserversorgung hier in Norden ist zuständig für die ganze Region.« Er zählte auf: »Aurich, Oldenburg, Hannover, Hildesheim, Braunschweig, Göttingen, Meppen, Stade, Brake, Lüneburg …« Er brach die Aufzählung mit einer Geste ab, als könne er sie noch lange fortsetzen. »In einem Flächenland wie Niedersachsen fällt es besonders schwer, alle Möglichkeiten, etwas ins Trinkwassersystem einzuspeisen, zu kontrollieren, denkt vermutlich der Täter, aber wir sind gegen so etwas gewappnet.«

Er sah Jutta Diekmann an, die fusselte wieder an ihrem Pullover herum, nickte ihm aber zu. Die drei wollten offensichtlich gehen. Unmut kam im Raum auf.

»Wir werden jetzt alle die Arbeit erledigen, für die wir bezahlt werden«, sagte POR Diekmann. »Außerdem werden wir Stillschweigen bewahren und den Kollegen der Spezialeinheit jede Unterstützung geben, die sie brauchen.«

Ann Kathrin meldete sich, kam aber nicht mehr dran.

Jutta Diekmann, Dr. Kaiser und Nüssen verabschiedeten sich mit einem unangemessenen *Winke-Winke*, obwohl Ann Kathrin laut fordernd rief: »Moment! Da stellen sich mir aber noch ein paar Fragen, die ich gerne beantwortet hätte!«

Rieke Gersema klopfte Ann Kathrin auf die Schultern. »Nicht nur dir, Ann, nicht nur dir.«

»Und um mich macht sich wohl gar keiner Sorgen?«, klagte Rupert.

»Also, gut siehst du nicht aus«, lästerte Rieke Gersema.

Ann Kathrin stellte ihre Frage jetzt laut in den Raum: »Wenn jemand eine Touristengegend erpressen will … wer von euch wäre dann so blöd, das im November zu tun, wenn hier kaum ein Mensch ist?«

Die Frage hing im Raum wie Nebelschwaden. Weller fächerte sich Luft zu.

Wie das Mensch gewordene schlechte Gewissen stand Maria Rennefahrt-Neumann im Flur, die freundliche junge Frau, die mit Rupert den Baumtest durchgeführt hatte. Rupert fand, dass sie auf eine unerträgliche, zur Schau gestellte Art gesund war, sportlich und gut gelaunt.

»Haben Sie unseren Termin vergessen?«, fragte sie und lächelte dabei vielsagend.

»Was für einen Termin? Ich weiß von keinem Termin.«

»Nun, Sie haben mich darum gebeten, Ihnen zu helfen, Ihre problematischen persönlichen Leistungen zu optimieren und so allmählich dem Niveau Ihrer Kollegen anzupassen.«

»Ich habe Sie um gar nichts gebeten«, zischte Rupert. »Ich will nur zur Toilette. Würden Sie mir bitte den Weg frei machen?«

Sie zog ein zusammengefaltetes Stück Papier aus der Innentasche ihrer Jacke und wippte dabei in den Knien nach, als müsse sie testen, ob der Boden, auf dem sie stand, noch fest genug war.

Sie faltete das Papier auseinander. Rupert erkannte sofort den Briefkopf der ostfriesischen Kriminalpolizei.

»Stimmt«, lachte sie. »Sie haben mich gar nicht gebeten, sondern Ihre Chefin, Polizeioberrätin Jutta Diekmann.«

Rupert atmete schwer aus. Er wusste nicht, ob das Druckgefühl in seinen Eiern jetzt von der Schrägstellung des Ileosakralgelenks oder durch die stressige Situation mit dieser Frau im Flur kam. Jeden Moment konnte ein Kollege aus dem Besprechungsraum kommen. Es war ihm peinlich. Er wollte nicht körperlich zum alten Eisen gehören und fitnessmäßig zum untersten Drittel.

Am liebsten hätte er mit der Hand in seine Hosentasche gegriffen, um zumindest den engen Slip zu lockern, aber das konnte er jetzt vor dieser Frau unmöglich machen, und als wäre nicht alles schon schlimm genug, kamen nun auch noch Weller und Ann Kathrin aus dem Besprechungsraum in den Flur.

Für Rupert war Angriff im Zweifelsfall die beste Verteidigung, und deswegen polterte er jetzt los: »Dieser Test«, schrie er, »ist wissenschaftlich doch gar nicht haltbar!«

Die junge Frau ging einen Schritt zurück. Mit so einer emotionalen Attacke hatte sie nicht gerechnet.

Ann Kathrin blieb stehen und sah Rupert an. Sie konnte sich gar nicht daran erinnern, von Rupert jemals das Wort »wissenschaftlich« gehört zu haben.

Sie nickte Maria Rennefahrt-Neumann freundlich zu und fragte dann Rupert: »Wie meinst du das denn? Wissenschaftlich nicht haltbar … Gibt es dafür irgendwelche Kriterien?«

»Ja! Das ist total ungerecht!«

Die Mitarbeiterin der Baumtestgruppe wunderte sich: »Wie,

ungerecht? Das habe ich ja noch nie gehört. Glauben Sie, es hat jemand geschummelt? Sie betrogen?«

Rupert führte einen Boxschlag in die Luft aus, als würde er einen Gegner, der zwei Köpfe größer war als er, ausknocken.

»Nein, verdammt! Aber überlegen Sie doch mal«, er klopfte gegen seine Stirn, »Männer und Frauen werden getrennt beurteilt. Aber dann, man kann doch nicht die Leistung eines Zwanzigjährigen mit der eines Fünfzigjährigen vergleichen und dann sagen, der andere hält aber länger durch, ist schneller oder kann höher springen. So ein Blödsinn!« Wieder klopfte er sich gegen den Kopf. »Man muss doch innerhalb einer Altersgruppe verglichen werden, ja, im Grunde sogar innerhalb einer Gewichtsklasse, wie beim Boxen …«

Maria Rennefahrt-Neumann wich noch weiter zurück, aber Ann Kathrin stellte sich jetzt so vor Rupert, als wolle sie sich als Sparringspartner für sein Boxtraining anbieten.

»Ich fürchte, da irrst du dich, Kollege«, sagte sie. »Stell dir das doch mal rein praktisch vor. Der übergewichtige Kollege mit fünfzig kriegt es mit einem zwanzigjährigen Straftäter zu tun. Am besten einem aktiven Kickboxer. Soll der Kollege dann sagen: *Augenblick, Augenblick, das ist jetzt unfair. Warte mal einen Moment, ich rufe gleich einen Polizeibeamten in deinem Alter und deiner Gewichtsklasse?*«

Für einen Moment wusste Rupert keine Antwort.

Weller lachte laut, und das machte Rupert noch zorniger, denn ein bisschen empfand er es auch so, als würde Weller über ihn lachen.

Weller lehnte sich jetzt lässig an die Wand und sah dem Rededuell zu. Er wusste, dass Rupert gegen Ann Kathrin nicht gewinnen konnte.

Der kratzte sich jetzt unwillkürlich da, wo es ihn die ganze Zeit schon juckte.

»Der Test ist doch nicht gegen Sie gerichtet«, sagte Maria

Rennefahrt-Neumann. »Er soll Ihnen helfen, Ihre Leistung zu verbessern, Sie darauf hinweisen, wo Sie Schwächen haben und ...«

Rupert hob den Zeigefinger. »Ha!«, rief er. Endlich hatte er eine sichere Verteidigungslinie gefunden. »Wenn es keine Altersgrenzen gibt und Gewichtsklassen keine Rolle spielen, wie, liebe Ann Kathrin, erklärst du dir denn dann, dass man zwischen Männern und Frauen unterscheidet? Wenn du vor diesem berühmten Kickboxer stehst, sollst du dann sagen: *Halt, einen Moment bitte, ich rufe einen männlichen Kollegen, und zwar einen, der beim Baumtest besser abgeschnitten hat als ich?*«

»Das sind nicht viele«, warf Maria Rennefahrt-Neumann ein.

Ann Kathrin gab Rupert recht. »Stimmt. Das geht nicht. Und deshalb halte ich mich auch fit, und ich habe, wie du weißt, eine sehr gute Nahkampfausbildung.«

Irgendwie fand Weller das zwar richtig, aber trotzdem fuchste es ihn. Es hätte ihm besser gefallen, in so einer Situation den Helden spielen zu können. Immerhin war er ja auch noch da und jederzeit bereit, sich für Ann Kathrin oder an ihrer Stelle zu prügeln.

»Ich finde«, sagte Ann Kathrin, »man sollte nicht mal zwischen den Kollegen aus dem Innendienst und den Aktiven draußen unterscheiden. Wenn es zum Beispiel zu einem Großeinsatz kommt, weil Hooligans die Innenstadt terrorisieren, dann sind sie genauso draußen wie alle anderen auch und können sich kein Schild um den Hals hängen, auf dem steht: *Gnade, ich bin eigentlich im Innendienst.*«

Die junge Frau räusperte sich und versuchte, sich wieder sachlich ins Gespräch zu bringen. »Wir haben in der Polizeiinspektion Aurich eigene Trainingsräume eingerichtet, und ich habe Ihnen hier einen auf Sie persönlich abgestimmten Trainingsplan ausgearbeitet, mit dem Sie sich körperlich wieder ...«

»Ja, drehen denn jetzt alle am Rad?«, fluchte Rupert.

Jetzt sprang Ann Kathrin ihm bei. »Unser Kollege ist sehr

dankbar für Ihr Trainingsprogramm. Aber im Moment haben wir … einen Mordfall zu lösen.«

Rupert atmete auf und sagte jetzt schon wesentlich freundlicher in Richtung Rennefahrt-Neumann: »Sehen Sie, Frau Professor Baum, es ist alles in Ordnung. Wir haben nur leider gerade für Ihre Sperenzchen keine Zeit.«

»Ich bin nicht Frau Professor Baum. Der Test ist von Herrn Professor Baum entwickelt worden. Ich bin nur eine Multiplikatorin, die man nach Ostfriesland geschickt hat, um hier mit dem Test zu arbeiten. Er wird großflächig eingesetzt, in Nordrhein-Westfalen und in …«

Rupert wollte nur an ihr vorbei zur Toilette. »Jaja, ganz toll, Frau Professor Baum.« Er klopfte ihr auf die Schulter. »Aber leider, leider – Sie hören ja«, er hob unschuldig die Arme und verschwand zur Toilette.

Weller liebte Eintöpfe. Wenn der Wind ums Haus pfiff und die letzten Blätter aus den Baumkronen kämmte, dann war für ihn die Eintopfzeit gekommen. Das war gut für Körper und Seele, fand er. Einen Eintopf zu kochen war für ihn eine Art Meditation. Das ganze Haus roch dann danach.

Ann Kathrin wollte eigentlich als Schnibbelhilfe mitmachen, aber jetzt saß sie nur bei ihm in der Küche und recherchierte am Computer.

Weller begann damit, Zwiebeln zu würfeln und Knoblauch kleinzuhacken. Dann gab er alles in seinen großen Topf und ließ es in Walnussöl brutzeln, damit sich die Röstaromen gut entfalten konnten. Er sah dabei die ganze Zeit in den Topf und rührte um. Es gefiel ihm, wie die Knoblauchstückchen braun wurden.

Er hatte einen Gewürztraminer aus Südtirol geöffnet und für Ann Kathrin und sich ein Gläschen eingegossen. Aus der Flasche löschte er jetzt in einem hohen Bogen den Topfinhalt ab. Es zischte und krachte. Er liebte diese Geräusche und Gerüche und atmete genießerisch tief ein.

»Es hat schon mehrere Versuche gegeben, das Trinkwasser zu vergiften«, sagte Ann Kathrin, und Weller zuckte innerlich zusammen. Er hatte sich auf einen schönen, beschaulichen Abend gefreut.

Er schnitt eine Möhre klein und probierte eine Scheibe davon. Sie zerkrachte zwischen seinen Zähnen. Gleichzeitig bemühte er sich, Ann Kathrin so viel Aufmerksamkeit wie möglich zu schenken.

»Die NAKAM, das heißt wohl so viel wie ›Rache‹, eine jüdische Organisation, hatte sich nach 1945 das Ziel gesetzt, Rache für den Holocaust zu üben. Es waren furchtbar verletzte Menschen, die Grausames erlebt hatten und jetzt der Welt wohl zeigen wollten, dass sie in der Lage waren, sich zu wehren. Die meisten von ihnen waren ehemalige Partisanen. Sie hatten den Plan, das Trinkwasser in Hamburg, Frankfurt, München und Nürnberg zu vergiften. Sie gingen von der Kollektivschuld aller Deutschen am Holocaust aus. Es war ihnen sogar gelungen, in Nürnberg und Hamburg Leute bei den Wasserwerken einzuschleusen. Ihr Chef, Kovner, wurde zum Glück vom britischen Geheimdienst im Hafen von Toulon verhaftet. Er hatte das Gift in zwanzig Milchkonserven versteckt.«

Weller nahm einen Schluck Wein und gab tiefgefrorene Erbsen in die Suppe. Er rührte um. »Mensch, Ann, nach dem Krieg, das ist bestimmt sechzig, siebzig Jahre her. Und es hat schon damals nicht geklappt. Heute gibt es ganz andere Überwachungsmaßnahmen. Sogar Kameras in den Rohrleitungen, und wenn irgendwo einer was öffnet, gibt's gleich einen Druckabfall, das kriegen die in der Zentrale mit und ...«

Weller fand, dass in jeden guten Eintopf ein bisschen Ingwer gehörte. Er schnitt dünne Scheiben von einer frischen Ingwerwurzel, ein Blättchen schob er sich in den Mund und fragte Ann Kathrin, ob sie auch eins haben wolle.

»Das ist gut gegen Erkältung«, sagte er. »Gerade um diese Jahreszeit sollte man jeden Tag ein bisschen Ingwer …«

»Ja, Herr Doktor. Zahlt meine Krankenkasse für den Rat, oder rechnen Sie das privat ab?«

Er widmete sich wieder ganz dem Kochen und ärgerte sich jetzt, dass er Ingwer im Mund hatte. Dadurch fiel ihm das Abschmecken schwer. Er spülte den Ingwer mit Gewürztraminer weg. Dann nahm er einen großen Schluck Wasser und spülte sich damit den Mund aus. Er machte dabei gurgelnde Geräusche.

Ann Kathrin fuhr fort: »In den USA haben viele Hotels eigene Wassertanks oben auf den Dächern. Das ist bei Hochhäusern wohl einfacher, als das Wasser von unten hochzupumpen. In Los Angeles lag in so einem Wassertank wochenlang mal eine weibliche Leiche.«

Weller spuckte das Wasser ins Spülbecken. »Ja, Ann. Wann war das? Vor fünfzig Jahren?«

»Nein. Im Februar letzten Jahres.«

Weller stöhnte genervt.

Sie tippte auf ihrer Tastatur herum und ließ ihn an ihren Ergebnissen teilhaben: »Diese Tanks sind natürlich gesichert. Mit einem Vorhängeschloss. Aber das kann jeder knacken, der schon mal ein Fahrrad hatte … Stell dir das mal vor! Wochenlang vermodert da oben diese Leiche. Die Leute duschen in dem Wasser. Es riecht merkwürdig. Keiner kann sich genau erklären, woran das liegt. Die kochen damit Kaffee und Tee und …«

Weller wollte eigentlich den Eintopf probieren, aber jetzt legte er den Löffel hin.

»Ann, hör auf! Ich koche gerade!«

»Ja, ich freue mich ja auch schon auf die Suppe. Aber …«

Er unterbrach sie. »Bei uns in Ostfriesland stehen keine Wassertanks auf den Hotels. Wir haben richtige Kläranlagen.« Er lief zum Spülbecken, drehte den Wasserhahn voll auf, ließ etwas davon in seine Hand laufen und roch daran. »Das ist eigentlich viel zu schade, um damit zu spülen oder darin zu baden. Ich trinke das Leitungswasser lieber als das Zeug aus den PET-Flaschen.«

Ann Kathrin wertete seine Aussage gleich kriminalistisch. »Du meinst, diese Erpressung ist ein großer Bluff der Mineralwasserindustrie, damit sie mehr abgefülltes Wasser verkaufen können, obwohl aus unseren Leitungen etwas läuft, das mindestens genauso gut ist?«

Weller nahm einen Löffel voll Suppe aus dem Topf, pustete sanft darüber und kam vorsichtig damit in Ann Kathrins Nähe. »Willst du mal probieren?«

Sie tat es ohne große Begeisterung, nur, um ihm einen Gefallen zu tun.

Weller schlug vor: »Pack jetzt den Laptop weg. Wir machen es uns richtig gemütlich und …«

»Du glaubst also nicht an die große Verschwörung?«, fragte sie.

»Nein«, sagte Weller, »ich glaube, dass irgendein Wahnsinniger versucht, uns allen Angst zu machen und so eine Menge Geld zu verdienen. Außerdem, liebe Ann, du hast es ja gehört, das ist nicht unser Fall. Kümmern wir uns lieber um Eske Tammena.«

»Und wenn«, orakelte Ann Kathrin, »da ein Zusammenhang besteht?«

»Ein Zusammenhang?«

»Wer tötet mit einer Stahlschlinge? Das macht auf mich einen sehr professionellen Eindruck.«

»Du meinst, jemand hat einen Killer losgeschickt?«

»Wenn ich mir überlege, dass ihr Lover geflohen ist, ohne Spuren zu hinterlassen, ja. Genau das glaube ich. Da rennt einer um sein Leben.«

Ann Kathrin lehnte sich zurück, reckte sich und war ganz in ihrem Element, indem sie eine Theorie aufstellte. »Kann es nicht so gewesen sein: Eske Tammena kriegt ein Gespräch mit. Sie wird

Zeugin der Planung. Schon auf dem Weg zu ihrem Lover wird sie attackiert, entkommt aber dank der ostfriesischen Krimiautoren. Sie erzählt diesem Steinhausen, was sie weiß und was gerade passiert ist. Der bricht sofort die Zelte ab. Sie will nur zurück, um ihren Sohn zu holen, um dann gemeinsam mit ihm zu verschwinden. Aber so weit kommt sie gar nicht mehr, denn der Täter hat unten auf sie gewartet.«

Der Eintopf blubberte vor sich hin. Weller setzte sich, trank das zweite Glas Gewürztraminer mit einem Zug leer, ohne den Wein wirklich zu genießen. Er kippte ihn wie einen Schnaps.

»Verdammt, Ann, da kann was dran sein.«

Weller schabte sich über den Bart und streckte die Beine weit unter den Tisch. Er dachte nach, und Ann Kathrin ließ ihn ganz in Ruhe. Dann gestikulierte er mit den Händen, als müsste er die Worte in der Luft formen. Er wollte vorsichtig sein, um sie nicht zu verletzen, denn er glaubte, einen Denkfehler in ihrer Theorie entdeckt zu haben. Sie sah ihm an, dass es ihm auf eine Art unangenehm war, gleichzeitig war er stolz auf sich selbst.

»Weißt du, was nicht dazu passt?«

»Nein.«

»Sie hat die Lesung von Ubbo besucht. Wir haben sie alle gesehen. Wenn sie eine Zeugin war und zu ihrem Lover wollte, um den zu informieren, wieso besucht sie dann vorher eine Autorenlesung?«

Ann Kathrin baute seine Zweifel sofort in ihre Theorie ein. Ja, genau so kannte er sie. Sie nahm die in der Wirklichkeit vorgefundenen Puzzlestücke und setzte sie immer wieder neu zusammen.

»Vielleicht wurde sie beobachtet. Stell dir vor, du wirst Zeuge der Planung eines so ungeheuerlichen Verbrechens, und ab jetzt sind die Typen hinter dir her. Vielleicht sind sie ihr sogar ganz nah. Vielleicht ist sie mit ihnen bekannt oder verwandt. Vielleicht haben sie ihr gedroht, ihrem Kind etwas anzutun oder wenn sie zur Polizei geht. Solche Leute sind doch zu allem fähig. Vielleicht wurde ihr Telefon überwacht. Überleg mal, wie viele Kameras in Steinhausens Wohnung entdeckt wurden. Vielleicht hat sie einfach einen Weg gesucht, um auf unverfängliche Weise mit der Polizei Kontakt aufzunehmen. Natürlich ahnte sie, dass an dem Abend viele Kripoleute da sein würden. Sie konnte neben dem einen oder anderen sitzen. Ein unverfängliches Gespräch beginnen. Um Hilfe bitten und …«

»Klasse Theorie«, sagte Weller. »Aber sie hat keinen Kontakt zu einem von uns gesucht, oder?«

Ann Kathrin klappte ihren Laptop mit einem Schlag zu, zeigte mit dem rechten und linken Zeigefinger auf Weller und bedankte sich: »Du hast es, Frank! Das ist es!«

Erschrocken setzte er sich gerade hin. »Was hab ich?«

»Den entscheidenden Hinweis. Sie kam, um Kontakt zu suchen, hat aber keinen aufgenommen. Warum nicht?« Ann Kathrin beantwortete ihre Frage gleich selbst: »Weil der Mörder auch bei der Lesung war. Er hat sie beobachtet. Sie wusste genau, dass sie nicht in die Nähe eines Kripobeamten kommen durfte. Und weil er genau wusste, was sie dort wollte, hat er sie kurz danach angegriffen …«

Es hörte sich alles logisch an.

Weller stand auf, rührte die Suppe um. Dann drehte er sich zu Ann Kathrin, und er spürte es fast wie einen Stich im Herzen: Er sah sie dort sitzen, als sei nur ihr Körper da und ihr Geist würde draußen spazieren gehen, und Weller wusste wieder, warum er diese Frau liebte. Sie war so stark. So klar. Und gleichzeitig so zerbrechlich. Manchmal fühlte er sich, als müsste er sie beschützen. Jetzt zum Beispiel.

»Das ist alles sehr folgerichtig, und ich glaube, du kannst wirklich recht haben. Aber wir haben keinerlei Beweise. Diekmann wird das als reine Spekulation abtun.«

Ann Kathrin brauchte eine Weile, bis sie reagierte. Es war ein zögerliches Nicken. Dann flüsterte sie es nur: »Ich habe auch keineswegs vor, es ihr zu erzählen. Sie sagt uns ja auch nicht alles, was sie weiß.«

»Was meinst du damit?«

Sie lachte demonstrativ. »Aber Frank, das hast du doch deutlich gemerkt. Ich meine, es war im Raum zum Greifen nah. Die wussten alle genau Bescheid. Dieses ganze Biokampfzeug ist ihnen irgendwo geklaut worden. Es kann doch nicht sein, dass sie das nicht bemerkt haben. Sie warten im Grunde schon die ganze Zeit darauf, dass die Party beginnt. Sie haben nur nicht geahnt, dass der Tanz in Ostfriesland eröffnet wird.«

Der Eintopf köchelte jetzt nur noch ganz leise. Weller fand, dass Ann Kathrin hier ein ziemlich schräges, ja unpassendes Bild verwendete. *Party. Tanz.* Er sagte es aber nicht, sondern sah sie nur an, während sie weiterredete.

»Und ich glaube auch nicht, dass Cholerabakterien in dem Fläschchen waren, das die Täter vor die Polizeiinspektion gelegt haben.«

»Nicht?«

»Nein. Dann hätte man Rupert und POR Diekmann ein Gegenmittel gegeben. Es gibt doch genug. Zumindest vorsichtshalber hätte man sie etwas schlucken lassen. Hat man aber nicht. Und weißt du, warum?«

»Nein.«

»Weil darin etwas war, das tausendmal schlimmer ist. Etwas, das jeden, der damit in Kontakt gerät, sofort tötet. Die Tatsache, dass die beiden noch leben, ist Beweis genug, dass sie mit dem Zeug nicht in Berührung gekommen sind.«

Weller pfiff durch die Lippen. Sein Ton verunglückte, als hätte er nicht genug Luft dazu oder das Pfeifen verlernt. Diesmal spürte er genau, dass sie recht hatte.

Besonders schlimm fand Rupert den Bosu-Ball. Er hatte so ein Gerät nie zuvor gesehen. Es sah ganz simpel aus, wie ein halber Ball.

Genau wie viel Mist, den Rupert kannte, kam auch dieses Teil aus den USA und galt als offizielles Trainingsgerät des US-Skiteams.

Es war ein Balance-Trainer. So sollten sie lernen, Gleichgewicht zu halten. Außerdem hatte Maria Rennefahrt-Neumann gesagt, durch regelmäßiges Benutzen würde die Leistungsfähigkeit gesteigert und eine verbesserte Körperbeherrschung und Körperhaltung herbeigeführt. Dabei hatte sie sich beneidenswert locker und gerade hingestellt.

Das Ganze sollte Bauch- und Rückenmuskulatur stärken und nebenbei auch noch das Herz-Kreislaufsystem.

Rupert hätte diesen Unsinn am liebsten verboten. Er kam sich darauf vor wie eine besoffene Hupfdohle. Er war nicht mal in der Lage, sich mit zwei Beinen darauf zu halten, während Ann Kathrin darauf sogar herumturnte und es super fand.

Um sich nicht noch einmal damit zu blamieren, hatte Rupert sich so ein Ding im Internet bestellt. Heimlich wollte er zu Hause üben, auch wenn es ihm so sinnlos vorkam wie das Pauken lateinischer Vokabeln.

Als Rupert nach Hause kam, empfing ihn seine Frau Beate in einem blaugrau schimmernden Performance-Shirt mit dazu passender dreiviertellanger Leggins. Ihre Haare wurden von einem Kopfband zurückgehalten, sie hatte Schweiß auf der Stirn und einen Schweißfleck zwischen den Brüsten.

Sie umarmte ihn stürmisch und bedankte sich für das tolle neue Sportgerät. Sie hatte es im Wohnzimmer auf dem Teppich platziert. Der Karton, mit dem es gekommen war, lag aufgerissen in der Ecke.

Beate machte ihm gleich vor, welche Möglichkeiten es gab und stellte sich ähnlich geschickt an wie Ann Kathrin. Sie hüpfte darauf herum und forderte ihn dann auf, es ihr gleichzutun.

Auf einem Bein sollte er sich auf dem Bosu-Ball halten, aber er hatte keine Lust, sich auch noch vor seiner Frau zum Affen zu machen, und sagte nur: »Schön, Schatz, dass dir das Geschenk gefällt. Ich hatte eigentlich vor, es dir zu Weihnachten zu schenken, aber jetzt hast du es ja schon gesehen …«

»Komm, lass es uns gemeinsam machen«, lachte sie, »das ist gut für dich.« Dann klopfte sie ihm auf den Bauch. »Du kriegst langsam eine Wampe, weißt du.«

Er zog sofort den Bauch ein. »Unsinn! Ich hab nur Blähungen, und ich kann da jetzt nicht drauf, ich hab doch Probleme mit dem Rücken.«

»Eben«, sagte sie. »Eben. Deshalb solltest du ja mit mir … Schau mal«, sie zeigte ihm eine Übung, und er gestand sich gerne ein, dass er scharf auf sie wurde, während er ihr zusah, wie sie mit ihren neuen Performance-Klamotten herumturnte.

»Ach«, sagte er, »ich glaube, das ist doch mehr etwas für Frauen.«

Wenn Beate bei ihrer Mutter ist und sie die schreckliche Buttercremetorte essen, werde ich darauf trainieren, dachte er. Ich werde am Ende gelenkig werden wie ein junger Gott. Aber ich will verdammt nochmal nicht, dass mir dabei jetzt meine Ehefrau zusieht.

Den ganzen Tag über hatte AKK darüber nachgedacht, wie ihr Vater sich in dieser Situation verhalten hätte. Vielleicht schreckte Ann Kathrin deshalb in der Nacht hoch. Sie hatte vom Mörder ihres Vaters geträumt. Er war ums Haus geschlichen.

In ihrem Traum lebte ihr Vater noch. Las ihr Geschichten vor. Sie war wieder ein kleines Mädchen.

Sie sah ein Gesicht hinter der Fensterscheibe. Sie sagte es ihrem Vater, aber er glaubte ihr nicht und dachte, die Geschichte, die er ihr eben vorlas, sei zu gruselig, weil sie in seinen Augen doch so ein phantasiebegabtes, sensibles Kind war. Seine Prinzessin!

Er erzählte jetzt stattdessen lieber lustige Geschichten. Aber hinter ihm am Fenster tauchte trotzdem wieder das Gesicht auf. Der Mann hatte eine Waffe, und er zielte auf den Kopf ihres Vaters. Und die kleine Ann Kathrin schrie.

Die große Ann Kathrin saß aufrecht im Bett und kreischte jetzt ebenfalls.

Weller hockte neben ihr und wollte sie trösten. Sie erzählte schnell und zusammenhanglos von dem Gesicht am Fenster, und ihr Ehemann schlug genau dasselbe vor, was ihr Vater in solchen Situationen ihrer Meinung nach garantiert vorgeschlagen hätte: Er bot sich an, ums Haus zu gehen und nachzusehen.

Und wieder sah Ann Kathrin ihren Vater, wie er das schleimige Tentakelmonster unter dem Bett suchte und nur den Teddy fand und ein Ringelsöckchen, und beides war voller Flusen.

Traum, Wirklichkeit und Erinnerung vermischten sich für sie. Weller und ihr Vater. Die beiden wurden zu einer Person. Der eine hatte so viel vom anderen, und doch waren sie ganz unterschiedlich.

Weller brachte ihr ein Glas Wasser. Sie trank es gierig. Dann wischte sie sich mit dem Handrücken über die Lippen und sagte mit der Energie eines trotzigen Kindes: »Ich muss mich endlich den Monstern der Vergangenheit stellen.« Sie kniete sich ins Bett und drückte das Kissen an sich. »Ich werde den Mörder meines Vaters im Gefängnis besuchen. Ich werde ihn mit seiner Tat konfrontieren und ihm sagen, was ich von ihm halte. Ich habe ihn in meinen Träumen schon zigmal getötet, um meinen Vater zu retten. Nur im richtigen Leben war ich nicht da, als …«

Weller setzte sich neben sie und legte vorsichtig einen Arm um ihre Schultern. »Ann, du warst beim Prozess gegen ihn dabei.«

»Ja, an drei Tagen. Als Zeugin.«

»Manchmal«, sagte Weller, »ist es auch wichtig, mit einer Sache, die man nicht ändern kann, abzuschließen, damit man wieder innerlich Raum für etwas Neues hat.«

»Danke für den guten Rat, Herr Psychologe.«

Er fühlte sich zurechtgewiesen. »Ich bin nicht dein Exmann, Ann. Er war der Psychologe. Ich bin der Ermittler – lange nicht so gut wie du, aber immerhin …«

Er versuchte, sie aufzuheitern. Erst jetzt, da er ihr einen flüchtigen Kuss gab, wie ein Bruder seine Schwester küsst, merkte sie, dass ihr Schlafanzug klatschnass war und unangenehm am Körper klebte.

Sie ging unter die Dusche.

Weller wollte wach bleiben und für Gespräche zur Verfügung stehen. Sie duschte ungewöhnlich lange. Und danach ging sie mit dampfend heißer Haut nackt in den Garten.

Er sah ihr nach.

Anfang Dezember, und meine Frau geht nackt im Garten spazieren. So ist sie eben, dachte er. Man muss Frauen nicht verstehen, es reicht aus, sie zu lieben.

Sie machte draußen kein Licht. Das war nicht nötig. Der klare Nachthimmel gab den Sternen Raum zum Funkeln. Das Licht der Straßenlaterne zirkelte ein Stückchen des Gartens bis zu den Birnbäumen ab. Am liebsten wäre sie in die Fasssauna gegangen, die Weller ihr zum Geburtstag geschenkt hatte und dann doch nicht bezahlen konnte, weil er mal wieder pleite war. Trotzdem ein tolles Geschenk, fand sie. Mit Platz für vier Personen und einem Spitzdach obendrauf, das Weller »die Regentrommel in A-Moll« nannte, weil es bei heftigem Regen so schön klang.

Aber für die Sauna war es jetzt schon zu spät. Ann Kathrin spürte erst ganz bewusst das feuchte Gras unter ihren Füßen, dann setzte sie sich in den blauweiß gestreiften Strandkorb, der zum Glück immer noch auf der Terrasse stand. Der Stoff war taunass und kalt. Sie sah zum Himmel hoch und zog geistig von einem Stern zum anderen Linien. Und wieder fühlte sie sich ihrem Vater ganz nah.

Das Universum ist so groß, da sind wir nicht allein, mein Kind. Hier wohnen außer uns noch eine Menge anderer Lebewesen. Wir haben nur keinen Kontakt zu ihnen. Wie auch? Wir haben ja auch keine Kommunikation mit den Elefanten im Zoo oder mit unseren Darmbakterien.

Sie musste lachen. Ja, das hatte ihr Vater damals genau so zu ihr gesagt. Und nicht nur einmal. Er fand es schade, dass er mit seinen Darmbakterien nicht reden konnte. Aber einmal, als ihn diese schlimme Magen-und-Darm-Grippe plagte, da hatte er ihr zugeflüstert: *Ich kann zwar nicht mit meinen Darmbakterien reden, aber ich glaube, sie wollen mir gerade etwas sagen. Ich verstehe nur nicht so richtig, was.*

»Iss mehr Lakritz«, hatte sie ihm zugeflüstert.

Sie wusste nicht, wie lange sie schon nackt im Garten saß. Aber langsam wurde ihr kalt, und sie ging ins Haus zurück. Schon im Wohnzimmer hörte sie Wellers Schnarchen. Sie nahm sich eine Wolldecke und legte sich damit auf das große Sofa. Von hier aus konnte sie auf das Buchregal sehen. Am liebsten hätte sie noch in einem ihrer Kinderbücher gelesen. Sie schwankte noch zwischen Achim Brögers *Pizza und Oskar* – sie mochte diese Geschichten von dem kleinen, runden Mädchen und dem großen Elefanten, der immer wieder aus dem Zoo ausbüxte – und Ulrich Maskes *Ein Kuss von Papa Igel.*

Sie holte sich beide Bücher, legte sie auf ihren Körper wie ein Schutzschild und schlief ein.

Nicht einmal auf dem kürzesten aller kurzen Dienstwege war herauszukriegen, in welcher JVA der Mörder von Ann Kathrins Vater untergebracht war. In Hannover, wo sie ein paar Leute gut kannte, sei er jedenfalls nur sechs Wochen geblieben und dann verlegt worden. Ann Kathrin gab an, ihn als Zeugen befragen zu müssen. Zuletzt sei er wohl in Celle gewesen, so fand sie heraus, und dort auch verstorben.

Er war eingeäschert worden, schon vor fast zwei Jahren.

Ann Kathrin saß an ihrem Schreibtisch, während sie telefonierte. Sie nahm das Bild ihres Vaters in die Hand und spielte damit. Dann hatte sie das Gefühl, zu versteinern. Ihre Gelenke wurden steif, der ganze Körper unbeweglich. Die Muskulatur hart.

»Wie, verstorben?«, als hätte sie keine Ahnung, was das Wort bedeuten sollte.

Dann flammte in ihr eine Hoffnung auf. Hatte das schlechte Gewissen ihn geplagt? Hatte er es nicht länger ausgehalten und sich selbst gerichtet?

Aber zu früh gefreut. Zwei Stunden später hatte sie die Fakten. Er war friedlich in seiner Zelle eingeschlafen. Herzversagen. Gemäß seines eigenen Willens wurden seine Überreste verbrannt, und zwischen Juist und Norderney war seine Urne dem Meer anvertraut worden.

Es gab zwei widersprüchliche Gefühle in ihr. Einerseits Genugtuung, andererseits fühlte sie sich aber auch irgendwie betrogen.

»Sie hätten mich informieren müssen«, sagte sie ins Telefon und erkannte ihre eigene Stimme nicht wieder. Sie klang so metallisch.

Eine freundliche Beamtin antwortete: »Aber Frau Klaasen, wir informieren die Opfer oder Angehörigen nie, wenn ihr Peiniger verstirbt. Ich kenne auch niemanden, der bei so einer Beerdigung dabei sein will … Also von der Opferseite, meine ich. Meist sind das sehr einsame Bestattungen. Es kommt kaum einer.«

Ann Kathrin kannte die Stimme der Beamtin, konnte sich aber kein Gesicht dazu vorstellen. Alles, was sie sah, war ihr Vater.

Ann Kathrin erinnerte sich zwar nicht an den Namen der Beamtin, mit der sie sprach, aber sie war sich ganz sicher, dass sie beide sich gut kannten, so vertraut, wie die Frau mit ihr redete.

Sofort wollte Ann Kathrin wissen, wer bei der Bestattung dabei gewesen war, aber jetzt wurde die Stimme am Telefon kälter. Sie hätte schon viel zu viel geredet, und irgendwann sei alles eben auch einmal vorbei.

»Wieso«, fragte Ann Kathrin, »habe ich nichts aus der Presse erfahren?«

»Ach, Frau Klaasen, es hatte wohl niemand ein Interesse daran, die Presse zu informieren. Ich meine, ganz unter uns, hier ist nicht der Papst gestorben, sondern irgendein Krimineller, der uns alle sonst noch eine Menge Steuergelder gekostet hätte. Dem trauert doch keiner hinterher.«

»Und wer hat die Seebestattung bezahlt?«

»Es war sein ausdrücklicher Wille. Das ist aus seinem Restvermögen geschehen. Dafür war wohl etwas zurückgelegt worden, glaube ich …«

Dieses »glaube ich« machte Ann Kathrin noch Stunden nach dem Gespräch nervös.

Weller hatte inzwischen erste Ergebnisse von der Spurensicherung. Natürlich wimmelte es in dem Penthouse nur so von DNA und Fingerabdrücken. Die von Eske Tammena waren sofort identifiziert, aber zu allen anderen gab es keine Vergleichsdaten, sagte Charlie Thiekötter. »Der Typ ist uns nie irgendwo ins Netz gegangen. Ich habe alles gecheckt. Die offiziellen Dateien und, glaub mir, auch die inoffiziellen. Ich war beim BND drin und bei unseren amerikanischen Freunden. Nichts. DNA und Fingerabdrücke habe ich durch alle Systeme gejagt. Mit uns ist der jedenfalls nie in Berührung gekommen.«

»Dachte ich mir«, sagte Weller.

»Warum?«

»Na, Mensch, der hat die Wohnung praktisch in ganz kurzer Zeit ohne Aufsehen ausgeräumt. Kein Mieter hat etwas gemerkt. Niemand fühlte sich gestört. Das heißt, der war vorbereitet. Der hat das garantiert nicht zum ersten Mal gemacht, und er weiß genau, dass wir seine Fingerabdrücke und DNA nicht haben, sonst hätte er die ganze Bude einfach abgefackelt. Wetten?!«

»Gewagte These. Aber nicht unwahrscheinlich. Hat nur einen Haken.«

Weller unterdrückte die Lust auf eine Zigarette. »Welchen Haken?«

Thiekötter lachte: »Wenn der so ein schwerer Junge ist wie du denkst, dann hatten wir garantiert schon mal Kontakt mit ihm. So sind kriminelle Karrieren eben. Nee, Weller. Ihr verrennt euch da in was. Die Diekmann hat schon recht. Das ist irgendein reicher Typ, der eine Affäre mit der Tammena hatte und jetzt befürchtet, dass ihm sein Eheleben um die Ohren fliegt. Der hatte die Wohnung schon vorher anonymisiert. Da waren keine Sachen drin, die Rückschlüsse auf ihn zulassen könnten. Und weil er ein ehrenwerter Bürger ist, weiß er genau, dass wir weder seine Fingerabdrücke haben noch seine DNA.«

Weller bedankte sich knurrig und legte auf. Statt sich eine Zigarette anzuzünden, schob Weller sich eine »Deichgraf«-Praline zwischen die Lippen und zerkrachte sie. Ubbo Heide war es angeblich vor vielen Jahren gelungen, mit Marzipan das Rauchen aufzugeben. Und Ubbo war immer noch ein großes Vorbild für Frank Weller.

Mike Thumm war vorsichtig. Er wusste, dass er es mit gefährlichen Menschen zu tun hatte. Er war Serkan Schmidtlis Ausputzer. Bestenfalls. Meist aber nur sein Laufbursche.

Er wusste, dass er nur eine Existenzberechtigung hatte, solange er ihm nützlich war. In seine Liga würde er nie aufsteigen. Diesen Traum hatte er längst aufgegeben. Er war eine Schachfigur für sie, weiter nichts.

Nein, dachte er jetzt, ich bin nicht einmal das, denn ich kenne die Regeln ja nicht wirklich, nach denen gespielt wird. Ich weiß im Grunde nicht einmal, worum es geht. Vielleicht ist das auch besser so. Die Chefs lieben Mitwisser nicht.

Je weniger er das Spiel durchschaute, so glaubte er, umso besser war es für ihn.

Er stellte keine unnötigen Fragen. Als er im Knast angeworben worden war, hatten sie ihm das dort sofort eingebläut: keine Fragen.

Normalerweise machte er Kurierdienste. Er wurde dafür nicht bezahlt. Sie hatten ihm das Startkapital für seinen Pizzaexpress in Wilhelmshaven gegeben. *Schneller als die Polizei erlaubt,* hieß anspielungsreich sein Werbeslogan.

Mit einem Pizzaexpress ließen sich Kurierdienste rasch erledigen. Dreimal wurde er gebeten, jemanden auszuknipsen. Zweimal hatten sie sogar festgelegt, wie er es zu tun hatte, wo und wann genau.

Diesmal, bei dieser Eske Tammena, musste es nur schnell gehen. Die Methode hatte Serkan ihm überlassen.

Sie war die erste Frau. Männer zu töten fand er einfacher. Dann fühlte er sich wie ein Soldat im Kriegseinsatz. Aber Frauen verehrte er im Grunde.

In der Schule war er wegen seines Nachnamens verspottet worden: Thumm. Alle hatten ihn »Dumm« genannt, bis auf die Mädchen, die wohl verknallt in ihn waren oder wenigstens Mitleid mit ihm hatten.

Wenn er schlechte Noten schrieb, hieß es: *Thumm, das war aber dumm.*

Aus *Dumm* wurde irgendwann, in Dortmund, als seine Mutter mit diesem dicken Lkw-Fahrer zusammen war, *Pülleken Doof*.

Und später dann nannten sie ihn nur noch *Pülleken*. Das fand er nicht schlimm, aber nachdem dieser Fernfahrer seine Mutter wegen einer anderen, jüngeren Frau verlassen hatte und sie von der Dortmunder Nordstadt nach Essen Karnap zogen, ging in der Schule alles wieder von vorne los.

Er hielt sich selbst für clever, galt aber als Schulversager. Im Grunde, fand er, hatte er es ganz schön weit gebracht. Er war selbständig, hatte eine schöne Wohnung in Wilhelmshaven nahe beim Pumpwerk, wo er gerne Konzerte besuchte, und zwölf Mitarbeiter sagten »Chef« zu ihm.

Er durfte keine Leute schwarz beschäftigen, das wäre ihm am liebsten gewesen, aber Serkan war streng dagegen. Er musste jeden auf Vierhundertfünfzig-Euro-Basis einstellen und bei der Minijobzentrale melden.

Inzwischen war er froh darüber, sich an diese Regeln gehalten zu haben. Sein Laden hielt jeder Überprüfung stand. Seine legale Existenz war über jeden Zweifel erhaben. Er hätte auch ruhig Minus machen können, das war gar nicht so wichtig. Aber er machte Plus, hängte sich voll rein, fühlte sich als Geschäftsmann, stellte schöne junge Frauen ein und genoss es, in seiner kleinen Pizzawelt den Chef zu spielen.

Serkan Schmidtli bestand darauf, dass er die Mehrheit im Pizzaexpress hatte. Mindestens einundfünfzig Prozent. Er ließ ihm völlig freie Hand und trat natürlich überhaupt nicht in Erscheinung. Stattdessen musste er einen Mitarbeiter einstellen. Khalid Marius Leister.

Manchmal wurde über seinen Laden Geld gewaschen, und wenn er von seinem Gönner um einen Gefallen gebeten wurde, dann erledigte er ihn sofort und ohne Fragen zu stellen. Nie hätte er Geld gefordert. Wenn er einen Briefumschlag bekam, nahm er ihn aber. Zweimal hatte er Geld in seinem Briefkasten gefunden. Ein prall gefülltes Kuvert zwischen Werbung und Rechnungen.

Ihm war mulmig dabei zumute. Er wusste natürlich nicht, woher das Geld stammte. Aus einem Überfall? Aus Drogengeschäften? Oder war es gar Falschgeld?

Bei den ersten zwanzigtausend hatte er ganz vorsichtig begonnen, die Scheine unters Volk zu bringen. Er hatte seine Fahrer damit bezahlt, und wenn die Tageseinnahmen zur Bank gebracht wurden, ein paar Scheine ausgetauscht. Niemand würde sich wundern, wenn es jemandem gelungen war, einem Pizzaexpress-Fahrer Falschgeld anzudrehen, dachte er damals. Aber das Geld war echt. Keine Sparkasse hatte je protestiert. Alles neue Scheine, aber nicht nummeriert.

Mike Thumm hatte ein flaues Gefühl im Magen. Er wollte zu Hause einen großen Kräuterschnaps trinken. Er hoffte, nie wieder eine Frau töten zu müssen. Dies Gezappele war schrecklich gewesen, und er hatte sie von hinten attackieren müssen, weil er befürchtete, wenn sie ihm in die Augen gesehen hätte, wäre er nicht in der Lage gewesen, es zu Ende zu bringen.

Einen Tag nachdem er Eske Tammena umgebracht hatte, bekam er von der Toten eine E-Mail. Am liebsten wäre er sofort geflohen, aber wohin? Er hatte hier in Wilhelmshaven seine Existenz. Wollten Serkans Leute ihn zwingen, alles aufzugeben? War die E-Mail nur ein dummer Witz? Ein Scherz, über den sie viehisch lachten, weil sie sich vorstellen konnten, dass er jetzt die Hosen gestrichen vollhatte? Oder war es eine Warnung? Wollte ihn jemand erpressen, ab jetzt ein doppeltes Spiel zu spielen?

Wussten die Bullen Bescheid und wollten ihn instrumentalisieren? Es gab viele solcher Geschichten. Sie ließen einen frei herumlaufen, wenn man dann für sie arbeitete. Die letzte Chance für jeden, den sie einmal richtig an der Angel hatten.

Ein flaues Gefühl von Chancenlosigkeit breitete sich in ihm aus.

In der letzten Nacht hatte er kaum geschlafen. Er spürte immer wieder ihre Hand, die nach seiner griff und dann zitterte, bis sie schließlich erschlaffte.

Nein, er wollte so etwas nie wieder tun!

Er hatte die drei Gläser Kruiden gekippt und dann noch einen Moorgeist hinterher, aber auch die sechsundfünfzig Prozent hatten ihn nicht beruhigt und die Bilderflut im Kopf nicht gestoppt. Dann war er die halbe Nacht Rad gefahren, um das Kopfkino endlich auszuschalten. Alles sinnlos. Immer wieder war da ihre Hand auf seiner Haut, anklagend, voller Angst und dann wieder fast zärtlich bis in den Tod.

Auch der nächtliche Hafen hatte ihn nicht beruhigt. Zweimal musste er sich übergeben. Er stellte sein Rad im Flur ab. Er schloss es, ganz gegen seine Gewohnheit, nicht ab.

Er lief die Treppe hoch und spürte die nasse Sportunterwäsche auf der Haut. Von wegen atmungsaktiv!

Er zog sich schon vor seiner Wohnungstür den Kapuzenpullover aus. Dass in seiner Wohnung bereits jemand auf ihn wartete, bemerkte er nicht.

Er lief gleich zur Küche durch, um sich einen Schnaps aus dem Kühlschrank zu holen. Steinhausen hätte ihm ein Bein stellen können, so nah lief er an dem Sessel vorbei, in dem Steinhausen es sich gemütlich gemacht hatte.

Thumm warf den Kapuzenpullover achtlos hinter sich. Er landete vor Steinhausens Füßen. Noch am offenen Kühlschrank entkleidete Thumm sich. Er stand jetzt in gestreiften Boxershorts und Socken da.

Steinhausen betrachtete ihn amüsiert. Wenn er diesen stümperhaften Nachwuchs sah, dann wusste er wieder, dass er noch lange nicht zum alten Eisen gehörte. Das tat ihm gut.

Thumm griff zur Fernbedienung, und gleich darauf ertönte *Baby let me follow you down* von Bob Dylan, interpretiert von Marianne Faithfull. Er drückte das nächste Lied. *Chimes of freedom.* Jetzt sang Dylan selbst.

Steinhausen klatschte Beifall.

Mike Thumm zuckte zusammen und fuhr herum.

Steinhausen saß ganz entspannt, das rechte Bein über das linke gelegt, und lächelte.

»Bravo! Ich höre auch lieber dem Meister persönlich zu. Marianne Faithfull geht ja noch, aber was haben einige Sangesmaschinen aus den Dylan-Songs nur gemacht? Schrecklich! Er hätte dieses Covern nicht zulassen dürfen.«

Thumm wusste, dass er sterben würde. Das war es jetzt also. Bis hierher und nicht weiter.

»Dylan tritt in Hamburg auf. Ich habe zwei Karten. Wer weiß, wie oft der Meister noch kommt. Leider werde ich wohl ohne Eschi hinfahren.« Er winkte ab, als sei es nicht so schlimm. »Sie hörte ohnehin lieber dieses neumodische Zeug. Mehr Lärm als Musik. Eintönige Rhythmen mit Texten für Leute, die nie lesen gelernt haben. Ich habe versucht, ihr ein bisschen Lebensart zu vermitteln.«

Thumm bückte sich vorsichtig nach seiner Wäsche und hob die Hose und das T-Shirt auf. Er bewegte sich ganz langsam.

»Bitte«, sagte Thumm mit erstickender Stimme, »bitte tun Sie mir nichts.«

»Du wirst sterben, mein Junge, das weißt du doch genau. Der Sensenmann ist zu dir gekommen.«

Thumm ließ die Sachen wieder auf den Fußboden fallen. Er zitterte.

Steinhausen gefiel das. »Weißt du, was ich mich frage?«

Thumm schüttelte den Kopf.

»Ich frage mich, wo deine Instinkte geblieben sind. Ich meine, was ist mit euch jungen Leuten los? Du kommst in deine eigene Wohnung und merkst nicht, dass da schon jemand auf dich wartet.« Er wurde vorwurfsvoll. Lehrmeisterhaft. »Das hier ist deine Burg! Dein Reich! Spürst du nicht, dass eine fremde Energie in deine Aura eingedrungen ist? Riechst du das nicht?« Er schnüffelte demonstrativ. »An deiner Stelle würde ich die Putzfrau feuern. Ich könnte diesen muffigen Geruch nicht ertragen. Aber bitte! Wenn es dir gefällt!«

Mike Thumm begann zu weinen. Er schämte sich deswegen, aber er konnte die Tränen nicht stoppen, und das Zittern wurde heftiger. Er drückte seine Knie gegeneinander.

Steinhausen schüttelte den Kopf. »Was wird Serkan sagen, wenn er hört, wie unorganisiert, ja stümperhaft du arbeitest? Tststs… Lässt sich in seiner eigenen Wohnung erledigen …«

»Bitte«, flehte er, »bitte töten Sie mich nicht!«

»Das hatte ich auch gar nicht vor«, sagte Steinhausen und strich über den linken Ärmel seines silbergrauen Jacketts. »Ich wollte dich eigentlich bitten, es selbst zu tun.«

Thumm hatte Mühe, sich auf den Beinen zu halten. Sein Magen rebellierte. Ein Brechreiz würgte ihn. Er rülpste.

Unbeeindruckt fuhr Steinhausen fort: »Sicher, ich könnte dir deine Glock in den Mund stecken und abdrücken. Du benutzt doch eine Glock, oder?«

Thumm nickte und erwischte sich dabei, dass er Steinhausen anlächelte, so als hätte er noch Hoffnung, ihn für sich zu gewinnen.

Steinhausen hielt die Waffe plötzlich in der Hand. »Die Glock 34. Also, ich persönlich habe das Vorgängermodell bevorzugt. Die 17 L. Aber meine Beretta ist mir lieber. Ich finde, eine Waffe sagt viel über den Mann aus, der sie trägt. – Wieso lässt du deine Glock hier rumliegen? Mensch! Die Waffe muss immer am Mann sein! Was bist du bloß für eine Memme?!« Verständnislos schüttelte Steinhausen den Kopf. »Da hat der seine Zimmerflak im Nachttischschränkchen! Spießiger geht es ja wohl kaum. Also, wie gesagt, ich könnte sie dir in den Mund schieben und abdrücken. Geht immer als Selbstmord durch. Aber es gibt eine fürchterliche Sauerei. Dein Gehirn klatscht an die Wand und all diese winzigen Blutspritzer, das kriegst du nie wieder aus der

Wäsche. Ich müsste mich ganz umziehen. Meinen Anzug entsorgen … Nein, das ist nicht gut …«

»Ich … ich könnte das für Sie erledigen«, schlug Thumm vor. Er witterte eine winzige Chance, heil aus der Sache herauszukommen.

»Du meinst, ich gebe dir deine Glock, und du schließt dich im Schlafzimmer ein, schreibst noch einen Abschiedsbrief und machst dann selber Schluss?«

Thumm nickte heftig. Das Zittern ließ nach, und auch die Tränen rollten nicht mehr. Er leckte sich die letzten Tropfen von der Unterlippe ab.

»Das ist eine gute Idee. Eine wirklich gute Idee! Das erspart uns beiden eine Menge Ärger und Scherereien. Aber weißt du, was mir an der Sache gar nicht gefällt?«

Thumm schüttelte den Kopf, obwohl er ahnte, was jetzt kam.

»Wenn ich dir die Glock gebe, wer garantiert mir, dass du es dir nicht im letzten Moment anders überlegst und …« Steinhausen mache eine freundliche Geste und lächelte Thumm an. »Also, natürlich will ich dir nicht unterstellen, dass du die Waffe auf mich richten würdest … Nein, so einer bist du nicht. Das würdest du doch nie tun.«

Thumm bestätigte das eifrig durch Ergebenheitsgesten.

»Aber trotzdem. Ich denke, wir sollten einen anderen Weg wählen. Eschi zu Ehren. Sie fände es bestimmt besser, wenn du dich aufhängen würdest. Ja … aufhängen! Ich glaube, das ist die richtige Methode. Ach, by the way, hat Serkan gesagt, du sollst die Stahlschlinge für Eschi nehmen, oder war das deine Idee? Stehst du darauf?«

Thumm konnte sich nicht länger auf den Beinen halten. Seine Knie wurden weich. Er hielt sich am Kühlschrank kurz fest, dann saß er zwischen seinen Kleidungsstücken auf dem Boden. Er lehnte sich mit dem Rücken gegen den Kühlschrank, der ansprang und zu brummen begann.

»Eine Stahlschlinge wäre in Eschis Sinne für dich natürlich auch richtig. Aber das nimmt uns niemand ab. Welcher Selbstmörder benutzt schon eine Stahlschlinge? Ich habe da mal was mitgebracht … Schau mal her.«

Steinhausen griff in sein Jackett und fischte ein Seil heraus. »Das ist eine Zeltabspannleine für Camper. Magst du Camping? Ich wollte erst so ein sanftes Bondage-Seil mitbringen. Geflochtene Baumwolle, in schwarz. Hautfreundlich, allergiefrei, ohne chemische Zusätze, für vielseitige Fesselspiele geeignet. Aber dann dachte ich, wir wollen doch nicht in so eine Schmuddelecke geraten. Wer weiß, was die Presse daraus macht. Und wenn der Bloem da irgendwelche Schweinereien reingeheimnist, wie stehst du dann da? Nein, es soll schon richtig nach einem klassischen Selbstmord aussehen, nicht nach einem schmutzigen kleinen Sexunfall beim Bondage, findest du nicht?«

Er befühlte das Seil und ließ es durch seine Finger gleiten. Die Glock lag neben ihm auf dem Sessel. »Dies hier ist bestimmt am Hals unangenehm kratzig, aber dafür stehst du hinterher vor deinen Angehörigen besser da. Wer will schon, dass seine Mutter denkt, er hätte solche sexuellen Neigungen? Du hast doch noch eine Mutter, oder?«

Thumm schnappte noch einmal nach Luft. Dann wurde er ohnmächtig.

Steinhausen stand auf. Er klatschte ihm ins Gesicht. »Hey! Komm! Mach jetzt nicht schlapp! Du wolltest doch mithelfen, oder muss ich am Ende doch alles ganz alleine machen?«

Ann Kathrin fand den Kapitän des Bestattungsschiffes. Der gute Mann war inzwischen pensioniert und half seinem Sohn auf dem Krabbenkutter mit, weil er fest daran glaubte, dass Menschen, die keine Aufgabe mehr haben, vom lieben Gott geholt werden, wenn sie Glück haben. Oder auch, mit ein bisschen Pech, vom Teufel. Er war sich nicht ganz sicher, wer von beiden auf ihn wartete, aber er wollte die Begegnung so lange wie möglich hinauszögern.

Er hatte eine wettergegerbte Haut mit tiefen Falten, die sein Gesicht gesund und abenteuerlich aussehen ließen.

Er mochte Ann Kathrin auf Anhieb. Er stellte zwei Gläser mit Leitungswasser auf den Tisch und setzte erst mal einen Tee auf. Und weil er an ihrer Sprache sofort heraushörte, dass sie zwar schon lange an der Küste lebte, aber eben nicht hier geboren war, sondern wie so viele, die sich hier wohl fühlten, aus dem Ruhrgebiet kam, erklärte er ihr, Tee sei wichtig und drei Tassen seien Ostfriesenrecht.

Er stellte eine Schale mit Kandis auf den Tisch. Dicke weiße Brocken. Und Sahne. Er selbst gab zwei frische Minzblätter in seine Tasse. Das, so versprach er, sei bei dem Wetter gut für den Hals.

Ann Kathrin trank den Tee genau wie er – mit Kandis und Minzblättern, aber ohne Sahne. Der Tee war so stark, dass sie gleich ganz flattrig wurde.

Nein, er erinnerte sich nicht an jede einzelne Seebestattung. Wie denn auch? Aber er hatte Tagebuch geführt. Seit dreiundzwanzig Jahren.

»Nach dem Tod meiner Frau brauchte ich jemanden zum Reden«, sagte er verschmitzt. »Den Kindern wollte ich nicht zur Last fallen, da habe ich begonnen, Tagebuch zu schreiben und dem alles zu erzählen.«

Er zeigte Ann Kathrin seine Schatzkiste mit vierzig dicken Kladden. Er schrieb mit einem Kolbenfüller mit schwarzer Tinte. Anfangs hatte er sogar Einkaufszettel eingeklebt von Combi und von Aldi. Dann nur noch Restaurantquittungen, um sich an besonders gutes Essen zu erinnern. Schließlich Fotos von Feiern. Der Kegelverein. Ein Geburtstag.

Er beklagte, dass heute ja alles digital sei, deshalb habe er in den letzten Jahren keine Fotos mehr in sein Album geklebt. Aber sein Sohn hatte ihm so eine Digicam geschenkt, und damit hatte er anfangs Fotos gemacht. Aber inzwischen nicht mehr, das sei ihm lästig.

Er goss sich und ihr noch einmal ein. Auf dem Boden ihrer Tasse befand sich noch ein Berg Kandis, so dass sie neuen ablehnte. Sie trank aber nicht mehr von dem Tee.

Sie bekam Durst auf Wasser. Aber nach den Ereignissen der letzten Stunden schaffte sie es nicht, das Glas einfach leer zu trinken.

Der Kapitän tat es. »Wasser gehört zum Tee dazu«, lachte er. »Wissen Sie, junge Frau«, fuhr er fort, und sie freute sich durchaus über den Ausspruch *junge Frau*, »so eine Seebestattung läuft folgendermaßen ab: Die Asche des Toten kommt in eine sogenannte Aschenamphore. Sie wird geschmückt mit Blumen und so, und der Kapitän – also damals ich – spricht die letzten Worte zum Gedenken an den Verstorbenen. Fast alle, die so eine Art von Bestattung wählen, haben irgendeinen Bezug zum Meer oder zur Küste und sei es nur als Urlauber oder als Ort ihrer Sehnsucht. Es gibt vier Doppelschläge der Schiffsglocke. In der Seemannssprache heißt das *Wachende*. Wir fahren dann eine Ehrenrunde um die versinkende Amphore. Die löst sich später im Meerwasser auf. So werden die Asche und das Meer eins.«

Er lächelte. »Viele glauben, es lägen jede Menge Urnen auf dem Grund der Nordsee und würden so langsam vor sich hin rosten. Aber das stimmt nicht. Manchmal wünschen sich die Angehörigen an Bord ein besonderes Lied zum Abschied oder auch geistlichen Beistand. Das ist alles überhaupt kein Problem und wird natürlich individuell gehandhabt. In Ihrem Fall …«, er blätterte in seinem Tagebuch, »war es eine stille Beisetzung, ohne die Mitfahrt von Angehörigen.«

»Es war also niemand dabei?«

Er zeigte auf die Zeilen in seinem Text: *Stille Beisetzung.*

Dann klappte er das Buch zu und sagte: »Nach jeder Seebestattung bekommen die Angehörigen einen Auszug aus dem Logbuch. Darin ist die genaue Position eingetragen, und dazu legen wir einen Seekartenausschnitt, falls die Leute mal eine Gedenkfahrt machen wollen oder so. Das kommt öfter vor, als man denkt. Das Meer ist ein guter Friedhof.«

»An wen«, fragte Ann Kathrin, »ist in diesem Fall dieser Logbuchauszug gegangen?«

Er blätterte wieder in seinem Buch. »An einen Herrn Naumann aus Hannover. Lavesallee 6.«

Der Satz rutschte Ann Kathrin heraus, und sie bereute es sofort: »Aber dort ist das Innenministerium.«

Der Kapitän wollte Ann Kathrin noch ein paar alte Geschichten erzählen, aber sie hatte leider keine Zeit mehr für ihn und verabschiedete sich, ohne die Tasse Tee auch nur angerührt zu haben.

Weller saß nun schon seit zwei Stunden im Café ten Cate und sah auf die Osterstraße. Der Nieselregen hatte ihr einen Glanz gegeben, in dem sich die Leuchtschrift spiegelte, als sei buntes Fensterglas zerbrochen. Aber das da waren keine Splitter von Kirchenfenstern. Es waren Regentropfen und einzelne kleine Pfützen. Weller liebte diesen Anblick, der ihn auf merkwürdige Weise ans Watt erinnerte, wenn die Sonne unterging.

Er trank abwechselnd Kakao oder Kaffee und aß schon das zweite Stück von diesem unwiderstehlichen Baumkuchen.

Er kritzelte auf einem Zettel herum. Es sah aus wie eine Kinderzeichnung, aber für ihn war es, als würde er seiner Hand beim Schreiben und Malen einfach nur zusehen. Er blickte auf die Straße und dann wieder aufs Papier und hing seinen Gedanken nach.

Hier kam ihm alles so friedlich vor. Es roch gut, und die Lichter schienen zu sagen: Du bist in deinem Leben angekommen, Frank Weller.

Der Gedanke, jemand könne das Trinkwasser vergiften, kam ihm irre vor, und gleichzeitig spürte er, wie verwundbar sie alle waren, wenn jemand mit bösen Absichten in diesen ewigen Kreislauf des Lebens eindrang.

Ann Kathrin hatte an der Theke längst ihre Freundin Monika Tapper begrüßt und sich bei ihr ein Stück Apfelkuchen bestellt. Dann erst ging sie zu Weller ins Café. Sie fand ihn süß, wie er so verträumt dasaß, mit einem winzigen Rest Baumkuchen auf dem Teller.

»Na, hast du etwas für mich übrig gelassen?«, scherzte sie, setzte sich neben ihn, nahm das Stück und schob es sich demonstrativ zwischen die Lippen. Dann erst gab sie ihm einen Begrüßungskuss.

Sie sahen sich an, und jeder schwieg, weil es so viel zu erzählen gab. So viele Informationen mussten ausgetauscht, so viele Überlegungen ausgesprochen werden. Jeder wollte dem anderen den Vortritt lassen, und da jeder spürte, dass der andere kurz davor war, zu platzen, schwiegen sie beide höflich. Dann aber legten sie plötzlich gleichzeitig los.

»Du, Ann, ich … es ist unfassbar, aber …«

»Ich hab mit dem Kapitän gesprochen, der den Mörder meines Vaters …«

Beide schwiegen wieder. Dann deutete Weller ihr an, sie solle doch beginnen. Ihre Sache war wichtiger. Persönlicher.

Monika Tapper brachte den Apfelkuchen für Ann Kathrin und ein Glas Wasser. Dann warf sie ihrer Freundin einen aufmunternden Blick zu.

Ann Kathrin legte ihren Kopf an Wellers Schulter, und der zog sie sanft an sich. Sie saßen da wie ein Liebespaar und keineswegs wie zwei Kripoleute, die versuchten, Licht in einen dunklen Fall zu bringen.

»Es kommt mir alles so unwirklich vor«, sagte sie.

Dann berichtete sie ganz ruhig. Der Körperkontakt tat ihr gut.

Als der Name »Naumann« fiel, zuckte Weller kurz zusammen. Er musste gar nichts sagen. Sie wussten beide, was das bedeutete.

»Und, was hast du jetzt vor?«, fragte Weller.

Sie drückte sich fester an ihn. »Ich fahre nach Hannover.«

»Ins Innenministerium …«, fügte er leise hinzu. »Glaubst du, dass das der richtige Weg ist?«

Geplagt von Rückenschmerzen fühlte Rupert sich der Frühpensionierung nah. Er hatte inzwischen Probleme, sich die Schuhe zuzubinden oder aus dem Auto zu steigen. Er war froh, allein hier im Büro zu sein. So konnte er nach Herzenslust stöhnen, und das tat gut.

Er fand Krankengymnastik mindestens so demütigend für Männer wie Hausarbeit. Noch schlimmer als Staubsaugen oder das Bügeln von Tischdecken. Nur peinlicherweise konnten bei der Krankengymnastik sogar Leute zugucken. Ihm war eine Gruppe zugeordnet worden.

Die Informationen aus Wilhelmshaven passten ihm jetzt gar nicht. Er hörte sich mürrisch an, was der Kollege zu sagen hatte, und massierte sich dabei selbst den unteren Rücken, so gut es ging. Er hatte das Telefon auf laut gestellt, um den Hörer nicht in der Hand halten zu müssen, und stand vornübergebeugt am Schreibtisch.

Dr. Niemeyer hatte ihm eine kleine Übung gezeigt, die dem Ileosakralgelenk helfen sollte, in die richtige Lage zurückzufinden. Rupert musste dazu seinen rechten Fuß auf einer Fußbank abstützen, dann auf dem linken Bein stehend die Hüfte vor und zurück bewegen und dabei den Oberkörper gerade halten. Da es hier keine Fußbank gab und die Schreibtischkante zu hoch war, versuchte Rupert, die schmerzhafte Turnübung eben mit seinem schwarzen Bürolederessel. Der war aber dummerweise auf Rollen.

»Und wieso«, fragte Rupert, »soll es uns interessieren, dass sich bei euch ein Pizzabäcker umgebracht hat?«

Tjark Oetjen, der Kollege aus Wilhelmshaven, räusperte sich. »Ist Ann Kathrin da? Ich würde lieber mit ihr sprechen.«

»Nein«, stöhnte Rupert und wedelte mit den Armen, weil der Bürostuhl in Richtung Heizung rollte und er es nicht schaffte, seinen rechten Fuß von der Sitzfläche zu heben.

»Also, wir haben hier eine E-Mail in seinem Computer. Darin macht eine Eske Tammena Schluss mit ihm.«

Rupert konnte sich nicht länger halten und krachte lang hin. Der Bürostuhl sauste gegen die Heizung, prallte dort ab und stieß gegen den Papierkorb.

Rupert landete auf dem Boden.

Sylvia Hoppe öffnete die Tür. Um von ihr nicht gesehen zu werden, kroch Rupert unter den Schreibtisch und rollte sich in Embryonalhaltung zusammen, was auf seinen Rückenschmerz entlastend wirkte.

Aus der Telefonanlage tönte Tjark Oetjens Stimme: »Wir haben bei ihm eine Stahlschlinge gefunden. Daran könnte sogar noch DNA sein, falls es sich um die Tatwaffe handelt. Und dann hatte er eine nicht lizensierte Schusswaffe. Eine Glock.«

Sylvia Hoppe beugte sich über den Lautsprecher. »Kommissarin Sylvia Hoppe. Mit wem spreche ich?«

Sie sah sich im Raum um. Etwas stimmte hier nicht. Sie konnte die Anwesenheit einer anderen Person praktisch spüren.

»Ich habe doch gerade noch mit einem männlichen Kollegen gesprochen. Wo ist der denn?«

»Nein, das muss ein Irrtum sein. Hier ist außer mir niemand im Raum«, sagte Sylvia Hoppe und hörte sich an, als würde sie das selbst nicht glauben.

»Na, sicher. Gerade hatte ich doch noch diese Pfeife am Telefon. Den, der sich immer anhört wie Jürgen von Manger und Atze Schröder in einer Person, aber behauptet, Ostfriese zu sein. Rudolf oder Reinhold oder so.«

Sylvia Hoppe lachte: »Rupert!«

»Ja, genau. Wenn Blödheit einen Namen hätte, würde der so ähnlich klingen.«

Rupert wollte hoch und dem Kollegen seine Meinung sagen. Er stieß aber bei der hektischen Aufwärtsbewegung mit dem Hinterkopf gegen die Schreibtischplatte. Es knallte und streckte ihn endgültig nieder. Er war halb bewusstlos, als Sylvia Hoppe an seinen Beinen zerrte und ihn unter dem Schreibtisch hervorzog.

»Was ist hier eigentlich los?«

»Ich habe soeben«, sagte Rupert stolz, »den Mörder von Eske Tammena überführt.«

»Und deshalb versteckst du dich unterm Schreibtisch?«

»Nein, ich hatte meinen Kuli verloren.«

»Deinen Kuli.«

Er hielt sich am Schreibtisch fest und richtete sich unter Schmerzen auf. »Ja, meinen Kuli. Was ist denn daran so besonders?«

Aus der Telefonanlage ertönte die genervte Stimme von Tjark Oetjen: »Hallo? Arbeitet bei euch noch irgendjemand?« Dann, als keine Antwort kam, sagte er zu seinem Kollegen: »Manchmal frage ich mich, ob das alles legal ist, was die in Aurich so rauchen.«

Dann legte er auf.

Dr. Wolfgang Steinhausen fuhr sein Auto nicht in die Tiefgarage unter dem Radisson Blu. Hier gab es Überwachungskameras. Auch wenn er sein Aussehen verändert hatte, störten sie ihn.

Er schlief lieber nicht dort. Vielleicht würde er später, nach dem Konzert, noch einen Drink in der Bar nehmen. Das hatte er früher nach Konzerten im CCH gern gemacht und manchmal ein Groupie abgeschleppt, das eigentlich gekommen war, um den Leadsänger kennenzulernen, aber der war vermutlich längst auf dem Kiez versackt oder war oben mit der Fernbedienung in der Hand auf dem Bett eingeschlafen, weil er es leid war, das Zirkuspferd zu spielen und ein Star zu sein.

In der Moorweidenstraße parkte er direkt vor dem Hotel Wagner im Dammtor-Palais. Hier, so glaubte er, würde ihn niemand vermuten. Leute wie er stiegen normalerweise nicht in Drei-Sterne-Hotels ab. Ihm war dieses kleine, verschwiegene Nest in der Nähe von Uni und Bahnhof Dammtor aber jetzt gerade recht.

Er schlenderte noch ein bisschen herum. In der Turmbar an der Rothenbaumchaussee nahm er einen Drink. Nur einen. Er war solide geworden. Die Zeiten, in denen er acht bis zehn Gin Fizz auf der Rechnung hatte, waren vorbei.

Im Bahnhof kaufte Steinhausen sich noch eine Bratwurst und eine Flasche Wasser. Er aß die Wurst im Stehen. Das erinnerte ihn an die Zeit im Ruhrgebiet. Er fühlte sich jung und durchtrieben.

Neben ihm stritten zwei Männer über die schreckliche Durchsetzung der deutschen Sprache mit englischen Ausdrücken. Er nahm einen Schluck Wasser und hörte interessiert zu.

Er sah auf seine Eintrittskarte. Bob Dylan; CCH, Congress Center Hamburg, Seitenrang rechts, Reihe 12, Platz 3.

Er grinste. Ein paar englische Vokabeln im Deutschen sind vielleicht doch ganz gut, dachte er, sonst würde das CCH *Kongress-Zentrum* heißen, abgekürzt *KZ Hamburg*. Wer wollte denn dahin gehen, um sich zu amüsieren?

Jetzt, da Thumm tot war, fühlte er sich gut. Manchmal kam es ihm so vor, als würde die Kraft des Gegners auf ihn übergehen. Der Tod, dachte er, ist älter als die Menschheit. Ein Segen für uns. Ein Friedensbringer. Ein Energiespender.

Vor dem CCH standen mehrere junge Leute mit Pappschildern. Sie suchten Freikarten. Er hatte sogar eine Karte übrig, und eine Rothaarige hüpfte mit ihrem selbstgemalten Schild nervös auf und ab. Sie erinnerte ihn von der Körperform her an Eschi. Aber er wollte nicht so eine nervöse Person neben sich auf dem Sitz haben. Er wollte dem Meister in Ruhe lauschen, und die da sah aus, als könnte sie zwischendurch laut kreischen, um ihrer Freude Luft zu machen.

Steinhausen ging allein ins CCH. Auf der Rolltreppe wurde er von einem freundlichen, breitschultrigen Mann, der garantiert noch keine dreißig war, gebeten, seine PET-Flasche abzugeben. Man dürfe keine Getränke mit reinnehmen.

Der junge Mann trug einen schwarzen Anzug und eine schwarze Krawatte. Aber was ihm und seinen Arbeitskollegen wohl seriöse Autorität verleihen sollte, ließ sie in Wirklichkeit aussehen, als ob sie von der Beerdigung ihrer viel zu früh verstorbenen Schwiegermutter kämen.

Bereitwillig gab er die Wasserflasche ab und beobachtete von der Rolltreppe aus eine leicht übergewichtige blonde Frau mit Bob-Dylan-T-Shirt, die ihre Handtasche öffnen musste. Darin befand sich etwas, das sie dem jungen Mann im Beerdigungsanzug nicht zeigen wollte. Sie hatte einen knallroten Kopf und schimpfte laut. Er schickte sie zur Garderobe und bat sie, dort alles abzugeben.

»Rock 'n' Roll hatte ich mir anders vorgestellt! Ein Typ im schwarzen Anzug zwingt mich, meine Tasche an der Garderobe abzugeben! Mein Gott!«, rief sie laut, »Dylan! Das sind die Siebziger! Die Achtziger! Da warst du noch gar nicht geboren, Jüngelchen!«

Er entgegnete spitz: »Und trotzdem ist es Folk, kein Rock 'n' Roll.«

Steinhausen wandte sich ab. Sie hatten sein Mineralwasser. Damit wenigstens konnte er hier keinen Unsinn mehr machen.

Aber seine Beretta und seinen Stiefeldolch trug er nach wie vor bei sich.

Er kaufte sich oben im Foyer ein neues Wasser und dazu ein Glas trockenen Weißwein.

Die beiden Plätze rechts und links neben ihm blieben leer. So konnte er sich breit hinfläzen. Er hatte einen guten Blick auf die Bühne und war ganz nah dran. Aber leider auch nah an den Lautsprechern.

Schon nach den ersten dreißig Sekunden bekam er Lust, den Drummer zu erschießen oder wenigstens den Tonmeister, denn die Bassdrum wummerte so heftig, als würde ihn jemand gegen die Brust treten. Er spürte es als Schmerz im Körper. Er hatte sich auf ein schönes Konzert gefreut, auf die typische Mundharmonika. Auf diese unverwechselbare Stimme. Eine Gitarre und vielleicht auch noch ein Klavier und einen Kontrabass. Aber nicht das hier. Es tat weh, und jetzt wusste er, warum auf der Eintrittskarte stand: *Laute Musik kann Ihr Gehör schädigen. Schützen Sie Ihre Ohren.*

Er hatte aber keine Lust, ins Konzert zu gehen wie seine Oma ins Bett: mit Ohrenstöpseln. Er floh zum Ausgang. Im Foyer klangen die Songs schon besser.

Eine Germanistikstudentin sprach ihn an: »Ist es Ihnen auch zu laut?«

Er nickte.

Sie lispelte auf eine charmante Weise, die ihn sofort für sie einnahm. Auf den ersten Blick wirkte sie wie eine Asiatin auf ihn. Klein, mit großen Mandelaugen. Gleichzeitig hatte sie etwas sehr Europäisches an sich. Sie war von einem magischen Nimbus umgeben, der Männer in ihrer Nähe kirre machte.

»Mein Vater hat mir die Karte geschenkt«, lächelte sie. »Wir wollten eigentlich zusammen hierhin. Aber jetzt liegt er leider im Krankenhaus. Ich soll ihm erzählen, wie es war. Das kann ich ihm so gar nicht sagen. Dylan ist sein Held.«

Offensichtlich hatte sie vor, sich mit ihm zu unterhalten. Sie hatte ein angenehmes Wesen. Steinhausen schlug vor, gemeinsam einen besseren Platz zu suchen, wo die Bässe nicht so wummerten.

Oben auf den billigen Plätzen war noch einiges frei. Sie saßen dort nebeneinander, und jetzt begann das Konzert, Spaß zu machen.

In der Pause spendierte er ihr ein Glas Sekt. Sie hieß Inga und schrieb an einem Referat über Arbeiterliteratur der Gruppe 61. Wenn sie die Namen der Dichter nannte, leuchteten ihre Augen. Max von der Grün. Hugo Ernst Käufer. Richard Limpert. Josef Büscher.

Er kannte keinen von ihnen, nickte aber, als hätte er ihre Bücher gelesen.

Du, dachte er amüsiert, bewirbst dich hier gerade um die vakant gewordene Stelle von Eschi Tammena.

Sie gefiel ihm immer besser. Er konnte sich durchaus vorstellen, sie abzuschleppen. Das hatte auch mit ihrer sanften Stimme zu tun.

Auf der Toilette googelte er rasch die Namen der Autoren, die sie genannt hatte, und ließ dann ins Gespräch einfließen, er habe Max von der Grün mal auf einer Lesung erlebt. Ein sehr beeindruckender Mann.

Jemanden zu treffen, der die Objekte ihrer Forschung persönlich kannte, machte sie ganz wuschig. Er behauptete jetzt, mit Max von der Grün ein Bier getrunken zu haben, und dieser Büscher sei auch dabei gewesen, damals in Dortmund.

Sie wollte mehr wissen. Die Pause war viel zu kurz. Sie lauschten dem Konzert bis zum Schluss, und dann, nach der Zugabe, gingen sie gemeinsam an die Bar des Radisson Blu. Sie tranken Sekt und teilten sich einen Big Mac.

Ann Kathrin fuhr mit dem Zug nach Hannover. Sie fühlte sich nicht wirklich autotauglich. Ihre Gedanken waren viel zu sehr in der Vergangenheit, als dass sie sich auf schnelle Reaktionen im Straßenverkehr hätte verlassen können.

Ab Leer gab es nur Schienenersatzverkehr. Im Bus saß sie in sich gekehrt, und die Menschen waren höflich genug, sie in Ruhe zu lassen.

Ab Oldenburg lief wieder alles ganz normal. Sie hatte ein Zugabteil für sich alleine, worüber sie sehr froh war. Sie sah aus dem Fenster. Dort, zwischen den Kühen auf der Wiese, sah sie ein Reh, das zierlich und zerbrechlich aussah zwischen den schweren Tieren.

Sie lehnte sich zurück und schloss die Augen. Dann hörte sie wieder die Stimme ihres toten Vaters.

Ann, der Volksmund sagt von Menschen, sie sähen den Wald vor lauter Bäumen nicht. Daran ist viel Wahres. Wenn man zu nah an einer Sache dran ist, verliert man den Überblick. Manchmal ist es sinnvoll, ein paar Schritte zurückzutreten, um wieder das Ganze zu sehen, denn das Ganze ist mehr als die Summe aller Teile.

Sie öffnete die Augen. Es war, als wäre er hier bei ihr im Abteil. Sie sah sein Gesicht in der Glasscheibe schemenhaft vor sich, so, wie er damals ausgesehen hatte, als er diese Worte zu ihr gesagt hatte.

Und gleich dachte sie wieder an ihren Traum. An den Mörder, der ums Haus schlich.

Ein kalter Schauer rieselte durch ihren Körper. Sie schüttelte sich, stand im Abteil auf und trat fest mit dem Fuß auf. Am liebsten wäre sie in ihren Verhörgang verfallen: drei Schritte, eine Kehrtwendung, drei Schritte. Aber dafür war dieses Abteil zu klein.

Dann hatte sie das Gefühl, ihre Wirbelsäule würde glühen, und ein Schmerz jagte vom Rücken hoch bis in ihre Haarspitzen.

Sie argumentierte gegen die Glasscheibe, als ob ihr Vater wirklich da wäre: »Du willst mir doch nicht ernsthaft sagen, dass da ein Zusammenhang ist?«

Als sei er durch ihre aufbrausende Art beleidigt, war ihr Vater plötzlich weg. Tot. Beerdigt. Und die Stimme, mit der er manchmal sprach, verstummte.

Verwirrt kam sie in Hannover an und sagte sich ständig Sätze wie: *Dein Vater redet nicht wirklich mit dir. Er beobachtet die aktuelle Situation nicht. Es sind nur Erinnerungen an einen Menschen, den du sehr geliebt hast.*

Aber sie fühlte sich auf dem Weg zum Innenministerium trotzdem beobachtet. Jetzt war es wieder, als würde er neben ihr im Taxi sitzen. Fast hätte sie ihn gebeten, sich anzuschnallen.

Sie schwankte zwischen Dankbarkeit dafür, dass sie immer noch so eine intensive Verbindung zu ihrem Vater hatte, und gleichzeitig der Idee, sie müsse vielleicht mal mit einer Psychologin darüber reden. Nach der gescheiterten Ehe mit dem Therapeuten Hero schied ein männlicher Psychologe für sie völlig aus.

Aber vielleicht, dachte sie, zerstöre ich dann nur etwas sehr Wertvolles. Diese emotionale Leitung zu meinem Vater, die immer noch existiert.

Die kluge, gut ausgebildete Kommissarin in ihr sagte, dass es keine Geister und Gespenster gab, dass ihr toter Vater eben tot war, und wenn sie ihn reden hörte, war es nicht mehr als ein Seelenzustand. Und die Diagnose kam gleich hinterher: Sie hörte ihn besonders oft dann, wenn sie selbst zutiefst verunsichert war und das kleine Mädchen in ihr sich nach dem starken Vater sehnte, der wie ein Fels in der Brandung immer zu ihr stand und mit seiner Lebenserfahrung helfen konnte, ein Problem einzudeichen.

Im Innenministerium kam sie nicht mal am Pförtner vorbei. Ihr Polizeiausweis beeindruckte den Mann überhaupt nicht.

»Wenn Sie keinen Termin haben und nicht erwartet werden,

kann ich Sie nicht einfach so hereinlassen, das müssen Sie doch einsehen, Frau Klaasen.«

»Ich möchte Herrn Naumann sprechen.«

Der Pförtner sah sie an, als hätte er nicht richtig verstanden. »Wie sagten Sie? Naumann?«

»Ja, Naumann.«

So, wie der Mann in seinen Unterlagen blätterte, sah er gar nicht wirklich nach, sondern tat nur so und machte sich nicht besonders viel Mühe, glaubhaft zu wirken. Sie war nicht die Erste, die nach Naumann fragte, und er war es gewöhnt, Leute abzuwimmeln.

»Frau Klaasen, bei uns arbeitet kein Herr Naumann. Ich habe keine Telefonnummer für ihn.«

»Ich muss ihn als Zeugen befragen.«

»Sie sind doch gar nicht bei der Dienststelle in Hannover. Wenn Sie bei uns Zeugen befragen wollen, dann müssen Sie eine Anfrage an die zuständigen Kollegen richten. Herrgott, Sie sind doch keine Anfängerin!«

Der Pförtner funkelte sie verständnislos an, und sie hatte keine Lust, ihre Kompetenz von ihm in Frage stellen zu lassen. Er spielte sich hier auf wie der Hüter des verlorenen Schatzes.

In dem Moment öffnete Dr. Kaiser die Tür. Sie erkannte seinen Bürstenhaarschnitt sofort. Sein Hemd war blütenweiß, die Krawatte saß makellos, der Anzug war entweder ganz neu oder frisch gebügelt, mit silbergrauen Fädchen darin.

Ohne ihr wirklich ins Gesicht zu sehen, nickte er ihr freundlich zu. Sie hielt ihn am Ärmel fest. »Moin, Herr Dr. Kaiser.«

Er blieb stehen. So, wie er sie jetzt ansah, hatte er keine Ahnung, wer vor ihm stand.

»Ann Kathrin Klaasen. Hauptkommissarin aus Aurich.«

Er tippte sich mit drei Fingern gegen die Stirn. »Ach, natürlich! Hauptkommissarin Klaasen! Ich erinnere mich. Was kann ich für Sie tun?«

»Ich möchte Herrn Naumann sprechen.«

Er bemühte sich, nachdenklich dreinzuschauen. »Naumann? Unser Ministerium hat sehr viele Mitarbeiter. Natürlich kenne ich da nicht alle persönlich, aber ein Herr Naumann ist mir noch nicht begegnet.«

Gleichzeitig zog er sie ein bisschen weg vom Pförtner, so als müsse der nicht alles mitbekommen, nickte ihm aber zu, so als sei alles in Ordnung.

»Ersparen wir es uns, noch ein paar Pirouetten zu drehen, Herr Dr. Kaiser. Wir wissen beide, dass es keinen Herrn Naumann gibt. Aber eine Abteilung Naumann. Sie war bis in die achtziger Jahre in Nordenham in der Hafenstraße, in einem ganz normalen Wohnhaus, nahe der Jahnhalle. Sie war zuständig für verdeckte Aktionen, Zeugenschutzprogramme, halblegale Beschattungsaktionen, Führung von hochgefährdeten V-Leuten. Die ganze Abteilung war so geheim, dass selbst ihr Chef unter einem Tarnnamen operierte.«

»In Nordenham?«, fragte er grinsend und zog sie noch ein Stückchen weiter mit sich, bis zur Straßenecke.

»Ja, die Abteilung war so geheim, dass sie nicht mal im Innenministerium angesiedelt wurde, sondern bewusst ausgelagert war. Irgendwann flog die Adresse auf, und die ganze Abteilung wurde verlegt. Wohin, weiß ich nicht.«

»Sie verwechseln zwar das niedersächsische Innenministerium offensichtlich mit dem Ministerium für Staatssicherheit in der DDR, aber nehmen wir einmal an, es sei tatsächlich so, wie Sie sagen. Worauf wollen Sie denn hinaus, Frau Klaasen?«

»Der Mörder meines Vaters ist in Celle im Gefängnis gestorben. Niemand hat mich darüber informiert, und das Logbuch seiner Seebestattung wurde zu Herrn Naumann in die Lavesallee 6 geschickt.«

Kaiser schluckte trocken und wischte sich über die Lippen. Der Mann war verunsichert, das merkte Ann Kathrin genau. Auch das hatte sie von ihrem Vater gelernt: den anderen mit den Fakten konfrontieren, damit er einsieht, dass Leugnen keinen Sinn mehr hat.

»Das sind Ammenmärchen, Frau Klaasen. So eine Abteilung hat es nie gegeben.«

»Klar. Das müssen Sie ja sagen. Aber wissen Sie, was ich glaube …«

Er schüttelte den Kopf.

»Ich glaube, dass hier gerade eine Riesensauerei läuft«, brüllte sie.

»Nehmen wir doch einmal an, Sie hätten recht, Frau Klaasen, es gäbe so eine Abteilung und die hätte die Kosten für die Beerdigung übernommen. Na und? Ändert das irgendetwas für Sie?«

»Von Kosten für die Beerdigung habe ich nicht gesprochen, Herr Dr. Kaiser, sondern von einem Logbuch, das hierher geschickt worden ist.«

So versteinert, wie er vor ihr stand, hatte sie Lust, ihn zu schlagen und seine Verstocktheit weichzuklopfen. Sie tat es nicht, sondern argumentierte wutentbrannt drauflos: »In Leer ist Dr. Wolfgang Steinhausen verschwunden. Ein Geist. Es hat ihn nie gegeben. Das alles sieht genau nach der Abteilung Naumann aus. So habt ihr doch immer gearbeitet. Ein paar Mausklicks am Computer, und eine Existenz verschwindet, um woanders neu wiederaufzutauchen. Niemand kann das besser als eure Spezialisten.«

»Und warum glauben Sie, sollte eine Spezialabteilung im Innenministerium den Mörder Ihres Vaters schützen wie einen hochkarätigen Zeugen?«

Er griff sich wieder an die Stirn. »Der Mann saß doch in der JVA auf Nummer sicher. Lebenslänglich. Der wäre nie wieder rausgekommen. Und Sie glauben, dass wir ihn beerdigt haben, um ihn dann als Dr. Soundso zu reaktivieren?«

Wieder brannte ihre Wirbelsäule. Kaiser sprach es einfach aus, als ob er ihre Gedanken lesen könnte. Oder war es nur seine Angst, sie könnte sowieso schon längst darauf gekommen sein?

Sie sagte gar nichts, starrte ihn nur an. Er drehte sich halb zu ihr um, legte einen Arm um sie, als seien sie alte Freunde, und zog sie weiter mit sich in Richtung Parkplatz.

»Frau Klaasen, ich mag Sie. Jetzt mal ganz unter uns: Wenn jemand Verschwörungstheorien anhängt, dann sind das nach meiner Erfahrung immer Menschen, die Probleme haben und mit der Wirklichkeit nicht mehr klarkommen. Das hier sollte einfach unter uns bleiben. Am besten erzählen Sie niemandem davon. Sie könnten sonst Probleme kriegen. Man wird an Ihrer Zurechnungsfähigkeit zweifeln.«

Endlich hatte sie wieder genug Gewalt über ihre Stimme. »Verschwörungstheorien? Meinen Sie solche wie die, dass die NSA unsere Bundeskanzlerin abgehört hat?«

»Das war keine Verschwörungstheorie, sondern …«

»Sondern schlicht die Wirklichkeit. Aber es war eine Verschwörungstheorie, bis es bewiesen wurde.«

»Sie verrennen sich da in etwas, Frau Klaasen. Glauben Sie mir, ich bin ganz auf Ihrer Seite. Aber der Unsinn, den Sie hier verbreiten, der ist schwer behandlungsbedürftig.«

Sie blieb abrupt stehen und schüttelte seinen Arm von ihrer Schulter. Dann packte sie seine weinrote Krawatte und zog sein Gesicht so nah an ihres, dass sie seinen Atem spürte.

»Wenn ihr Arschlöcher den Mörder meines Vaters freigelassen habt, aus welchen Gründen auch immer, dann, glaub mir, werde ich euch zur Rechenschaft ziehen! Einen nach dem anderen. Dann ist mir alles egal. Ich mach euch fertig und …«

Er versuchte, sie wegzuschieben, aber dafür hätte er sich auf eine Prügelei mit ihr einlassen müssen, was für ihn als Staatssekretär direkt vor dem Innenministerium nicht gerade karriereförderlich gewesen wäre.

»Herrgott nochmal, lassen Sie mich los! Ziehen Sie doch hier nicht so eine Show ab!«

Plötzlich waren zwei Sicherheitsleute da, die der Pförtner gerufen hatte. Ann Kathrin hatte sie nicht kommen sehen. Sie war zu sehr auf Dr. Kaiser fokussiert.

Die Männer packten sie von hinten, und Dr. Kaiser konnte sich losreißen. Er war mit wenigen Schritten bei seinem Auto.

»Ich muss!«, rief er noch. »Dringende Termine! Es gibt noch richtige Probleme auf der Welt, die gelöst werden müssen!«

Sie sah die beiden Männer links und rechts von ihr kurz an. Sie waren Ende zwanzig, Anfang dreißig und sicherlich gut durchtrainiert. Aber das interessierte sie jetzt nicht. Mit der Hacke von ihrem rechten Fuß trat sie dem einen auf den Zeh, und als er aufjaulte, war ihr rechter Arm schon frei, und ihr Ellbogen traf seine kurze Rippe.

Mit ihrer Stirn führte sie einen Stoß gegen die Nase des anderen aus. Der ließ sie los, hüpfte herum und schrie hysterisch: »Sie hat mir das Nasenbein gebrochen!«

Ann Kathrin rannte auf Dr. Kaisers Wagen zu. Sie wollte ihn stoppen. Doch Kaiser wirkte entschlossen hinterm Steuer.

Ann Kathrin trat gegen den Kotflügel des silbergrauen Mercedes, und als der Wagen an ihr vorbeifuhr, griff sie in ihrer Wut den erstbesten Gegenstand, den sie fand. Es war eine am Straßenrand abgestellte Bierdose. Sie war nicht ganz leergetrunken worden, und bei ihrem Flug durch die Luft zog sie einen langen Streifen von abgestandenem Bier hinter sich her, bevor sie auf das Autodach knallte.

»Ich krieg dich!«, schrie Ann Kathrin. »Ich krieg euch alle!«

Dem jungen Beamten, dem sie auf den Fuß getreten hatte, sah sie jetzt in die Augen. Er wollte etwas sagen, doch Ann Kathrin legte den Zeigefinger über ihre Lippen und beschwor ihn: »Pssst! Ganz ruhig, mein Junge. Ich bin heute sehr, sehr zornig. Besser, du trollst dich und reizt mich nicht.«

»Sie können doch nicht den Herrn Staatssekretär …«

»Frauen«, sagte Ann Kathrin, »können sehr lange sehr geduldig sein. Aber auch zu Bestien werden, wenn man sie zu sehr reizt. Fragen Sie Ihre Mutter!«

Der mit der blutigen Nase drohte: »Ich verklag Sie! Ich verklag Sie!«

»Junge! Geh zum Doktor, lass dich ein paar Tage krankschreiben und vergiss das alles. Glaub mir, das ist besser für dich!«, rief Ann Kathrin.

Dann lief sie zum Pförtner zurück, der erneut mit dem Sicherheitsdienst telefonierte und Verstärkung herbeirufen wollte.

»Herzlichen Dank noch mal für Ihre Mithilfe. Und schöne Grüße an Herrn Naumann. Ich komme wieder.«

Weller durchforschte die Lichtbilddatei nach dem Mörder von Ann Kathrins Vater. Aber er fand ihn nicht.

Rupert stand hinter Weller und füllte Wasser in einen Plastikbecher, in dem sich bunte Perlen befanden. Dann schüttelte Rupert alles durch. Das Geräusch ging Weller auf die Nerven.

»Was suchst du denn in unserer LiBi-Datei?«, fragte Rupert. Weller drehte sich zu ihm um. Rupert trank jetzt aus dem Becher und verzog angewidert das Gesicht.

»Was trinkst du denn da?«, fragte Weller amüsiert.

»Meine Frau hat ein Riesenpaket von diesem Zeug bestellt. Das ist irgendeine moderne Form der Nahrungsaufnahme …«

»Soll schlank machen, was?«, grinste Weller.

Rupert winkte ab, als ginge es nicht darum. »Nein, nein, das ist irgendwie total gesund. Gegen Haarausfall, Impotenz und …«

»Ach, damit hab ich zum Glück keine Probleme«, sagte Weller und drehte sich wieder zur Lichtbilddatei um.

»Ich auch nicht«, bekräftigte Rupert. »Das hilft ja auch noch gegen Krebs und Altersdemenz und was weiß ich …«

Auf dem Flur näherte sich das *Tack-tack* von Stöckelabsätzen.

»Und? Schmeckt's?«

»Grauenhaft! So gesund kann nichts sein, dass ich mir diesen Mist reinwürge!«

Er goss das Mittel ins Spülbecken.

Die Tür öffnete sich schwungvoll, und POR Diekmann erschien im Türrahmen wie ein Racheengel. Jutta Diekmann schnaubte mit aufgeblähten Nüstern wie ein nervöses Rassepferd vor dem Rennen. Sie pfiff Weller an: »Ich erreiche Ihre Frau nicht! Wissen Sie, wo sie sich aufhält?«

»Sie ist in Hannover. Sie wollte …«

»Sie soll sich augenblicklich bei mir melden. Wir haben etwas miteinander zu klären!«

Rupert pfiff durch die Lippen und schüttelte seine Hand, als hätte er etwas zu Heißes angefasst.

»Was ist denn los?«, fragte Weller und POR Diekmann zögerte einen Moment, ob sie ihn einweihen sollte. Dann spuckte sie ihm die Antwort geradezu ins Gesicht. Kleine Bläschen flogen aus ihrem Mund in seine Richtung.

»Sie hat zwei Security-Leute des Innenministeriums zusammengeschlagen und dann eine Bierdose auf den Mercedes des Staatssekretärs geworfen!«

Weller setzte sich anders hin.

Rupert spottete: »Na, das müssen ja tolle Security-Typen gewesen sein. Die sollten mal diesen Scheiß-Baumtest machen! Lassen sich von einer Frau vermöbeln … Was machen die denn, wenn's mal richtigen Ärger gibt?«

Weller stellte sich hin und verschränkte die Arme vor der Brust. »Meine friedliche Ehefrau wirft nicht mit Bierdosen. Und schon mal gar nicht auf Autos! Es kann sich hier nur um einen Irrtum oder eine Verwechslung handeln.«

Diekmanns spitze Fingernägel kamen Weller vor wie Wurfmesser, die jeden Moment in seine Richtung fliegen konnten.

»Das hoffe ich für sie! Aber ich fürchte, Herr Weller, diesmal hat sich Ihre Gattin zu viel herausgenommen! Das disziplinarrechtliche Nachspiel wird sich gewaschen haben! Ich will sie augenblicklich sprechen!«

Weller hatte Ann Kathrin noch nie in einem solchen Zustand erlebt. Er erkannte nicht mal ihre Stimme. Zwischen den einzelnen Satzfetzen sog sie Luft in ihre Lungen, als ob ihr jemand den Hals zudrücken würde.

Sie befand sich in einem Bahnhof. Er hörte eine Durchsage. Der Zug nach Bremen verspätete sich betriebsbedingt …

»Sie haben«, sagte Ann Kathrin, »den Mörder meines Vaters freigelassen. Und sie haben ihm eine neue Identität beschafft.«

»Du glaubst«, fragte Weller, »dass es dieser Steinhausen ist?«

»Ja. Jetzt ergibt alles einen Sinn.«

»Ann, bitte, steigere dich da jetzt in nichts rein … Was war mit den Security-Leuten? Hast du sie verhauen?«

»Ach, diese Jüngelchen waren von der Security?«

»Ann, wo bist du jetzt? Bitte komm zurück. Es gibt hier viel zu klären.«

»Ja, zu klären gibt es wirklich viel, aber ich kann jetzt nicht zurück nach Hause kommen.«

»Bitte, Ann!«

»Da läuft eine Riesen-Sauerei. Bitte hilf mir, Frank. Ich muss alles über ihn herausfinden. Wer hat ihn wann im Gefängnis besucht? Wir brauchen Kontakt zu seinen Anwälten und Strafverteidigern. Es kann nicht sein, dass Mörder in unserem Land frei herumlaufen und …«

»Ann. Er ist in keiner Datei mehr. Ich habe ihn sogar in der LiBi-Datei vergeblich gesucht.«

»Wir brauchen ein aktuelles Foto von ihm, Frank. Kannst du mir das besorgen?«

»Ich werde alles tun, was in meiner Macht steht. Aber bitte komm jetzt nach Hause.«

»Nein, das geht nicht. Ich habe erst noch etwas zu erledigen.«

Er spürte, wie sehr es in ihrem Herzen brannte, und so musste er sie fragen: »Ann, worum geht es? Was hast du vor?«

»Ich will zu Ubbo.«

»Zu Ubbo Heide? Wieso das denn?«

»Ich muss wissen, ob er Bescheid wusste.«

»Du glaubst doch nicht, dass …« Jetzt fiel es Weller selbst schwer, zu atmen.

Sie stieß die Worte in mühsamem Stakkato heraus: »Wenn einer etwas weiß, Frank, dann er.«

»Ich komme auch«, sagte Weller entschlossen, doch Ann Kathrin wollte das nicht.

»Nein. Das ist etwas zwischen Ubbo und mir. Ich brauche dich an anderer Stelle. Besorg mir ein Bild von Dr. Wolfgang Steinhausen.«

Weller hoffte immer noch, dass es irgendeine andere Erklärung für alles geben könnte. Eine, die besser in sein Weltbild passte. Doch er befürchtete, dass sie recht hatte. Als sei es jemals in Zweifel gezogen worden, bekräftigte er: »Ich stehe auf deiner Seite, Ann. Du kannst dich auf mich verlassen.«

»Das weiß ich, Frank«, sagte sie. Aber es tat ihr trotzdem gut, es noch einmal zu hören.

Sie beendete das Telefongespräch und sah sich im Hauptbahnhof Hannover um. Sie kam sich vor wie auf einem fremden Planeten. All diese Farben und Gerüche hatten etwas Unwirkliches an sich. Die Menschen eilten mit so zielstrebigen Blicken an ihr vorbei, als würden sie von einem fremden Willen gesteuert.

Sie fühlte sich wie ein Schiff ohne Steuermann, das von den Wellen hin und her geworfen wird. Sie kam sich einsam und verlassen vor auf dieser Welt und wollte Frank wieder anrufen, nur um einfach seine Stimme zu hören, als könne sie sich damit wieder auf dem Boden verankern.

Dann rannte sie los. Um fünfzehn Uhr einundzwanzig startete auf Gleis elf ein Regionalexpress. Mit Umsteigen in Oldenburg, Sande und Jever hatte sie die Chance, um neunzehn Uhr zwanzig in Harlesiel zu sein.

Sie hatte den Tideplan nicht im Kopf und wusste nicht, ob es eine Gelegenheit gab, dann noch eine Fähre zu bekommen. Aber die Zeit reichte nicht mehr, um am Bahnschalter oder im Internet Erkundigungen einzuziehen. Sie wollte auf keinen Fall diese Möglichkeit verpassen.

Sie nahm die Rolltreppe und hastete an einigen Reisenden vorbei, was ihr böse Kommentare eintrug.

Kurz vor Abfahrt erreichte sie den Zug und bekam sogar einen Sitzplatz. Dann wurde ihr flau. Sie hatte keine Ahnung, wann sie zum letzten Mal etwas gegessen hatte. Ihr Magen krampfte sich zusammen, und Magensäure wurde hochgepresst bis in ihren Mund. Sie hätte am liebsten alles ausgespuckt, schluckte aber alles wieder runter und ärgerte sich, dass es nichts zu trinken gab.

Als jemand mit einem Wagen durchs Abteil kam und kleine Snacks und Getränke anbot, hätte sie den Mann fast vor Freude geküsst. Sie nahm zwei Flaschen Mineralwasser, eine Tüte Erdnüsse und fragte nach einem klaren Schnaps. Er hatte Jägermeister und Doornkaat. Sie nahm den Doornkaat, schon allein, um ihren Vater zu ehren. Sie fand, dass der Schnaps schrecklich schmeckte. Er war nicht kalt genug. Aber er tat ihr trotzdem gut. Es war wie ein Nach-Hause-Kommen. Wie ein Kuss ihres Vaters.

Ihr stiegen Tränen in die Augen. Sie stieß noch einmal sauer auf, dann leerte sie die eine Mineralwasserflasche mit einem Zug.

Über *inselflieger.de* ergatterte sie noch einen Platz von Harle nach Wangerooge.

Sie stromerte durch die Fußgängerzone in Norden wie ein Straßenköter auf der Suche nach einem achtlos weggeworfenen abgeknabberten Kotelettknochen. Alles kam ihr irgendwie unwirklich vor. Sie hatte die Briefe mit den biologischen Kampfstoffen und den Drohungen, das Trinkwasser zu vergiften, verteilt, aber hier schien das die Menschen nicht wirklich anzufechten.

Im Mittelhaus feierten Schüler einen Geburtstag. An Theos Glühweinstand drängelten sich die Menschen wieder in Dreierreihen. Vor der Schwanen-Apotheke drehte sich ein kleines Karussell. Von den Weihnachtsmarktbuden roch es nach gebrannten Mandeln und Waffeln. Im Café ten Cate sang Bettina Göschl mit Kindern Lieder zum Advent. Es war rappelvoll. Die Leute standen bis draußen und sangen mit.

Sie schob die blonden Haare in die Kapuze zurück und zog den Schal über Kinn und Mund fest, als würde sie frieren. Sie sah von außen durchs Schaufenster ins Café. Diese strahlenden Kinderaugen machten sie wütend. Sie fand diese vorweihnachtliche Freude schrecklich. Wussten die denn alle nicht, was ihnen bevorstand? Interessierten die sich in ihrer ostfriesischen Gelassenheit nicht für die Bedrohung?

Das Wasserwerk in Hage versorgte über sein Hauptleitungssystem mehr als zehntausend Hausanschlüsse in Norden und Hage. Das Wasser wurde aus vier Tiefbrunnen sechzig Meter unter der Erde gewonnen. In den Aufarbeitungsanlagen wurde es von Eisen befreit.

Die Ostfriesen hatten sehr gutes Trinkwasser. Es war weich, und deshalb verkalkten Haushaltsgeräte hier praktisch nicht.

Das Wasser eignete sich sogar hervorragend zur Zubereitung von Säuglingsnahrung. Es war nitritfrei und natriumarm.

Aber das alles würde ihnen einen Scheiß nützen, denn sie hatte eine Möglichkeit gefunden, das Wasser zu vergiften. Der Gedanke ließ sie lächeln, und ihr wurde wärmer.

Ich hab euch alle in der Hand. Ja, welch ein triumphaler Gedanke. Ich hab euch alle in der Hand. Ich könnte euch töten … könnte …

Sie zog den Kragen ihrer Jacke höher, um die Flammen an ihrem Hals zu verbergen.

Sie sah die fröhlichen Menschen, die stolzen Eltern, die auf ihre Kinder sahen und mit Bettina Göschl ein Nikolauslied sangen. Es ging um ein Kind, das für den Nikolaus ein Gedicht aufsagen sollte, aber den Text vergessen hatte. Deshalb tanzte das Kind jetzt für den Nikolaus, und dem gefiel das so gut, dass er gleich mittanzte.

Die Kinder klatschten und wollten mehr, und die ostfriesische Sängerin stimmte das nächste Lied an.

Warum mache ich es nicht einfach?, dachte sie. Noch heute Abend könnte das große Sterben beginnen …

Sie hasste die Weihnachtszeit, und sie hasste Kinderlieder.

Worauf warte ich eigentlich noch?

Es gefiel ihr, eine ganze Gegend zu erpressen, eine Regierung, ein Volk. Bis vor kurzem hatte sie sich klein, hilflos, ausgeliefert gefühlt. Das war jetzt anders. Sie war kein Spielball mehr der Welt. Die Welt war ihr Spielball geworden. Endlich hatte sie eine Waffe in der Hand, um sich zu wehren.

Egal, wie selbstbewusst und fröhlich sie sich gaben, sie hatten alle eine Stelle, an der sie verwundbar waren: ihr Trinkwasser. Jeder Mensch verbrauchte im Schnitt hundertdreißig Liter am Tag.

Bald schon, freute sie sich grimmig, wird eure Feierei in kummervolles Gejammere umschlagen. Sehr bald schon.

Den Rohrnetzmeister von den Wasserwerken anzugraben war kein Problem für sie gewesen. Matthias Lütjens war so hungrig nach Bestätigung, so gierig nach Liebe und Anerkennung. Sie hatte ein leichtes Spiel mit ihm. Jetzt war er voller Schuldgefühle seiner Frau und seinen beiden Kindern gegenüber. Es zerriss ihn fast. Er schaffte es nicht, es ihnen zu sagen, als würde dann die ganze Welt über einen Fernmechanismus gesteuert in die Luft gesprengt werden. Das hierfür notwendige Codewort für das Ende der Menschheit musste aus seinem Mund kommen. Es hieß *Scheidung* oder vielleicht auch *Geliebte* oder *Affäre*. Jedenfalls würde es in dem Satz vorkommen, den er irgendwann unausweichlich zu seiner Frau sagen müsste, wenn er die Geschichte mit ihr nicht vorher beendete.

Er nannte sie *meine kleine Kirschblüte*. Sie fand den Namen völlig bescheuert, das sagte sie ihm aber nicht, denn ihr ging es ja nicht um Liebe, Freundschaft oder Sex. Es ging um einen Zugang zum Wasserwerk, um internes Wissen und um eine Möglichkeit, Sicherheitsvorkehrungen zu umgehen.

Ein kleines, blondgelocktes Mädchen kam aus dem Café. Es hatte ein Stück Kuchen am Stiel in der Hand. Auf den ersten Blick wirkte die Süßigkeit wie ein großer Dauerlutscher. Die Mutter beugte sich zu ihrer Tochter runter, schob die Locken unter die Strickmütze und putzte der Kleinen die Nase.

»Na«, fragte sie die Vierjährige, »schmeckt es denn?«

»Affengeil«, antwortete die lachend und staunte über das erschreckte Gesicht ihrer Mutter.

»Woher hast du das Wort denn? Sprechen die so im Kindergarten?«

Die Kleine schüttelte den Kopf und biss noch ein Stück Kuchen vom Stiel ab. Sie kaute und sagte mit vollem Schokoladenmund: »Das kenn ich von Papa.«

Kirschblüte grinste und fand es fast ein bisschen schade, dass die Trinkwasseraktion auch dieses Kind treffen würde. Doch schon wenige Schritte weiter, als sie sich eine Bratwurst kaufte und kaum ertragen konnte, dass sich ein dicker Ostfriese vordrängte und sie mit dem Satz »Immer mit der Ruhe, Fräulein« wegschob, löste sich ihr Anflug von Mitleid in nichts auf. Sein Bieratem widerte sie an. Sie unterdrückte den Impuls, ihr Messer zu ziehen und ihn niederzustechen.

Dann war wieder diese Leere da. Dieses Gefühl, nicht dazuzugehören, und um nicht zu heulen, verfiel sie in diese abgründige Wut. Das tat gut. Mit der Wut kam auch die Selbstüberschätzung. Das Gefühl, über allem zu stehen. Über Leben und Tod entscheiden zu können.

Sie tänzelte jetzt durch die Osterstraße, vorbei am Reichshof und der Sparkasse. Sie stellte sich die Stadt ausgestorben vor. Aus der Touristenstadt könnte bald schon eine Totenstadt werden. Es lag ganz in ihrer Hand.

Sie lächelte. Sie ging weiter in Richtung Norder Tor. Sie beschloss, vom Parkdach mit ausgebreiteten Armen auf diese Stadt runterzusehen.

Wie erbärmlich, dachte sie. Ihr habt nicht mal einen Berg. Man muss auf einem Einkaufszentrum stehen, um die Welt von oben zu sehen.

Hinter ihr hupte der Fahrer eines dunklen BMW. Er lehnte sich aus dem Fenster und rief: »Du stehst im Weg! Andere wollen nach Hause! Mensch, mach Platz!«

Sie ging zur Seite und gab die Fahrbahn nach unten frei. Der BMW rauschte an ihr vorbei. Sie sah den Fahrer verständnislos den Kopf schütteln. Zu seiner Frau sagte er etwas wie: »Hier treiben sich auch immer mehr Kiffer herum.«

Kirschblüte rief ihm hinterher: »Du bist tot, du Arsch! Tot! Du weißt es nur noch nicht!«

Ubbo Heide saß an seinem Lieblingsplatz auf der Fensterbank, die Füße in den Socken, die seine Frau Carola aus Schafswolle für ihn gestrickt hatte. Neben sich einen Tee, dazu ein Glas Leitungswasser.

Er trank den Tee gar nicht. Er brauchte ihn nur neben sich, um in diesem Geruch zu sitzen, der ihm sagte: Hier gehörst du hin.

Je länger er aufs Meer sah, umso verrückter kam die Welt ihm vor und umso weniger wollte er an ihrem Narrenspiel teilnehmen.

Natürlich wusste er, dass alles irgendwann herauskommen würde. Die Welt war nicht mehr so, dass ein Geheimnis ein Geheimnis blieb.

Ann Kathrin befand sich schon auf der oberen Strandpromenade und kämpfte sich gegen den Wind auf sein Quartier zu, während er noch die Wellen in ihrer immerwährenden Selbstverständlichkeit auf sich zu rollen sah. Die Gischtkronen wurden höher, und der Wind rüttelte am Fenster, als wolle er Einlass begehren.

Carola stand am Herd und wendete die Reibepfannkuchen in der Pfanne. Ubbo mochte sie gern herzhaft, mit Zwiebeln und Krabben. Sie selbst aß sie lieber süß, mit Apfelmus. Es gab beides.

Sie sah ihren Mann von hinten. Sie beneidete ihn, weil er stundenlang so dasitzen und aufs Meer sehen konnte. Manchmal saß sie neben ihm. Sie hielten sogar Händchen wie ein frisch verliebtes Paar und das, nachdem sie vierzig Jahre miteinander verbandelt waren. Egal, wie hart das Schicksal zugeschlagen hatte, ihre Liebe hielt, und Ubbo machte aus allem das Beste. Selbst dieser Rollstuhl wirkte von weitem wie ein unglaublich bequemer Sessel, behängt mit Schaffellen, mehr ein fahrbarer Thron für einen gemütlichen König als ein Hilfsmittel für einen Körperbehinderten.

Sie ging zur Tür, als Ann Kathrin klopfte. Vor ihr stand eine Frau mit windzerzausten Haaren, viel zu luftig angezogen und mit einem Gesicht, als sei ihr soeben klargeworden, dass sich in der Matratze, auf der sie allnächtlich schlief, ein Schlangennest befand. Eins von Giftschlangen …

Sie sagte kein Wort. Sie stand nur da, und Carola Heide öffnete die Tür noch weiter, um Ann Kathrin hereinzulassen.

Ann Kathrin brachte eine Kälte mit sich, die sie umgab wie ein Kokon.

Carola schloss die Tür hinter ihr.

Ubbo drehte sich langsam um. Auf Wangerooge war Eile ein Fremdwort für ihn.

Als er Ann Kathrin sah, ahnte er, dass sie Bescheid wusste.

Er bot ihr einen Platz an, doch sie wollte sich nicht setzen. Sie blieb stehen. Die Kälte umgab sie noch immer, als sie sagte: »Ich will nur eins wissen, Ubbo: Wusstest du es?«

Sie musste es nicht aussprechen, sie wussten beide, um was es ging. Und sie sah in Ubbos Augen und an seiner Körperhaltung dies bedauernde *Ja*.

Er holte zu einer Geste aus, als müsse er sich erklären. Doch sie kam ihm zuvor: »Wie konntest du mir das antun?«

Sie wandte sich von ihm ab. Dann suchte sie doch einen Sitzplatz. Sie konnte nicht länger stehen. Sie befürchtete, ohnmächtig zu werden.

Carola Heide war zuerst bei ihr. Sie stützte Ann Kathrin ab und half ihr zwei Schritte bis zum Stuhl. Ann Kathrin griff zunächst nur zur Lehne, dann setzte sie sich doch, aber mit dem Rücken zu Ubbo.

Carola ging zur Pfanne und nahm sie vom Herd. Das Geräusch der knusprig werdenden Reibepfannkuchen war ihr plötzlich unangenehm.

Ubbo bewegte seinen Rollstuhl in ihre Richtung und berührte Ann Kathrin von hinten. Sie zuckte weg. Sie sah auf ihre Knie und rollte sich fast babyhaft zusammen, wie ein Mensch, der sich so klein machen will, als würde er am liebsten verschwinden.

Dann begann sie, hemmungslos zu weinen. »Ist denn alles im Leben nur Lug und Trug?«

Es war mehr eine Frage an sich selbst als an irgendjemanden im Raum.

Mit den Händen auf den Rädern bewegte Ubbo seinen Rollstuhl zum Tisch. Er faltete die Hände wie zum Gebet und sagte: »Bitte, Ann Kathrin. Du musst das verstehen. Es war doch nicht meine Entscheidung …«

Sie sah ihn nicht an, versteckte ihr Gesicht in der Armbeuge. Nur ihre Haare ragten elektrisch nach oben.

Carola griff zu einer hilflosen Geste. Sie nahm ihre Lieblingsdecke, in die sie sich manchmal kuschelte, wenn sie neben Ubbo saß und aufs Meer sah. Sie legte Ann Kathrin die Decke wie einen Schutzmantel über die Schultern. Die ließ es geschehen.

Ubbos Stimme klang trocken, aber er sah sich außerstande, nach dem Wasserglas am Fenster zu greifen. Alles kam ihm plötzlich so banal vor. Diese Ferienwohnung an der oberen Strandpromenade, das Essen auf dem Herd, die ostfriesischen Teetassen – als würde das Geschehene alles entwerten, ja, ihr ganzes Leben in Frage stellen.

»Was hätte es denn geändert«, fragte er, »wenn ich es dir gesagt hätte? Es wäre doch alles nur noch schlimmer geworden, Ann. Überleg mal. Was hättest du getan? Du hättest versucht, alles zu verhindern. In meinen schlimmsten Albträumen habe ich befürchtet, dass du ihn einfach erschießt, so wie er deinen Vater erschossen hat.«

Jetzt sah sie aus ihrer Armbeuge hoch und Ubbo mit verheulten Augen an. Sie öffnete den Mund, und ihr Speichel zog Fäden. »Ja, verdammt! Vermutlich hätte ich genau das getan. Und glaub mir, wenn ich ihn kriege, werde ich es auch tun.«

»Genau das habe ich befürchtet. Es war nicht meine Entscheidung, ihn freizulassen, Ann. In diesen Zusammenhängen bin ich nur ein ganz kleines Licht. Ich sollte nicht mal in Kenntnis gesetzt werden. Ich habe es eigentlich nur erfahren, weil …«, er schluckte, »weil die Stadt Norden eine zentrale Rolle spielte, und die Sicherheitskräfte meine Mitarbeit brauchten, um …«

Sie sah ihn mit tränennassen Augen an, als würde sie seine Worte gar nicht verstehen. Carola Heide setzte sich zu ihr und legte ihr eine Hand zwischen die Schulterblätter. Ann Kathrin ließ es geschehen.

»Warum?«, fragte Ann Kathrin. »Verdammt nochmal, warum?«

Jetzt rollte Ubbo doch zum Fenster, warf noch einmal einen Blick auf seine geliebte Nordsee, nahm sein Wasserglas und trank.

Vielleicht, dachte er, ist es auch gut, wenn alles herauskommt. Vielleicht hat sie ja ein Recht darauf. Und vielleicht geht es mir selbst dann auch besser.

»Es ging um die Glasfaser-Seekabel.«

Ann Kathrin wischte sich mit beiden Händen übers Gesicht. Sie wollte jetzt ganz dabei sein, denn sie wusste, dass Ubbo Heide gleich so etwas wie eine Beichte ablegte. Sie hörte es am Klang seiner Stimme.

Er erklärte: »Norden ist nicht einfach irgendeine belanglose Kleinstadt in Ostfriesland. Im Gegenteil. Hier läuft alles zusammen. Wir könnten keine E-Mails in die USA schreiben, vermutlich würde nicht mal das Internet funktionieren, wenn in Norden etwas schiefläuft … Es ging um das TAT-14, das Transatlantic Telecommunications Cable no. 14. Es verbindet Europa mit den Vereinigten Staaten. E-Mails, Telefonate, Internetdaten – von Norden aus wird alles verteilt. Nach ganz Europa und natürlich auch nach Übersee. Bei uns enden noch mehr Seekabel, auch SEA-ME-WE 3, was Asien und Australien verbindet. Die meisten Menschen in Norden wissen nicht mal, dass die Seekabelendstelle bei uns liegt. Angeblich sind es dreihunderttausend Kilometer Glasfaserkabel, die die Welt miteinander verbinden. Das

Ganze kam nur einmal kurz ins Gespräch durch die Abhöraktionen des US-Geheimdienstes NSA und der Briten.«

Er schwieg und sah auf die Tischplatte. Er wog ab, ob er noch ein Glas Wasser trinken sollte.

Carola stand auf und holte auch ein Glas für sich und Ann Kathrin. Sie stellte die leeren Gläser auf den Tisch, füllte Wasser aus dem Hahn in eine Karaffe und goss daraus für Ann Kathrin und sich etwas ein. Alles andere als Leitungswasser wäre ihr jetzt merkwürdig erschienen. Dies war nicht die Situation, um gemeinsam Kaffee zu trinken, mit einem Schnäpschen anzustoßen oder ein Glas Wein zu genießen. Nein, jetzt war Wasser genau richtig.

Ann Kathrin rührte ihr Glas nicht an.

»Die Dinge auf der Welt sind kompliziert geworden, Ann«, sagte Ubbo Heide und kam sich selbst dämlich dabei vor. »Früher haben Regierungen Geheimdienste in ihrem Auftrag agieren lassen. Heute kommt es mir manchmal umgekehrt vor, so als würden die Geheimdienste nicht nur uns kontrollieren, sondern auch die Regierungen. Der Mörder deines Vaters, Ann, hat immer ein doppeltes Spiel gespielt. Er war ein V-Mann, und man wusste nie genau, für welche Seite er wirklich arbeitete. Ja, er war eine verdammt zwielichtige Gestalt, und ich mag solche Menschen nicht. Aber manchmal sind sie wichtig. Er hatte tiefen Einblick in eine Welt, die wir nur aus Illustrierten kennen. Von ihm kam der entscheidende Hinweis, und dann hat er halt einen Deal gemacht.«

»Was für ein entscheidender Hinweis?«

Ubbo sah seine Frau mit flehenden Augen an, aber die blickte streng zurück.

»Ich darf dir das alles eigentlich nicht sagen. Dir ist schon klar, dass ich damit gegen eiserne Gesetze verstoße und uns alle in Gefahr bringe?«

Ann Kathrin nickte nicht mal, so selbstverständlich waren seine Sätze für sie.

Er rang mit den Fingern. Zu gerne hätte er jetzt in einen Marzipanseehund gebissen, um seinen Magen zu beruhigen. Er schielte sogar hin, es lag noch ein Rest in dem Körbchen neben dem Fernsehgerät. Insgeheim hoffte er, Carola würde seinen Blick verstehen und ihm den Marzipanseehund rüberreichen, aber das tat sie nicht.

»Für die Regierung der Vereinigten Staaten sind wir in Norden ein relevantes Anschlagsziel für Terroristen. Und er wusste genau, wann, wo und wie es erfolgen sollte. Er hat den entscheidenden Hinweis gegeben. Der Anschlag konnte im Vorfeld verhindert werden.«

»Na und? Deshalb habt ihr ihn freigelassen?«

»Wir standen kurz vor einer Katastrophe, Ann. Sie wurde verhindert, und um keine Panik bei den Menschen auszulösen, hat nie jemand etwas davon erfahren. Das alles war absolut geheim.«

»Aber warum? Warum seid ihr danach nicht als die großen Helden aufgetreten, die einen Terroranschlag verhindert haben?«

»Das waren nicht irgendwelche Terroristen, sondern ...«, er sprach nicht weiter, als müsse er nachdenken und wolle die Wahrheit nicht aussprechen.

Ann Kathrin half ihm, indem sie fordernd sein letztes Wort wiederholte: »Sondern?«

»Wir hatten es nicht mit religiösen Fanatikern zu tun ... sondern mit knallharten Geschäftsleuten.«

»Geschäftsleuten?«

Er schwieg, als habe er schon zu viel gesagt. Nun hielt es Ann Kathrin nicht mehr auf ihrem Platz. Sie sprang hoch, dabei stieß sie, ohne es zu wollen, Carola Heide zurück. Carolas Lieblingsdecke rutschte von Ann Kathrins Schultern und fiel achtlos auf den Boden.

Ann Kathrin nahm mitten in Ubbo Heides Ferienwohnung ihren Verhörgang auf.

»Was wäre schon passiert?«, fragte Ann Kathrin mit spöttisch verzogenem Mundwinkel. »Na und? Dann hätten wir eben eine Weile nicht mit unseren Handys nach Übersee telefonieren können, das Internet wäre zusammengebrochen, keine E-Mails – na und? Wer kann ein Interesse daran haben? Was soll das?«

»Es hätte«, erklärte Ubbo Heide, »vermutlich einen Börsencrash gegeben. Die Börsenkurse laufen ja schließlich alle übers Internet. In Millisekunden werden hier Milliardenbeträge hin und her geschoben.«

»Na und?«, fragte Ann Kathrin erneut.

Er lächelte sie milde an. »Du verstehst das nicht. Es bestand die Gefahr eines weltweiten Börsencrashs. Die Börsenkurse rauschen im freien Fall in den Keller, nationale Wirtschaftssysteme werden pulverisiert. Banken brechen zusammen.«

Er setzte seine Aufzählung nicht weiter fort. So, wie er aussah, hätte er das aber mühelos gekonnt. Er wartete auf die Wirkung seiner Worte.

Die Fassungslosigkeit in den Augen von Carola schmerzte ihn. Auch ihr hatte er nichts davon erzählt, trotz ihrer langen Ehe. Er hatte sie schützen wollen, und jetzt war zwischen ihnen eine merkwürdige unsichtbare Wand, so als hätten sie sich unüberbrückbar weit voneinander entfernt.

Ann Kathrin blieb stehen und fixierte Ubbo Heide. Ihre Augen waren jetzt klar, und er kam sich vor, als würde sie tief in ihn hineinblicken.

»Das heißt, ihr habt den Mörder meines Vaters laufen lassen, damit die Börsenkurse nicht einbrechen?«

Er schluckte, konnte aber nicht antworten. Im Grunde hatte sie es auf den Punkt genau formuliert.

»Es ging nicht nur um ein paar Banken, Ann. Es … hatte eine bedrohliche Dimension für die Weltwirtschaft …«

»Wer hatte denn«, fragte sie, »überhaupt ein Interesse daran?«

Die Frage tat Ubbo Heide gut. Jetzt konnte er Zusammenhänge erklären, bewegte sich wieder auf bekanntem Terrain.

»Die meisten Menschen denken, dass man an der Börse Geld verdient, wenn die Kurse steigen, die Wirtschaft gut läuft und die Aktiengesellschaften vernünftige Dividenden auszahlen. So ist es auch für die meisten. Aber einige verdienen eben an einem plötzlichen Börsencrash.«

»Wie denn?«

»Es geht um Leerverkäufe oder, wie die Engländer sagen, um *short sale*.«

Ann Kathrin sah ihn fragend an, Carola ebenfalls.

Ubbos Nacken versteifte sich. Sein Rücken kam ihm vor wie ein Brett, in das Nägel geschlagen wurden. »Jemand verkauft Wertpapiere, die er gar nicht besitzt, zu einem hohen Preis an jemanden, der sie haben will. Nun hofft er natürlich, dass die Aktien fallen und, wenn er liefern muss, dass er günstiger einkaufen kann, als er verkauft hat. Bei diesem Fallen kann man ein bisschen nachhelfen. Man streut ein Gerücht an der Börse, der Firma ginge es nicht gut, gleich rutschen die Aktien ein Stückchen ab, und der Leerverkauf wird ein bombiges Geschäft für den Verkäufer. Aber wir haben es mit Leuten zu tun, denen das nicht reichte. Sie wollten einen weltweiten Absturz. Es geht hier um Milliardengeschäfte. Im Grunde wollten sie für die Börse das herbeiführen, was der elfte September gemacht hat. Da sind ja nicht nur die Twin Towers eingestürzt und Tausende Menschen in New York gestorben, sondern von einer Sekunde auf die andere verloren die Aktien der Welt Milliarden an Wert. Auch damals«, sagte Ubbo leise, »hat jemand davon profitiert. Da kannst du ganz sicher sein. Es geht nie nur um das, wonach es aussieht.«

Jetzt mischte seine Frau sich ein: »Heißt das, es geht immer nur ums Geld?«

Ubbo war froh, sich an sie wenden zu können: »Ja, Carola, die Welt ist verrückt geworden. Ich glaube, es geht immer nur darum. Früher«, führte Ubbo Heide aus, »war ein Krankenhaus dazu da, Kranke gesund zu machen. Heute soll es Gewinne machen. Und wenn die Gewinne nicht reichen, wird es geschlossen. Was geschieht denn gerade mit der Ubbo-Emmius-Klinik? Wir erleben doch alle, wie dieser Wahnsinn die ganze Gesellschaft beherrscht. Alles muss plötzlich nur noch rentabel sein. Mit jeder Privatisierung geht doch auch ein Stückchen Demokratie verloren.«

»Wie das denn?«, fragte Carola Heide.

»Früher«, sagte er, »wurde der Postminister gewählt. Wenn er Mist gebaut hat, konnte man ihn abwählen oder zur Rechenschaft ziehen. Heute haben wir keinen Einfluss mehr darauf, wer an der Spitze der Telekom sitzt und ob oder warum er einen undurchdringlichen Tarifdschungel schafft, den wir alle nicht mehr verstehen.«

Das interessierte Ann Kathrin nicht. Sie fuhr mit der Hand dazwischen wie mit einem Schwert, als müsse sie Seile durchschneiden, die Ubbo Heide und seine Ehefrau verbanden.

»Der Mörder meines Vaters wusste also über all diese Dinge Bescheid, hat sie euch erzählt, und deshalb habt ihr sein Begräbnis organisiert und ihn freigelassen?«

Ubbo Heide griff sich ans Herz. Seine Frau stand jetzt doch auf und holte das Marzipan für ihn. Es war ein liebevoller Akt. Genau so empfand er es: als Streicheleinheit für seine Seele. Aber er schaffte es noch nicht, das Marzipan bis in seinen Mund zu schieben. Es kam ihm fast unanständig vor, jetzt etwas Süßes zu genießen.

»Die Männer sollten in Norden hoppgenommen werden. Es war eine Riesenaktion. Wir als Kriminalpolizei hatten damit überhaupt nichts zu tun. Ich wurde nur in Kenntnis gesetzt, dass sich Spezialeinheiten in Norden aufhalten. Es war ein internationales Zugriffskommando. Briten, Amerikaner, Franzosen. Wir sollten ihnen nicht in die Quere kommen. Nur deshalb wurden wir informiert.«

Ann Kathrin kniff die Augen zusammen. »Und dann?«

»Nichts und dann. Die haben Wind davon gekriegt, dass sie verpfiffen wurden. Das Ganze fand nicht statt. Es wurde auch nicht darüber geschrieben, es gab keine Pressekonferenzen, denn allein das hätte schon den Crash auslösen können, vor dem alle Angst hatten. Die Sicherheitsmaßnahmen wurden erhöht und …«

»Die Hintermänner entkamen«, fügte Ann Kathrin hinzu.

Ubbo nickte. »Garantiert.«

»Aber warum habt ihr ihn dann freigelassen? Solchen Verbrechern gegenüber muss man doch nicht Wort halten. Wer handelt überhaupt so einen Deal aus?«

»Er arbeitet immer noch für uns, Ann. Er war nicht zu ersetzen. Er bekam eine neue Identität, um wieder einzudringen in die Gruppe, um seine alten Kontakte spielen zu lassen und uns vor dem nächsten Coup zu warnen, den sie planen. So furchtbar es sich anhört, Ann – der Mörder deines Vaters wird für dich immer der schlimmste Mensch auf Erden bleiben. Aber möglicherweise hat er uns alle vor etwas sehr Schlimmem bewahrt. Und vielleicht tut er im Moment dasselbe noch einmal für uns.«

Ann Kathrin musste sich übergeben. Sie wusste so schnell nicht, wohin.

Carola Heide riss die Toilettentür für sie auf. Ann Kathrin stürmte an ihr vorbei, doch die saure Brühe schoss schon aus ihr heraus, bevor sie den Toilettendeckel oben hatte.

»Das macht nichts«, sagte Carola. Sie stand hinter Ann Kathrin und kämmte ihr mit den Fingern die Haare aus dem Gesicht.

Ubbo Heide griff nach dem Marzipanseehund und ließ den Kopf rasch in seinem Mund verschwinden. Seine Finger zitterten. Er sagte: »Das Böse ist uns immer einen Schritt voraus, weil es sich nicht an die Spielregeln hält. Das ist sein Wesen. Es hat keine Skrupel. Manchmal müssen die Guten auch auf die Regeln pfeifen, damit sie den Vorsprung verringern, den das Böse hat.«

Niemand hörte ihm zu. Aus dem Badezimmer kamen Würgegeräusche.

Er hatte viele Frauen in seinem Leben gehabt, aber keine von ihnen war so zärtlich gewesen wie Inga. Sie atmete sanft über seiner nackten Haut und ließ sie erglühen. Dann, wenn sie einatmete, lief fröstelnd ein Schauer über seinen Körper. Er schmolz dahin. Dabei hatten sie sich noch gar nicht berührt. Und bei dem, was dann geschah, war sie raffinierter als jede Professionelle und doch so liebevoll, wie eben nur eine echte Geliebte sein kann.

Jetzt rieb sie ihre Wange an seinem verletzten Knie. Sie lauschte daran, als ob es mit ihr sprechen würde.

Er reckte sich im Bett und wollte etwas sagen, aber sie legte einen Finger über ihre Lippen und machte leise: »Pscht.«

Er lachte: »Spricht mein Bein mit dir?«

Sie sah ihn an und flüsterte: »In manchen Kulturen glauben sie, das Ego läge im Knie. Du verdankst den Knien so viel. Überallhin haben sie dich getragen, jeden Schritt bist du mit ihnen gegangen«, sagte sie und blies vorsichtig über die Operationsnarben, »Manchmal wurden dir die Knie weich, weil du dich verliebt hattest oder weil du Angst bekommen hast …«

Er grinste amüsiert. »Ja, so wird es wohl gewesen sein.«

Er genoss es, mit ihr zusammen zu sein. Sie gefiel ihm. Sie war ihm ein bisschen zu esoterisch, aber darüber konnte er leicht hinwegsehen. In dieser Frage war er weit und gelassen.

Er fragte sich allerdings, wie lange sie ihm Inga lassen würden. Wann musste sie sterben? Es war nur eine Frage der Zeit, dann hätten sie auch seine neue Identität aufgedeckt. Vielleicht kannten sie sie ja auch schon. Er hatte ihr Werkzeug umgebracht. Aber Thumm war nur ein kleines Licht gewesen. Er hatte die Beweggründe seiner Auftraggeber nicht durchschaut. Vermutlich hatte er sich auch nie dafür interessiert.

Serkan Schmidtli steckte dahinter, das war für Steinhausen, der sich jetzt Großmann nannte, ganz klar. Aber warum tat Schmidtli das? Warum ließ er die Frauen töten, die sich in ihn verliebten? Wollte er ihm nur zeigen, dass er jederzeit wusste, wo er war? Oder wollte Serkan ihn zu sich locken? In die Höhle des Löwen?

Serkan war ein raffinierter Hund. Der hatte seine Gefühle im Griff und ließ sich nicht einfach zu irgendwelchen hirnrissigen Aktionen hinreißen. Serkan, so wie er ihn kannte, hatte immer einen Plan gehabt.

Typen wie dieser Thumm waren für ihn keine Menschen. Das waren nur Schachfiguren in einem größeren Spiel. Kanonenfutter, das nicht einmal wusste, für welche Seite es starb.

Ein Duell machte nur Spaß, wenn es zwischen gleich starken Gegnern stattfand. Auf Augenhöhe. Leute wie dieser Thumm waren für ihn gar nicht satisfaktionsfähig. Aber einer wie Serkan war eine richtige Herausforderung.

Inga und er hörten jetzt gemeinsam Dylan und erkundeten ihre Körper. Danach trug sie ihm – nackt zwischen den weißen Hotelkissen sitzend – Gedichte vor. Zunächst von diesen Arbeiterschriftstellern aus dem Ruhrgebiet, die sie so sehr verehrte. Dann schließlich zwei eigene, wie sie mit schamroten Wangen zugab.

Zunächst sah es aus wie ein unmögliches Unterfangen. Es war zum Verzweifeln. Weller fand einfach kein Foto von Steinhausen. Nicht einmal die Google-Suchmaschine half, und die gab oft mehr her als die Polizeidateien.

Er sprach noch einmal mit Kirstin de Boek, die sich liebevoll um den Jungen ihrer Freundin kümmerte. Weller hoffte, sie könnte sich an eine Party erinnern, eine Geburtstagsfeier, bei der

Steinhausen dabei gewesen und bei der fotografiert worden war. Aber vergeblich. Sie machte ihm keine Hoffnung.

»Die beiden waren nicht sehr gesellig, und seit Eschi mit diesem reichen Spießer zusammen war, hat sie sich total zurückgezogen.«

Weller wollte schon aufgeben, da durchfuhr ihn auf der Toilette sitzend der Gedanke wie ein Blitz.

Natürlich! Die vielen Überwachungskameras in Steinhausens Penthouse mussten doch auch Bilder gemacht haben. Die Chance, dass der Mörder selbst darauf zu sehen war, schätzte Weller als sehr hoch ein.

Weller rief Charlie Thiekötter an. Der Computerspezialist der ostfriesischen Kripo wurde beim Gitarrespielen gestört. Sein Hausarzt hatte ihm empfohlen, ein Musikinstrument zu erlernen, um ruhiger zu werden. Zunächst hatte Thiekötter es mit einem Tenorsaxophon versucht, aber Ehefrau und Nachbarschaft waren sich rasch einig und zwangen ihn zum Aufgeben. Seine Übungsstunden waren unerträglich. Eine Art phonetische Umweltverschmutzung.

Die Gitarrenklänge waren leiser, und er übte zwar regelmäßig, aber nie zu lange, weil die Stahlsaiten zu sehr in seine zarten Fingerkuppen schnitten. Es war ihm peinlich, das zuzugeben, aber genau so war es.

»Klar«, sagte Thiekötter, »die Kameras haben aufgezeichnet, und die Aufzeichnungen wurden zu einer Internetseite gesendet. Ich könnte diesen Weg zurückverfolgen, und dann können wir uns das alles anschauen, was auf der Seite ist.«

Es kam Weller fast zu einfach vor. »Und wenn die Seite verschlüsselt ist?«, fragte er.

Der Gedanke amüsierte Thiekötter. »Hallo? Ich bin's: Charlie Thiekötter. Wenn ich etwas kann, dann das. Ich habe Hunderte Passwörter geknackt oder umgangen. Das ist sozusagen meine Spezialität.«

»Und warum«, fragte Weller, »ist da vorher noch niemand draufgekommen, diesen Weg zurückzuverfolgen?«

»Es schien nicht wichtig. Es hat niemand danach gefragt.«

»Bis wann habe ich die Ergebnisse, Charlie?«

»Bis wann brauchst du sie?«

»Gestern.«

»Also gut. Morgen. Ich melde mich, sobald ich fündig geworden bin.«

Weller hielt es nicht länger im Fischteichweg. Er hatte das Gefühl, zu Ann Kathrin zu müssen, und zwar sofort.

Weller fuhr zum Flugplatz hinterm Deich. Er parkte zwischen Schiffsanleger und Flughalle. Dann ging er im Dunkeln auf dem schmalen Weg an den Schafen vorbei. Er nutzte die Taschenlampe in seinem Handy, um wenigstens ein bisschen Licht zu haben. Dies lockte einige Tiere an. Ein schwarzes Schaf, das in der Menge zwischen den weißen fast unsichtbar war, blökte ihn an.

Heftiger Regen setzte praktisch zeitgleich mit dem Ton ein, als hätte das Schaf dem Himmel ein Kommando gegeben. Weller ließ sein Handy in der Tasche verschwinden, um es vor den dicken Tropfen zu schützen.

Die Halle war leer, aber beleuchtet. Weller setzte sich in einen der Strandkörbe, die für Wartende aufgestellt waren, und wippte nervös mit dem Fuß.

»Hallo«, rief er, »ist hier jemand?«

Aus der Toilette kam eine Frau um die fünfzig. Sie musterte ihn, ging zum Süßigkeitenautomaten und zog sich einen Marsriegel. Dann fragte sie: »Kann ich etwas für Sie tun?«

Ihre ostfriesische Gelassenheit gefiel Weller. »Ich muss nach Wangerooge«, sagte er.

Sie biss in ihren Marsriegel, kaute und fragte zurück: »Heute?«

»Ja«, sagte Weller. »Am besten sofort.«

Es gab um diese Uhrzeit keine regulären Flüge mehr nach Wangerooge, aber es gelang ihr, für ihn eine Maschine zu chartern. Weller legte zweihundertfünfzig Euro dafür hin.

Der Pilot sah jung aus, so dass Weller sich fragte, ob er überhaupt schon einen Autoführerschein besaß. Aber er brachte Weller sicher rüber und pfiff dabei sogar noch ein Lied: *Über den Wolken muss die Freiheit wohl grenzenlos sein …*

Weller summte mit: »Alle Ängste, alle Sorgen, sagt man, blieben darunter verborgen, und dann würde, was uns groß und wichtig erscheint, plötzlich nichtig und klein …«

Ann Kathrin hatte sich noch nie in ihrem Leben so sehr mit Ubbo gestritten. Sie hatte ihm schreckliche Dinge an den Kopf geworfen, ihn Verräter genannt und Ignorant.

Er hatte ihr kreidebleich zugehört und die Attacken einfach tapfer ertragen, ohne zurückzuschlagen.

Als sie die Wohnung verlassen wollte, kam es ihr so vor, als läge jetzt hier die ganze bürgerliche, wohlaufgeräumte Ordnung in Schutt und Asche.

»Was hast du vor?«, rief Ubbo ihr nach.

Sie blieb kurz stehen, sah ihn an, hob die Hand und bewegte die Lippen, als ob sie etwas sagen wollte, aber dann machte sie eine abweisende Geste, drehte ihm den Rücken zu und lief davon. Auf der Treppe wäre sie fast hingefallen.

Carola Heide folgte ihr noch bis in den Flur, aber dann kehrte sie zurück zu ihrem Mann. Er wirkte auf sie wie jemand, der kurz vor einem Herzinfarkt stand.

Ann Kathrin hatte unten Mühe, durch die Tür nach draußen zu gehen, so sehr drückte der Wind ins Haus. Die obere Strandpromenade sah aus, als hätte der Sturm alle Leute von der Straße gefegt. Nicht einmal Möwen waren zu sehen. Lange Regenfäden peitschten die Straße. Das Meer war schwarz.

Ann Kathrin spürte den Impuls, in die dunklen Fluten zu laufen und darin zu versinken. Sie begann, hemmungslos zu weinen.

Ein Mann legte einen Arm um sie. Er kam für sie unsichtbar aus einem dunklen toten Winkel im Eingangsbereich. Normalerweise hätten all ihre Instinkte Alarm geschlagen, Adrenalin durch ihren Körper gepumpt, und sie hätte augenblicklich versucht, wegzutauchen und eine Verteidigungshaltung einzunehmen. Aber nichts dergleichen geschah. Noch bevor ihr Verstand begriff, dass Frank Weller bei ihr war, wusste es ihr Körper und ließ sich in seine Umarmung fallen.

Sie fragte nicht, wie oder warum er gekommen war. Sie war einfach nur froh, ihn jetzt bei sich zu haben, und alles andere war unwichtig.

Sie standen im Licht einer Straßenlaterne, das die Regentropfen wie Gespenster tanzen ließ, die die Insel vom Meer her erobern wollten. Wassergeister, die ihre Form und Gestalt mit dem Wind veränderten.

In diesem diffusen Licht bekam die Insel selbst hier auf der oberen Strandpromenade eine mystische Aura. Friedlich und doch bedrohlich zugleich. Freund und Feind, so wie das Meer.

Das Haus bot den beiden wenig Schutz. Der Wind peitschte den Regen gegen die Mauer, als hätte er vor, sie niederzureißen. Von den roten Pflastersteinen prallten die Regentropfen ab wie Querschläger verirrter Kugeln.

Aber sie konnten jetzt nicht zurück zu Ubbo und Carola in die schützende Wärme ihrer Wohnung. Zu viel war geschehen. Zu viel in den Grundfesten erschüttert und zerstört worden.

Das Café Pudding ragte wie Draculas Schloss über ihnen. Dort war geschlossen.

»Vielleicht«, sagte Weller, »haben wir im Compass noch eine Chance oder bei Upstalsboom.«

Er öffnete auf fast lächerliche Art kavalierhaft seine durchnässte Jacke und hielt eine Hälfte wie einen Schutzschirm über Ann Kathrin. Es half nicht im Geringsten gegen den heftigen Schauer, aber es tat ihr trotzdem gut. Sie begriff plötzlich, wie machtvoll eine hilflose Geste sein konnte.

Gebückt liefen sie zum Compass und hatten Glück. Sie bekamen noch einen warmen Platz an der Theke. Heißer Tee und eiskalter Klarer halfen ihnen, wieder festen Boden unter den Füßen zu spüren, während ihre nasse Kleidung trocknete.

Sie dampften beide wie zuschanden gerittene Pferde. Oldies liefen. Leonard Cohen und die Beatles. Dann Hannes Wader: *Heute hier, morgen dort, bin kaum da, muss ich fort.*

Ann Kathrin dämpfte ihre Stimme. Sie versuchte, ihrem Ehemann und Kollegen zu erzählen, was genau geschehen war. Das half ihr, ihre eigenen Gedanken zu ordnen. Sie wollte dabei präzise sein, punktgenau die Fakten vortragen, aber es gelang ihr nicht. Ihre Ausführungen kamen ihr vor wie hilfloses Gestammele.

Für Weller war das allerdings ganz anders. Er kapierte sofort, was ihr scheinbar nicht gelang darzulegen. Aus wenigen Puzzlestückchen setzte er rasch ein Bild zusammen. Er hatte bei der Vernehmung Suchtkranker gelernt, assoziatives Sprechen mit vielen Sprüngen vor und zurück zu verstehen. Halbsätze zu vervollständigen, Brücken zwischen Hauptwörtern und Beschimpfungen zu finden.

Er tippte auf die Schnapsgläser und bestellte gestisch für Ann und sich noch einmal das Gleiche. Dann fasste er zusammen, was er verstanden hatte: »Wenn ich das richtig kapiere, dann hat der Mörder deines Vaters sich mit einer Information freigekauft. Das kann man moralisch bedenklich finden und verurteilen, es gehört aber durchaus zur gängigen Praxis. V-Leute, Kronzeugen, Verräter …«

Er stoppte seine Aufzählung. Der Wirt baute die Schnäpse vor ihnen auf. Ann Kathrin kippte ihren augenblicklich.

Weller fuhr fort: »Er bekam eine neue Identität als Dr. Wolfgang Steinhausen und ist wieder in eine Verbrecherorganisation abgetaucht. Von dort berichtet er dann der Staatsanwaltschaft, seinem Führungsoffizier oder wem auch immer.«

Ann Kathrin nickte. Weller kam zum Wesentlichen: »Und Ubbo wusste das alles.«

Ann Kathrin hustete, als hätte sie den Schnaps erst jetzt hinuntergeschluckt.

»Wie konnte er mich so hintergehen?«, fragte sie, und ihr Gesicht spiegelte ihre bodenlose Enttäuschung wider.

Weller nahm Ubbo selbst jetzt noch in Schutz: »Er hat es bestimmt gut gemeint. Er wollte dich schützen ...«

»Er hat aber den Mörder meines Vaters geschützt«, konterte Ann Kathrin hart. Sie versteifte sich derart, als sei sie gerade schockgefroren worden. In ihren Augen lag ein fiebriger Glanz, der nicht vom Alkohol kam, sondern aufkeimender Kampfeslust entsprang. »Ich hätte ihn«, sagte sie, »damals auf Spiekeroog erschießen sollen. Leider habe ich nur auf sein Knie gefeuert.«

Der Wirt, der aussah, als ob er Ahnung von gutem Essen hätte, bekam den Satz ungewollt mit und schielte zum Telefon. Er fragte sich, ob die beiden über einen Film sprachen oder ob er die Polizei rufen sollte. Dann goss er sich selbst einen Klaren ein.

»Hast du ein Foto?«, fragte Ann Kathrin. »Wie sieht er heute aus?«

Weller sah vor sich auf den Tresen. »Thiekötter ist dran. Er checkt die Überwachungskameras ...«

Das nötigte Ann Kathrin Respekt ab. Weller genoss ihren anerkennenden Blick.

»Ich kriege ihn, Frank ... Ich kriege ihn ...«

»Wir kriegen ihn, Ann. Wir.«

»Halt du dich da besser raus.«

»Das kann ich nicht. Ich bin dein Mann.«

Sie nahm das als selbstverständlich, blinzelte zu ihm und

fragte: »Kennen wir denjenigen, der die Geldübergabe organisieren soll?«

»Die zehn Millionen?«

Dem Wirt wurde ganz anders. Er prägte sich die Gesichter ein. Irgendwann, dachte er, werde ich in »XY ungelöst« Fahndungsfotos von den beiden sehen. Dann ist vermutlich eine Belohnung auf sie ausgesetzt, und die nehme ich dann mit.

»Lauter, Frank. Es haben noch nicht alle gehört. Das Pärchen da hinten am Kapitänstisch zum Beispiel interessiert sich garantiert auch dafür.«

»Ich glaube«, flüsterte Weller, »Huberkran ist dabei.«

Das gefiel Ann Kathrin. »Unser fränkischer Kollege, der so gerne Fisch isst?«

»Hm. Ich habe ihn gesehen. Ihn und noch zwei Typen. Einen kenne ich von einer Fortbildung. Der soll jetzt Zielfahnder sein … hab ich läuten hören.«

»Meinst du, du kannst über Huberkran herausfinden, wann und wo die Geldübergabe stattfindet?«

Weller hatte ein ganz mieses Grummeln im Magen. »Was sollen wir da, Ann?«

»Ich wette«, sagte sie, »er wird auch da sein.«

Weller wog den Kopf hin und her. »Ja, gut. Kann sein. Und dann?«

»Dann ziehe ich ihn aus dem Verkehr.«

Weller schwieg und nippte an seinem Tee, der inzwischen lauwarm war.

»Das ist dann das definitive Ende unserer Karriere als Polizisten.«

Sie nickte trotzig. »Ja, das denke ich auch. Aber bevor du jetzt wieder die Fischbude in Norddeich ins Spiel bringst, die wir an der Mole eröffnen, lass uns erst unseren Job tun.«

Sie waren sich einig und aßen noch eine hervorragende Fischsuppe, die sie von innen mindestens so sehr wärmte wie der Gedanke, mit dem Mörder von Ann Kathrins Vater endlich abzurechnen.

Als sie den Compass verließen, regnete es nicht mehr. Ein klarer Sternenhimmel lud dazu ein, sich im Wind beim Hochschauen einen steifen Nacken zu holen.

Am liebsten hätte Ann Kathrin draußen am Strand mit Weller übernachtet. Zu gern hätte sie sich jetzt den Naturgewalten ausgeliefert. Wenn alles so kompliziert und verrückt wurde, dann war die Nähe zum Meer für sie besonders wichtig. Sie empfand es als klärend, und es relativierte so viele Probleme, die sich aufbliesen und wichtig machten. Aber es war zu kalt und der Wind zu schneidend.

Sie bekamen im Upstalsboom problemlos noch ein Zimmer mit Balkon. Von dort konnten sie seitlich aufs Meer sehen und auf das Café Pudding. Sie hielten sich in den Armen und standen eine Weile ganz ruhig. Dann, als sie reingingen, sagte Ann Kathrin: »Stell dir nur mal vor, er hätte deinen Vater ermordet.«

Weller suchte in der Minibar nach einem Bier. »Nein, Ann, das will ich mir lieber nicht vorstellen. Ich fürchte nämlich, ich wäre ihm dafür dankbar gewesen und hätte mich dann aber den Rest meines verkorksten Lebens genau dafür geschämt.«

Am anderen Morgen war der Himmel bis auf ein paar Schäfchenwolken strahlend blau. Die Sonne schien durch die Vorhänge ins Zimmer und weckte die beiden.

Ann Kathrin konnte sich zwar nicht vorstellen, auch nur einen Bissen herunterzubekommen, aber Weller behauptete, es verstoße geradezu gegen die Landesgesetze, ein Zimmer mit Frühstück zu buchen und dann nichts zu essen.

Sie willigte ein, wenigstens einen Kaffee zu trinken, aber dann, als sie Weller zusah, wie er Rühreier mit Speck und Räucheraal aß, probierte sie ein bisschen von dem Müsli und dem Joghurt. Sie ließ sich ein Omelette mit Pilzen, Zwiebeln und Käse machen und bekam schließlich eine Art Fressanfall, als könne sie die Leere in sich selbst mit Croissants und Marmelade füllen.

Bei den Mengen, die sie verdrückte, musste sogar Weller passen.

Sie machten einen Spaziergang direkt an den Wellen. Der Regen hatte den Strand geformt. Die Abdrücke der Tropfen hatten Milliarden von winzigen Kratern hinterlassen. Nur ganz vorn am Meer, wo sie entlangschlenderten, hatten die Wellen den Sand schon wieder geglättet.

Dicke Schaumberge lagen herum wie heruntergefallene Wolken. Die Sonne ließ die einzelnen Bläschen in allen Regenbogenfarben glitzern.

Ann Kathrin blieb an einer solchen weißen Wolke stehen. Sie dachte an ihren Vater. Er hatte ihr seinerzeit erzählt, das seien die Gischtkronen der Wellen. Immer wieder würden Wellen ihre Kronen verlieren. Sie hatte ihm sofort geglaubt und wollte einer Welle die verlorene Krone zurückgeben.

Ihre Mutter fand das damals gar nicht witzig und wollte nicht, dass ihre kleine Tochter in den Schaum griff. Es seien Chemikalien darin. Das Ergebnis einer Umweltverschmutzung.

Wie um das Gegenteil zu beweisen, hatte ihr Vater eine Handvoll von dem weißen, glitzernden Schaum auf seiner Handfläche balanciert und dann hineingepustet.

Genau das tat Ann Kathrin jetzt auch. Dann rieb sie sich, wie um ihrer Mutter zu beweisen, dass ihr Vater recht gehabt hatte, den Schaum ins Gesicht. Das hier war kein Ergebnis einer Verschmutzung der Meere. Es war für sie ein wunderbares Naturphänomen. Die Bläschen rochen nach Meer, Algen und Fisch.

Weller sah ihr staunend zu und fragte: »Willst du noch einmal zu Ubbo?«

»Nein«, sagte sie entschlossen, ohne Weller anzusehen, »nein, das kann ich jetzt nicht. Vielleicht irgendwann, aber nicht jetzt. Wir sollten die nächste Fähre zum Festland nehmen, Frank.«

Er stimmte schweren Herzens zu. Er konnte sich gut vorstellen, wie sehr der Streit Ubbo belastete.

»Verdammt«, sagte er sauer, »ich habe diesen Mann geliebt.«

Ann Kathrin zertrampelte einen Sandhügel. »Ich auch, Frank. Ich auch. Wie meinen eigenen Vater.«

Sie schafften es nicht, die Insel einfach zu verlassen. Hier war noch etwas offen. Es kam beiden vor, als würden sie feststecken. Sie liefen am Strand entlang Richtung Osten. Nach knapp zwei Kilometern kam ihnen ein Pärchen entgegen, sonst waren sie allein. Das tat gut.

Eine milde Spätherbstsonne wärmte ihre Haut, und die vielen kleinen Pfützen im Sand glitzerten so sehr, dass Ann Kathrin die Augen zusammenkniff. Weller zauberte eine Sonnenbrille aus seiner Jacke. Sie gehörte einer seiner Töchter. Er hielt sie Ann Kathrin hin: »Für meinen Bumskopf ist die eh zu klein.«

Sie setzte die Brille auf.

Er breitete die Arme aus und schwärmte: »Anfang Dezember in Ostfriesland! Wir gehen am Meer spazieren, der Himmel ist blau, und meine Frau trägt eine Sonnenbrille.« Er wollte sie damit aufmuntern.

Zwei Räumfahrzeuge kamen ihnen auf der autofreien Insel von Osten her entgegen und brachten Sand, um den Strand vor dem Inseldorf aufzufüllen. Weller packte gleich sein ganzes Wissen aus. Die Insel werde praktisch im Westen immer weniger, dafür würde sie im Ostteil aber wachsen. Um die Insel gegen die Strömung stabil zu halten, erklärte er, würde ständig Sand vom Osten in den Westen gefahren.

Aber auch damit konnte er Ann Kathrin nicht auf andere Gedanken bringen.

Dann spielte sein Handy *»Piraten Ahoi!«*. Er sah auf dem Display *Thiekötter* und ging sofort ran.

Ann Kathrin brachte sich so in Position, dass sie mithören

konnte. Es war aber gar nicht nötig, denn Wellers Handy war viel zu laut eingestellt.

»Hast du ihn?«, fragte Weller.

»Moin. Ja, danke, mir geht es so weit ganz gut, wenn man vom Sodbrennen einmal absieht.«

»Ach, komm schon, Charlie!«

Thiekötter klang stolz: »Also, ich hab die Seite im Netz natürlich gefunden, und die Sicherung war auch nur ein schlechter Witz.«

Weller hüpfte unwillkürlich vor Freude auf und ab. »Du konntest sie also knacken?!«

»Ja klar. Aber das hat nichts gebracht. Da sind alle Archive gelöscht. Der hat natürlich geahnt, dass wir uns bei ihm einhacken und ihn ausspionieren.«

Ann Kathrin verstand ganz genau, was Thiekötter da sagte, aber Weller reagierte, als müsse er ihr diese Worte übersetzen. »Es hat nichts gebracht, Ann, aber wir haben es wenigstens versucht.«

Sie wandte sich ab und sah nach Norden zum Meer. Dann drehte sie sich um und hielt ihr Gesicht wieder in die Sonne. Ihr war zum Heulen zumute.

»Aber warte, Weller! Nicht so voreilig …« Thiekötter machte es spannend. »Ich habe mir dann den RAM-Speicher der Kameras vorgeknöpft.«

»Den was?«

Thiekötter mochte es, wenn er mehr Ahnung hatte als seine Kollegen, und spielte sein Wissen aus: »Du musst dir das so vorstellen wie eine Art Kurzzeitgedächtnis in diesen Geräten. Und da bin ich dann doch tatsächlich fündig geworden.«

Weller riss die Arme hoch. »Wir haben ein Bild, Ann, wir haben es!«

Ann Kathrin drehte sich wieder zu ihm und nahm die Sonnenbrille ab. »Er soll es mir sofort schicken!«

Charlie Thiekötter hustete. »Ja, ganz so einfach ist das jetzt nicht. Also, euer Mann ist nicht auf den Aufnahmen.«

»Nicht?«, fragte Weller entgeistert.

»Nein, nicht. Sag ich doch.«

»Was ist denn dann darauf?«

»Na ja, du und Ann und ein paar Typen von der Spusi aus Leer.«

Weller machte ein belämmertes Gesicht. »Scheiße, Ann. Es tut mir so leid.«

Sie ging ein paar Schritte vor. Weller verabschiedete sich von Charlie Thiekötter und folgte ihr. Sie ging gar nicht auf das ein, was gerade passiert war, sondern fragte: »Meinst du, ich muss meiner Mutter das erzählen, Frank?«

»Nein, Ann. Sie ist dement. Sie wird das nicht verstehen …«

Unvermittelt brüllte Ann Kathrin ihn an: »Natürlich wird sie es nicht verstehen! Aber dafür muss man nicht dement sein! Ich verstehe es nämlich auch nicht! Wie konnten diese Vollpfosten den Mörder meines Vaters freilassen?«

Weller zuckte zurück. Ihre mörderische Wut machte ihm Angst. Spätestens jetzt begriff er, dass sie vorhatte, den Mann umzubringen. Sie konnte gar nicht anders.

Weller wurde schlecht, wenn er an die Folgen dachte.

Sie blieben noch auf der Insel. Immer wieder gingen sie auf der oberen Strandpromenade entlang, so, als wollten sie dem Schicksal ein Angebot machen, Ubbo doch noch zu treffen, um mit ihm zu reden und die Dinge aus der Welt zu schaffen, die jetzt zwischen ihnen lagen wie Landminen.

Später, als es zu nieseln begann, aßen sie in Düne 17 Frikadellen mit Zwiebelsoße und Rotkohl. Weller schämte sich fast, weil es ihm so gut schmeckte.

Ann Kathrin baggerte alles restlos in sich hinein, als sei es ihr völlig egal, was es gab und wie es schmeckte. Sie brauchte einfach nur Energie. Sehr, sehr viel Energie.

Um sechzehn Uhr fuhren sie mit der Inselbahn zur Fähre. Es wurde schon dunkel, und die untergehende Sonne machte aus der Landschaft einen märchenhaften, mystischen Ort. Obwohl es jetzt kalt war, wollte Ann Kathrin auf der Fähre nicht unten sitzen und Tee trinken, sondern oben an Deck stehen und den Wind spüren.

Serkan Schmidtli, Sohn einer anatolischen Mutter und eines Schweizer Vaters aus dem Kanton Uri, lebte seit seiner Geburt in Norddeutschland. Geboren in Weener, in Emden zur Schule gegangen, wurde er schließlich so etwas wie der Pate von Wilhelmshaven. Zwischen Dollart und Jadebusen lief kaum ein Drogendeal, bei dem er nicht mitkassierte, falls er ihn nicht sowieso eingefädelt hatte.

Die Motorradclubs wurden von ihm beliefert, die Russengangs hatten sich mit ihm arrangiert, die Gelbfüße hatten Angst vor seiner Wut. Die Behörden ließen ihn gewähren, denn er sorgte für so etwas wie ein natürliches Gleichgewicht, und er hatte sich immer an die Spielregeln gehalten: Keine Drogendealer auf Schulhöfen und keine Junkieleichen in der Einkaufszone.

Eine dezentralisierte Szene hielt die Beschaffungskriminalität in Grenzen, und die Gangs aus China, der Ukraine und Russland wurden in Schach gehalten.

Serkan Schmidtli gab der Polizei so manchen Wink. Er präsentierte der Justiz den Juwelendieb, der beim Überfall in der Fußgängerzone wild um sich geschossen hatte, praktisch auf einem goldenen Tablett. Solche Leute störten nur die Geschäfte.

Inzwischen war Serkan Schmidtli achtundfünfzig. Er saß im Rollstuhl. Er hatte wache, strahlende Augen und konnte die meisten Rechenaufgaben im Kopf schneller lösen als seine Mitarbeiter mit ihren Handy-Apps.

Auch wenn er seine Beine nicht mehr spürte und praktisch von der Hüfte an gelähmt war, mochte er immer noch Frauen mit ausladenden Hüften. Frauen, die nicht mindestens Kleidergröße achtundvierzig bis fünfzig hatten, nahm er gar nicht erst zur Kenntnis. Das waren für ihn Mädchen.

Er suchte seine Pflegerinnen nach der Beckengröße aus. Petra Wiegand war sein absoluter Star. Sie hatte knapp hundert Kilo drauf und war in ihrem weißen Kittel mit ihren schwarzen Nylons für Serkan eine einzige Augenweide. Zu ihren Gunsten hatte er sein Testament geändert. Sein Ableben würde aus ihr eine reiche Frau machen, aber das wusste sie nicht, denn seine Gangsterseele fühlte sich wohler, solange niemand auf seinen Tod spekulierte.

Er zahlte ihr offiziell zweitausend Euro brutto im Monat, dreizehnmal pro Jahr. Er wusste, dass davon nicht viel übrig blieb, deshalb erhielt sie jeden Monat noch eine kleine Sonderzuwendung. Mal fünfhundert, mal sechshundert Euro, je nachdem, wie die Geschäfte liefen und wie gut er drauf war.

Immer steckte das Geld hinter dem Cellophanpapier einer Pralinenschachtel. Es war ein kleines Ritual zwischen ihnen. Die Pralinen lagen auf dem Tisch, sie freute sich jedes Mal darüber, als käme das Geschenk ganz unerwartet, zweimal musste er mindestens versichern, dass es ganz bestimmt für sie war, und sie betonte auch immer mindestens zweimal, dass das doch wirklich nicht nötig gewesen sei. Dann zerriss sie die Cellophanpackung, knüllte das durchsichtige Zeug knisternd zusammen und legte den Knäuel auf den Tisch, wo er sich wie lebendig zu bewegen begann und langsam wieder entfaltete.

Sie steckte das Geld ein, ohne es zu zählen. Nein, nicht in ihr Portemonnaie. Serkan vermutete, dass sie so etwas gar nicht besaß. Sie schob die Scheine mit einer lasziven Bewegung, die er so sehr liebte, in ihren BH. Dabei sah sie ihn vielversprechend an. Dann aß sie demonstrativ eine Praline, bevor sie ihm eine in den Mund steckte. Das war für ihn, der fünf Nachtclubs besaß und an gut einem Dutzend Bordellen beteiligt war, der höchste erotische Genuss.

Schmidtli hatte noch vier weitere Pflegerinnen, aber Petra Wiegand war ihm die liebste. Er hatte einen seiner bodybuildinggestählten Leibwächter vor ihren Augen geohrfeigt und dann entlassen, weil er sie *Fettarsch* genannt hatte. Seitdem behandelten seine Personenschützer, die er *meine Ritter* nannte, sie wie eine Prinzessin.

Oft saßen Petra und er wie ein gemeinsam alt gewordenes Ehepaar im Wohnzimmer nebeneinander am Kamin und sahen ins Feuer. Sie lauschten Hörspielen. Er hatte eine gut zweitausend Exemplare umfassende Hörbibliothek. Er mochte die schnellen, bunten Bilder im Fernsehen nicht. Er behauptete, sie würden seine Phantasie erschlagen. Nachrichten sah er sich im Fernsehen gern an und manchmal auch politische Diskussionen, aber Geschichten liebte er als Hörbücher. Es gab ein paar Sprecher, die er besonders schätzte. Katharina Thalbach, Johannes Steck, Christian Rudolf und Robert Missler. Diese Stimmen gehörten zu seinen Favoriten.

Oft hörte er mit geschlossenen Augen zu. Tee stand auf einem Stövchen, der Raum duftete nach Mandelgebäck und Vanille, und niemand durfte es wagen, ihn zu stören. Nur Petra Wiegand war dann bei ihm im Raum erwünscht.

Sie hatte fast zehn Jahre in einem Pflegeheim gearbeitet, etwa genauso lange war sie verheiratet gewesen, und sie wusste nicht, was schlimmer gewesen war. Jetzt hatte sie die beste Zeit ihres Lebens, fand sie. Sie wurde mit äußerstem Respekt behandelt, finanziell ging es ihr besser als während ihrer Ehe, und sie lebte in dem erhabenen Gefühl, bewundert zu werden.

Nie würde Serkan Schmidtli sie betatschen oder sonstwie übergriffig werden. Dazu war er in ihren Augen ein viel zu feiner und gebildeter Mensch. Er sah sie nur gern an, und wenn ihm etwas heruntergefallen war und sie sich bückte, um es aufzuheben, dann tat sie es ganz langsam und genoss das Strahlen in seinen Augen.

Er hatte immer noch alles fest im Griff, auch wenn die Geschäfte ihn nur noch in zweiter Linie interessierten. Es gab einen Mann, über den er alles wissen wollte, so viel hatte sie inzwischen herausbekommen, auch wenn sie bei den Treffen und Gesprächen mit seinen Leuten nie dabei sein durfte. Er nannte diesen Mann abwechselnd *die miese Ratte* oder *den Dreckskerl.* Und sie wusste, dass der etwas mit dem Unfall zu tun hatte, durch den Serkan an den Rollstuhl gefesselt worden war. In gewisser Weise verdankte sie diesem Mann also ihren Arbeitsplatz.

Sie kannte Fotos von ihm. Die Bilder hatten mal auf dem Tisch gelegen. Sie hatte sich angewöhnt, keine Fragen zu stellen. Natürlich wusste sie, dass nicht alles, was Serkan tat, legal war. Wer sich von Bodyguards bewachen ließ, musste Feinde haben. Aber sie interessierte sich mehr für seine Verdauung als für seine Geschäfte.

Er sah jetzt zufrieden lächelnd auf seinen Bildschirm am Computer und reckte sich.

Er hatte damals schon befürchtet, Ann Kathrin Klaasen hätte *die Ratte* vor ihm getötet. Das wäre schrecklich für ihn gewesen. Er fand, dass dieses Privileg ihm zustand. Er war sehr erleichtert, als er erfuhr, dass sie nur seine Kniescheibe zerschossen hatte.

Serkan Schmidtli lag damals selbst im Krankenhaus, weil Thrombosegefahr bestand. Dann kam noch eine Lungenentzündung hinzu, die ihn fast umgebracht hätte. All diese OPs, die nichts gebacht hatten …

Er hörte von einem Tag auf den nächsten auf, Zigarren zu rauchen. Er wollte *die Ratte* überleben und leiden sehen. Er hatte schon geahnt, dass der Drecksack, der ihn überfahren hatte, freikommen würde. Typen wie der blieben nie lange weggesperrt, in keinem Staat der Welt. Die taten im Grunde doch alles in höherem Auftrag.

Während er noch am Tropf hing und aus einer Schnabeltasse trank, kam ihm die Idee seines Lebens. Er schaltete einen Kontakt zu dem Arzt, der *die Ratte* wieder zusammenflicken sollte, und ließ seinem verhassten Gegner einen winzigen Sender unter die Haut implantieren. Es war einfach. Es war billig. Und es war effektiv. Nie wieder würde *die Ratte* sich vor ihm verstecken können.

Er hatte diese Methode in einem Fernsehfilm gesehen: Es ging um einen Kammerjäger, der eine *Ratte* betäubte und ihr einen Sender unter die Haut setzt. Damit konnte er ihre Wege verfolgen und die Nester im rattenverseuchten Gebäude ausrotten.

Deshalb konnte Serkan Schmidtli über den angeblichen Tod der *Ratte* nur lachen. Die anschließende Schönheits-Operation nutzte Schmidtli, um einen neuen Sender mit noch größerer Reichweite implantieren zu lassen. Für Geld war heutzutage alles möglich, und es war lange nicht so teuer, wie er gedacht hatte. Der Vermittler kassierte mehr als der behandelnde Chirurg.

Und jetzt war der Drecksack also in Hamburg. Die ersten Fotos hatte Schmidtli auf seinem Computer. Das neue Mädchen an seiner Seite fand Schmidtli viel zu dürr. Was wollte ein Mann nur von so einer Frau? Aber so, wie der Drecksack den Hungerhaken anguckte, würde *die Ratte* sich in sie verlieben. *Das* gefiel Serkan, denn er hatte sich vorgenommen, alles zu zerstören, was der *Ratte* lieb und teuer war. Jede Frau, die sich mit ihm einließ, würde sterben. Nur die Professionellen nicht, für die hatte Serkan Schmidtli ein Herz.

Der Tod, dachte Schmidtli, ist eine viel zu große Gnade für dich. Du sollst leiden, jeden verdammten Tag.

Leider hatte *die Ratte* keine Kinder, und Eltern gab es auch nicht mehr, sonst hätte Serkan Schmidtli die zuerst umbringen lassen. Richtige Freundschaften pflegte einer wie der sowieso nicht. Es gab nur Frauenbekanntschaften, und die würde er ihm alle nehmen.

Er wusste, dass das für einen wie *die Ratte* mehr bedeutete, als eine Freundin oder eine Geliebte zu verlieren. Nein, das war längst nicht alles. Er musste jedes Mal seine ganze Identität verlassen, sich häuten wie eine Schlange, um nicht in den Fokus der Ermittlungen zu geraten. Er brauchte neues Geld, neue Papiere, ein neues Zuhause und einen neuen Bekanntenkreis. Das Spiel ging jedes Mal auf Anfang und begann wieder von vorne. So würde er ihn auf Trab halten. Ja, zu Tode hetzen …

Rupert saß zu Hause mit seiner Frau Beate und seiner Schwiegermutter Edeltraut am Kaffeetisch. Die unvermeidliche Buttercremetorte mit Schokoverzierung und Mokkabohnen obendrauf ragte aus der kitschigen Weihnachtsdekoration. Christbaumkugeln, Tannenzweige, und dazu lief diese meditative Klinkel-Klankel-Musik, die sich für Rupert anhörte, als würde jemand über Glasscherben laufen.

Aber was Rupert wirklich Kummer bereitete, war das Gespräch zwischen Beate und ihrer Mutter. Die beiden hatten gerade eine gute Phase miteinander, verstanden sich ausgesprochen gut, ja, machten gemeinsam Sport und hatten beschlossen, auch im Alter gesund zu bleiben, und waren sich einig, dass durch ihr tägliches Workout auch die Buttercremetorte keine Chance hatte, anzusetzen.

Die beiden planten jetzt das Weihnachtsfest und hatten sich vorgenommen, die ganze Familie mal wieder zusammenzuführen. »Es geht ja nicht, dass man sich nur noch bei Beerdigungen sieht.«

Die Schwiegermutter geriet ins Schwärmen. Sie liebte Juist und fand, dass es auf dieser Welt keinen besseren Ort gab: »Das ist ja viel Arbeit, wenn man alle einlädt. Man muss das Essen vorbereiten, und wir haben doch gar nicht genug Zimmer für alle. Wenn ich richtig gezählt habe, sind wir fünfzehn, mindestens, wenn nicht achtzehn, falls Harald noch seine Kinder mitbringt. Wer weiß, vielleicht sind die ja auch bei der Ex … Ich denke, wir sollten uns alle auf Juist treffen. Vielleicht im Haus Worch. Da hast du doch schon als Kind immer so gerne mit uns gewohnt, daran haben bestimmt alle noch gute Erinnerungen, und es gibt auch für Michaela ein laktose- und glutenfreies Frühstück.« Begeistert fuhr sie fort: »Vegan kann man da auch frühstücken, also alles in Ordnung. Die Preise sind bezahlbar, und keiner von uns hat viel Arbeit …«

Rupert stellte sich ein Familientreffen ohnehin schon als Albtraum vor, aber dann noch auf einer kleinen Insel wie Juist, wo es kaum ein Entkommen gab – das war der Vorhof zur Hölle für ihn. Worte wie *vegan* oder *glutenfrei* stießen ihm übel auf.

»Aber Juist«, sagte er, »ist doch viel zu teuer.«

Wie immer ließ seine Schwiegermutter seine Meinung nicht gelten: »Ach was! Die haben ganz zivile Preise. Außerdem musst du dir darum gar keine Sorgen machen, das bezahle ich ja. Ja, ich lade die ganze Familie ein.«

Verdammte Scheiße, dachte Rupert, wenn sie zahlt, kommen wir überhaupt nicht aus der Nummer raus.

In den Augen seiner Frau sah er pure Begeisterung. »Dann würde ich endlich auch mal Haralds Kinder sehen. Die Kleine soll ja ganz süß sein und ein Ass im Tennis. Dabei ist sie erst sieben oder acht.«

Rupert räusperte sich. Seine Haut begann zu jucken. »Also, ich finde das natürlich auch alles eine ganz tolle Idee, aber ich fürchte, ich kann nicht dabei sein. Ich …«

Beide Frauen sahen ihn an. »Warum denn nicht?«

»Na ja, ich leite die Dienststelle im Augenblick praktisch alleine.«

»Du leitest die Dienststelle?«, fragte Edeltraut erstaunt.

Rupert nickte. »Ja, also, inoffiziell. Unsere neue Chefin, Frau Diekmann, ist in einen Fall von landesweiter Bedeutung verstrickt. Sie kann sich im Grunde gar nicht um Aurich und Norden kümmern.«

»Und was ist mit Ann Kathrin?«, fragte Beate. »Die nutzt doch bestimmt die Chance für sich? Die wartet doch nur darauf, die Karriereleiter hinaufzusteigen.«

»Ach, ich fürchte, daraus wird nichts«, sagte Rupert und schob sich ein großes Stück Buttercremetorte in den Mund, um kurz Zeit zum Nachdenken zu haben. Demonstrativ kaute und schluckte er länger als nötig. Dann sagte er: »Ann Kathrin hat Mist gebaut. In Hannover vor dem Innenministerium. Es gab dort eine Schlägerei mit zwei Kollegen. Ich glaube, der eine kann gerade wieder feste Nahrung zu sich nehmen. Sie muss völlig ausgerastet sein, und dann hat sie dem Innenminister eine Bierdose an den Kopf geworfen.«

Beate verschränkte die Arme vor der Brust und lehnte sich zurück. Ihre Mutter bekam den Mund nicht mehr zu.

»Na ja, und das heißt, dass ich jetzt praktisch die Dienststelle leite, und wir haben ja diesen Mord aus Leer an den Hacken, und dann ist da noch eine Sache, über die ich nicht sprechen darf ...«

»Aber zu uns kannst du doch reden, wir sind doch deine Familie!«

»So etwas existiert in unseren Dienstordnungen praktisch nicht. Ich darf das Ganze nicht verraten, das Schicksal des Landes steht auf dem Spiel.«

Seine Schwiegermutter war echt beeindruckt. »Des Landes Niedersachsen oder ...«

Rupert schüttelte vielsagend den Kopf. »Ich fürchte, holde Schwiemu, das Problem ist größer. Wesentlich größer.«

Beide Frauen gingen fest davon aus, dass er nicht in der Lage sein würde, das Geheimnis länger als drei Minuten für sich zu behalten, aber diesmal irrten sie sich.

Es ist alles egal, dachte Rupert. Hauptsache, ich muss nicht an dieser Weihnachtsfeier auf Juist teilnehmen.

Inzwischen gefiel ihm der Gedanke, seine Frau und die ganze Familie los zu sein. Während sie auf Juist einen auf heilige Familie machten, hätte er hier sturmfreie Bude. Er könnte in bequemen Klamotten herumhängen, Whisky trinken, die alten Humphrey-Bogart-Filme gucken, diesem ganzen süßen Weihnachtstrubel entgehen und stattdessen Currywurst mit Pommes und doppelt Mayonnaise essen, während sie auf Juist ihr halbgares veganes Gemüse lutschten. Er fand seinen Plan großartig.

Es fiel Weller schwer, zu telefonieren, wenn Ann Kathrin ihn so ansah. Er begann zu schwitzen. Die Situation erinnerte ihn an früheren Prüfungsstress in der Schule. Er hatte das Gefühl, alles falsch zu machen und nur noch versagen zu können. Er wusste, wie viel für sie davon abhing, und er wollte jetzt so gerne Punkte bei ihr sammeln. Damit machte er es sich selbst noch schwerer.

Ann Kathrin saß Weller im Wohnzimmer gegenüber. Er wählte Huberkran aus dem Adressenspeicher. Ann Kathrin konnte es kaum abwarten. Sie sah Weller an, als ginge es um Sekunden.

Zum Glück freute Huberkran sich über den Anruf von Weller und reagierte unbefangen: »Ja, du hast mich tatsächlich hier gesehen. War kein Irrtum. Ich bin mal wieder im schönen Ostfriesland.«

»Warum rufst du nicht an? Wir könnten uns treffen.«

»Hätte ich noch, Frank, hätte ich noch. Aber du weißt ja, wie das ist …«

Huberkran schwieg eine Weile bedeutsam. Seine Worte klangen nach Männerkumpanei. Nach alter Freundschaft, und trotzdem wusste Weller, dass Huberkran ihm nicht die ganze Wahrheit sagte.

Weller hakte nach: »Bist du mit deiner Familie hier?«

»Nein.«

»Seid ihr denn noch zusammen?«

»Ja, verdammt! Musst du denn gleich den Finger in die Wunde legen?«

Weller räusperte sich, und zum ersten Mal, seit er Ann Kathrin kannte, sah er, dass sie an ihren Fingernägeln herumkaute. Gestisch zeigte er ihr: *Mein Gott, was soll ich denn machen, ohne ein bisschen Smalltalk geht es nicht.*

Sie nickte ihm verständnisvoll zu.

»Oh, Entschuldigung, ich wollte keine alten Wunden aufreißen«, sagte Weller.

»Schon gut. Es hat ja nicht jeder die Kraft, sich scheiden zu lassen und dann ein neues, glückliches Leben anzufangen.«

Weller schluckte. »Ganz so einfach war das nicht, mein Lieber, glaub mir.«

»Komm, das ist nichts fürs Telefon. Treffen wir uns bei Minna am Markt.«

Weller war erleichtert. Huberkran schlug das Treffen selbst vor. Besser konnte es gar nicht laufen.

»Wann?«

»Wann immer du Hunger hast.«

»In einer halben Stunde am besten.«

»Okay.« Weller drückte das Gespräch weg und sah Ann Kathrin an. »Es klappt. Wir treffen uns gleich.«

»Ja«, freute sie sich, »ich habe es mitgehört.«

Plötzlich bekam Weller Gewissensbisse. Sie sah es ihm im Gesicht an. Er fühlte sich überhaupt nicht wohl in seiner Haut.

Sie ließ ihm ein bisschen Zeit. Dann sagte er: »Ich weiß nicht, wie ich das anfangen soll, Ann. Immerhin sind wir alte Kumpels, und jetzt soll ich ihn aushorchen? Das ist, als würde ich ihn hintergehen. Oder soll ich ihn direkt fragen, was wirklich los ist? Aber dann kann er uns doch nicht weiterhelfen. Ich meine, wir wollen ihn doch nicht in die ganze Sache mit reinziehen …«

»Wie du es machst, Frank, ist mir völlig egal«, antwortete sie. »Hauptsache, wir erfahren, wann und wo die Übergabe ist.«

»Eigentlich«, sagte Frank Weller, »habe ich gelernt, dass der Staat sich nicht erpressen lässt und nicht mit Terroristen verhandelt … Es dürfte überhaupt nicht zu einer Geldübergabe kommen.«

Scharf erwiderte Ann Kathrin: »Eigentlich lässt der Staat auch keine Mörder frei und stattet sie zur Belohnung noch mit Geld und neuen Papieren aus …«

Sie ging ins Wohnzimmer, blieb am Buchregal stehen, zog eins ihrer Bilderbücher heraus und blätterte darin. Es kam ihm vor wie eine Übersprungshandlung.

Er näherte sich ihr vorsichtig, legte eine Hand in ihren Nacken und sagte: »Ann, das alles entwertet nicht vollständig unser Rechtssystem. Wir leben trotzdem in einem demokratischen Staat. Und es gibt Spielregeln, die im Grunde …«

Sie drehte sich um und wehrte seine Hand ab. »Doch, Frank, es entwertet unser gesamtes Rechtssystem. Für mich ist das so. Versuch jetzt nicht, mir meine Wut zu nehmen.«

Als Weller zu Minna am Markt kam, war Huberkran schon da. Er saß an dem Platz, an dem er vor einigen Jahren mit Weller dieses Restaurant kennengelernt hatte. Es roch aus der Küche nach frischen Muscheln, gleichzeitig nach Grünkohl und gebratenem Fleisch.

Huberkran hatte gut zehn Kilo zugenommen. Er sah feist aus und so, als hätte er lange keinen Sport mehr getrieben. Sein Gesicht war teigig geworden, sein Blick nervös.

Weller bestellte sich ein alkoholfreies Weizenbier, Huberkran nahm Rotwein.

»Es ist Grünkohlzeit«, sagte Weller und zeigte auf die Speisekarte. »Normalerweise gibt es Grünkohl mit Pinkel, Kasseler, Mettwurst und Bauchspeck. Aber hier hat Christian Funke sich etwas ganz Besonderes einfallen lassen. Grünkohl mit Lachs. Das ist eine gewagte Zusammenstellung. Ich werde es mal probieren.«

»Ich nehm lieber die landesübliche Form«, lachte Huberkran, »mit Kasseler und Wurst.«

Sie bestellten, und Weller tastete sich vorsichtig heran: »Du siehst nicht so aus, als würdest du hier Urlaub machen.«

»Stimmt. Nötig hätte ich's aber. Urlaub kann man das wirklich nicht nennen.«

Nicht ohne Stolz zog Huberkran seine Brieftasche aus der Jacke und fischte aus dem Fach eine Visitenkarte. Die legte er auf den Tisch. »Ich bin nicht mehr bei der Truppe. Also zumindest nicht offiziell.«

»Wie darf ich das denn verstehen?« Weller sah sich die Visitenkarte an.

Huberkran GmbH – Ihre Sicherheit ist unser Anliegen
Sicherheitsschlösser, Alarmanlagen, Objektschutz, Reisebegleitung

»Bist du jetzt so eine Art Privatdetektiv geworden? Ein Schnüffler? Oder baust du irgendwo Alarmanlagen ein? Haben sie dich beim BKA gefeuert?«

Huberkran nahm die Karte wieder an sich und steckte sie ein. Fast schien er zu bereuen, sie vorgezeigt zu haben, gleichzeitig war er so stolz darauf, dass er es einfach hatte tun müssen. Das spürte Weller.

Huberkran lächelte süffisant. »Nun, sagen wir mal, ich bin jetzt so eine Art freier Mitarbeiter. Ich verdiene nur mehr als früher. Das BKA hat ein paar Dinge outgesourced, wie man heute so schön sagt. Einiges wird von privaten Firmen erledigt. Ich habe so eine gegründet. Ein paar gute Männer könnte ich noch gebrauchen, Frank. Ich arbeite nur mit Leuten zusammen, auf die ich mich absolut verlassen kann.«

Weller konnte sich gut vorstellen, wie lukrativ so etwas sein musste, damit Huberkran dafür seine Karriere und seine sichere Pension aufgegeben hatte.

»Das haben wir vom amerikanischen Militär gelernt«, erklärte Huberkran. »Neunzehnhundertsiebenundneunzig hat Erik Prince Blackwater gegründet. Eine Art Dienstleister für Regierungsbehörden, Justiz und Armee. Jetzt nennt es sich Academi. Die erledigen Dinge, aus denen der Staat sich gern aus diplomatischen oder politischen Gründen heraushält.«

»Ich weiß, was Blackwater ist«, sagte Weller fast ein bisschen sauer, dass Huberkran ihn so unterschätzte. »Aber du wirst doch mit deinen Jungs nicht im Irak mitspielen oder in Afghanistan, oder? Ihr macht«, fuhr Weller betont unbefangen fort, »praktisch die Sachen, für die früher die Abteilung Naumann in Nordenham zuständig war.«

Huberkran lachte und machte eine beschwichtigende Handbewegung quer über den Tisch: »Ja, so ähnlich. Wir füllen nur weniger Formulare aus als die damals.«

Die Getränke kamen. Die beiden prosteten sich zu. Dann beugte Weller sich vor und fragte: »Also, los! Hose runter! Was habt ihr hier zu tun?«

Huberkran stützte seinen Arm auf und legte den Kopf in die rechte Hand, als sei er vom vielen Nachdenken und Reden zu schwer geworden. Dann flüsterte er leise: »In Ostfriesland ist die Sau los, Frank. Wir holen hier die Kastanien aus dem Feuer.«

Jetzt war es an Weller, zu zeigen, dass er den Durchblick hatte. »Ich dachte, das BKA kümmert sich um die Sache mit den Biokampfstoffen. Außerdem ist das doch etwas für den militärischen Abschirmdienst.«

»Ach, der MAD …«, Huberkran winkte ab, »den kannst du genauso vergessen wie den Verfassungsschutz. Alles viel zu schwerfällig, alles viel zu bürokratisch. Das kommt alles noch aus der Zeit des Kalten Krieges. Die Russen gegen uns. Na, da hat das vielleicht noch funktioniert. Jetzt brauchen wir kleine, flexible Einheiten, um auf die Herausforderungen von Terror- und Verbrecherorganisationen reagieren zu können. Entschlossen, schnell einsatzbereit und in der Lage, harte Schläge auszuführen, bevor uns unser Gemeinwesen um die Ohren fliegt.«

»Und deswegen hast du eine GmbH gegründet?«

»Ja. Meine ist eine von vielen.«

Wenn das so weitergeht, dachte Weller, werden wir bald nur noch dazu da sein, Schwertransporte abzusichern oder hilflose alte Leute in Polizeigewahrsam zu nehmen, weil der Landkreis nicht genügend Plätze für sie hat, und die eigentliche Polizeiarbeit wird von privaten Organisationen gemacht. Wenn dann noch einer BKA und LKA in Aktiengesellschaften umwandelt, sind einige Politiker am Ziel ihrer Träume.

Das sagte er aber nicht, um das Gespräch mit Huberkran nicht zu belasten und auf ein falsches Gleis zu lenken, sondern er fragte: »Und ihr sollt euch bei der Übergabe des Lösegelds die Erpresser greifen, oder wie verstehe ich das?«

Huberkran konnte sich ein lautes Lachen nicht verkneifen. »Nein, dafür bräuchte man uns wirklich nicht, Frank. Das wäre eine Aufgabe für ein SEK. Wir sind fürs genaue Gegenteil zuständig.«

»Das Gegenteil?«

Holger Bloem betrat in diesem Augenblick mit seiner Frau Angela das Lokal. Er grüßte Weller freundlich und setzte sich dann mit Angela an einen Tisch im hinteren Bereich des Lokals.

Huberkran, der genau wusste, wer Holger Bloem war, verspürte einen kleinen Stich, als sei er in eine Falle geraten.

»Was hat der denn hier zu suchen?«, fragte er Weller.

»Der isst genauso gerne gut wie wir«, antwortete Weller. »Denkst du etwa, ich hätte ihn hierherbestellt, damit er ein Interview mit dir machen kann, oder was? Ich hatte doch bis gerade keine Ahnung, was du so treibst ... Außerdem, so einer bin ich nicht.«

Huberkran blieb zwar vorsichtig, lächelte aber versöhnlich. Ganz leise sprach er weiter: »Dieser Rauschgoldengel vom Innenministerium ...«

»Nüssen?«

»Ja, genau der. Der soll das Geld übergeben. Und wir werden aufpassen, dass ihm keiner die zehn Millionen klaut.«

»Oder dass er nicht selbst damit durchbrennt«, scherzte Weller.

Huberkran konnte aber darüber gar nicht lachen.

Christa Ihben brachte zweimal Grünkohl. Die beiden schwiegen eine Weile und aßen. Weller fand, dass Lachs erstaunlich gut zu Grünkohl passte, und bewunderte Funke für den Einfallsreichtum.

Huberkran aß geradezu gierig. Er spießte je ein Stück Pinkel, Kasseler, Bauchspeck und Mettwurst hintereinander auf die Gabel und häufte noch Grünkohl darauf. Weller wunderte sich, dass Huberkran den Mund überhaupt weit genug aufbekam, um die Portion einfahren zu können.

Dann sprach Huberkran mit vollem Mund: »Das ist gut, mein Gott, das ist wirklich gut. Eigentlich stehe ich ja mehr auf Fisch, aber in Ostfriesland muss man mal ...«

Huberkrans Handy meldete sich. Er ließ die Gabel sofort in den Grünkohl fallen und war noch vor dem zweiten Klingeln am Handy. Er wandte sich mit einer kurzen Entschuldigung von Weller ab und hatte schon sein Telefon am Ohr.

»Ja? ... Klar ... Bahnhof Norden ... Sofort ...«

Huberkran drehte sich wieder zu Weller. »Tut mir leid. Ich muss. Darf ich dich auf der Rechnung hier sitzenlassen? Wir sehen uns!«

Schon war er bei der Tür.

Weller lief ihm noch bis nach draußen nach. Er sah den Wagen losfahren, mit dem Huberkran direkt vor Minna am Markt geparkt hatte.

Huberkrans Gesicht sagte Frank Weller, dass es losging. Er rief Ann Kathrin an. »Der Showdown beginnt, Ann. Huberkran fährt einen dunkelblauen BMW, Frankfurter Kennzeichen, GR 771. Nüssen soll das Geld übergeben. Jetzt sofort, Bahnhof Norden, hat er gesagt. Und ich wette, Nüssen wohnt im Reichshof. Da steigen die aus seiner Gehaltsklasse immer ab.«

»Danke, Frank«, sagte Ann Kathrin.

Er rief noch: »Pass auf dich auf!«, aber das hörte sie schon nicht mehr.

Nüssen saß im Reichshof in seinem Zimmer und sah die Nachrichten auf N-TV. Der Koffer mit den zehn Millionen stand neben der Tür. Es war ein silberner Samsonite Ultralight auf vier Rädern.

Nüssen hatte so eine große Menge Geld noch nie auf einem Haufen gesehen. Er operierte zwar häufig mit großen Zahlen, aber Geld war immer nur virtuell oder tauchte auf Kontoauszügen auf. Er zahlte seine privaten Rechnungen meist mit der Karte, und mehr als hundertfünfzig, zweihundert Euro hatte er selten in der Tasche.

Er hätte nicht geglaubt, dass zehn Millionen in so einen Koffer passen würden. Er dachte darüber nach, dass es sicherlich bald schon eine Möglichkeit geben würde, Erpressergelder anonym auf digitale Konten zu überweisen, und dann würden solche Geldübergaben für immer der Geschichte angehören und nur noch in Filmen eine Rolle spielen.

Er hatte seine Locken zu einem Zopf zusammengebunden und wog gerade ab, was dagegen sprach, nach unten zu gehen und ein Lammkarree zu essen, als das *Go* kam.

Die Zimmer links und rechts von ihm waren von seinen persönlichen Security-Leuten besetzt. Sie kamen gleichzeitig mit völlig synchronen Bewegungen in sein Zimmer.

Jamie, der zweimal Karate-Landesmeister geworden war, aber bei den Frauen weniger Glück hatte, lief seit Tagen mit diesem suizidgefährdeten Liebeskummergesicht herum, weil seine Angebetete telefonisch scheibchenweise Schluss mit ihm machte. Sie war dabei, sich irgendeinem Guru anzuschließen, der die Menschheit befreien und beglücken wollte, und Jamie hatte den Fehler gemacht, ihn einen blöden Wichser zu nennen, dem er nur zu gerne mal was aufs Maul hauen würde. Seitdem hatte ihre Beziehung einen Knacks.

Nüssen kannte die Geschichte inzwischen auswendig, aber er mochte Jamie. Ein bisschen sah er sich in ihm und gleichzeitig das Drama seiner ganzen rollenunsicheren Männergeneration.

»Zehn Millionen im Regionalexpress«, maulte Jamie und versuchte, darüber hinwegzutäuschen, dass er mit den Tränen kämpfte. »Hätte der sich nicht wenigstens einen Intercity aussuchen können?«

Sie durften ihn nur bis zum Bahnhof begleiten und hatten dafür zu sorgen, dass ihm unterwegs der Koffer nicht gestohlen wurde. Aber dann war er auf sich allein gestellt. Das zumindest sollten alle glauben.

Aber da war ja auch noch Huberkran mit seinen Männern. Darüber war vor Ort niemand informiert. Der Innenminister musste mit einem Maulwurf rechnen, und noch war nicht ganz klar, inwieweit er Nüssen trauen konnte. Nüssens Vater hatte sich mit einem Steuerabschreibemodell in Mecklenburg verspekuliert und galt als hochverschuldet.

Ann Kathrin startete augenblicklich. Sie war Weller zutiefst dankbar für diese Information, gleichzeitig konnte sie es kaum glauben. In ihrer ganzen Wut war auch noch Platz für ein bisschen Schadenfreude. Wussten die Erpresser etwa nicht, dass der Regionalexpress überhaupt nicht durchfuhr? Ab Leer gab es Schienenersatzverkehr. Sollte eine Geldübergabe während des Wechsels von Bahn zu Bus stattfinden?

Die Welt kam ihr vor wie eine anarchistische Collage. Sie wusste nicht, ob sie darüber lachen oder weinen sollte. War das Ganze ein besonders raffinierter Trick, oder waren die Täter mit den örtlichen Verhältnissen in Ostfriesland nicht vertraut?

Der Zug kam am Bahnhof Norden mit fünfzehn Minuten Verspätung an, denn die Fähre aus Norderney brachte vierhundert Touristen aufs Festland, und ein großer Teil von ihnen wollte mit dem doppelstöckigen Regionalexpress weiterfahren. Der Zug war schon restlos überfüllt, als er in Norden ankam. Lediglich in der ersten Klasse waren noch ein paar Stehplätze frei, aber bis dorthin durchzukommen war ein großes Problem. Die Gänge waren mit Koffern verstopft, und die Touristen saßen auf den Treppen.

Die meisten waren gut gelaunt und knapp die Hälfte von ihnen betrunken. Bierflaschen kreisten, und irgendwo knallte ein Sektkorken gegen die Decke, was sich ein bisschen wie ein Schuss anhörte, aber großes Gelächter auslöste.

Ann Kathrin parkte bei Burger King und versuchte, sich die Gesichter einzuprägen. Aber dafür waren es zu viele.

Sie entdeckte Huberkran nicht. Dafür zwei Freunde ihres Sohnes, an deren Namen sie sich nicht mehr erinnerte, was ihr einen kleinen Stich versetzte.

Ein älteres Ehepaar ließ sich von dem überfüllten Zug abschrecken. Die beiden entschieden sich, doch lieber noch eine Nacht bei ihrem Sohn zu bleiben und es morgen noch einmal zu versuchen.

Ann Kathrin erblickte Nüssen, der versuchte, sich in die

erste Klasse hochzuarbeiten und dankend einen Schluck Bier ablehnte, der ihm von einem Borussia-Dortmund-Fan angeboten wurde.

Einerseits fühlte Ann Kathrin sich mit so vielen Menschen im Zug unwohl, andererseits wusste sie, dass sie in der Menge am besten unentdeckt bleiben würde. Vermutlich eine Chance, die auch der Erpresser für sich nutzen wollte. Denn wenn sie davon ausging, dass sie es mit einem Profi zu tun hatte, dann hatte er diesen Zug nicht zufällig gewählt, sondern wusste genau, was hier los war.

Nüssen stand breitbeinig über seinem Koffer, den Knopf im Ohr, um jederzeit übers Handy erreichbar zu sein. Kurz hinter Emden erhielt er die Anweisung, mit dem Koffer zur Toilette zu gehen und ihn dort stehen zu lassen.

Das hörte sich leicht an, war aber fast undurchführbar, denn der Weg zur Toilette war mit Menschen versperrt. Nüssen bat, durchgelassen zu werden, er müsse zur Toilette, dazu war auch jeder gern bereit, aber die Leute forderten ihn auf, seinen Koffer besser stehen zu lassen. Eine Dame um die vierzig, deren Schönheit Marylin Monroe sicherlich neidisch gemacht hätte, lächelte ihn an und versuchte, ihn zu beruhigen: »Lassen Sie Ihren Koffer einfach hier stehen. Ich passe darauf auf. Wenn Sie erlauben, setze ich mich sogar drauf. Der macht so einen stabilen Eindruck.«

Sie war es nicht gewöhnt, von Männern eine Abfuhr zu bekommen, und es fiel Nüssen sehr schwer, ihr für ihr freundliches Angebot ein klares Nein zu sagen. Stattdessen wuchtete er den Koffer hoch. Die vier Räder nutzten ihm jetzt gar nichts. Er hielt ihn auf der Schulter und balancierte zwischen den Reisenden hindurch.

Auf der Treppe kam er wieder an den Dortmund-Fans vorbei.

»Watt is? Hasse Probleme, Oppa?«

»Willze nich doch lieber 'n Schlücksken? Du siehs aus, als häztet nötig.«

In dem Fall war das klare Nein kein Problem für Nüssen. Er erreichte endlich die Toilette. Davor stand ein Kinderwagen quer. Das Baby sah ihn mit dem silbernen Koffer auf den Schultern und begann sofort zu heulen.

Ein Dortmund-Fan rief hinter ihm her: »Dat is gar kein Rucksack! Hasse noch gar nich gemerkt, wa?«

Nüssens Hemd war durchgeschwitzt. Unauffälliger geht es ja kaum, dachte er, und der Gedanke, diese ganze Geschichte könne der Knick in seiner Karriere werden und nicht der Startschuss zu einem neuen Level, machte ihn gerade mutlos.

Die Toilette war besetzt.

Wenn ich jetzt auch noch an der Tür rüttle, dachte er, mache ich mich hier endgültig zum Idioten.

Da flüsterte die blecherne Stimme ein zweites Mal in sein Ohr: »Du gehst da jetzt rein und schließt dich ein. Wenn du den Schrank für die Papiertücher öffnest, findest du darin Werkzeug. Damit schraubst du das Fenster auf.«

Aha, dachte Nüssen, ich soll das Geld also während der Fahrt aus dem Toilettenfenster werfen. Clever. Deshalb sollte auch alles in so einen äußerst stabilen Koffer. Hoffentlich kriege ich den überhaupt aus dem Fenster heraus.

Als die Toilette endlich frei wurde, hielt ein bierbäuchiger, bärtiger Ostfriese Nüssen an der Schulter fest: »Hey, hey, immer der Reihe nach! Es geht hier nicht nach der Schönheit, sondern wenn überhaupt, dann nach Gewicht.«

Er schob Nüssen weg und zwängte sich in die Toilette.

Eine Gymnasiastin mit Haaren, die an Spaghetti Bolognese erinnerten, versuchte, den aufkeimenden Streit zu schlichten: »Er war wirklich eher da. Ich warte auch schon eine ganze Weile.«

Nüssen versuchte es mit einer klaren Argumentation: »Macht es Ihnen etwas aus, wenn ich vor Ihnen, junge Frau … Ich glaube, ich halte es nicht mehr lange aus.«

»Nein«, sagte sie, »gehen Sie ruhig. Ich kenne das. Mein Vater hat auch Prostataprobleme.«

Es war Nüssen unendlich peinlich. Sekunden des Wartens dehnten sich zu endlosen Stunden, und er konnte den Blicken dieser jungen Frau nicht ausweichen, die ihn mitleidig ansah, wie eine Krankenschwester zu Beginn ihrer Dienstzeit ihren Lieblingspatienten.

Der Ostfriese verließ die Toilette. Er nestelte noch an seinem Hosenschlitz herum und versuchte, unter seinem Bauch die Schnalle seines Gürtels zuzukriegen.

Es roch auf der Toilette erbärmlich. Nüssen kämpfte gegen einen Würgereiz. Gleichzeitig bekam er den Koffer nicht wirklich rein, und nun bot sich die Gymnasiastin auch noch an, er solle den Koffer doch draußen stehen lassen, sie würde drauf aufpassen. Aber er zwängte sich samt Koffer in den kleinen, stinkigen Raum. Er deponierte den Koffer auf dem Spülbecken und suchte das Werkzeug. Er hätte sich vorher nicht vorstellen können, mit welcher Begeisterung er mal versuchen würde, in einem Zug das Toilettenfenster auszubauen, aber Frischluft war jetzt wichtiger als alles andere …

Die Stimme in seinem Ohr meldete sich wieder: »Alles klar?«

»Moment noch, Moment noch. Ich hab's gleich. Hier war die ganze Zeit besetzt.«

Nüssen war nicht gerade handwerklich begabt, und er fürchtete, sich zu blöd anzustellen und das Fenster gar nicht herauszubekommen, aber dann löste es sich aus der Gummierung.

»Ich hab's! Ich hab's! Und jetzt?«

»Jetzt wartest du auf neue Anweisungen.«

Nüssen wollte sich nicht auf den verschmutzten Toilettendeckel setzen, hatte aber mit der Glasplatte und dem Koffer kaum mehr eine Möglichkeit, sich zu drehen. Er schwitzte wie in der Sauna und hoffte nur, das alles bald hinter sich zu haben.

Später, dachte er, werden aus solchen Begebenheiten Heldengeschichten, die man gern erzählt. Nur mitten in der Situation ist es unerträglich …

Er stand fast zehn Minuten. Das Klopfen gegen die Tür wurde lauter.

»Äi, mach ma'n bisschen schneller! Kriegste die Hose nich hoch oder wat?«

»Bist du eingepennt, Alter?«

Nüssen schwankte zwischen der Idee, sich lauthals zu entschuldigen und die Menschen um Verzeihung zu bitten oder einfach auf stur zu schalten.

»Es gibt doch noch andere Toiletten. Bitte gehen Sie dorthin!«, rief er, was die Wut vor der Tür aber nur vergrößerte.

»Mach die Tür auf, oder ich tret sie ein!«

»Das ist jetzt auch ungerecht!«, flötete die Gymnasiastin. »Er hat Prostataprobleme, verstehen Sie …«

Nüssen biss sich in den Handrücken. Das darf doch alles gar nicht wahr sein, dachte er.

In dem Moment zog jemand die Notbremse, und die Passagiere des Regionalexpresses wurden durcheinandergekegelt.

Marylin Monroe landete auf dem Schoß eines Rentners aus Varel, der so viel Frau schon lange nicht mehr im Arm gehabt hatte und richtig dankbar war für diese schöne Notbremsung.

Andere Menschen verletzten sich, Flaschen kegelten durch den Raum.

Nüssen sah kurz aus dem Fenster und wollte schon den Koffer hinausschieben, da sagte die Stimme in seinem Ohr: »So, jetzt schließt du die Tür auf und springst raus.«

»Wie? Habe ich das richtig verstanden? Ich soll aus dem Fenster aussteigen?«

»Genau das. Aber vorher machst du die Tür auf, damit ich reinkann.«

Nüssen kam sich ausgetrickst vor. Hereingelegt wie durch einen Kinderstreich.

Er steckte den Kopf aus dem Fenster. Dann jammerte er: »Das ist aber tief! Hier ist ja nur Wiese!«

»Ja, und da hinten auf der Weide stehen auch Bullen. Aber das schaffst du schon. Bist doch selbst praktisch einer …«

Jedes Wort, das an ihn gerichtet wurde und jede Antwort, die er gab, wurde in der Einsatzzentrale mitgeschnitten und aufgezeichnet. Er konnte sich keine Nachlässigkeiten erlauben, und er musste dafür sorgen, dass hier alles glattlief.

Er sprang.

Die Wiese war nass, er verstauchte sich den Knöchel, rollte ein Stückchen, und dann sah er ein paar Rindviecher auf sich zustampfen.

Irgendwo hier im Zug vermutete Ann Kathrin den Mörder ihres Vaters. Sie hatte die Heckler & Koch anders als sonst vorne in ihren Hosenbund gesteckt. Sie spürte die Waffe am Bauchnabel. Mehrfach hatte sie in diesem Getümmel schon hingegriffen, weil sie Angst hatte, sie in der Menge zu verlieren.

Sie spürte in sich die Bereitschaft, ihm ins Gesicht zu schießen und ihn endlich dahin zu befördern, wo er ja angeblich schon so lange war. Die Kosten für die nächste Bestattung würde sie übernehmen. Mit Vergnügen.

Es gab auch eine Stelle in ihr, da schämte sie sich für diese Gedanken und fragte sich, wie ihr Vater das wohl finden würde. Gleichzeitig hatte sie keine Lust, den Mörder noch einmal der Justiz zu übergeben, damit die ihn dann noch einmal freilassen konnten, um die Börsenkurse stabil zu halten.

Sie versuchte, diesen Gedanken zu verdrängen. Sie arbeitete sich zum Fenster durch. Draußen sah sie jemanden laufen. Es war Nüssen. Sie erkannte ihn an den wehenden Haaren und dem schlotternden Anzug.

Was war hier los? Wieso rannte Nüssen ohne Koffer da draußen herum, umringt von ein paar Rindern und Kühen?

Sie versuchte, zu der Toilette zu kommen, in der Nüssen vor gut zehn Minuten verschwunden war. Das Gewühl der Menschen, die geplatzten Einkaufstüten und umgefallenen Koffer machten es ihr nicht leicht.

Nach ein paar wirren Durchsagen startete der Zug erneut.

Keine fünf Meter von sich entfernt sah Ann Kathrin einen Nikolaus mit einem prallvollen Rucksack aus der Toilette kommen. Sie sah ihn nur von hinten. Den roten Mantel und den weißen Pelzbesatz …

Sie ahnte sofort, was geschehen war. Der Erpresser hatte sich auf der Toilette umgezogen, das Geld in seinen Sack gefüllt und war jetzt damit unterwegs zur Zugspitze.

Ann Kathrin sprang zwei-, dreimal hoch, um einen Blick auf ihn zu erhaschen, um wenigstens an Körpergröße und -form abschätzen zu können, ob der Mörder ihres Vaters unter dem Kostüm steckte.

Wenn du das rechte Bein nachziehst, dann habe ich dich, dachte sie. Aber mehr als einen Blick auf die Spitze seiner Nikolauskapuze konnte sie nicht erhaschen.

Sie fasste die Heckler & Koch an. In diesem überfüllten Zug war es ohnehin völlig undenkbar, zu schießen.

Aber er konnte nicht immer in diesem Zug bleiben. Er musste irgendwann hier raus. Und er hatte einen schweren Sack auf dem Rücken.

Sie spürte es wie ein Kribbeln auf der Haut. *Ich krieg dich. Ich krieg dich.*

Der Zug lief in Leer ein. Ann Kathrin atmete tief durch. Sie spürte schon den Triumph.

Gleich hab ich dich, dachte sie. Ab Leer ist Schienenersatzverkehr. Hier müssen wir alle raus, und auf dem Bahnsteig kannst du nicht in deinem Nikolauskostüm entkommen.

Doch was sie dann sah, war völlig unwirklich. Wie eine Halluzination oder ein böser Traum. Am Bahnsteig Leer standen zweiunddreißig Nikoläuse mit Rucksäcken in voller Verkleidung, mit weißen Bärten. Sie winkten und jubelten und waren bestens gelaunt.

Ann Kathrin sah noch, wie ihr Mann in der Menge der anderen verschwand.

Sie stürmte hinter ihm her. Dabei machte es ihr nicht mal viel aus, die Mutter mit dem Kinderwagen abzudrängen.

Sie riss die einzelnen Nikoläuse zu sich und sah ihnen ins Gesicht. Sie nahm schon dem zweiten den Bart ab.

»Kann mal einer die hysterische Mutter hier bremsen?«

»Die hat ja wohl zu viele Weinbrandbohnen gegessen!«

Sie brüllte: »Was wollt ihr hier? Was soll das? Warum rennt ihr hier rum? Zeig mir, was in deinem Rucksack ist! Ich will, verdammt nochmal, sehen, was in deinem Rucksack ist!«

»Tief aus dem Wald, da komm ich her, ich kann euch sagen, es weihnachtet sehr. In meinem Rucksack sind Äpfel und Nüsse, da gibt es keine Kompromisse«, lachte ein dickbäuchiger Weihnachtsmann, der eigentlich eine übergewichtige Hausfrau war.

Plötzlich sah Ann Kathrin ihn in der Nikolausmenge. Da war dieser kalte Blick.

Sie stieß zwei Männer zur Seite, packte ihn und riss ihn zu Boden.

Noch als er fiel, wusste sie, dass es ein Irrtum war. Er hatte die gleichen kalten Augen, aber er war dreißig Jahre jünger.

»Was soll das hier? Warum steht ihr alle hier am Bahnsteig rum?«

War das ein Trick seiner Bande? Kam hier nicht ein einzelner Erpresser zur Lösegeldübergabe? War das die neue Zeit? Kamen sie jetzt im Rudel?

»Das ist«, stöhnte der junge Familienvater, den sie fest im Griff hielt, »ein Nikolaus-Flashmob!«

»Ein – was?«

»Mensch, es war groß auf Facebook: Nikolaustreffen am Bahnhof Leer. Und von hier aus gehen wir gemeinsam zum Weihnachtsmarkt. Da findet eine Verlosung statt und …«

Ann Kathrin ließ den Mann los. Sie stellte sich wieder gerade hin und klopfte sich die Kleider ab.

Inzwischen hatte sich einiger Unmut gegen sie zusammengebraut, und ein paar zornige Nikoläuse kesselten sie ein.

Huberkran drängte sich dazwischen. »Lassen Sie die Dame in Ruhe!«

»Wer bist du denn?«

»Ihr Betreuer. Sie meint das nicht so. Sie hat ihre Medikamente nicht genommen. Bitte lassen Sie uns jetzt gehen.«

Huberkran führte sie aus der Menge zu einem Taxi am Bahnhofsvorplatz.

»Das war nicht in Ordnung von Weller. Er hat die Situation ausgenutzt und Sie informiert. Damit hat er uns alle in Schwierigkeiten gebracht. Am besten fahren wir jetzt gemeinsam mit dem Taxi nach Hause. Sie müssen sich hinlegen, Ann Kathrin. Sie sehen schrecklich aus.«

Er winkte ein Taxi heran, aber der Taxifahrer winkte zurück, so als sei es ihm zu viel, die paar Meter zu fahren, und die beiden sollten doch gefälligst zu ihm kommen, was sie dann auch taten.

Huberkran telefonierte nur noch kurz. Er sagte: »Die Aktion wurde ordnungsgemäß abgeschlossen.«

Justus Schaard saß vor dem großen Bildschirm. Aber er verfolgte den Kursverlauf nicht wirklich. Er las auch die Chartanalysen schon lange nicht mehr. Im Gegensatz zur Aktienbörse, die inzwischen fast täglich neue historische Höchststände durchbrach, rauschte sein Leben gerade in den Keller. Er wusste genau, dass seine Frau Neele ihn betrog. Er konnte es ihr nicht einmal übelnehmen. Er ließ sie viel zu oft alleine, und wenn er zurückkam, dann war er entnervt, übermüdet und schlecht gelaunt.

Was war aus dem Siegertypen geworden, den sie einst geheiratet hatte? Ein magenkranker Hektiker mit sorgenvollem Gesicht. Ein Griesgram, dessen Wohlbefinden am Aktienmarkt entschieden wurde. Er konnte sich kaum noch daran erinnern, wann sie zum letzten Mal miteinander geschlafen hatten. Er kam sich mit seinen dreiundvierzig Jahren steif vor. Ungelenk.

Das war einmal ganz anders gewesen. Er hatte sie mit in den Fitnessclub geschleppt und zweimal wöchentlich nach dem Training in die Sauna.

Sie war dabeigeblieben. Fitness wurde ihre Droge.

Er tradete mit Rohstoffen rund um die Welt, mit Optionsscheinen und Derivaten, sie joggte derweil am Deich.

Er nahm ab, weil sein nervöser Magen kaum noch etwas behielt, sie vom Sport.

Er begann, zunächst seinen Beruf, dann sich selbst abzulehnen.

Sie wurde immer körperverliebter, ging zum Box- und später zum Karatetraining.

Er wusste, dass seine Chefs über ihn grinsten. Sie erzählten sich Witze über ihn:

»Neulich wurde bei Schaards eingebrochen. Justus lief im Schlafanzug hin und drohte den Verbrechern: ›Hände hoch, oder ich hole meine Frau!‹«

Neele roch nach dem anderen, und seit sie mit ihm zusammen war, wirkte sie so aufgekratzt. Optimistisch. So, wie sie am Anfang ihrer Beziehung gewesen war. Sie hatte ihn angehimmelt, wie Frauen in Filmen ihre Helden anstrahlen.

Das war vorbei. Aber er würde es nie vergessen.

Dagegen war sie jetzt mütterlich, hilfsbereit. Ihre Liebe war mehr von Mitleid als von Leidenschaft getragen. Sie kochte für ihn magenfreundliche Gerichte. Nichts mehr mit einer scharfen

Chilipfanne, dazu Prosecco und zum Dessert ein Liebesspiel auf dem Wasserbett. Jetzt gab es gedünsteten Fisch und Gemüse, einen Pfefferminztee und Mineralwasser mit ganz wenig Kohlensäure. Zum Dessert einen Spaziergang ums Haus. An guten Tagen massierte sie beim Fernsehen seine Kopfhaut und beschleunigte damit seine Einschlaftendenz.

Am Anfang hatte es Spaß gemacht. Er war jung, überraschend erfolgreich und tief in sich drin hielt er sich für unsterblich, kam sich vor wie eine Comicfigur. Andere bekamen die Grippe oder fingen sich ein Magen-und-Darm-Virus ein. Er brauchte keine Tabletten. Sein Adrenalin kämpfte jede Entzündung nieder. Er war ein keimfreier Gewinner. Kein Mutterschiff für Bakterien wie heute.

Seit das Glück sich gedreht hatte, lag neben seiner Maus auf dem Schreibtisch immer eine Box mit Papiertüchern. Er war praktisch seit zwei Jahren erkältet.

Die Verluste hatten sich zunächst in Grenzen gehalten. Er wettete gegen den Markt. Eine Tür weiter saß Siegfried Unter. Der war ganz anders.

»Der Trend ist dein Friend«, sagte er gern. Er lief immer mit der Masse. Wenn sich die Börse gut entwickelte, machte er Gewinne. Selten mehr als der Markt, aber wer rechnete das schon nach?

Seit dem Platzen der Immobilienblase in den USA und dem Zusammenbruch einiger Banken hieß das Schreckensgespenst *BaFin*. Die Bundeszentrale für Finanzdienstleistungsaufsicht machte Vermögensverwaltern wie ihm das Leben schwer. Die Beratungsprotokolle waren arbeitsintensiver als die Beratung.

Sein Bruder, Felix-Jonathan, der Kardiologe aus Bremerhaven, klagte auch darüber. Die Dokumentation für die Krankenkasse brauche oft mehr Zeit als die eigentliche Untersuchung. Nichts wurde durch die bürokratischen Hindernisse besser, vieles aber schwieriger, wenn nicht gar verunmöglicht.

Justus hatte daher begonnen, zunächst etwas nachlässiger mit all diesen Anforderungen umzugehen. Später nahm er sich kaum noch dafür Zeit. In den ersten Monaten machte er an manchen Tagen mehr als zehntausend Euro plus. Einmal, an einem triumphalen Tag seines Lebens, sogar zweiundsiebzigtausendsechshunderteinundvierzig Euro binnen weniger Stunden.

Nein, es war nicht sein Gewinn. Er spekulierte mit dem Geld seiner Kunden. Trotzdem war es – ja, er gestand es sich heute ein – besser als Sex.

Er konnte sich keine bessere Droge vorstellen als Erfolg. Selbst wenn er nur virtuell war, auf dem Bildschirm. Er kam sich vor wie ein kleiner Junge, der in ein Spielcasino geraten war und nun am Glücksrad drehte.

Er entfernte sich sehr rasch vom Alltag. Er hätte nicht mehr sagen können, was eine Tiefkühlpizza kostete, ein Kilo Äpfel oder ein Pfund Rinderhack. Aber er konnte die Entwicklung des Goldpreises in Relation zum Ölpreis herunterbeten und das Kursgewinnverhältnis von mindestens dreihundert Aktien.

Und dann hatte er, ja, verflucht, auf seine Frau gehört, die überhaupt keine Ahnung von Börsengeschäften hatte und sich eigentlich nicht mal dafür interessierte. Ja, im Grunde war alles ihre Schuld, dachte er manchmal grimmig. Aber er konnte es ihr nicht wirklich vorwerfen. Er war doch der Fachmann. Wie hatte er nur auf sie hören können …

Es war noch während seiner großen Zeit gewesen. Er schwebte über den Dingen, verdiente mehr Geld, als sie ausgeben konnten, und sie träumten bereits von einer Finca auf Mallorca, so hohe Boni rechnete er sich aus.

Da sagte sie mit einem Glas Aperol Spritz in der Hand: »Und was machen wir, wenn die Kurse fallen? Was glaubst du, wie lange das alles noch gutgeht?«

Er hatte dieses plastikfarbene Zeug, das sie so gerne trank, noch nie gemocht. Aber jetzt begann er, es zu hassen, denn immer, wenn er sah, wie Aperol in Weißwein gegossen wurde und dann die Eiswürfel klirrten, wurde er an diese Sätze von Neele erinnert: *»Und was machen wir, wenn die Kurse fallen? Was glaubst du, wie lange das alles noch gutgeht?«*

Es war wie ein Fluch geworden, wie eine fixe Idee. Irgendwann könnte alles vorbei sein.

Er sah sich an, was bei einem Börsensturz passieren würde, bei einem neuen Schwarzen Freitag. Einem Nine Eleven.

Es hatte eine Unausweichlichkeit, eine Dynamik. Der Zusammenbruch musste kommen. Irgendwann. Und er begann, immer mehr Geld auf fallende Kurse zu setzen. Doch die Börse kannte nur einen Weg: nach oben.

Noch vor Monatsende hatte er zwölf Millionen verzockt. Er musste das wieder reinholen, alles ungeschehen machen. Es waren doch nur Zahlen. Schon ein kleiner Ausschlag nach unten, eine Kurskorrektur, konnte ihn retten.

Nichts von dem, was er tat, war noch durch Gesetze gedeckt, geschweige denn durch reales Vermögen.

Er fühlte sich am Bildschirm, per Mausklick Millionenwerte hin und her jagend, in seine Jugend zurückversetzt, als sie am Neuen Gymnasium Oldenburg freitagmorgens regelmäßig blaumachten, um in den Spielsalons der Umgebung ihr Taschengeld zu verflippern. *Flipperkönig* wurde er genannt, wenn er den silbernen Ball gegen die Bumper schoss und enorme Punktzahlen bunte Lichter leuchten ließen. Er liebte den Ton, der ein Freispiel ankündigte.

Wenn er den Spielsalon verließ, war er immer restlos pleite, fühlte sich aber als Sieger, als Gewinner einer imaginären Schlacht, so als hätte ihn das Schicksal vor allen anderen ausgezeichnet. Er ging mit Millionen Punkten nach Hause, aber ohne einen Cent in der Tasche.

Das hier war so ähnlich, und auch jetzt landete die Kugel am Ende immer im Aus. Es gelang nie, sie im Spiel zu halten. Dabei war das vielleicht das eigentliche Ziel aller Zocker: es nie aufhören zu lassen. Das immerwährende Spiel.

Zweimal winkte das Schicksal ihm freundlich zu. Einmal minimierte er an einem Freitagabend seine Verluste um eins Komma zwei vier Millionen. Es folgte ein wundervolles Wochenende. Er fühlte sich leicht und beschwingt, und ja, das musste der Tag gewesen sein, an dem er zum letzten Mal mit Neele Sex gehabt hatte.

Beim zweiten Mal näherte er sich fast der Zwei-Millionen-Grenze, aber das Ganze hielt nur für wenige Minuten. Er war vor Aufregung zur Toilette gegangen, sein Magen spielte verrückt. Es war, als sei das Glück zu ihm zurückgekehrt, als hätte er die Auffahrt zur Gewinnerstraße wiedergefunden.

Doch als er von der Toilette kam und endlich auch wieder richtigen Hunger verspürte – er stellte sich vor, Neele heute Abend ins Steakhaus einzuladen –, machte ein einziger Blick auf den Bildschirm alles zunichte. Die Zeit auf der Toilette hatte ausgereicht, um seine theoretischen Gewinne praktisch in Luft aufzulösen.

Inzwischen hatte er eins Komma sechs Milliarden verzockt. Geld, das ihm nicht gehörte, das niemandem gehörte. Aber der Zahltag nahte.

Er musste diese Positionen glattstellen. Sonst war er erledigt. Nicht nur finanziell. Er wäre seinen Job los, seinen Ruf sowieso, und das Gefängnis wartete auf ihn.

Er kannte die Geschichte von Kweku Adoboli, der sich bei der Schweizer Bank UBS um mehr als zwei Milliarden verspekuliert hatte und für sieben Jahre ins Gefängnis gegangen war.

Nick Leeson, der eine zweihundert Jahre alte Bank in den Ruin trieb, war nach viereinhalb Jahren mit Krebs vorzeitig entlassen worden. Der Franzose Jérôme Kerviel wurde zu fünf Jahren Haft verurteilt und sollte seinem ehemaligen Arbeitgeber, der Bank Société Générale, vier Komma neun Milliarden Euro zurückzahlen …

Dieses Schicksal drohte nun auch ihm.

Neele würde ihn verlassen und zu ihrem Typen ziehen und er sich die Pulsadern öffnen. Fürs Gefängnis war er einfach nicht gemacht.

Spätestens die Revision zum Quartalsende würde alles ans Tageslicht bringen. Bis dahin konnte er vielleicht noch mit Mühe die Zahlen hin und her jonglieren. Aber dann war endgültig Schluss.

Von seinen Kollegen hatte er keine Hilfe zu erwarten. Heiner Müllersson aus der Rechercheabteilung für Marktanalysen war ihm schon vor drei Monaten draufgekommen. Er hatte ein Gespräch mit ihm gesucht, vielleicht einen Rat. Er hatte Andeutungen gemacht, aber nichts Konkretes gesagt, hatte aus jedem Wort von Heiner Müllersson über mögliche Abwärtsbewegungen des Marktes Hoffnung gezogen, sich an Hiobsbotschaften geklammert wie ein Ertrinkender an die letzten Planken.

Dann hatte Heiner ihn um einen Gefallen gebeten. So nannte man das heute, wenn man von seinen Kollegen erpresst wurde. Er sollte ihm die Versorger-Aktien abnehmen, die seit langem Heiners Depot schwer belasteten. Seit der Energiewende war es mit ihnen, ganz im Gegensatz zum Rest des Marktes, bergab gegangen. Er hatte den Ausstiegszeitpunkt verpasst, und jetzt versauten sie ihm jedes Mal einen goldenen Schnitt. Nach dem Motto *Die Guten kommen ins Töpfchen, die schlechten ins Kröpfchen* schob er sie zu einem unverschämten Preis rüber in Schaards Depot. Dafür hielt er den Mund.

Einerseits schützte er Schaard dadurch, andererseits beschleunigte er aber seinen Fall.

Sie hatte eigentlich ein Taxi besteigen wollen, um nach Oldenburg zu fahren. Reisende mit Gepäck, die von Leer nach Oldenburg mit dem Taxi fuhren, fielen jetzt nicht auf. Wer es sich leisten konnte, versuchte, den Schienenersatzverkehr zu umgehen.

Zwei Arbeiter mit Werkzeugkoffern wollten sich mit ihr ein Großraumtaxi teilen: »Vielleicht«, schlugen sie vor, »können wir noch jemanden dazunehmen, so ein Gemeinschaftstaxi kostet doch dann nicht mehr die Welt.«

Als Tarnung wäre es sicherlich prima gewesen, mit den Handwerkern zu fahren, aber sie hatte sich auf der Toilette im Taraxacum umgezogen. Aus dem Nikolaus war eine schlanke, junge Frau geworden, deren wohlgeformte Beine in einer Baumwollstrumpfhose mit frechem Ringelmuster die Blicke der Männer magisch anzogen.

Ein Schließfach im Bahnhof war ihr zu unsicher. So schob sie das Geld in einen braunen Hauck-Kinderwagen. Wer verdächtigte schon eine attraktive Mutter, die vom Weihnachtsmarkt kam? Wer wollte ihr schlafendes Baby stören?

Sie kam sich sehr sicher vor, aber die Männer wollten mit ihr herumschäkern, suchten Kontakt übers Kind, fragten, ob es ein Junge oder ein Mädchen sei, wollten sich das Gesicht anschauen und erzählten von ihren Kindern.

Sie wehrte alles ab. Der Kleine würde schlafen. Unter den dicken Kissen war das Puppengesicht mit der Mütze auf dem Kopf kaum erkennbar.

Sie zitterte so sehr, sie brauchte einen Wagen für sich alleine. Sie wollte niemandem in Erinnerung bleiben. Diese durchgedrehte Frau, die den Nikoläusen die Bärte heruntergerissen hatte, war zum Glück mit einem Taxi verschwunden. Sie hatte keine Lust, der noch einmal zu begegnen. Diese Frau war unberechenbar.

Dann wählte sie die einfachste aller Möglichkeiten: Sie schob ihren Kinderwagen in Leer über den Weihnachtsmarkt, kaufte noch Lebkuchen, Dominosteine, einen Norderneyer Schinken und Honig. Dann fuhr sie, als sei nichts geschehen, mit dem nächsten Zug zurück nach Norden.

Hier bot sich ihr eine völlig neue Situation. Sie hatte das Abteil praktisch für sich allein. Nur eine ältere Dame, die ihre Tochter besucht hatte, saß ein bisschen traurig in der Ecke. Sie hatte ihre Schuhe ausgezogen und die Füße auf den gegenüberliegenden Sitz gelegt. Als sie die junge Mutter mit ihrer geringelten Strumpfhose sah, nahm sie ihre Füße verschämt vom Sitz und entschuldigte sich mit einem Blick.

Sie schob ihre blonden Haare hinters Ohr, gab zu verstehen, dass ihr das völlig egal sei, und dankbar nickend legte die Dame ihre Füße wieder auf dem Polster ab.

Nach so einer Tat, dachte sie, muss man auch mal freundlich sein können. Im Grunde ihres Herzens war sie doch genau das: ein liebevoller, hilfsbereiter Mensch, der auch mal fünfe gerade sein lassen konnte.

Sie war erleichtert, dass alles so gut geklappt hatte. Vielleicht hatten die ihre Entschlossenheit gespürt, ihre Drohung in die Tat umzusetzen. Sie hatte schon befürchtet, es wirklich tun zu müssen.

Jetzt war das alles nicht mehr nötig. Es sei denn, man hatte sie mit dem Geld hereingelegt. Aber das würde sich sehr bald herausstellen.

Wenn das alles hier vorbei ist, dachte sie, muss ich diese biologischen Kampfstoffe irgendwie entsorgen. Wie soll ich das machen? Ich kann sie ja schlecht ins Klo schütten oder bei der Sondermülldeponie abgeben …

Nun taute die ältere Dame doch noch auf. Sie schien wie aus einem bösen Traum zu erwachen und wandte sich der jungen Mutter zu, um ein Gespräch zu beginnen. Sie wollte das Baby gerne mal sehen, und jetzt bekam sie eine schroffe Antwort: »Nein, die Kleine schläft. Ich bin froh, dass sie endlich den Mund hält. Sie war total überdreht.«

Plötzlich wurde die Luft im Abteil zum Schneiden dick. Die Dame zog ihre Schuhe wieder an. Sie war sehr sensibel. Nachdem sie schon die miese Energie ihrer Tochter mitbekommen hatte, wurde ihr das hier nun zu viel. Sie spürte etwas Monströses. Etwas Böses.

Sie wollte nur noch aus dieser Energie raus. Sie zog sich die Schuhe an, nickte der jungen Frau kurz zu und verzog sich in das letzte Abteil des Zuges.

Sie waren zusammengekommen wie ein Strafgericht. Bereit, ein drakonisches Urteil zu fällen.

POR Diekmann, schmallippig, weiß im Gesicht, mit zackigen Bewegungen, wie eine schlecht geführte Marionette.

Links neben ihr Otto Nüssen. Seine Haare waren überhaupt nicht mehr engelhaft, er machte einen leicht verwahrlosten Eindruck. Nicht Mann, nicht Frau, androgyn, sehr beherrscht, aber innerlich voller Hass und Verzweiflung.

Rechts von ihr Dr. Kaiser. Er saß aufrecht, bewusst korrekt, mit tadellos sitzender Krawatte, blütenweißem Hemd mit Haifischkragen. Er fuhr sich immer wieder über den Bürstenhaarschnitt, als wolle er seine Haare wie Antennen aufrichten, um besser zu spüren, was um ihn herum geschah. Er würdigte Ann Kathrin mit keinem Blick, sondern sah demonstrativ an ihr vorbei.

Staatsanwalt Scherer war auch da. Er fühlte sich deutlich unwohl, denn durch die Leute vom Innenministerium wurde er in die zweite Reihe verdrängt und verlor an Bedeutung. Er saß auf seinem Stuhl wie eine Spinne, die darauf lauert, dass sich eine Beute in ihrem Netz verfängt. Er wirkte auf Ann Kathrin, als hätte er verlängerte Gliedmaßen, die gar nicht zu seinem Körper passten. Sein Adamsapfel stand weit hervor und hüpfte die ganze Zeit auf und ab, obwohl Scherer nichts sagte, sondern nur sehr genau beobachtete.

Huberkran stand in der Ecke, an die Wand gelehnt, so als

würde er sich nicht trauen, Platz zu nehmen, weil er noch nicht wusste, wie seine Stellung in diesem Tribunal war. Saß er mit bei den Anklägern? Bei den Richtern? Oder gehörte er auf das Büßerbänkchen der Beschuldigten wie Ann Kathrin?

Im Flur waren schnelle Schritte zu hören, und niemand sagte etwas, so als würden alle noch auf die entscheidende Person warten.

Ann Kathrin wusste, dass es Weller war. Sie kannte seine Schritte, besonders dann, wenn er sich beeilte und irgendwo als Fels in der Brandung auftauchen wollte. Dann lief er mit durchgedrückten Knien, und seine Bewegungen erinnerten an einen militärischen Stechschritt.

Er fiel fast ins Zimmer und atmete, als sei zu wenig Luft im Raum. Er wollte ihr beistehen, und das rührte sie. Einen Mann zu haben, der in so einer Situation angerannt kam, um bei ihr zu sein, verwandelte die Niederlage fast in einen Sieg.

POR Diekmann gab Weller mit den Augen einen Hinweis, als solle er sich setzen, gleichzeitig sagte sie aber: »Ich habe Sie zu dieser Besprechung nicht eingeladen, Herr Weller.«

Weller setzte sich neben Ann Kathrin. Dann eröffnete Dr. Kaiser mit donnernder Stimme das Tribunal. Zu Ann Kathrins Erstaunen wandte er sich aber nicht an sie, sondern ignorierte sie und blaffte stattdessen Huberkran an: »Wir hatten eine reibungslose Geldübergabe vereinbart! Wie würden Sie das bezeichnen, was hier stattgefunden hat, Herr Huberkran?«

Huberkran löste sich von der Wand, blieb aber im Raum stehen.

»Im Prinzip schon«, sagte Huberkran. »Wir haben dafür gesorgt, dass Ihnen«, er zeigte auf Nüssen, »das Geld nicht vorher entwendet wurde. Sie waren rechtzeitig zur vereinbarten Zeit am vereinbarten Ort. Der Erpresser hat das Geld. Ich denke, wir haben unsere Aufgabe im Prinzip ganz gut erfüllt.«

Kaiser hatte Mühe, nicht die Fassung zu verlieren. »Im Prinzip …? Wissen Sie, wie ich das nennen würde?« Er wurde jetzt lauter, als er beabsichtigte. »Sie haben sich vorführen lassen, verdammt nochmal! Schienenersatzverkehr! Nikolaus-Flashmob! Wir stehen da wie Idioten!«

POR Diekmann schien keinerlei Emotion zu haben. Ihr Gesicht war wie aus Holz geschnitzt und passte zu ihren marionettenhaften Bewegungen. Sie sah nur zwischen den sprechenden Männern hin und her, sorgsam darauf bedacht, nichts zu verpassen und auf keinen Fall zu zeigen, dass sie der einen oder anderen Seite mehr zuneigte. Sie war nach außen hin immer um Objektivität bemüht, was bedeutete, genau das für richtig zu halten, was ihrer Karriere nützlich war. So schätzte Ann Kathrin sie ein, und deshalb verachtete sie diese Frau im Grunde aus tiefem Herzen.

Huberkran sprach mit belegter Stimme: »Ja, wir haben es mit einem raffinierten, sehr gut organisierten Täterkreis zu tun. Sie haben uns bewusst in eine Situation geführt, in der wir die Kontrolle verlieren sollten. Dieser Plan ist aber nicht aufgegangen. Wir haben die Kontrolle stets behalten und …«

Jetzt erhob Kaiser sich, stützte sich mit beiden Händen auf, die Spitze seiner Krawatte baumelte über den Tisch wie ein Pendel, mit dem ein esoterischer Heiler eine Antwort auf seine Fragen sucht.

»Das nennen Sie die Kontrolle behalten? Wir haben den Kontakt zum Täter verloren! Frau Klaasen hat Nikoläusen die Bärte runtergerissen und …«

Huberkran machte mit beiden Händen eine Stopp-Bewegung. »Das lag nicht in meiner Verantwortung.«

Der Staatsanwalt kroch aus seinem Spinnennetz hervor, machte mit den Armen Schwimmbewegungen, als hätte er Angst, unterzugehen und zeigte dann auf Huberkran: »In welcher Funktion ist er eigentlich hier?«, fragte Scherer in Richtung Diekmann.

Dr. Kaiser antwortete: »Die Huberkran GmbH übernimmt manchmal fürs Innenministerium besonders heikle Fälle.« Mit einem zornigen Seitenhieb in Richtung Ann Kathrin fügte er hinzu: »Und wir haben keinerlei Interesse daran, dass die Presse davon Wind bekommt.«

Weller mischte sich ein: »Wenn ich auch mal was sagen dürfte …«

POR Diekmann fuhr ihm über den Mund. »Dürfen Sie nicht!«

Jetzt reichte es Ann Kathrin, und sie legte los: »Sie haben den Mörder meines Vaters laufen lassen. Sie haben ihn mit einer neuen Identität ausgestattet und ihm geholfen, alle Spuren zu verwischen. Wir haben nicht mal mehr Fingerabdrücke von ihm oder Fotos. Wir wissen nicht, wie er heute aussieht … Und jetzt wundern Sie sich, dass dieser Erzverbrecher einfach mit dem weitermacht, was er immer schon getan hat? Er ist ein Gangster, verdammt nochmal! Er kennt die Abläufe in unseren Apparaten aus dem Effeff. Er ist einer aus unserer Mitte. Er wusste genau, wie man uns austricksen kann! Jetzt hat er zehn Millionen. Was glauben Sie, was er damit tut? Eine Spende ans Rote Kreuz wird wohl kaum drin sein. Der glaubt, dass er alles darf, dass er alles kann und dass niemand ihn zur Rechenschaft ziehen kann. Und ihr habt diesen Wahnsinn genährt! Der fühlt sich wie Gott, als Richter über Leben und Tod. Was ihm im Weg ist, das legt er um. Was er haben will, das nimmt er sich. Warum, verdammt, warum habt ihr das zugelassen?«

Nüssens Hände krampften sich zusammen, und er bog seine Finger durch, dass es knackte.

Scharf wurde Ann Kathrin jetzt von Kaiser attackiert: »Passen Sie nur auf, Frau Klaasen, dass Sie mit Ihren Hirngespinsten nicht in der Psychiatrie landen.«

Ann Kathrin setzte sich anders hin und klatschte mit der offenen Hand auf den Tisch. Es knallte wie ein Schuss, der in Holz einschlägt. »Soll das eine Drohung sein? Haben Sie mir gerade im Beisein von Staatsanwalt Scherer gedroht, mich in die Psychiatrie zu bringen, wenn ich weiterhin behaupte, dass Sie den Mörder meines Vaters …«

Er brüllte: »O nein, Frau Klaasen! Nicht ich bringe Sie in die Psychiatrie! Das tun Sie gerade selber.«

Er bückte sich, hob einen schwarzen Koffer vom Boden, der vorher neben ihm gestanden hatte, öffnete ihn und zog zwei Zettel heraus, die in Klarsichtfolie eingeschweißt waren, was ihnen wohl eine höhere Bedeutung verleihen sollte.

»Ich habe hier ein psychologisches Gutachten über Sie, Frau Klaasen, in dem Ihnen – wenn ich das mal laienhaft zusammenfassen darf – eine schwere Persönlichkeitsstörung bescheinigt wird, Wahnvorstellungen und ein latent aggressives Verhalten. Das Gutachten ist von Professor Dr. Lempinski, der einen hervorragenden Ruf als Gerichtsgutachter …«

Ann Kathrin platzte fast vor Wut. »Ich habe diesen Mann noch nie im Leben gesehen!«

»Frau Klaasen, wollen Sie uns jetzt erzählen, dass Sie nie bei Professor Lempinski waren?«

»Natürlich war ich das nie. Das ist ein Gefälligkeitsgutachten, das er für Sie gemacht hat, um mich zu diskreditieren.«

»Das ist eine schwere Anschuldigung, Frau Klassen. Außerdem spricht ja Ihr Verhalten Bände. Jedes Wort, das Professor Lempinski schreibt, kann ich nur unterstreichen. Sie haben zwei meiner Sicherheitsleute zusammengeschlagen.«

»Ach, ich habe dem einen vielleicht auf den Fuß getreten und dem anderen aufs Maul gehauen, aber ich habe sie doch nicht zusammengeschlagen, Herrgott, nee …«

Dr. Kaiser sah vielsagend zu Staatsanwalt Scherer hin. Der nickte, als sei damit alles klar.

»Was für ein Bild von meiner Frau zeichnen Sie hier eigentlich?«, fragte Weller.

»Sie haben in dieser Sitzung überhaupt nichts zu suchen. Das ist kein Familientreffen!«, zischte POR Diekmann.

»Ja, danke, das war jetzt sehr hilfreich«, konterte Weller und funkelte sie böse an.

Während Ann Kathrin sich bemühte, eine Verteidigungslinie zu ziehen und zu halten, kritzelte Weller auf einen Zettel, den er ihr rüberschob, zwei Worte, mit denen er ihre Zukunft skizzierte: *Fischbude Norddeich?*

»Okay«, sagte Ann Kathrin, »ich habe Wahnvorstellungen, und der Mörder meines Vaters hatte eine Seebestattung. Die ganze Sache hat ja auch etwas Gutes.«

Nüssen und Kaiser sahen sich an.

Ganz langsam ließ Ann Kathrin die Worte fast auf der Zunge zergehen: »Wenn ich ihn finde und töte, kann mir niemand etwas, denn der gute Mann ist ja schon längst tot, verbrannt und bestattet.«

»Frau Klaasen, Sie sind eine Gefahr für sich und andere. Das Beste wäre, Sie würden sich freiwillig in die Psychiatrie einweisen lassen. Ich kann verstehen, wenn Sie nicht vor Ort in die Ubbo-Emmius-Klinik wollen, obwohl dort hochqualifizierte Fachleute arbeiten, wie ich mir habe sagen lassen. Aber hier kennt man Sie. Vielleicht wäre es besser, wenn Sie …«

Ann Kathrin vervollständigte seinen Satz: »… zum Beispiel in eine geschlossene Psychiatrie gingen, in der Professor Lempinski das Sagen hat? Wiesbaden? Darmstadt? Auf jeden Fall irgendwo in Ihrem Einflussbereich, stimmt's? Und dann komme ich da nie wieder raus, und Sie lassen mich dort verschwinden wie einst Gustl Mollath. Damit haben Sie doch Erfahrung. Da sind Sie sozusagen Fachleute. Hat Lempinski damals auch die Gutachten geschrieben?«

Dieser Tag war der endgültige Tiefpunkt in Justus Schaards Karriere. Er behielt nicht mal mehr den fettreduzierten Joghurt bei sich. Allein der Geruch von Kaffee ließ seinen Magen revoltieren, und irgendeine Allergie ließ zwischen seinen Fingern kleine

Quaddeln wachsen, die grässlich juckten, und wenn er daran kratzte, platzten sie auf. Die feuchte Stelle nässte dann, als hätte er kein Blut in sich, sondern eine milchige Flüssigkeit.

Wenn er seine Aufträge eintippte, perlten zwischen seinen Fingern kleine, tranige Tropfen in die Ritzen der Tastatur. Es war, als würden seine Körpersäfte versuchen, den Computer lahmzulegen, mit dem er sich in diese Situation hineingeritten hatte.

Zweimal im Laufe des Vormittags hatte sein Kollege Siegfried Unter seine Tür aufgestoßen und jubilierend Erfolgsmeldungen verkündet, weil seine Aktien durch die Decke gegangen waren und er mit einem Hebel die Gewinne vervierfacht hatte. Er griff in der Luft nach einem imaginären Seil, zog daran und rief: »Tschakka! Tschakka!«

Siegfried strahlte wie ein kleiner Junge, den Papa zum dritten Mal beim Schachspielen hatte gewinnen lassen. Mit ihm wurde die Niederlage für Justus nur noch schlimmer. Sie waren wie Plus und Minus. Der gute Sohn, der auf Papis Haus aufgepasst und sein Geld vermehrt hatte, und er, der Luftikus, der in Papis Anwesenheit alles verspielt hatte.

Es war nicht das erste Mal, dass er an Selbstmord dachte. Nur diesmal war es nicht mehr Plan B, sondern langsam wurde es zu Plan A. Und er dachte über die Art und Weise nach.

Er fühlte sich ungeliebt. Von seiner Frau, von der Börse, von seinem Computer, ja, von seinem Körper.

Er weinte, und das tat gut. Am liebsten hätte er sich krankgemeldet und seinen Arbeitsplatz verlassen. Aber das ging nicht. Niemand durfte diese Stelle hier auch nur für ein paar Minuten übernehmen. Dann würde alles auffliegen.

Damit das, was er tat, nicht passieren konnte, zumindest nicht in einem so großen Umfang, dafür gab es Sicherheitskontrollen. Er kannte sie alle. Schließlich hatte er in der Abteilung gearbeitet, bevor er hierherwechselte, wo das Gehalt mehr als dreimal so hoch war und die Aussicht auf astronomische Boni es trotzdem fast belanglos erschienen ließ.

Seine absolute Spekulationsgrenze lag bei fünfzig Millionen täglich. Manchmal hatte er diese Grenze um ein Zehnfaches überschritten. Um die Übersicht über die Schattenkonten und getürkten Sicherheiten, deren Echtheit er sich selbst bestätigte, nicht zu verlieren, hatte er eigens dafür Dateien angelegt und ein Programm entwickelt, das die Abläufe kontrollierte.

Heute Abend sollte ein Investorentreffen stattfinden. Er musste seine erfolgreiche Strategie erklären, denn offiziell fuhr jeder Anleger mit ihm auf der Gewinnerstraße. Die wohlhabenden Leute wussten nicht wohin mit ihrem Geld. Die Zinsen waren so niedrig, dass selbst die geringe Inflation an den Vermögen knabberte. Jeder suchte nach einer Anlagestrategie, um den realen Minuszinsen zu entgehen. Das trieb leider auch die Börsenkurse.

Er wusste nicht, wie er das Treffen heute Abend überstehen sollte, mit den Quaddeln zwischen den Fingern. Er stellte sich vor, wie er seinen Kunden die feuchte Hand gab und sie sich dann verstohlen die Finger abwischten.

Er riskierte es jetzt. Er fuhr nach Hause nach Süderneuland, um zu duschen, sich mit Tabletten vollzupumpen, und er hoffte, dass ihm Neele irgendwie seine Finger verbinden könnte. Er brauchte eine Erklärung für das hier. Es sah nach Ausschlag aus, ansteckend. Übel. Wer vertraute so jemandem sein Geld an?

Selbst ein Vermögensberater, der eine Erkältung hatte oder irgendein anderes, ganz normales menschliches Leiden, wirkte gleich weniger vertrauenserweckend. Sein Vermögen gab man gern in starke, gesunde, gebildete Hände. Nicht an magenkranke, herzinfarktgefährdete Neurotiker.

Neele war gar nicht zu Hause. Er nahm an, dass sie sich mit ihrem Lover amüsierte, was ihm jetzt den Rest gab. Auf der halben Strecke nach Wilhelmshaven ins Columbia-Hotel drehte er um. Es ging nicht mehr. Das Spiel war aus.

Sein rechtes Bein zitterte so sehr, dass er Mühe hatte, mit dem Fuß das Gaspedal nach unten zu drücken. Jetzt würde er Neele alles beichten.

Als er zurückkam, war das Haus innen mit Kerzen beleuchtet. Das Licht fiel nach draußen, merkwürdig warm, einladend, ganz im Gegensatz zur Kälte seines Büros, die ihn sonst umgab.

Nachdem er ihr alles gebeichtet hätte, könnten sie entscheiden, wie es weitergehen sollte.

Im Grunde war er genau der Versager, für den sein Deutschlehrer ihn immer gehalten hatte. Ein affektierter Blender, mehr nicht. Nahtlos würde er sich bald einreihen in die Galerie von Kweku Adoboli, Nick Leeson und Jérôme Kerviel.

Etwas Besseres als den Tod würde er allemal bekommen. Vielleicht könnte er später wie Kweku Adoboli ein Buch schreiben und nach seinem Knastaufenthalt damit durch die Talkshows ziehen. Einige große Hochstapler waren doch bei den Menschen recht beliebt – vor und nach ihrem Fall …

Justus dachte an Thomas Mann. War er eine Figur wie Felix Krull? Oder der Hauptmann von Köpenick? Würde er am Ende zu einer Art Volksheld werden?

Jetzt, da er kurz davor war, zu kapitulieren, erschien ihm plötzlich das Aufgeben für einen kurzen Augenblick geradezu erstrebenswert. Als würde es ihn zu etwas Besonderem machen. Auf jeden Fall aber herauskatapultieren aus der schrecklichen Welt, in der er sich gerade befand.

Im Haus roch es nach Weihnachtsgebäck. Musik lief. Irgendein verpepptes Klassikzeug, das Neele so sehr mochte und für ihn etwa so schön klang wie explodierende Handgranaten oder das Klirren eingeschlagener Fensterscheiben.

Er zog an der Garderobe seinen Mantel aus. Er bemerkte Neele nicht. Sie stand hinter ihm, hielt ihm plötzlich die Augen zu und unter ständigen Ermahnungen, ja nicht zu blinzeln, führte sie ihn ins Wohnzimmer.

Er rechnete damit, jetzt dort ihren Lover vorzufinden. Vermutlich würden die beiden ihm nun die ganze Wahrheit sagen und ihm ihre Liebe gestehen. Nun, er hatte nicht vor, ihrem Glück im Weg zu stehen. Einsam scheitert es sich leichter, dachte er, und wenn er im Gefängnis säße, hätte sie eh alle Zeit der Welt, sich mit anderen Typen zu vergnügen. Sicherlich wäre auch Siegfried Unter gern bereit, sie zu trösten …

Er war auf alles gefasst, als sie ihn in den Sessel drückte und dann die Hände von seinen Augen nahm. Aber nicht auf das:

Vor ihm auf dem Wohnzimmertisch war eine Pyramide aus Geldscheinen aufgebaut. Hunderter, Zweihunderter und Fünfhunderter, sorgfältig zu Bündeln geschichtet, mit Banderolen der Sparkasse, wie Bausteine aufeinandergelegt, akkurat und erstaunlich schön. An den Seiten wie zwei wehrhafte Türme neben der Papierburg je eine Magnumflasche Champagner.

»Ja, da staunst du, was? Das hättest du mir nicht zugetraut«, sagte sie.

Er suchte mit den Augen schnell den Raum ab. War ein fremder Mann hier? Wollten sie ihn auch noch verspotten?

»Was … Was ist das?«, fragte er.

Sie lachte. »Der Banker fragt mich, was das ist? Das ist Geld, mein Lieber. Deine Rettung.«

Justus rang nach Worten. Er fragte sich, ob die Aufputschmittel und Magentabletten gleichzeitig irgendeinen Cocktail ergaben, den er absolut nicht vertrug.

Seine durchtrainierte Frau stellte sich jetzt neben den Tisch und setzte den rechten Fuß darauf. Wie ein Großwildjäger, der ein Nashorn erledigt hat, stand sie da. Nur, dass vor ihr kein totes Tier lag, sondern ein Haufen Geldbündel. Und sie stützte sich nicht auf ein Jagdgewehr, sondern auf eine Magnumflasche Champagner.

»Ich habe deine Gespräche mit angehört«, sagte sie. Dann benutzte sie ihren Zeigefinger wie eine gestrenge Lehrerin in den fünfziger Jahren. »Warum hast du mir nicht die Wahrheit gesagt?

Ich bin deine Frau. Du kannst dich mir doch anvertrauen! Ich hätte dir geholfen. Glaub mir. Na ja, du siehst es ja. Das ist der Beweis. Lass uns schwören, dass wir nie wieder Geheimnisse voreinander haben werden. Nie wieder!«

»Du hast zugehört, als ich mit Heiner Müllersson geredet habe?«

Sie nickte. »Ja, ich glaube, du dachtest, ich sei beim Sport. Ich hatte mich aber hingelegt, war eingenickt, und als ich wach wurde, hörte ich euch im Wohnzimmer sprechen. Da habe ich alles begriffen.«

»Was hast du begriffen? Du hast nichts begriffen!«

Sie war irritiert. Warum fiel er nicht vor ihr auf die Knie, wie sie es sich vorgestellt hatte? Warum küsste er ihr nicht die Füße? Warum war er nicht glücklich? Warum erkannte er nicht, dass sie sein Schutzengel war und ihn gerettet hatte? Warum sah er sie so böse, ja fast hasserfüllt und gleichzeitig doch ungläubig an?

Das Feuertattoo an ihrem Oberkörper, das bis zu ihrem Halsansatz reichte und weswegen es so viel Ärger gegeben hatte, weil die Frau eines Vermögensberaters nicht voller Tattoos sein durfte, schien jetzt wirklich heiß zu werden. Es glühte auf ihrer Haut, drohte, sie zu verbrennen. Am liebsten hätte sie kalt geduscht, um die Flammen zu löschen.

Sie kannte diese Reaktion nur zu gut. Das Tattoo signalisierte ihr, wann eine Situation wirklich brenzlig wurde.

»Wie bist du an das Geld gekommen?«, fragte er.

»In guten wie in schlechten Tagen, haben wir uns geschworen. Und du hast mir nicht mal mitgeteilt, dass die schlechten Tage gekommen waren. Zumindest nicht verbal. Aber ich habe es dir natürlich angesehen. Dein Gesicht, dein Körper haben eine eindeutige Sprache gesprochen. Du hast mich nicht mehr begehrt. Ich lief hier rum als ein nicht mehr gefragtes Angebot.«

»Ich hab dich gefragt, wie du an das Geld gekommen bist! Ist das echt?«

Er griff sich einen Stapel und ließ die Scheine durch seine Finger gleiten wie Spielkarten. »Wie viel ist das?«

»Schätz mal.«

»Wie viel ist das, hab ich dich gefragt! Bitte jetzt keine Ratespiele, Neele.«

»Ich hab's noch nicht nachgezählt, aber ich vermute mal, es sind ziemlich genau zehn Millionen. Reicht das?«

Noch einmal fragte er sie, und er sah so blass aus, als ob er jeden Moment ohnmächtig werden könnte. Sie hatte gehofft, Champagner mit ihm zu trinken und dass sie ihr Eheversprechen erneuern würden, sich ewige Liebe schwören und dass es dann endlich wieder zwischen ihnen so schön werden würde, wie es einst gewesen war, als er noch der junge Held und sie seine vielbegehrte Prinzessin war.

Sie begann zu erzählen. Sie zäumte die Sache von hinten auf. Das war lustiger, fand sie. Zunächst die Sache mit den Weihnachtsmännern und wie sie bei Facebook den Flashmob organisiert hatte. Dann erzählte sie von den Erpresserbriefen.

Er schüttelte immer wieder den Kopf und walkte sich das Gesicht durch.

Wie sie den Briefen besonderen Nachdruck verliehen hatte, indem sie biologische Kampfstoffe als Beigabe hinzupackte. Wie sie daran gekommen war, verschwieg sie zunächst. Sie hatte Angst, er würde zu viel bekommen.

Sie holte ihm auf seine Bitte hin ein Glas Wasser. Das mit dem Champagner konnte sie für heute wohl erst mal vergessen.

Okay, er hatte sich zwei Stücke Buttercremetorte reingedrückt, und der viel zu starke Ostfriesentee, den die beiden mit dicken Kandisstücken und Sahne tranken, stand ihm bis zur Unterlippe. Rupert trank Schwarztee so, wie er hieß: schwarz.

In seinen Gedärmen begann die Torte zu quellen und schwerer zu werden. Er bekam Durst auf Whisky, und am liebsten hätte er eine Currywurst dazu gegessen, extra scharf, um den süßen Geschmack loszuwerden.

Aber stattdessen hatten seine Frau und seine Schwiegermutter sich vorgenommen, ihn ins Gebet zu nehmen. Sie saßen strategisch so günstig, dass er nicht rauskonnte, ohne eine von ihnen vom Stuhl zu schubsen.

Beates Computer streikte, wie sie wortreich erzählte, und um mit ihren Freundinnen in Kontakt zu bleiben, weil ja ein Klassentreffen geplant war, hatte sie seinen Computer benutzt und dabei zufällig seine Post gelesen. Sie konnte die Mail, die er von Professor Baum beziehungsweise dessen Multiplikatorin Maria Rennefahrt-Neumann bekommen hatte, praktisch auswendig.

Gemäß seiner sportlichen Leistungsfähigkeit müsste Rupert eigentlich zwölfeinhalb Jahre älter sein, als er in Wirklichkeit war. Beate machte sich als treusorgende Ehefrau natürlich Gedanken und hatte noch die Schwiegermutter zur Verstärkung geholt, um Rupert von den Freuden zu überzeugen, die eine neue Fitness in sein Leben bringen konnte.

Während seine Frau noch redete, zauberte seine Schwiegermutter bereits ein Springseil aus ihrem Täschchen und machte ihm vor, wie man damit am besten hüpfen konnte. Sie sprang auf und ab und ließ dabei das Seil so schnell durch die Luft kreisen, dass es aussah, als würde sie sich in einem Ei auf und ab bewegen. Rupert hatte Mühe, nicht auf ihren mächtigen Busen zu starren, denn wenn es etwas gab, das ihn nicht interessierte, dann der Busen seiner Schwiegermutter.

Beate behauptete nun, das Ganze sei nicht nur gut für die Bein- und Rückenmuskulatur, sondern auch noch für das Herz-Kreislauf-System und würde auch gegen Gleichgewichtsstörungen helfen.

»Ich habe keine Gleichgewichtsstörungen!«, verteidigte Rupert sich, und mit zwei Stücken Buttercremetorte im Bauch wollte er nun wirklich nicht wie ein Känguru herumhüpfen. Aber er hatte Frauen noch nie viel Widerstand entgegensetzen können, wie er selbst fand, und knapp zehn Minuten später hüpfte er über ein Seil, das Edeltraut und Beate kreisen ließen. Und jedes Mal, wenn sie »Hopp!« riefen, sprang er hoch.

Zweimal war er zu spät oder nicht hoch genug, seitdem riss er die Knie fast bis ans Kinn. Sein Ileosakralgelenk meldete sich. Es war ein Gefühl, als hätte ihm jemand in den Rücken geschossen, aber Rupert machte tapfer weiter. Er wollte das hier nicht auf sich sitzenlassen.

Dann knackte es richtig im Rücken. Der Schmerz wurde übermächtig. Rupert konnte das rechte Bein nicht mehr wirklich ausstrecken, auf dem linken aber nicht alleine stehen. Das Seil fiel auf den Boden, und Rupert lag daneben.

Er kam nicht mehr alleine hoch. Die beiden Frauen schleppten ihn gemeinsam zum Sofa und halfen ihm, die Füße hochzulegen.

»Siehst du«, sagte Beate, »wie dringend du das nötig hast?«

Dann tupfte sie die Schweißperlen von seiner Stirn, die mehr vom Schmerz hervorgetrieben wurden als von der Anstrengung.

»Kann ich etwas für dich tun?«, fragte sie.

Rupert nickte, obwohl selbst das weh tat, und bat mit schmerzverzerrtem Gesicht um einen doppelten Whisky.

Die Schwiegermutter schob Beate zur Seite und flüsterte ihrer Tochter zu: »Mach ihm besser einen Kamillentee und dann einen Eisbeutel für den Rücken.«

»Ich will keinen Kamillentee«, jammerte Rupert, »ich will einen Whisky.«

»Ja«, lachte Edeltraut, »und ich wäre gerne eine Prinzessin und würde dabei zusehen, wie sich die Prinzen beim Turnier um mich schlagen. Aber daraus wird leider auch nichts, genauso wenig wie aus deinem Whisky.«

Beate verschwand in die Küche, um Tee zu kochen.

So weit kommt das noch, dachte Rupert, dass ich mir von denen verbieten lasse, nach Feierabend einen Schluck zu trinken.

Er wollte sich vom Sofa wuchten und zu seinem Whiskyvorrat wanken, aber er schaffte es nicht mal bis in eine aufrechte Sitzhaltung. Der Schmerz fällte ihn wie eine Motorsäge einen Baum.

»Ruf einen Krankenwagen«, bat Rupert. »Ich glaube, ich habe einen Herzinfarkt.«

»Nein, hast du nicht«, sagte seine Schwiegermutter. »Ich habe zwei Männer durch Herzinfarkt verloren. Sie hatten beide im Gegensatz zu dir eine harte, aufreibende Arbeit.«

»Soll ich mich als euren Gefangenen betrachten, oder was?«, fragte Rupert.

Seine Schwiegermutter lachte. »Sieh es doch mal so: Jetzt, da du praktisch die Polizeiinspektion leitest, hast du deinen eigenen Fitnesscoach.«

»Ja, toll«, spottete Rupert, »und der verschreibt mir Buttercremetorte!«

Neele Schaard verstand die Reaktion von Justus nicht. War er so überwältigt, dass er sich gar nicht richtig freuen konnte? Er sah aus, als könnte er jeden Moment anfangen zu weinen oder einen Nervenzusammenbruch kriegen. Er schüttelte immer wieder den Kopf, als könne er es nicht fassen.

Sie wollte so gern, dass alles endlich wieder gut werden würde. Jetzt hatten sie es doch geschafft.

In Zukunft würde sie ihr Feuertattoo offen tragen können, weil sie nicht mehr von der Gunst spießiger Anleger abhängig wären. Ab jetzt konnte Justus sich mit seiner Frau in der Öffentlichkeit zeigen, ohne dass sie hochgeschlossene Kleider trug, die am Hals kratzten und ihre Flammen verbergen sollten. Ab jetzt war sie nicht mehr zu prollig für einen Vermögensberater. Ab jetzt wollte sie seine Königin sein. Die respektierte Frau an seiner Seite.

Wahrscheinlich, dachte sie, befindet er sich in einem so tiefen Tal, dass nicht mal diese Präsentation von Reichtum ihm heraushilft.

Sie kam sich vor, als würde sie ein Seil zu ihm herunterwerfen, in eine dunkle Welt, an dem er sich hochziehen konnte, als sie die Banderolen der Sparkasse abriss und mehrere Bündel Hunderter in die Luft warf.

Die Scheine regneten auf Justus herab. Er griff nicht danach. Er ließ es einfach geschehen. Er saß auf dem Boden vor dem Tisch, als hätten sie plötzlich keine Möbel mehr oder als wüsste er nicht, wozu man normalerweise einen Sessel benutzt.

Dann sagte er einen Satz, der eigentlich nur ein Witz sein konnte, sich aber überhaupt nicht so anhörte: »Ich kann mit dem Geld nichts anfangen, Neele.«

»Du kannst alle Schulden damit bezahlen, Justus. Du wirst wieder der Gewinner werden, der du mal warst. Niemand weiß, dass du dich verzockt hast. Mein Gott, jeder kann sich doch mal irren! Nun hör auf, es dir vorzuwerfen. Wie viel Geld hast du für deine Leute herbeigescheffelt … Jetzt war mal eine kurze Durststrecke. Na und? Nimm das hier, zahl alle aus. Wir können hier wohnen bleiben und unser ganz normales Leben weiterführen …«

»Einen Scheiß können wir, Neele. Mit dem Geld können wir nichts anfangen. Es ist nichts wert, verstehst du?«

Sie schüttelte den Kopf. »Das ist kein Falschgeld, das ist richtiges Geld. Du kannst in jeder Bank damit bezahlen. Sieh doch, das ist von der Sparkasse.«

Er sprach jetzt ganz langsam, vorsichtig, wie zu einem Kind, dem er einen schwierigen Sachverhalt erklären musste, für den das Kind eigentlich zu jung war. »Es ist nichts wert, Neele«, wiederholte er. »Ich brauche virtuelles Geld.«

»Wie, virtuelles Geld?«

Er streckte seine Hand aus, um ihr Gesicht zu streicheln. Er erreichte sie aber nicht. Sie wich sogar ein Stück zurück, statt sich ihm zu nähern.

»Ich kann es nicht einzahlen, Neele. Wie soll ich denn erklären, woher ich es habe? Ich kann doch nicht zehn Millionen in bar bei der Bank einzahlen. Jeder wüsste doch gleich, dass …«

»Aber du arbeitest doch selbst bei der Bank! Ich habe doch gehört, dass du fünfzig, hundert Millionen hin und her geschoben hast, die du gar nicht besessen hast. Nun, jetzt besitzt du …«

Langsam drang die Bedeutung der Worte in ihr Gehirn durch. »Du kannst es nicht einzahlen? … Nicht einzahlen …«

»Nein. Jeder würde es für Schwarzgeld halten. Außerdem sind die Scheine mit Sicherheit irgendwo registriert.«

Sie fuchtelte mit den Armen in der Luft herum. »Virtuelles Geld?! Schwarzgeld?! Ich dachte, Geld ist Geld!«

»O nein«, sagte er. »O nein.«

Er nahm einen nagelneuen Hunderter vom Boden und hielt ihn ihr vors Gesicht. »Wenn eine Aktie sinkt oder steigt, dann zahlt niemand wirkliches Geld ein. Es sind Bewegungen auf dem Konto. Bei dem einen verändert sich eine Zahl nach oben, bei dem anderen nach unten. Es sind virtuelle Manipulationen, verstehst du?«

»Das heißt, alles, was ich gemacht habe, nutzt uns einen Scheißdreck?«

»Im Grunde ja. Wir könnten das hier höchstens nehmen, uns falsche Papiere besorgen und damit abhauen.«

Sie schüttelte den Kopf. »Abhauen? Aber wie würden die Leute über uns reden? Willst du als Betrüger in Erinnerung bleiben? Bei unseren Nachbarn, unseren Freunden, und …«

»Wir haben keine Freunde, Neele«, sagte er, und diesmal gab sie ihm recht.

»Na gut«, schimpfte sie, »na gut. Dann gehen wir eben. Dann kann uns dieses verdammte Land am Arsch lecken! Dann hauen wir ab nach Südamerika oder wo immer man uns aufnimmt und nicht ausliefert.«

»Ich habe meine Mutter hier in Emden im Seniorenheim. Ich schaff das nicht. Ich kann hier nicht einfach abhauen. Ich gehöre hierhin.«

Neele begann, gegen den Sessel zu treten. Justus suchte eine Stelle im Raum aus, die möglichst weit von ihr entfernt war. Er kannte ihre Wutanfälle, und er wusste, dass sie immer ein Klappmesser bei sich trug. Jetzt zog sie es und stach damit auf den Sessel ein.

»So eine Scheiße, so eine Scheiße, so eine gottverdammte Scheiße!«, schrie sie immer wieder, trat, stach und prügelte. Dabei machte sie so viel Wind, dass einige Geldscheine hochwirbelten und wie Papierschwalben durchs Wohnzimmer segelten.

Er trank noch ein Glas Wasser und ließ sie einfach gewähren. Er wusste, dass sie sich beruhigen würde. Er kannte sie schon lange.

Sie konnte so zärtlich sein, so liebevoll, so fürsorglich. Sie kümmerte sich um seine Mutter, als ob es ihre eigene wäre. Und dann konnte sie plötzlich ausrasten.

Das Box- und Karatetraining tat ihr gut. Sie baute dort überschüssige Energien ab. Aber gleichzeitig wurde sie auch gefährlicher. Ihr Händedruck war längst härter als seiner.

Jetzt stand sie atemlos vor dem Sessel, der auch von keinem Polsterer mehr gerettet werden konnte, sondern der reif für die Müllkippe war.

Sie ging um den Sessel herum und betrachtete ihn, als hätte sie gerade ein Kunstwerk geschaffen. Dabei trampelte sie achtlos auf den Geldscheinen herum, und dann führte sie einen gezielten Tritt unter dem Tisch aus. Der Tisch überschlug sich, die Geldscheinpyramide stob zur Decke. Die Champagnerflaschen klirrten gegeneinander und landeten auf dem Boden. Eine zerbrach, die zweite blieb heil.

Justus verzog sich noch weiter in die äußerste Ecke des Raumes, zum Buchregal, wo seine Finanzberater-Fachliteratur stand.

Sie ging um den Tisch und um den Sessel herum. Als hätte sie daraus ein Gesamtkunstwerk geschaffen, das sie kurz vor Ausstellungseröffnung noch besichtigen müsste. Sie stemmte die Hände in die Hüften, dabei hielt sie das Schweizer Messer nach wie vor in der rechten Hand, allerdings so, als hätte sie nicht vor, es noch einmal zu benutzen.

»Ich war bereit, es wahr zu machen, weißt du, Justus. Ich hatte mir die Möglichkeiten geschaffen, das Trinkwasser zu vergiften und viele Menschen umzubringen. Ich bin nicht davon ausgegangen, dass sie so schnell zahlen. Ich dachte nicht, dass sie sich so leicht in die Knie zwingen lassen. Ich dachte, ich müsste es vorher tun, und ich war bereit, es zu tun. Kannst du dir das vorstellen? Ich war wirklich bereit, das Trinkwasser in Norden und Norddeich zu vergiften, um ihnen zu zeigen, dass sie zahlen müssen. Und jetzt erzählst du mir, wir können dieses ganze Geld überhaupt nicht gebrauchen?«

Er fragte sich, ob er ihr seine Gedanken wirklich mitteilen sollte. Dann tat er es unverblümt: »Damit hättest du mir wahrscheinlich mehr geholfen, meine Liebe.«

»Wie, mehr geholfen?«

»Umweltkatastrophen und Terroranschläge lösen normalerweise Börsenstürze aus. Und alles, was ich brauche, ist ein richtiger Kursrutsch. Um tausend oder besser noch tausendfünfhundert Punkte. Dann wäre ich mit einem Schlag wieder da.«

»Dann hättest du dein virtuelles Geld«, fragte sie und trat noch einmal in einen kleinen Geldscheinhaufen, »anstelle von diesem scheißrealen Geld, mit dem kein Mensch etwas anfangen kann?«

»Ja«, sagte er, »vermutlich.«

Um das zu verdauen, musste Neele erst einmal eine Runde joggen. Ihr war heiß, als sie das Haus verließ. Aber schon nach kurzer Zeit begann sie zu frieren. Sie fragte sich nicht, ob sie in der Lage wäre, das Trinkwasser in Norddeich zu vergiften. O nein. Ein anderer Gedanke war für sie drängender. Sie konnte ihrem Mann nicht erzählen, dass sie sich auf Matthias Lütjens eingelassen hatte. Dass sie ihn nach allen Regeln der Kunst verführt hatte, um sich Zugang zu allen wichtigen Informationen, Codewörtern und Schlüsseln zu verschaffen.

Sie hatte es doch aus Liebe zu ihrem Mann getan. Doch würde Justus das begreifen? Könnte er verstehen, dass man aus Liebe manchmal ganz merkwürdige Dinge tun musste?

Sie wollte ihn nicht belügen, aber es ging nicht anders. Er war einfach zu schwach für diese Welt.

Ja, zweifellos war er intelligent, konnte eloquent sein und auch sonst ganz schön helle. Aber er hatte eben nicht die Ellbogen, die man in dieser Gesellschaft brauchte, um sich durchzusetzen. Er war nur in der Lage, Dinge zu tun, die keinem anderen schadeten. Damit hatte er sich jetzt an den Rand des Ruins gebracht – und sie hing ebenfalls mit drin.

Sie würde ab sofort ihre Kleinfamilie schützen. Sie träumte immer noch davon, ein Kind zu bekommen. Es lag nicht an ihr, sondern an ihm. Platter hätte der Arzt es nicht ausdrücken können.

Eine Zivilisationskrankheit. Viele Männer hatten nicht mehr genügend Spermien, oder diese waren nicht aktiv genug, um bis zum Ei durchzukommen.

O ja, sie konnten wunderbaren Sex miteinander haben. Zumindest am Anfang ihrer Beziehung war das so gewesen. Bevor es mit ihm bergab ging.

Aber Kinder würden sie keine bekommen. Eins zu adoptieren kam ihr merkwürdig vor. Unwirklich. Sie würde doch immer wissen, dass es nicht wirklich ihr Kind wäre. Sie wollte doch spüren, wie es in ihr heranwuchs. Am liebsten hätte sie natürlich ein Kind von ihm, aber wenn er es akzeptieren würde, dann wäre sie auch bereit, zu einer Samenbank zu gehen.

Sie hatten das diskutiert, und er hatte sich daraufhin verletzt und beleidigt zurückgezogen. Als hätte sie seine Ehre verletzt.

Matthias Lütjens hatte zwei Kinder. Allein dieser Gedanke würde Justus zu sehr belasten. Seine Frau schlief mit einem Mann, der in der Lage war, Kinder zu zeugen.

Nein, das wollte sie ihm nicht antun. Das musste ihr Geheimnis bleiben.

Lütjens würde ganz sicher nicht reden. Er hatte viel zu viel Angst, seine Kinder zu verlieren.

So wird es, dachte Neele, während sie an einer Laterne stehen bleiben musste, weil die Seitenstiche so heftig wurden, überhaupt keine Verbindung zu mir geben, wenn ich es tue. Sie verstand inzwischen einiges von Leitungssystemen und Sicherheitskontrollen und Druckverlust.

Sie beugte sich vor, stützte die Hände auf die Knie und versuchte, ruhig zu atmen.

Justus hatte währenddessen begonnen aufzuräumen. So wollte er niemanden hereinlassen. Was, wenn die Nachbarin klingelte, um sich etwas zu leihen oder, was sie häufiger tat, um ein Stück Kuchen vorbeizubringen? Sie waren hier im Grunde recht beliebt, und man besuchte sich ohne Voranmeldung. Immer nur für ein paar Minuten, für ein kurzes Schwätzchen, höchstens für einen Kaffee oder ein Bier. Man konnte den anderen nicht einfach draußen vor der Tür stehen lassen. Man musste die Nachbarn hereinbitten. Ja, so war das hier, und in ihrem Wohnzimmer lag ein Tisch umgedreht auf dem Teppich, und zehn Millionen Euro waren im ganzen Raum verteilt.

Er holte einen blauen Müllsack. Dann sammelte er zuerst die Päckchen auf und stopfte sie hinein. Schließlich die einzelnen Scheine. Einige klebten vom Champagner zusammen.

Er fand welche im Buchregal und sogar einen Hunderter oben im Lampenschirm. Einen in der Erdnussschale, einen in der Blumenvase und ein paar zwischen den Blättern des Gummibaums.

Meine Frau, dachte er, ist für mich zur Verbrecherin geworden und hat mir zehn Millionen Euro besorgt, während ich dachte, dass sie einen Lover hat. Was bin ich doch für ein Idiot.

Ein warmes Gefühl breitete sich in ihm aus, das die Angst vor Entdeckung vollständig überlagerte. Das Gefühl, geliebt zu werden und nicht mehr allein auf der Welt zu sein.

Er weinte stumm vor Glück.

Carola Heide machte sich Sorgen um ihren Mann. Ubbo wirkte apathisch auf sie. Er interessierte sich nicht einmal mehr fürs Meer, saß nicht in seinem Sessel, um den vorbeiziehenden Schiffen zuzuschauen, sondern lag auf dem Bett und starrte zur Decke.

Nein, er schlief nicht. Er lag mit offenen Augen da und betrachtete die weiße Struktur, als würde er darin ein verborgenes Geheimnis entdecken, das sich ihm aber nicht offenbarte.

Der Nachthimmel über Wangerooge war sternenklar, doch im Radio wurde eine schwere Sturmflut angekündigt. Der Reporter behauptete gar, sie werde heftiger als die Sturmflut von 1962, und an die erinnerten sich alle Küstenbewohner mit Schaudern. Selbst die, die zu dem Zeitpunkt noch gar nicht geboren waren. Bei jener Flutkatastrophe an der Nordseeküste war es damals zu schweren Deichbrüchen gekommen, und dreihundertfünfzehn Todesopfer waren zu beklagen gewesen.

Die Seedeiche hatten fast alle gehalten. Aber an den Unterläufen von Elbe und Weser sowie in Hamburg verwüstete der Orkan Vincinette ganze Straßenzüge, ja Stadtteile.

Die Nachricht schreckte Carola Heide auf. Auch als der Reporter dann relativierend hinzufügte, inzwischen seien aber die Anstrengungen, die Deiche zu befestigen und auszubauen, vorangetrieben worden und deswegen müsse man eine Katastrophe wie damals nicht mehr befürchten, konnte sie das nicht beruhigen.

Wangerooge lag so weit draußen im Meer, und sie sah diese Naturgewalt vor sich. Sie stellte sich vor, die Wellen würden nicht nur die untere und die obere Promenade überschwemmen, sondern unten ins Haus dringen, ja, ein Stockwerk höher nach ihnen greifen.

»Ubbo«, sagte sie, »hast du gehört, was sie im Radio gesagt haben? Meinst du, wir sollten hier weg?«

Sie rechnete gar nicht mit einer Antwort.

Er sah zwar nicht zu ihr hin, aber er hatte sie offensichtlich doch gehört, und er antwortete mit heiserer Stimme, als ob er mit einer schweren Erkältung kämpfen würde: »Es ist jetzt eh zu spät. Sie werden den Fährverkehr einstellen. Bei Sturmflut fahren keine Fähren.«

Als hätte der Radiosprecher nur auf Ubbos Stichwort gewartet, fügte er hinzu, der Busverkehr werde ab sofort eingestellt, die Kinder hätten morgen schulfrei, und die Menschen sollten alles, was nicht niet- und nagelfest sei, ins Haus holen. Sie würden stündlich über die neue Lage informiert werden.

Carola setzte sich zu ihrem Mann aufs Bett und berührte seinen Unterarm. Auch nach so vielen Jahren Ehe brauchte sie manchmal die Berührung, musste spüren, dass er da war. Das gab ihr Sicherheit im Leben.

»Ausgerechnet morgen«, sagte sie, »soll diese schreckliche Sturmflut die Küste treffen. Und wir sind hier. Das ist auch ungewöhnlich. Sonst hast du immer an jedem fünften Dezember an der Verknobelung teilgenommen. Erst im Café ten Cate und später dann im Mittelhaus.«

Nicht einmal das schien ihn zu interessieren, so als sei alles belanglos geworden.

Zweimal hatte sie ihn zu den Verknobelungen begleitet. Sie erinnerte sich gut an sein Kindergesicht, wenn er gewann. Gesetzt wurde immer ein Euro, und wer die höchste Zahl am Tisch mit zwei Würfeln aus dem Becher schüttelte, gewann einen Gutschein, den man gegen Pralinen oder Marzipan einlösen konnte. Einmal war er mit einer kiloschweren Tüte voller Marzipan nach Hause gekommen, strahlend wie ein Olympiasieger.

Sie wusste nicht, was ihm mehr Spaß machte: das Knobeln, das Gewinnen oder die Pralinen und das Marzipan. Ein Teil von ihm war immer Kind geblieben. Darum beneidete sie ihn, und das hatte er mit Ann Kathrin gemeinsam. So, wie sie Kinderbücher sammelte und in Bilderbüchern versinken konnte, so brauchte Ubbo Heide seine Süßigkeiten und das Spiel.

Jetzt lag er da, als sei er ein anderer geworden. Nur noch ein alter Mann. Das kleine Kind, das in ihm lebte, schien ihn beim Streit mit Ann Kathrin verlassen zu haben.

Sie überlegte, ihre Tochter anzurufen, wusste aber nicht, was sie ihr sagen sollte. Sie hatte einfach nur das Bedürfnis, mit ihr zu sprechen oder wenigstens ihre Stimme zu hören. Aber Insa war auf irgendeinem Lehrgang und gleichzeitig glücklich verliebt. Schlechte Voraussetzungen für lange Gespräche mit einsamen Eltern …

»Man denkt sein ganzes Leben lang«, sagte Ubbo plötzlich mehr gegen die Decke als zu seiner Frau, »dass man auf der richtigen Seite steht. Für das Gute kämpft und gegen das Böse. Und dann stellt man plötzlich fest, dass man gar nicht mehr so genau weiß, was richtig und was falsch ist. Was gut oder böse.«

Sie nahm den Gesprächsfaden sofort auf und hatte nur Angst, ihn gleich wieder zu verlieren. Sie konnte es nicht gut ertragen, ihn so daliegen zu sehen. Es war, als hätte er keinen Kontakt mehr mit ihr, und das war untypisch für ihn.

»Ja, die Dinge relativieren sich«, sagte sie.

»Nein, das tun sie nicht, Carola. Es wird nur alles viel komplizierter. Wir werden verwirrt.«

Er richtete sich vorsichtig auf, und jetzt sah er sie endlich wieder an. »Die Erforscher der Atomkraft«, sagte er, »hatten bestimmt nicht vor, Städte zu verwüsten oder das Meer zu vergiften. Und sie wollten auch nicht zukünftigen Generationen Probleme schaffen, für die es noch keine Lösungen gibt. Als ich in der Schule war, da hat man uns die Atomkraft als eine wunderbare Lösung aller Umweltprobleme dargestellt, als eine saubere, sichere Energie. Heute wissen wir, dass das ein Irrtum war.«

»Das ist eben die Frage, Ubbo. War es ein Irrtum oder einfach nur von Anfang an eine Lüge? Die Leute, die die Atombombe gebaut haben, wussten genau, was sie taten. Das Verbrechen hat Namen und Adresse. Das hast du mir doch immer erzählt. Schon vergessen, du altes Schlachtschiff der ostfriesischen Kriminalpolizei?«

Als sei sein Kopf zu schwer geworden, legte er ihn wieder auf dem Kissen ab und sah zur Decke. »Ich muss das mit Ann Kathrin wieder geradebiegen. Es ist, als hätte ich eine Tochter verloren.«

Carola streichelte über seine rechte Wange und tippte mit ihrem Zeigefinger seine Oberlippe an, als wolle sie ihm mit ihrer Fingerkuppe einen Kuss geben. »Du warst mal ein Held für sie.«

»Ja. Und jetzt bin ich für sie zu einem der ganz normalen Schreibtischtäter geworden. Zu einem Mitwisser und Mitläufer. Und verdammt, das macht mir etwas aus ...«

In den frühen Morgenstunden knickte der Wind hinter Ann Kathrin Klaasens Haus im Distelkamp Nr. 13 einen Baum um und schleuderte die Krone gegen die Terrassentür.

»Horch, was kommt von draußen rein«, scherzte Weller. »Fünfter Dezember. Könnte der Nikolaus sein.«

Er tastete im Bett nach Ann Kathrin, die lag aber schon gar nicht mehr neben ihm. Sie hatte sich bereits um vier Uhr morgens aus dem Bett geschlichen und saß in der Küche über ihren Akten. Der Laptop stand aufgeklappt vor ihr, um sie herum mehrere Stapel Papier. Sie arbeitete immer noch mit Karteikarten, die sie ständig neu sortierte, was Weller auf rührende Art und Weise anachronistisch fand.

Sie war barfuß, trug nur ein knubbeliges T-Shirt und einen Slip. Sie liebte es, die nackten Füße auf die warmen Fliesen zu stellen. Diese Fußbodenheizung war einfach der Brüller. Sie schaffte zwar nicht die ganze Wohnung, aber es gab einzelne Stellen, da waren die Fliesen fast heiß, und sie kannte jeden einzelnen Platz, auf dem man sich wärmen konnte.

Weller gähnte. »Na, dann mach' ich mal Frühstück«, sagte er, gleichzeitig erschien es ihm ein bisschen hoffnungslos, in der Küche den Tisch zu decken. Sie hatte ihn fast vollständig belegt.

Er fragte sich, ob sie den Lärm überhaupt nicht gehört hatte oder ob es ihr egal war, dass gerade ein Baum abgebrochen und gegen die Tür geknallt war.

Die Baumkrone wurde jetzt vom Wind am Haus entlanggetrieben, und die Äste machten an den Mauern Schleif- und Kratzgeräusche, als würden sie versuchen, sich daran festzukrallen.

»Es ist ein Baum in unseren Garten geflogen, Ann.«

»Ja. Es ist ein bisschen windig.«

»Es wäre übertrieben, das jetzt eine Untertreibung zu nennen«, sagte Weller.

Übergangslos erklärte Ann Kathrin, ohne den Blick vom Computer zu nehmen: »Dieser Thumm hat keinen Selbstmord begangen.«

»Woher weißt du das?«

»Es steht alles in den Akten.«

»So?«

»Ja. Er hat eine E-Mail von Eske Tammena bekommen, in der steht, dass sie mit ihm Schluss macht – einen Tag nach ihrem Tod. Was folgerst du daraus?«

Weller räumte ein paar Blätter zur Seite und stellte Honig und Himbeermarmelade auf den Tisch.

»Jemand wollte, dass es aussieht wie Selbstmord?«

»Ja. Und entweder hielt er uns für Idioten und glaubte, dass wir das nicht merken, oder er hat die Nachricht an Thumm geschickt, um ihm Angst zu machen. Und weißt du, wem das ähnlich sieht?«

»Dem Mörder deines Vaters.«

»Ja, genau dem.«

»Er wusste, dass Thumm seine Freundin umgebracht hat, und dann hat er Thumm beseitigt? Aus Rache?«, fragte Weller mit ungläubigem Blick.

Was sie sagte, war reine Spekulation. Aber wie sie es sagte, hörte es sich nach einer bewiesenen Tatsache an: »Vielleicht auch einfach, damit wir mit den Ermittlungen aufhören. Deshalb hat er es auch wie einen Selbstmord aussehen lassen.«

Weller befürchtete, sie könnte die kritische Distanz verlieren, stimmte ihr aber dennoch zu. »Da könnte was dran sein. Können wir dann jetzt frühstücken?«

Die Äste der Baumkrone klopften jetzt hinter Ann Kathrin gegen die Scheibe. Sie sah sich nicht um. Sie war ganz auf ihre Arbeit konzentriert.

»Müssen wir uns«, fragte sie in Wellers Richtung, »jetzt darum kümmern?«

»Nein«, sagte er, »am besten igeln wir uns hier ein und warten, bis der Sturm vorüber ist. Jetzt können wir sowieso nichts machen.«

Weller schaltete das Radio ein, um zu hören, wie lange der Spuk andauern würde. Die erste Meldung ließ ihn grinsen. Die Leute in Leer wurden aufgefordert, die gelben Müllsäcke heute nicht herauszustellen.

Er stellte sich vor, der Sturm würde den Plastikmüll aus Tausenden Säcken über die Stadt verteilen. Ein Regen der besonderen Art!

Ich glaub es nicht, dachte Weller. Ein Orkan wütet über Ostfriesland, und ich sitze neben meiner Frau, und wir fahren noch vor dem Frühstück nach Wilhelmshaven.

Ann Kathrin lenkte den weißen C4 Picasso voll konzentriert. Der Sturm kam von Nordwest und trommelte den Regen geschossartig gegen die Scheiben. Um überhaupt etwas sehen zu können, bewegte Ann Kathrin ihren Kopf mit den Scheibenwischern. Obwohl die Lüftung heftig blies, beschlugen die Scheiben von innen. Die Sichtverhältnisse betrugen knapp fünf Meter, schätzte Weller, und obwohl er befürchtete, ihren Zorn heraufzubeschwören, meldete er Bedenken an.

»Ist das jetzt nicht blanker Aktionismus, Ann?« Er zeigte auf die Windschutzscheibe: »Das hier ist erst der Anfang. Sie sagen, hundertzwanzig bis hundertsechzig Stundenkilometer. Das ist mehr als ein schwerer Sturm. Das ist ein richtiger Orkan!«

Sie antwortete nicht, sondern blieb mit ihrem Kopf in der Pendelbewegung, synchron mit den Wischblättern.

»Manchmal«, sagte Weller so freundlich wie möglich, »ist es klug, abzuwarten, bis sich eine Situation gebessert hat. Man sollte nicht versuchen, den Fluss anzuschieben.«

Da sie immer noch keine Reaktion zeigte, übersetzte er den Satz ins Englische, als ob er dann verständlicher würde: »Don't try to push the river.«

Als würde das alles um sie herum gar nicht stattfinden, deklinierte sie herunter, was sie zu wissen glaubte: »Dr. Wolfgang Steinhausen ist der Mörder meines Vaters. Er hat sich mit dieser neuen Identität in Leer niedergelassen. Thumm hat seine Freundin umgebracht – warum auch immer. Das hat uns auf Steinhausens Fährte gebracht. Er musste also seine Zelte abbrechen und sich eine neue Identität besorgen. Irgendwo neu beginnen.«

»Ja«, sagte Weller, »das wissen wir alles. Bitte fahr vorsichtig!«

Etwas krachte aufs Autodach. Weller wusste nicht, ob es ein gelber Plastikmüllsack war, der trotz Warnung herausgestellt worden war, oder die abgebrochenen Äste eines Baumes. Dann glaubte er, ein Motorradfahrer käme ihnen entgegen. Er krachte vorn gegen den Wagen, aber es war nur eine blaue Mülltonne, die der Wind vor sich hertrieb.

»Ann, bitte!«

»Und was bedeutet das alles?«, fragte sie.

»Dass wir umkehren sollen?«, wand Weller hoffnungsvoll ein.

»Er muss Thumm also kennen. Er hat ihn umgebracht. Das heißt, es gibt eine Verbindung zwischen Thumm und ihm. Wenn wir die zurückverfolgen, dann kriegen wir ihn.«

»Wenn deine Theorie stimmt, dann hat er jetzt zehn Millionen in bar. Und ich wette alles, was ich habe, dass er damit längst zu einem anderen Kontinent unterwegs ist. Wir werden ihn bestimmt nicht in Wilhelmshaven kriegen.«

Plötzlich riss die geschlossene Regenfront auf. Es tröpfelte nur noch vereinzelt. Auf der Störtebekerstraße lagen umgeknickte Bäume und die Hälfte eines Hausdaches. Menschen waren nicht zu sehen.

Ann Kathrin wendete. Aber Weller gab schon vor dem Kreisverkehr die Hoffnung auf, dass sie wieder in den Distelkamp zurückfahren könnten. Sie fuhr jetzt auf die Norddeicher Straße. Sie wollte über Großheide, Aurich, Wittmund und Jever nach Wilhelmshaven zu Thumms Pizza-Laden. Sie wählte die Strecke so weit weg wie möglich von der Küste, weil sie hoffte, dort würde der Orkan schon an Kraft verloren haben.

Radio Ostfriesland meldete, dass die Norder Innenstadt wegen herumfliegender Dachpfannen gesperrt worden sei und die Weihnachtsmärkte abgesagt.

»Ann, die Kollegen in Wilhelmshaven haben den Mordfall untersucht. Wir haben doch alle Akten.«

»Ja, und sie sind gemeinsam mit Rupert zu der Überzeugung gekommen, dass Thumm sich umgebracht hat.«

Ann Kathrin musste heftig gegensteuern, um den Wagen einigermaßen in der Spur zu halten. Dann plötzlich, so wie es aufgehört hatte zu regnen, war da ein Windloch. Völlige Stille auf ein paar Metern.

Der Wagen brach nach links aus. Weller wurde in den Sicherheitsgurt geschleudert, musste sich aber eingestehen, dass Ann Kathrin die Situation gut im Griff hatte. So weit man so etwas überhaupt im Griff haben konnte.

Normalerweise brauchten sie knapp neunzig Minuten bis Wilhelmshaven. Diesmal waren es mehr als drei Stunden.

In Wilhelmshaven sah es relativ ruhig aus, so als hätte der Sturm die Stadt verschont. Es war höchstens noch windig, aber das waren die Ostfriesen schließlich gewöhnt.

Ann Kathrin parkte auf der gegenüberliegenden Straßenseite des Pizza-Express. Als sie ausstiegen, betrachtete Weller kurz die Schäden am Auto. Ann Kathrin interessierte so etwas nicht. Kratzer im Lack hatten für sie keinerlei Bedeutung.

Es standen drei Pizza-Express-Pandas vor der Tür. Eine Frau Mitte zwanzig, die eine Frisur trug, die Ann Kathrin an ihre verstorbene Oma erinnerte, kam mit zwei Boxen aus dem Haus, die sie im Auto verstaute. Neben ihr her lief ein etwa gleichaltriger Mann mit arabischem Aussehen und einer markanten Nase, dicken Augenbrauen und einem großen, schönen Mund. Er trug einen champagnerfarbenen Anzug und sprach so schnell Platt, dass Ann Kathrin nicht verstand, was er sagte, obwohl er sehr laut war.

Weller konnte es für sie leicht übersetzen: »Sie solle sich nicht so anstellen und aus einer Mücke keinen Elefanten machen.«

Ann Kathrin registrierte, dass die beiden an ihrer Kleidung einen kleinen Trauerflor trugen.

»Ihr Chef ist tot«, sagte sie zu Weller, »aber sie arbeiten weiter, und sie betrauern ihn. Wer leitet den Laden denn jetzt?«

Weller zuckte mit den Schultern.

Ann Kathrin und Weller gingen über die Straße auf den Pizzawagen zu. Die junge Frau stieg ein. Ann Kathrin deutete ihr an, sie solle noch nicht losfahren, und zeigte ihre Polizeimarke.

Der Platt sprechende Araber baute sich jetzt breitbeinig vor Ann Kathrin auf und sah sie provozierend an. Er machte mit dem Kiefer Bewegungen, als hätte er Kaugummi im Mund, sie war sich aber sicher, dass es reine Verlegenheit und sein Mund leer war.

»Wolle Pizza kaufe? Oder suche Job?«

»Klasse Rolle, die Sie da spielen«, lobte Ann Kathrin ihn, »aber ich habe genau gehört, dass Sie Platt sprechen. Sie sind hier aufgewachsen, und ich wette, Sie hatten gute Schulnoten.«

Er veränderte seine Haltung.

Die Frau mit der Omafrisur saß im Panda, hielt die Tür aber geöffnet. Ann Kathrin stellte sich so hin, dass sie auch nicht in der Lage gewesen wäre, die Tür zu schließen, ohne Ann Kathrin umzuwerfen.

»Was wissen Sie denn noch über mich?«, fragte der junge Mann jetzt provozierend.

Bereitwillig gab Ann Kathrin Auskunft: »Sie haben eine Weile geboxt, aber jetzt nicht mehr.« Sie deutete auf die leichte Schrägstellung seiner Nase. Außerdem hatte er über den Augenbrauen einen Cut, eine Verletzung, die im Ring nur rasch vom Cutman versorgt worden war. Darauf hätte Ann Kathrin ein Monatsgehalt gewettet. Genau so sahen solche Wunden aus.

»Sie haben dann aber aufgehört. Ihre Reichweite ist Ihr größtes Handicap. Ihre Arme sind fünf bis zehn Zentimeter zu kurz für eine Boxkarriere. Das können Sie auch mit Ihrer Schlagkraft nicht ausgleichen. Sie müssen durch einen Hagel von Treffern, bevor Sie Ihre Schlaghand landen können.«

Er pfiff anerkennend durch die schönen Lippen, hielt ihr die Hand hin und sagte: »Khalid Marius Leister. Na, und was sagt Ihnen das noch?«

»Dass Ihrem Vater Westernhagen gehört hat.«

»Irrtum. Meiner Mutter. Aber mein Vater hat darauf bestanden, dass ich Khalid heiße. Trotzdem, du bist als Wahrsagerin ziemlich gut.«

»Mein Name ist Ann Kathrin Klaasen. Ich bin von der Kriminalpolizei. Das ist mein Kollege Weller. Wir untersuchen den Todesfall von Herrn Thumm.«

Khalid nickte und bat sie mit einer Geste herein, aber Ann Kathrin wollte zuerst noch mit der jungen Frau sprechen. Sie zeigte auf das schwarze Bändchen an ihrer Regenjacke.

»Ist das ein Trauerband, weil Ihr Chef tot ist, oder hatten Sie eine persönliche Beziehung zu ihm?«

Die Antwort kam unangemessen giftig, fand Ann Kathrin.

»Wir tragen hier alle so etwas! Jeder, der rausfährt, ist ein Botschafter der ganzen Firma. Das erzählt er den ganzen Tag.« Sie zeigte auf Khalid.

»Leiten Sie das Geschäft, seit Herr Thumm tot ist?«, fragte Ann Kathrin.

Die junge Frau antwortete: »Das hat er auch schon vorher getan! Thumm ist doch praktisch nie da gewesen, außer ...«

»Er konnte sich halt völlig auf mich verlassen«, sagte Khalid stolz. »Jetzt müssen Sie Gretchen aber fahren lassen, sonst wird die Pizza kalt, und es verletzt unsere Ehre, kalte Pizza auszuliefern. Wir sind die Schnellsten, die Besten und die Preiswertesten.«

Gretchen knallte die Tür zu und fuhr los.

Ann Kathrin sah Weller an, und der übernahm die Frage: »Haben Sie sie gerade wirklich Gretchen genannt?«

Khalid nickte. »Ja.«

»Heißt sie wirklich so?«

»Das«, grinste Khalid, »ist jetzt wohl die Gretchenfrage.« Er musste über seinen eigenen Scherz so sehr lachen, dass er beide Hände auf seinen bebenden flachen Bauch legte. »Nein«, sagte er dann ernst, »sie heißt Margarete Brandt. Aber alle nennen sie

Gretchen. Nach Goethes Faust. Was hatte Gretchen mit Faust zu tun? Wissen Sie es, Herr Kommissar?«

Weller mochte es nicht, wenn Zeugen ihm Fragen stellten, aber irgendwie wollte er jetzt nicht vor Khalid doof dastehen und sagte: »Hat Gretchen nicht einen Schlaftrunk für ihre Mutter gemischt, weil sie eine Liebesnacht mit Faust verbringen wollte?«

»Genau«, sagte Khalid, »aber Sie haben das Wichtigste vergessen. Gretchen wurde schwanger, und die Mutter ist daran verstorben. Ist ein ziemlich wüster Krimi, dieser Faust. Aus Verzweiflung, weil sie von Faust verlassen wird, tötet sie später ihr uneheliches Kind. Dafür soll sie öffentlich hingerichtet werden. Das alles hat Goethe sich nicht einfach ausgedacht, sondern es gab wirklich eine Margaretha Brandt, die als Kindsmörderin in Frankfurt hingerichtet wurde. Goethe war damals dabei, und so kam ihm die Idee für den Faust.«

Weller zeigte sich durchaus beeindruckt.

Ann Kathrin fragte: »Studieren Sie Literaturwissenschaften, oder leiten Sie einen Pizzaexpress?«

Khalid grinste. Sie sah ihm an, was er dachte. Er sprach es zwar nicht aus, aber wegen seines arabischen Aussehens wurde er oftmals intellektuell unterschätzt. Viele glaubten, intelligenter zu sein als er, nur weil er eine andere Hautfarbe und eine schiefe Nase hatte. Denen zeigte er es gern.

»Wir sind nicht einfach nur ein Lieferservice. Das hier ist die beste Pizzeria der Stadt.«

»Sie sind ein pfiffiges Kerlchen«, sagte Ann Kathrin. »Sie können prollig sprechen und gleichzeitig mit einer Menge Detailwissen verblüffen.«

Khalid winkte ab. »Ich habe eine Freundin, die studiert Literaturwissenschaften. Die kann den ganzen Tag über so was reden, wissen Sie. Sie lispelt so herrlich. Mir geht jedes Mal das Herz auf, wenn ich ihre Stimme höre. Ich mag es, wenn sie über Bücher spricht, Zusammenhänge sieht und erklärt. Die Welt wirkt dann weniger verrückt auf mich, weniger zusammengewürfelt.«

Weller zeigte auf Ann Kathrin, als müsse er für sie werben. »Sie sammelt Kinderbücher.« Dann deutete er mit dem Daumen auf sich. »Ich lese lieber Kriminalromane.«

»Hey, dann wirst du Faust lieben!«, lachte Khalid.

Sie gingen mit Khalid in die Pizzeria und ließen sich von ihm alles zeigen.

Eine Stimme, die gut zu einem Heavy-Metal-Konzert gepasst hätte, donnerte: »Zwei Pizza Tonno, eine ohne Zwiebeln, eine mit doppelt Zwiebeln. Eine Hawaii, aber mit Paprika, eine Riesen-Funghi, zwei Quattro Formaggi, eine Napoli.«

Ann Kathrin fielen die hübschen Mädels auf, die hier arbeiteten. Vielleicht bewegte Khalid sich deswegen so elegant in seinem feinen Anzug. Sie stellte sich vor, wie Fett darauf aussehen würde oder auch nur ein paar Tropfen flüssiger Käse. Khalid sah nicht aus, als hätte er Lust, eine Pizza zu verpacken oder einen Tisch abzuwischen. Er spielte ganz den Boss. Gefiel es ihm, dass Thumm nicht mehr da war?

»Führen Sie denn die Geschäfte nach Thumms Tod weiter?«, fragte Ann Kathrin.

»Sind Sie vom Gewerbeaufsichtsamt, Gesundheitsamt oder was?«, fragte Khalid mit einer Stimme zurück, als könnten dort ohnehin nur Schwachsinnige arbeiten.

»Nein, aber ich frage mich nach der rechtlichen Situation.«

Khalid drehte sich zu ihr um und klärte sie auf: »Ich habe Geld hier drin. Ich habe von Anfang an an diesen Laden geglaubt. Wir sind Partner, Thumm und ich. Er hatte keine Ahnung von Gastronomie. Glauben Sie, dass wir jetzt alles aufgeben? Dass all diese Leute arbeitslos werden? Hier sind sechs Leute fest angestellt, dazu weitere sechs auf Vierhundertfünfzig-Euro-Basis. Unsere Konkurrenten warten nur darauf, dass wir aufgeben. Aber warum?«

»Gibt es Erben? Ein Testament?«

Khalid schlug sich gegen die Brust. »Hey!« Er sprach jetzt zu Weller und nicht mehr zu Ann Kathrin. »Mike war mein Bruder. Ja! Ich habe ihn geliebt wie meinen Bruder. Es hat mir das Herz gebrochen, dass er sich aufgehängt hat. Warum, frage ich mich. Warum? Alles lief gut. Er hatte Geld, Frauen. Er war anerkannt. Warum tut einer so etwas? Kannst du mir das erklären?«

Weller zuckte mit den Schultern.

Aus der Küche hörten sie eine keifende Frauenstimme: »Zwiebeln! Ich brauch Zwiebeln! Du sollst Zwiebeln schälen, und tu dein Handy weg! Handys sind in der Küche verboten!«

»Können wir irgendwo in Ruhe reden?«, fragte Ann Kathrin.

Khalid zeigte auf einen Tisch für vier Personen. Eine gehäkelte Tischdecke lag darauf. In der Mitte stand eine Flasche Chianti, daneben eine Pfeffermühle und ein paar Zahnstocher. Am gegenüberliegenden Tisch saß ein Mann mit schütterem Haar, den Weller auf mindestens hundertfünfzig, wenn nicht hundertachtzig Kilo schätzte. Die Stuhlbeine unter ihm bogen sich bedenklich. Er hatte einen Stuhl ohne Armlehnen gewählt, davon gab es im Laden ein paar. Weller setzte sich in einen mit Armlehne.

Der Mann meditierte geradezu über seiner Pizza und aß jedes Stückchen mit geschlossenen Augen. Auf Weller wirkte das Ganze wie ein Selbstmordversuch, als wolle sich dieser Mann hier heute ganz in Ruhe totessen. Nach jedem Bissen nahm er einen Schluck Rotwein, schnalzte mit der Zunge und säbelte dann das nächste Stück von seiner Pizza Gigante ab, mit doppelt Käse, in dem Knoblauchwurst und Rindfleischstückchen versunken waren.

Weller hatte Mühe, woandershin zu schauen.

»Da werden sich die Mitarbeiter aber freuen«, sagte Ann Kathrin, »dass ihre Arbeitsplätze erhalten bleiben.«

Khalid nickte. »Ja. Hier arbeiten sie alle gerne. Es herrscht ein gutes Betriebsklima. Wir sind wie eine Familie. Was darf ich Ihnen anbieten? Sie sind natürlich meine Gäste.«

Der Pizzageruch hatte Weller durchaus hungrig gemacht, aber Ann Kathrin sah ihn nur streng an.

»Vielleicht ein Glas Wasser für mich«, sagte sie, »und …«, sie deutete auf Weller.

»Dann nehme ich einen Espresso«, brummte er.

Khalid nickte einer Bedienung zu, die schon bereitstand, um die Wünsche der Gäste zu erfüllen.

Weller sah ihr hinterher und fragte: »Kriegen Sie Ihre Mädchen von der Modelagentur oder vom Arbeitsamt?«

Khalid lehnte sich zurück, breitete die Arme aus und sagte: »Das ist eben unser erfolgreiches Geschäftsmodell. Die Augen essen mit. Ich meine, Pizza machen kann doch wohl jeder. Aber bei uns gibt es auch noch einen schönen Anblick, egal, ob man hier isst oder die Pizza zu sich nach Hause bestellt. Wer will denn von einem pickligen alten Mann eine Pizza an die Tür gebracht kriegen? Da vergeht einem doch gleich der Appetit!« Dann griff er weit über den Tisch, klopfte Weller auf die Schulter und sagte: »Nichts gegen alte Männer!«

Weller sah Ann Kathrin an. »Es reicht«, sagte er.

Das Pfeifen einer Espressomaschine war zu hören.

Ann Kathrin legte jetzt ein Bild von Eske Tammena auf den Tisch und fragte: »Kennen Sie diese Frau?«

Er nahm es in die Hand und sah es sich lange und sorgfältig an.

Die hübsche Bedienung brachte Ann Kathrin das Wasser und Weller den Espresso.

Ann Kathrin wiederholte ihre Frage: »Kennen Sie sie?«

»Ich überlege, Frau Kommissarin, ich will nichts Falsches sagen. Sie würden mir die Frage nicht stellen, wenn es nicht wichtig wäre, stimmt's?«

Ann Kathrin nickte.

»Sehen Sie, hier stellen sich viele Mädchen vor, die gerne bei uns arbeiten würden. Es hat sich herumgesprochen, dass man uns nicht mit Gesetzen zwingen muss, den Mindestlohn zu zahlen. Man kann hier bei uns richtiges Geld verdienen.«

»Was heißt das?«

»Zehn Euro die Stunde. Netto. Plus Trinkgeld. Da kann man leicht auf das Doppelte kommen.« Er deutete auf die Bedienung. »Zumindest, wenn man so einen wunderbaren Augenaufschlag hat.«

Ann Kathrin wollte sich nicht ablenken lassen. »Hat sie mal hier gearbeitet?«

»Nein, ganz sicher nicht. Daran würde ich mich erinnern. Aber vielleicht hat sie sich mal hier vorgestellt oder war mal zu Gast bei uns, hier im Restaurant, oder hat bei uns Pizza bestellt, und ich sage dann, nein, ich kenne sie nicht. Steht die Telefonnummer von unserem Pizzaexpress in ihrem Adressbuch? Nun, wer hat die nicht? Wir sind eben die Besten. Wir ...«

»Sie kennen sie also nicht?«

»Ich kann Ihnen nicht sagen, wie sie heißt, und ich glaube, ich habe sie auch noch nie gesehen.« Sofort fügte er relativierend hinzu: »Obwohl die Frauen in dem Alter ja alle gleich aussehen.«

Er versuchte, Ann Kathrin mit einem Kompliment auf seine Seite zu ziehen: »Das sind ja noch keine reifen Frauen. Blond, hübsche Stupsnase, schmale Hüften, BH-Größe 75 B.« Er machte Gesten, die Übereinstimmung erzeugen sollten, indem er in der Luft herumrührte. »Na, Sie wissen schon, was ich meine.«

»Ich glaube«, sagte Ann Kathrin, »nein, ich bin mir sehr sicher, dass Mike Thumm diese Frau umgebracht hat. Können Sie sich vorstellen, warum er das getan hat?«

Für einen Moment wurde es sehr still. Auch der dicke Mann mit seiner Pizza Gigante ließ die Gabel sinken und sah zu ihnen herüber. Die Kellnerin stand plötzlich wie eingefroren an der Durchreiche zur Küche, und auch Khalids Gesicht wurde hölzern.

Langsam, ganz langsam kam wieder Leben in seine Züge. Es begann bei den Lippen. Er versuchte, kontrolliert zu reagieren.

»Ich weiß, dass er mal im Knast gesessen hat. Aber Menschen können sich ändern, Frau Kommissarin. Er war nicht so einer. Er musste nicht gewalttätig werden, um eine Frau ins Bett zu kriegen. Dem sind sie hinterhergestiegen. Dem können Sie jetzt nicht irgend so was anhängen.«

»Ich habe nicht gesagt, dass er sie vergewaltigt hat. Ich habe gesagt, dass er sie getötet hat.«

»Das glaube ich nicht.«

»Er war Ihr Freund«, sagte Weller. »Hat er mal Gewaltphantasien gehabt?«

»Gewaltphantasien? Was meinen Sie? Was ist das für ein kranker Mist? Mike war der totale Normalo. Langweilig bis zur Spießigkeit. Der stand auf Blümchensex, da können Sie im Grunde jede fragen. Tina, komm mal her!«

Die Bedienung bewegte sich vorsichtig in Richtung des Vierertisches, an dem Ann Kathrin, Weller und Khalid saßen.

»Du hattest doch mal was mit Mike. Was war er für einer?«

Tina wurde puterrot im Gesicht und wusste vor Verlegenheit nicht, wohin.

Ann Kathrin stutzte Khalid zurecht. »Spielen Sie sich hier nicht so auf. Es steht Ihnen nicht zu, so zu reden.«

»Wie? Aber was hab ich denn gemacht? Ich ...«

Mit einem Blick überließ Ann Kathrin Weller das Gespräch, stand auf und bat Tina, ein paar Schritte mit ihr zu gehen. Dann kehrte sie noch einmal zurück zum Tisch, nahm das Foto an sich und zeigte es Tina.

»Haben Sie diese Frau schon einmal gesehen? Hatte Herr Thumm ein Verhältnis mit ihr? War sie so etwas wie Ihre Konkurrentin?«

»Ich hatte keine Konkurrentin. Das war ganz gemein von Khalid gerade. Der spricht gerne so. Dann fühlt er sich irgendwie toll.«

»Sie hatten also keine intime Beziehung zu Herrn Thumm?«

Die Bedienung zeigte auf das schwarze Bändchen an ihrer weißen Bluse. »Ich habe ihn gemocht, wie alle hier. Und einmal, als ich Stress hatte mit meinem Ex, da hat er mich getröstet. Er konnte sehr nett sein, so ein Frauenversteher, wenn Sie wissen, was ich meine. Es ist einmal passiert. Na ja, vielleicht zweimal. Aber wir hatten keine wirkliche Beziehung. Ich war dankbar für diesen Job hier und ...«

»Können Sie sich vorstellen, warum er dieses Mädchen ermordet hat?«

»Ich kann mir überhaupt nicht vorstellen, dass er irgendwen ermordet hat.«

Ann Kathrin hielt ihr das Foto noch einmal hin. »War diese Frau vielleicht mal hier essen? Hatte sie einen Freund dabei? Können Sie sich daran erinnern?«

Tina schüttelte den Kopf. »Ich fürchte, Frau Kommissarin, ich kann Ihnen überhaupt nicht weiterhelfen.«

Khalid antwortete laut auf eine Frage von Weller. Er machte es absichtlich so, dass jeder im Laden ihn hörte: »Ich habe Schuldscheine von Mike, jede Menge. Zu Hause. Ich habe sie nicht mal gezählt. Er war wie mein Bruder. Wenn er was brauchte, habe ich es ihm gegeben. Und er hat mir immer einen Wisch unterschrieben. Ich wollte das gar nicht, aber er hat es von sich aus getan, weil er so eine ehrliche Haut war, verstehen Sie? Er wollte mir alles zurückgeben, irgendwann. Na ja, jetzt nehme ich halt den Laden hier.«

»Ich bin nicht schwerhörig«, sagte Weller. »Ich verstehe Sie sehr gut.«

Der Dicke säbelte wieder an seiner Pizza herum und kaute schneller als vorher. Er aß jetzt mit weniger Genuss. Es war, als wollte er die Sache nur noch hinter sich bringen. Er trank den Rotwein wie Bier. Er goss das Glas dreimal hintereinander schnell voll und zog es leer.

»Hatten Sie oder Herr Thumm Probleme mit Schutzgelderpressern?«

Khalid sah ihn an, als hätte er dieses Wort noch nie gehört, stützte beide Hände auf den Tisch und drückte seinen Rücken fest gegen die Stuhllehne. »Bitte?«

»Nun, hat jemand von Ihnen oder von Herrn Thumm Geld verlangt, damit dieser Laden hier ungestört weiterarbeiten kann und auch keiner Pizza-Service-Fahrerin etwas zustößt?«

»Wenn das jemand versucht hätte, Herr Kommissar, hätten Sie den sehr schnell aus dem Ems-Jade-Kanal ziehen können. Sehe ich aus wie jemand, der sich erpressen lässt? Ich habe ein Einserabitur am Humboldt-Gymnasium gemacht. Ich lasse mich nicht so einfach über den Tisch ziehen.«

»Ich weiß«, sagte Weller, »und geboxt haben Sie ja auch mal.«

Khalid grinste.

Weller kippte seinen Espresso. Er schmeckte erstaunlich gut.

Er fragte sich, ob er Ann Kathrin vielleicht doch erweichen könnte. So ein Stückchen Pizza wäre jetzt ganz prima. Immerhin hatte er noch nicht einmal gefrühstückt.

Aber ihr Gesicht sagte ihm, dass er keine Chance hatte. Er wollte sich jetzt nicht mit ihr anlegen.

Als sie wieder im Auto saßen, schlug sie vor: »Wir können ja auf dem Rückweg bei Gittis Grill halten.«

Er stöhnte. »Ann, wenn wir genauso lange brauchen wie auf der Hinfahrt, sind das noch gut drei Stunden. Ich brauch jetzt was. Ich unterzuckere gleich.«

»Na gut«, sagte sie.

Inga glaubte ihm nicht. Er sah es ihrem Gesicht an. Ihre Mundwinkel zuckten, als wolle sie sich ein Grinsen verkneifen oder eine zynische Bemerkung.

»Du arbeitest in der Tourismusbranche?«

Es klang aus ihrem Mund, als sei das der Witz des Jahres.

Er hatte immer großen Wert auf eine glaubwürdige Vita gelegt. Jede Legende musste zur Person passen. Wenn sie ihm nicht glaubte, wie sollten dann Profis darauf hereinfallen?

Er lächelte sie breit an. »Ja, ich habe zwölf Ferienwohnungen, vier davon in Norddeich.«

»Das machst du nicht wirklich beruflich, Ulrich, das ist eine reine Kapitalanlage, stimmt's?«

Er zeigte sich beeindruckt. Für eine Germanistikstudentin hatte sie erstaunlich viel Menschenkenntnis. Er fühlte sich ihr fast ein bisschen ausgeliefert. Es war wie ein Spiel zwischen ihnen. Er musste ihr nun glaubhaft machen, dass er war, wer er war.

»Willst du sie sehen? Wir können hinfahren. Ich zeig sie dir gerne. Im Moment sind noch welche frei, sonst habe ich sie immer sehr gut belegt. Spätestens ab dem zwanzigsten Dezember geht die Saison wieder los.«

Wie um beweisen zu müssen, dass er Ahnung vom Geschäft hatte, zählte er jetzt an den Fingern auf: »Nach der Feiertagssaison, Weihnachten, Silvester, kommen schon die ersten Karnevalsflüchtlinge. Und die Pärchen, die den Rummel nicht lieben, sondern die Einsamkeit, die am Meer spazieren gehen wollen und …«

Sie lachte. »Ich kann mir das überhaupt nicht vorstellen – du damit beschäftigt, Ferienwohnungen zu vermieten?« Sie schüttelte den Kopf. »Nein, das passt nicht zu dir, Ulrich.« Sie lachte. »Die einen meckern, weil es ihnen zu laut ist, die anderen klauen die Fernbedienung, bringen ihren Hund mit, der alles anfrisst, und damit ärgerst du dich den ganzen Tag herum?«

Er winkte ab. »Nein, das erledigen Dienstleister. Dafür gibt es einen Zimmervermietungsservice. Darum kümmere ich mich gar nicht.«

»Siehst du, dachte ich mir doch. Du kassierst nur. Das Ganze ist eine Kapitalanlage.«

Er nickte geschmeichelt.

Inga saß, nur mit ihrem dunkelblauen Rüschen-BH und dem dazu passenden Slip bekleidet, vor ihm, die Füße gegen die Tischplatte gedrückt, den Stuhl so nach hinten gekippt, dass er nur noch auf zwei Beinen stand. Sie wippte vor und zurück. In ihren Händen hielt sie die Kaffeetasse.

Er kannte ihre Dessous aus der H&M-Werbung. In Hamburg hingen die Plakate noch an den Litfaßsäulen. Die Garnitur war ein Schnäppchen für zwölf Euro neunzig. Sie bewegte sich aber darin, als hätten die Teile ein Vermögen gekostet.

Es gefiel ihr, wie er sie ansah. Sie spielte damit, seine Blicke zu lenken. Sie wollte seine Aufmerksamkeit, und sie tat viel dafür, um sie zu bekommen.

»Was hast du vorher gemacht?«, fragte sie. »Du wirkst wie ein Mann, der sein Schäfchen im Trockenen hat und jetzt noch eine Weile sein Leben genießt.«

Der Gedanke gefiel ihm.

Für die meisten Menschen reichte das, was er vorgab zu sein, völlig aus. Aber verliebte Frauen wollten alles über den Mann wissen, mit dem sie sich einließen. Und die war verliebt, das sah er ihr an. Sie würde alles wissen wollen. Mit dem beruflichen Werdegang fing es nur an. Viel interessanter wären hinterher all seine Frauengeschichten. Wie es beim ersten Mal war, die erste große Liebe, die erste Enttäuschung, die erste Scheidung. Ja, all das würde sie von ihm wissen wollen, und er erwischte sich dabei, dass auch er sich für sie mächtig interessierte. Das alles gehörte doch dazu – den anderen kennenzulernen, mit ihm gemeinsam Erinnerungen auszugraben, auf der Suche nach Schätzen oder auch nach Heilung für alte Verletzungen.

Bald schon würden sie sich von den Absturzstellen ihres Lebens erzählen und gegenseitig die Wunden lecken. Aber genau da fingen seine Probleme an. Er wollte so nah wie möglich bei der Wahrheit bleiben, um sich nicht irgendwann zu widersprechen. Aber die ganze Wahrheit würde er ihr nie erzählen können.

Eine Weile würde es Spaß machen. Es spürte das Prickeln geradezu auf seiner Haut. Die nächsten Tage und Wochen könnten aus gemeinsamen Spaziergängen, Geschichtenerzählen, Besuchen in guten Restaurants, gemeinsamem Kochen bestehen. Zwischendurch würden sie immer wieder ihre Körper ausprobieren und sie genau so kennenlernen und erkunden wie ihre Seelenlandschaften.

Er freute sich darauf. Es war, als würde er dadurch lebendiger, sich mehr spüren.

Er liebte es, ein Leben für sich zu erfinden. Manchmal wusste er nicht mehr genau, was seine wirkliche Identität war und was Legendenbildung. Er konnte zwischen den einzelnen Gestalten, die er selbst war, hin und her springen. Das machte ihn frei.

Andere gingen zum Psychologen, machten Therapien, um etwas zu bewältigen. Er zog es vor, ein neues Leben zu beginnen und seine eigene Geschichte neu zu erfinden.

Am liebsten hätte er die nächsten Wochen nur mit ihr verbracht und sich um sie gekümmert. Ihr schöne Dinge gekauft, nicht diese billigen Fummel von H&M. Obwohl, das musste er gestehen, sie darin aussah wie eine Göttin.

Er würde sich mit ihr garantiert nicht langweilen. Aber er hatte noch etwas zu erledigen. Sein Job war noch nicht getan und ging gerade in die gefährliche Phase über. Das hier wollte er noch durchziehen, und dann war Feierabend. Endgültig. Dann würde er ihnen Serkan Schmidtli ans Messer liefern oder ihn selbst ausknipsen, das hatte er noch nicht entschieden.

Er atmete aus und tastete mit seinen Blicken ihren Körper ab. Sie griff mit der linken Hand an die Stellen, die er ansah, als könnte sie seine Blicke wie ein Prickeln spüren.

»Willst du es mir nicht sagen?«, fragte sie. »Warst du Agent? Gangsterboss?« Sie sah ihm jetzt in die Augen und fuhr mit ihrer Aufzählung fort: »Oder Manager einer großen Bank? Irgend so ein Chefsanierer, der jedes Mal ein paar hundert Leute entlässt und dafür ein paar Millionen kassiert?«

»Schlimmer«, sagte er. »Ich war Bulle …«

Sie lachte ungläubig, stellte die Kaffeetasse ab und klatschte in die Hände.

»Doch, wirklich, Inga. Zielfahnder. Ich habe die großen Gangster um die halbe Welt gejagt.«

»Ich wusste es doch!«, freute sie sich. »Du hast so etwas Abenteuerliches an dir. Leute, die Bürojobs machen oder Ferienwohnungen vermieten, haben eine andere Ausstrahlung.«

»Ach, was für eine Ausstrahlung habe ich denn?«

»Etwas von einem Kuscheltier, das man gerne mit ins Bett nimmt und gleichzeitig etwas von einem reißenden Wolf, vor dem man sich fürchtet und dem man tunlichst nicht im Dunkeln begegnen möchte …« Dann hakte sie kritisch nach: »Aber von deinem Beamtengehalt konntest du dir sicherlich keine zwölf Ferienwohnungen kaufen?«

»Nein. Ich habe aufgehört und eine kleine Abfindung bekommen. Zudem habe ich das Häuschen meiner Oma geerbt. Ich habe es verkauft und dann an der Börse gezockt.«

»Ja, das glaube ich dir auf Anhieb. Du hast gezockt, und du hast gewonnen.«

Er schüttelte vorsichtig den Kopf. »Zunächst nicht. Erst sah es danach aus, als ob ich alles verlieren würde. Aber dann drehte mein Glück. Ich kam auf die Gewinnerstraße. Ich lieh mir sogar Geld und investierte es.«

»Hattest du denn Ahnung von Aktien? Oder war das alles einfach nur ein Glücksspiel?«

»Es ist alles nur ein Glücksspiel. Die Banken sind im Grunde Riesenspielcasinos geworden. Der Unterschied zwischen den Investmentbankern und unsereinem ist nur, wenn die sich verzocken, steht am Ende der Steuerzahler dafür gerade, denn sie sind *too big to fall*. Und wenn unsereiner sich verzockt, hat er einfach nur Pech gehabt und ist erledigt.«

»Du hast dich aber nicht verzockt.«

»Nein, aber ich habe erkannt, wie riskant das Spiel ist. Ich hatte ein kleines Vermögen gemacht und war dann schlau genug, mich aus den Geschäften zurückzuziehen. Ich dachte, das Sicherste, was es gibt, ist Gold. Ich habe also Gold gekauft. Münzen, Krügerrand und australische Kangaroo-Nugget-Münzen. Ich wurde ausgelacht deswegen, denn Gold galt als total unsexy. Gold bringt keine Dividenden. Ich habe mir die Münzen einfach in ein Bankschließfach gelegt und ...«

Sie fuhr für ihn fort: »Dann kam die Eurokrise und der Goldboom. Das hat dir alles sehr genutzt.«

»Ja. Mein Vermögen vervielfachte sich noch mal. Und dann habe ich alles verkauft und in Betongold investiert.«

Sie übersetzte: »In Ferienwohnungen.«

Er nickte. »Ich glaube an die Entwicklung der ostfriesischen Küste. Das ist hier ein Paradies für Familien. Bessere Luft findest du nirgendwo und ...«

Sie stand auf und ging mit wiegenden Hüften zum Fenster. Sie wusste genau, dass er auf ihren Po sah.

»Jetzt klingst du, als wolltest du mir auch eine Ferienwohnung verkaufen.«

»Das nicht«, grinste er, »aber ich lade dich ein, mit mir dort Urlaub zu machen. Oder musst du dringend zur Uni?«

Sie legte den Kopf in den Nacken. Ihre Haare fielen zwischen ihre Schulterblätter. »Wer besucht denn noch Vorlesungen?«, sagte sie gegen das Fenster. »Die Gespräche mit dir bringen mich viel weiter. Du kanntest noch Max von der Grün, Josef Büscher, Richard Limpert. Mein Professor kennt nur ihre Texte.«

Sein Handy summte. Er bat sie um Verzeihung und legte sich mit dem Handy aufs Bett. Er fragte sich, ob sie seine Beretta gesehen hatte. Er musste ihr erklären, warum er diese Waffe ständig bei sich trug. Die Geschichte hatte Eske Tammena auch geschluckt.

»Ja«, sagte er ins Handy, »jederzeit. Ich bin noch in Hamburg. Wir können uns ... Okay. In einer halben Stunde.«

»Ich muss noch mal los«, sagt er zu Inga, und das schien ihr überhaupt nicht zu gefallen. »Geschäfte«, ergänzte er.

Sie glaubte ihm nicht: »Klar. Neue Gäste für deine Ferienwohnung. Oder willst du hier ein Zimmermädchen anwerben?«

Er spürte es genau, und es machte ihm Spaß: Sie war eifersüchtig.

Sie formulierte es auch sofort ganz klar: »Hast du noch was anderes laufen? Ich meine, neben mir? Hat hier eine andere die älteren Rechte?«

Er verband die Antwort mit einem Kompliment: »Ich bin solo, Inga. Und um es ganz klar zu sagen: Ein Mann, der mit dir zusammen ist, braucht keine andere.«

Die Antwort gefiel ihr. Trotzdem guckte sie misstrauisch.

»Und wenn ich zurückkomme«, sagt er, »dann möchte ich gerne noch ein paar von deinen Gedichten hören. Die gefallen mir nämlich besser als die von den Arbeiterschriftstellern.«

»Schmeichler«, lachte sie und warf ein Kissen in seine Richtung.

Als Weller und Ann Kathrin die Windmühlen von Norden, der ältesten ostfriesischen Stadt, vor sich sahen, war der Himmel blau, als hätte es nie einen Orkan gegeben. Am Fahrverhalten des Autos und an den sich biegenden Baumspitzen erkannten sie allerdings, dass es noch heftig von Nordwest stürmte.

Sie fuhren bewusst nicht am Markt vorbei, denn sie wollten vermeiden, von den Kollegen gesehen zu werden. Als sie vom Haferkamp in den Distelkamp einbogen, sahen sie etliche Dachpfannen vor dem Haus auf der Straße liegen.

»Ach du Scheiße!«, entfuhr es Weller.

Die Auffahrt zur Garage war mit roten Scherben übersät. Sie parkten den Wagen lieber davor, um nicht auch noch die Reifen zu zerfetzen. An der Nordseite hatte der Wind gut zwei Quadratmeter abgedeckt.

Noch während Weller die Nummer von Peter Grendel wählte, segelte eine weitere Dachpfanne zunächst hoch in die Luft. Sie wirkte schwerelos, aber dann sauste sie geradlinig nach unten und zersprang auf der Straße in viele Teile.

»Wir sollten den Wagen doch reinfahren«, sagte Ann Kathrin, »bevor noch ein paar Dachpfannen drauffliegen.«

Sie begann, die Einfahrt mit dem Besen frei zur räumen, was Weller überhaupt nicht passte: »Geh lieber ins Haus, du kriegst noch was auf den Kopf.« Sie ignorierte seinen Einwand völlig.

Weller wollte mit Peter Grendel telefonieren, hatte aber zunächst dessen Tochter Milena am Apparat.

»Milena, hier ist Frank Weller. Kann ich mal deinen Papa sprechen?«

»Der ist unterwegs wegen den vielen Sturmschäden.«

»Mist. Bei uns fliegen auch die Dachpfannen weg.«

»Dann musst du meinen Papa schnell anrufen.«

»Ja, das versuche ich ja gerade.«

»Ich geb dir seine Handynummer. Ich weiß die auswendig.«

»Danke«, sagte Weller, und während er die Nummer eintippte, erwähnte Ann Kathrin beiläufig, dass sie Peters Handynummer bei sich eingespeichert hätte.

Minuten später rauschte Peter Grendel mit seinem gelben Bulli heran. Weller freute sich riesig, die Aufschrift *Eine Kelle für alle Fälle* zu sehen.

Peter stieg aus und umarmte Weller, dass dem die Luft wegblieb. Peter holte gleich eine Leiter vom Auto und fragte: »Ihr habt doch noch Dachpfannen in der Garage, oder?«

»Ja«, rief Ann Kathrin, die inzwischen die Einfahrt frei hatte. »Haben wir!«

»Du willst doch nicht bei dem Sturm aufs Dach?«, wandte Weller ein und grinste, als könnte das ja nur ein Witz sein.

»Nein«, sagte Peter Grendel, »ich dachte eigentlich, wir grillen jetzt im Garten ein paar Würstchen, und dann machen wir ein Fass Bier auf.«

»Peter, hier sind Windgeschwindigkeiten von hundert Kilometern und mehr.«

»Ach, daran liegt das, ich dachte schon, die Dachpfannen fliegen durch die Gegend, weil im Distelkamp plötzlich Schwerelosigkeit herrscht.«

Neben ihnen krachte eine Dachziegel auf den Boden und zersprang.

Peter Grendel stupste Weller an. »Komm, Jung, red nicht, halt lieber die Leiter fest.«

Ann Kathrin verschwand in der Garage und kam mit Reservedachpfannen zurück.

Zunächst wollte Ulrich Großmann ein Taxi bestellen, aber im letzten Moment entschied er sich, doch zu Fuß zu Christos zu gehen. Er brauchte einfach mehr Bewegung, um nicht einzurosten. Immer wieder sagte er sich seinen neuen Vornamen. Er hatte sich sehr daran gewöhnt, mit Dr. Steinhausen angeredet zu werden.

Es nieselte ein wenig, aber das störte ihn nicht weiter. Im Gegenteil, es kam ihm vor, als würde ihn die kalte Feuchtigkeit erfrischen.

Außerdem war es sicherer für ihn, sich einem Objekt zu Fuß zu nähern. So bekam er alles mit.

Vor der Eingangstür stand ein bärtiger Hamburger und manipulierte an seinem Handy herum: »Mitten in dieser Stadt kein Netz, das darf doch nicht wahr sein!«

Großmann nickte ihm zu, als er an ihm vorbeiging.

Genzler war ein misstrauischer Mann. Er ließ sich beschützen, aber er tat es nicht wie dumme Politiker oder publicitygeile Popstars es taten. Um ihre Bedeutung herauszustellen, ließen sie gern ein Heer von Security-Leuten antanzen. Das waren Statussymbole, nichts weiter. *Schaut her, wie wichtig, wie bedeutend, wie gefährdet ich bin. Ich brauche zehn Bodyguards.*

Genzler war anders. Er brauchte wirklich Schutz, und je weniger seine Leute auffielen, umso sicherer war er.

Es roch nach Pfeifentabak. Irgendwo rauchte hier jemand zypriotischen Latakia. Diese Marke gab es nicht mehr häufig. Die modernen Pfeifentabake rochen wie Bonbons oder Sahnetorten. Hier rauchte jemand noch richtigen Tabak. Aber Großmann fand den Pfeifenraucher nicht. Er musste vor kurzem hier entlanggegangen sein und seine Duftspur hinterlassen haben.

Den Typ im abgeschabten Trainingsanzug aus Nylon, der mit seiner Bierdose und den wirren Haaren aussah wie ein Penner, würde niemand für einen Security-Mann halten. Er trug keinen schwarzen Anzug, und man sah auch keinen Knopf in seinem Ohr. Aber Ulrich Großmann alias Dr. Wolfgang Steinhausen ahnte, dass er unter der Ballonbluse eine kugelsichere Weste trug und eine Handfeuerwaffe, vermutlich mit Schalldämpfer.

Das Viereckige da in der Seitentasche hielt jeder für eine Packung Zigaretten. Es war aber garantiert ein Elektroschocker.

Der Mann hatte von hier aus den Seiteneingang und den Haupteingang im Blick. Er konnte denen drinnen ein Zeichen geben, und er war in der Lage, Genzlers Flucht aus dem Lokal in Bruchteilen von Sekunden abzusichern. Er musste nur über die Straße sprinten.

Es roch nach Lamm, Knoblauch und gebratenen Sardinen. Es war angenehm warm, und am runden Tisch in der Ecke prosteten sich drei Männer mit Ouzo zu. Sie hatten rote Gesichter und waren bestens gelaunt.

Christos brachte einen Fischteller an einen Zweiertisch, wo ein

Pärchen, das verliebter aussah als Schauspieler es hinkriegen könnten, die Fischplatte mit übertriebenen, geradezu orgastischen Jauchzern begrüßte.

Genzler saß in der Nähe der zweiten Tür, da, wo es im Sommer zur Terrasse rausging.

Da will sich jemand den Fluchtweg freihalten, dachte Großmann und sah sich nach Genzlers Leuten um. Die, die sich am runden Tisch zuprosteten, konnten es nicht sein. Genzler würde nicht zulassen, dass einer seiner Mitarbeiter Alkohol trank. Sie mussten nüchtern sein und hellwach.

Aber der da an der Theke, mit dem Rücken zu Genzler, der sich scheinbar überhaupt nicht für ihn interessierte und ein Weizenbierglas in der Hand drehte, der hatte im Spiegel einen Blick auf den Rest des Lokals und auf alles, was hinter ihm geschah. Er selbst spielte den unauffälligen Säufer. An der Farbe seines Weizenbiers erkannte Großmann, dass es alkoholfrei war.

Der Mann trug eine dicke, braune Lederjacke mit weißem Innenfell, für draußen ideal, aber für hier drin jetzt eigentlich viel zu warm. Vermutlich konnte er die Jacke nicht ausziehen, weil sonst sein Schulterhalfter für Verstörung unter den Gästen gesorgt hätte.

Hinten an einem Vierertisch wollte eine rothaarige Frau um die Vierzig ihren Freundinnen auf ihrem Smartphone ihre neue Homepage zeigen, mit der sie ihre Boutique präsentierte und auf die sie unglaublich stolz war. Sie wunderte sich, denn sie kam nicht ins Netz.

»Seit ich dieses neue Teil habe«, schimpfte sie, »hab' ich nur Schwierigkeiten. Das Ding mag mich nicht!«

Genzler hatte einen Teller mit Lammkoteletts vor sich stehen, daneben ein Teller mit Pimientos de Padron und Tzatziki. Auf den kleinen, grünen Bratpaprika lagen grobe Salzbröckchen.

Er aß mit den Händen und hatte Fett an den Fingern. Er war hohlwangig und machte den ausgezehrten Eindruck eines Marathonläufers. Mit dem abgenagten Knochen in der linken Hand deutete er auf den Stuhl vor sich.

»Setzen Sie sich. Ich gebe Ihnen besser nicht die Hand. Ich habe einen Mordshunger und schon angefangen. Lamm muss man heiß essen. Wenn es nur ein bisschen abkühlt, wird das Fleisch gleich tranig und ...«

Großmann bestellte sich ein Glas Weißwein, noch bevor Christos ihm die Speisekarte gebracht hatte. Er langte ungefragt zu den Pimientos und schob sich eine in den Mund. Er hatte eine von den schärferen erwischt. Das gefiel ihm.

»Heute nur zwei Schutzengel? So eine kleine Besetzung?«

Genzler lächelte anerkennend. Dann begannen sie ihr Gespräch in der üblichen Weise. Jeder konnte mithören. Es war zwar ziemlich laut bei Christos, aber es war durchaus denkbar, dass die Leute am Nachbartisch jedes Wort verstanden. Eine Übertragung nach draußen wäre unmöglich gewesen.

Immer, wenn Genzler in der Öffentlichkeit ein brisantes Gespräch führte, schaltete er vorher seinen Handyblocker ein, ein kleines Gerät, das den Handyverkehr im Umkreis von dreißig, vierzig Metern lahmlegte. Selbst das WLAN-Netz wurde gestört.

Christos brachte den Wein und die Speisekarte.

Großmann probierte einen Schluck, nickte Christos zu und ließ sich von ihm einschenken.

»Wie weit sind Sie?«, fragte Genzler, als Christos die beiden wieder alleine gelassen hatte. »Meine Frau wird schon ganz ungeduldig.«

»Ich weiß bereits, in wessen Besitz sich das Bild befindet, und ich habe für meinen Mittelsmann eine Nachricht hinterlassen, dass Sie es gerne kaufen wollen. Ich weiß nur im Moment nicht, wo sich der Galerist aufhält. Er ist sehr reisefreudig und schützt sein Privatleben enorm.« Schulterzuckend fügte Großmann hinzu: »Kann ich auch verstehen.«

»Wir stehen etwas unter Zeitdruck.«

Süffisant fragte Großmann: »Hat sich der Geburtstag Ihrer Großmutter verschoben?«

»Nein, natürlich nicht. Aber meine Frau und ich wollen so früh wie möglich hinfahren, und da hätten wir das Bild natürlich gerne bei uns. Außerdem wissen wir, dass auch andere Leute da hinterher sind. Ist es eine Frage des Preises?«

»Ist es das nicht immer?«

Genzler riss mit den Zähnen ein Stück Fleisch vom Knochen und funkelte Großmann dabei an.

Der interpretierte die Geste so, als würde Genzler genauso gern ein Stück Fleisch aus seinem Oberarm herausreißen und verschlingen. Er tat es nur nicht, weil er damit gegen die Regeln der Zivilisation verstoßen würde.

Großmann antwortete mit Gegenfragen: »Ja, und warum ist Christos nicht Schuhmacher geworden, und warum boxt der Papst nicht? Warum habe ich meine Frau geheiratet und nicht Ihre?«

Der Gedanke ließ Genzler geradezu zusammenzucken. »Ich bin nicht verheiratet«, wehrte er ab.

»Ich auch nicht«, sagte Großmann und wertete das Ganze für sich als Punktsieg, denn zum ersten Mal hatte Genzler etwas Privates über sich preisgegeben.

Genzler, der garantiert nicht Genzler hieß, wusste genau, dass Großmann ihn damit ausgetrickst hatte. Er wusste, wie gefährlich dieser Mann war, und er wollte auf keinen Fall, dass er zu viel über ihn erfuhr. Irgendwann, wenn diese gemeinsamen Geschäfte vorbei waren, vielleicht gar schiefgelaufen waren, konnte es sein, dass Großmann versuchen würde, sich zu rächen oder nachzukarten. Man wusste bei solchen Leuten nie.

Genzler hatte so sehr trainiert, nichts Privates von sich preiszugeben. Nie würde er einen Mittelsmann an dem Ort treffen, an dem er wohnte. Nie die Sachen tragen, die er auch privat anzog. Er erzählte privat sogar andere Witze als beruflich. Er lachte anders, war ein ganz anderer Mensch. Und jetzt das hier.

Okay, es war nicht so schlimm. Großmann wusste jetzt halt, dass er Junggeselle war. Aber trotzdem. Solche Fehler durften nicht passieren.

Christos kam an den Tisch, und Großmann bestellte sich eine Dorade und »eine Portion von diesen wunderbaren Pimientos«.

Genzler führte das Gespräch zum Ausgangspunkt zurück: »Wie gesagt, wir stehen unter großem Zeitdruck. Ein Freund von mir, mit dem Sie mal Geschäfte gemacht haben, hat den Verdacht geäußert, dass Sie vielleicht auch noch für einen zweiten Interessenten arbeiten. Fahren Sie doppelgleisig?«

»Ich gelte als seriöser Geschäftsmann, der sein Wort hält.«

»Habe ich dafür irgendwelche Sicherheiten? Ich höre, Sie haben Ihren Wohnort gewechselt. Hat es Ihnen in Ihrem alten … Ihrer alten Villa nicht mehr gefallen?«

Großmann nahm klar zur Kenntnis, dass Genzler statt *Villa* fast *Penthouse* gesagt hätte. Was für andere Menschen wie ein kleiner Versprecher aussah, hörte sich für Großmann an wie eine Drohung. Wollte Genzler damit andeuten, dass er die neue Identität jederzeit auffliegen lassen konnte?

Großmann konnte die Andeutung einer solchen Drohung nicht einfach im Raum stehen lassen. Es veränderte das Spiel zu seinen Ungunsten.

»Wie geht es Ihrer Schwester? Ich hoffe, gut«, lächelte Großmann. »Leider konnte ich nicht zu ihrer Geburtstagsfeier kommen. Ich habe ihr nur einen Strauß Blumen schicken lassen. Ich hoffe, ich habe damit ihren Geschmack getroffen.«

Für einen Moment war Genzler wie versteinert. Er vergaß sein Essen völlig, und er, der gewöhnt war, auch in extremen Situationen kaltblütig zu handeln, konnte ein nervöses Zucken um die Augenbrauen nicht unter Kontrolle kriegen. Er rieb sich jetzt die Augen, als sei ihm etwas hineingeweht worden.

»Ich bin gegen irgendetwas hier allergisch«, sagte er, und Großmann wusste, dass er ihn tief getroffen hatte.

Betont locker erzählte Großmann: »Auf dem Weg hierher habe ich gesehen, wie zwei Jugendliche eine junge Frau belästigt haben. Ich bin natürlich hin und habe sie zur Rede gestellt. Der eine hat mir gedroht: *Ich weiß, wo dein Haus wohnt, Alter.*«

»Ja«, sagte Genzler, »das Bildungssystem in Deutschland lässt wirklich zu wünschen übrig.« Gleichzeitig fragte er sich, ob Großmann nur geblufft hatte oder ob er tatsächlich wusste, wo seine Privatwohnung war. Er konnte sich das nicht wirklich vorstellen, andererseits, wie hatte er die Adresse seiner Schwester herausbekommen? Woher wusste er überhaupt, dass er eine Schwester hatte?

Genzler fühlte sich wie ausgezogen. Er handelte immer aus der Deckung heraus. Aus der Überlegenheit von einem, der nicht zur Verantwortung zu ziehen war. Den die Anonymität stark machte.

»Wir wollen doch beide, dass Ihre Großmutter bekommt, was sie sich wünscht«, sagte Großmann.

Eine Weile aß Genzler stoisch, ohne vom Teller aufzusehen, so, als hätte er Angst, jemand könne ihm alles wegessen. Großmann registrierte eine wachsende Kauwut bei Genzler.

»Sie müssen sich keine Sorgen machen«, sagte Großmann. »Ich will Sie und Ihre Oma nicht betrügen. Ich bin ein ehrlicher Geschäftsmann. Sie werden das Bild bekommen, sobald ich es habe.«

Er wollte Genzler damit beruhigen, konnte aber dessen Schock darüber, dass jemand über die Existenz seiner Schwester Bescheid wusste, nicht mindern.

Die Dorade war auf den Punkt gebraten und gewürzt, wie Großmann es liebte: nur mit Pfeffer und Salz.

Nach dem Essen verabschiedete Großmann sich sofort. Als er zur Tür ging, hatte er das Gefühl, Genzler würde ihm am liebsten in den Rücken schießen, was der natürlich nicht tat. Stattdessen winkte er Christos herbei und übernahm die Rechnung.

Direkt nachdem der Störsender ausgeschaltet war und alle Handys wieder funktionierten, rief Genzler seine Schwester an.

Ja, sie hatte tatsächlich vor zwei Tagen an ihrem Geburtstag einen großen Blumenstrauß bekommen. Und sie wusste nicht, von wem.

Jetzt, da ihr Bruder danach fragte, freute sie sich. »Der war von dir? Warum schickst du mir fünfzig Rosen?«

Sie war verblüfft und gerührt zugleich.

»Weil ich«, sagte Genzler, »dich liebe.« Und er spürte wie schon lange nicht mehr, dass dies die Wahrheit war.

Nach wie vielen Lügen, dachte er, weiß man nicht mehr, was die Wahrheit ist? Aber das hier stimmte wirklich: Er liebte seine Schwester. Im Grunde war sie alles, was er hatte und was ihm wichtig war auf dieser Welt. Sie und Lukas, ihr kleiner Sohn, für den er so etwas wie eine Vaterfigur war, denn der Papa des Kleinen hatte sich schon kurz nach der Geburt aus dem Staub gemacht.

Genzler stand mächtig unter Druck, das wusste auch Großmann. Genzler musste die abhandengekommenen Biowaffen wiederbeschaffen, bevor eine breite Öffentlichkeit Wind davon bekam. Und Genzler war lange nicht so gut vernetzt wie der Mörder von Ann Kathrin Klaasens Vater.

Genzler stand auf mehreren Gehaltslisten. Er hatte viele Jahre zur Naumann-Gruppe des Innenministeriums gehört. Er musste an Kaiser berichten, und das war nicht gerade eine vergnügungssteuerpflichtige Veranstaltung für ihn.

Zu gern hätte Kaiser ohne all diese Kontakte zur Halbwelt, zu V-Leuten und Gangstern dagestanden. Er wollte für seine weitere politische Karriere gerne den Saubermann geben, aber an ihm haftete immer der Makel, dass er sich mit Typen wie Genzler eingelassen hatte, mit den Großmanns und Steinhausens dieser Welt.

Einerseits brauchte er sie, andererseits hasste er schon den Gedanken, mit ihnen in einem Raum zu sein. Das spürte Genzler, als er das Zimmer betrat.

Das Neonlicht ließ die Gesichter bläulich aussehen, als würde ihre helle Haut durchsichtig.

Kaiser presste die Lippen fest aufeinander, und die Finger seiner rechten Hand krampften sich um ein paar Blatt Papier. Er strahlte Verachtung aus, so als sei es schon eine Beleidigung für ihn, überhaupt in diesem Raum die gleiche Luft wie alle atmen zu müssen.

POR Diekmann neben ihm erschien ihm wie ein Wesen aus einer anderen Wirklichkeit. Kaum denkbar, dass sie eine Verdauung hatte und essen und trinken musste wie alle anderen hier im Gebäude.

Nüssen hatte nichts Engelhaftes mehr an sich. Seine Locken waren verklebt. An seiner Unterlippe breitete sich ein Herpes aus. Er hatte Zahnschmerzen, und sein inzwischen übersäuerter Magen vertrug den starken Kaffee, der auf dem Tisch stand, nicht. In den winzigen Fläschchen Mineralwasser war überall Sprudel. Er hatte vergeblich um stilles Wasser gebeten, aber nicht mal das klappte an Tagen wie diesen. Er unterdrückte ein Rülpsen.

Huberkran hatte die Arme vor der Brust verschränkt und zog die Mundwinkel runter. Auch ihm passte dieses Treffen nicht. Er empfand Genzler als Konkurrenz für sich und seine Firma.

POR Diekmann saß absolut aufrecht. Sie berührte den Tisch nicht und auch nur so wenig wie möglich von ihrem Stuhl. Kaiser dagegen stützte die Ellbogen auf und wedelte sich mit den Papieren Luft zu.

Es waren noch zwei weitere Leute im Raum, die Genzler nicht kannte und die ihm auch nicht vorgestellt wurden. Er tippte auf Abteilungsleiter des Staatsschutzes, die sich hier entweder Sporen verdienen würden oder gerade ihre Karrieren gegen die Wand fuhren, je nachdem, wie das hier ausging. Leute wie Kaiser, das wusste Genzler, verstanden es im Zweifelsfall immer, einen mit ins Spiel zu holen, um notfalls das Bauernopfer zu geben, wenn etwas schieflief.

Genzler beneidete die beiden also nicht, die sich jetzt so wichtig vorkamen, weil sie dabei sein durften.

Kaiser begann: »Vor ziemlich genau zwei Monaten erhielten wir einen Hinweis von einem V-Mann, den ich hier mal Nummer eins nennen will. Wir haben das sehr ernst genommen, denn er hatte uns auch vor einem Angriff auf die Überseekabel in Norden gewarnt. Er hat beste, auch internationale Kontakte. Als für den Westen die Taliban-Krieger in Afghanistan noch Freiheitskämpfer waren und wir sie mit Waffen und Munition unterstützt haben, weil sie gegen die Russen gekämpft haben, hat er einige wichtige Fäden gezogen. Später dann, als sich die Dinge gedreht hatten und die einstigen Freiheitskämpfer zu Terroristen wurden, hat er seine alten Kontakte verraten und so mitgeholfen, manchen Anschlag zu verhindern.«

Genzler wusste wie alle anderen im Raum, dass er von Dr. Wolfgang Steinhausen sprach, der sich jetzt Ulrich Großmann nannte.

»Also«, fuhr Dr. Kaiser fort, »die Nummer eins hat uns darüber informiert, dass ein Biowaffen-Anschlag auf ein westliches Trinkwassersystem geplant ist. Eine uns bisher unbekannte Gruppe, die auch den Anschlag auf die Überseekabel geplant hatte, versuchte, eine größere Menge biologischer Kampfstoffe einzukaufen. Ein Bote mit einem Koffer voller Proben für diese Bande war von Amsterdam aus in einem metallicblauen BMW zu uns unterwegs. Wir hatten sogar das Kennzeichen.«

Er machte eine Geste, als hätte das gar nicht schiefgehen können und fuhr dann fort: »Leider kamen wir zu spät. Der Wagen wurde vor Delmenhorst in einen Unfall verwickelt. Wir fanden ihn ausgebrannt ohne Fahrer und ohne Ladung. Angeblich waren in dem Koffer zehn Proben verschiedener biologischer Kampfstoffe. Vier dieser Proben sind in Norden wieder aufgetaucht. Sie wurden an vier Adressen verschickt mit der Forderung, zehn Millionen Euro zu zahlen, sonst würde das Trinkwasser vergiftet.«

Eins der beiden möglichen Bauernopfer pfiff durch die Lippen und sagte: »Das erklärt, warum es sich um verschiedene Kampfstoffe gehandelt hat.«

Kaiser passte es zwar nicht, dass ihm jemand ins Wort gefallen war, aber er nickte trotzdem. »Der oder die Täter«, sagte er, »haben also nichts umgefüllt oder verdünnt. Da liegt die Vermutung nahe, dass es sich nicht um Fachleute handelt, sondern um Trittbrettfahrer, die zufällig in den Besitz der Kampfstoffe gelangt sind. Oder dieser Fahrer macht sein eigenes Ding und will sich selbständig machen. Jedenfalls gibt es noch sechs dieser Proben, und sie können uns auf viele denkbare Arten gefährlich werden. Der Besitzer könnte versuchen, sie an Terroristen zu verkaufen, oder auch, was fast noch schlimmer wäre, sie irgendwo einfach entsorgen. Wer immer es ist, er wird von uns gejagt, von der Organisation, die diese Mittel illegal herstellt und natürlich auch von denen, die sie kaufen wollten. Es wäre gut, wenn wir schneller wären als die anderen.«

»Und was hat Nummer eins damit zu tun?«, fragte Huberkran.

»Er muss unter allen Umständen geschützt werden. Über ihn können wir an das Herstellungslabor kommen und vielleicht sogar an die Proben, die sich vermutlich noch im Inland befinden.«

Genzler hob die Hand wie ein Schuljunge: »Ich habe ihn getroffen. Auf ihn ist meiner Einschätzung nach Verlass. Er sichert sich momentan natürlich nach allen Seiten hin ab, aber ... er hat versprochen, mir diesen verlorenen Koffer samt Inhalt wiederzubeschaffen. In den nächsten Tagen.«

POR Diekmann atmete aus, als hätte sie bisher die ganze Zeit die Luft angehalten. Dann zeterte sie: »Das alles ist sehr ungenau! Sie glauben! Er hat versprochen! In den nächsten Tagen! Geht es nicht ein bisschen genauer?«

Huberkran öffnete jetzt seine Arme und zeigte auf Kaiser. »Wer sagt uns überhaupt, dass Ihre Nummer eins nicht ein ganz übles Spiel mit uns treibt?«

Dr. Kaiser wertete die Art, wie Huberkran *Ihre Nummer eins* aussprach als Angriff und nahm eine Verteidigungsposition ein.

»Vielleicht hat er ja diesen Fahrer ausgeknipst«, mutmaßte Huberkran, »dann die zehn Millionen kassiert, und jetzt holt er sich noch rasch die Prämie für die restlichen Proben und dann den Riesenbatzen dafür, dass er uns das illegale Labor verrät. Falls es überhaupt illegal ist. Es wird wohl eher nur geheim sein, und offiziell forscht man da nach Krebsmedikamenten. Nach meiner Erfahrung sind nur sehr wenige Labore in der Lage, solche ...«, er fuchtelte mit der Hand durch die Luft. »Das sind doch normalerweise staatliche Institutionen, oder sie kommen aus dem militärisch-industriellen Komplex ...«

Kaiser schnitt ihm das Wort ab: »Für Nummer eins lege ich meine Hand ins Feuer. Und was den Rest Ihrer unqualifizierten Aussagen betrifft: Die wichtigsten Forschungszentren oder Labore sind keineswegs staatlich. Bei uns in der freien Welt sind medizinische Forschung und Entwicklung neuer Medikamente Aufgabe der Pharmaindustrie. Also praktisch immer privat.«

»Wir reden hier nicht über ein Mittel gegen Migräne, sondern über verbotene biologische und chemische Kampfstoffe!«, schimpfte Huberkran.

Nüssen räusperte sich. »Ich werde das Gefühl nicht los, dass selbst hier in dieser Runde nicht jeder die ganze Wahrheit sagt. Also, ich finde wirklich, jetzt sollten alle Fakten auf den Tisch.«

»Okay«, sagte Genzler, »der Mann, den Sie Nummer eins nennen, und der Fahrer des Wagens, der den Koffer mit den zehn Proben gebracht hat, sind alte Freunde. Daher hatte er überhaupt nur den Tipp. Er wird uns diesen Mann nicht ausliefern, aber Nummer eins wird uns mit all den Informationen versorgen, die wir brauchen. Da bin ich mir ganz sicher.«

»Ach«, zischte POR Diekmann in Richtung Kaiser, »jetzt ist er sich schon sicher!«

Kaiser erhob sich. »Falls der Fahrer überhaupt noch lebt«, sagte er und klang recht pessimistisch. Dann betonte er: »Dieses Gespräch hat niemals stattgefunden.«

Als Genzler im Auto saß, war ihm zum Heulen zumute. Er wusste, dass diese Drecksau Nummer eins sich seine Schwester holen würde, falls etwas nicht in seinem Sinne lief.

Natürlich konnte er für sie und den Kleinen Polizeischutz beantragen. Aber für wie lange? Außerdem war er, der immer wieder von Personenschützern umgeben war, sich bewusst, dass es gegen geplante Attacken im Grunde keinen Schutz gab. Zum Beispiel dieser ganze Aufwand für das Treffen in dem griechischen Lokal Christos in Hamburg – was nutzte es ihm jetzt, da er alleine zurückfahren musste von der Dienstbesprechung in seine leere Wohnung?

Wenn ich jemals aufhöre, dachte er, dann am besten, indem ich vorher all die Informanten umlege, die mir sonst gefährlich werden könnten. Man wusste bei diesen Typen doch nie genau, woran man war und wann einer durchdrehte.

Nachdem Peter Grendel das Dach im Distelkamp repariert hatte, stärkte er sich mit Wellers aufgewärmtem Eintopf, der, wie sie sich gegenseitig versicherten, am nächsten Tag sowieso immer besser schmeckte als am Vortag.

Ann Kathrin saß schon wieder an ihrem Laptop und gab auf der Suche nach Zusammenhängen Namen und Stichwörter ein.

Peters Handy klingelte. Er ahnte es schon: »Der nächste Dachschaden … wetten?«

Genau so war es.

Rupert lümmelte sich in seinem Fernsehsessel und wollte sich heute einen gemütlichen Humphrey-Bogart-Abend machen. Mit *Casablanca* wollte er beginnen, dabei Whisky trinken, draußen den Sturm wüten lassen und hoffen, dass die Deiche hielten.

Aber dann kam alles ganz anders.

Die Nachbarin klingelte, was Rupert nicht störte, denn er konnte sie sowieso nicht leiden. Sie war eine Freundin seiner Frau Beate. Die hatte wegen des Sturms immer noch Besuch von ihrer Mutter, und Rupert stand garantiert nicht aus seinem Sessel auf, um dieser evangelischen Biogärtnerin zu öffnen.

Die Frauen ließen ihn in Ruhe, und das gefiel ihm. Aber dann, als er seinen Film kurz anhielt, um zur Toilette zu gehen, hörte er aus der Küche merkwürdige Geräusche. Da war ein lautes Stöhnen, ja, ein Hecheln, als stünde ein weibliches Wesen kurz vor dem Orgasmus. Und dann Schreie: »Ja! Ja! Du Hengst! Fester!«

Rupert blickte kurz zu seiner Whiskyflasche. Nein, daran konnte es nicht liegen. Er hatte bisher nur zwei Fingerbreit getrunken.

Entweder, dachte er, veranstaltet meine Frau mit ihrer Mutter und unserer Nachbarin in der Küche ein Rudelbumsen für die ganze Siedlung oder, was er fast genauso unwahrscheinlich fand – die guckten gemeinsam einen Pornofilm.

Er schlich zur Küchentür wie ein Einbrecher zum Familienschmuck. Die Tür war nur angelehnt. Jetzt hörte er aus dem Stimmengewirr deutlich seine Frau heraus. Sie stieß Laute aus wie »Boah!« und »O Gott!«.

Dann seine Schwiegermutter: »Typisch! Typisch!«

Rupert öffnete die Tür. Seine Frau, seine Schwiegermutter und seine Nachbarin hockten in der Küche gemeinsam vor seinem Computer. Sie steckten die Köpfe zusammen, so dass ihre Frisuren wie eine Bildschirmperücke über den Rändern des Computers hervorragten.

Langsam erhoben sie ihre Köpfe. Er sah nur die Rückseite des Bildschirms. Die drei fixierten ihn jetzt wie ein Strafgericht, das auch die Todesstrafe verhängen darf und durchaus bereit war, das in diesem Fall zu tun.

Ihm stockte der Atem. Er fühlte sich gleich schuldig, wusste aber nicht, weshalb.

Er ging zum Angriff über: »Spinn ich, oder zieht ihr euch hier Pornos rein?«

Jetzt richteten die drei ihre Oberkörper auf. Seine Frau Beate thronte in der Mitte. Sie suchte noch nach Worten, da legte ihre Mutter bereits los:

»Männer sind einfach Schweine!«

»Wer guckt denn hier Pornos? Ihr oder ich?«, fragte Rupert forsch.

Da zauberte seine Frau einen Zettel hervor und hielt ihm das Papier hin.

Rupert nahm das Blatt und las.

»Mein Mann«, betonte die Nachbarin spitz, »hat auch so eine Abmahnung bekommen.«

»Weil Männer eben doch alle gleich sind«, folgerte Ruperts Schwiegermutter.

Er las und empörte sich: »Ich soll zweihundertfünfzig Euro an diese Anwaltskanzlei überweisen? Aber warum denn?«

Fast genüsslich drehte Beate den Bildschirm in Ruperts Richtung.

»Ja, komm, du geile Dreilochstute!«, forderte jemand.

Rupert sah gar nicht hin.

»Weil du«, erklärte Beate bissig, »diesen Schweinkram hier angeguckt hast!«

»A… aber einen Film zu gucken kostet doch keine zweihundertfünfzig Euro!«

»Du gibst es also zu?«, stellte Beate fest.

»Nein! Ich gebe gar nichts zu!«

Die Nachbarin schlug ihre Handflächen gegeneinander. »Genau wie mein Mann! Der streitet es auch ab. Was seid ihr nur für Kerle! Könnt ihr nicht zu dem stehen, was ihr tut?«

»Entschuldigen Sie, dass ich geboren wurde, Frau Großinquisitorin! Oder sollte ich besser Frau Blockwart sagen?«, konterte Rupert.

Die Nachbarin gab Zischlaute von sich und beschwerte sich dann: »Zweihundertfünfzig Euro für diesen Dreck, aber Geld für einen neuen Rasenmäher ist nicht drin.«

Die größte Summe auf der Rechnung waren die Kosten für den Anwalt und für die Feststellung der IP-Adresse.

Er suchte all sein juristisches Wissen zusammen und trumpfte damit auf: »Erstens, selbst wenn ich auf dieser Seite gewesen wäre, was ich energisch bestreite, und folglich meine IP-Adresse hätte festgestellt werden können, was aber unmöglich war, weil ich nicht auf dieser Seite gewesen bin –, aber selbst wenn das alles zuträfe, dann hätten die Anwälte immer noch nicht meine Adresse. Um die zu bekommen, braucht man nämlich einen richterlichen Beschluss. Weil wir nämlich in unserem Land so etwas wie Datenschutz kennen …«

Rupert pustete. Das war für einen Mann wie ihn vor diesem Frauentribunal eine lange Rede gewesen. Und die ganze Zeit musste er gegen die deutlich nicht lippensynchronen Lustschreie ankämpfen. Die gingen jetzt in ein schneller werdendes Stakkato über.

Edeltraut forderte: »Kann das nicht mal jemand ausstellen?«

Beate tat es.

»Und überhaupt gibt es auch noch ein Postgeheimnis, und der Brief war ja wohl an mich adressiert!«, ereiferte Rupert sich.

Die Nachbarin fuchtelte mit ihrem erhobenen Zeigefinger durch die Luft und verteidigte sich: »Hier war ja keiner zu Hause. Da hat der Postbote alles bei uns abgegeben. Das machen wir immer so in unserer Straße. Hier gibt es nämlich Nachbarschaftshilfe!«

»Nachbarschaftshilfe?«, stöhnte Rupert.

»Ja, Nachbarschaftshilfe!«

»Vielleicht«, tönte seine Schwiegermutter, »sollten die Frauen in dieser Straße mal ein Exempel statuieren und zusammenziehen. Die Männer können in den Häusern wohnen mit dem größten Weinkeller und den größten DVD-Rekordern, und die Frauen in den Häusern mit ...«

Ihr fiel so rasch nichts Treffendes ein, und sie verstummte. Da warf Rupert ein, in der Straße gäbe es keine Keller, also auch keine Weinkeller, weil hier so nah am Meer jeder Keller sich gleich unfreiwillig in ein Schwimmbad verwandeln würde.

Gestisch wischte sie seinen Einwand angewidert weg wie einen Fettfleck auf der Herdplatte.

Rupert zeigte auf den Bildschirm und sagte: »Ich habe mir den Streifen noch nie im Leben angesehen. Aber ihr. Wenn das Abspielen von diesem Filmchen zweihundertfünfzig Euro kostet, dann werden jetzt ja wohl noch mal zweihundertfünfzig Euro fällig. Zahlt ihr das? Teilt ihr euch die Summe, oder bleibt das alles an mir hängen, weil es ja von meiner IP-Adresse kam?«

»A... aber«, stotterte Beate, »das haben wir doch nur gemacht, um zu sehen, was du dir da angeguckt hast ...«

»Na«, grinste Rupert, »dann wird das ja bestimmt viel billiger.«

»Ich würde mich an deiner Stelle scheiden lassen, Beate!«, sagte seine Schwiegermutter zu seiner Frau.

Neele Schaard war ganz durcheinander von dem, was Justus ihr erzählt hatte. *Virtuelles Geld. Schwarzes Geld. Puts und Calls.* Aber sie liebte ihren Mann, und sie wollte alles tun, um ihr kleines Glück zu retten. Die Welt war ihr noch etwas schuldig. Sie würde diesen Börsensturz herbeiführen, wenn das notwendig war, um in dieser Welt aus Lug und Trug zu überleben. Börsenkurse kannten keine Gerechtigkeit. Keine Moral. Es gab keine Gnade und kein Mitleid. Das alles war doch völlige Willkür.

Sie hatte noch sechs Fläschchen, und sie spürte in sich die Bereitschaft, es zu tun. Sie hatte aber das Gefühl, sich rechtfertigen zu müssen.

Sie schrieb einen Brief:

Ihr habt also versucht, mich reinzulegen. Diese Frau, die den Nikoläusen in Leer die Bärte heruntergerissen hat, war eine Polizistin, die mich verhaften wollte. Aber dafür seid ihr nicht clever genug. Ihr habt euch nicht an die Abmachung gehalten. Dass lasse ich mir nicht gefallen. Ich werde euch eine Lektion erteilen …

Sie fuhr mit dem Rad zur Norder Post, um den Brief einzuwerfen. Sie hatte ihn sogar schon frankiert. Aber dann, als sie vor der Post angekommen, die Polizeiinspektion am Markt sah, wie sie so verträumt und friedlich dalag, umringt von einer Weihnachtsbeleuchtung wie alle anderen Häuser auch, da fuhr sie doch noch die paar Meter.

Der Weihnachtsmarkt hatte schon geschlossen. Die leeren Holzhäuschen wirkten auf sie wie die Vorboten dessen, was aus Norden, Norddeich und Greetsiel bald werden würde. Geisterstädte.

An diesem Morgen schaffte Peter Grendel es nur ganz knapp, noch rechtzeitig die Toilette zu erreichen. Wie ihm erging es vielen Menschen an der Küste.

Am Ulrichsgymnasium fiel in der Oberstufe der gesamte Unterricht aus, weil sich sechs Lehrer krankgemeldet hatten. Im AWO-Kindergarten erschienen nur drei Mütter mit ihren Sprösslingen, den anderen ging es zu schlecht.

Die Ubbo-Emmius-Klinik erreichte noch vor acht Uhr ihre Aufnahmekapazität. Selbst auf den Fluren lagen die Patienten in Betten und wurden notdürftig versorgt.

Staatsanwalt Scherer hatte es ebenfalls erwischt, und als in der Polizeiinspektion der Brief gelesen wurde, war die erste Reaktion von Frau Diekmann, eine Warnung an die Bevölkerung herauszugeben, auf keinen Fall Leitungswasser zu trinken. Auch das Abkochen sei keine Garantie für sauberes Wasser.

Wenige Straßen weiter, im Niedersächsischen Landesbetrieb für Wasserversorgung, Küsten und Naturschutz, wurden die Mitarbeiter, von denen zwei ebenfalls mit Durchfall und Erbrechen kämpften, von dieser Meldung überrascht. Gegen alle Regeln wurde hier offensichtlich nichts mehr koordiniert.

Im Wasserwerk hielt man die Meldung zunächst für einen Scherz. Die regelmäßigen Standardtests hatten keinerlei Auffälligkeiten ergeben.

Die Kranken in der Stadt, die Warnung der Bevölkerung – das alles reichte aus. Entweder phantasierten sich die Leute den Rest zusammen, oder es gab eine undichte Stelle. Jedenfalls fegte das Gerücht, es gäbe einen Giftanschlag auf das Trinkwasser, schneller durch Ostfriesland als der Orkan vom Vortag.

Ann Kathrin Klaasen wurde zu POR Diekmann gerufen. Es kam ihr sofort komisch vor. Diekmann klang so betont freundlich, dass in Ann Kathrin die Alarmglocken klingelten. Als sollte sie in Sicherheit gewiegt werden, um den Angriff deckungslos zu erleben.

Ann Kathrin betrachtete sich ganz gegen ihre Gewohnheiten im Spiegel, bevor sie das Büro von POR Diekmann betrat. Sie erschrak und fragte sich, was Weller noch an ihr liebte. Sie sah fertig aus. Wenn das Gesicht der Spiegel ihrer Seele war, dann ging es ihr verdammt schlecht. Aber das Leben war eben kein Schönheitswettbewerb, sagte sie sich und öffnete die Tür.

POR Diekmann war im Gespräch mit zwei Männern, die Ann Kathrin noch nie gesehen hatte. Sie verstummten, als Ann Kathrin eintrat, und taxierten sie mit Blicken. Sie fühlte sich begutachtet wie ein Preisschinken auf dem Weihnachtsmarkt.

Diekmann begann ohne Umschweife. Sie saß, die Männer standen.

»Frau Klaasen, Sie haben sich und unsere Behörde durch Ihre – nun, sagen wir mal – unangemessenen Handlungen der letzten Tage in große Schwierigkeiten gebracht. Diese Krankheitswelle ist letztendlich auf Ihr Fehlverhalten zurückzuführen. Wir haben jetzt das Desaster. Das Geld ist weg, und das Wasser wurde trotzdem vergiftet …«

»Die Sturmflut und der Orkan sind aber ohne mein Zutun gekommen, oder?«, konterte Ann Kathrin zynisch. Sie machte noch einen ernsthaften Versuch, sich zu verteidigen, sah aber sofort die Sinnlosigkeit ein. Das Urteil war hier längst gefällt worden. Jede Verteidigungsrede kam zu spät.

»Die vom Wasserwerk behaupten jedenfalls, das Wasser sei in Ordnung«, sagte Ann Kathrin.

POR Diekmann schob ihr Kinn vor und zischte schmallippig: »Genau deshalb ist die Ubbo-Emmius-Klinik ja auch überfüllt.«

Sie setzte sich anders hin und sah die beiden Männer an, die sich langsam, fast unmerklich, im Raum so bewegten, dass sie zwischen Ann Kathrin und die Tür zu stehen kamen.

Ann Kathrin registrierte das und fragte sich, ob die zwei sich unauffällig verziehen wollten oder ob sie vorhatten, ihr den Weg abzuschneiden. Aber das ergab doch keinen Sinn.

Diekmann fuhr fort: »Ihr Auftritt in Leer hat den Täter wütend gemacht. Was wir im Moment erleben, ist eine Bestrafungsaktion seinerseits. Wir haben den Brief überprüft! Es besteht kein Zweifel an seiner Echtheit. Wer immer uns die biologischen Kampfstoffe geschickt hat, hat auch diesen Brief geschrieben.«

Diekmann hielt einen Moment inne, als wisse sie nicht, wie sie weiter verfahren sollte. Dann wischte sie mit der Hand durch die Luft und sagte: »Dazu kommt Ihre Aktion vor dem Innenministerium ... Ihre ständigen Verschwörungstheorien ... Wollen wir doch offen sein, Frau Klaasen: Sie sind völlig aus dem Ruder gelaufen. Sie haben den Tod Ihres Vaters nicht verkraftet und suchen immer noch nach seinem Mörder, obwohl der seit Jahren bereits tot ist. Im Gefängnis – unter staatlicher Obhut sozusagen – verstorben.«

Sie klopfte auf einen Papierstapel. »Ihre Personalakte ist voll von diesem Irrsinn. In Leer haben Sie auf einen Rettungswagen geschossen, weil Sie glaubten ... dass der Mörder Ihres Vaters darin entkommen wollte.«

»Das ist jetzt fast zehn Jahre her!«, rief Ann Kathrin empört.

»Ja. Aber seitdem ist es nicht besser mit Ihnen geworden, Frau Klaasen. Wir können Sie nicht immer so weitermachen lassen, das müssen Sie doch einsehen.«

»Worauf wollen Sie eigentlich hinaus, Frau Polizeioberrätin Diekmann? Bin ich gefeuert? Soll ich meine Dienstmarke abgeben? Bitte!«

Ann Kathrin suchte nach ihrer Polizeimarke, fand sie aber nicht sofort, was ihr peinlich war, und sie hielt Diekmann stattdessen ihren Dienstausweis hin. Die saß aber unbeweglich da und nahm ihn nicht an.

»Nein, darum geht es nicht. Wir wollen Sie gerne als Hauptkommissarin behalten. Allerdings brauchen Sie eine Auszeit. Sie sind eine Gefährdung für sich und andere, und deshalb habe ich hier einen richterlichen Beschluss über Ihre Unterbringung in einer beschützten medizinischen Einrichtung, wo Sie sich erholen können …«

Ann Kathrin blickte zu den Männern, die jetzt bei der Tür Aufstellung genommen hatten. Dann platzte die Ungeheuerlichkeit als Frage aus ihr heraus, so als müsse sie sich vergewissern, sich nicht verhört zu haben. Gleichzeitig wussten aber alle im Raum genau, worum es ging.

»Sie wollen mich zwangseinweisen lassen?!«

Diekmanns Stimme glich jetzt wieder diesem überforderten Kindergärtnerinnen-Singsang: »Das geschieht alles nur zu Ihrem Besten, Frau Klaasen. Man muss sich heutzutage nicht mehr schämen, wenn man bei psychischen Problemen Hilfe sucht. Es gibt hervorragende Spezialisten, und Sie werden sich bald schon viel, viel besser fühlen.«

Sie fuhr mit beiden Händen in ihre Haare. »Manchmal ist einfach die Chemie in unserem Kopf durcheinander, und dann können ein, zwei Tabletten einen anderen Menschen aus uns machen.«

Ann Kathrin stand auf und näherte sich den Männern bei der Tür. Die lächelten gequält und rückten näher zusammen.

»Ich rede gerne mit unserer Psychologin«, sagte Ann Kathrin, um sich nicht ganz uneinsichtig zu zeigen. Außerdem wusste sie, dass die diesen infamen Blödsinn hier niemals mitspielen würde.

»Elke Sommer ist leider im wohlverdienten Urlaub. Drei Wochen Fuerteventura.« Diekmann stöhnte wohlig. »Beneidenswert. Allein, wenn man an das Wetter dort denkt. Mir hat das Klima da immer gutgetan.«

Ann Kathrin zeigte auf den Aktenstapel. »Sie haben also einen richterlichen Beschluss – ohne dass ich gehört wurde –, das ist doch …«

»Das ist nicht ungewöhnlich. Gerade im Fall einer Gefährdung von Leib und Leben. Bitte machen Sie uns keine Schwierigkeiten, Frau Klaasen. Wenn das alles in ein paar Tagen vorbei ist und es Ihnen wieder bessergeht, werden Sie sehr erleichtert sein, dass das hier ohne großes Aufsehen über die Bühne gegangen ist. Ich meine, eine bekannte Hauptkommissarin, sozusagen eine Galionsfigur der ostfriesischen Polizei, wird in ihrer Dienststelle überwältigt und zwangsweise in die Psychiatrie gebracht ... Wollen Sie wirklich Ihren Ruf zerstören? Das liest sich in der Presse nicht gut. Glauben Sie mir, etwas davon bleibt immer an einem kleben. Für diesen schönen Küstenstreifen wären Sie dann auf jeden Fall verbrannt und erledigt und ... Können Sie sich das vorstellen?« Sie zeigte mit dem Finger auf Ann Kathrin. »Sie auf der Schwäbischen Alb? Glauben Sie mir, Frau Klaasen, diese Geschichte kann nicht mal Ihr Freund Holger Bloem geradebiegen, und es gibt außer ihm noch mehr Journalisten, und nicht alle sind Ihnen so gut gesonnen wie der.«

Ann Kathrin erkannte ihre eigene Stimme kaum wieder, als sie fragte: »Hat Professor Dr. Lempinski den Bericht über mich verfasst?«

Diekmann nickte.

»Aber ich kenne diesen Menschen gar nicht, ich habe nie mit ihm geredet!«, empörte Ann Kathrin sich.

POR Diekmann lächelte überheblich, als hätte Ann Kathrin durch diese Aussage nur ein weiteres Mal unter Beweis gestellt, wie verwirrt sie in Wirklichkeit war.

Gerade spielte Ann Kathrin in Gedanken durch, diesen zwei Herren an der Tür zu zeigen, dass sie beinahe mal Stadtmeisterin im Judo geworden wäre, da brach etwas in ihr zusammen. Vielleicht hatte sie ja wirklich mehr Probleme, als sie sich eingestand. Sie träumte ja nicht nur von ihrem Vater, sondern sie redete auch tagsüber mit ihm. Neulich, auf der Fahrt nach Hannover, hatte sie ihn sogar im Zug gesehen, als hätte er im Abteil neben ihr gesessen. Alles, was Frau Diekmann vorgelesen hatte, entsprach ja im Grunde der Wahrheit und war wirklich passiert.

Nein, sie wollte die Kollegen jetzt nicht in einen unlösbaren Konflikt ziehen. Auf wessen Seite sollten sie sich denn schlagen, und wie sollte das alles enden? Mit einer Prügelei oder gar mit einer Schießerei in der Polizeiinspektion?

Sie dachte an die netten Ärzte und das Pflegepersonal in der Ubbo-Emmius-Klinik, die sich nach dem Schlaganfall so liebevoll um ihre Mutter gekümmert hatten. Was sollte ihr da passieren? Man kannte sie. Das hier war Ostfriesland. Ihr Spielfeld.

Wie viele Leute hatte sie selbst schon in die geschlossene Psychiatrie der Ubbo-Emmius-Klinik gebracht? Täter, Opfer, Verwirrte ... Oft genug hatte sie erlebt, wie später geklärte Menschen, die ihr Leben und ihre Gefühle wieder im Griff hatten, entlassen wurden.

Was hatte sie schon zu verlieren? Nach einem kurzen klärenden Gespräch bei einer Tasse Kaffee würde sie wieder entlassen werden, mit einem richtigen Gutachten von einem seriösen Psychiater. Und damit würde dieser Schlag hier gegen sie ins Leere laufen.

»Okay«, sagte sie. »Ich komme mit.«

Sie ging auf die Männer zu. Die rechneten mit einer Finte und sahen kampfbereit aus.

»Keine Angst, Jungs, ich werde euch nicht die Nasenbeine brechen«, sagte Ann Kathrin und hob die Arme wie jemand, der sich ergibt.

»Ihre Dienstwaffe«, forderte Frau Diekmann.

Ann Kathrin lächelte süffisant und zog die Heckler & Koch aus der Handtasche. Sie legte sie mit spitzen Fingern auf die Schreibtischkante.

»Wenn Sie sich noch von Ihrem Mann oder Ihren Kollegen verabschieden wollen, dann ...«

Ann Kathrin schüttelte den Kopf, dass die Haare nur so flogen.

»Nein, danke. Das überlasse ich lieber Ihnen. Sie finden bestimmt die richtigen Worte.«

Sie konnte sich vorstellen, welchen Aufstand Weller und die anderen veranstalten würden, und sie gönnte der Diekmann den Stress. Es würde deutlich zeigen, wer hier zu wem hielt. Danach käme sie mit einem anderen Gutachten aus der Klinik als Siegerin zurück, und das würde eine Menge Stress für diesen Lempinski bringen und das Ende der Ära Diekmann in Ostfriesland einleiten. Vermutlich hätte dann irgendwo im Innenministerium jemand für sie Verwendung, dachte Ann Kathrin nicht ohne Schadenfreude.

Mit diesen Gedanken verließ sie, flankiert von den beiden jungen Männern, das Gebäude im Fischteichweg in Aurich.

Neele Schaard saß vor der Toilettentür, hinter der Justus heftige Magenkrämpfe erlebte. Sie verteidigte sich lautstark: »Nein, ich war das wirklich nicht! Glaub mir! Ich hätte dich doch gewarnt, bevor ich das Trinkwasser ...«

Seine Antwort war nur ein jämmerliches Stöhnen.

Später, als er nach einer gefühlten Stunde schwach und auf wackligen Beinen mit gelblicher Gesichtsfarbe die Toilette verließ, musste er sich hinlegen und wirkte auf seine Frau, als würde er den nächsten Tag kaum überleben.

Zum Beweis ihrer Unschuld zeigte sie ihm die sechs übrig gebliebenen Fläschchen. Aber er reagierte nicht gut darauf. Er riss die Arme hoch und schrie: »Willst du uns alle umbringen? Du kannst das doch nicht hier im Haus aufbewahren! Wer weiß, vielleicht sind die Dinger undicht!«

Sie schraubte an einem Fläschchen herum. »Nein! Die sind ganz fest zu.«

Sie holte ein feuchtes Tuch und wischte sein nasses Gesicht ab.

Er lag kraftlos auf dem Sofa, die Füße auf einem Kissen hochgebettet, und sie saß zusammengekauert auf dem Teppich. Sie erzählte ihm, ohne dass er sie darum gebeten hätte, wie sie an die biologischen und chemischen Waffen gekommen war.

Es tat ihr gut, endlich darüber zu sprechen. Es erleichterte sie. Und die lose in ihrem Leben herunterhängenden Fäden verbanden sich zu einem folgerichtigen Ganzen.

»Ich war Anfang Oktober nachts bei meiner Freundin Meike. Ich wollte eigentlich bei ihr übernachten. Aber dann haben wir uns gestritten, und ich bin einfach los. Ich hatte ein paar Gläser Wein getrunken und hab die Autobahn vermieden. Ich bin Schleichwege gefahren, um ja nicht der Polizei in die Quere zu kommen.

Dann sah ich plötzlich dieses Auto kurz hinter Delmenhorst. Da war ein schlimmer Unfall. Ein Fahrzeug war von der Fahrbahn abgekommen und hatte sich überschlagen. Ich bin hin, aber da kam mir ein Mann entgegengewankt. Er war verletzt, blutete heftig am Kopf, und er trug einen Koffer bei sich. Er ging zu meinem Auto. Ich wollte den Notarzt rufen, aber als ich mein Handy zückte, hielt er mir plötzlich eine Pistole vors Gesicht und schrie mich an, ich solle ihn nach Amsterdam fahren.

Ich sagte noch, ›das schaffen Sie so doch nie‹, und wollte ihn ins Krankenhaus nach Delmenhorst oder Ganderkesee bringen, aber da hielt er mir wieder seine Waffe vor die Nase. Ich fuhr also los, und er telefonierte. Den Koffer behielt er dabei immer auf den Knien. Es ging immer nur um den Koffer, und ich kapierte, dass der Inhalt illegal und sehr wertvoll sein musste.

Er sprach Niederländisch. Ich habe natürlich nicht alles verstanden, aber einiges eben doch. Erst dachte ich, in dem Koffer sei einfach nur Geld, gestohlenes Geld von einem Überfall oder so. Die ganze Zeit schrie er mich an, ich solle schneller fahren, und stieß mir immer wieder mit seiner Waffe gegen den rechten Arm, bis ich hier ganz blau war. Ich dachte, der bringt mich um, weil ich eine Zeugin bin. Ich hatte es ganz klar mit einem Typen von einer Verbrecherorganisation zu tun. Skrupellose Leute eben.

Aber er hat dann doch zu viel Blut verloren und irgendwann, wir waren noch lange nicht in Holland, kippte er auf dem Sitz einfach in sich zusammen. Ich hielt an und zerrte den ohnmächtigen Mann an den Straßenrand. Ja, ich weiß, vor ein paar Monaten hätte ich vielleicht die Polizei gerufen und alles angezeigt. Aber da war auch noch alles anders. Da warst du erfolgreich, und wir hatten viele Freunde und …

Aber ich wusste ja längst, wie es um uns bestellt war, und ich dachte, vielleicht ist das ja ein Geschenk des Universums. Vielleicht ist es das, was ich mir so lange gewünscht habe … Ach, ich weiß selbst nicht mehr, was ich dachte … Ich fühlte mich wie eine Heldin, die einen Auftrag auszuführen hat. Ich raste einfach nach Hause. Du warst nicht da, du warst auf einer dieser Fortbildungen. Ich habe am ganzen Körper gezittert, als ich wieder hier war. Ich hab die Schlösser des Koffers geknackt, und dann war ich zunächst maßlos enttäuscht. Ich dachte, das Schicksal hat mich schon wieder reingelegt. Aber auf den Flaschen waren Bezeichnungen. Ich dachte erst, es seien Drogen, aber dann hab ich alles gegoogelt, und mir wurde klar, was mir da zufällig in die Hände geraten war.

Zunächst wusste ich gar nicht, was ich damit machen sollte. Ein paar Tage lang war ich wie paralysiert, habe lediglich die Sitze im Wagen saubergemacht. Das war ja alles voller Blut. Deshalb habe ich auch die Fellüberzüge gekauft, damit man die Flecken nicht so sieht.

Aber dann begann ich, einen Plan zu schmieden. Ich habe doch gesehen, wie es mit dir immer weiter bergab ging. Ich habe es aus Liebe getan, für uns, Justus!«

Ihr wurde so heiß, als würden die tätowierten Flammen an ihrem Körper wirklich brennen. Sie zog ihr T-Shirt aus und wedelte sich damit Luft zu.

»Und jetzt hast du das Trinkwasser vergiftet?«, hustete Justus.

»Nein, hab ich nicht! Aber ich würde es tun, um die Börse abstürzen zu lassen.«

Er reckte sich hoch und sah sie ungläubig an.

Sie fuhr fort, als müsse sie es ihm erklären: »Dann kannst du all deine Aktien billig einkaufen, die du liefern musst, und kannst deine Leerverkäufe glattstellen. So nennt man das doch, nicht wahr? Dann sind wir gerettet.«

Sie streichelte sein feuchtes Gesicht.

Er weinte.

»Obwohl ich lieber mit dir nach Lateinamerika fliehen würde. Wir könnten von der Beute leben, und ich dürfte meine Tattoos offen tragen. Aber das geht ja nicht. Wir müssen hierbleiben wegen deiner Mutter. Wir haben das ja lange genug besprochen. Aber …«

Er biss die Zähne aufeinander und zitterte.

»Wenn die Börsenkurse fallen, wirst du in deinem Job bleiben, und ich verlange nur eins von dir: Du musst ab dann auch öffentlich zu mir stehen. Ich will meine Tattoos nicht mehr verstecken.« Sie klatschte darauf. »Sie gehören zu mir.«

»Ja«, sagte er mit bebender Stimme. »Ja, du bist meine Frau, und ich bin stolz auf dich.«

Sie waren höflich zu Ann Kathrin, nahmen ihr wie hilfreiche Kellner im Restaurant die Tasche und die Jacke ab und baten sie, hinten in den Krankenwagen einzusteigen. Sie wollte noch kurz protestieren, weil sie ihre Sachen mit nach vorne nahmen, sie aber hinten saß. Doch vielleicht, so dachte sie, gehört das ja einfach dazu, und bis zur Ubbo-Emmius-Klinik war es ja auch nur ein kurzer Weg.

Ann Kathrin saß ruhig im Fahrzeug und sah gegen die Milchglasscheibe. Sie wunderte sich selbst, wie gelassen sie war. Alles würde gut werden. Diese Gewissheit machte sich in ihr breit und wärmte sie wie ein klarer Schnaps, im Stehen getrunken. Es begann im Hals und strahlte aus über die Speiseröhre bis in die Därme. All diese hinterlistigen, bösen Menschen würden scheitern und Opfer ihrer eigenen Verschlagenheit werden. Die Wahrheit würde herauskommen, und eine Flut der Empörung würde die Lügner und Intriganten wegspülen.

Ja, so schwer es ihr fiel, aber sie glaubte immer noch daran, dass in diesem Land Recht und Gerechtigkeit siegen würden. Vielleicht nicht immer, überall und zu jeder Zeit, aber langfristig gesehen auf jeden Fall.

Solange es genügend Menschen mit dem Willen zum Guten gab, hatte das Böse nicht gewonnen.

Sie sah die Diekmann schon vor sich, wie sie sich reumütig bei ihr entschuldigen musste, weil ein neues psychiatrisches Gutachten alles klarstellte. Sie sah, wie der Mörder ihres Vaters erneut verhaftet wurde und mit ihm alle, die seine fingierte Seebestattung organisiert hatten. Es waren ganz reale Bilder, wie in einem Breitwandkinofilm liefen sie vor ihr ab, allerdings nur auf der Milchglasscheibe, hinter der die Landschaft vorbeiwischte.

Sie wusste nicht genau, wo sie sich befand. Sie versuchte, etwas zu erkennen. Die Fahrt zur Ubbo-Emmius-Klinik Norden kam ihr sehr lang vor. Dann sah sie ein blaues Schild. War das ein Autobahnschild? Es gab keine Autobahn zwischen Emden und Aurich.

Sie klopfte gegen die Scheibe, die sie vom Fahrer und Beifahrer trennte.

»Hey! Wo fahrt ihr hin? Das ist nicht der Weg nach Norden!«

Keiner der beiden reagierte. Einer schaltete stattdessen das Radio lauter.

Sie klopfte noch einmal. Dann kapierte sie, dass sie in der Falle saß.

Ihre Jacke und ihr Handy lagen vorne bei ihrer Tasche in der Fahrerkabine.

Wie konnte ich nur so blöd sein und diesem Typen meine Sachen geben, als sei er der Garderobier am Stadttheater?

Jetzt bereute sie, dass sie ihre Heckler & Koch auf Diekmanns Schreibtisch gelegt hatte. Und warum, fragte sie sich, habe ich mich nicht von Frank und den anderen verabschiedet? Dann wäre alles offiziell geworden. Sie hätten mich gar nicht woanders hinbringen können. Weller hätte nach mir gefragt, würde mit Blumen kommen und mit meinem Pyjama. Aber so kann die Diekmann ihm und den Kollegen erzählen, was sie will. Sie wird sich bestimmt eine schlüssige Erklärung ausgedacht haben, warum ich plötzlich weg bin und mich nicht mehr melde.

Der Gedanke, dass sie erledigt werden sollte, schnürte ihr den Hals zu. Sie schluckte trocken. Und dann begann sie, zu brüllen und gegen die Innenwände des Krankenwagens zu treten.

Jetzt wanderte er wieder zwischen den Welten, wie so oft in seinem Leben. Für Inga war er Ulrich Großmann, der in Norddeich Ferienwohnungen vermietete. Aber während er für sie den aufmerksamen, romantischen Liebhaber gab und ihr zuhörte, wenn sie ihre Gedichte vortrug, legte er sich gleichzeitig einen Plan für die nächsten Tage zurecht.

Er musste Genzler den Koffer liefern. Seit der Trinkwasserwarnung war mehr Druck in die Sache gekommen.

Er traute Genzler nicht und genoss es durchaus, ihn ein bisschen zappeln zu lassen. Er wusste nicht viel, aber es musste ausreichen, um den Koffer zu beschaffen.

Er hatte Tijs Cremer, den Fahrer, der den Koffer überbringen sollte, gut gekannt. Cremer hatte ihn, vor Schmerz und Angst halb verrückt, angerufen und um Hilfe gebeten. Er hätte bei jedem anderen einfach aufgelegt, aber Tijs hatte ihn bei zwei Verhören nachweislich nicht verraten, und er war eine sichere Informationsquelle.

Er hatte Cremer in einer Scheune bei Weener abgeholt, wo er sich versteckt hielt wie ein waidwund geschossenes Tier. Ein Arzt ihres Vertrauens in Amsterdam, der auf Schuss- und Stichwunden spezialisiert war, die nicht offiziell werden durften, hatte noch in der Nacht Tijs' Wunden versorgt. Aber Tijs Cremer wusste genau, dass er ohne den Koffer ein toter Mann war. Sie würden ihn schon alleine deswegen ausknipsen, um die Verbindung vom Labor zur Organisation zu kappen.

Cremer hatte seinen alten Kumpel angefleht, den Koffer rasch zu beschaffen und das Schlimmste zu verhindern.

Eine Frau hatte den Koffer. Dreißig, fünfunddreißig Jahre alt. Schulterlange, blonde Haare. Drahtig, sportlich, vielleicht Judoka oder gar eine Boxerin. Mit einem ungewöhnlichen Tattoo: Flammen bis zum Halsansatz.

Ihr Auto, ein silberner Kleinwagen, musste japanischer oder koreanischer Herkunft sein, so genau wusste Cremer das nicht.

Schon zwei Tage später fand man Cremer tot in einer Gracht. Die Organisation musste sich schützen. Von ihm führte eine direkte Linie zur Schaltzentrale, und dieser Weg musste verstopft werden. Rein professionell verstand Großmann das. Er selbst hätte genauso gehandelt.

Trotzdem verfluchte er die Organisation dafür. Cremer hätte sie niemals verraten. Er war eins dieser seltenen menschlichen Exemplare, die sich eher in Stücke reißen ließen, als ihre Leute zu verpfeifen. Die meisten anderen, die er kannte, waren für ein paar Euro oder die Aussicht auf einen Karrieresprung jederzeit bereit, alles und jeden zu verraten. Die lieferten für einen Pauschalurlaub ihre Großmutter ans Messer.

Genzler suchte einen Weg zum Koffer und zur Organisation. Großmann war der Einzige, der eine Personenbeschreibung der

Frau hatte. Doch die rückte er nicht raus. Stattdessen versprach er, über Mittelsmänner den Koffer samt Inhalt zu beschaffen. Doch dafür brauchte er Schmiergelder.

Er bekam zweihundertfünfzigtausend in bar. Dann noch einmal achtzigtausend als Überweisung auf sein Konto bei der Sparkasse Aurich-Norden. Dahinter der Vermerk: *Erbschaft*. Das alles sollte ja ohne Steuern und auf jeden Fall ohne Quittung laufen.

Er nahm das Geld freundlich an und wusste, dass er die staatlichen Kühe Verfassungsschutz, BND, Staatsschutz und möglicherweise auch die Kripo noch lange würde melken können. Einer zahlte immer. Teilweise zwei Institutionen gleichzeitig, ohne dass sie voneinander wussten.

Auf dem Klavier konnte er spielen. Von ihnen bekam er Deckung, neue Papiere und sichere Konten.

Er suchte diese blonde Frau zunächst in Ostfriesland. Ein Autokennzeichen hatte er nicht, und silberne, japanische oder koreanische Fahrzeuge gab es zu viele. Aber das Tattoo war der richtige Ansatz für ihn. Er hatte jedes, aber auch wirklich jedes Tattoostudio in Ostfriesland besucht und später die Suche auf ganz Niedersachsen ausgedehnt. Überall hatte er nach einer Frau mit einem Feuertattoo gefragt. Angeblich suchte er sie für eine Fernsehtalkshow, bei der es um ausgefallene Tattoos gehen sollte.

Ein Tätowierer hätte so etwas sofort für die Talkshow hergestellt, aber er suchte ja nach Frauen, die bereits ein Feuertattoo hatten.

Er traf eine neunzehnjährige Küchenhilfe aus Papenburg mit brennendem Unterleib. Ihre Schwester hätte da, wo bei den meisten Menschen Schamhaare sprossen, kleine leuchtende Flammen.

Eine knapp vierzigjährige Blondine aus Oldenburg, die Marathon lief und damit schon ziemlich genau der Beschreibung der Frau entsprach, die er suchte, hatte sich eine kleine Hölle um den Bauchnabel herum tätowieren lassen. Ihr Hals aber war jungfräulich weiß.

In Emden traf er gleich ein ganzes Damenclübchen, die gestochene Feuerreifen am rechten Oberschenkel als Strumpfbänder trugen.

Aber alle Spuren versandeten. Neele Schaard konnte er so nicht finden.

Sie hatte sich ihr Tattoo im letzten Urlaub auf Mallorca machen lassen, weil ihr Mann Justus schon am zweiten Tag wegen dringender Geschäfte hatte zurückfliegen müssen. Sie wollte ihn schockieren und irgendetwas Ausgeflipptes tun. Vielleicht wollte sie ihm auch nur zeigen, dass sie immer noch eine heiße Frau war, auch wenn er sich nur noch für Zahlen, Kurse und Chartanalysen interessierte.

Rupert rief beim Bochumer Studenten Kai Wenzel an. Der hörte schon an der Stimme, dass Rupert stocksauer war.

»Hast du wieder irgendeinen Scheiß mit meinem Computer gemacht?«

»N… nein, ich war ewig nicht mehr drin. Ich bin unschuldig. Wieso, was ist denn? Hat wieder jemand Ihre Dienstmails ins Internet gestellt oder in Ihrem Namen Mails verschickt oder …«

Rupert hustete, dann flüsterte er: »Es geht um Pornos …«

Erleichtert rief Kai Wenzel: »Pornos?«

»Ja, ich habe eine Abmahnung von so einem Anwaltsbüro bekommen.«

Kai Wenzel lachte. »Und jetzt soll Ihre Frau nicht wissen, was Sie sich so zwischendurch abends reinziehen? Oder war es während der Arbeitszeit?«

»Nein, überhaupt nicht! Ich bin unschuldig! Ich hab mir den Film gar nicht angeguckt.«

»Klar, warum auch? Wer macht denn so was?«, grinste Kai.

»Red nicht so!«

»Wie red' ich denn?«

»Du lachst.«

»Ich lache nicht«, lachte Kai. »Aber es ist nicht verboten, sich Pornos reinzuziehen, das macht doch heutzutage jeder. Wen juckt es, solange es keine Kinderpornographie ist.«

Rupert musste bei diesem Thema immer husten und geriet in einen unangenehmen Räusperzwang. »Kannst du beweisen, dass ich es nicht war?«

»Ich verstehe gar nicht, warum Sie Geld zahlen sollen. Pornos sind doch nicht illegal.«

»Die behaupten, der Film sei urheberrechtlich geschützt, und ich hätte ihn deshalb gar nicht gucken dürfen. Was ich auch nicht getan habe!«

»Ja, klar. Das hatten wir schon. Hört sich alles ziemlich wirr an. Ich habe jedenfalls nichts damit zu tun. Ehrensache!«

»Kannst du mir nun helfen, verdammt, oder nicht?«

»Ich versuch's. Schicken Sie mir erst mal diese Abmahnung. Da steht bestimmt alles drauf, was ich wissen muss. Damit mache ich mich dann im Netz mal richtig schlau.«

»Okay. Ich schick dir sofort eine Kopie. Mit ein bisschen Glück ist sie morgen oder übermorgen bei dir. Wie lange brauchst du dann?«

Kai stöhnte. »Herr Kommissar. Scannen Sie das Ding einfach ein, und ich habe es in ein paar Sekunden.«

»Einscannen. Ja. Äh … ich glaube … ich weiß, wie das geht, aber … Kann ich es dir nicht lieber faxen?«

»Faxen? Manchmal frage ich mich echt, wie ihr Verbrecher fangt … Mit dem Lasso?«

Serkan Schmidtli betrachtete die Bilder von Inga und Ulrich Großmann voller Freude. Es war sogar ein kleiner Film dabei. Er zeigte die beiden im Restaurant Smutje. Sie aßen beide das gleiche Menü, wie Verliebte es taten, um eine Gemeinsamkeit herzustellen. Trotzdem ließen sie sich gegenseitig probieren, lachten und redeten über Gedichte.

Serkan Schmidtlis Mann saß ihnen mit der Minikamera gegenüber und machte, während er eine zarte Seezunge aß, unauffällig prächtige Aufnahmen.

Serkan hielt den Film an. Er winkte Petra Wiegand zu sich. Sie legte ihren schweren Körper von hinten über ihn, was ihm gefiel. Ihre Brüste waren jetzt wie ein Kopfkissen für ihn.

Sie roch nach Anis und Zimt. Er lächelte. Sie bemühte sich immer, nach Speisen zu riechen, die kleine Jungs gerne aßen.

Er zeigte auf das Bild. »Was denkst du, wenn du die beiden siehst?«

»Sie sind verliebt«, sagte Petra, ohne einen Augenblick zu zögern.

»Genau. Es würde ihm doch etwas ausmachen, wenn ihr etwas zustieße, oder?«

Petra wuchtete ihren Oberkörper wieder hoch. »Es wäre eine Katastrophe für ihn. Das sieht man in seinen Augen.«

»Wie recht du hast«, sagte Serkan und reckte seinen Arm hoch, um ihr über die Wangen zu streicheln.

»Warum fragst du mich das, Serkan?«

Er beantwortete ihre Frage nicht und bat sie stattdessen, ein Hörbuch aus seiner Sammlung für einen gemütlichen Nachmittag auszusuchen.

Sie wusste, dass er diesen Mann hasste, den er *die Ratte* nannte. Aber ihre Vorstellungskraft ging nicht so weit, dass sie geahnt hätte, was Serkan Schmidtli vorhatte. Er wollte ihm diese Frau nehmen, einfach nur, weil ihm etwas an ihr lag und weil es ihn deshalb treffen würde.

Petra Wiegand wählte *Schwarzlicht* von Horst Eckert, gesprochen von Dietmar Wunder. Sie legte die erste CD ein.

Serkan betrachtete sie dabei, und ihm wurde klar, wie schrecklich es für ihn wäre, wenn ihm irgendjemand seine Petra wegnehmen würde. Er beschloss, für seine Pflegerin Personenschutz zu befehlen. Sie musste es ja nicht merken. Sie war so ängstlich und sensibel, auch wenn sie gar nicht so aussah, sondern eher wie ein Sahnebonbon, das nach Anis und Zimt schmeckte.

Immer wieder wurde auf allen Sendern betont, das Trinkwasser in Ostfriesland sei absolut in Ordnung, besser als die meisten Mineralwasser, die man im Laden kaufen konnte. Das bestkontrollierte Lebensmittel der Republik und man könne es bedenkenlos genießen, ja, es sei auch bestens für die Herstellung von Babynahrung geeignet.

Die Durchfallwelle sei auf einen Magen-und-Darm-Virus zurückzuführen, der vorher in England gewütet habe und fast das Bankenwesen in London lahmgelegt hatte. Aber die teils heftigen Probleme dauerten angeblich nur drei Tage an.

Es wurde empfohlen, viel zu trinken, um die Flüssigkeitsverluste auszugleichen, und rezeptfreie Kohletabletten seien das wirksamste Mittel, seit alters bekannt. Lediglich für Säuglinge oder für alte oder gebrechliche Menschen könne der Virus sehr gefährlich werden. Bei länger anhaltendem Fieber müsse ein Arzt aufgesucht werden.

Weller fragte sich, was Ann Kathrin wohl davon hielt. So, wie diese Meldung immer wieder gesendet wurde, hörte sie sich für ihn fast wie eine Provokation des Erpressers an. Weller wunderte sich, dass die Besprechung zwischen Ann Kathrin und POR Diekmann so lange dauerte. Er sah auf die Uhr. Er hatte Hunger auf Matjes nach Hausfrauenart oder wenigstens auf ein Krabbenbrötchen. Gerne wäre er mit Ann Kathrin essen gegangen.

Im Radio kam jetzt die Meldung, wissenschaftliche Untersuchungen hätten ergeben, dass in den Chefetagen deutscher Unternehmen überproportional mehr Menschen mit Namen wie König, Kaiser, Graf und Groß anzutreffen seien als mit Namen wie Bauer, Knecht, Müller, Bäcker oder Klein.

Sylvia Hoppe öffnete die Tür, um eine Akte zu holen.

Weller lauschte dem Radiosprecher. Offensichtlich sei der Name bei der Karriere nicht ganz unwichtig. Unbewusst würde der Name einer Person eine große Rolle spielen.

»Mein Gott«, sagte Sylvia, »was für ein Scheiß.«

»Die Akte oder das mit den Namen?«

»Das mit den Namen. Ich hab es gestern schon gelesen. Ich frage mich, wo ich auf dieser Liste stehe. Hoppe. Ist das jetzt gut oder schlecht?«

»Hat die Diekmann es trotz oder wegen ihres Namens hier zur Chefin gebracht?«, grinste Rupert.

»Vielleicht, weil ihr Name an diese Schokoküsse erinnert, die man jetzt nicht mehr Mohrenköpfe nennen darf«, lachte Sylvia Hoppe.

Weller fragte: »Weißt du, wo Ann ist? Immer noch bei dem Drachen?«

Sylvia Hoppe schüttelte den Kopf. »Nee, garantiert nicht. Ich komme gerade von da. Bei ihr herrscht zwar dicke Luft, aber Ann Kathrin habe ich nicht gesehen.«

Die blonde Frau war eine Einzelgängerin, das war ihm klar. Sie gehörte keiner Organisation an. Keinem Geheimdienst und keiner bekannten Terrorgruppe. Sie war vermutlich zufällig in den Besitz des Koffers gelangt und spielte jetzt ihr Spiel auf eigene Rechnung. Solche Solitäre waren gefährlich. Arbeiteten ohne Hierarchie. Ohne Regeln. Ohne Verbindungen. Das machte es schwer, ihrer habhaft zu werden.

Es hatte immer wieder Versuche Einzelner gegeben, sich aus den Apparaten heraus selbständig zu machen. V-Leute, die ihre eigene Terrorgruppe gründeten und finanzierten, um sie dann überwachen zu können. Er hatte mehrere solcher *Querschläger* erlebt. Aber sie hatten alle eine bekannte Vorgeschichte, eine Vergangenheit, die sie verletzbar machte, deren Fäden man verfolgen konnte, um sie zu schnappen.

Diese blonde Frau mit den Feuerringen am Hals musste eine Amateurin sein. Eine Neueinsteigerin. Eine verdammt gute allerdings.

Er hatte sich alle Frauenboxveranstaltungen im Umkreis von zweihundertfünfzig Kilometern in den letzten Wochen angesehen. Er war richtiger Fachmann geworden und fand inzwischen sogar Gefallen daran. Aber die blonde Frau hatte er nicht gesehen.

Unwahrscheinlich, dass dieses auffällige Tattoo nur aufgeklebt war, um zu täuschen und auf eine falsche Fährte zu führen. Sie konnte ja nicht ahnen, dass Tijs Cremer an dem Tag einen Unfall haben würde. Oder hatte sie ihn seit Tagen verfolgt? War der Unfall inszeniert?

Er streichelte über Ingas Gesicht. Sie war auf dem Sofa mit einem Lyrikband in der Hand eingeschlafen. Die Sonne schien durchs Fenster im Fledderweg, und ein Rabe tippelte auf der Fensterbank hin und her und sah in die Wohnung wie ein Heimkehrer, der den Türschlüssel vergessen hat.

Er hatte einen Apfelkuchen gebacken, und es roch gut in der Ferienwohnung. Sie lebten, als ob es kein Morgen geben würde. Keine Verpflichtungen und keine anderen Menschen.

Ann Kathrin begann, jämmerlich zu weinen. Gleichzeitig wuchs in ihr der unbändige Wille, das hier zu überstehen, und sei es nur, um Ubbo Heide um Verzeihung zu bitten. Ihn zu verletzen kam ihr jetzt fast so vor, als hätte sie auf dem Grab ihres toten Vaters herumgetrampelt.

Der Wagen bremste scharf. Sie wurde in eine Ecke geschleudert, und ihre Schulter schmerzte. Sie hörte Schritte auf Kies, dann wurde die Tür geöffnet.

Dort standen im gleißenden Licht drei Männer. Die zwei, die sie schon kannte, und ein zehn Jahre älterer Mann in kobaltblauem Retro-Anzug mit gelber Lederkrawatte.

Die zwei Männer stiegen zu ihr in den Krankenwagen, um sie rauszuholen.

»Das ist Freiheitsberaubung«, stellte sie sachlich fest. Sie versuchte, mit Worten eine Realität herzustellen, wenigstens für sich selbst. Sie war nicht die Kranke und die da nicht das Pflegepersonal, sondern sie war Hauptkommissarin und das da waren Gangster. Bestenfalls, dachte sie. Man könnte auch sagen, die sind die Täter, und du bist das Opfer.

Nein, sie wollte kein Opfer sein!

Im Wagen war wenig Platz für einen Kampf zwei gegen eine. Jeder der Männer konzentrierte sich auf einen ihrer Arme, wollten sie unter Kontrolle bringen und nach draußen zerren.

Den Unvorsichtigen erwischte sie mit einem Fußtritt gegen die kurze Rippe, der ihm sofort die Luft nahm. Er starrte sie ungläubig an, tastete mit beiden Händen an die schmerzende Stelle und gab ihr so Gelegenheit, ihm durch seine völlige Deckungslosigkeit einen heftigen Schlag auf die Nase zu verpassen.

Sein Kopf knallte nach hinten in den Nacken, dabei stieß er an der Autowand an. Jetzt schoss Blut aus seiner Nase.

Der zweite stürzte sich mit seinem ganzen Körpergewicht auf Ann Kathrin und drückte sie in den Sitz. Sein Nikotinatem wehte ihr ins Gesicht.

Der mit der blutenden Nase und der gebrochenen Rippe schimpfte: »So ein gottverdammtes Aas!«

Es gelang Ann Kathrin, ihre Beine anzuziehen und ihren Gegner in eine Beinschere zu nehmen. Der japste gleich nach Luft und ruderte mit den Armen herum, als hätte er vor, wegzufliegen.

Erfahrene Kämpfer waren beide jedenfalls nicht.

Sein Kopf lief rot an. Mit seiner Kondition stand es auch nicht zum Besten.

Da stieg der mit dem lächerlichen Anzug und der hässlichen Krawatte in den Krankenwagen. Er hielt eine Spritze in der Hand und griff kopfschüttelnd Ann Kathrins linken Arm. Er sagte: »Was für ein Affentheater …« Dann trieb er die Spritze in ihre Muskulatur.

Sie spürte noch, wie die Chemie in sie hineinschoss. Dann wurde ihr heiß.

Der Mann in ihrer Beinschere zappelte noch immer, aber sie verlor die Kontrolle über ihre Muskeln. Ihre Beine rutschten an dem Mann herunter wie zwei Fleischwürste, die er sich über die Schultern gelegt hatte. Ann Kathrin hörte sich selbst lachen, als sie rief: »Mit Essen spielt man nicht!« Oder träumte sie das schon?

Khalid Marius Leister ging sofort zu Serkan Schmidtli, als er gerufen wurde. Es war eine Sache der Ehre. Was immer Serkan von ihm verlangen würde, Khalid war bereit, es sofort zu tun. Serkan war wie sein Vater, sein Gönner, sein Chef.

Er wollte in Serkans Truppe noch weit aufsteigen. Diese Pizzeria war schon etwas, und er liebte die Arbeit hier, besonders jetzt, da Thumm ihm nicht mehr reinredete und er allein das Sagen hatte. Hier war er jetzt ein kleiner Gott, konnte schalten und walten, wie er wollte. Aber er wusste natürlich, dass er ganz von Serkan abhängig war. Man gehörte entweder zu der einen Gang oder zu einer anderen. Nur als Freiwild war man rasch erledigt.

Serkans Truppe war für ihn eigentlich gar keine Gang. Mehr so eine Art Familie, in der man sich gegenseitig unterstützte und ab und zu dem anderen einen Gefallen tat.

Er war stolz darauf, von Serkan eingeladen worden zu sein, und ihn beschlich gleich das Gefühl, er solle die Aufgaben zu Ende führen, an denen Thumm letztendlich kläglich gescheitert war.

Nein, an Thumms Selbstmord glaubte er nicht. Thumm hätte eher zehn andere umgebracht als sich selbst. So einer war Thumm nicht.

Khalid hatte vor, die Sache vorbildlich für Serkan zu seiner vollständigen Zufriedenheit zu Ende zu bringen. Ganz gleich, worum es ging.

Es war ein erhabenes Gefühl, jetzt hier mit Serkan zu sitzen und Tee zu trinken. Diese dicke Frau, die immer in Serkans Nähe war, behandelte Khalid mit Respekt und Wohlwollen. Sie servierte richtigen türkischen Tee und goss ihn aus einer zauberhaften alten Kanne in Gläser ein, wie Serkan sie von seiner Mutter kannte.

Serkan beklagte sich, dass es kaum noch guten türkischen Tee gab. Selbst sein Onkel aus Diyarbakır, der sonst so sehr auf Traditionen achtete, trank inzwischen Ostfriesentee.

Wladimir Kuslik und sein Bruder Boris hätten jeder einen Arm dafür gegeben, jetzt hier sitzen zu dürfen, dachte Khalid. Die beiden russischen Überläufer gehörten nicht wirklich zu Serkans Gang. Sie arbeiteten als feste Freie für ihn, die manchmal die Drecksarbeit erledigten, mit der Serkan nicht in Verbindung gebracht werden wollte. So konnte er einige Sachen immer mal wieder den Russen unterschieben.

Thumm hatte die Befürchtung geäußert, die beiden würden eines Tages den ganzen Laden übernehmen. Angeblich gab Serkan ihnen zu viel Einblick und Macht. Offensichtlich hatte das Blatt sich gewendet. In Zukunft würde Khalid sich vor den beiden in Acht nehmen. Sie galten als völlig skrupellos.

Besonders geehrt fühlte Khalid sich, als der große Serkan die dicke Frau mit einem freundlichen Lächeln hinausschickte.

»Jetzt«, sagte Serkan ruhig, »haben wir etwas unter Männern zu besprechen.«

Sie zupfte die Decke über Serkans Beinen glatt und verabschiedete sich mit einem freundlich-fröhlichen Gesicht. Kaum war die Tür geschlossen, wurde Serkan sehr ernst. Er sagte: »Ich möchte, dass du mir einen Gefallen tust. Ich kann doch auf deine Loyalität vertrauen?«

»Absolut. Ich habe immer …«

Serkan hob milde lächelnd die rechte Hand. »Ich weiß, mein Freund, ich weiß. Geld interessiert mich nicht. Für Geld kannst du jeden kaufen. Ich will Loyalität. Echte Loyalität.«

»Ja, bei uns zählen noch Werte wie Ehre und …« Khalid legte dabei seine rechte Faust auf sein Herz.

Serkan sprach leise mit verschwörerischem Duktus: »Ich möchte, dass du jemanden für mich …«, er sprach nicht weiter, sondern machte eine Geste, als würde er sich selbst die Kehle durchschneiden. Dann fuhr er fort: »Kein großer Aufwand. Sauber und schnell. Keine besondere Grausamkeit. Du sollst sie einfach nur exen.«

Exen war so ein Wort fürs Töten, das auch Thumm gerne benutzt hatte.

Es war Khalids erster Auftrag, und es fühlte sich für ihn an wie ein Ritterschlag. Er stellte sich seinen Gegner groß und gefährlich vor. Er war bereit, sich der Aufgabe zu stellen, die der an den Rollstuhl gefesselte Serkan nicht mehr selbst erledigen konnte. Er würde diesen Mann mit seinem Leben beschützen und jedes Duell annehmen, in das er ihn schickte.

Der Ausdruck *Du sollst sie einfach nur exen* sagte ihm, dass es gleich um mehrere gehen musste.

Aber dann erklärte Serkan: »Es ist eine Frau. Eine junge Frau. In deinem Alter.« Er verzog spöttisch den Mund. Angewidert fuhr er fort: »Aber du musst vorsichtig sein. Sie ist die Geliebte *der Ratte.*«

Er wusste genau, dass *die Ratte* der Mann war, der Serkan in den Rollstuhl gebracht hatte. Ein gefährlicher Mann. Ein Hitman. Ein Killer.

Nur zu gern hätte er sich diesem Mann im Kampf gestellt und ihn ausgeknipst. Das wäre eine Sache mit viel Ehre gewesen! Aber Serkan verlangte von ihm, irgendeine Schlampe umzubringen, die es mit diesem Drecksack trieb.

Schade, dachte Khalid, aber er fragte Serkan nicht, warum er *die Ratte* nicht töten durfte. Der würde irgendwann auch noch drankommen, da war er sich sicher. Und er hoffte, dass Serkan ihm die Ehre erweisen würde, diese Sache zu Ende zu bringen, und nicht Wladimir oder Boris schickte.

Er versuchte zu verbergen, dass ihm der Gedanke, eine Frau zu töten, nicht gefiel. Er wollte ein Krieger sein für die Familie. Der Krieger kämpfte in seiner Vorstellung gegen eine Übermacht starker Feinde. Gegen gut trainierte andere Krieger, nicht gegen deren Frauen oder Kinder.

Serkan wollte ihm ein Foto reichen, aber Khalid war plötzlich nicht in der Lage, es anzunehmen. Er hatte keine wirkliche Gewalt mehr über seine Arme und Hände. Etwas lähmte ihn, als sei die Luft plötzlich gummischwer. Seine Bewegungen wurden zäh, verlangsamt, als sei die Luft zu dick, um sie zu durchdringen, und er darin gefangen. Er hatte Mühe, den Kopf gerade zu halten, so schwer wurde die Luft.

Serkan legte das Foto, weil Khalid es nicht annahm, auf den Tisch zwischen die Teegläser. Serkan war offensichtlich nicht von dieser Luftveränderung betroffen. Er zog die Augenbrauen hoch. »Gibt es ein Problem?«

Selbst das Sprechen fiel Khalid schwer. »N… nein … alles okay. Ich habe nur …«

»Ja, was?«

Khalid wusste nicht, wie lange er geschwiegen hatte. Er konnte das Foto nicht ansehen und auch nicht in die Hand nehmen. Er kam sich vor wie der letzte Idiot. Was sollte Serkan nur von ihm halten? Er verpatzte diese Chance, auf die er doch so lange gewartet hatte. Er wollte Serkans Erster Offizier werden! Wie lange hatte er auf diesen Moment hingearbeitet, und Thumms Tod hatte ihn so nahe ans Ziel katapultiert.

Wladimir und Boris hätten diese Sache hier nur zu gern sofort erledigt. Er dagegen sah sich völlig außerstande. Gleichzeitig konnte er diesen Auftrag nicht an die beiden abgeben. Das hätte ja alles nur noch schlimmer gemacht.

Er wusste nicht, was er denken sollte, hatte aber das Gefühl, dass eine göttliche Macht plötzlich seine Gedanken kontrollierte und bewertete.

»Ich … ich …«, stotterte er, »ich glaube, ich habe mir den Magen verdorben.«

Serkan Schmidtli lachte und lehnte sich weit zurück, als wolle er so viel Abstand wie möglich zwischen sich und Khalid bringen.

»Dieser Magen-und-Darm-Virus, der im Moment grassiert?«

Sofort fühlte Khalid sich noch schlechter. Niemals hätte er, wenn er diesen ansteckenden Virus wirklich in sich getragen hätte, Serkan ohne Vorwarnung besuchen dürfen. Er wollte nicht schuldig sein, wenn es morgen dem Chef dreckig gehen würde.

Nicht einmal zu einer abwiegelnden Geste war er durch die klebrige Gummiluft fähig. Er bekam die Hand nicht einmal hoch.

»Nein … Nüsse! Ich esse doch so gerne Nüsse, und eine davon muss wohl schlecht gewesen sein.«

»Nüsse?«

»Ja, Nüsse.«

»Soll ich den Auftrag lieber an jemand anderen vergeben?«

Es war wie ein Schock. Diese Luftblase aus Klebstoff, in der Khalid festsaß, zerplatzte, als hätte jemand mit einer Nadel hineingestochen. Er konnte sich wieder bewegen. Er griff nach dem

Foto und steckte es rasch ein, ohne es anzusehen, als hätte er Angst, es könne ihm weggenommen werden.

»Nein«, sagte er entschlossen, »nein, das ist nicht nötig.«

Er musste auf jeden Fall verhindern, dass dieser Auftrag an Wladimir und Boris Kuslik ging.

Rita Grendel hatte keine Ahnung, wo Ann Kathrin steckte, aber inzwischen auch Magenprobleme wie ihr Mann.

Weller wählte die Nummer von Monika Tapper. Die nächste auf der Liste war Melanie Weiß. Vielleicht wussten die Freundinnen, wo Ann Kathrin sein könnte.

Es amüsierte Rupert, dass Weller seine Frau suchte, und er genoss es, mehr zu wissen als Weller. Er sah Weller eine Weile zu, wie er vergeblich hinter Ann Kathrin her telefonierte und häufte vor sich einen Erdnussschalenberg an.

»Also«, sagte Rupert und schob sich Erdnusskerne in den Mund, während er sprach, »also, ich will das immer gar nicht so genau wissen, ob meine Beate jetzt gerade mit ihrer Mutter einen esoterischen Turnverein gründet oder ob sie Abnehmen durch Buttercremetorte testen. Ich bin meistens froh, wenn ich nichts davon mitkriege. Unsere Nachbarin macht so ein grässliches Kompott aus selbstgezogenen Biomöhren ... Mit der sitzt meine Frau manchmal frühmorgens im Garten und meditiert.«

Er klopfte sich mit dem Zeigefinger gegen die Stirn. Dann zerkrachte er genüsslich weitere Erdnüsse.

»Ja, Rupert, ich suche aber nicht deine Frau, sondern meine.«

Rupert ging zu einem anderen Thema über: »Meinst du, dieser Dr. Kaiser ist nur Staatssekretär geworden oder wie sich das schimpft, was der ist, weil er diesen Namen trägt? Kann doch was dran sein an der Theorie, oder nicht? Also, ich glaube auch, dass einer eher was wird, wenn er Kaiser oder König heißt als zum Beispiel …«, Rupert dachte nach und kaute, »als zum Beispiel Adolf Dünnschiss oder Rainer Mist oder Rosa Schlüpfer.«

Weller setzte seinen Kaffeebecher hart auf. »Das interessiert mich jetzt gerade zwar gar nicht, aber ist der Nüssen denn dann auch wegen seines Namens so ein hohes Tier geworden, oder was?«

Rupert sah seine Erdnusstüte an und grinste. »Ja, vielleicht. Immerhin klingt das schmackhaft und knackig. Erinnert an die Weihnachtszeit. Vielleicht hat dieser Thumm sich ja auch nur deshalb umgebracht, weil er so einen bescheuerten Namen hat.«

»Halt jetzt die Fresse, Rupert!«, schimpfte Weller. »Der hat sich nicht umgebracht!«

»Deshalb musst du mich doch nicht gleich so anpflaumen!«

»Entschuldige, das kommt nur daher, weil ich nicht weiß, wo Ann ist.«

Rupert lehnte sich zurück und schnippte eine faule Erdnuss in Richtung Papierkorb. Die traf aber nur den Rand, an dem sie mit einem *Kloing* abprallte.

»Ich wollte es dir ja eigentlich ersparen, aber wenn du mich so fragst, dann muss ich dir wohl leider von Mann zu Mann die Wahrheit sagen, auch wenn es schwerfällt.«

Weller sah Rupert an. Der fuhr fort: »Das machen wir alle einmal durch. Das kommt in den besten Ehen vor.«

»Was denn, verdammt?!«

»Ich hab' deine Ann Kathrin mit zwei jungen Kerlen weggehen sehen.«

»Häh? Wie, weggehen sehen?«

Rupert stand auf, kickte die faule Erdnuss weg und ahmte einen weiblichen Gang nach. Das Schwingen seiner Hüfte fiel ihm schwer, weil sich sein Ileosakralgelenk gleich schmerzhaft meldete. Er griff sich in den Rücken und verzog den Mund. Dann spottete er: »Es waren zwei so Schnullitypen, weißt du, diese Macker, auf die die Frauen so abfahren, mit diesen bescheuerten Frisuren und diesem verständnisvollen Blick. Der einem sagen soll: *Ich bin ja eigentlich Kind geblieben, aber ich werde später bestimmt mal ein unheimlich toller Vater werden.*«

»Wohin ist sie mit diesen Kerlen gegangen?«

»Na, hier durch den Flur.«

»Ja, und wo sind sie dann hin?«

Rupert machte ein vielsagendes Gesicht. »Wellness? Bowling? Sauna? Italienisches Restaurant? Ich wette, sie sitzt jetzt auf dem Rücksitz einer Harley und lässt sich den Wind durch die Haare fegen. Der Bratarsch weiß da bestimmt Genaueres.«

Weller lief runter zu Marion Wolters und fragte nach.

Sie habe Ann Kathrin mit zwei Männern rausgehen sehen, sagte sie, mit denen sie auch weggefahren sei.

Rupert, der hinter Weller stand, brummte: »Siehst du.«

»Ja, und wer waren die zwei?«, wollte Weller wissen.

»Keine Ahnung.«

Weller konnte es nicht glauben: »Wie, keine Ahnung? Heißt das, neuerdings kann jeder bei uns so anonym rein- und rausspazieren?«

»Wenn ein Krankenwagen aufs Gelände fährt und zwei Männer aussteigen, die ins Gebäude kommen, soll ich die dann erst einer erkennungsdienstlichen Behandlung unterziehen? In solchen Fällen ist man doch gerne hilfsbereit und zeigt ihnen den Weg.«

Weller kämpfte gegen ein Schwindelgefühl an. »Krankenwagen? Wo wollten die denn hin?«, fragte er verunsichert.

»Zum Drachen.«

Ohne sich auch nur zu bedanken, lief Weller die Treppe hoch zu POR Diekmann. Rupert stand einen Moment bei Marion Wolters. Die zwei konnten sich nicht ausstehen. Wolters wusste genau, dass Rupert sie gern *Bratarsch* nannte, und sie hielt ihn im Gegenzug für einen völlig inkompetenten Macho, dem man die Polizeimarke entziehen sollte.

Ohne anzuklopfen, riss Weller die Tür zu Diekmanns Büro auf. Sie erschrak.

»Wohin ist Ann Kathrin mit den zwei Männern gegangen?«

POR Diekmann schrieb mit ihrem Füller in aller Ruhe den begonnenen Satz zu Ende. Sie ließ sich bewusst Zeit. Dann setzte sie sich so, dass sie Weller gerade ins Gesicht sehen konnte.

»Ich entnehme Ihren Worten, dass sie sich nicht von Ihnen verabschiedet hat, Herr Weller. Merkwürdig, wo Sie doch sonst immer so dicke miteinander sind. Im Dienst und auch privat. Steht es mit Ihrer jungen Ehe nicht zum Besten?«

»Darum geht es jetzt nicht«, sagte Weller. »Wo ist Ann? Was sollte der Krankenwagen?«

Frau Diekmann zupfte ihre Haarspitzen glatt. »Ihre Frau, Herr Weller, hat große Probleme. Das dürfte Ihnen ja nicht entgangen sein. Sie hat sich heute aus freien Stücken – was mir durchaus Respekt abverlangt – in psychiatrische Behandlung begeben.«

Weller konnte es nicht fassen. Er griff sich an den Kopf. »Sie hat was?«

»Wundert es Sie denn gar nicht, dass sie Ihnen davon nichts erzählt hat? Ich würde mir an Ihrer Stelle Gedanken um meine Beziehung machen, wenn ...«

»Das ist doch jetzt alles nicht wahr!«, stöhnte Weller.

Rupert tauchte hinter ihm auf. Für einen Moment war Weller sogar froh darüber. Dadurch, dass Rupert noch mit im Raum war, bekam er selbst mehr Bodenhaftung. Es war, als würde jetzt Realität hergestellt.

»Ihre Frau leidet an einer schweren dysfunktionalen Persönlichkeitsstörung. Das darf ich wohl sagen, ohne zu viel aus dem Gutachten von Professor Doktor Lempinski zu zitieren.«

Weller sackte in sich zusammen. Er musste sich irgendwo festhalten. Rupert bot sich an.

»Ist Ann Kathrin von Ihnen gegen ihren Willen eingewiesen worden?«, fauchte Weller wütend.

POR Diekmann wurde schärfer im Ton: »Die Kollegin Ann Kathrin Klaasen hat dieses Gebäude freiwillig in Begleitung zweier Pfleger verlassen, um sich ihren Problemen zu stellen, statt weiterhin vor ihnen wegzulaufen. Dieser Schritt genießt unser aller Hochachtung. Machen Sie sich jetzt hier nicht zum Affen. Wollen Sie behaupten, sie sei aus der Polizeiinspektion entführt worden? Unten vorbei an der Kollegin Wolters?«

Weller verließ Diekmanns Büro, auf Rupert gestützt, wie ein Boxer, der k.o. gegangen ist, sich aber nicht daran erinnert, vom Ringrichter angezählt worden zu sein.

Im Flur versuchte Rupert, den Kollegen auf seine ureigene Art wieder aufzubauen, indem er sagte: »Nimm das alles mal nicht so ernst. Die Diekmann und dieser Professor irren sich. Ann Kathrin wirkt vielleicht ein bisschen overworked und underfucked, aber so richtig einen an der Waffel hat sie nicht.«

Weller drückte Rupert gegen die Wand und drohte, ihm die Faust ins Gesicht zu schlagen, als Sylvia Hoppe ihre gegenüberliegende Bürotür öffnete. Sie schaute nur kurz hin, dann ging sie an den beiden vorbei, als ob nichts wäre. Als sie hinter Weller stand, raunte sie kaum hörbar in sein Ohr: »Nur zu, ich hab nichts gesehen.«

Weller ließ Rupert los und stürmte in sein Büro. Er holte seine Autoschlüssel und fuhr zur Ubbo-Emmius-Klinik, um Ann Kathrin zu sehen. Doch dort hatte man von einer Patientin dieses Namens nichts gehört.

Khalid schaffte es nicht mal bis zum Auto. Ihm war übel, und die Welt um ihn herum schien zu trudeln. Etwas drohte seine Eingeweide zu zerreißen. Der Schmerz war so überwältigend, dass sogar seine Haut weh tat.

Er hoffte, dass er bald aus diesem Albtraum erwachte. Die

Frau auf dem Foto, die er töten sollte, sah genauso aus wie seine Inga. Sie trug einen Pullover, den er noch nie an ihr gesehen hatte, aber die Frisur stimmte. Hatte Inga eine Zwillingsschwester? Aber warum hätte sie ihm die bisher verschwiegen haben sollen? Immer mehr breitete sich die Gewissheit in ihm aus, dass sie sich in den letzten Tagen bei ihm nur deshalb nicht gemeldet hatte, weil sie bei einem anderen Mann war. Beim schlimmsten Feind der Family.

Sie war die Geliebte eines Killers und Verräters. Aber zu allem Überfluss war dieser Mann fast dreißig Jahre älter als er selbst. Oder sollte er besser sagen, seine Hure? War Inga wirklich auf einen Mann hereingefallen, der gut und gerne ihr Vater sein könnte? Oder hatte das Luder von Anfang an ein falsches Spiel gespielt?

Er erinnerte sich nur zu gut daran, wie sie ihn in der Pizzeria angesehen hatte. Die Literaturstudentin, die Gedichte schrieb und den Job brauchte, um ihr Studium zu finanzieren. All diese Nächte, gewebt aus Zärtlichkeit und Poesie … Sie interessierte sich wirklich für ihn, das hatte er geglaubt. Sie wollte alles über ihn wissen. Auch seine Haltung zu Serkan als Vaterersatz war immer wieder ein Thema gewesen. Manchmal hatte er sich gefühlt wie in einer Therapiestunde. Aber ihr hatte er sich wirklich gezeigt. Sein Herz ausgeschüttet. Über den Mann, der Serkan in den Rollstuhl gebracht hatte, hatte sie alles wissen wollen.

Hatte *die Ratte* Inga auf ihn angesetzt, um ihn auszuhorchen? Hatte er sich für sie zum nützlichen Idioten gemacht? Und was, wenn Serkan davon erfuhr? Oder wusste er es bereits? War das Ganze eine Probe? Wollte Serkan nur prüfen, ob er bereit wäre, die Frau, die er liebte und heiraten wollte, zu töten? Weil Serkan es befahl? Konnte es einen noch größeren Loyalitätsbeweis geben?

Als Ann Kathrin erwachte, hatte sie einen ausgetrockneten Mund, und ihr Hals kratzte vom vielen Schreien während der Fahrt.

Sie befand sich in einem sauberen Zimmer. Weiße Wände und IKEA-Möbel. Ein Kleiderschrank. Ein Nachttischchen und ein Lesesessel. An der Wand über dem Bett ein gerahmtes Foto. Ein Sonnenuntergang in den Dolomiten. Ein dünner Gummibaum mit sieben glänzenden Blättern in einem billigen Plastiktopf. Die Wanduhr war auf halb zwölf stehengeblieben.

Es gab ein Fenster mit Doppelglasscheiben, das sich aber nicht öffnen ließ. Von außen war ein Gitter aus Gussstahl angebracht. Große, blühende Metallrosen.

Ann Kathrin kombinierte, dass sie nicht in Ostfriesland sein konnte. Solche Gussstahlkonstruktionen wären dort von der Salzluft und den Wetterbedingungen rasch rostig und marode geworden. Man musste so ein Gitter in Ostfriesland mindestens einmal jährlich streichen. Das vor ihrem Fenster hatte schon lange keine Farbe mehr gesehen, wies dafür aber wenig Rost auf.

Wein rankte von unten daran hoch. Die verdorrten Triebe schlängelten sich um die stählernen Rosenblätter.

Ich muss also weiter von der Küste weg sein, folgerte sie. Südniedersachsen mindestens, wenn nicht sogar schon Nordrhein-Westfalen.

Sie hatte ein flaues Gefühl im Magen. Vorsichtig öffnete sie die Toilettentür. Daran hing ein selbstgebasteltes Schild aus Ton oder Fimo. Zwei große Nullen, die gleichzeitig wie Augen aussahen und neugierig ins Zimmer guckten.

Ann Kathrin drehte den Wasserhahn auf und ließ Wasser ins Becken prasseln. Sie hielt ihre Handgelenke in den Strahl. Das tat gut.

Als das Wasser angenehm kühl geworden war, beugte sie sich vor und trank gierig. Dann überprüfte sie die Stelle, an der die Spitze der Nadel in ihre Armmuskulatur eingedrungen war. Sie ertastete eine Schwellung und Verhärtung. Darüber leuchtete die Haut gelb und blau.

Erst jetzt registrierte sie, dass sie ihre eigene Kleidung nicht mehr trug, sondern ein zu weites Baumwoll-T-Shirt und eine Hose aus Hanf oder Leinen, beides in Grau.

Sie stieg aus den fremden Sachen, als seien sie giftig. Dann ertastete sie den weißen Baumwollslip, der ebenfalls nicht zu ihrer eigenen Ausstattung gehörte. Sie riss ihn hinunter. Schon der Gedanke, dass einer dieser Typen sie ausgezogen und vielleicht gar gewaschen hatte, war ihr zuwider. Sie schüttelte sich vor Ekel.

Der nächste Schock kam, als sie die Kleidung nach Herstellerhinweisen untersuchte. In jedem der drei Teile war ihr Namensschild eingenäht: *Ann Kathrin Klaasen.*

Sie fühlte sich wie ein im Netz gefangenes Tier, das bereits auf der Speisekarte steht. Sie versuchte, den Anflug von Panik zu unterdrücken. Dann zog sie die ihr zugedachte Kleidung wieder an. Es war ihr lieber, als hier nackt auf die nächste Begegnung zu warten.

Sie durchsuchte Bad und Schlafraum nach Kameras oder Abhöranlagen. Aber sie wusste, dass diese Dinger heutzutage salzkorngroß sein konnten, ohne technische Unterstützung waren sie kaum noch auszumachen.

Ihre Hoffnung, dass sie ihre Kleidung im Schrank finden würde, möglicherweise gar gefaltet und gebügelt, zerschlug sich. Dort gab es nur drei Kleiderbügel, eine Wolldecke und einen Schuhlöffel. Auch ihre Schuhe fand sie nicht.

Schritte näherten sich. Ann Kathrin brachte sich in eine gute Verteidigungsposition in der Mitte des Raumes.

Eine Frau, in Größe und Statur ihr ähnlich, betrat das Zimmer und lächelte: »Ich sehe, Sie sind schon wach. Bestimmt haben Sie Hunger und Durst.«

Die Frau trug den typischen Krankenschwesterndress und bequeme, aber hässliche hautfarbene Schuhe. Sie schob einen Servierwagen vor sich her. Darauf eine Thermoskanne und ein Brötchenkorb mit Croissants. Ein Teller mit Wurst und Käsescheiben. Ein Plastikbecher.

Ann Kathrin griff mit einer raschen Bewegung den rechten Arm der Frau und bog ihn ihr auf den Rücken. Sie hielt ihr den Mund zu und flüsterte ihr zu: »Ein Ton, und ich brech dir den Arm. Zweimal! Kapiert?«

Mit einem Blick stellte Ann Kathrin fest, dass auf dem Teller nur Plastikbesteck lag. Sie rechneten also mit ihrer Gegenwehr. Umso merkwürdiger kam es ihr vor, dass diese offensichtlich wenig nahkampferfahrene Krankenschwesterimitation zu ihr geschickt worden war. Die Frau leistete praktisch keinen Widerstand.

»Sie werden jetzt Ihre Kleidung ausziehen und mir geben. Ist das klar?«, zischte Ann Kathrin.

»Ich heiße Ziel! Heike Ziel. Bitte, tun Sie mir nichts!«

»Wenn Sie machen, was ich sage, wird Ihnen nichts geschehen.«

Ann Kathrin war froh, dass die Frau tat, was sie von ihr verlangte, und sie keine weitere Gewalt anwenden musste.

Die Krankenschwester weinte, als sie ihren Kittel aufknöpfte.

»Wo bin ich hier?«, fragte Ann Kathrin.

»Das ist eine psychosomatische Privatklinik. Wir sind spezialisiert auf …«

»Kein Gerede! Wo bin ich hier? Planet? Land? Staat?«

»Wir sind in Hannover Kirchrode.«

»Wo genau?«

»In der Freud-Adler-Klinik. Bitte, ich mache ja alles, was Sie sagen, aber tun Sie mir nichts!«

Es war der Frau unangenehm, so in Unterwäsche vor Ann Kathrin zu stehen. Sie zitterte und tat Ann Kathrin mit ihrem verängstigten Gesicht schon fast leid.

»Die Schuhe auch«, forderte Ann Kathrin. Dann zog sie die

Klinikkleidung aus und warf sie aufs Bett. »Das ist für Sie. Ziehen Sie sich das an. Mir steht die Farbe nicht.«

Rasch verwandelte Ann Kathrin sich von einer Patientin in eine Krankenschwester. Im Kittel fand sie ein altes Nokia-Handy. Ann Kathrin wog kurz ab, damit zu telefonieren, dann entschied sie sich aber dafür, die Batterien rauszunehmen und das Handy aufs Bett zu werfen.

Sie sah die drei Croissants. Am liebsten hätte sie jetzt die Zähne in ein Kotelett gegraben und Fleisch von den Knochen gerissen, um sich ihrer archaischen Kraft zu vergewissern. Ersatzweise schnappte sie sich ein Croissant. Sie biss hinein und schüttelte den Kopf hin und her, wie es Raubtiere tun, wenn sie sich in ihre Beute verbissen haben und ein Stück Fleisch herausreißen wollen.

Ann Kathrin machte ein paar Schritte in ihren neuen Schuhen.

»Muss ich dich anschnallen, damit du keinen Mist baust?«, fragte Ann Kathrin und guckte, als könnte sie ihr tief in die Seele schauen.

Heike Ziel schüttelte den Kopf: »Ich werde nicht schreien und Sie nicht verraten.«

Aber in dem Moment hatte Ann Kathrin sich schon einen neuen Plan zurechtgelegt.

»Bist du mit dem Auto hier?«

»Ja.«

»Gib mir die Schlüssel.«

»Die hab ich in meiner Tasche im Schwesternzimmer.«

»Ist da jetzt jemand?«

»Höchstens Schwester Olga, falls die nicht auf Station ist.«

»Gut. Dann gehen wir jetzt gemeinsam dorthin und holen den Schlüssel. Danach zeigst du mir den Weg nach draußen.«

Sie nickte betreten.

Ann Kathrin ließ nicht locker. Sie schoss ihre Fragen geradezu ab: »Gibt es Türschlüssel oder Codes hier im Haus?«

»Codes.«

»Wie ist der Code?«

»Sieben, vier, zwei acht, eins.«

»Wehe, du lügst mich an, und der Alarm geht los.«

»Bitte ... Frau Klaasen ... ich arbeite hier nur. Ich bin allein erziehend. Ich habe eine zehn Jahre alte Tochter. Maren. Wollen Sie mal ein Foto von ihr sehen?«

»Nein. Ich will Ihren Autoschlüssel. Welchen Wagen fahren Sie?«

»Einen fünfzehn Jahre alten Twingo. Rot mit blauen Türen.«

Ann Kathrin lächelte trotz der angespannten Situation. »Ich habe einen froschgrünen Twingo. Es gibt wahrlich bessere Autos, aber ich liebe ihn.«

»Meiner fällt schon fast auseinander.«

»Meiner auch. Ein ideales Fluchtauto!«

Ann Kathrin öffnete die Tür und spähte in den Flur. »Los jetzt! Wo ist das Schwesternzimmer?«

Ann Kathrin packte die Frau fest am Arm und ließ sich doch von ihr führen. Für einen Außenstehenden musste es so wirken, als ob hier eine Krankenschwester eine schwierige Patientin mit sanftem Druck zu einer Unterredung bringen würde.

Schon hinter der dritten Tür lag das Schwesternzimmer. Es sah aus wie eine kleine Küche mit Essecke. Ein Herd mit Ceranfeld, eine Geschirrspülmaschine, ein Kühlschrank, eine Saftpresse, Hängeschränke. Eine halbvolle Kanne Filterkaffee. Auf dem Tisch drei benutzte Kaffeebecher. Eine Tüte Chips und zwei Bananen. An der Wand ein Kalender mit Bildern vom Maschsee.

Über einer Stuhllehne hing eine Handtasche. Die Krankenschwester nahm sie an sich.

Ann Kathrin schüttelte den Kopf. »Nein. Das mache ich.«

Sie durchwühlte die Tasche. Darin war – anders als Ann Kathrin vermutet hatte – keine Waffe, wohl aber der Schlüsselbund.

»Okay«, sagte sie, »jetzt wiederhole die Codenummer.«

Ann Kathrin war sich sicher, wenn die Frau nur einfach irgendeine Nummer erfunden hatte, würde sie sich jetzt an die Zahlenreihenfolge nicht mehr erinnern, sondern musste eine neue erfinden. Doch sie sagte, ohne lange nachzudenken: »Sieben, vier, zwei acht, eins.«

Ann Kathrin ging zum Küchenschrank. Sie öffnete die Besteckschublade. Die Messer waren zwar besser als das Plastikbesteck, doch insgesamt ein Witz. Stumpf und vorne abgerundet. Als Waffen wenig geeignet. Kein großes Brotmesser.

Zwischen den Dessertlöffeln jedoch entdeckte sie ein Schälmesser. Kurze, scharfe Klinge, leicht gebogen, mit Holzgriff. Das reichte aus, um einem klugen Gegner genügend Angst zu machen, um ihn auf Abstand zu halten, oder um einem dummen Gegner schwere Verletzungen zuzufügen.

»So«, sagte Ann Kathrin mit dem Messer in der Hand, »und jetzt zeigst du mir den Weg nach draußen. Hör auf zu zittern und zu heulen, ich tu dir ja nichts.«

»Ich kann nicht«, antwortete die Krankenschwester. Sogar ihre Zähne klapperten jetzt.

Diesmal machte Ann Kathrin einen Fehler und kontrollierte nicht erst, ob sie freie Bahn hatte. Die Vorfreude, gleich draußen zu sein und in einem Twingo zu sitzen, trübte ihre Instinkte. Der Wunsch nach Freiheit war stärker als alle antrainierten Verhaltensregeln und Vorsichtsmaßnahmen.

Sie schob die Krankenschwester vor sich her in den Flur. Sie ließ gleich zwei tote Winkel außer Acht. Links und rechts neben der Tür hatten bereits zwei Pfleger Aufstellung genommen. Jeder von ihnen war gut dreißig Kilo schwerer als Ann Kathrin. Sie packten Ann Kathrin von hinten. Einer versuchte, ihr das Schälmesser abzuringen, der andere benutzte einen Elektroschocker.

Ann Kathrin brach im Flur zusammen. Zitternd lag sie am Boden. Das Messer rollte knapp vor ihren Augen, aber doch unerreichbar, über die Fliesen.

Die verängstigte Krankenschwester hob es auf und gab es einem Mann, den sie *Bobby* nannte und der sie jetzt fast liebevoll in den Arm nahm.

»Ich hatte solche Angst, Bobby! Ich dachte, die bringt mich um!«

Weller fand schnell heraus, welcher Richter die Einweisung von Ann Kathrin unterschrieben hatte. Er kannte ihn aus mehreren Prozessen gegen Straftäter, zu deren Überführung Weller beigetragen hatte.

In Wellers Augen war der Mann eher zu milde und zu verständnisvoll als zu scharf. Richtig durchgegriffen hatte er in den Fällen, die Weller kannte, nie.

Umso erstaunlicher fand Weller, dass gerade dieser Mann, der auf den noblen Namen von der Vogelweide hörte und deshalb von vielen Kollegen *Walter* genannt wurde, in Wirklichkeit aber Johannes hieß, ausgerechnet in Ann Kathrins Fall so hart agiert hatte.

Weller rief ihn an und bekam ihn auch sofort ans Telefon. Er war sich keiner Schuld bewusst und redete sich darauf heraus, es sei nicht nötig gewesen, mit Ann Kathrin zu reden, er sei ja kein Fachmann für Psychiatrie. Er müsse sich in solchen Fällen auf Gutachter verlassen. Anders ginge es eben nicht, und dieser Professor Lempinski sei eine Koryphäe auf seinem Gebiet, habe viele Veröffentlichungen vorzuweisen und sei als Gutachter bei Gericht sehr gefragt.

Während des Gesprächs googelte Weller Professor Lempinski.

»Und Sie richten sich streng nach dem Gutachten?«

»Aber natürlich, Herr Weller. Und glauben Sie mir, was jetzt geschieht, ist nur zum Besten Ihrer Frau.«

»Und wenn so ein Gutachter Mist macht? Ich meine – der

schreibt ja praktisch kein Gutachten, sondern spricht selbst ein Urteil.«

»Nein, das Urteil spreche ich. Ich verstehe Ihre Aufregung sehr, Herr Weller, aber niemand will Ihrer Frau oder Ihnen etwas Böses.«

»Dann sagen Sie mir wenigstens, wo sie im Moment ist, damit ich sie besuchen kann.«

»Ich unterschreibe lediglich die Einweisung in eine Klinik, aber nicht in eine spezielle, um es da erst gar nicht zu einem Interessenkonflikt kommen zu lassen. Es muss ja erst der richtige Ort für die Patientin gesucht werden. In dem Fall hat der Gutachter sogar von seinem Vorschlagsrecht Gebrauch gemacht.«

Auf der Website von Lempinski sah Weller jetzt die Ankündigung einer Vortragsreihe des Professors über Bulimie. Er würde noch am heutigen Abend in Bad Zwischenahn in der Stadtbibliothek sprechen.

»Ja, danke für Ihre Hilfe«, sagte Weller und legte auf.

Auf der Wegstrecke zwischen Aurich und Bad Zwischenahn waren vier Geschwindigkeitsüberwachungsanlagen aufgestellt. Weller wurde von jeder einmal geblitzt. Er fuhr jeweils zwischen dreißig und vierzig Stundenkilometer zu schnell.

Die Stadtbibliothek lag wunderbar am See, von altem Baumbestand umgeben. Weller fing Professor Lempinski vor der Veranstaltung ab.

Lempinski hatte kluge, aber müde Augen und eine warme Stimme. Er wirkte wie Anfang fünfzig, war aber Mitte sechzig. Er hatte den Fellkragen seines Ledermantels hochgestellt, so dass seine Ohren gewärmt wurden.

Ein örtlicher Buchhändler baute noch einen Büchertisch im Eingangsbereich auf. Professor Lempinski sollte hier seinen neuen Bestseller später signieren.

Das kurze Gespräch zwischen Weller und Lempinski fand vor der halbgeöffneten Eingangstür statt, an der ein Plakat mit großem Foto von Lempinski hing, das die Veranstaltung ankündigte.

Der Buchhändler nickte Weller zu und winkte Lempinski. Die beiden kannten sich offensichtlich.

»Frank Weller, Kripo Ostfriesland. Sie haben ein Gutachten über meine Frau Ann Kathrin Klaasen geschrieben. Es würde mich einmal interessieren, wie Sie das geschafft haben, ohne jemals mit ihr gesprochen zu haben. Sie sind wohl so ein toller Hecht und können hellsehen oder Ferndiagnosen verfassen. Haben Sie einen kleinen Mann im Ohr, der Ihnen diese Erkenntnisse nachts im Traum einflüstert? Oder träumen Sie sie einfach?«

Weller ärgerte sich über sich selbst. Er fasste das hier völlig falsch an. So konnte er den Mann nicht für sich gewinnen. Und noch während er sich selbst reden hörte, kapierte er, dass er ihn auch gar nicht für sich gewinnen, sondern ihm Angst machen wollte. Er wollte ihm zeigen, dass Ann Kathrin nicht allein war, und er wollte von ihm ihren Aufenthaltsort erfahren.

»Ihre Frau, Herr Weller, lebt in einem Wahnsystem. Sie leidet selbst am meisten darunter. Sie glaubt, der tote Mörder ihres Vaters würde, von staatlichen Stellen gestützt, ein Leben in Saus und Braus führen. Natürlich war sie bei mir! Ich hatte ein Erstgespräch mit ihr, und es gab sogar einen Behandlungsversuch. Aber sie hat mich schnell in ihr paranoides System von Wahnvorstellungen eingebaut. Ich wurde rasch zu einem der Bösen, die zu diesem ganzen gigantischen Verschwörungskomplott gehören. Das würde Ihnen über kurz oder lang auch passieren, Herr Weller, glauben Sie mir. Am Ende wird sie auf der einen Seite mit ihrem toten Vater allein gegen den Rest der ganzen Welt stehen, und wir alle gehören zu der Verschwörung. Sie, Herr Weller, genauso wie ich, Frau Diekmann oder Staatssekretär Kaiser, den sie ja auch persönlich angegriffen hat. Sie befindet sich, und das sollte Ihnen zu denken geben, in einer Spirale von Gewaltphantasien und -ausbrüchen. Es wäre unverantwortlich, sie weiterhin eine Waffe tragen zu lassen. So, und jetzt muss ich in meine Veranstaltung …«

Weller packte Professor Lempinski hart am Handgelenk und hielt ihn fest. »Wo befindet sich meine Frau jetzt?«

Professor Lempinski lächelte überlegen: »Sehen Sie? Es hat schon begonnen. Sie hat Ihnen nicht gesagt, wo sie untergebracht worden ist. Und sie meldet sich nicht bei Ihnen. Sie sind längst eingewoben in ihr Wahnsystem. Sie sind gerade dabei, von der Seite der Freunde und Vertrauten in die Reihen der Bösen zu wechseln. Deshalb erzählt sie Ihnen nichts mehr. Das alles ist Bestandteil ihrer Krankheit. Sie glaubt längst, dass Sie zur Gegenseite gehören.«

Jedes einzelne Wort des Professors traf Weller wie einen punktgenauen Schlag gegen Schläfe, Kinn oder Kehlkopf. Er stand schwankend auf der Steintreppe und fürchtete, gleich einfach umzukippen.

Professor Lempinski schüttelte Wellers Hand ab, nickte ihm kurz zu und betrat die Bibliothek.

»Na«, rief er aufgeräumt und munter dem Buchhändler zu, »hoffen wir mal, dass Sie mit leeren Kisten wieder nach Hause fahren und keine Bücher mit zurücknehmen müssen.«

Weller ging zum See runter und atmete tief durch. Ein paar Enten flohen schnatternd vor ihm. Er brauchte etwas zu trinken und Ruhe, um nachdenken zu können. Im Ristorante Antonio Lava bestellte er sich eine Flasche Mineralwasser, einen Grappa und eine Tasse Kaffee. Er leerte erst die Wasserflasche, dann kippte er den Grappa und nippte am Kaffee. Er trank ihn schwarz, ohne Milch und Zucker, aber zwei Tütchen Zucker lagen auf dem Unterteller und brachten Weller auf eine Idee. Er steckte die Tütchen ein und rief: »Kann ich noch einen Kaffee bekommen und ein bisschen mehr Zucker?«

Vom Nachbartisch strahlte eine Frau ihn an, die hier zur Kur war und sich in dieser Zeit klar darüber geworden war, dass ihre Ehe eine Farce war und ihr Mann ein Idiot.

»Sie sind ja ein ganz Süßer«, rief sie. »Wollen Sie meinen Zucker auch noch?«

Weller nickte ihr zu. Sie kam mit zwei Tütchen an seinen Tisch.

Als Professor Lempinski seinen Vortrag über Bulimie vor dem hauptsächlich weiblichen Publikum beendet hatte, signierte er noch gut zwanzig Bücher für seine Zuhörerinnen. Dann zog er seinen dicken Ledermantel mit Fellkragen an und ging zum Auto zurück.

Er sah sich nach links und rechts um. Er ahnte, dass Weller auf ihn lauern würde, war dann aber doch überrascht, als Weller plötzlich vor ihm stand.

Weller packte ihn sofort hart an und drängte ihn gegen einen Baumstamm. Eine Krähe krächzte aufgeschreckt.

»So«, sagte Weller, »jetzt reden wir mal Klartext.«

Er hatte seine rechte Hand fest um Lempinskis Hals gelegt, so dass das Schafsfell des hochgestellten Kragens Wellers Handrücken streichelte. Mit links hielt Weller ein durchsichtiges Plastiktütchen hoch, darin war etwas Weißes.

»Das«, freute Weller sich, »habe ich in Ihrer Manteltasche gefunden, Herr Professor. Ich vermute, es handelt sich um Kokain.«

»D… d… das ist ja ein ganz übler Trick! Sie wollen mir das wohl unterschieben!«, wehrte Lempinski sich.

Zynisch grinste Weller: »Tja, dann steht jetzt wohl Aussage gegen Aussage. Das kennen die Gerichte. Jeder zweite Drogendealer behauptet, das Zeug sei ihm untergeschoben worden. Also, das ist praktisch der Klassiker als Ausrede. Nimmt kaum ein Richter mehr ernst.«

Lempinski hustete: »Sie drücken mir den Kehlkopf ein!«

Weller ließ Lempinski los. Der japste jetzt nach Luft.

Weller öffnete die Tüte, roch daran, tauchte den Zeigefinger hinein und probierte. Er hielt Lempinski die Plastiktüte hin: »Wollen Sie auch mal?«

Der hob abwehrend beide Hände und weigerte sich, das Zeug auch nur anzufassen.

»Nun wissen wir natürlich beide«, dozierte Weller, »dass sich in dieser Tüte gar kein Kokain befindet, sondern schlichter Industriezucker. Aber ich könnte es trotzdem für Kokain halten, und die Menge reicht aus, um Sie achtundvierzig Stunden festzuhalten, bevor wir Sie einem Richter vorführen müssen. Und der wird das Zeug auch nicht selber probieren, sondern ein Laborgutachten verlangen. Und jetzt kommt der Clou. Passen Sie auf: Ich habe da einen guten Freund, der mir noch einen Gefallen schuldig ist. Er wird sogar den Reinheitsgehalt genau bestimmen und das hier für Koks halten, so wie ich, und dann, Professorchen – dann sind Sie im Arsch!«

Lempinski rieb sich den Hals. »Ich verstehe, Herr Weller, was Sie mir damit sagen wollen. Aber im Fall Ihrer Frau ist das nicht so gelaufen, wie Sie denken.«

»Wie denn?«, fauchte Weller.

»Korrekt.«

»Erzählen Sie das Ihrem Friseur. Vielleicht glaubt der Ihnen ja.«

Lempinski versuchte, aus dem Schatten heraus ins Licht einer Laterne zu treten. »Wollen Sie mich jetzt wegen Kokainhandels festnehmen?«

Weller ließ das Pulver aus der Tüte auf Lempinskis Schuhe regnen. »Nein, verdammt! Ich will von Ihnen wissen, wo meine Frau ist!«

»Ja, hat man sie denn nicht in die Ubbo-Emmius-Klinik gebracht?«

Ann Kathrin kannte Zwangsjacken eigentlich nur aus Büchern und Filmen. In ihrem beruflichen Alltag spielten sie praktisch keine Rolle. Jetzt steckte sie selbst in einer, und es war für sie die schrecklichste Art der Freiheitsberaubung.

Handschellen, ja Ketten, wären ihr lieber gewesen. Aber diese verdammte Zwangsjacke machte aus dem, der drinsteckte, nicht einfach einen gefährlichen Menschen, sondern zu allem Überfluss einen, der unzurechnungsfähig war. Schlimmer ging es nicht. Außerdem schwitzte sie darin. Ihre Haut juckte, und sie konnte sich nicht kratzen.

Als Kind hatte sie mal einen Entfesselungskünstler gesehen, der sich – an den Füßen aufgehängt – aus einer Zwangsjacke in zwei Minuten befreit hatte.

Ihr gelang das nicht, und sie stand mit beiden Füßen auf dem Boden.

Sie war barfuß und trug wieder diese widerliche graue Hose aus Hanf oder Leinen, die auf ihrer Haut grässlich kratzte.

Vor ihr, hinter einem großen alten Schreibtisch, saß der Mann, der bei ihrer Einlieferung den kobaltblauen Anzug getragen hatte. Die gelbe Lederkrawatte baumelte immer noch an seinem Hals. Die Jacke hing an der Garderobe. Er hatte die Hemdsärmel aufgekrempelt.

Die zwei Typen, mit denen Ann Kathrin im Flur gekämpft hatte, standen einsatzbereit im Zimmer.

Ein beleuchteter Globus schaffte eine fast heimelige Stimmung. Es musste – wenn die laut tickende Standuhr richtigging – gleich zweiundzwanzig Uhr sein.

»Ich sehe, Sie sind ein vorsichtiger Mann – manche würden Sie auch ein feiges Arschloch nennen …«, protestierte Ann Kathrin. »Sie haben mich in dieses Folterinstrument hier stecken lassen und brauchen dann zu Ihrer Sicherheit trotzdem noch zwei Bodyguards – so nennt man solche Schläger doch heute, oder?«

Er lächelte süffisant. »Sie sind eine gefährliche, hoch aggressive Frau. Deshalb sind Sie ja hier, Frau Klaasen.«

»Jetzt wüsste ich dann doch gerne, wie Sie heißen, damit ich Sie verklagen kann, nachdem die Polizei das Gebäude hier gestürmt hat.«

Sein Lächeln wurde noch breiter. »Sie glauben im Ernst, das könnte passieren? Was denken Sie denn, Frau Klaasen, warum Sie hier sind und in einer Zwangsjacke stecken?«

Sie wiederholte ihre Frage mit anderen Worten: »Ihren Namen wollten Sie mir nennen, nicht wahr? Tragen die Ärzte in richtigen Krankenhäusern nicht immer solche Namensschildchen? Darauf hätten Sie bei Ihrer Inszenierung achten sollen. Dann wirkt einfach alles echter.«

»Ich heiße Schneeberger. Dr. Schneeberger für Sie.« Er notierte etwas und fragte dann: »Halten Sie das hier für eine Inszenierung? Was glauben Sie, wo Sie hier sind?«

Ann Kathrin wand sich in dem kratzigen Stoff wie eine Schlange, die sich häuten möchte. »Nun, ich denke, mein Lieblingsrestaurant in Norden ist das hier wohl nicht. Im Smutje riecht es nämlich besser. Ich bin dort auch selten so lange hungrig, und ich werde wesentlich besser behandelt. Ihr Personal ist einfach unter aller Sau, Herr Schneemann.«

»Dr. Schneeberger ist mein Name. Das alles ist kein Witz, Frau Klaasen. Sie haben eine Krankenschwester mit dem Messer bedroht. Sie haben sie gezwungen, sich auszuziehen und dann ihre Kleider angezogen. Zwei Pfleger mussten Sie unter erheblichem Aufwand bändigen. Schon Ihr Antrittsbesuch hier war nicht gerade unkompliziert. Sie haben eine Prügelei mit dem Pflegepersonal begonnen. Ich musste Sie mit einer Injektion ruhigstellen. Wie würden Sie selbst Ihr Verhalten beschreiben, wenn Sie es denn müssten?«

»Als angemessen«, sagte Ann Kathrin, und fühlte sich auf einmal klein und dumm. Sie kämpfte noch dagegen an, doch ihr war durchaus klar, wie das, was sie getan hatte, nach außen hin wirken musste.

Mit erstaunlich fester Stimme sagte sie: »Ich wurde entführt. Ich habe versucht, mich zu befreien. Ich finde das nicht erklärungsbedürftig.«

Die Standuhr schlug die volle Stunde. Einer der zwei Typen räusperte sich. Er hörte sich an wie jemand, der viel zu viel rauchte.

»Sie sind nicht entführt worden, Frau Klaasen. Sie sind zwar aufgrund einer richterlichen Anordnung hier, aber Sie sind freiwillig mitgekommen, haben in die Behandlung eingewilligt. Sie leiden unter einer dysfunktionalen Persönlichkeitsstörung, wie Professor Doktor Lempinski in seinem Gutachten festgehalten hat.«

Damit bekam Ann Kathrin wieder Boden unter die Füße.

»Das ist kein wirklich wissenschaftlicher Begriff. Er kommt im ICD-10 nicht vor.«

Schneeberger sah sie mit offenem Mund an. Es war ihr gelungen, ihn zu verblüffen.

Ann Kathrin erklärte: »Das ist ein weltweit anerkanntes Diagnose-Klassifikationssystem in der Medizin. In Deutschland sind Ärzte sogar verpflichtet, ihre Diagnosen nach dem ICD-10 zu verschlüsseln. Nie davon gehört?«, fragte sie und untermauerte damit, dass sie ihn nicht für einen Arzt hielt.

Er spielte sofort wieder den Überlegenen und deutete ihre Worte um: »Ihnen ist die Störung also durchaus bewusst, und Sie haben sich im Internet bereits darüber informiert. Bravo. Das sind die ersten Schritte zur Heilung: Erkenntnis und Annahme, dass wir ein Problem haben!«

Ich habe ihn erwischt, dachte Ann Kathrin, und das half ihr, ihr letztes bisschen Selbstbewusstsein zusammenzukratzen, um sich erneut aufzubäumen: »Die Frage ist doch eher, habe ich eine Störung, oder störe ich?«

Er legte seinen Stift weg und drückte die Fingerspitzen gegeneinander, wie man es schon sehr häufig bei der Bundeskanzlerin gesehen hatte. »Ja, Störungen sind dem Menschen oft nicht bewusst und treten erst in der Interaktion mit anderen zutage. In Ihrem Fall ist das ganz offensichtlich. Sie laufen seit Jahren damit herum. Die Traumatisierung, die durch die bedauerliche Ermordung Ihres Vaters entstanden ist, haben Sie nie bearbeitet. Um den Schmerz nicht spüren zu müssen, haben Sie dieses Wahngebilde aufgebaut. Sie basteln sich die Welt, wie Sie sie gerade brauchen, um Ihren Schmerz zu unterdrücken. Statt ihn zuzulassen und Ihren Vater endlich richtig zu betrauern.«

Ann Kathrin hätte sich am liebsten trotz Zwangsjacke auf ihn gestürzt. Sie spielte mit dem Gedanken, ihm in die Hand zu beißen. Vielleicht würde es ihr sogar gelingen, einen seiner Finger mit den Zähnen abzutrennen, bevor die beiden Teddybären sie packen würden.

»Woran denken Sie jetzt, Frau Klaasen?«

»An einen doppelten Espresso und ein Filetsteak. Ihr Catering lässt sehr zu wünschen übrig.«

»Sie glauben weder, dass ich Ihr behandelnder Arzt bin noch dass dies eine Klinik ist, stimmt's?«

Sie lachte demonstrativ. »Sie haben von mir weder meine Krankenkassendaten erfragt noch …«

Er unterbrach sie. »Auf wen sind Sie eigentlich so gottverdammt wütend? Auf mich oder auf sich selbst?«

Sie antwortete nicht.

»Sie haben sich nie verziehen, Frau Klaasen, dass Sie Ihren Vater nicht retten konnten. Deshalb wollen Sie seinen Mörder fangen. Immer und immer wieder … Es sind Zwangsgedanken. Damit Sie ihn fangen können, muss er aber leben. Er ist aber tot. Seine Asche wurde ins Meer gestreut. Das können Sie nicht akzeptieren.«

»Erstens lebt er noch, weil Sie und Ihre Freunde ihn freigelassen und mit einer neuen Identität ausgestattet haben, und zweitens streut man bei einer Seebestattung keine Asche ins Meer. Es ist eine Urnenbeisetzung. Und drittens, wenn dieser Saftladen hier eine richtige Klinik ist und Sie ein richtiger Arzt sind, dann beantrage ich hiermit meine sofortige Verlegung in die Ubbo-Emmius-Klinik nach Norden. Dort werde ich mich gern und freiwillig in Behandlung begeben.«

»Das geht nicht.«

»Warum nicht?«

Er wunderte sich über diese Frau. Wie hartnäckig sie ihm Widerstand leistete!

»Sie können vor Ihren Problemen nicht davonlaufen. Sie nehmen sie überall mit hin.«

»Klasse Spruch. Woher haben Sie den? Aus der Rentner-Bravo?«

»Was soll das denn sein?«

»Die Apotheken-Umschau. Wann haben Sie sich zum letzten Mal mit Leuten draußen auf der Straße unterhalten, Herr Doktor?«

Der Raucher hustete schon wieder und trat von einem Bein aufs andere, als müsse er dringend zur Toilette.

»Es gibt«, betonte Ann Kathrin, »in unseren Land die freie Arztwahl, und ich habe mich für die Ubbo-Emmius-Klinik entschieden.«

»Die sind belegt. Sie müssen schon mit uns vorliebnehmen.«

»Pah, belegt! Lassen Sie uns mit denen telefonieren.«

Sie blickte ihn an, als würde sie ernsthaft damit rechnen, gleich ein Telefon zu bekommen.

Schneeberger erhob sich. »Es tut mir leid, Frau Klaasen, Ihre Stunde ist um.«

»Wir reden noch keine Stunde miteinander«, rief sie und deutete mit dem Kinn auf die Standuhr. »Nicht einmal das stimmt! Ihr lügt alle! In allen Punkten!«

Die beiden Pfleger drückten sie in Richtung Tür.

»Wann werden Sie mich hier rauslassen?«, schrie Ann Kathrin. »Wann?«

Sie wurde von tiefer Verzweiflung gepackt.

Schneeberger wandte sich ihr kurz noch einmal zu. »Bevor Sie nicht einsichtig werden, ganz sicher nicht, Frau Klaasen. Alles beginnt mit der Einsicht, dass man ein Problem hat und lernen muss, zwischen Wahn und Wirklichkeit zu unterscheiden.«

Die Pfleger brachten Ann Kathrin in ihr Zimmer zurück. Im Flur sah sie den Raucher wütend an und zischte: »Sie wissen, dass die Glimmstängel Sie umbringen werden, nicht wahr?«

Er antwortete ihr nicht, sondern sprach mit seinem Kollegen: »Ich steh drauf, wenn Verrückte mir Tipps geben.«

Khalid beobachtete Inga und ihren Lover durch ein Fernglas. Das Kowa High Lander war sogar für astronomische Beobachtungen geeignet. Aber er konnte kaum etwas erkennen. Das Wasser in seinen Augen trübte die Sicht. Immer wieder wischte er sich Tränen aus dem Gesicht, und er versuchte sich einzureden, dass der scharfe Wind seine Augen tränen ließ. Den Gedanken, dass es Liebeskummer sein könnte, fand er unerträglich demütigend.

Er war es gewöhnt, dass er derjenige war, der die Frauen verließ. Sie heulten dann und kämpften um ihn oder waren wenigstens wütend und verletzt.

Diese Situation war völlig neu für ihn. Nicht er betrog, sondern er wurde betrogen. Er wunderte sich darüber, wie weh das tat. Gerade noch turtelten sie auf dem Weihnachtsmarkt in Aurich, schon fuhren sie zum Wasserschloss nach Dornum und *die Ratte* kaufte seiner neuen Freundin Silberschmuck.

Wie gern hätte er diesen Mann getötet! Aber das war nicht

seine Aufgabe. Er sollte Inga umbringen, und obwohl sie ihm gerade so viel Schmerz bereitete und er maßlos enttäuscht von ihr war, fiel es ihm schwer, sich vorzustellen, ihr etwas anzutun.

Ein gewisser Respekt vor Thumm stellte sich ein. Thumm war ein Killer. Der Ausputzer für Serkan, der zur Belohnung und als offizielle legale Existenz die Pizzeria samt Lieferservice bekommen hatte.

Khalid merkte jetzt, dass er selbst kein Killer war. Ein Kämpfer, ja. Ein harter Fighter. So sah er sich. Auf seine Art sogar gnadenlos, wenn es um den Schutz der Family ging. Aber gewissenlos einen Auftragsmord auszuführen, nein, das war nicht seine Sache. Dafür war er einfach nicht kaltblütig genug. Wenn überhaupt, dann musste es auf große Distanz passieren. Vielleicht ein Schuss mit einem Präzisionsgewehr. Aber wenn er sich Ingas Gesicht im Fadenkreuz vorstellte, konnte er sich nicht vorstellen, abzudrücken.

Die zwei scheinbar so Unzertrennlichen trennten sich jetzt. Er setzte sie in Emden vor dem Henri-Nannen-Museum ab, ging selbst aber nicht mit rein, sondern fuhr gleich weiter.

Khalid folgte Inga ins Museum. Die Kunstwerke der Expressionisten und Jungen Wilden interessierten ihn nicht. Er beobachtete Inga, wie sie sich Bilder anschaute. Wie sie den Kopf schräg legte, weiter weg und näher ran ging. Den richtigen Abstand suchte und die beste Perspektive.

Er hoffte, sie irgendwo allein in einem der Ausstellungsräume zu treffen. Nein, er hatte nicht vor, sie hier zwischen den Ölgemälden alter Meister zu ermorden. Er wollte nur mit ihr reden.

Er sprach sie von hinten an, und sie zuckte zusammen, als sei sie bei einer verbotenen Handlung erwischt worden.

»Ich muss mit dir reden«, sagte er, und ihr Gesicht spiegelte ihre völlige Verblüffung wider, während sie mit selbstsicherer Stimme sagte: »Du interessierst dich für Malerei?«

»Nein, ich interessiere mich für dich. Warum meldest du dich nicht, sondern machst stattdessen mit diesem alten Knacker rum? Kriegst du Kohle dafür?«

Er rechnete für diese Frechheit mit einer Ohrfeige. Er beschloss, dem Schlag nicht auszuweichen, sondern bewusst den Schmerz zu spüren, um daraus vielleicht die Energie schöpfen zu können, seinen Auftrag zu erfüllen. Die Kraft, wütend auf sie zu werden und sie mit dieser Energie sogar töten zu können.

Aber seine Wut war keine mörderische Wut. Sie war ein heißer, bohrender Schmerz, doch der reichte nicht aus.

Sie tat ihm den Gefallen nicht, ihm eine reinzuhauen. Sie stellte stattdessen spitz fest: »Du spionierst mir nach?«

»Nein, nicht dir. Ihm.«

»Er ist nicht hier.«

»Dass mir ein dreißig Jahre älterer Knacker die Freundin ausspannt, ist schon ein komisches Gefühl.«

Sie sah ihn mit ihren wunderbaren, großen Mandelaugen an, und ein Schauer durchrieselte ihn.

Manchmal hatte er sie zärtlich *Halbblut* genannt. Eine thailändische Mutter und ein deutscher Vater hatten diese zauberhafte Schönheit gezeugt, die mit einem Lächeln hochintelligente Männer in balzende Brüllaffen verwandeln konnte.

Um sie zu beeindrucken, hatte Khalid angefangen, sich für Literatur zu interessieren. Bücher gelesen, ja, Gedichte auswendig gelernt und sich durch drei Romane gequält. Er hatte sogar den *Faust* gelesen! Er wollte ja nicht wie ein Depp dastehen.

Mehr noch als ihre Schönheit machte die Tatsache, dass sie beide einer Mischung von Kulturen entsprangen, Inga unwiderstehlich für ihn. Erst jetzt wurde ihm klar, dass es bei Serkan genauso war. Bekam er deshalb diese Chance von Serkan?

»Ich kann mir vorstellen«, sagte Inga, »dass es deine männliche Seele ankratzt, aber es ist, wie es ist. Bist du jetzt gekommen, um mit mir abzurechnen? Willst du mir eine Szene machen, mir sagen, dass ich in deinen Augen zum Flittchen geworden bin, zur Schlampe? Oder willst du mir einen Heiratsantrag machen, um mich von dem anderen wegzulotsen und dann, wenn ich mich für dich und den Hafen der Ehe entschieden habe, lässt du mich fallen und zeigst mir, was du wirklich von mir hältst?«

»Nein, so ist es nicht. Lass uns etwas spazieren fahren. Ein paar Schritte am Wasser tun mir bei schwierigen Beziehungsgesprächen immer gut.«

Sie ging mit ihm, und sie fuhren schweigend bis zum Emder Außenhafen. Dort hielt er an einer einsamen Stelle an. Das Panorama erinnerte sie an ihren ersten und einzigen Besuch im Autokino.

Da es zu nieseln begann, stiegen sie zunächst nicht aus. Khalid öffnete aber die Fahrertür einen Spalt. Es kam ihr so vor, als hätte er Angst, mit ihr allein im Wagen zu sitzen und würde seine rasche Flucht aus der Situation vorbereiten.

Dann sagte er es einfach so, wie man sonst eine Pizza bestellt: »Ich habe den Auftrag, dich umzubringen.«

Sie lachte, als ob er einen Witz gemacht hätte. »Du bist so gekränkt, dass du mich umbringen willst? Mach dich doch nicht lächerlich, Khalid!«

»Nein, du verstehst das nicht, Inga. Ich will es nicht. Das hat nichts mit uns beiden zu tun. Serkan hat es von mir verlangt.«

»Serkan Schmidtli? Du spinnst doch!«

Sie verschränkte die Arme vor der Brust und musterte ihn kritisch. Wollte er ihr Angst machen, um dann den Helden spielen zu können? Erfand er einfach eine Gefahr, um sie dann vor ihr zu retten?

Der Gedanke amüsierte sie.

»Serkan hat auch die letzte Geliebte deines Lovers töten lassen. Er und Serkan hassen sich. Sie fügen sich gegenseitig so viel Schaden zu, wie sie nur können.«

Etwas an der Art, wie er sprach, ließ diesen ungeheuerlichen

Gedanken realistisch werden. Es passte zu allem, was sie über Serkan wusste.

»Und warum«, fragte sie, »beauftragt Serkan dich dann nicht, meinen Lover – wie du ihn nennst – zu töten? Das hätte ja wohl mehr Logik, oder nicht?«

Khalid zuckte mit den Schultern, als hätte er keine Ahnung, kam aber gleichzeitig mit einer Erklärung rüber: »Du musst dir das wie ein Schachspiel zwischen den beiden vorstellen, nur eben mit lebenden Figuren. Serkan hat deinem Macker die Geliebte genommen. Er ihm dafür Thumm. Bauer schlägt Läufer. Springer schlägt Bauer. Und noch lange steht keiner von den beiden im Schach. Sie verändern nur Positionen auf dem Spielfeld.«

»Ach, und ich bin jetzt das Bauernopfer, oder was?«

»Ja, wenn du so willst. Und ich werde wiederum, wenn ich es tue, zur Zielscheibe für deinen Ulrich Großmann, oder wie er sich inzwischen nennt. Für Serkan ist er immer nur *die Ratte.*«

Der Regen trommelte heftiger gegen die Windschutzscheibe und auf das Autodach. Es wurde laut im Wagen, und Khalid zog die Tür jetzt doch zu.

Inga kuschelte sich regelrecht in den Beifahrersitz und sah erleichtert aus, ja froh, als würde soeben etwas rund in ihrem Leben.

Ihre Reaktion irritierte ihn. Sie lächelte auf eine tiefgründige, ja glücklich-entspannte Art, wie er es bei ihr sonst nur nach gutem Sex kennengelernt hatte.

»Du kannst«, sagte sie sanft, »bei dem Spiel also nur verlieren, Khalid. Wenn du mich getötet hast, jagt Großmann dich, und die Polizei ist ebenfalls hinter dir her. Wenn er dich vor den Bullen schnappt, macht er dich kalt. Wenn die Jungs von der Trachtengruppe dich vorher kriegen – was ich kaum glaube –, gehst du nur in den Bau. Tust du nicht, was Serkan von dir verlangt, möchte ich auch nicht unbedingt in deiner Haut stecken … Was also hast du vor?«

Khalid schwitzte, und die Scheiben beschlugen von innen. Der Regen wurde immer lauter. Es war, als würden sie sich in einem Trommelkonzert befinden.

»Lass uns abhauen«, schlug er vor. »Scheiß auf Serkan und *die Ratte*. Das sind böse, verbitterte, alte Männer. Wir sind jung und haben das Leben vor uns. Ich kann einiges Geld flüssig machen. Wenn wir gemeinsam verschwinden, dann ...«

Sie kramte in ihrem Handtäschchen herum.

»Du willst mit mir verschwinden? Und dann?«

»Wenn ich den Auftrag nicht erledige, schickt er Wladimir und Boris. Die haben keine Skrupel ... Wir müssen aufpassen, dass wir bei diesem Mist nicht unter die Räder kommen. Das ist nicht dein Krieg, Inga.«

»Du irrst dich«, sagte sie. »Das ist mein Krieg.«

Sie hatte plötzlich einen schwarzen Dolch in der Hand. Die scharfen Ränder glitzerten silbern. Sie führte einen ansatzlosen Stoß aus und trieb die Spitze in sein Herz. Die Klinge steckte tief in seiner Brust. Aber sie bot noch einmal ihre ganze Körperkraft auf, um den Dolch bis zum Schaft in ihn hineinzurammen.

Khalid starb mit offenem Mund, ohne zu begreifen, was gerade geschehen war.

Inga wischte mit einem Taschentuch den Knauf ab, dann den Türgriff, den sie berührt hatte und schließlich den Sicherheitsgurt. Überall blieb eine Blutspur zurück, weil sie mit dem Taschentuch zuerst den Dolch abgeputzt hatte.

Sie sah Khalid nicht mehr ins Gesicht.

Sie öffnete mit dem Tuch die Tür und stieg aus dem Wagen. Sie war sofort durchnässt. Das gefiel ihr.

Die Kriminaltechniker würden im Wagen garantiert Haare von ihr finden oder Hautpartikel. Aber das störte sie nicht. Vermutlich würden sich sogar Museumsbesucher daran erinnern, dass sie mit Khalid das Museum verlassen hatte. Auch auf dem Parkplatz waren sie gemeinsam gesehen worden. Aber sie war sich sicher, dass sie vor ihrer Verhaftung alles zu einem guten Ende bringen konnte. Sie war ganz kurz davor, und sie entschied selbst, wann es so weit war.

Mit einem erhabenen Glücksgefühl schritt sie durch den Regen.

Je mehr es zu besprechen gab, umso weniger hatten sich Neele und Justus zu sagen. Sie wussten inzwischen beide, dass sie diese Geschichte hier gemeinsam durchziehen würden. Sie waren nicht stolz darauf, aber sie würden es tun und dann nie wieder darüber sprechen.

Sie hofften beide, dass es nicht zu viele Tote geben würde. Aber doch ausreichend viele, um den Börsensturz herbeizuführen. Wenn Justus ganz ehrlich zu sich war, dann gab es da ein paar Leute, von denen er hoffte, dass es sie treffen würde. Zum Beispiel seinen notorisch fröhlichen Kollegen Siegfried Unter, dem er die verlustreichen Versorgeraktien hatte abkaufen müssen, und seinen Chef, der den Druck ständig erhöht hatte. Dann dieser arrogante Schnösel, der ihm zwei Millionen anvertraut hatte und dem er jetzt ständig Alibis verschaffen musste, weil er seine Frau betrog.

Diese Vermischung von Beruflichem und Privatem, die hasste Justus besonders. Aber er wusste, dass sie zu seinem Geschäft dazugehörte, sozusagen ein Teil der Vermögensbetreuung war. Je länger er darüber nachdachte, umso größer wurde die Liste derer, denen er den Tod gönnte.

Sie fuhren zu seiner Mutter nach Emden-Barenburg ins Altersheim. Sie hatten Pralinen dabei und Weihnachtsgebäck.

Neele fand immer neue Entschuldigungen für ihr Tun. Gebetsmühlenartig sagten sie sich das alles immer wieder auf.

Hatten die Alliierten bei den Bombardements deutscher Städte etwa nur Häuser von Nazis in Schutt und Asche gelegt? War nicht auch ihr antifaschistischer Urgroßvater bei einem der schlimmen Luftangriffe auf Hamburg im Juli 43 in den Flammen ums Leben gekommen?

Manchmal gab es eben Verluste, die ließen sich nicht vermeiden. Wer wollte die Piloten verantwortlich machen?, sagte sie sich. Hatten sie nicht den Faschismus in Grund und Boden gebombt? Hatten sie nicht die Befreiung gebracht?

Dann waren sie bei der Mutter. Sie wurde gerade frisiert.

Von dem erpressten Geld hatte Neele ein paar Scheine in der Tasche. Sie hatte mit einem Hunderter die Pralinen bezahlt und mit einem anderen das Gebäck. Mit einem dritten dann die Blumen.

Es war alles ganz einfach gewesen. Niemand hatte Verdacht geschöpft oder sie auch nur komisch angesehen. Jetzt hatte sie nicht nur Geschenke für Justus' Mutter, sondern auch noch genügend Zwanziger und Fünfziger, um dem Pflegepersonal etwas in die Tasche zu stecken. Die durften das nicht annehmen, freuten sich aber trotzdem.

Neele sagte jedes Mal: »Genieren Sie sich nur nicht, wir wissen doch alle, wie skandalös unterbezahlt Sie sind. Wir sind sehr dankbar für alles, was Sie für unsere Mutter tun.« Einmal fügte sie sogar hinzu: »Und mein Mann verdient wirklich gut.«

Sonst war es immer der Part von Justus gewesen, Geldscheine und kleine Geschenke zu verteilen. Heute übernahm sie es zum ersten Mal und steckte der netten Altenpflegerin Ulla Hertling fünfzig Euro in die Kitteltasche.

Ihre Schwiegermutter stippte Spekulatius in den Kaffee und mümmelte genüsslich daran herum. Neele wusste, dass Justus seine Mutter sehr liebte, aber wenn sie sah, wie sie ihn anguckte, dann begriff Neele auch, dass diese Frau noch immer Macht über ihn hatte. Sie wollte stolz auf ihren Sohn sein, und sie war stolz auf ihn. Er trug immer einen sauberen Anzug, wenn er sie besuchte. Er hatte, wenn auch betont lässig, immer eine Krawatte um.

Es war wichtig für die Mutter, dass er etwas darstellte im Leben. Hatte er deswegen all diese riskanten Geschäfte gemacht? War er immer noch der kleine Junge, der seine Mutter beeindrucken wollte? Versuchte er immer noch, seinen Bruder, den erfolgreichen Kardiologen aus Bremerhaven, auszustechen?

Ja, sein Bruder war immer der Lieblingssohn gewesen. Das Wunschkind. Nicht der ungeplante Nachzügler wie er. Er hatte sogar einen Doppelnamen bekommen: Felix-Jonathan, während er sich mit nur einem Vornamen zufriedengeben musste: Justus.

Aber jetzt hatte der tolle Herzspezialist keine Zeit für seine Mutter und wohnte viel zu weit weg für regelmäßige Besuche. Er rief höchstens samstags mal an, alle vierzehn Tage – wenn überhaupt.

Durch seine Beharrlichkeit hatte Justus gewonnen. Er war im Gegensatz zu seinem Bruder immer in der Nähe und ständig da.

»Früher«, so hatte die alte Dame oft erzählt, »als mein Justus noch aufs Gymnasium ging, hat er vor schweren Arbeiten manchmal die ganze Nacht durch gelernt. Felix-Jonathan dagegen flog der Stoff nur so zu. Aber Justus musste sich alles hart erarbeiten. Sein Bruder sah eine Seite an und konnte sie praktisch auswendig. Formeln lernen oder Vokabeln pauken war nicht sein Ding. Am Morgen, wenn Justus dann zur Schule ging, sagte er beim Abschied zu mir: *Ich schaff das, Mama. Die Arbeit schreibe ich heute nur dir zu Ehren!*«

Er hatte damals Einsen und Zweien wie Geschenke nach Hause gebracht. Jetzt, hier, im Altersheim, ahnte Neele plötzlich, dass Justus nie aufgehört hatte, seine Mutter beeindrucken zu wollen.

Nachdem sie sich verabschiedet hatten, gingen sie im Flur an einem Zimmer vorbei, dessen Tür weit geöffnet war. Es roch nach Urin und Desinfektionsmitteln. Ein dicker Herr saß in seinem Rollstuhl vor einem Vogelbauer und pfiff den Wellensittichen eine Melodie vor, die Neele bekannt vorkam. Aber sie wusste nicht, woher. Neele nickte ihm freundlich zu.

Draußen vor dem Auto fragte sie ihren Mann Justus: »Denkst du, was ich denke?«

»Ja«, antwortete er, »sie trinkt auch Wasser. Sie liebt ihren Kaffee und … Wir müssen dafür sorgen, dass ihr nichts geschieht.«

»Sollen wir sie für ein paar Tage zu uns holen? Wir könnten ihr ihren Kaffee mit Mineralwasser kochen.«

»Nein«, sagte er und stieg in den Wagen. »Das schaffen wir nicht. Sie braucht zu viel Pflege. Wir haben kein richtiges Pflegebett, und wenn die Kurse einbrechen, muss ich am PC sitzen und handeln. In diesen Tagen wird sich alles zuspitzen. Die ganze Arbeit würde dann an dir hängen bleiben, und du hast wahrlich andere Sorgen, musst unsere Spuren verwischen und …«

»Was schlägst du also vor? Willst du ihr verbieten, Leitungswasser zu trinken? Dann kannst du uns genauso gut gleich bei der Polizei verpfeifen.«

»Nein. Wir müssen es einfach gezielt einsetzen. Du kannst doch dafür sorgen, dass Emden verschont bleibt oder wenigstens ihr Stadtteil …«

Sie beruhigte ihn. Sie wusste durch ihre kurze, aber heftige Affäre mit Matthias Lütjens vom Wasserwerk einiges über den Wasserkreislauf. Norden, Norddeich und Greetsiel würde es besonders hart treffen. Hage, Marienhafe und Georgsheil würden sicherlich nicht verschont bleiben. Bei Emden wusste sie es nicht genau. Vermutlich käme nur wenig von dem Gift dort an.

»Ich glaube«, sagte sie, »das lässt sich machen, aber ganz sicher kann man nie sein. Wenn erst einmal etwas im Wasser ist, dann … Wasser hat nun mal die Eigenschaft, zu fließen …«

Er ließ den Motor an. Sie winkte seiner Mutter, die oben am Fenster stand.

Er betonte: »Ihr darf nichts passieren.«

»Klar«, erwiderte Neele. »Wenn in Norden und Norddeich die ersten Vorfälle bekannt werden, sperren die – so nervös, wie sie im Moment alle sind – sofort alles und geben Warnungen heraus.«

Justus grinste. »Und schon rauschen die Kurse in den Keller.«

Rupert hatte sich eine Weile vor dem Trainingsraum herumgetrieben und die Tür beobachtet. Er wollte ganz sicher sein, hier nicht auf den Bratarsch zu treffen oder die Psychologin Elke Sommer. Sylvia Hoppe wäre auch ein Albtraum für ihn gewesen. Seit diesem verfluchten Baumtest benutzten die Frauen den Trainingsraum häufig, während er für die meisten Männer geradezu tabu war.

Treppen hochsprinten hatte Rupert schon zu Hause geübt. Schnell aus einem Auto auszusteigen ebenfalls, in der Einfahrt vor dem eigenen Haus, aber dabei war er von seiner Nachbarin beobachtet worden, und sie hatte ihn gefragt, ob es ein Problem gäbe und sie ihm helfen könne. Da zog er dann doch lieber den Trainingsraum in Aurich im Fischteichweg vor.

Rupert war jetzt allein im Trainingsraum und übte mit einem schwarzen, fünf Kilo schweren Medizinball das *Festhalten einer sich wehrenden Person.* Er stand dabei zwischen zwei schulterhohen Sprungkästen und legte den Ball rasch von dem linken Kasten auf den rechten und wieder zurück.

Nach einundzwanzig Wiederholungen kam Rupert ins Schwitzen. Trotzdem wollte er noch bis dreißig weitermachen. Da klingelte sein Handy. Der Ball patschte auf den Boden und rollte träge zu der Slingtrainerbefestigung. Das Gurtsystem mit den Verstellschnallen und -schlaufen baumelte jetzt über dem Ball. Mit dem Handy am Ohr bewegte sich Rupert zur Sprossenwand und lehnte sich an die Klimmzugstange wie im Mittelhaus an die Theke.

»Ich ruf wegen dieser Pornosache an, Herr Kommissar. Ich

meine, die Pornos, die Sie nicht geguckt haben. Ich bin inzwischen weiter.«

Obwohl Rupert alleine im Raum war, presste er das Handy fest ans Ohr. Es war ihm auch jetzt peinlich.

»Ja, hast du etwas herausbekommen?«

»O ja. Das kann man wohl sagen. Ich hab mich im Netz mal schlau gemacht. Die Kölner Staatsanwaltschaft hat die Telekom zur Herausgabe der vollständigen Adressen von vierzigtausend – vielleicht sogar mehr – IP-Adressen verdonnert.«

»Dürfen die so was denn? Es gibt doch einen Datenschutz.«

»Na ja, bei strafbarem Verhalten natürlich. Und die Verletzung des Urheberrechts könnte man als Straftat werten.«

»Ich habe aber kein Urheberrecht verletzt, verdammt!«

»Nun hören Sie mir doch erst mal zu, Herr Kommissar! Hier kommen nämlich ein paar ganz interessante Dinge ans Licht. Die Richter sind wohl noch in einer Vor-Internet-Zeit sozialisiert worden. Ich wette, die haben noch unter der Schulbank Pornoheftchen getauscht, statt sich im Internet Filme reinzuziehen, denn die verwechseln hier eine Tauschbörse mit dem Streaming.«

»Häh?«

»Man kann zum Beispiel viele Fernsehprogramme im Livestream sehen. Ziel beim Streaming ist nicht, eine Kopie anzufertigen, sondern lediglich das einmalige Anschauen. Dafür wird alles kurz auf dem Rechner zwischengespeichert. Ein Streaming ist im Gegensatz zum Downloaden nicht dazu geeignet, eine Kopie zu erstellen.«

»Ich hab das alles nicht gemacht!«

»Nein, haben Sie wirklich nicht. Sie sind reingelegt worden, Herr Kommissar.«

»Wie, reingelegt?«

»Nun, ich habe mir mal die Seitenaufrufe dieser Pornoseite genau angeguckt, auf der Sie angeblich den Pornofilm gesehen haben. Und da gibt es eine sehr interessante Erscheinung. Die hatten täglich dreißig bis fünfzig Aufrufe, und dann, zwei Tage, bevor die Abmahnwelle losging, schossen die Aufrufe hoch. Sechzehntausend, einundzwanzigtausend, vierundfünfzigtausend ...«

»Ich bin aber nicht dabei.«

»Nun hören Sie mir doch mal richtig zu! Das Ganze erklärt sich ja nicht dadurch, dass deren Pornofilme plötzlich so interessant geworden wären, sondern es sind von verschiedenen Seiten automatische Weiterleitungen zu dieser Domain erfolgt, verstehen Sie?«

»Nein.«

Kai Wenzel stöhnte. »Also, Sie gucken sich irgendetwas im Internet an. Meinetwegen eine Autoseite. Werden von dort, wenn Sie da etwas anklicken, aber zu denen weitergeleitet. Dabei registrieren die Ihre IP-Nummer und schicken Ihnen dann eine Abmahnung, weil Sie sich verbotenerweise ihren Film angeguckt haben. Sie sind in eine Falle geraten, Herr Kommissar, wie so viele andere auch.«

»Und wieso zwingen die Richter in Köln dann die Telekom, meine Daten herauszugeben? Die machen sich ja zu Handlangern von Verbrechern.«

Kai Wenzel hüstelte. »Na ja, die haben den Richtern ein Gutachten vorgelegt, aus dem hervorgeht, dass die IP-Adressen nach einem üblichen, anerkannten Verfahren festgestellt wurden. Und die Richter haben sich auf dieses Gutachten verlassen, die sind doch keine IT-Spezialisten.«

»Der Gutachter gehört doch auch zu dieser Bande!«

»Ja, offensichtlich.«

»Und wieso erkennt ein Gericht so einen Gutachter an? Wie ist der denn überhaupt Gutachter geworden?«

»Ein Gutachter wird dadurch ein Gerichtsgutachter, dass das Gericht ihn als Gerichtsgutachter akzeptiert. Die Richter haben Jura studiert, aber die kennen sich doch nicht in allen Bereichen des Lebens aus. Man braucht auch Gutachter in Kfz-Fragen, Versicherungsfragen – besonders spannend wird es bei medizinischen Sachen …«

»Was studierst du eigentlich in Bochum, Kai?«

»Jura. Ich glaube, wir brauchen ein paar gute Juristen, die sich aufs Internet spezialisieren und nicht mit Kassettenrecordern und Schallplatten aufgewachsen sind, sondern mit …«

»Ja ja. Schon gut. Was soll ich jetzt deiner Meinung nach machen?«

»Na ja, juristische Ratschläge kann ich Ihnen nicht geben, so weit bin ich noch nicht, Herr Kommissar.«

Rupert hielt sich mit links an der Klimmzugstange fest und deutete mit den Knien ein paar Übungen an.

»Mit Verbrechern werde ich fertig. Da kenne ich mich aus. Aber ich hab ein größeres Problem an den Hacken. Meine Frau, meine Nachbarin und meine Schwiegermutter.«

»Und was soll ich da tun?«

»Du kommst zu mir nach Hause und erklärst den Damen das.«

»Was?«

»Na, den ganzen Mist, den du mir gerade erzählt hast, mit Streaming und Downloaden und den Umleitungen von einer Seite auf eine andere und so. Na ja, eben, dass ich unschuldig bin!«

»Ja, aber ich wohne in Bochum! Ich muss zur Uni. Ich …«

Rupert schimpfte: »Scheiß auf die Uni! Ich brauch dich hier! Ich zahl dir die Fahrtkosten. Mach dir ein paar schöne Tage in Ostfriesland. Meinetwegen zusammen mit deiner Freundin.«

»Ich hab gerade keine Freundin.«

»Was seid ihr bloß für Kerle! In deinem Alter keine Freundin! Da hatte ich mindestens fünf!«

»Und um die Namen nicht zu verwechseln, haben Sie sie alle Schatzi genannt, was?«, lachte Kai Wenzel.

»Nein. Seehündchen.«

»Sie haben doch nicht im Ernst Ihre Freundinnen Seehündchen genannt?!«

»Doch, weil sie immer so gejammert haben, wenn ich sie verlassen hab', wie diese kleinen, süßen Heuler, die man auf den Sandbänken findet. Frauen lieben es, wenn man ihnen Kosenamen gibt.«

»Ich glaub es nicht! Wie kann einer seine Freundinnen Seehündchen nennen! Da kann man ja gleich ›du mein süßes kleines Hängebauchschwein‹ sagen!«

»Hier an der Küste geht so was. Also, Seehündchen. Aber natürlich nicht Hängebauchschwein.«

»Ja, danke, Herr Kommissar. Ich werde es mir merken. Das hilft mir bestimmt in meinem Liebesleben mächtig weiter.«

Rupert hörte Schritte. Er klickte das Gespräch weg. Die Stimmen, die sich da näherten, ließen seine Magensäure blubbern.

Marion Wolters, Sylvia Hoppe und Elke Sommer.

Sie hatten im Polizeipräsidium, einer Laune folgend, begonnen, ein Spottlied auf Rupert zu dichten. Sie sangen den Refrain:

»Supidupi, Rupi!«

Er versteckte sich hinter dem Sprungkasten.

Die drei Frauen waren offensichtlich bestens gelaunt, scherzten darüber, dass sie früher in der Pause gerne eine rauchen gegangen wären, heute stattdessen den Fitnessraum besuchen würden. Sylvia Hoppe fand diesen Baumtest großartig, es würde zu einer völlig neuen Stimmung unter den Kollegen führen, und nun sei auch allen klar, dass Frauen bei geschicklichkeitsdominierten und koordinativen Tests, außerdem in der Beweglichkeit, viel besser seien als Männer.

»Männer«, lachte Marion Wolters, »schneiden nur bei den kraft- und ausdauerdominierten Übungen besser ab als wir, obwohl«, kicherte sie, »ich nach meiner ganz persönlichen Erfahrung mit Männern das eigentlich nicht bestätigen kann.«

»So Mädels, jetzt beginnt unser BBP-Training. Bauch, Beine, Po. In drei Intervallen.«

Rupert ahnte, dass er hier nicht rauskommen konnte, ohne gesehen zu werden. Er erhob sich also aus seiner gebückten Stellung, dabei drückte er sich die rechte Hand in den Rücken und grinste breit: »Wieso trainiert ihr Bauch, Beine, Po? Davon habt ihr doch schon genug, da müsst ihr doch nichts mehr aufbauen. Ich würd's mal mit Brusttraining versuchen, da könnt ihr alle noch eine gute Portion Zuschlag vertragen …«

»Ich vergess' mich gleich!«, zischte Marion Wolters.

Als er die Tür hinter sich geschlossen hatte, fauchte sie: »Was für eine Arschgeige!«

Dörthe Leuschner von der Detektei Hansen in Oldenburg sah aus, als sei sie einem James-Bond-Film aus den sechziger Jahren des letzten Jahrtausends entsprungen, als Sean Connery 007 noch gespielt hatte. Ja, genau so kam sie Ulrich Großmann vor: wie ein in die Jahre gekommenes Bondgirl.

Die Möbel in Schwarzweiß und glänzendem Silber strahlten eine Kälte aus, die durch die Wärme dieser Frau wunderbar kontrastiert wurde. Nichts hatte hier mehr Farbe als ihr Gesicht, so als sei der ganze Raum nur dazu gemacht, ihre kirschroten Lippen zur Geltung zu bringen.

Großmann wusste, dass die Agentur mehr auf Treuetests und Scheidungen spezialisiert war. Vielleicht hatte er sie deshalb ausgewählt, um die Frau mit dem Feuertattoo zu finden.

Während Dörthe Leuschner sprach und an ihrem Kaffee nippte, bewunderte Großmann ihren Ideenreichtum.

Frauen, dachte er, sind einfach anders als Männer. Warum bin ich nicht darauf gekommen? Ich habe nach einer sportlich-durchtrainierten Frau, möglicherweise einer Boxerin, gesucht. Ich habe alle Fitnessstudios und Boxclubs nach ihr abgeklappert. Dabei wäre alles so einfach gewesen.

»Ich habe drei unserer Mädels losgeschickt«, sagte Frau

Leuschner und machte mit den Fingern eine Geste, als hätte sie einen Tropfen an der Lippe, den sie abtupfen müsste. Dem war aber gar nicht so. Er vermutete, sie wollte nur seine Aufmerksamkeit auf ihren wunderschönen Mund lenken.

»Nun«, lachte sie, »wie findet man eine Frau mit einem besonderen Tattoo, die von einem Verehrer gesucht wird?« Sie legte eine Pause ein, als würde sie die Antwort von ihm erwarten, dann beantwortete sie ihre Frage lächelnd selbst: »In Modegeschäften natürlich. In Friseurläden. Wir haben zunächst vor der Haustür begonnen: in Oldenburg.« Sie nahm einen Ausdruck in die Hand und las: »Bei Leffers, Zara, Bonita ... Natürlich waren wir auch in Friseurläden wie Cut Hair, Profi Headcrash oder Beauty Hair Shop.« Sie winkte ab: »Aber das wird Sie nicht interessieren. Die Liste ist lang.«

Sie schob den Zettel unter ihre Kaffeetasse.

Er hatte die Beine übereinandergelegt, und sie bemerkte, dass er mit dem linken Fuß nervös wippte. Dieser Mann, der so kontrolliert wirkte und sich bemühte, einen entspannten Eindruck zu machen, stand in Wirklichkeit ganz schön unter Strom.

Sie glaubte nicht eine Sekunde daran, dass er nur der Verehrer dieser Dame war. Aber was spielte es für eine Rolle, warum er sie suchte?

»Nun, ich will Sie nicht mit all unseren Recherchen langweilen. Es hat eine Weile gedauert. Es sind auch ein paar zusätzliche Spesen entstanden. Schließlich wurden wir bei Coiffeur Pascal in Emden fündig. Dort ist sie zwar keine Stammkundin, hat sich aber mal eine neue Frisur zulegen lassen, und man konnte sich noch an ihren Vornamen erinnern. Außerdem trug sie so ein Outfit, das man nicht in allen Läden findet, sondern nur in ...«

»Es reicht mir völlig aus, wenn Sie mir Namen und Adresse nennen«, sagte er, bemüht, seine Stimme nicht zu laut werden zu lassen.

Er sah auf seine Armbanduhr.

Dörthe Leuschner war Detektivin genug, um einschätzen zu können, dass die Uhr, die aussah, als hätte er sie auf der Kirmes geschossen, gut dreißigtausend Euro wert war.

»Okay, ich will Sie nicht mit Modegeschichten langweilen. Ihre beliebteste Einkaufsmeile ist wohl Neuer Weg in Norden. Da erinnerte man sich gleich in mehreren Geschäften an sie. Ihr Stammfriseur ist Haarforum Eßer in der Westerstraße in Norden. Sie heißt Neele Schaard, ist mit Justus Schaard verheiratet und wohnt in Süderneuland.«

Er wiederholte den Namen zufrieden.

Sie präsentierte ihm eine Rechnung über viertausendvierhundertachtundneunzig Euro plus Mehrwertsteuer. Er griff in die Hosentasche und zog ein Geldbündel heraus. Die Fünfhundert-Euro-Scheine waren nur mit einem Gummi zusammengehalten.

Den Bruchteil einer Sekunde beschlich sie die Sorge, die Scheine könnten nicht echt sein.

»Ich brauche keine Rechnung«, sagte er. »Die ganze Sache geht das Finanzamt nichts an. Ich nehme an, das ist Ihnen auch lieber.«

Sie lächelte.

Wenn sie geahnt hätte, wie viel die Information, die sie ihrem Klienten gerade gegeben hatte, in Wirklichkeit wert war, hätte sie ein Vielfaches der Summe verlangt.

Er verabschiedete sich mit einem Händedruck. »Wir sind uns nie begegnet, und den Auftrag habe ich Ihnen nie erteilt.«

»Diskretion lautet mein zweiter Vorname, Herr …« Sie griff sich an den Kopf und tat so, als hätte sie seinen Namen längst vergessen.

Ann Kathrin sah die Welt durch einen dichten Nebelschleier. Ihr war bewusst, dass die Dimensionen nicht stimmen konnten. Ihr nackter linker Fuß ragte vor ihr aus dem Bettlaken auf wie der rote Felsen auf Helgoland, umgeben von weißem Sand.

Ihr Hals war ausgetrocknet. Die Zunge dick und pelzig. Sie wollte die rechte Hand heben, sich den kalten Schweiß von der Stirn wischen und die verklebten Augen reiben, aber die Decke war so schwer, dass ihre Armmuskulatur nicht ausreichte, um sie anzuheben.

Sie redete sich ein, sie müsse wach bleiben, schlief aber immer wieder ein. Minuten wurden zu gefühlten Stunden, Stunden zu Tagen. Jedes Zeitgefühl verschwand. Aber wie eine Leuchtboje in der Nacht, die von den Wellen hin und her geworfen wird, flackerte an den Rändern ihres Bewusstseins die Angst auf, etwas Wichtiges zu verpassen. Etwas Lebenswichtiges!

Während sie hier schlief, geschah etwas Schreckliches, das sie verhindern konnte. Verhindern musste! Nur sie.

Beruhigend und höhnisch zugleich sah sie den Sinnspruch von Wangerooge vor sich:

Als Gott die Zeit erschuf, hat er von Eile nichts gesagt.

Nein, sie durfte sich nicht einlullen lassen. Auch davon nicht. Der Mörder ihres Vaters durfte nicht gewinnen. Nicht noch einmal!

Sie war nicht im Bett festgeschnallt, wie sie befürchtet hatte. Es gelang ihr in einem zähen Prozess – immer wieder von Rückschlägen oder von Schlafattacken unterbrochen – in eine sitzende Haltung zu kommen. Jetzt baumelten ihre Beine von der Bettkante. Sie sah ihre Füße nicht mehr. Helgoland versank im Meer.

Sie war nicht in der Lage, weit vorauszuplanen. Sie wollte den Boden unter den Füßen spüren. Vielleicht das Badezimmer erreichen … Wasser trinken …

Es hingen Schläuche an ihr. Sie schlug danach.

Nein, das waren keine Fesseln. Es waren Infusionen. Irgendwo in ihrem Körper mussten Nadeln stecken.

Sie fuhr mit der rechten Hand über den linken Arm. Sie versuchte, zu ertasten, wo die Nadeln saßen. Sie bekam ein T-Stück zu fassen und zerrte daran. Dann wurde sie ohnmächtig, oder sie schlief ein. Jedenfalls fiel sie vornüber aus dem Bett. Sie krachte auf den Boden.

Ihr Kopf federte hoch und schlug noch einmal auf. Dann noch einmal. Wie ein Ball, der herunterfällt. Sie hörte das Klatschen ihres Gesichts auf den Fliesen.

Es tat nicht weh. Es hörte sich nur schlimm an, fand sie. Sie sah sich wie von außen, als hätte die Seele ihren Körper verlassen und würde sich aus der Distanz ansehen, was mit ihm geschah.

Dann, als sie versuchte, vorwärtszukrauchen, überkam sie wieder der Schlaf.

Sie musste an Weller denken. Sie sah ihn vor sich, als würde er hier im Zimmer bei ihr sitzen und einen Kriminalroman lesen. *Raymond Chandler: The big sleep*. Aber es war ein Trugbild. Entsprungen dem Wunsch nach Vertrautheit und Nähe. Nach Rettung und Heilung.

Mit geschlossenen Augen, vielleicht gar im Schlaf, musste sie weitergerobbt sein, denn jetzt, als sie wach wurde, hatte sie den Kopf gegen den Plastiktopf des Gummibaums gedrückt, als sei er ein Hut, den sie aufsetzen wollte, oder ein Helm zum Schutz gegen Schläge.

Sie hörte Schritte wie von schweren Stiefeln. In ihrem Kopf marschierte eine SS-Einheit. Aber dann sah sie nur blaue Birkenstocks und hörte eine tadelnde weibliche Stimme: »Frau Klaasen! Frau Klaasen! Sie hatten doch versprochen, keine Dummheiten zu machen. Sie können nicht selbständig aufstehen, dafür ist Ihr Kreislauf viel zu schwach. Wenn Sie weiterhin so bockig sind, müssen wir Sie am Ende doch noch zu Ihrem eigenen Schutz fixieren.«

Ann Kathrin flüsterte: »Ich … ich will nach Hause …«

Ihr wurde bewusst, dass sie beim Sprechen Blut spuckte.

»Mein Mann soll kommen! Mein Mann! Frank Weller. Bitte rufen Sie ihn an. Bitte, helfen Sie mir!«

»Natürlich helfen wir Ihnen, Frau Klaasen, dazu sind wir doch da. Jetzt helfe ich Ihnen erst mal zurück ins Bett. Hoffentlich haben Sie sich nichts gebrochen. Sie sehen schlimm aus. Was machen Sie aber auch für Sachen!«

Inzwischen hatte Weller in drei Dutzend Kliniken nach seiner Frau gefragt. Vergeblich. Er hatte einen Mordsdurst. Vor seinem inneren Auge erschien ein klarer Schnaps in einem weiß gefrorenen Glas mit Kristallen, die zu tauen begannen. Daneben ein frisch gezapftes Pils.

Er bekam eine irre Gier auf ein paar tiefe Züge von einer filterlosen Zigarette, aber er versagte sich all diese Wünsche und gab stattdessen gegen jede polizeiliche Regel eine Vermisstenmeldung raus. Im Anschluss formulierte er noch die Nachricht, Ann Kathrin Klaasen sei von zwei unbekannten Männern, die sich als Krankenpfleger oder Sanitäter ausgegeben hätten, gekidnappt worden.

Er beschrieb Ann Kathrin noch, als POR Diekmann ins Büro stürmte. Er machte unbeirrt weiter.

»Sie ist fünfundvierzig Jahre alt, sieht aber jünger aus, hat volles, schulterlanges, blondes Haar, ist schlank und sportlich. Sie ist eins fünfundsiebzig groß und knapp fünfundsechzig Kilo schwer …«

Diekmann stoppte ihn: »Sind Sie wahnsinnig geworden, Kollege Weller? Wissen Sie, was Sie Ihrer Frau damit antun? Wenn das herausgeht, dann wird bald jeder wissen, dass sie sich freiwillig in die Psychiatrie hat einweisen lassen. Und außerdem wiegt sie mindestens siebzig Kilo! Machen Sie sich doch nichts vor … Was glauben Sie denn, warum sie Ihnen nicht erzählt hat, wo sie ist? Frauen haben ihre Gründe, wenn sie so etwas tun! Müssen Sie Ihre Beziehungsprobleme unbedingt vor der ganzen Welt ausbreiten? Sind Sie so narzisstisch?«

»Wir haben keine Beziehungsprobleme!«, brüllte Weller. »Und ich bin nicht narzisstisch! Ich suche meine Frau, verdammt nochmal!«

Er richtete seinen Zeigefinger auf seine Chefin und feuerte die Drohung ab: »Wenn Sie hinter der ganzen Sache stecken, dann – und das schwöre ich Ihnen – können Sie Ihre bourgeoisen Designerklamotten zusammenpacken und aus Ostfriesland verschwinden!«

Sie stellte sich kerzengerade hin und zupfte die Jacke ihres Kostüms zurecht. »Sie sind wie Ihre Frau völlig aus dem Ruder gelaufen. Das alles geht so nicht weiter, und ich werde mir Ihre Impertinenz nicht länger bieten lassen. Betrachten Sie sich als beurlaubt!« Sie stampfte mit dem rechten Fuß auf. »Und ziehen Sie diese gottverdammte Fahndung sofort zurück! Ihre Frau wurde nicht entführt, und sie hat ein Recht auf den Schutz ihrer Intim- und Privatsphäre. Akzeptieren Sie das endlich! Sie ist nicht Ihr Eigentum, auch nicht nach der Hochzeit.«

Plötzlich beugte sie sich zu Weller vor, wurde weicher, beweglicher. Auch ihre Stimme war nicht mehr so kratzbürstig: »Meine Cousine hat das auch alles mitgemacht. Erst war sie zehn Jahre mit dem Typen zusammen, und alles lief eigentlich gut, aber dann heirateten die zwei aus heiterem Himmel, und plötzlich lief gar nichts mehr rund. Er machte anderen schöne Augen, sie fühlte sich schuldig dafür und ungeliebt. Nicht mehr begehrenswert. Und weil sie mit der Trennung nicht klarkam, ging sie für ein paar Wochen in eine psychosomatische Klinik, um sich über ihre Gefühle klarzuwerden. Sie war wie vom Erdboden verschwunden, hat keinem gesagt, wo sie ist. Auch mir nicht.«

Weller schimpfte: »Das interessiert mich nicht, verflucht!«

POR Diekmann drehte sich zur Tür. Schnippisch sagte sie:

»Nach dem Kuraufenthalt hat sich meine Cousine übrigens scheiden lassen.«

Weller klatschte Beifall. »Bravo! Herzlichen Glückwunsch!«

POR Diekmann ließ ihn allein.

Weller dachte einen Moment nach, dann rief er gegen die geschlossene Tür: »Meine Frau verlässt mich nicht! Meine Frau liebt mich!«

Rupert kam rein, grinste breit und murmelte: »Klar, dich muss man ja einfach mögen.«

»Was man von dir nicht gerade behaupten kann«, konterte Weller und kämpfte mit den Tränen. Es war eine verdammt verfahrene Situation. Er versuchte, Ann Kathrins Handy orten zu lassen. Er kam sich dabei einerseits vor wie ein gekränkter, eifersüchtiger Ehemann, der seiner Frau hinterherspionierte, und andererseits wie ein ritterlicher Held, der die Prinzessin in letzter Minute vor dem Drachen rettet.

In seiner Kindheit hatte er so werden wollen. Seine Helden hießen Sigurd. Akim. Prinz Eisenherz. Später dann Winnetou und Old Shatterhand.

Als Rupert vom Dienst nach Hause fuhr, fühlte er sich noch gut. In Gewinnerlaune. Auch die mobilen Trinkwasseraufbereitungsanlagen, die vom THW vorsichtshalber in Stellung gebracht wurden, trugen zu Ruperts guter Laune bei.

Er winkte den Helfern freundlich zu. Er sah ihre besorgten Gesichter. Doch allein ihre Anwesenheit signalisierte ihm, dass er in einem Land wohnte, in dem man sich nicht einfach überrumpeln ließ, sondern auf alle Eventualitäten vorbereitet war.

Auf FFN hörte er ein Interview mit einem THW-Vertreter, der stolz erklärte, die Ultrafiltrations-Anlagen vom Typ UF-15 könnten 15 000 Liter pro Stunde aufbereiten, Partikel ab einer Größe von 0,01 bis 0,1 Mikrometer würden ausgesondert, somit könnten fast alle Schadstoffe, Keime und Erreger aus dem Wasser gefiltert werden.

Ihre Anwesenheit hier, erklärte der Einsatzleiter, sei lediglich eine Übungsmaßnahme, die Wasserwerke in Norden seien bestens gerüstet und in der Lage, jeder Situation aus eigener Kraft Herr zu werden.

Rupert trommelte mit den Fingern einen Takt aufs Lenkrad. Dann lief im Radio *Born to be wild*, und Rupert grölte mit.

Aber nachdem er den Wagen in die Garage gefahren hatte, verließ ihn der Mut. Allein der Anblick von Beates gepflegtem Vorgarten, der selbst jetzt, im Winter, noch vorbildlich aussah, war wie ein Vorwurf gegen ihn. Wenn er durch die Tür ins Haus trat, dann fühlte er sich wie ein Luftballon, auf den Beate und ihre Mutter mit heißen Nadelspitzen lauerten, um ihn platzen zu lassen.

Rupert hatte zwei Ibuprofen 600 eingeworfen und konnte so wenigstens aufrecht gehen. Aus der Küche kamen Stimmen. Da war deutlich seine Schwiegermutter zu hören. Es roch nach Kaffee.

Rupert verspürte Lust auf ein Glas, zwei Finger breit mit zwölfjährigem Scotch gefüllt. Na, sagen wir, drei Finger breit.

Zwischen Beate und ihrer aufgekratzten Mutter saß Kai Wenzel. Die Damen fütterten ihn mit Torte, und er erklärte ihnen Funktionen an ihren Handys, von denen sie bisher keine Ahnung gehabt hatten.

Inzwischen waren sie beide bei WhatsApp und lernten gerade, wie sie kostenlos Fotos verschicken konnten.

»Moin«, sagte Rupert.

»Kannst du dir vorstellen, dass man mit dem Ding Filme drehen kann?«, fragte Edeltraut und hielt ihr Handy triumphierend hoch.

Rupert zeigte sich beeindruckt.

Beate stand mit merkwürdig schuldbewusster Miene auf und fragte ihren Mann, ob sie ihm ein Bier holen solle. Rupert staunte. Er konnte sich nicht daran erinnern, jemals so eine Frage von ihr gehört zu haben.

»Ein Scotch wäre mir lieber«, antwortete er und versuchte, Beate anzusehen wie Humphrey Bogart, wenn er Frauen taxierte und sich dabei noch eine Zigarette anzündete. Doch was bei Bogey große Wirkung zeigte, ging bei Rupert schief, und das lag nicht daran, dass Rupert inzwischen Nichtraucher geworden war. Es hatte früher schon mit Zigaretten nicht geklappt.

Beate griff sich vorsichtig ins Gesicht und tastete ihre Lippen ab. »Hab ich da was?«, fragte sie.

Rupert reagierte nicht. Er guckte nur weiter wie Bogey, deshalb sah Beate ihre Mutter fragend an. Die deutete mit den Augen an: *Da ist nichts, mein Kind.*

Edeltraut räusperte sich, wie sie es manchmal tat, bevor sie zu einer ihrer berühmten Strafpredigten ansetzte. Nur diesmal war ihr Gesichtsausdruck weniger streng. Sie versuchte sogar, Rupert anzulächeln, was ihr wahrlich nicht leichtfiel.

»Beate möchte dir etwas sagen«, sagte sie.

»Das mache ich schon selbst, Mama.«

»Eben. Sag ich doch.«

Rupert stellte sich in Positur. Das hier sah alles nach einer Entschuldigung aus. Er wollte sie würdig entgegennehmen.

Er ging im Geiste Filmszenen durch. Wie konnte er am besten auf eine Entschuldigung reagieren?

Seine Frau guckte vor sich auf den Tisch, während sie sprach: »Ich … also, wir … ich meine, wir beide …«

Rupert zauberte seinen besten Bogeysatz aus *Casablanca* hervor. Er sagte es erst im Original: »Here's looking at you Kid.«

Als sie hochblickte, nahm er die deutsche Fassung: »Schau mir in die Augen, Kleines.«

»Kai hat uns das erklärt«, sagte sie. »Wir haben uns benommen wie hysterische Idiotinnen.« Sie schluckte und suchte Blickkontakt zu Kai.

Der legte sofort los: »Das Kölner Landgericht rudert schon zurück. Wenn sich hier jemand zum Idioten gemacht hat, dann ja wohl die. Sie hätten nie die Telekom zwingen dürfen, die Adressen ihrer Kunden herauszugeben. Sie haben sich – vermutlich durch Unwissenheit – zu Erfüllungsgehilfen von Internetverbrechern gemacht. Na ja, im Grunde haben sie nur den falschen Gutachtern geglaubt, und die Juristen haben selbst ja von so etwas keine Ahnung! Müssen aber Recht sprechen, die armen Schweine. Jedenfalls waren die meisten gar nicht freiwillig auf der Pornoseite, sondern sind umgeleitet worden. Das Ganze war eine Falle, in die jeder hineintappen konnte. Inzwischen kursieren im Netz schon Gerüchte, die Typen seien nicht mal im Besitz der Urheberrechte. Selbst das war ein Bluff. Die Produktionsfirma sitzt in Minnesota und hat überhaupt keine Ahnung von der Abmahnwelle hier.«

Beate legte eine Hand auf Kai Wenzels Arm, um seinen Redefluss zu bremsen.

»Auf alle Fälle«, sagte sie zu Rupert, »wollen wir uns bei dir entschuldigen. Wir haben dich offensichtlich völlig zu Unrecht verdächtigt.«

Das tat gut! O Mann, tat das gut! Rupert genoss den Moment. Er wollte cool bleiben. Jetzt bloß nicht sentimental werden, dachte er sich und haute die Frage raus, als sei sie wichtiger als der ganze Vorfall: »Was ist denn jetzt mit meinem Scotch?«

»Das mache ich!«, rief die Schwiegermutter erleichtert und fragte: »Mit Eis und Cola?«

»Trau keinem Typen, der Cola oder Eis in einen Scotch schüttet«, sagte Rupert und kam sich großartig männlich dabei vor.

Besser hätte Bogey das auch nicht hingekriegt, dachte er.

Ulrich Großmann ging gern nachts in Norddeich am Yachthafen spazieren. Er mochte dieses Geräusch, wenn der Wind die Seile gegen die Masten klatschen ließ.

Es blies ein heftiger Westwind, und der brachte salzige, feuchte Luft mit sich. Es war Niedrigwasser, und einige Boote lagen trocken.

Er ging an den Parkplätzen vorbei. Ein schwarzer VW-Bus aus Emden wackelte rhythmisch, und er hörte eindeutige Geräusche. Er grinste.

Die sternklare Nacht verleitete ihn dazu, nach oben zu schauen. Manchmal, wenn er in den Nachthimmel sah, fühlte er sich einsam. Verloren auf der Welt. In diesem riesigen Universum sinnlos umherirrend.

Möwen saßen auf den Dalben und beobachteten ihn misstrauisch. Um diese Zeit war hier normalerweise im Winter kein Mensch. Auf einmal hatte Großmann das Gefühl, als ob er Blicke wie Nadelstiche in seinem Rücken spüren würde. Seine Instinkte waren sofort hellwach, und er überprüfte den Sitz der Beretta.

Er hatte sich diese Sensibilität im Laufe der Jahre antrainiert. Es war eine gute Lebensversicherung. Auch durch dicke Winterkleidung spürte er Blicke auf seiner Haut. Er wusste genau, ob er einfach nur angeglotzt wurde oder ob man ihn durch ein Zielfernrohr beobachtete.

Die Zeit im Gefängnis hatte seinen Fähigkeiten nicht geschadet. Im Gegenteil. Dort waren seine Sinne noch mehr geschärft worden. Er war bereit, herumzuwirbeln und gleichzeitig auf seinen Gegner zu feuern. Aber wer sagte ihm, dass er nicht nur von dem Liebespärchen misstrauisch beobachtet wurde, das es dort im VW-Bus trieb und das wahrscheinlich befürchtete, von einem Spanner beobachtet zu werden. Pärchen, die im Geheimen rummachen, entwickeln manchmal Paranoia, das wusste er aus Erfahrung.

Am Skipperhuus stand ein Mann mit hochgeklapptem Kragen. Er rauchte Pfeife. Die leichte Süße von zypriotischem Latakia ließ Ulrich Großmann lächeln. Er hatte früher selbst Pfeife geraucht. Das war lange her. Er mochte diese tiefschwarzen, latakiahaltigen Flakestreifen und hatte sie immer den Fruchtcocktails aus den bunten Dosen vorgezogen. Pfeifentabak sollte nicht wie Obst oder Kaugummi riechen, fand er.

Trotzdem verriet der Duft den Mann. Schon zweimal in Genzlers Nähe hatte Großmann diesen Latakiarauch gerochen. Es war keiner seiner einfachen Securitymänner. Dem hätte Genzler niemals solche Eigenmächtigkeiten erlaubt. Dieser Pfeifenraucher stand mindestens auf einer Gehaltsstufe mit Genzler, vielleicht sogar über ihm. Vermutlich wurde Genzler von ihm kontrolliert. Im System des allgemeinen Misstrauens war Überwachung eine logische Konsequenz.

Genzler musste hier also irgendwo sein. Großmann ahnte, unter welchem Druck der Mann stand. Nun, er konnte ihm liefern, was er brauchte, aber sein Preis war hoch. Diesmal ging es ihm nicht einfach nur um Geld.

Er schlenderte mit der Leichtigkeit eines Flaneurs an den Yachten vorbei. Ein Mercedes der S-Klasse Coupé mit den typischen Heckantriebsproportionen stand mit der Fahrzeugfront in Richtung Hafen, nicht wie die anderen Autos in Richtung Deich. Großmann schloss daraus, dass der Fahrer so rasch wie möglich auf der Straße sein wollte, ohne große Lenkmanöver.

Der Kühlergrill leuchtete im Licht einer Laterne, als seien in seinen Zwischenräumen Diamanten versteckt. Die Windschutzscheibe war dunkel getönt. Auf Anhieb war der Mann hinter dem Steuer dadurch nicht zu erkennen.

Genzler stieg auf der Beifahrerseite aus. Er hatte eine Wollmütze auf, und wenn Großmann sich nicht täuschte, baumelte oben an der Mütze eine Bommel.

Misstrauisch, wie Großmann war, folgerte er gleich daraus,

dass Genzler damit von etwas ablenken wollte. Bei einem Mann wie ihm war nichts Zufall.

Genzler hielt die rechte Hand in der Manteltasche, und Großmann hätte eine Million darauf gewettet, dass seine Finger eine Feuerwaffe umschlossen, vermutlich mit Schalldämpfer. Wozu? Das ergab überhaupt keinen Sinn. Sie brauchten eine Information, die nur er ihnen geben konnte. Als toter Mann würde er ihnen nichts nutzen.

Genzler machte entschlossene Schritte auf Großmann zu.

Großmann beschlich das Gefühl, sich im Fadenkreuz mehrerer Scharfschützen zu befinden. Vermutlich hatten sich Leute auf den Booten versteckt. Er bot trotz der Lichtverhältnisse ein viel zu gutes Ziel. Er suchte eine Deckung.

Genzler schimpfte sofort los: »Diesmal sind Sie zu weit gegangen! Ich kann das nicht länger decken, wenn Sie hier den Rambo spielen wollen.«

Großmann stand mit dem Rücken zu den Segelbooten. Direkt neben ihm landete eine Lachmöwe und beobachtete ihn wie ein Beutestück.

»Hatten wir eine Verabredung?«, fragte Großmann.

»Sie können nicht einfach überall verbrannte Erde hinterlassen und nach Herzenslust Leute umlegen, wen und wann Sie wollen. Ich kann das nicht länger decken, und ich will das auch nicht. Irgendwann werden wir uns vielleicht alle mal verantworten müssen für das, was wir getan haben. Und dann will ich nicht geradestehen für diesen Irrsinn!«

Großmann blieb betont kaltblütig. »Ich muss meine Frage wiederholen: Was ist passiert?!«

Genzler holte zu einer wegwerfenden Geste aus. »Dieser Thumm, das war schlimm genug. Ein böser Ausrutscher! Aber Sie können jetzt nicht so weitermachen. Warum haben Sie Khalid Leister umgebracht?«

»Khalid?«

»Tun Sie nicht so, verdammt!«

Großmann hob die Hände, grinste dabei aber schelmisch, als sei er unverwundbar. »Huhuhu! Werde ich jetzt verhaftet?«, fragte er.

Genzler stand lauernd vor ihm. »Ein Wink von mir genügt, und zwei Neun-Millimeter-Geschosse zerfetzen Ihren Schädel. Eins von dort«, er zeigte auf den Scharfschützen im Krabbenkutter und auf den zweiten zwischen den Fahrzeugen, »und eins von dort.«

Großmann deutete auf den Pfeifenraucher. »Und der da oben beim Skipperhuus? Soll der sich die Hände nicht schmutzig machen, oder ist er genauso ein Versager am Schießstand wie Sie, Herr Genzler?«

Großmann wusste genau, dass ihm nichts passieren würde, solange er allein wusste, wo der Giftkoffer war und wo das Labor. Er spielte genüsslich seine Karte aus: »Selbst wenn ich diesen Khalid getötet hätte, warum sollten Sie mir das übelnehmen?«

»Ich habe«, sagte Genzler ruhig, »ein dichtes Netz von Informanten. Das ist wie ein Garten mit edlen, seltenen Pflanzen. Man muss sie hegen und pflegen. Der eine braucht Geld, der andere Schutz vor Konkurrenten, die meisten haben Probleme mit den Gesetzen. Ich kann für alle etwas tun. Aber auch meine Möglichkeiten sind begrenzt. Leider. Vor allen Dingen muss ich verhindern, dass sich meine Leute gegenseitig umbringen. Solche Verluste kann ich mir nicht leisten.«

Großmann spürte förmlich die Körperstellen, auf die die Scharfschützen zielten, wie heiße Nadeln an der rechten Schläfe und an der Brust, direkt über dem Herzen.

»Und da dünnt jemand Ihren Garten ganz schön aus, was?« Großmann lachte und liebte es, im Bild zu bleiben: »Da jätet einer Unkraut.«

»Wir hatten eine klare Absprache. Serkan Schmidtli darf Ihnen nichts tun und Sie ihm nichts.«

Großmanns Gesicht hellte sich auf. »Ach, jemand hat Serkan ausgeknipst? Deswegen die ganze Aufregung hier?«

Er winkte den Schützen. Er stellte sich vor, wie Serkan und sein Knecht Khalid im Kugelhagel verreckten. Der Gedanke gefiel ihm. Er musste es nicht unbedingt selbst erledigen, brauchte die Befriedigung nicht mehr. Dieses Gefühl der göttlichen Überlegenheit, wenn der Gegner starb, war schal geworden. Nein, es reichte ihm zu wissen, dass die Figuren geschlagen waren und auf dem Schachbrett des Lebens keine Rolle mehr spielten.

»Wenn Serkan nicht mehr im Rennen ist, dann würde ich an Ihrer Stelle meine Jungs mit den nervösen Fingern am Abzug zurückpfeifen. So ein Ding kann schnell losgehen, und wenn mich so eine Kugel erwischt, dann werden Sie nie erfahren, wo der Giftkoffer ist, geschweige denn das Labor.«

Genzler versuchte, in Großmanns Gesicht zu lesen. Bluffte der, oder glaubte er wirklich, Serkan Schmidtli sei tot? Oder war das Ganze eine Drohung? Wollte er damit ankündigen, Serkan Schmidtli zu töten?

Genzler wusste, wie sehr Serkan und Großmann sich hassten. Er musste sie auseinanderhalten. Nur zu gern hätten sie sich gegenseitig erledigt.

»Serkan lebt, aber Khalid wurde erstochen. Auf einem Parkplatz in Emden, in seinem Auto«, sagte Genzler und beobachtete genau Großmanns Reaktion. Der hatte längst sein Pokerface aufgesetzt.

»Die Machenschaften dieser Vorstadtgangster interessieren mich nicht. Ich werde Ihnen jetzt sagen, wie der Hase läuft: Ich habe alles, was Sie brauchen. Namen und Adressen. Wenn Sie den Anschlag auf das Trinkwasser in Ostfriesland verhindern wollen, dann werden Sie genau tun, was ich verlange, oder diese ganze, schöne Gegend hier wird in eine menschenleere Wüste verwandelt werden.«

Großmann breitete die Arme aus, als wolle er jeden Moment

einfach wegfliegen wie eine Möwe. Er ging jetzt mit flatternden Bewegungen in Richtung Deichkamm. Genzler folgte ihm. Der Wind ließ Genzlers Augen tränen. War es das, was Großmann im Sinn hatte? Wollte er so die Sicht der Scharfschützen beeinträchtigen? War er naiv genug zu glauben, er käme so einfach davon?

Auf dem Deichkamm hob sich Großmanns Silhouette schwarz gegen das Mondlicht ab. Wie ein lebendiger Leuchtturm sah er aus.

»Ich bin keiner Ihrer billigen Tippgeber. Ich mache mich nicht zum Deppen, damit meine schmutzigen Geschäfte von Ihnen gedeckt werden. Ich will auch nicht einfach nur Geld. Ich will endlich frei sein! Ja, grinsen Sie nur. Ich habe mich verliebt, und es ging mir lange nicht so gut wie jetzt. Die Zeit im Gefängnis hat mich nicht gebrochen, wohl aber einen anderen Menschen aus mir gemacht. Ich werde Ihnen jetzt einmal meine Bedingungen nennen: Ich will nicht mehr fliehen. Ich will hierbleiben, in Ostfriesland. Ich möchte unbehelligt sein, ein ganz normales Leben führen. Und wenn ich andere Länder besuche, dann nur noch als Tourist, nicht mehr als Flüchtling mit neuer Identität.«

Genzler stand auf der Landseite des Deichs und sah zu Großmann hoch. Manchmal, in kurzen, geheimen Momenten, für die er sich später schämte, wünschte er sich, so zu sein wie Großmann. Der lebte irgendwie intensiver als er. Kümmerte sich einen Scheiß um Regeln oder Gesetze. Der war einfach, wer er war. Und wenn es ihm nicht mehr gefiel, dann wandelte er sich eben. Der fragte nicht ständig, wie er besser sein sollte. Er probierte sich aus. Wechselte die Seite wie die Unterwäsche. War mal Gangster, mal Polizist. Mäanderte hin und her zwischen Gut und Böse.

Er kam ihm auf eine faszinierende Weise frei vor. Er fand es nicht mal peinlich, in so einer Situation von der Liebe zu einer Frau zu sprechen, die gut und gerne seine Tochter hätte sein können. Ja, verdammt, er beneidete diesen Mistkerl und die egoistische, selbstverständliche Art, mit der er seine Interessen vertrat und gegen jeden Spott und Widerstand durchsetzte.

Dem war es völlig gleichgültig, was andere über ihn dachten. Der hatte nur einen einzigen Maßstab: sein eigenes Wohlergehen.

Großmann winkte Genzler zu sich hoch. Hier standen sie jetzt schutzlos im Wind. Großmann gefiel es. Genzler zog seinen Kragen hoch und die Bommelmütze tief über die Ohren. Er hoffte, sich hier nicht die Blase zu verkühlen.

Großmann zog Genzler zu sich ran wie einen Freund, dem man etwas ins Ohr flüstern will: »Ist das nicht wunderschön? Da ist das Meer. Da ist der Himmel. Und hier sind wir. Wer sich hier auf dem Deich nicht spürt, der ist schon tot.«

Genzler wusste, dass Großmann nur versuchte, die Scharfschützen auszutricksen. Niemand würde jetzt einen Schuss riskieren.

Du bist ein cleverer Hund, dachte Genzler. Du bist wirklich mit allen Wassern gewaschen. Gleich wirst du den Deich runter in Richtung Meer laufen, und dann bist du sicher. Eine ganze Deichbefestigung als Kugelfang, besser geht es nicht. Bis meine Leute hier oben sind, bist du längt in der Dunkelheit verschwunden. Dabei weißt du genau, dass niemand von meinen Männern dir wirklich etwas tun kann. Sie sind nur zu meinem Schutz da. Nichts weiter.

»Ich fordere drei Köpfe«, sagte Großmann, »den von Serkan Schmidtli, den von Ann Kathrin Klaasen und den von ihrem Mann, diesem Frank Weller.«

Er klopfte Genzler aufmunternd auf die Schultern. »Ich verlange nicht, dass Sie oder Ihre Leute es tun. Ich erledige es auch gerne selber, wenn Sie nicht dazu in der Lage sind. Und dann setze ich mich hier zur Ruhe. Vielleicht werde ich Vater werden, eine Familie gründen und …«

»Sie wollen«, fragte Genzler nach, »von mir die Rückendeckung, diese drei Menschen zu töten?«

Großmann nickte gewichtig. »Genzler, Genzler, ich weiß, Serkan ist ein schwerer Verlust für Sie. Es sind immerhin alle drei Ihre Leute. Frau Klaasen und Weller, gut, die lassen sich beide leicht ersetzen … Aber denken Sie nur, wie Sie danach dastehen werden. Als Retter Ostfrieslands … Ach, was sage ich, Ostfrieslands … Europas! Der Welt! Sie können erst den Koffer einkassieren und dann das ganze Labor hochgehen lassen. Stellen Sie sich vor, was diese Leute anrichten könnten! Sie verkaufen chemische und biologische Kampfstoffe an die Meistbietenden in der Welt. Das ist ein riesiger Markt. Regierungen wie Terroristen stehen bei denen auf der Kundenliste.« Er tippte gegen seine Stirn. »Und hier oben drin sind die Adressen. Sie werden drei Leute verlieren, Genzler, aber Sie werden Tausende retten.«

»Ich … Was verlangen Sie da von mir, verdammt? Ich kann diese drei Menschen nicht zum Abschuss freigeben. Ich könnte dafür sorgen, dass Weller und Klaasen versetzt werden oder auch komplett aus dem Dienst verschwinden. Sie ist ohnehin schon in der Psychiatrie.«

Großmann lächelte. »Nun müssen wir nur noch dafür sorgen, dass sie nicht als geheilt entlassen wird, sondern als Leiche. Suizid in der Psychiatrie durch einen Medikamentencocktail dürfte doch kein Problem für Sie sein. Weller übernehme ich. Der Hitzkopf wird zu einem Einbruch gerufen und fängt sich dabei eine Kugel. Er stirbt den Ehrentod des Polizisten. Serkan würde ich am liebsten noch einmal überfahren, oder meinen Sie, er sollte besser in der Badewanne ertrinken?«

»Sie werden nichts dergleichen tun, sondern mir die Adressen nennen«, forderte Genzler energisch.

»Sie haben recht. Ich werde nichts tun. Ich habe Ihnen ja nur Vorschläge unterbreitet, und jetzt werde ich zu meiner neuen Freundin gehen und mit ihr die Nacht genießen. Und dann, wenn Sie Ihre Aufgaben erledigt haben, Herr Genzler, dann bekommen Sie von mir die Adressen. Aber vorher passiert nichts. Guten Abend.«

Großmann entfernte sich, genau wie Genzler vermutet hatte, deichabwärts.

Genzler rief ihm nach: »Ich biete Ihnen Geld und neue Papiere! Eine Existenz auf Gran Canaria, in Costa Rica oder – Himmel, wo Sie eben wollen!«

Genzler lief hinter Großmann her. Der blieb stehen und drehte sich um.

Genzler schöpfte Hoffnung. »Sie können doch jetzt nicht so einfach ...«

Großmann nickte. »O doch, ich kann. Ich habe alle Trümpfe in der Hand. Sie keinen einzigen. Oder wollen Sie mich auffliegen lassen und dann der Öffentlichkeit erklären, warum Sie meine Seebestattung vorgetäuscht und mich mit Geld und Papieren ausgestattet haben?«

Großmann griff an Genzlers Mütze und zog sie ihm über die Augen. Genzler war zum Heulen zumute. In der Tat hatte er nichts, und Großmann war am Zug. Die Situation würde sofort kippen, nachdem Großmann ihm Namen und Adressen genannt hatte. Deshalb verlangte Großmann den Tod der drei als Vorleistung.

Genzler riss sich die Mütze vom Kopf. Er hielt sie jetzt am Bommel fest. Der Wind spielte mit seinen Haaren.

»Wenn Serkan im Jenseits ist, bringen Sie mir einen Koffer mit drei Millionen und bekommen von mir eine Adresse. Nach dem Tod von Frau Klaasen und ihrem Mann erhalte ich noch einmal drei Millionen, und dann sage ich Ihnen auch, wo das Labor ist. Zug um Zug. Und dann sind Sie ein Held, und wir sehen uns nie wieder. Und kommen Sie mir bloß nicht mit Gran Canaria oder Costa Rica. Ich bleibe hier, in Ostfriesland. In meinem Revier!«

Großmann ging weiter. Er humpelte auf majestätische Weise, wie der einbeinige Käpt'n Ahab in Moby Dick.

Das Meer war hier unten sehr laut. Genzler schrie gegen den Lärm der Brandung an: »So bleiben Sie doch stehen, verdammt! Lassen Sie uns reden!«

»Es wurde alles gesagt«, antwortete Großmann. »Jetzt gilt es zu handeln. Sie sind am Zug.«

Justus Schaard spürte sich, wie noch nie zuvor in seinem Leben. Das Blut strömte kraftvoll durch seine Adern, und er kam sich vor, wie aus einem komatösen Schlaf erwacht. Die Welt um ihn herum war ganz anders, als er sie bisher erlebt hatte. Alles war viel direkter, traf ihn ungefiltert. Aber er fühlte sich nicht mehr wie ein Spielball den wilden Kräften des Marktes ausgeliefert. Nicht dem Schicksal ergeben und auch nicht geknechtet von den Wirtschaftsnachrichten. Er musste nicht lange auf die Entwicklung der Börsenkurse warten, keine Chartanalysen lesen und daraus berechnen, was passieren könnte. Nein, er beeinflusste ab heute das Geschehen. Ja, er würde es sogar entscheidend bestimmen.

Er atmete anders als vorher. Tiefer. Freier. Ihm wurde bewusst, dass er längst jedes Gefühl für sich selbst verloren hatte, und nun kehrte es zu ihm zurück. Machtvoll! Archaisch. Er wurde wieder eins mit sich selbst.

Mit dieser tapferen, liebenden Frau an seiner Seite würde er alles meistern. Er hatte Lust, sie zu lieben, jetzt, sofort. Aber Neele hatte aus dem Küchentisch einen liegenden Flipchart gemacht. Sie erklärte Wasserleitungssysteme, Sicherungseinrichtungen und Klärwerke. Er bewunderte ihre Kompetenz. Das erhöhte ihre sexuelle Anziehungskraft auf ihn. Diese Frau hatte sich so ein unglaubliches Fachwissen über die Trinkwasserversorgung draufgeschafft. Er fand ihre Ausführungen spannender als die Börsennachrichten.

»... das in Brunnen gewonnene Rohwasser durchläuft dann genau hier in Hage ein Aufbereitungsverfahren. Wenn hier jemand etwas ins Wasser einbringt, kommt es sofort zu einem

Druckabfall, und das registrieren die. Es kommt automatisch zu Sperrungen und einem Alarm, aber ...« Sie tippte mit dem Zeigefinger auf einen roten Strich, der eine Versorgungsleitung markierte. »... hier sind die Dichtungsringe abgenutzt und müssen ausgewechselt werden. Das ist ein Riesenrohr, achtzig Zentimeter Durchmesser. Von hier aus wird der gesamte Raum Aurich versorgt. Ihlow, Großefehn, Wiesmoor und Südbrookmerland. Die müssen das kurzfristig abschalten. In der Zeit übernehmen die Wasserwerke in Sandelermöns, Marienhafe und Harlingerland die Versorgung. Das hier ist schon alles aufgegraben. Aber die Stelle ist sehr gut einsehbar. Eine bessere Chance haben wir hier. Das betrifft dann den Raum Norden, Norddeich und ...«

»Ich dachte, wir können einfach irgendwo ...«

Sie wischte seinen Einwand mit einer großspurigen Handbewegung weg. »Das Wasser steht unter viel zu großem Druck. Aber ich habe ein kleines Pumpgerät besorgt, das bereits in der Garage liegt. Damit können wir im Grunde von jedem Straßenanschluss aus ...«

Ihm wurde ganz anders, als er sie so reden hörte. Etwas stimmte nicht.

»Aber das Zeug könnte uns doch umbringen, bevor wir es im Trinkwasser haben, oder nicht?«, fragte er.

»Ich habe Atemschutzgeräte für uns bestellt. Im Internet. War gar kein Problem. Außerdem diese Schutzkleidung hier.«

Sie packte alles auf den Tisch und strahlte ihn stolz an.

Plötzlich machte es *Klick* in seinem Kopf. »Woher«, fragte er, »weißt du das eigentlich so genau? Das ist doch nicht alles aus dem Internet. Das hast du dir doch nicht nur angelesen.«

Sie stützte sich mit beiden Armen auf die Karten. So vorgebeugt, wie sie da stand, ließ ihr weit ausgeschnittenes Sweatshirt einen tiefen Einblick zu. Aber obwohl er sie sehr begehrte, ließ er sich davon nicht irritieren.

»Ja«, sagte sie, »das ist reines Insiderwissen. So wie du bei deinen Aktien Insiderwissen brauchst, so brauchen auch wir es, um unsere Aktion erfolgreich durchzuführen. Es kann nicht einfach irgendein Lümmel kommen und das Trinkwasser vergiften. Zum Glück gibt es sinnvolle Vorkehrungen dagegen …«

Er war jetzt blass um die Lippen, und in seinen Augen flackerte das Misstrauen.

Sie wusste, dass dies der Moment der Wahrheit war. Wenn sie mit ihm gemeinsam dieses Ding hier durchziehen wollte, dann gab es zwischen ihnen keinen Raum mehr für Geheimnisse. Dann mussten sie ganz offen miteinander sein. Jeder musste sich auf den anderen verlassen können. Hundertprozentig. Keine Geheimnisse, keine Lügen.

»Das alles hat mir Matthias Lütjens erzählt.«

Justus schreckte zurück. Er lehnte sich gegen den Kühlschrank und verschränkte die Arme vor der Brust.

»Wir haben einen Mitwisser? Das geht nicht! Wir können das nicht machen, wenn irgendjemand eingeweiht ist. Ich kenne den doch gar nicht. Vielleicht wird man Druck auf ihn ausüben, und am Ende liefert er uns ans Messer …«

Sie beruhigte ihn. »Nein, das wird er nicht tun. Er hat keine Ahnung.«

»Du hast ihn gefragt, und er hat es nicht gemerkt?«

»Er ist Rohrnetzmeister. Er war so glücklich, dass sich endlich jemand für seine Arbeit interessierte. Er hat mir alles haarklein erzählt. Weißt du, Menschen wollen gerne stolz sein auf ihre Arbeit und leiden darunter, wenn es keine Sau interessiert. Seine Frau kümmert sich doch nur um die Kinder und wäre selber wahrscheinlich lieber Modepuppe geworden. Die ist aus dem Barbie-Alter nie herausgekommen und …«

»Rohrnetzmeister«, sagt er kopfschüttelnd. Er formulierte es nicht als Frage, sondern als Feststellung: »Du hast was mit ihm!«

Sie hielt sich die Hände erschrocken vor den Mund. »Das ist das falsche Wort. Ich habe keine Affäre. Ich habe keinen anderen

Mann. Ich liebe nur dich. Ich habe es für dich getan. Für unsere Zukunft.«

Er schlug mit seiner rechten Faust in seine offene linke Handfläche. »Ich hab's doch gewusst! Ich hab's die ganze Zeit gewusst!«

»Er war ein Werkzeug«, sagte sie, »weiter nichts. Für mich so wertvoll wie für dich deine Chartanalysen und Wirtschaftsprognosen.«

Justus drehte ihr den Rücken zu, schlug mit der Faust auf den Kühlschrank, lehnte sich dann mit der Stirn zunächst gegen seine Faust, als wolle er sie damit in den Kühlschrank klopfen. Dann löste er sich vom Kühlschrank und biss in seinen Handrücken.

Ihre Stimme veränderte sich. Sie fuhr ihn an: »Stell dich jetzt nicht so an! Wir sind doch nicht mehr in der Pubertät! Hier geht es um etwas Größeres! Wenn alles geklappt hätte, hättest du das niemals erfahren müssen. Glaubst du, es hat mir Spaß gemacht?«

»Hat er es dir wenigstens ordentlich besorgt, der Herr Rohrnetzmeister?«, fragte Justus verbittert.

Sie verzog die Lippen. »Nein, das hat er nicht. Aber ich ihm. Und jetzt spiel hier nicht den eifersüchtigen Oberschüler. Du wärst doch auch mit jeder Muschi von der DibaDibaDu-Bank ins Bett gestiegen, wenn du durch sie die Chance gehabt hättest, die Entwicklung der Börsenkurse für die nächsten drei Stunden zu erfahren!«

Selbstquälerisch beharrte Justus darauf: »Du liebst ihn.«

Sie tippte auf die Karten, die auf dem Tisch lagen. »O nein, das tue ich nicht. Er wohnt genau hier. Er und seine Bilderbuchfamilie werden zu den ersten Opfern zählen.«

»Er wird es nicht überleben?«

»Wohl kaum«, sagte Neele, und jetzt wurde ihre Stimme wieder weicher. Sie sah ihn mit einem nach Liebe heischenden Blick an, und er hatte Mühe, nicht dahinzuschmelzen.

»Deine Mutter«, sagte sie, »wäre stolz auf mich.«

»Meine Mutter?«

»Ja. Ich habe viel von ihr gelernt. Erinnerst du dich noch an diese große Geburtstagstafel? Als alle so abfällig über Tante Hedi gesprochen haben, weil herauskam, dass sie mal ein paar Monate in einer Bar gearbeitet hat?«

»Bar ist gut, das war ein Bordellbetrieb …«

Sie ließ seinen Einwand nicht nur gelten, sondern unterstrich ihn sogar mit scharfer Geste: »Genau. Und deine Mama hat sie verteidigt. Ihr Mann hatte doch diesen schrecklichen Unfall, und die Berufsgenossenschaft versuchte, sich aus der Affäre zu ziehen. Die Familie ist damals finanziell fast zusammengebrochen. Sie konnten ihr Haus nicht mehr halten. Er war nicht in der Lage, weiterzuarbeiten und …«

»Ja, ich weiß. Sie hat das alles ohne sein Wissen getan und das Geld ins Haus gesteckt. Er starb in seinem eigenen Haus, und erst danach war sie dumm genug, davon zu erzählen …«

»Für deine Mama war sie eine Heldin, die sich für ihre Familie geopfert hat, damit die Kinder weiter studieren konnten und ihr Mann die letzten Lebensjahre nicht in einer Mietwohnung verbringen musste.«

»Du meinst«, sagte er, »meine Mutter hätte das für mich auch getan?«

Sie nickte. »Ganz sicher.«

Doch er schüttelte gequält den Kopf: »Für meinen Bruder vielleicht. Für mich nicht.«

Sie ging um den Tisch herum und streichelte ihrem Mann zärtlich über die Wange.

»Ich bin nicht deine Mutter, und es geht hier nicht um deinen Bruder. Es geht um uns beide, und ich habe es für dich getan, Justus. Nur für dich!«

Plötzlich hielten seine Beine ihn nicht mehr. Er sank vor ihr auf die Knie, umarmte sie, drückte seinen Kopf gegen ihren Unterleib und sagte: »Danke, Neele. Du bist eine gute Frau. Das habe ich gar nicht verdient.«

Sie fuhr mit den Fingern in seine Haare und streichelte ihn. Dabei stellte sie sich vor, wie schön es gewesen wäre, gemeinsam Kinder zu haben.

Die Fahndung nach den zwei Entführern war nicht rausgegangen, sondern in den Mühlen der Bürokratie steckengeblieben. Weller fühlte sich ausgebremst, aber was sich während der Dienstzeit nicht erledigen ließ, konnte ja auf den Feierabend verschoben werden.

Sie trafen sich im Distelkamp 13, und es kamen viel mehr, als Weller angerufen hatte. Zunächst Ann Kathrins Sohn Eike, der seine Freundin Rebekka Simon, Assistenzärztin an der Ammerlandklinik Westerstede, mitgebracht hatte. Eike war blass, und so, wie Rebekka ihm Händchen hielt, sah es fast aus, als würde sie seinen Puls fühlen

Die Nachbarn, Peter Grendel und seine Frau Rita, waren mit von der Partie. Monika und Jörg Tapper vom Café ten Cate, Melanie und Frank Weiß vom Restaurant Smutje.

Ann Kathrins Freunde waren schneller da als ihre Kollegen, doch auch die kamen. Schlüter, der, seitdem er an der Küste wohnte, erkältet war und seinen Schnupfen überhaupt nicht mehr loswurde. Dafür hatte er aber jetzt eine glückliche Frau, denn die wollte hier in Ostfriesland wohnen, und das war es ihm wert. Benninga war da und Schrader, Sylvia Hoppe, Marion Wolters und natürlich Holger Bloem.

Rupert roch nach Whisky und war wohl versehentlich mit seinem Ärmel an die Buttercremetorte geraten, aber darauf hatte ihn noch niemand hingewiesen. Marion Wolters flüsterte Sylvia Hoppe zu, er sehe mal wieder aus wie ein Penner auf der Suche nach einem Nachtasyl.

Das Wohnzimmer im Distelkamp war groß, es gab aber nicht

genügend Sitzmöbel für alle. Peter Grendel ließ sich als Erster auf dem Boden vor dem Buchregal nieder, und als hätte er damit ein Zeichen gegeben, verteilten sich jetzt alle an den Wänden im Raum.

Schrader holte noch ein paar Stühle aus der Küche. Auf dem großen Sofa saßen sie zu sechst, vier Männer in der Mitte und auf den Lehnen links und rechts Sylvia Hoppe und Marion Wolters.

Rupert suchte den größtmöglichen Abstand zu der Kollegin Wolters. Sie kam ihm vor wie eine abgezogene Handgranate, die jeden Moment losgehen konnte, und er wollte dann auf keinen Fall in ihrer Nähe sein. Von den anderen hatte niemand solche Probleme mit ihr.

Monika Tapper hatte Marzipan und Schokolade aus eigener Herstellung mitgebracht. Sie reichte es herum, als könne dadurch die Denkfähigkeit aller verbessert werden. Ein paar Marzipanseehunde wurden geschlachtet und aufgegessen.

»Danke«, sagte Frank Weller, »dass ihr alle gekommen seid. Leider ist der Anlass nicht so schön. Wenn jemand Durst hat, könnt ihr euch gerne in der Küche ein Glas Wasser oder …«

»Wir sind nicht gekommen, weil hier eine Party steigt«, unterbrach ihn Holger Bloem, und die Entschlossenheit in seinem Blick tat Weller gut.

»Richtig!«, sagte Peter Grendel.

Schrader hielt es nicht länger aus. »Du glaubst also allen Ernstes«, sagte er mit bebender Stimme, »dass Ann Kathrin aus der Polizeiinspektion Aurich heraus entführt wurde, und die Diekmann dich daran hindern will, eine Fahndung einzuleiten? Beides hört sich äußerst unwahrscheinlich an.«

Weller nickte. »Trotzdem ist es genau so.«

Marion Wolters stand von der Sofalehne auf. Ihre Oberlippe zitterte. »Ich habe gesehen, wie sie mit zwei Männern rausgegangen ist. Ich konnte nicht sehen, dass sie entführt wurde. Sie hat mir auch kein Zeichen gegeben oder so. Angesichts der Umstände komme ich mir jetzt ziemlich dämlich vor. Wenn überhaupt, dann hätte ich es merken müssen.«

Sie sah schuldbewusst aus, setzte sich wieder und blickte auf den Boden.

»Kannst du die Männer beschreiben?«, fragte Weller.

Sie zuckte mit den Schultern. »Na ja, es waren halt junge Sanitäter, mit so Uniformen.«

Weller hakte nach: »Was denn? Rotes Kreuz, Malteser Hilfsdienst …?«

»Ich weiß nicht, ich habe mir das, offen gestanden, nicht so genau gemerkt.«

»Was für eine blöde Kuh!«, zischte Rupert in Richtung Schrader. »Eine Polizistin! Aber als Zeugin nicht zu gebrauchen!«

»Ja, was können wir jetzt tun?«, wollte Jörg Tapper wissen, und seine Frau sah ihn dankbar dafür an. Sie konnte es nicht aushalten, hier jetzt tatenlos herumzusitzen, während ihre Freundin möglicherweise in Not war.

Aber Rupert passte das Ganze nicht, und er schimpfte: »Was wollen die hier?« Er zeigte auf Peter Grendel, Eike, die Tappers und Frank und Melanie Weiß. »Hast du die jetzt zu Hilfssheriffs ernannt oder was? Kommen wir mit der Sache nicht mehr alleine klar? Ein Maurer! Ein Konditor und ein Koch!« Er schüttelte verständnislos den Kopf.

»Das hier ist keine Polizeiaktion, Rupert«, sagte Weller mit energischer Stimme. »Dies ist ein Treffen der Freunde von Ann Kathrin. Wir werden all unsere Möglichkeiten ausschöpfen, um sie zu suchen.«

»Die da wären?«, fragte Sylvia Hoppe.

»Ich habe sämtliche Psychiatrien im Umkreis angerufen. Nirgendwo wissen sie etwas von einer Patientin namens Ann Kathrin Klaasen.«

Sylvia Hoppe japste, als sei zu wenig Luft im Raum: »Du

glaubst also tatsächlich, Frank, dass Ann in einer Psychiatrie ist? Wenn sie entführt wurde, dann …«

Weller unterbrach sie: »Warum sollten Entführer so einen Aufwand betreiben?« Weller zählte es an den Fingern auf: »Professor Lempinski verfasst ein Gutachten, nach dem Ann Kathrin wirklich dringend psychiatrische Hilfe braucht. Pfleger holen sie mit einem Krankenwagen ab. Das Ganze hochoffiziell vom Arbeitsplatz weg. Ganz normale Entführer hätten sie doch wohl eher auf dem Weg zur Arbeit aufgegriffen, sie irgendwo abgefangen oder …«, Weller tippte sich gegen die Stirn. »Wer entführt denn jemanden aus der Polizeiinspektion heraus? Nein, nein, Leute, das Ganze ist ein abgekartetes Spiel. Ann Kathrin soll als Zeugin fertiggemacht werden. Das passiert ja nicht zum ersten Mal. Man denke nur an den Fall Mollath in Bayern. Wer weiß, wie viele Leute in Psychiatrien sitzen, deren unbequeme Aussagen ein paar mächtigen Menschen schaden könnten.«

»Jetzt hör aber auf!«, schimpfte Schrader. »Das glaubst du doch selbst nicht!«

»Wenn sie offiziell mit richterlichem Beschluss in eine Psychiatrie eingeliefert wurde«, fragte Weller zurück, »wieso kann ich sie nicht finden? Ich habe mir diesen Lempinski vorgeknöpft. Das ist ein windiger Hund. Der hat ein Gefälligkeitsgutachten geschrieben.«

Es platzte aus Sylvia Hoppe heraus: »Um wem einen Gefallen zu tun? Das wäre doch ein Ansatzpunkt!«

Weller fuhr sich mit beiden Händen durch die Haare und atmete tief durch. Schließlich sagte er: »Ann Kathrin und ich, wir gehen davon aus, dass der Mörder ihres Vaters wieder frei herumläuft. Seine Seebestattung war inszeniert. Man hat ihn mit einer neuen Identität ausgestattet.«

»Och, jetzt ist es aber gut!«, rief Schrader und sah aus, als würde er die Versammlung am liebsten verlassen.

»Und wie siehst du das?«, fragte Rupert.

Weller sah ihn eiskalt an. »Ich sagte es ja bereits: Ann Kathrin und ich, wir gehen beide davon aus, dass der Mörder ihres Vaters frei herumläuft.«

»Du machst dir also ihre Sichtweise zu eigen?«

»Ja. Und um es euch gleich zu sagen: Nicht, weil ich unter ihrem Pantoffel stehe, sondern weil es überhaupt keine andere Erklärung gibt.«

»Langsam, langsam«, sagte Sylvia Hoppe, wirkte dabei aber total hektisch. »Warum um alles in der Welt sollte jemand das tun? Und auch noch jemand aus unserer Behörde?«

»Weil er ein V-Mann ist und schon immer einer war.«

»Und das erzählst du so offen vor diesem …«, Rupert zeigte auf Holger Bloem, der neben Peter Grendel am Buchregal saß und etwas mitschrieb, »vor diesem …« Es war, als wollte Rupert der Ausdruck Journalist einfach nicht einfallen und er nach einem stärkeren Bild suchte. »Ich meine, die Presse ist doch hier!«

Weller nickte. »Holger ist ein Freund von Ann Kathrin. Sie vertraut ihm. Und deshalb ist er hier.«

Jetzt legte Ann Kathrins Sohn Eike los: »Und außerdem ist die Presse eine wichtige Macht in unserem Land. Wer hat denn die großen Skandale der letzten Zeit aufgedeckt? Wart ihr das etwa?« Er zeigte auf Ann Kathrins Kollegen. »Oder war das die Presse? Wenn eure offiziellen Ermittlungen zu Ende sind, fängt die Aufgabe einer freien Presse doch erst richtig an.«

Plötzlich in den Mittelpunkt geraten und aus der Rolle des stillen Beobachters herausgezerrt, räusperte Holger Bloem sich und deutete als Erster an, dass er Wellers Darstellung für gar nicht so unwahrscheinlich hielt: »Das würde natürlich auch erklären, warum du in deiner Behörde so ausgebremst wurdest, Frank.«

»Die Diekmann hat ein Affentheater veranstaltet, damit ich keine Fahndung herausgebe.«

Rupert tat jetzt, als könnte er Holger Bloem etwas in den Block diktieren, und spielte sich groß auf: »Wir sind ostfriesische Bullen, das können Sie schon mal aufschreiben. Wir ermitteln notfalls auch in unserer Freizeit, damit wir während unserer normalen Arbeitszeit Akten ausfüllen und Strafmandate schreiben können.«

»Ja, aber man muss doch herausfinden können«, ereiferte Eike sich jetzt, »wo meine Mutter in der Psychiatrie ist!«

»Es gibt kein zentrales Patientenregister oder so etwas«, sagte Weller. »Ist vielleicht ja auch besser. Aber in unserem Fall recht bedauerlich …«

»Aber«, sagte Sylvia Hoppe händeringend, »Ann Kathrin wird doch versuchen, uns zu erreichen. Wenn sie in einem ganz normalen Krankenhaus ist, dann kann sie sich doch erklären, mit den Menschen sprechen und …«

»Ja«, sagte Weller nachdenklich, »aber weil sie sich nicht meldet, deshalb machen wir uns ja erst wirklich Sorgen. Vielleicht wird sie irgendwo festgehalten, wo die Leute denken, dass Ann Kathrin völlig durchgeknallt ist. Sie kennen das Gutachten, und es klingt doch auch total verrückt – sie glaubt, dass der Staat den Mörder ihres Vaters freigelassen hat. Hallo? Manche Dinge sind eben so verrückt, dass jemand, der sie ausspricht, aussieht, als sei er selbst irre.«

»Die Welt ist verrückt geworden«, sagte Monika Tapper, »nicht unsere Freundin Ann Kathrin.«

Weller warf ihr einen dankbaren Blick zu.

Peter Grendel ballte die rechte Faust. Es hielt ihn kaum noch auf dem Boden am Buchregal. Er wollte jetzt endlich etwas tun. »Ich denke, wir greifen uns erst mal diesen Lempinski.«

»Dem habe ich schon genügend Angst gemacht«, sagte Weller.

Holger Bloem schlug vor: »Ich würde ganz oben ansetzen. Wenn Polizeioberrätin Diekmann dich ausgebremst hat, Frank, und dieser Lempinski ein Gefälligkeitsgutachten geschrieben hat, dann sitzen die Auftraggeber eine Etage höher. Möglicherweise weiß selbst Frau Diekmann nicht einmal, welche sie Rolle sie in diesem Spiel spielt.«

Jetzt platzte es aus Marion Wolters heraus: »Diese karrieregeile Tussi hat doch sowieso nichts anderes im Kopf, als nach oben hin gut auszusehen. Für die ist Ostfriesland nichts weiter als eine Durchgangsstation. Die möchte ins Innenministerium nach Hannover.«

»Und genau da«, sagte Weller, »ist der Hund begraben, glaube ich.«

Die ganze Zeit über war es für Weller deutlich spürbar, dass ihm längst noch nicht alle glaubten. Er hielt noch einen letzten Trumpf in der Hand, den er aber nicht ausspielen wollte. Schließlich hatte Ubbo Heide Ann Kathrins Verdacht bestätigt. Sehr bewusst hielt er dessen Namen aus dem Spiel. Ann Kathrin hätte es genauso getan, aus Sorge um Ubbo.

Weller wurde von der diffusen Angst getrieben, schon die Nennung von Ubbo Heides Namen könnte den Mann gefährden. Irgendwann, dachte Weller, wird das hier alles vor Gericht landen, und dann wird Ubbos Aussage wichtig werden. Bis dahin wollte er Ubbo heraushalten.

Rupert rülpste, aber in dieser aufgeheizten Stimmung schien das niemanden zu stören. Er stand jetzt auf, trat von einem Fuß auf den anderen und überlegte. Was würde Humphrey Bogart tun, dachte er? Er würde ein paar Zigaretten rauchen und ein paar Kerle umnieten. Bruce Willis würde sein Hemd zerreißen und ebenfalls ein paar Kerle umnieten. Schwarzenegger würde ein paar Autos zu Schrott fahren und dann ein paar Kerle umnieten.

Er fand das alles wenig hilfreich und wollte jetzt auch keinen dieser Vorschläge machen, sondern sagte nur: »Wenn sie Ann Kathrin in der Psychiatrie festhalten und leugnen, dass sie da ist – oder vielleicht gar nicht mal wissen, wen sie da zu Gast haben –, dann schlage ich vor, krempeln wir diese Läden jetzt einfach mal um.«

Benningas Magen knurrte, was ihm peinlich war. »Genau! Das tun wir in unserer Freizeit. Das ist sozusagen mein Hobby.«

»Wir können nicht einfach ohne richterlichen Beschluss Hausdurchsuchungen in Psychiatrien durchführen«, warnte Sylvia Hoppe.

»Nee, das nicht. Aber wir können da reingehen und eine vermisste weibliche Person suchen«, sagte Benninga.

Schrader gefiel das. »Guter Plan.«

»Ich habe es erst mal auf dem üblichen Weg versucht«, sagte Weller, »und Ann Kathrins Foto per E-Mail an alle einschlägigen Adressen geschickt mit der Anfrage, ob diese Person bei ihnen ist.« Er führte seine Sätze nicht weiter aus, sondern zuckte nur mit den Schultern.

Schrader schlug vor: »Dann statten wir eben den Damen und Herren jetzt einen freundlichen Besuch ab.«

Weller sah verzweifelt aus. »Das schaffen wir nie. Dafür sind wir zu wenige, und es können nur Kollegen machen.« Er deutete auf Peter Grendel. »Der kann doch schlecht als Maurer in eine Psychiatrie gehen und …«

»Und außerdem, was ist, wenn sie sie ganz woanders festhalten?«, warf Peter Grendel ein.

Monika Tapper weinte fast. »Ich halte es nicht aus, hier so rumzusitzen. Ich spüre förmlich, dass es ihr schlechtgeht. Ich höre sie innerlich schreien. Sie braucht uns!«

Großmann betrat die Norddeicher Ferienwohnung im Fledderweg beschwingt und voller Zuversicht. Er würde alles bekommen, was er von ihnen verlangte. Er war sich absolut sicher.

Geld spielte sowieso keine Rolle. Schließlich kam es vom Steuerzahler. Er hätte auch das Zehnfache verlangen können. Aber darum ging es nicht.

Er wollte die Köpfe von Serkan Schmidtli, Ann Kathrin Klaasen und Frank Weller.

Er würde sie alle drei auf einem goldenen Tablett serviert bekommen, sobald der Druck noch mehr stieg. Wenn irgendwo das tödliche Trinkwasser aus der Leitung sprudelte und Opfer forderte, würden alle Dämme brechen.

Ann Kathrin Klaasen, Frank Weller und Serkan Schmidtli waren nicht mehr als lästige Stechmücken auf der Haut, die bedenkenlos zerquetscht werden würden.

Die Zeit spielte für ihn, und wenn er eins über den Überlebenskampf in der freien Wildnis, die sich heute Zivilisation nannte, gelernt hatte, dann war es die Erkenntnis, dass der gewann, der die Zeit auf seiner Seite hatte. Wer gegen die verlaufende Zeit kämpfte, hatte schlechte Karten, denn die Zeit ließ sich nicht bestechen. War nicht verhandelbar. Verrann einfach gnadenlos.

Er lächelte.

Die anderen hatten den Zeitdruck. Er nicht.

Er würde gewinnen und mit Inga an seiner Seite ein ruhiges, beschauliches Leben führen.

Er suchte einen trockenen Rotwein. Er schwankte zwischen einem leichten italienischen und einem schweren spanischen. Er entkorkte den italienischen und setzte sich mit dem Rotweinglas in der Hand in den bequemen Ohrensessel.

Er betrachtete den großen Flachbildschirm und genoss die Macht, den Fernseher nicht einzuschalten und stattdessen die Ruhe zu genießen.

Da war nur der Wind. Im Garten ein paar Möwen. Und die Schwätzer und Dauerredner auf allen Programmen mussten heute alle mal den Mund halten.

Spontan entschied er sich um. Der schwere spanische Wein passte doch jetzt besser zu seiner Stimmung. Er holte die Flasche und ein frisches Glas dazu.

Den Italiener trank er nicht aus. Er stellte das Glas auf den Tisch, als hätte er es schon für Inga eingegossen.

Dann hörte er über die kleinen, aber sehr effektiven Lautsprecher Bob Dylan. Er schloss die Augen. Es klang jetzt viel schöner als im Livekonzert.

Er dachte daran, wie er Inga kennengelernt hatte. Welch ein Zufall, schmunzelte er. Das Schicksal meinte es wirklich gut mit ihm.

Plötzlich wurde alles so konkret. Diese Schutzanzüge machten Justus zu schaffen. Er hatte darin schon beim Anprobieren Schweißausbrüche. Das Sichtfenster der Gasmaske beschlug. Er bekam kaum Luft und verfiel in eine Schnappatmung, was alles noch schlimmer machte.

Neele hatte zwei verschiedene Atemschutzmasken besorgt. Eine weiße mit Ausatmungsventil, bei der nur Nase und Mund bedeckt wurden. Sie sah billig aus und wenig vertrauenerweckend. In der Beschreibung stand etwas von »Feinstaubfilter«.

Justus hätte eigentlich lieber die schwarze Vollmaske aufgesetzt. Sie war nicht nur ein Arbeitsschutz für Autolackierer, sondern auch geeignet, noch schlimmere Attacken auf die Atemwege abzuwehren.

Nur: Er konnte dieses Ding nicht tragen.

Der Schweiß war nur das sichtbare Problem. Schlimmer war die Panikattacke. Herzrasen. Schwindel. Ja, ein Gefühl, zu ersticken.

Er riss sich die Vollmaske vom Kopf, ließ sich aufs Sofa fallen und stöhnte: »Neele. Ich schaff das nicht.«

Sie sah ihn ganz ruhig an, als hätte sie ohnehin damit gerechnet, und argumentierte: »Die Maske ist zu deinem Schutz da. Immerhin müssen wir die Fläschchen öffnen …«

»Ja, verdammt!«, schrie er zur Decke und klopfte gegen seine Stirn. »Vom Verstand her weiß ich das ja. Aber es nützt mir nichts. Ich krieg es nicht hin. Ich ersticke, wenn ich das Ding tragen muss!«

»Nein«, sagte sie, »du erstickst nicht, Justus. Du hast nur Angst, zu ersticken.«

Er sprang hoch und lief zum Badezimmer. Er musste raus aus den klebrigen Klamotten und erst mal duschen.

Auf dem Weg zum Bad stolperte er über den Koffer und rief mit erhobenen Armen: »Ja, ja, ja, ich weiß, was du sagen willst! Ich bin ein totaler Ausfall. Du hättest einen besseren Mann verdient, aber ich bin nun mal kein Held.«

Er verschwand im Bad, und Neele entschied sich, notfalls alles ganz alleine durchzuziehen.

Sie fühlte sich durchtrieben. Stark. Sie wusste, dass sie ab jetzt in ihrer Beziehung die Hosen anhaben würde. Für immer! Das konnte Justus nie wiedergutmachen. Ab jetzt war sie hier die Königin.

Der Gedanke gefiel ihr. Sie setzte die Vollmaske so würdevoll auf, als sei sie eine Krone.

Sie stand im Schlafzimmer vor dem großen Spiegel. Sie gefiel sich. Sie war stolz auf sich. Ja, verdammt, die Welt war nicht nett zu ihr gewesen, und jetzt wollte sie es allen heimzahlen.

Sie fühlte sich skrupellos, und das tat auf verblüffende Weise gut. Die Schwäche ihres Mannes machte sie stark.

Sie betrachtete sich im Spiegel, als sei sie eine fremde Person. Diese Atemschutzmaske machte alles leichter. Das war nicht einfach nur eine Verkleidung, nein, mit dieser unheimlichen Maske wandelte sie ihre Gestalt – vom Opfer zum Täter.

Die Frau da im Spiegel, die durch die schwarze Vollmaske etwas Satanisches bekam, kannte keine Hemmungen, keine Verbote, kein schlechtes Gewissen. Die da im Spiegel war frei und verspürte ein sexuelles Verlangen, das nicht nach rascher Befriedigung schrie, sondern viel grundsätzlicher war. Eine Lebensenergie. Ein Hunger danach, sich selbst zu spüren.

Ja, die Frau im Spiegel gefiel ihr. Kein Reh mehr sein, sondern Jäger.

Sie sog die gefilterte Luft tief ein und spürte ein lustvolles Kribbeln auf der Haut.

In Wirklichkeit, das wusste sie jetzt, waren die Männer das schwache Geschlecht.

Ubbo Heide war zu müde, um wach zu bleiben, aber auch viel zu aufgekratzt, um einzuschlafen. Er befand sich in einem Zustand, den er seiner Frau gegenüber als »zwischen Ebbe und Flut« bezeichnete.

Sein erstes Buch über die nicht gelösten Kriminalfälle kam ihm plötzlich verlogen vor. Als es erschien, war er so stolz gewesen, konnte es gar nicht aus der Hand legen, fand immer wieder neue Gründe, es anzufassen, darin zu blättern und sich festzulesen. Er konnte in den ersten Tagen in keinem Raum sein, in dem das Buch nicht mit ihm war. Er trug es immer bei sich wie sein Schweizer Messer und einen Marzipanseehund.

Aber die Freude über sein Buch war nun verblasst. Dieser schale Beigeschmack der Lebenslüge machte alles kaputt. Nicht einmal am Blick aufs Meer konnte er sich noch erfreuen. Der Tee schmeckte nicht mehr, und wenn er seine Frau ansah, die er nach all den Jahren immer noch liebte, dann beschlich ihn das Gefühl, sie schwer enttäuscht zu haben. Dieser Mann, der er geworden war, wollte er nicht länger sein.

Er wusste nicht, wie er seiner Tochter Insa das alles erzählen sollte und ob überhaupt. Er konnte vor sich selbst nicht geradestehen, dachte er und war sich – an den Rollstuhl gefesselt – der Ironie dieses Satzes durchaus bewusst.

»Ich habe«, sagte er mehr zu sich selbst als zu Carola, »einen unverzeihlichen Fehler gemacht.«

Sie wusste nicht, wie oft er diesen Satz inzwischen gesagt hatte. Es kam ihr vor wie eine tibetanische Gebetsmühle.

»Jeder Mensch macht Fehler«, sagte sie. »Das macht uns doch erst zu Menschen, sonst wären wir ja Götter.« Sie blickte zur Decke, als könnte sie geradewegs bis in den Himmel schauen. »Und ob die da oben so fehlerfrei sind, das frage ich mich schon lange.«

Ubbo stöhnte: »Ich muss mit Ann Kathrin reden. Ich werde ihr alles sagen, was ich weiß, und dann wird sie ihre eigenen Schlüsse ziehen.«

»Und wirst du damit die Katastrophe heraufbeschwören oder sie abwenden?«, fragte Carola kritisch.

»Das weiß ich nicht. Wer weiß heutzutage schon, was richtig oder was falsch ist? Ich habe damals entschieden, dass ich Ann Kathrin nicht erzähle, dass der Mörder ihres Vaters lebt. Das war falsch. Ich habe mich damit über sie erhoben. Das verzeiht sie mir nicht.«

»Du wolltest verhindern, dass sie sich unglücklich macht. Sie hätte ihn getötet … zumindest dachtest du das …«

Er griff nach ihrer Hand. Es rührte ihn, wie sehr sie nach all den Jahren immer noch Partei für ihn ergriff und ihn sogar vor sich selbst und seinen dunklen Gedanken in Schutz nahm.

Dann bat er sie: »Bring mir mein Telefon«, und fügte leise hinzu, »bitte.«

Er war auf eine liebenswürdige Art altmodisch, fand sie. Er nannte sein Handy immer noch »mein Telefon«.

Sie sah auf die Uhr. »Du weißt schon, wie spät es ist?«

Er brummte: »Hoffentlich noch nicht zu spät.«

Weller saß im Distelkamp auf dem Küchenboden. Während seine Kaffeemaschine einen doppelten Espresso in die ostfriesische Teetasse spuckte, sah er sich auf Facebook die Reaktionen seiner Freunde auf die Suchanfrage an und konkretisierte sie.

Natürlich hätte er sich an den Schreibtisch setzen können oder im Wohnzimmer aufs Sofa. Aber er wollte es sich nicht gemütlich machen, während seine Frau vermutlich in einer sehr unkomfortablen Lage war. Er hätte es als unangemessen gefunden.

Es war kurz vor vier Uhr morgens. Einige Facebook-Aktive hielten die Suchmeldung für einen Scherz und posteten, dass sie ihre Ehefrauen auch des Öfteren nachts suchen würden.

Ein Kollege aus Saarbrücken schrieb: »Ich glaube, ich hab sie gesehen. Sie ist mit so einem Motorradfreak bei Leidinger vorbeigefahren. Sie war bestens gelaunt, sie sagte noch etwas von ›endgültig die Schnauze voll vom Eheleben‹ und sie wolle es mal so richtig krachen lassen.«

Ein anderer Facebookfreund behauptete, selbst im Leidinger zu wohnen und zwar direkt neben den zweien. Er fragte, ob Ann Kathrin religiös sei.

»Warum religiös?«, wollte Tarzan 12 wissen.

Nun, er könne gar nicht schlafen, die machten nämlich so laut rum, und sie würde immer schreien: »O Gott, o Gott!«

Weller fragte sich inzwischen, ob die Facebooksuche wirklich die richtige Methode gewesen war, um Ann Kathrin zu finden.

Während sein Espresso kalt wurde, tippte er: »Das ist nicht witzig, verdammt! Wir machen uns echt Sorgen.«

Da ertönte »Piraten Ahoi!«. Weller griff zu seinem Handy. Er mochte diesen Klingelton. Jedes Mal, wenn Bettina Göschls Stimme erklang, hoffte er, Ann Kathrin könne dran sein.

Ubbo Heide hörte sich nicht gut an. Er sagte: »Frank, ich erreiche Ann nicht. Ich muss aber etwas mit ihr klären ...«

Weller schluckte. Er überlegte kurz, doch dann erzählte er Ubbo Heide schonungslos die ganze Wahrheit.

Ubbo unterbrach Weller nicht. Er machte manchmal Töne, als hätte er Schnupfen und müsste sich die Nase putzen. Weller stellte ihn sich weinend vor.

Als Weller mit den Worten: »Genau das ist die Lage, Chef«, endete, sagte Ubbo Heide ganz so, als sei er immer noch der Chef:

»Professor Dr. Lempinski kenne ich. Da gab es vor ein paar Jahren mal den Verdacht, er hätte Kinderpornographie eingekauft. Angeblich war er auf der Suche nach Bildern von einem Jungen, den er behandelt hat. Er hat es so dargestellt, als hätte alles nur dazu gedient, dem Kind zu helfen. Es war eine dubiose Sache. Wurde damals vertuscht. Ein bisschen auch, um das Kind und die ganze Einrichtung zu schützen. Seitdem ist Lempinski uns noch einen Gefallen schuldig.«

Das war eine nette Umschreibung für einen Informanten. Es gab überall Leute, die der Polizei einen Gefallen schuldig waren. Taxifahrer, Gastwirte, die Liste war lang. Sie gaben ab und zu Tipps und wichtige Hinweise. Aber Gefälligkeitsgutachten gehörten nicht zur allgemein üblichen Praxis. Falsche schon gar nicht.

»Du meinst«, fragte Weller, »da war damals doch mehr dran, und jetzt ist der Typ erpressbar?«

Ubbo Heide antwortete: »Was denn sonst? Oder glaubt hier irgendjemand ernsthaft, dass Ann Kathrin in die Psychiatrie gehört?«

Weller merkte, dass er innerlich vor seinem alten Chef geradezu strammstand und dankbar gewesen wäre, wenn der endlich wieder die Führung übernommen hätte.

»Was schlägst du vor, Ubbo?«

»Ich dachte«, sagte Ubbo Heide, »ich hätte euch einen geordneten, gut funktionierenden Laden hinterlassen. Offensichtlich habe ich das nicht getan. Es gab wohl zu viele Leichen im Keller, die ich selbst nicht sehen wollte. Ich werde morgen mit dem ersten Flieger aufs Festland kommen.«

»Und dann?«

»Dann bringen wir den Laden wieder in Ordnung.«

Ann Kathrin konnte ihren Arm heben. Sie sah ihn vor sich schweben, aber sie konnte ihn nicht spüren. Es war, als würde er an Fäden hängen.

Sie musste sich enorm konzentrieren, um eine Bewegung zu beeinflussen. Sie stellte sich vor, dass sie Wünsche, ja, eine Bitte, in eine körpereigene Schaltzentrale schickte. Von dort würde alles weitergeleitet an einen Marionettenspieler, der an Fäden zog und damit ihren Arm bewegte.

Sie wusste, dass es nicht so war, doch die Vorstellung half.

Der Marionettenspieler sprach sogar mit ihr und war eigentlich ganz nett.

Die aktiven Reste ihrer kritischen Vernunft schrien: »Das ist der Einfluss von Drogen! Es ist nicht die Realität!«

Aber da war auch etwas in ihr, das nahm die neue Erfahrung sehr ernst und glaubte an ein erweitertes Bewusstsein. Groß und flüssig genug, um die neue, wahre Realität zu erkennen.

Hatte sie nicht immer schon an Marionettenfäden gehangen? War der freie Wille nur eine Illusion?

Trinken, dachte sie. Ich muss trinken, um das Gift aus dem Körper zu spülen oder wenigstens zu verdünnen.

Die Nullen an der Tür sahen sie an wie zwei wachsame Augen. Sie ging wie auf Watte. Zeit wurde ein Ort. Minuten waren Türen, von der jede in einen anderen Raum führte, der gleichzeitig eine Minute war oder das ganze Leben. Es erschien ihr wie eine großartige Erkenntnis: Die Zeit verging nicht! Alles war gleichzeitig. Nur geschah es eben an einem anderen Ort. Und sie hatte die Türen dorthin gefunden. Alles war schon immer da gewesen. Sie hatte nur das Ordnungsprinzip noch nicht verstanden. Es musste aber eins geben.

Hinter der nächsten Tür war sie vielleicht als alte Frau oder als junges Mädchen. Vielleicht lebte da ihr Vater sogar noch. In der großen Hoffnung, ihn zu sehen, riss sie die Tür auf und suchte den Lichtschalter. Sie fand ihn. Sie knipste die grelle Neonbeleuchtung an und stand in einem Bad. Hier war sie weder als Kind noch als alte Frau. Auch ihr Vater war nicht da. Sie war ganz allein, und da vorn, am Waschbecken, hingen Handtücher.

Sie ertastete den Wasserhahn und hielt ihre Lippen in den Strahl. Sie schluckte, hustete und schluckte, so viel sie nur konnte.

Wasser! Reine Lebensenergie. Wasser …

Alles wird gut, dachte sie.

Die Krankenschwester Heike Ziel verbrachte jeden Abend vor dem Einschlafen eine halbe, manchmal eine ganze Stunde damit, im Bett auf ihrem Laptop ihre Facebook-Freundesliste zu pflegen. Sie erfreute sich an Bildern von Neugeborenen, lachte über Fotos von missglückten Hinweisschildern wie dem an der Tür der AOK:

Für den Vortrag »Alarm im Darm« bitte den Hintereingang benutzen.

Solche Späße versüßten ihr den Abend. Gerade noch hatte sie über einen Zettel an der Treppe zur Musikschule – *Die Jungs vom Blasorchester, die noch keinen Ständer haben, können sich oben einen runterholen* – Tränen gelacht. Da sah sie in einem Posting von Jörg Tapper das Foto einer Frau, die ihr sehr bekannt vorkam.

Jörg Tapper vom Café ten Cate hatte eine Nachricht von Frank Weller an alle Freunde seines Hauses weitergeschickt.

Heike Ziel kannte das Café. Schon zweimal hatte sie in Norddeich Urlaub gemacht und bei einem Einkaufsbummel in Norden die Cafés besucht.

Sie liebte Cafés. Zu gern saß sie dort, trank Kakao, aß Sahnetorte und las Bücher. Das erinnerte sie an die schönsten Stunden ihrer Kindheit, wenn ihre Mutter gemeinsam mit ihr Bilderbücher angesehen oder ihr dicke Abenteuerromane vorgelesen hatte. Immer hatte es dabei Kakao gegeben. Das gehörte für sie einfach zusammen: ein Buch und eine Tasse Kakao. Und Bücher gehörten zum Urlaub, genauso wie Cafés.

Sie kannte Remmers, Kehre Wieder, Grünhoff und ten Cate. Beim letzten Besuch hatte sie in einem davon das Buch »*So stark sind wir zusammen – Geschichten von Freundschaft, Helfen und Selbstbewusstsein*« gelesen.

Sie verband ein Café mit dem Geschmack des Kakaos, den sie dort getrunken, und mit dem Buch, das sie dort gelesen hatte.

Sie mochte keine Krimis. Nichts Gruseliges. Ihr Klinikalltag war hart genug.

Die Frau auf dem Foto sah einer Patientin sehr ähnlich. Sie wirkte nur entspannter, innerlich sortierter, ja, einfach weniger getrieben und verrückt.

Unter dem Foto stand: *Dies ist unsere Freundin Ann Kathrin Klaasen. Sie ist fünfundvierzig Jahre alt und Hauptkommissarin bei der Kripo in Aurich. Wir machen uns große Sorgen um Ann Kathrin. Seit zwei Tagen ist sie verschwunden. Sie hat ihre Dienststelle in Begleitung zweier Männer verlassen und sich seitdem nicht mehr bei uns gemeldet. Ann Kathrin liebt und sammelt Kinderbücher.*

Genau wie ich, dachte Heike Ziel, und ihr wurde warm ums Herz.

Sie könnte sich also im Bereich einer Bibliothek oder einer Kinderbuchhandlung aufhalten. Auf einem Flohmarkt nach alten Büchern suchen. Vermutlich geht es ihr im Moment nicht besonders gut. Vielleicht hat sie irgendwo eine Arztpraxis oder ein Krankenhaus aufgesucht, um sich Hilfe zu holen.

Konnte das wirklich die hochaggressive Patientin von Station drei sein? Die Frau, die sie angegriffen hatte?

Heike war sofort hin und her gerissen. Sie war ein guter Mensch und hatte diesen Beruf ergriffen, weil sie helfen wollte. Und obwohl es ihr als alleinerziehender Mutter weder wirtschaftlich noch im Liebesleben besonders gutging, hatte sie ständig ein schlechtes Gewissen allen anderen gegenüber, denen es schlechter ging als ihr.

Sie wusste selbst nicht genau, was sie täglich in dieser schrecklichen Krankenhaushierarchie abbüßte. Aber es kam ihr so vor, als müsse sie eine Schuld abtragen, ohne dass sie hätte sagen können, woraus diese Schuld bestand.

Auch wenn sie sich von Dr. Schneeberger mies behandelt fühlte und ständig Überstunden machen musste, die nicht bezahlt wurden, wollte sie ihm nicht schaden. Aber wenn diese Frau wirklich die Kommissarin aus Aurich war, warum wussten dann ihr Mann und ihre Freunde nicht, wo sie sich befand? Wollte sie nicht, dass die anderen Bescheid wussten? Lieferte sie also die Patientin gegen ihren Willen einer Öffentlichkeit aus, wenn sie sich jetzt hier auf Facebook meldete? War Facebook überhaupt der richtige Ort für solche Dinge?

Andererseits hatte die Frau versucht, zu fliehen. Sie hatte sich benommen, als ob sie gegen ihren Willen festgehalten würde, was aber nicht der Fall war, soweit Schwester Heike wusste. Doch dann gehörte sie im Grunde auch nicht auf Station drei.

Am liebsten hätte Heike Ziel gleich eine Antwort gepostet, aber der Gedanke, sie könnte damit der Klinik schaden und vielleicht einem ihrer Vorgesetzten Probleme bescheren, bereitete ihr Magenschmerzen. Selbst das Atmen fiel ihr schwer. Sie brauchte diesen Job. Ja, verdammt, sie brauchte ihn sehr.

Sie klappte ihren Laptop mit einer schnellen Bewegung zu, aber dadurch verschwand das Problem nicht.

Was jetzt, dachte sie. Verdammt, was jetzt?

Die Wäscheaufkleber trugen genau diesen Namen: *Ann Kathrin Klaasen.*

Sie merkte sich immer die Namen der Klientinnen. Das war für eine persönliche, würdevolle Behandlung wichtig. Besonders für die von der geschlossenen Abteilung, die am Anfang Anstaltskleidung trugen, ohne Gürtel oder Riemen. Unmöglich, sich damit selbst etwas anzutun. Und falls sich jemand in einer anderen Station verlief, wurde er sofort erkannt und zurückgebracht.

Sie war sich ganz sicher. Auf dem Namensschildchen hatte Ann Kathrin Klaasen gestanden.

Sie musste erst mit der Klinikleitung sprechen, denen erzählen, dass ihre Patientin von Ehemann und Freunden gesucht wurde. Dann mussten die Chefs entscheiden …

Sie lag im Bett und starrte zur Nachttischlampe. Sie hatte den Computer neben sich im Bett liegen. Sie wollte keinen Ärger, und sie wusste einfach nicht, was jetzt richtig oder falsch war.

Nicht weit von ihr, auf dem Stuhl, unter der Tageswäsche, lag *So stark sind wir zusammen – Geschichten von Freundschaft, Helfen und Selbstbewusstsein* von Achim Bröger. Plötzlich hatte sie das Gefühl, dieses Buch habe ihr mehr zu sagen als jede Polittalkshow im Fernsehen und der ganze Erwachsenensachbuchkram, der ungelesen, aber vorzeigbar, im Wohnzimmer verstaubte.

Ohne aufzustehen, angelte sie das Buch vom Stuhl. Dabei fiel der Pulli auf den Boden.

Genau dieses Buch hatte sie damals in Norden im Café gelesen. Sie konnte auch noch den Kakao schmecken, den sie dort getrunken hatte, sahnig und schokoladig.

Sie schluckte schwer und schlug das Kinderbuch auf.

Ann Kathrin konnte durch das Fenster ein Stückchen Himmel sehen. Ein Flugzeug zog einen Kondensstreifen hinter sich her. Dann landete ein Spatz auf dem Gussstahl-Gitter vor dem Fenster und lugte durch die Rosenornamente zu ihr herein wie ein Bote, der eine gute Nachricht überbringen möchte.

Der wabernde Nebel in ihrem Kopf lichtete sich ein wenig. Sie flüsterte ganz leise, als hätte sie Sorge, ein Geheimnis preiszugeben oder etwas Falsches zu sagen. Ihre Stimme hörte sich merkwürdig an, fand sie, so als würde eine andere aus ihr sprechen: »Ich heiße Ann Kathrin Klaasen. Ich wohne in der ältesten ostfriesischen Stadt, in Norden. Im Distelkamp Nummer dreizehn. Ich bin verheiratet mit Hero ... Nein, nicht mit dem Arsch ... Ich bin jetzt mit Frank Weller verheiratet. Der ist ein guter Typ. Wir haben im Teemuseum in Norden geheiratet. Frank hat zwei Töchter. Wie heißen die noch ... Und ich habe einen Sohn, der heißt Eike und hat eine Freundin, die wesentlich älter ist als er ... Rebekka Simon.«

Die Worte stabilisierten sie. Der Blick in den wolkenlosen Winterhimmel tat gut, und sie fasste einen Plan. Sie beschloss, sich eine Waffe zu bauen.

Sie kicherte bei dem Gedanken. Sie fand sich unglaublich raffiniert.

Sie ging zu dem Gummibaum und sprach mit ihm: »Ich werde dir jetzt ein bisschen was von deiner Erde klauen. Nein, du musst nicht gleich erschrecken. Lass bloß die Blätter nicht hängen, die stehen dir nämlich gut. Und ich brauche auch nur ein klitzekleines bisschen von deiner Erde.«

Sie zog sich den rechten weißen Strumpf aus. Dann baggerte sie mit drei Fingern Gummibaumerde aus dem Topf und füllte damit die Socke. Sie drückte und presste die Erde im Strumpf zusammen. Dabei kicherte sie immer wieder und drückte in die Löcher, die sie im Blumentopf hinterlassen hatte, Toilettenpapier, wie um den Gummibaum zu trösten.

Jetzt war die Socke prall voll. Sie knotete sie zu und schlug mit der entstandenen Wurst in ihre offene Handfläche.

Das Klatschen machte ihr Mut. Sie stellte sich die Gesichter der beiden Wärter vor und dann das von Dr. Schneeberger.

Sie würde ihm das hier über den Kopf ziehen, und es würde ihn ausknocken wie ein Schlag mit dem Gummiknüppel.

Ann Kathrin freute sich kindisch.

Sie setzte sich erschöpft auf die Bettkante. Sie war klatschnass geschwitzt und fühlte sich plötzlich so kraftlos, als sei ihr Tun ohnehin sinnlos, weil sie am Ende doch scheitern würde.

Sie konnte nur kurze Momentpläne machen. Wenn sie weiterdachte: Wie hier raus? Wie dann weg? Und vor allen Dingen: Wohin?, wurde der Berg zu groß.

Sie hörte die Stimme ihres toten Vaters: *Ann! Auch der längste Weg beginnt mit dem ersten Schritt. Wenn ein Kind geboren wird und sofort den Berg von Sorgen und Problemen vor sich sähe, den das Leben bietet, würde es bestimmt nur eins wollen: zurück in den Mutterleib. Aber später im Leben löst das Kind alle Probleme und hat hoffentlich sogar Spaß dabei. Man macht nicht erst das Abitur und geht dann in die Grundschule. Alles hat eine Ordnung. Eine Reihenfolge.*

Dankbar nickte sie und sagte laut: »Ja, Papa, ich weiß.«

Sie ließ sich aufs Bett fallen, dass die Federn unter ihrem Rücken nur so quietschten.

Sie musste erst ausruhen. Wenigstens ein bisschen Kraft und Energie sammeln für die nächsten Schritte. Aber dann …

Sie schob mit schon geschlossenen Augen die mit Blumenerde gefüllte Socke unter ihr Kopfkissen.

Ich muss, dachte sie, noch mehr Wasser trinken.

Erschöpft fiel sie in einen Zustand zwischen Schlaf und Ohnmacht.

Weller war schon am Flugplatz Harlesiel, als die Propellermaschine bei der Landung ein paar Raben von der Landebahn vertrieb.

Der Pilot packte mit an, als Carola Heide ihrem Mann aus der Britten-Norman BN-2 Islander half. Ubbo Heide nahm in seinem Rollstuhl Platz.

Weller lief hin.

Ubbo sah wild entschlossen aus, als könne er jeden Moment kraft seines Willens einfach aufstehen und zu Fuß weitergehen.

Es war ein sonniger, aber kalter Tag, und ablandiger Wind krümmte die wenigen Bäume. Auf dem Deich waren die Grasspitzen weiß gefroren und klangen im Wind wie ein klirrendes Glockenspiel.

Carola Heide wollte ihrem Mann eine Decke über die Beine legen, aber er lehnte ab. Sie selbst zog sich ihre weißblaue Mütze fester über die Ohren.

Ubbo trug seinen alten Elbsegler, was Carola nicht gefiel, denn so wurde zwar seine Haarpracht geschützt, aber seine Ohren eben nicht, und genau darauf kam es doch an, betonte Carola Heide jedes Mal, wenn er mit seiner dunkelblauen Schirmmütze aus Marinetuch ans Meer wollte. Dafür korrigierte er sie immer, wenn sie »Elbsegler« sagte und behauptete, sein altes Erbstück sei eben genau kein Elbsegler, sondern eine Helgoländer Lotsenmütze.

Dieses Spiel lief so seit gut zwanzig Jahren zwischen ihnen, aber nicht heute. Ubbo war nicht zu Späßen aufgelegt. Er zog den Schirm tief in die Stirn, damit der Wind ihm die Mütze nicht vom Kopf reißen konnte.

Hinter ihnen startete eine Cessna. Gegen den Motorenlärm begrüßte Weller seinen alten Chef. Er bückte sich dabei, was Ubbo nicht passte. Er hätte lieber aufrecht auf eigenen Beinen gestanden, denn jedes Mal, wenn sich jemand zu ihm auf Augenhöhe bückte, wurde ihm schmerzlich bewusst, dass er im Rollstuhl saß.

Carola Heide überließ es Weller, Ubbos Rollstuhl zu schieben.

Ubbo Heides Fragen kamen klar und scharf, als sei er immer noch Chef und müsse eine Krisensituation managen.

»Hat Ann sich gemeldet?«

Wellers Antwort war knapp wie in einer Dienstbesprechung: »Nein.«

»Weißt du, wo sie ist, Frank?«

»Nein.«

Weller schob den Rollstuhl in gebückter Haltung, so dass sein Kopf praktisch neben dem von Ubbo war. Der presste kurz die Lippen aufeinander, dann begann er, das kleine Einmaleins abzufragen:

»Handyortung?«

Weller stöhnte. »Haben wir natürlich gemacht. Ergebnislos!«

Ubbo sah sich zu Weller um. Ihre Nasen stießen gegeneinander. »Kannst du denen trauen?«

»Wie, trauen?«

Ubbo bremste den Rollstuhl hart ab. Frank Weller krachte dagegen.

»Wenn man sich mit dem Teufel einlässt, Frank, verändert sich nicht der Teufel. Der Teufel verändert uns.«

Weller lief um den Rollstuhl herum. Er kniete jetzt vor Ubbo. Wie ein Schutzengel stand Carola neben ihnen.

»Es gibt keinen Teufel, Ubbo«, sagte Weller und sah seinem Chef dabei in die Augen.

»Ach nein? Und was glaubst du, wer diese Welt regiert? Die popligen Regierungen, die, solange ich lebe, den Hunger in der Welt bekämpfen, mit dem Ergebnis, dass immer mehr Menschen verhungern? Und die alle nur den Frieden wollen, aber immer mehr Waffen produzieren?«

Ubbos Frau räusperte sich. »Philosophische Diskussionen führen uns jetzt nicht weiter.«

Der Meinung war Weller auch. Trotzdem konnte er sich gegen den Gedanken kaum wehren, dass Ubbo recht hatte.

»Du meinst, ich bekomme falsche Informationen? Du hast schon recht, die Dienststelle blockiert mich völlig und ...«

»Wir können keinem mehr trauen«, sagte Ubbo Heide. »Schon gar nicht den Jungs vom Innenministerium oder der Naumann-Gruppe. Wir müssen das mit unseren Leuten durchziehen. Mit unserer ureigenen Mannschaft.«

Er begann aufzuzählen: »Rupert – der ist zwar ein Idiot, aber im Zweifelsfall steht er loyal zur Truppe.«

»Ja«, sagte Weller erleichtert, »wir brauchen jetzt Leute, die nicht gleich mit den Ratten das sinkende Schiff verlassen.«

»Unser Schiff sinkt nicht, Frank. Der Mast wackelt höchstens. Möglicherweise haben hier klammheimlich die falschen Leute die Befehlsgewalt übernommen. Also«, er zählte es an den Fingern auf. »Schrader. Sylvia Hoppe. Wem vertraust du noch, Frank?«

Ohne zu zögern sagte Weller: »Rieke natürlich. Und Benninga. Holger Bloem und Peter Grendel …«

Ubbo Heide hob die rechte Hand und ließ sie dann kraftlos wieder fallen. »Der Journalist und der Maurer? Noch sind wir nicht so weit, Hilfssheriffs zu ernennen. Aber wir sind nicht mehr weit davon entfernt. Wir dürfen keine Informationen nach oben weitergeben. Einigeln und handeln, das ist jetzt die Devise. Auf keinen Fall die Diekmann einweihen.«

»Meinst du, die gehört zur Gegenseite?«

»Auf jeden Fall gehört sie nicht zu uns.«

»Ich habe mein Auto auf dem Parkplatz stehen. Wohin fahren wir jetzt?«, fragte Weller.

Ubbo Heide hatte bereits sehr klare Vorstellungen. »Wir brauchen eine Einsatzzentrale, und das kann nicht die Polizeiinspektion sein.«

»Zu uns in den Distelkamp?«, schlug Weller vor.

Großmann hatte sich nie wirklich daran gewöhnen können, in hellen Räumen zu schlafen. Sobald die Sonnenstrahlen durch eine Gardine schimmerten oder ein verrutschter Vorhang das Tageslicht hereinließ, lag er wach im Bett. Er tat heute aber so, als ob er noch schlafen würde. Dabei blinzelte er ab und zu in den kleinen Bereich der Küche, den er von hier aus überschauen konnte.

Inga bereitete nicht ganz geräuschlos das Frühstück vor. Er hörte die Kaffeemaschine. Die elektrische Orangenpresse lief. Die Kühlschranktür klappte mehrfach zu.

Es roch nach Rührei mit Krabben, frisch aufgebackenen Brötchen, außerdem nach Orangen, und da war auch ein Hauch von Mango und Bananen. Er war gespannt, was sie zubereitete.

Er wollte ihr ein angenehmes Leben bieten, frei von ökonomischen Sorgen. Es war ein Leichtes für ihn. In ihrer Gegenwart fühlte er sich gut, und um mehr ging es ihm nicht mehr im Leben. Serkan, Ann Kathrin und Weller sollten verschwinden. Dann war alles gut.

Er verschränkte die Arme hinter dem Kopf und lächelte. Manchmal dachte er über sich selbst in der dritten Person nach. *Der alte Haudegen setzt sich mit seiner schönen Braut zur Ruhe. Das unstete Leben hat ein Ende.*

In der Küche klapperte es jetzt besonders laut. Dann klirrte es, als sei etwas heruntergefallen und zersplittert. Er hörte ein leises: »Oh, verfluchter Mist!«

Gleich würde sie mit einem Tablett vor ihm stehen und das Frühstück ans Bett bringen. Um sie nicht zu enttäuschen, kuschelte er sich wieder ins Kissen und stellte sich schlafend.

Er hörte ihre nackten Füße auf dem Boden. Ihre Fußsohlen waren feucht und klebten kurz an den Holzdielen fest. Das leise Patschen verriet jeden Schritt. Bestimmt hatte sie Saft umgeschüttet, vermutete er.

Er war stolz auf seine wachen Sinne. Ihm konnte sich niemand unbemerkt von hinten nähern und ihn abstechen. Er hörte, wie seine Mutter es schon vor mehr als fünfzig Jahren ausgedrückt hatte, *die Flöhe husten.*

»Guten Morgen«, flüsterte sie. »Sieh mal, was ich für uns gemacht habe.«

Er reckte sich und spielte das Spiel mit.

Sie stand unschuldig und doch lasziv, nur in blütenweißer Unterwäsche, mit dem Tablett vor ihm und lächelte. Das war ein doppeltes Angebot, verbunden mit der wortlosen Frage: erst Sex und dann Frühstück oder umgekehrt?

Er schlug vor, den Kaffee nicht kalt werden zu lassen. Mit gespielter Enttäuschung klappte sie die Beine des Tabletts aus und stellte es über seinen Hüften ab. Er rutschte höher im Bett und sah sich die Pracht an.

»Wir sollten«, schlug er vor, »einen Kurzurlaub machen. Ein paar Tage in die Sonne. Was denkst du?«

Er konnte ihr ja schlecht verraten, dass er mit einem Angriff auf die Wasserversorgung in Ostfriesland rechnete. Er wollte ihr keine Angst machen, aber auch nicht unbedingt dabei sein, wenn der Horror begann. Danach würde er alles bekommen, was er wollte, und so lange konnten sie auch auf Lanzarote abwarten oder auf Gran Canaria. Ein paar Tage im Luxushotel. Der Flug ab Bremen dauerte knapp vier Stunden.

Er bot ihr auch noch Ibiza an oder Mallorca. Stolz breitete er die Arme aus: »Such dir etwas aus, Schatz. Die Welt gehört uns.«

Sie setzte sich auf die Bettkante, streichelte sein Gesicht und lächelte ihn auf diese unvergleichliche Art an. Vielleicht lag es an ihren leicht asiatischen Gesichtszügen, dass er oft nicht ahnte, was in ihr vorging. Ihr Gesicht war dadurch eine ideale Projektionsfläche für seine Wünsche und Träume. Er konnte alles in sie hineingeheimnissen. Sie wusste genau, dass es so war. Das hatte sie mit großen Schauspielerinnen gemeinsam. Sie bot eine Projektionsfläche für die Phantasie ihres Gegenübers.

Er nippte am Fruchtsaft. Noch immer streichelte sie sein Gesicht. Er konnte ihre Haut riechen und fühlte sich sehr wohl.

Unvermittelt sprang sie auf und lief in die Küche.

Er ging davon aus, dass sie etwas holen wollte, was sie vergessen hatte. Er sah auf das Frühstückstablett. Alles war perfekt. Hier fehlte nichts. Es war übervoll.

Vielleicht, dachte er, zieht sie sich diese weiße Unterwäsche aus und kommt mit raffinierten Dessous zurück. Ja, genau das traute er ihr zu und freute sich schon darauf ... Oder war das auch wieder nur eine Projektion für ihn? Sie löste ständig neue Filme in seinem Kopf aus.

Da erschien sie im Türrahmen. Schön. Verführerisch. Sie hielt etwas hinter ihrem Rücken versteckt. Sie bewegte sich mit Schritten auf ihn zu, die die Welt für einen Moment anhielten.

Er vermutete, dass sie irgendein Sexspielzeug hinter ihrem Rücken verbarg.

Gierig trank er den Saft aus und war bereit, auf das restliche Frühstück zu verzichten. Essen wurde sowieso überschätzt.

»Was kommt denn da für eine schöne Überraschung auf mich zu?«

Sie lächelte unentwegt, als sei die Freundlichkeit in ihr Gesicht gemeißelt.

»Schließ die Augen, Liebling.«

Er tat es nur zu gern in freudiger Erwartung, dabei reckte er seinen Oberkörper und atmete tief ein.

Sie hätte ihm jetzt problemlos den Schädel zertrümmern können, aber so simpel waren ihre Pläne nicht.

Sie hob den Baseballschläger hoch über ihren Kopf und ließ ihn auf seine Beine niedersausen. Er, der so stolz auf seine Überlebensreflexe war, wurde völlig unvorbereitet getroffen. Dieser Ton, den der Baseballschläger aus Eschenholz in der Luft machte, löste in ihm unwillkürlich Reaktionen aus. Der Ton glich dem der heransausenden Zaunlatte, die vor mehr als fünfundzwanzig Jahren ein kleiner Gangster gegen Großmanns rechtes Ohr gehauen hatte. Der Gangster war längst tot, und Großmann hatte seinen Namen vergessen. Aber den Ton hatte sein Gedächtnis gespeichert.

Großmann riss die Augen auf und zog die Beine an, aber viel zu spät. Der Baseballschläger zerschmetterte sein linkes Schienbein und die rechte Kniescheibe.

Eine Schmerzwelle jagte durch seinen Körper. Er brüllte, sein Körper krampfte sich zusammen. Er bog sich. Das Frühstückstablett kippte um. Heißer Kaffee verbrühte seine Haut, aber das spürte er gar nicht, denn der alles andere überlagernde Schmerz aus den Beinen ließ ihn zittern und fast irre werden.

Er verstand die Welt nicht mehr.

Was geschah hier gerade?

Mit weit aufgerissenem Mund starrte er Inga an.

»Was glaubst du eigentlich, warum ich mit dir zusammen bin?«, fragte sie und lispelte jetzt noch mehr als sonst. »Weil ich gutaussehende, gebildete, junge Männer, die mir den Hof machen, leid bin?«

Sie deutete mit dem Baseballschläger einen Hieb gegen seine Stirn an, ja, nahm sogar Maß und holte weit aus. Aber sie führte den Schlag nicht aus. Noch nicht.

Er hoffte, seine zitternde Muskulatur bis dahin wieder unter Kontrolle zu haben. Dann würde er den Schläger greifen und sie entwaffnen.

Sie stellte sich anders hin, schob die Hüften vor und legte den Kopf schräg, spielte das Dummchen: »Nein, lass mich raten: Du hast allen Ernstes geglaubt, ich fände dich attraktiv, weil du ein toller Hecht bist und nicht nur Kohle genug hast, um mir nuttige Klamotten zu kaufen und mich in plüschige Restaurants einzuladen, sondern weil du ja geradezu ein Sexgott bist mit all deiner Erfahrung in Liebesdingen – oder sollte ich besser sagen, Liebestechniken?«

Sie lachte höhnisch.

Er verzog das Gesicht, betastete sein verletztes Knie und suchte doch in Wirklichkeit nur eine Chance zur Gegenwehr. Dieses Frühstückstablett war als Schutzschild verdammt dünn, aber er hoffte, die Bettdecke über sie werfen zu können, um einen Moment der Verwirrung auszunutzen.

Ich muss sie zu Fall bringen. Dann rolle ich mich auf sie drauf, und wenn ich erst ihren Hals habe, ist sie erledigt.

Mit einem dumpfen Krachen traf ihn der Baseballschläger am Kopf.

Heike Ziel hielt es nicht länger aus. Sie antwortete nicht auf Facebook, aber sie rief im Café ten Cate an. Vor Nervosität wippte ihr rechter Fuß, als würde gerade ein sehr schnelles Musikstück gespielt.

Ihr Magen krampfte sich zusammen. Sie hatte Angst, kein Wort herauszubekommen. Zweimal verwählte sie sich.

Sie nahm einen Schluck Wasser, lief zur Toilette, stellte fest, dass sie gar nicht musste, und versuchte erneut, zu telefonieren. Beim zweiten Klingeln nahm Monika Tapper in Norden ab und meldete sich: »Café ten Cate, Tapper, guten Tag.«

Allein die freundliche Stimme tat Schwester Heike schon gut.

»Mein Name ist Heike Ziel. Ich habe auf Facebook ein Posting von Jörg Tapper gelesen. Das ist vermutlich Ihr Mann?«

Monika reagierte sofort. »Ja, wir suchen unsere Freundin Ann Kathrin. Wissen Sie etwas?«

Heike räusperte sich.

Monika Tapper öffnete die Bürotür und winkte in die Backstube.

Jörg, der gerade damit beschäftigt war, eine vierstöckige Hochzeitstorte mit Marzipanröschen zu schmücken, sah am Gesicht seiner Frau, dass etwas Wichtiges geschah, das seine volle Aufmerksamkeit verlangte.

Er war sofort bei ihr und drückte sein Ohr mit ans Telefon.

»Ich glaube, sie ist bei uns in der Klinik.«

»Geht es ihr gut?«, fragte Monika.

»Wo? In welcher Klinik?«, wollte Jörg wissen.

»Wir sind in Hannover-Kirchrode. Die Freud-Adler-Klinik für Traumapatienten. Ich ... ich bin mir aber nicht sicher, ob ... Ich kann Riesenärger bekommen, weil ich Sie angerufen habe ... Wir sind eine Privatklinik, wo sich manchmal auch Fernsehstars verstecken oder Politiker, wenn sie Probleme haben ...«

Monika unterhielt sich noch länger mit Heike Ziel, versuchte, sie zu beruhigen, währenddessen Jörg schon bei Weller anrief.

»Freud-Adler-Klinik für Traumapatienten in Hannover-Kirchrode«, sagte Jörg.

Keine weitere Erklärung war notwendig. Weller gab nur ein kurzes »Danke, Jörg«, zurück und drückte das Gespräch weg.

Er fragte nicht: *Woher weißt du das?* Er fragte nicht: *Ist die Information sicher?* Er brüllte nur laut: »Wie kommen wir am schnellsten nach Hannover?«

»Mit einem Hubschrauber«, stellte Ubbo Heide von hinten knapp fest.

Weller lenkte den Wagen und stöhnte: »Ja, toll, glaubst du, die Diekmann genehmigt uns einen Hubschrauber?«

»Nein«, sagte Ubbo kalt, »aber ich.«

»Du ... du bist im Prinzip nicht mehr Chef der Kripo, Ubbo ... Du bist ...«

»Im Prinzip vielleicht nicht – im Detail bin ich aber noch an Bord«, konterte Ubbo und wählte die übliche Nummer. Er hatte hier mehr als zwanzig Jahre lang Hubschrauber für Sondereinsätze angefordert. Man kannte ihn, und man kannte seine Stimme. Alles war ganz einfach. Und als irgendein Neuling den Einwand wagte: »Ubbo Heide? Ist der nicht pensioniert?«, erntete er nur ein verständnisloses Schulterzucken.

»Wenn die Diekmann erfährt, was wir wissen, riskieren wir, dass Ann Kathrin nicht mehr da ist, wenn wir ankommen«, sagte Ubbo mit einem leichten Zittern in der Stimme. Deshalb behauptete er, es gehe um einen Einsatz auf Norderney. Und als Weller ihn verständnislos ansah, grinste Ubbo: »Der Pilot wird erst in der Luft erfahren, wohin es wirklich geht, Frank.«

Weller nahm das Lenkrad fester zwischen die Hände. Jetzt kam Zug in die Geschichte. Endlich!

Er liebte es, Ubbos klare Entscheidungen zu hören.

»Wir werden«, erklärte Ubbo jetzt, »Ann Kathrin da rausholen. Und danach stellen wir uns allen rechtlichen und dienstlichen Konsequenzen.«

»So«, sagte Carola, »liebe ich dich, Ubbo.«

»Ich auch!«, rief Weller.

»Du kannst da nicht alleine rein, Frank, und ich bin dir im Rollstuhl keine große Hilfe. Nimm Rupert und Sylvia mit.«

Weller nickte. Er war bereit, alles zu tun, was Ubbo von ihm verlangte, denn er wusste eins: Ubbo stand unbestechlich auf Ann Kathrins Seite. Und im Grunde war er trotz seiner Pensionierung so etwas wie ihr heimlicher Chef geblieben. Das bewies er gerade.

Der Pfleger Bobby Braun hatte eine irre Wut auf Ann Kathrin. Es gab nur zwei Frauen, für die er noch mehr Hassgefühle hegte: seine Ex und seine Mutter. Von beiden hatte er sich lange gedemütigt, ausgenutzt und manipuliert gefühlt. Immer war es um sie und ihre Wünsche gegangen. Nie um ihn.

Seiner Mutter gegenüber spielte er immer noch den lieben, dankbaren Sohn. Seine Ex war er endlich an einen anderen los. Aber von dieser Ann Kathrin Klaasen würde er sich nichts mehr gefallen lassen. Sie hatte ihn beleidigt und getreten. Der blaue Fleck schmerzte jetzt noch.

Es gefiel ihm, dass er sie zur Therapie abholen sollte. Er hoffte auf ihre Gegenwehr. Zu gern hätte er ihr etwas angetan, was er sich seiner Mutter und seiner Ex gegenüber nie getraut hatte. Am liebsten hätte er ihr ein paar reingehauen, um sie heulen zu sehen. Es würde bestimmt auch Spaß machen, eine Zigarette auf ihrer Haut auszudrücken. Aber das würde er nicht tun. So blöd war er nicht.

Dr. Schneeberger würde ihn feuern. Erstens war der ein geradezu militanter Nichtraucher, und zweitens lag ihm das seelische und körperliche Wohlergehen auch der schlimmsten Patienten echt am Herzen.

Ann Kathrin lag auf ihrem Bett, vollständig angezogen, aber mit nur einer Socke.

»Na, Süße, ich soll dich zur Party mit Dr. Schneeberger abholen. Ich hoffe, du machst uns keine Schwierigkeiten. Oder möchtest du gerne wieder in dieses hübsche Zwangsjäckchen, das dir so gut steht?«

Er beugte sich über sie. Sie konnte seinen Nikotinatem riechen.

Er grinste sie breit an.

Sie schob ihre rechte Hand unter das Kopfkissen und stülpte ihre Lippen vor, als ob sie gerne einen Kuss bekommen hätte. Da klatschte die vollgestopfte Socke der Länge nach über Bobby Brauns Hinterkopf.

Bobby Braun prustete und sackte auf ihr zusammen. Er war schwer und verschwitzt, und seine Haut roch säuerlich. Sein Gesicht krachte gegen das von Ann Kathrin. Ihre Zahnreihen stießen gegeneinander. Ann Kathrins Unterlippe platzte auf.

Sie versuchte, ihn wegzuschieben. Es gelang ihr, unter seinem Bauch die Knie anzuziehen und in seine Speckrollen zu stemmen. So wälzte sie den ohnmächtigen Mann von sich. Er fiel aus dem Bett und brach sich dabei den rechten Arm und zwei Finger.

Ann Kathrin rang darum, ihre Atmung unter Kontrolle zu bringen. Schließlich stand sie auf. Sie bückte sich zu Bobby Braun und durchsuchte ihn. Er war unbewaffnet.

Sie spürte ein leichtes Schwindelgefühl. Es war nicht gut, in dieser gebückten Haltung zu bleiben. Ihr Kreislauf spielte verrückt.

Sie trank noch einen großen Schluck Wasser, dann öffnete sie die Tür zum Flur.

Es war merkwürdig still. Die Ruhe erinnerte Ann Kathrin an die Sonntage morgens im Distelkamp in Norden, bevor die Rasenmäher losgingen, wenn die Wohnung nach Tee und Kaffee roch und es so ruhig war, dass sie die Fahrradspeichen der Kinder hören konnte, wenn sie auf dem kleinen Weg neben den Gleisen an ihrer Hecke entlangfuhren.

Unentdeckt kam sie bis zur Stationstür, die Socke, gefüllt mit Gummibaumerde, als Schlagwaffe fest in der Hand. Sie tippte die Codenummer ein. Sieben, vier, zwei, acht, eins. Aber die Tür öffnete sich nicht. Stattdessen heulte ein Alarm los.

Der Ton fuhr Ann Kathrin in die Gedärme. Sie krümmte sich wie unter Magenkrämpfen. Sie musste sofort zur Toilette. Sie befürchtete, jeden Moment die Kontrolle über ihre Schließmuskeln zu verlieren.

Da sprang die Tür auf. Bobby Braun robbte auf Knien in den Flur. Er blutete aus der Nase, und sein rechter Arm hing schlaff herab.

»Du gottverdammtes Luder!«, schimpfte er. »Wenn ich dich kriege!«

Großmann wurde mit dem Gefühl wach, an seiner eigenen Spucke zu ersticken. Sein Kiefer schmerzte, der Mund war weit aufgerissen. Seine Zähne bissen in einen Gummiball, der mit einem Lederriemen um seinen Kopf befestigt war.

Dieses verdammte SM-Spielzeug, dachte er. Nie hätte er so etwas mit Inga benutzen wollen, der Frau, die er liebte, und auch nicht mit Eschi Tammena. Das hatte er immer nur gebraucht, um den Sex zu entpersonalisieren. Den Menschen austauschbar zu machen, zu einem benutzbaren Gegenstand.

Jetzt geschah es mit ihm.

Er riss die Augen weit auf. Ein milchiger Schleier verklebte seinen Blick.

Er hörte Ingas Stimme, aber er hatte Mühe, sich zu orientieren. Befand sie sich hinter ihm? Über ihm? Neben ihm?

Er erinnerte sich an den Schlag, den er gegen den Schädel bekommen hatte. Jetzt war dieser brüllende Schmerz in den Beinen wieder da.

Hatte sie getan, was Ann Kathrin Klaasen nicht gelungen war, und ihn endgültig zum Krüppel gemacht?

Er sah sich bereits im Rollstuhl sitzen, wie Ubbo Heide. Das war immer noch besser als der Tod. Er würde alles tun, um das hier zu überleben.

»Wir können leider nicht hier im Fledderweg bleiben«, sagte Inga. »Im Grunde gefällt mir ja diese Ferienwohnung. Aber hier werden dich deine Freunde suchen. Und bei dem, was ich vorhabe, möchte ich nicht gern gestört werden.« Sie streichelte über sein Gesicht. »Ich möchte mit dir alleine sein, das wirst du doch verstehen, oder?«

Sie ohrfeigte ihn, wodurch er den Gummiball in seinem Mund umso mehr spürte.

»Ich hab uns nicht weit von hier untergebracht. In einem beschaulichen kleinen Nordseebad, wo uns der Blick aufs Meer nicht durch den Deich verwehrt wird. In Dangast. Ein reetgedecktes Häuschen. Du kannst von da aus bis nach Wilhelmshaven gucken. Es soll dort wundervolle Weihnachtsmärkte geben. Gut, die kannst du jetzt nicht mehr unbedingt besuchen. Dir fällt das Gehen etwas schwer, stimmt's?«

Er bäumte sich auf und versuchte, etwas zu sagen. Sie legte ihre rechte Hand über sein Gesicht und drückte ihn ins Kissen zurück.

»Am liebsten hätte ich dir die Zunge rausgeschnitten. Sei froh, dass ich nur dieses SM-Zeug benutzt habe.«

Sie ging zum Fußende des Bettes, packte seine Beine und zerrte daran.

Er wand sich vor Schmerzen, brüllte gegen den Ball, und seine eigene Spucke lief in seine Lunge. Der Oberkörper krachte aus dem Bett auf den Boden. Sie zog ihn wie einen Sack zur Tür. Sein Hinterkopf schleifte über den Teppich.

Als sie an der Treppe waren, hoffte er, wieder ohnmächtig zu werden, um die wahnsinnigen Schmerzen nicht mehr zu spüren. Doch Inga schien jedes Krachen seines Kopfes auf der nächsten Treppenstufe zu genießen.

Es gab einen direkten Zugang vom Hausinneren zur Garage. Darin stand sein schwarzer BMW. Ein Wagen, den er nur selten fuhr. Mehr eine Kapitalanlage als ein Fahrzeug. Noch keine dreißigtausend Kilometer gefahren.

Sie öffnete den Kofferraum. Sie hatte sich nicht die Mühe gemacht, ihn innen mit Plastikfolie auszukleiden. Für eine Frau, die so planvoll vorging, fand er das äußerst merkwürdig. War es ihr völlig egal, ob er Blutspuren im Wagen hinterließ? Hatte sie nicht vor, das Auto hinterher zu verkaufen?

Er sah keinen Sinn in dem, was geschah. War sie eine von Serkans Leuten? Schickte der jetzt schöne junge Frauen los? War ihr Treffen beim Bob-Dylan-Konzert von Serkan inszeniert worden? Wartete der schon in Dangast und wollte sich dafür rächen, dass er ihn einst überfahren hatte?

Sie verstaute ihn im Kofferraum wie ein angefahrenes Reh. Er half sogar mit dabei, in der Hoffnung, dann weniger Beulen und Schrammen abzubekommen.

Und als sei sie plötzlich von einem unpassenden Mitgefühl ergriffen, nahm sie das Erste-Hilfe-Kissen mit dem Verbandszeug und schob es ihm unter den Kopf. Er sah sie fast dankbar an.

Verflucht, dachte er, was passiert hier eigentlich? Liebt sie mich vielleicht doch? Zwingt man sie, das zu tun? Dann gibt es noch eine Chance. Vielleicht wird sie es nicht zu Ende bringen …

Seit dem Mord an Khalid erkannte Petra Wiegand ihren Serkan kaum wieder. Er blickte düster ins Leere, starrte brütend vor sich hin. Er beachtete sie kaum.

Sie wusste, dass er sie mit seinen Augen liebte, und manchmal bückte sie sich so, dass er etwas geboten bekam. Aber jetzt ging sein Blick durch sie hindurch. Irgendwo anders hin.

Sie versuchte, ihn mit neuen Hörbüchern zu locken, zeigte ihm Neuerwerbungen, die sie noch gar nicht angehört hatten. Er reagierte nicht und erinnerte sie an einen tief depressiven Achtzigjährigen, den sie eine Weile gepflegt hatte.

Sie hatte das Gefühl, Serkan Schmidtli beschützen zu müssen, und gleichzeitig grinste sie über diesen Gedanken. Er, der Bodyguards hatte und in den Augen vieler eine halbe Armee dirigierte, kam ihr schutzbedürftig vor, wirkte weinerlich, von einer tiefen Verzweiflung ergriffen.

Es lagen ein paar Deichgrafkugeln auf dem Tisch. Sie wusste, wie sehr er diese Trüffel liebte. Sie packte eine aus. Vorsichtig ließ sie das Papier in der Nähe seines rechten Ohres knistern. Sie küsste die Schokoladenkugel, bevor sie sie an seine Lippen hielt. Noch vor kurzer Zeit wäre jetzt ein Lächeln über seine Lippen gehuscht, und er hätte gespielt wüst zugebissen, wie ein Raubtier, das nach der Beute schnappt. Aber diesmal ging er auf ihr Spiel nicht ein.

Es kam ihr merkwürdig vor, die Praline jetzt selbst zu essen. Sie legte sie auf den Tisch zu den anderen, die noch eingewickelt waren.

Schwerfällig hob er die Augenlider und sah sie endlich an. Sie versuchte, dem traurigen Blick standzuhalten. Es fiel ihr schwer.

»Erst Thumm«, sagte er, »und jetzt Khalid.«

Dann bat er Petra Wiegand um das Telefon und schickte sie mit einer kurzen Handbewegung weg.

Sie liebte ihn dafür. Dieser Mann wollte sie davor schützen, dass sie zu viel wusste. Dabei hätte er ihr zu gern sein Herz ausgeschüttet, und sie war bereit, ihm zuzuhören. Wie grausam ist die Welt, dachte sie, wenn man niemanden mehr hat, dem man vertrauen kann.

Er rief Genzler an. Der war alleine schon über den direkten Kontakt irritiert. Normalerweise lief so etwas anders.

Genzlers Stimme am Telefon klang fremd, so als würde Serkan mit einer Maschine telefonieren.

»Ich fühle mich nicht mehr an mein Wort gebunden. Er hat erst Thumm umgebracht und jetzt Khalid. Ihr schützt ihn. Er glaubt, er kann tun und lassen, was er will. Das ist jetzt vorbei. Ich werde ihn mir holen.«

»Nein, das wirst du nicht«, sagte Genzler mit einer Stimme, die keinen Widerspruch duldete. Dieses Gespräch hier dürfte es am Telefon eigentlich gar nicht geben. Er hoffte, dass niemand es aufzeichnete. Allein die Tatsache, dass es stattfand, sagte ihm, dass die ganze Sache vollständig aus dem Ruder lief. Niemand hatte hier noch etwas im Griff. Nichts lief mehr nach Plan oder Dienstvorschrift.

»Wir haben genügend Material, um dich für den Rest deines Lebens einzusperren, Serkan. Ich habe dich immer an der langen Leine gelassen. Aber denk ja nicht, du seist unersetzlich.«

Serkan Schmidtli drückte das Gespräch weg. Das Telefon lag in seiner schlaffen Hand. Er war es gewöhnt, immer um Handlungsführung zu ringen, und meist hatte er sie auch. Doch inzwischen machte sich das Gefühl in ihm breit, nicht mehr der Spielmacher zu sein, sondern höchstens noch der Spielball.

Er wollte wieder den Rhythmus der Ereignisse bestimmen. Es ging jetzt um alles oder nichts.

Er rief Petra Wiegand. »Jetzt«, sagte er zu seiner Rubensfrau, »kannst du mir eine Deichgrafkugel geben.«

Sie küsste die Praline erneut und schob sie ihm zwischen die Lippen.

Was bin ich nur für ein komischer Typ, dachte Serkan. Ich fühle mich jetzt freier, jetzt, da ich es Genzler gesagt habe. Es macht mir nichts aus, jemanden eigenhändig kaltzumachen oder umbringen zu lassen. Aber ich schaffe es nicht, wortbrüchig zu werden.

Ein Mord war nichts gegen einen Verrat. Sein Wort zu halten war eine Frage der Ehre. Jetzt fühlte er sich Genzler gegenüber nicht mehr an sein Wort gebunden.

Er konnte freier atmen. Er zerkrachte die Kuvertüre der Deichgrafkugel zwischen den Zähnen, schloss die Augen und genoss den Geschmack von Marzipan, Arrak und Mandeln.

Er würde jetzt ganz in Ruhe einen Tee trinken und dann ein paar Befehle geben. Jetzt begann der Krieg.

Er hatte keine Ahnung, ob am Ende ein Gewinner übrig bleiben würde oder ob es nur Verlierer gäbe. Aber er würde diesem Mistkerl von Großmann, oder wie immer er sich gerade nannte, das Leben unerträglich machen und ihn dann ausknipsen. Kein Preis war dafür zu hoch.

Er sah seine Petra an, und eine Welle von Liebe durchflutete ihn. Es war nicht die Liebe eines Mannes zu einer Frau, sondern mehr die eines Sohnes zu seiner Mutter oder die eines Vaters zu seiner Tochter.

Dich, dachte er, kriegt die Mistsau nicht. Vorher mache ich ihn fertig.

Er wählte die Nummer von Wladimir Kuslik …

Justus Schaard sah seine Frau an, als sei sie ein Wesen aus einer anderen Welt. Ja, genau so kam es ihm vor: Als seien außerirdische Körperfresser in sie hineingekrochen und würden jetzt aus ihrem Mund sprechen. Menschenleben waren für diese Wesen völlig bedeutungslos, so, wie sich niemand für Schweine interessierte, der gerade Koteletts aß. Ob ein paar Menschen mehr oder weniger starben, war dem Wesen, das in sie gefahren war, gleichgültig.

»Was soll das heißen, wir blasen die Aktion ab?«, keifte Neele.

Er wusste nicht, was er sagen sollte. Er hatte ihrer Aggressivität nichts entgegenzusetzen.

»Du hast doch bis jetzt überhaupt noch nichts getan! Du hast uns nur in die Scheiße reingeritten und dich geschämt, weil ich Tattoos trage und das in deiner Hautevolee-Gesellschaft als unfein gilt. Du hast doch das Geld viel mehr geliebt als mich! Geld! Ansehen! Deine Mutter! Das alles war immer viel wichtiger als ich! Wann hast du mich zum letzten Mal so leidenschaftlich angeguckt wie deine Scheißbörsenkurse? Und jetzt beschaffe ich all das Geld, und dem feinen Herrn passt es wieder nicht!«

Er stöhnte und griff sich an den Kopf. »Du willst doch jetzt nicht ernsthaft eine Beziehungsdiskussion mit mir beginnen?!«

»Doch! Warum denn nicht!?«

»Jetzt ist nicht der richtige Zeitpunkt, Neele.«

»Warum nicht? Reden wir über uns. Um uns geht es doch, oder nicht?«

»Bitte, Neele, wir haben Biokampfstoffe im Haus. Wir haben zehn Millionen von der Regierung erpresst und sind gerade dabei, das Trinkwasser zu vergiften, um einen Börsensturz herbeizuführen. Und du willst unsere Beziehung thematisieren? Nein, meine Liebe, ich glaube, das ist ganz und gar nicht der richtige Zeitpunkt.«

Sie brüllte ihn an: »Wann denn dann? Es ist doch nie der richtige Zeitpunkt! Irgendwas ist gerade immer wichtiger als wir zwei. Außerdem hast du das alles nicht getan. Ich war es! Ich habe zehn Millionen erpresst und …«

Sie hielt inne und sah ihn an. Justus war blass, sah krank aus, und sein Hals ragte aus dem offenen Hemdkragen puterhaft heraus. Plötzlich fand sie, dass er früher, mit Krawatte, gar nicht spießig ausgesehen hatte, sondern einfach nur besser.

Er steckte wieder in diesem blöden, alten Kindheitsding fest. Dem Gefühl, nicht zu genügen. Mal wieder waren alle anderen besser als er. Er kämpfte mit den Tränen und verlor.

»Ja«, weinte er, »du hast ja recht. Ich war so ein Idiot. Ich habe mich chamäleongleich angepasst. In der Bank habe ich versucht, korrekt zu sein, aber natürlich wollte ich auch der beste Vermögensberater der Welt sein. Ich wollte eine vorzeigbare Frau haben wie die anderen, keine tätowierte Kampfsportlerin. Und bei dir habe ich versucht …«, er bekam die Worte nicht heraus. Seine Lippen zitterten. Die Tränen liefen jetzt ungehindert.

Neele nahm ihn in den Arm. »Ja, du hast im Grunde immer nur versucht, Mamis Liebling zu sein. Aber der bist du nie geworden. Und als Everybodys Darling kann man nur scheitern.«

Sie klebten jetzt ganz fest aneinander.

»Ich liebe dich so sehr«, schluchzte er.

Sie streichelte seinen Hinterkopf und sagte: »Ja, Justus, das weiß ich. Und wir ziehen das jetzt gemeinsam durch. Wir zwei gegen den Rest der Welt. Scheiß auf alle anderen! Jetzt geht es mal nur um uns.«

Heldenhaft probierte er die Schutzmaske noch einmal an. Jetzt ging es schon viel besser.

Die Freud-Adler-Klinik sah von außen eher aus wie ein Vier-Sterne-Hotel, versteckt hinter alten Eichen. Trotz des Winters ein gepflegter Garten. Eine breite Auffahrt. Historische Berliner Straßenlaternen mit Bewegungsmeldern. Der Eingangstür war eine Glasmenagerie mit Volieren, in denen vier Papageien lebten, vorgebaut.

Weller und Rupert standen zwischen den Volieren in dem aufgeheizten Raum. Sylvia Hoppe lief durch den Garten zur Hintertür, um zu verhindern, dass sich jemand aus dem Staub machte.

Weller reckte sein Kinn vor. Er war geladen wie hochexplosive Munition. Aber er wollte es ruhig angehen, es konnte ja auch für alles eine Erklärung geben.

Weller klingelte. Es dauerte endlos.

Rupert stand nach vorn gebückt, seine Rückenschmerzen fühlten sich inzwischen an wie eine Blinddarmentzündung. Er konnte das rechte Knie nicht mehr heben und an den Körper ziehen, genau wie damals. Doch der Blinddarm konnte es nicht sein, denn der war ihm vor fünfzehn Jahren bereits entfernt worden.

Der Hubschrauber hatte zwar seinem Selbstbewusstsein gutgetan, aber seinem Ileosakralgelenk nicht. Er verzog das Gesicht und stöhnte.

»Komm, wir treten die Tür ein und fertig«, schlug er heißblütig vor.

Da öffnete ein Glatzkopf, der gut hundertzwanzig Kilo schwer und eins neunzig groß war. Seine Glatze glänzte wie frisch lackiert.

Er trug einen Anzug, aus dem er herausgewachsen war. Seine Oberarmmuskeln bildeten sich unter der Jacke ab. Er sah aus wie ein Bodybuilder im Konfirmationsanzug.

Seine Stimme passte nicht zum Körperbau, er hörte sich an, als sei er einem alten Mickymaus-Film entsprungen.

Weller räusperte sich. »Mein Name ist Frank Weller. Ich möchte gerne meine Frau, Ann Kathrin Klaasen, sprechen.«

Der Glatzkopf füllte den Türrahmen aus und piepste: »Haben Sie einen Besucherschein?«

»Einen was?«

Der Bodybuilder verzog sein Gesicht, als könne nur ein kompletter Idiot so etwas fragen.

»Erstens«, erklärte er, »haben wir einige Bewohner, die aus gutem Grund eine Kontaktsperre haben. Da bräuchten Sie dann einen Besucherschein von dem behandelnden Facharzt. Falls Sie zum Beispiel zum Therapiegespräch eingeladen wurden. Andere Klienten haben nur eingeschränktes Besuchsrecht, zum Beispiel einmal pro Woche eine Stunde. Dann entscheiden die Patienten, wem sie den Besuchsschein geben. Da kann es auch mal zu Gedrängel kommen. Der Ehemann will. Die Mutter. Der Geliebte. Die Kinder. Tja, bei uns entscheidet das sicherheitshalber …

Weller unterbrach ihn scharf: »Ich habe nicht vor, mit Ihnen zu diskutieren. Ich möchte gerne meine Frau, Ann Kathrin Klaasen, sprechen. Und zwar sofort!«

»Heute läuft sowieso nichts mehr. Heute ist nämlich bei uns kein Besuchstag.«

Rupert wurde laut. »Dann wollen wir gerne Ihren Chef sprechen.«

Der Hüne lachte. »Ja, das wollen viele.«

»Wir werden nicht unverrichteter Dinge gehen«, stellte Weller klar.

Der Glatzkopf schmunzelte leicht genervt: »Wenn Sie das Gelände nicht freiwillig verlassen, rufe ich die Polizei.«

»Nicht nötig«, sagte Weller, »wir sind von der Polizei.«

Er zeigte seinen Ausweis vor.

Sein breitschultriges Gegenüber stand jetzt so, dass die Deckenbeleuchtung seine Glatze wie einen Heiligenschein glitzern ließ. Er fuhr mit der Hand darüber.

»Wir arbeiten hier sehr gut mit der Polizei zusammen. Ich kenne die meisten Einsatzkräfte persönlich und ohne Hausdurchsuchungsbeschluss …«

Weller hörte nicht länger zu. Er sah Rupert an und sagte: »Ich hau dem jetzt einfach was aufs Maul, und dann gehen wir rein und suchen Ann Kathrin.«

Rupert hielt Weller fest. »Nein, das wirst du nicht tun.«

»Warum denn nicht?«, fragte Weller und versuchte, sich aus Ruperts Griff zu befreien.

»Weil ich das jetzt mache!«, rief Rupert und schlug ansatzlos zu. Er traf die Nase des Hünen, und der sackte sofort in den Knien ein.

»Knock out in der ersten Runde!«, freute Rupert sich. Dann stürmte er gemeinsam mit Weller ins Gebäude.

Hinter ihnen lag ein ohnmächtiger Bodybuilder im Flur, der sich in der Tiefe seiner Seele bis zu diesem Augenblick für unbesiegbar gehalten hatte. Er sah so stark aus, dass es nie einer auf eine Kraftprobe hatte ankommen lassen. Wenn er seine Brust aufblähte, hatten seit seiner Schulzeit immer alle nachgegeben.

Weller verständigte Ubbo Heide. »Wir sind drin.«

Weller öffnete die erste Tür. Dort saß eine verwirrt dreinblickende alte Dame mit ihrem Rommèspiel an einem weißen Tisch und legte sich Patiencen. Sie lächelte Weller an. »Haben Sie Lust auf eine Partie Canasta?«

»Nein«, antwortete Weller freundlich, »ich suche meine Frau. Ann Kathrin Klaasen.«

Die Dame verzog den Mund, als würde es ihr schwerfallen zu lächeln. Weller tippte auf die Folgen eines Schlaganfalls. Eine Hälfte ihres Gesichts war wie gelähmt.

»Ist sie Ihnen weggelaufen?«

»Nein«, sagte Weller, »ganz sicher nicht.«

Er zeigte ein Foto von Ann Kathrin. »Haben Sie diese Frau hier schon mal gesehen?«

Die Dame schüttelte den Kopf und sagte: »Nein, aber ich kann sie mit Hilfe der Karten suchen. Die Karten wissen alles …«

Weller drehte sich um und wollte gehen.

Die Dame rief hastig: »Warten Sie! Spielt die Frau Canasta?«

»Nein«, sagte Weller, »ich fürchte, nicht.«

»Vielleicht Bridge?«

»Mensch, komm weiter«, sagte Rupert, »oder willst du dir hier erst die Karten legen lassen?«

Zurück auf dem Flur nahm Weller eine Anweisung von Ubbo Heide über seinen Knopf im Ohr entgegen: »Jetzt ganz ruhig, Leute. Es muss da eine Information geben. Eine Verwaltung. Das ist eine ganz normale Privatklinik, wie wir inzwischen wissen. Nicht gerade die billigste, aber …«

Weller stieß die Tür zu einem Zimmer auf, aber darin befand sich nur ein leeres, frisch gemachtes Bett.

Hinter der nächsten Tür ein Schreibtisch mit Computer. Ein paar Akten. Eine Kaffeemaschine. Aber auch hier kein Mensch.

»Als ob die alle ausgeflogen wären«, stöhnte Weller.

Dr. Schneeberger kam, eingerahmt von zwei Pflegern, die wie seine Bodyguards wirkten, in den Flur gestürmt. Sein weißer Kittel wehte bei jedem Schritt.

Er sah kurz zu den Männern neben sich, als müsse er sich vergewissern, dass die beiden nicht die Flucht ergriffen. Der eine war ein bulliger Typ, der andere eher feingliedrig und spinnenhaft.

Dr. Schneeberger war weiß um die Nase, hatte ein Handy am Ohr, und über seiner rechten Augenbraue war eine frische Verletzung zu sehen. Er sprach so laut, dass es Rupert vorkam, als hätte die Stimme einen Hall.

»Verlassen Sie sofort das Gebäude! Sie begehen gerade Hausfriedensbruch! Hier befinden sich schwerkranke und gestörte Menschen, die durch Ihr Auftreten traumatisiert werden können!«

Er feuerte seine Worte ab und richtete dabei den Zeigefinger auf Rupert. Für den war es, als würde er von einem Giftpfeil getroffen, der allerdings nicht von vorne aus Schneebergers Finger kam, sondern hinter ihm abgeschossen worden war und brennend in seiner Wirbelsäule stecken blieb.

Rupert stoppte, stand halbverrenkt da, ruderte mit den Armen und rang um sein Gleichgewicht.

»Mein Gott!«, fuhr Weller ihn an, »wir haben jetzt keine Zeit für so einen Scheiß! Was soll das?«

»Ich … mein Ileosakralgelenk …« Rupert taumelte und versuchte, sich an Weller festzuhalten. Der Schmerz schoss bis in Ruperts Haarspitzen.

Dr. Schneeberger blieb stehen. Die beiden Pfleger links und rechts von ihm wirkten kampfeslustig, wobei der Spinnenhafte Weller gefährlicher vorkam als der Bullige.

Rupert stöhnte und griff sich in den Rücken.

»Dies ist eine psychosomatische Klinik«, erklärte Schneeberger. »Wir können Ihnen hier nicht helfen. Sie müssen zu einem Orthopäden.«

»Reiß dich zusammen!«, forderte Weller.

»Ich kann doch nichts dafür! Es ist mein verdammtes Ileosakralgelenk!«

»Red doch nicht so geschwollen daher. Das ist ein Hexenschuss, nichts weiter.«

Weller ballte die Fäuste. Er sprach es laut aus, so als könne jemand daran zweifeln: »Mein Name ist Frank Weller. Ich suche meine Ehefrau Ann Kathrin Klaasen. Ich bin mir sicher, dass sie hier ist.«

»Sie haben kein Recht, diesen Ort zu betreten, junger Mann«, konterte Dr. Schneeberger. »Dies ist für viele Menschen der letzte Schutzraum, in den sie sich zurückziehen können, um sich von den Wunden, die die Welt ihnen geschlagen hat, zu erholen. Manche brauchen hin und wieder eine kleine Auszeit, die sollten wir ihnen gönnen.«

»Jederzeit«, sagte Weller, »aber ich bin mir nicht sicher, ob meine Frau freiwillig hier ist. Ich will sie sehen und mit ihr sprechen. Wenn sie dann hierbleiben möchte, darf sie das gerne tun.«

Dr. Schneeberger verzog den Mund und tupfte mit einem Papiertaschentuch an seiner Unterlippe herum. »Sie überschätzen sich, junger Mann. In wenigen Minuten wird die Polizei hier sein, und dann werden Sie bereuen, was Sie getan haben.«

Hinter ihnen im Flur tauchte jetzt der Glatzkopf auf, den Rupert an der Tür ausgeknockt hatte. Er machte nicht den Eindruck, als würde er Spaß verstehen, und er hatte es auf Rupert abgesehen.

Rupert fühlte sich wehrlos und war kaum in der Lage, gerade zu stehen, geschweige denn einen Boxkampf über mehrere Runden durchzuhalten. Er versteckte sich hinter Weller.

Weller versuchte, cool zu bleiben. »Wir sind von der Polizei.« Er zeigte seinen Dienstausweis vor. Das verstieß gegen alle Absprachen mit Ubbo Heide, aber Weller wollte Zeit gewinnen.

»Selbst wenn dieser Ausweis echt ist: Sie wissen so gut wie ich, dass Sie hier nicht zuständig sind, Herr Weller. Und einen Hausdurchsuchungsbeschluss haben Sie garantiert auch nicht.«

»Wenn Sie nichts zu verbergen haben«, sagte Weller, »warum lassen Sie mich dann nicht einfach mit meiner Frau sprechen?«

Dr. Schneeberger sprach, als hätte er es mit einem Schwerhörigen zu tun. »Ihre Frau ist nicht hier.«

Es gab zwei Stimmen in Weller. Die eine sagte ihm, dass er sich gerade wie ein Idiot benahm und das hier noch schwer bereuen würde. Die andere forderte ihn auf, die Waffe zu ziehen und Schneeberger mit vorgehaltener Pistole dazu zu zwingen, ihm jeden Klinikraum zu öffnen.

»Seien Sie vernünftig, Herr Weller. Wir werden jetzt hier gemeinsam auf die Polizei warten. Wenn das wirklich Ihre Kollegen sind, dann wird ja alles ganz einfach werden.«

Der Hüne, dem Rupert eins auf die Nase gegeben hatte, blähte sich auf und pustete: »Glaubt ja nicht, dass ihr hier abhauen könnt! Wir halten euch fest, bis die Cops da sind.«

Als sich die Tür öffnete, kam aber keineswegs die Polizei, sondern Bobby Braun war vom Arzt zurück. Sein rechter Arm war eingegipst. Er hatte Schmerztabletten bekommen, und sein Schädel brummte. Er war noch viel zu sehr mit sich und dem Angriff beschäftigt, als dass er auf Anhieb verstanden hätte, wie sehr sich die Situation hier geändert hatte. Vielleicht war er auch einfach noch zu sediert. Jedenfalls sagte er: »Die Schlampe hat mir zwei Finger gebrochen und den Unterarm. Außerdem habe ich eine Gehirnerschütterung, und eigentlich wollten sie mich im Krankenhaus behalten, aber ich …«

Weller kombinierte. Der Mann mit dem gebrochenen Arm. Die Verletzung über Dr. Schneebergers rechter Augenbraue.

Er brüllte durch den Flur: »Ann Kathrin! Wir sind hier! Wo bist du?«

Er lauschte, aber er bekam keine Antwort.

Hinter einer Tür kicherte jemand, gegen eine andere wurde mit den Füßen getreten.

Weller sprang zu Schneeberger, drehte ihm den Arm auf den Rücken und hielt ihn wie ein Schutzschild vor sich.

»So, Doktorchen. Jetzt Klartext.«

Die beiden Pfleger hüpften auf und ab, konnten sich aber nicht zu einem Angriff entschließen. Sie machten grimmige Gesichter und pusteten, aber das beeindruckte Frank Weller nicht.

Das einschießende Adrenalin half Rupert, den Schmerz zu überwinden und wieder gerade zu stehen.

»Wir werden«, sagte Weller, »hier nicht ohne Ann Kathrin rausgehen. Und du zeigst uns jetzt erst mal dein Büro.«

Dr. Schneeberger weigerte sich, jammerte aber, weil Weller ihm den Arm schmerzhaft verbog, so dass der bullige Pfleger doch einen Versuch startete, um seinen Chef zu befreien. Er glaubte, Wellers linke und rechte Hand seien damit beschäftigt, Dr. Schneeberger zu halten, deshalb fühlte er sich ziemlich sicher, als er Weller angriff, aber er rechnete nicht damit, dass Weller einen Kopfstoß gegen seine Nase ausführen würde.

Ein bisher unbekannter Schmerz ließ ihn weinen wie ein kleines Kind, während helles Blut aus seinem linken Nasenloch tropfte.

»Wir sollten jetzt alle ganz vernünftig sein«, sagte Dr. Schneeberger. »Wir können in mein Büro gehen und dort in Ruhe abwarten, bis die Polizei da ist. Dann wird sich alles klären.«

»Der will doch nur Zeit gewinnen«, zischte Rupert. »Der hofft, dass sie uns hoppnehmen, bevor wir Ann Kathrin gefunden haben.«

Dann fuhr draußen ein Polizeiwagen vor. Die Papageien in den Volieren machten einen Lärm, als hätten sie Angst, auf dem Grill zu landen.

Die beiden Beamten hießen Horst Tartu und Rainer Zechowski. Die beiden fuhren schon lange zusammen. Sie waren ein eingespieltes Team. Sie kannten die Freud-Adler-Klinik. Dr. Schneeberger hatte die Schwester von Horst Tartu behandelt, als sie nach ihrer Trennung in eine schlimme Essbrechsuchtphase hineingeraten war. Tartu war davon überzeugt, dass Dr. Schneeberger seiner Schwester das Leben gerettet hatte.

Als Weller die Entschlossenheit im Gesicht des Mannes sah, ließ er, einem plötzlichen Impuls folgend, Dr. Schneeberger los. Es war, als hätte er einen bis zum Zerreißen gebogenen Ast fallen lassen. Dr. Schneeberger schoss zwei Meter vorwärts und landete in den Armen von Horst Tartu.

Rainer Zechowski hatte schon sein Pfefferspray in der Hand, bereit, Weller und Rupert davon eine Ladung zu verpassen.

»Kollegen«, sagte Weller mit erhobenen Armen, »wir sind hier, um eine Straftat aufzudecken. Es ist Gefahr im Verzug.«

»Unsere Dienststelle ist über nichts informiert«, blaffte Rainer Zechowski.

Rupert glaubte, die Situation zu retten, indem er sagte: »Wir hatten keine Zeit, euch vorher Bescheid zu geben. Wir sind mit dem Hubschrauber gekommen, um …«

Rainer Zechowski grinste: »Ihr seid mit dem Hubschrauber gekommen?«

»Ja. Aus Ostfriesland. Um …«

Rupert merkte, dass er sich gerade um Kopf und Kragen redete.

»Lasst uns gemeinsam das Gebäude durchsuchen, Kollegen«, bat Frank Weller und versuchte wieder, mit seinem Dienstausweis zu punkten. »Ich suche meine Frau Ann Kathrin Klaasen.«

Rainer Zechowski feixte: »Ihre Frau … Sie sind also mehr privat hier als beruflich.«

»Ja – also, nein. Im Grunde …«

Horst Tartu zögerte. »Ann Kathrin Klaasen? *Die* Ann Kathrin Klaasen?«

Weller sah ihn fragend an, und Horst Tartu fuhr fort: »Die manchmal Vorträge über Serienkiller hält, weil ihr schon vier in die Fänge gegangen sind. Sie scheint die Typen ja geradezu magisch anzuziehen.«

Weller nickte. »Ja, das ist meine Frau.«

»Ich verehre sie«, sagte Tartu, und Weller sah ihm an, dass es die Wahrheit war.

Sylvia Hoppe hatte draußen ein zerschlagenes Fenster gefunden. Es war ganz unten, mehr ein Lichtschacht in den Keller. Die Scherben lagen draußen, also war das Fenster von innen eingeschlagen worden. Viele hervorstehende Splitter waren sorgfältig herausgeklopft worden. Hier wollte sich jemand nicht verletzen.

Sylvia betrachtete den Rahmen, griff hindurch und stellte fest, dass das Fenster von innen verschlossen war. Es war nicht groß, kaum denkbar, dass hier ein Mensch hindurch passte und wenn, dann musste er sich dabei verletzt haben.

Hatte Ann Kathrin diese Scheibe eingeschlagen und war dadurch geflohen? Oder befand sie sich noch unten im Raum?

Sylvia Hoppe löste noch zwei Scherben, die ihr gefährlich weit hervorstanden, und schob dann erst ihr linkes Bein durchs Fenster, dann das rechte.

Sie fühlte sich schlank und gelenkig, und genau das war sie auch.

Unter ihren Füßen war ein Tisch. Sie kam darauf zu stehen, sprang herunter und suchte einen Lichtschalter.

Jetzt war Sylvia klar, dass Ann Kathrin von hier aus geflohen sein musste. Sie hatte sich einen Tisch unter das Fenster gestellt und war dann herausgeklettert.

Sylvia hörte Schritte und versteckte sich neben einem Regal. Hier unten wurden hauptsächlich Akten gelagert, aber es roch wie in einer Wäscherei oder wie früher in der Heißmangel bei ihr um die Ecke in Köln, wo sie aufgewachsen war.

Sylvia Hoppe öffnete die Tür vorsichtig und sah durch den Spalt in den Flur. Es sah für sie aus, als würde eine gebückte Gestalt einen Menschen tragen. In ihrer Vorstellung war es sofort die ohnmächtige Ann Kathrin, die hier weggeschleppt wurde.

Sie riss die Tür auf und brüllte: »Halt! Stehenbleiben! Keine Bewegung! Polizei!«

Die kurdische Textilreinigerin ließ den Wäschekorb fallen und reckte die Hände zur Decke. Sie hatte wunderbare pechschwarze Haare, die fast bläulich schimmerten und tiefliegende, dunkelbraune, kluge Augen.

Sylvia Hoppe erkannte ihren Irrtum, doch etwas anderes war viel wichtiger. Die Kleidung auf dem Wäschekorb segelte durch den Flur, und direkt vor ihren Augen landete ein weißer Baumwollslip mit dem Aufnäher *Ann Kathrin Klaasen.*

Sylvia griff den Slip und rannte an der verblüfften kurdischen Vierhundert-Euro-Kraft vorbei die Treppe hoch.

Mit lauten Schreien: »Wo seid ihr? Weller?! Rupert?!«, stürmte Sylvia Hoppe nach oben. »Es stimmt! Sie ist hier! Schaut nur! Es ist sogar ihr Namensschild drauf!«

Rupert betrachtete den großen, weißen Slip, verzog die Mundwinkel und fragte Weller: »So was trägt Ann Kathrin? Hätte ich gar nicht gedacht.«

»Nein«, sagte Weller, »tut sie nicht.« Er nahm den Slip an sich und steckte ihn in die Tasche, als müsse er damit Ann Kathrins Privatleben schützen. Dann fixierte er Dr. Schneeberger.

Schneeberger stöhnte. »Also gut. Gehen wir in mein Büro.«

Es war diesig und düster, als sie in Dangast eintrafen. Während der Fahrt hatte Inga sich großartig gefühlt und den Rhythmus eines Liedes aufs Lenkrad getrommelt. Sie konnte sich aber nicht daran erinnern, wie das Lied hieß. Es war ein Kinderlied, eins, das ihre Mutter manchmal für sie gesungen hatte.

Es war, als würde sie aus zwei Personen bestehen. Einer Inga, die diesen Wagen steuerte, genau darauf achtete, die Geschwindigkeitsbegrenzungen nicht zu übertreten, und die sich ganz korrekt nach den Regeln des Straßenverkehrs verhielt. Und einer anderen Inga, die dem Führen dieses Fahrzeugs keinerlei Beachtung schenkte, sondern immer wieder die Szenen der letzten Stunden durchlebte, die den Schlag genoss, den sie auf Großmanns Beine ausgeführt hatte. Die das Krachen seines Kopfes auf den Treppenstufen hörte wie die Bassdrum bei ihrem Lieblingssong.

Sie stellte sich vor, wie sie ihn töten würde, und dann wäre sie endlich frei und könnte verschwinden. Die Geister der Vergangenheit mussten endlich sterben, damit sie leben konnte.

Eigentlich hatte sie diese Aktion für die Nacht geplant, wollte sie im Dunkeln durchführen. Aber dann hatte sie nicht länger warten können. Nein, keine Minute.

Jetzt bekam sie einen Bärenhunger. Sie hielt in Varel bei »Die LebensART«. Es war Zufall, direkt vor dem Haus waren Parkplätze frei. Der Gedanke, dass er im Kofferraum seines eigenen

BMWs lag und auf seine Hinrichtung wartete, während sie in Ruhe etwas aß, gefiel ihr.

Sie bestellte sich eine friesische Käseplatte. Es gab Besteck, doch sie aß den Käse aus der Hand. Den mit Bockshornklee mochte sie besonders. Sie bestellte sich sogar ein Glas Deichwein dazu und grinste. Deichwein. Was es nicht alles gab.

»Vermutlich«, sagte sie zum Wirt, »wachsen die Deichweintrauben direkt neben den großen, ostfriesischen Teeplantagen, aus denen der Ostfriesentee gemacht wird.«

Er lachte sie an: »Ja, wo denn sonst?«

Ein junger Mann in ihrem Alter mit strahlend blauen Augen und einem traurigen Gesicht wie bei jemandem, der eine schwere Enttäuschung hinter sich hatte, stand an der Theke und suchte Blickkontakt zu ihr.

Ihr war jetzt nicht nach Flirten zumute, doch der junge Mann bestellte sich eine Bratwurst aus dem Toaster. Sie beobachtete, wie ihm eine Wurst gebracht wurde, die rundherum gleichmäßig braun war. Sie war zwar schon satt, doch es gefiel ihr, und sie bestellte sich das Gleiche. Er zwinkerte ihr zu, als sei damit zwischen ihnen jetzt alles klar.

Der Senf war scharf und ganz hervorragend. Er trieb ihr fast die Tränen in die Augen. Sie aß den Rest Senf noch mit einem Stück Gouda. Dann verließ sie gestärkt und guter Dinge das Lokal.

Bevor sie in den BMW stieg, klopfte sie mit der Hand sogar fröhlich auf die Kofferraumhaube und lachte: »Nicht einschlafen, Süßer! Nicht einschlafen!«

Sie parkte direkt neben dem Ferienhaus, aber obwohl es diesig war und vom Meer her ein scharfer Wind pfiff, war es noch viel zu hell, um ihn unbeobachtet aus dem Kofferraum zu holen. Sie entschied sich ganz gegen ihre sonstigen Gewohnheiten, einen Dauerlauf am Meer zu machen. Sonst lief sie erst und aß dann. Aber vielleicht war die Zeit gekommen, das alles nicht mehr so eng zu sehen und immer genau das zu tun, wonach ihr gerade am meisten war.

Sie zog ihre Nikes an, schob sich ein enganliegendes Stirnband fest über die Ohren und lief den Kunstpfad entlang. Sie konnte sich noch gut an den über drei Meter hohen Phallus aus Granit am Strand erinnern, den ein Künstler namens Eckart Grenzer dort platziert hatte. Ihrer Mutter hatte das Ding damals gar nicht gefallen. Ihr schon. Jetzt wollte sie es sich noch mal anschauen.

Sie fand den Penis, der jetzt einsam dem Wetter trotzte, eher unspektakulär, ja, sie musste laut lachen, als sie davorstand.

Was ist nur mit uns geschehen, dachte sie, dass man sich über so etwas mal aufgeregt hat …

Sie kannte am Ende des Weges ein kleines Café, da gab es ihrer Erinnerung nach wunderbaren Kakao. Den wollte sie trinken. Aber nicht drinnen in der warmen Stube, sondern draußen, und dabei den Wind spüren und das Meer.

Im Büro hatte Dr. Schneeberger seine Kompetenz sofort zurück. Er machte raumgreifende Gesten und schien auf eine selbstverständliche Art geradezu unantastbar zu sein. Der kleine König in seinem Reich.

»Ich weiß gar nicht, was die ganze Aufregung soll«, sagte er. »Ja, Ann Kathrin Klaasen war bei uns. Sie ist freiwillig gekommen, und sie hat uns auch freiwillig wieder verlassen.«

Wie zum Beweis legte er ihre Akte auf den Tisch. Weller wollte darin blättern, doch Schneeberger zog sie zurück.

»Es gibt in unserem Land nicht nur einen Datenschutz, sondern auch einen Patientenschutz. Das Verhältnis zwischen Therapeut und Arzt ist von tiefem Vertrauen geprägt. Darin haben Fremde genauso wenig etwas verloren wie in einem Beichtstuhl, wenn ein Katholik sein Gewissen erleichtert. Lediglich im Falle eines Kapitalverbrechens …«

»Es handelt sich um ein Kapitalverbrechen«, sagte Weller und griff erneut nach der Akte.

Schneeberger und Weller kämpften um die Akte und wirkten auf Rupert wie die Möwen am Norddeicher Strand, die sich um Krabbenfleisch zankten.

Weller wendete sich an Horst Tartu: »Nehmen wir einmal an, das stimmt und meine Frau ist tatsächlich freiwillig hierhergekommen und auch wieder gegangen, warum, verdammt nochmal, wissen weder ich noch ihre Freunde, wo sie sich aufhält? Sie geht nicht an ihr Handy. Wir können es nicht einmal orten.«

Horst Tartu zog die Augenbrauen hoch und bat Dr. Schneeberger gestisch um eine Antwort. Der gab sie nur zu gerne: »Manchmal, wenn Menschen in eine Lebenskrise geraten, ist es für sie wichtig, all ihre Kontakte auf Eis zu legen, um erst einmal mit sich selbst klarzukommen. Sie suchen eine Klinik auf wie die unsere. Was glauben Sie, wie viele bekannte Gesichter sich schon hierher zurückgezogen haben? Das veröffentlichen wir doch nicht jedes Mal in der Zeitung! Die Personalakte Ihrer Frau ist voll von schweren Dienstvergehen. Das wissen Sie selbst doch am besten, Herr Weller. Vieles lässt darauf schließen, dass sie gewaltige psychische Probleme hat. Nun geben Sie ihr doch bitte eine Chance!«

»Wer sagt uns eigentlich«, fragte Rupert, »dass die Ann Kathrin hier nicht noch irgendwo festhalten? Wir lassen uns doch jetzt hier nicht wegschicken wie Schuljungs, oder, Weller?«

»Zeigen Sie mir ein Blatt mit ihrer Unterschrift, mit der sie in den Aufenthalt hier eingewilligt hat«, forderte Weller.

»Nun, sie ist aufgrund eines richterlichen Beschlusses zu uns gekommen. Kein Wunder bei ihrer Akte …«

Rupert verschränkte die Arme vor der Brust. »Na, bitte. Von wegen freiwillig!

Stück für Stück kommt eben doch die Wahrheit raus.«

Weller redete nicht mit Dr. Schneeberger, sondern mit Horst Tartu. Er hatte das Gefühl, den Kollegen vielleicht auf seine Seite ziehen zu können. Weller versuchte, so klar und sachlich wie möglich zu argumentieren, obwohl ihm das in dieser aufgeheizten Situation schwerfiel und er am liebsten alles kurz und klein geschlagen hätte.

»Sie haben gehört, was er gesagt hat. Ann Kathrin war hier aufgrund eines richterlichen Beschlusses. Gleichzeitig behauptet er, sie sei freiwillig hier gewesen und hätte die Klinik auch freiwillig wieder verlassen. Das stimmt doch alles nicht. Wenn sie aufgrund einer richterlichen Anordnung hier ist, dann kann sie nicht einfach so wieder gegangen sein, stimmt's?«

Wellers Worte beeindruckten Horst Tartu. Wieder zog er die Augenbrauen hoch und sah Dr. Schneeberger an, in der Hoffnung, dass dieser eine schlüssige Antwort parat hätte. Der machte aber nur mit der Hand eine abweisende Geste, als hätte er keine Lust mehr, sich mit solchen Dummheiten auseinanderzusetzen.

Sylvia Hoppe sagte scharf: »Ann Kathrin hat unten eine Scheibe eingeschlagen und ist dadurch abgehauen.«

Weller nickte ihr dankbar zu und hakte nach: »Und warum kommt hier einer von Ihren Typen mit einem gebrochenen Arm rein? Woher stammen Ihre Kratzer im Gesicht?«

Schneeberger hob abwehrend die Hände. »Sie haben doch keine Ahnung, was hier los ist, in so einer geschlossenen Abteilung … das ist kein Honigschlecken.«

»Genau diese geschlossene Abteilung wollen wir uns jetzt mal anschauen«, forderte Weller.

Horst Tartu steckte in einem mächtigen Loyalitätskonflikt und kam wie sich vor damals als kleiner Junge, als er sich ständig zwischen seinen geschiedenen Eltern entscheiden musste, die nie und niemals, aber auch nicht in der kleinsten Sache, einer Meinung waren und ihn zum ständigen Schiedsrichter gemacht hatten. Er hasste diese Situation.

»Gibt es«, fragte Horst Tartu, »Entlassungspapiere? Können wir die mal sehen?«

Dr. Schneeberger sah Horst Tartu an und öffnete den Mund.

Erwischt, dachte Weller. Jetzt haben wir dich.

Ann Kathrin lief mit nur einer Socke am Fuß und der grauen Leinenkleidung herum, die man ihr in der Freud-Adler-Klinik gegeben hatte. Das Namensschildchen *Ann Kathrin Klaasen* hatte sie abgerissen, aber die Fäden hingen noch lose an der Stelle und wiesen darauf hin, dass hier etwas fehlte.

Rechts über ihren Rippen hatten die Glassplitter die Kleidung und die Haut darunter zerfetzt. Es war keine schlimme Verletzung, aber es nässte und tat weh.

Ann Kathrin hatte kein Geld. Kein Handy. Und was noch schlimmer war: Sie wusste nicht, wem sie noch trauen konnte. Selbst wenn sie die Möglichkeit gehabt hätte zu telefonieren, musste sie damit rechnen, dass Frank Wellers Handy abgehört wurde, denn dass sie versuchen würde, ihren Mann oder ihren Sohn zu kontaktieren, lag auf der Hand. In der Dienststelle würde sie sich garantiert nicht melden.

Alles kam ihr so verwirrend bunt vor. Sie musste sich erst orientieren, sie konnte doch so, wie sie aussah, schlecht jemanden fragen: *Wo bin ich hier?*

Es gab großzügige Gärten, alte Villen und Häuser, die Wohlstand signalisierten. Sie sah eine Kirche und überlegte einen Moment, ob es Sinn machen konnte, sich dort hinein zu flüchten.

Vielleicht hätte sie es getan, wenn da nicht plötzlich dieser Polizeiwagen aufgekreuzt wäre. Sie duckte sich in einem Vorgarten hinter den dicken Stamm einer Kastanie.

Was ist nur aus mir geworden, dachte sie. Ich verstecke mich vor meinen Kollegen, statt sie um Hilfe zu bitten.

Bin ich verrückt geworden, fragte sie sich, oder ist es die Welt?

Es begann zu schneien. Dicke Schneeflocken tanzten im Wind.

Im Ortszentrum entdeckte sie die Plastik *Klönschnack*. Sie stellte zwei Frauen im Gespräch dar, als hätten sie sich zufällig beim Einkaufsbummel getroffen. Die eine trug einen Korb, die andere einen Regenschirm.

Diese eigentlich völlig unspektakuläre Plastik von Fidelis Bentele trieb Ann Kathrin die Tränen in die Augen. Sie hatte schwere Beine. Sie konnte sie kaum noch heben und musste sich auf eine Bank setzen. Den nackten Fuß unter den Po geklemmt, heulte sie beim Anblick der Skulptur. Die strahlte so viel Normalität aus. Da redeten zwei miteinander auf einem öffentlichen Platz. Sie taten genau das, was ihr gerade so verdammt schwerfiel. Sie flüchtete inzwischen ja sogar vor der Polizei, und ihr wurde schmerzhaft bewusst, dass sie gerade aus der geschlossenen Abteilung einer psychiatrischen Klinik ausgebrochen war.

Die Wirkung der Medikamente kehrte wellenartig zurück. Sie konnte ihrer Wahrnehmung nicht trauen. Waren das wirklich Schneeflocken vor ihren Augen und in ihren Haaren? Näherte sich das Pärchen da in riesigen Sprünge oder schlief sie nur ein, während sie die zwei näher kommen sah?

Das Wort *Sekundenschlaf* blitzte wie eine Warnung in ihrem Bewusstsein auf. Sie fror und hatte das Gefühl, ihre Füße würden absterben. Ihr Atem war als weiße Fahne zu sehen. Lange konnte sie nicht hier draußen bleiben.

Das Pärchen war seit gut acht Monaten frisch verliebt. Sie hießen Dewald und Martje, hatten beide eine schwere Scheidung hinter sich und freuten sich auf das erste Weihnachtsfest in der gemeinsamen Wohnung. Alles sollte anders, besser, neu werden.

Händchenhaltend nahmen sie Ann Kathrin trotz ihrer Liebe und Vorfreude wahr. Sie wollten zwar von ihrem Glück nichts abgeben, aber sie hofften doch, alle Menschen könnten glücklich werden, egal, wie schlimm es gerade für sie aussah.

Vielleicht war es auch das nahende Weihnachtsfest, das sie so hilfsbereit werden ließ. Jedenfalls sprachen sie Ann Kathrin an:

»Brauchen Sie Hilfe?«

Ann Kathrin hätte an liebsten »Ja!« geschrien, aber sie tat es nicht.

»Sie sind«, sagte Dewald freundlich und deutete auf seinen Pelzkragen, »doch viel zu luftig angezogen. Es ist kalt.«

»Wo sind Ihre Schuhe?«, fragte Martje.

Sie registrierte sehr wohl, dass Ann Kathrin nicht nach Alkohol roch, aber ihre Augen hatten so einen drogengetrübten Blick. Martjes Sohn hatte im zarten Alter von sechzehn mit chemischen Drogen herumexperimentiert. Die hatten nicht nur sein Verhalten, sondern auch seine Pupillen verändert. Inzwischen war er seit zwei Jahren clean, aber diese irren Augen hatte er noch immer.

Martje und Dewald waren gute, hilfsbereite Menschen. Sie hätten Ann Kathrin gern ihr Handy für ein Telefongespräch geliehen, ihr Geld für einen warmen Platz im Restaurant gegeben oder ihr ein paar alte Kleidungsstücke geschenkt. Seit Martje neu verliebt war, hatte sie ohnehin acht Kilo abgenommen und viele Sachen passten ihr nicht mehr, worauf sie sehr stolz war.

Aber Ann Kathrin konnte das freundliche Angebot im Moment nicht annehmen oder nicht einmal erkennen. Sie sprang auf, stand jetzt auf der Bank und brüllte die beiden an: »Lassen Sie mich in Ruhe!«

Dann rannte sie, geflutet von einem Gefühlsmix aus Scham und Angst, weg.

Sie kam nicht weit. Auf der gefrorenen Wiese trat sie in etwas Scharfes, verletzte sich die Fußsohle und humpelte noch ein paar Schritte, bevor sie stürzte.

Schon war Dewald bei ihr, traute sich aber nicht, sie anzufassen, weil er befürchtete, sie könnte auf Männer abweisender reagieren als auf Frauen.

Martje bückte sich zu Ann Kathrin und berührte sie vorsichtig.

»Bitte«, stammelte Ann Kathrin, »bitte keinen Arzt und keine Polizei!«

Martje hatte in den letzten Jahren ihrer Ehe erfahren müssen, dass ihr Mann, obwohl ein kulturell interessierter Feingeist mit Doktortitel, zu Gewalttätigkeiten neigte. Sie vermutete, Ann Kathrin hätte gerade eine ähnliche Erfahrung gemacht wie sie und würde sich vor Arzt und Polizei schämen.

War sie nach einem Gewaltausbruch ihres Mannes in ihrem Schlafanzug weggelaufen? War das überhaupt ein Schlafanzug?

Ann Kathrin rührte irgendetwas in Martjes guter Seele an, und sie schlug ihrem neuen Lebenspartner vor: »Nehmen wir sie erst mal mit zu uns. Hier können wir sie so ja schlecht lassen.«

Die beiden nahmen Ann Kathrin in die Mitte. Weil ihre Füße so schmerzten, zog sie die Knie an. Die Zehen pendelten ein paar Zentimeter über dem Boden.

Es war für Martje und Dewald, als würden sie die ganze Welt retten, indem sie jetzt einem einzelnen Menschen halfen. Sie fanden, dass dies ein gutes Zeichen für ihre zukünftige Gemeinschaft war.

Martje hatte eine harte, schlimme Zeit hinter sich. Gespräche mit einer Freundin hatten ihr geholfen und dann am Ende natürlich Dewald. Vielleicht war dies die Möglichkeit, etwas davon zurückzugeben.

»Wenn jeder«, sagte sie zu ihrem neuen Partner, »einem Menschen in Not hilft, ist vielleicht irgendwie uns allen geholfen.«

Dewald nickte und versuchte, nicht daran zu denken, welche Schwierigkeiten sie sich unter Umständen hier gerade an Land zogen.

Die zwei wohnten nicht weit entfernt. Ihre Wohnung war zu Fuß leichter zu erreichen als mit einem Auto.

Als sie das Haus betraten, schämte sich Martje plötzlich für die Unordnung, die Ann Kathrin nicht einmal aufgefallen wäre, hätte Martje sich nicht mit den Worten entschuldigt: »Wir sind noch gar nicht richtig eingezogen. Die Küche ist schon voll eingerichtet, aber der Rest ist noch ganz zusammengewürfelt.«

Sie setzten Ann Kathrin auf einer Bücherkiste ab. Es kam ihr vor wie ein sehr bequemes Sofa.

Ann Kathrin bat um Wasser und bekam sofort ein großes Glas. Sie zitterte.

Martje reichte ihr eine Decke und fragte, ob sie etwas zum Anziehen von ihr haben wolle.

Ann Kathrin nickte dankbar. Ihre Zähne klapperten aufeinander.

Jetzt, da sie in relativer Sicherheit war, ließ ihr Körper erst die Reaktionen zu. Ann Kathrin wusste nicht genau, ob sie diesen Menschen hier trauen konnte. Sie sah sich in der Wohnung um. Hier standen Kisten, eine Leiter, von der Decke hing eine nackte Glühbirne.

War sie in einen illegalen Verhörraum gebracht worden? Lag das Guantanamo von Niedersachsen in Hannover-Kirchrode?

Der Gedanke kam ihr absurd vor, aber absurd war ja die ganze Situation, in der sie sich befand.

Jetzt, da die Füße warm wurden, begann die Wunde heftiger zu bluten.

Martje war mit Verbandszeug da und dicken Wollsocken. Sie versorgte auch Ann Kathrins Hautabschürfungen und Schnitte über den Rippen.

»Was haben Sie nur gemacht? Hier sind ja ganz kleine Splitter in Ihrer Haut. Wir könnten Sie zu unserem Hausarzt bringen, falls Sie keinen eigenen haben«, schlug Martje vor.

Dewald setzte einen Tee auf und trank dabei heimlich einen Schluck Rum, bevor er fragte: »Ein bisschen Rum in den Tee?«

Martje schüttelte empört den Kopf. »Um Himmels willen! Sie

steht unter Medikamenteneinfluss, das siehst du doch!« Dann fragte sie Ann Kathrin: »Was haben Sie genommen?«

Ann Kathrin bat um ein Telefon. Martje brachte es ihr.

Sie werden Wellers Apparat überwachen, dachte Ann Kathrin. Vielleicht auch den von Eike. Sylvia Hoppes. Natürlich unsere Dienststelle. Aber würden sie wirklich auf die Idee kommen, auch Rita und Peter Grendel oder Angela und Holger Bloem abzuhören? War die ganze Sache so groß, so wichtig?

Sie musste es riskieren.

An diesem Tag hielt Rita Grendel das Telefon immer in Reichweite. Sie war so schnell dran, dass Ann Kathrin richtig erschrak.

»Rita, ich bin's.«

»Mein Mädchen, wo steckst du nur? Wir machen uns solche Sorgen um dich!«

Ja, sie sagte wirklich »mein Mädchen«, so, als sei Ann Kathrin nicht ihre Freundin, sondern ihre Tochter.

Die Worte berührten Ann Kathrin. Es war, als hätte Rita ihr laut zugerufen: *Alles wird wieder gut! Deine Freunde sind für dich da!*

»Ich bin aus der Psychiatrie ausgebrochen. Ich kann Weller nicht anrufen. Ich fürchte, sein Telefon wird abgehört. Ich bin jetzt in Hannover …« Ann Kathrin überlegte, wo genau. Sie sah Martje und Dewald an. »Wo bin ich hier überhaupt genau? Wie heißt die Straße?«

Die beiden waren zutiefst erschrocken. Ann Kathrin hatte ausgesprochen, was sie bereits befürchtet hatten. Sie war eine ausgebrochene Irre.

»Halt«, sagte Rita, »mehr will ich gar nicht wissen. Peter wird sofort losfahren. Nicht, dass die anderen bei dir sind, bevor er da ist. Du weißt schon, was ich meine.«

Während Rita und Ann Kathrin noch telefonierten, zogen sich Martje und Dewald ins Nebenzimmer zurück.

Er sah besorgt aus und flüsterte: »Wir müssen aufpassen. Wir werden da in eine schlimme Sache hineingezogen. Da läuft irgendetwas Illegales. Vielleicht mit Drogen.«

Es wäre so schön gewesen, dachte Martje, wenn es anders gewesen wäre. Wie hätten sie dagestanden, am Weihnachtsfest? Zum ersten Mal gemeinsam vor einem Tannenbaum, geschieden von ihren schrecklichen Expartnern und dann noch als Retter einer armen Seele ... Aber daraus schien nichts zu werden.

Dewald wählte mit seinem Handy den Polizeiruf.

»Ich fürchte«, sagte er zu seiner Partnerin, »wir haben da eine Dummheit gemacht.«

Martje ging zurück zu Ann Kathrin. Ann Kathrin durfte sich aus ihrem Schrank Sachen aussuchen. Einen dicken, blauen Wollpullover, links oben an der Schulter drei Sternchen, rechts ein grinsender Vollmond. Eine Cordhose. Nur mit den Schuhen wurde es schwierig, denn der dicke Verband um Ann Kathrins Fuß passte nicht in den Schuh.

Ich sehe schrecklich aus, dachte Ann Kathrin, aber so werde ich wenigstens nicht erfrieren.

Sie ging ins Badezimmer. Einen Moment überlegte sie, ihre Haare ganz kurz zu schneiden und sie mit der schwarzen Tönung, die hier herumstand, einzufärben.

Sie werden nach einer blonden Frau suchen, dachte Ann Kathrin, mit schulterlangen Haaren. Das lässt sich am schnellsten verändern.

Doch da hörte sie das Heranrücken der Polizei.

Verdammt, dachte sie. Sie haben Rita doch abgehört. Aber wie haben sie die Adresse so schnell herausbekommen?

Zum zweiten Mal türmte Ann Kathrin durch ein Fenster.

Peter Grendel hatte inzwischen Holger Bloem informiert, und beide rasten in Richtung Hannover. Holger kam aus Emden, in einem Fahrzeug des Ostfriesland-Magazins, auf das groß eine Werbung für neue Abonnenten gemalt war.

Peter Grendel kam mit seinem gelben Bulli, darauf das Schild: *Eine Kelle für alle Fälle.*

Jörg Tapper nahm den Wagen, mit dem er eigentlich fürs Café Torten auslieferte. Eine pyramidenförmige Tortenbox befand sich sogar noch hinten drin.

Peter Grendels Worte klangen ihm im Ohr: »Ann Kathrin ist in Hannover. Wir werden sie finden. So groß ist die Stadt ja nicht.«

Alle drei wollten Weller informieren, doch keiner von ihnen traute sich. Sie nahmen Ann Kathrins Hinweis, Wellers Telefon würde vermutlich abgehört, ernst.

Monika Tapper saß neben ihrem Mann. Sie wollte unbedingt dabei sein.

Rita Grendel hielt zu Hause am Telefon die Stellung.

Mit der Dunkelheit kam die Kälte. Es gab nur vereinzelte, aber dafür sehr dicke Schneeflocken, so, als würden sich die einzelnen Kristalle aus Angst vor dem Aufprall auf den Boden aneinanderkrallen.

Justus Schaard stand am Fenster und sah den Flocken zu. Direkt vor der Scheibe kreisten zwei Schneeflocken, als wollten sie um Einlass bitten.

»Gleich geht's los«, sagte er entschlossen gegen die Fensterscheibe.

Er ballte die Fäuste. Er würde es schaffen. O ja! Er sagte sich immer wieder, dass er kein schlechtes Gewissen bekommen und nichts, aber auch gar nichts, jemals bereuen würde. Dies hier war der Beginn einer lange fälligen Abrechnung.

Sie hatten sich die Stelle am helllichten Tag zweimal angesehen. Nicht weit entfernt von der Ostfriesischen Milchkanne in der

Nordseestraße, wo Neele früher so gern den selbstgemachten Deichkäse gekauft hatte und den Joghurt, der mit industriell hergestelltem überhaupt nicht vergleichbar war und den auch Justus so gerne aß. Jetzt, da sie losfuhren, spürte er den Geschmack geradezu und musste schlucken.

Dass ihr Anschlag auf die Wasserversorgung dort stattfinden sollte, wo gerade gesunde regionale Produkte angeboten wurden, fand er geradezu höhnisch, so, wie das Schicksal ihm oft begegnet war in Form von Börsenkursen, die wider Erwarten nie das brachten, was er prognostiziert hatte.

Die Straße war klein, unübersichtlich und zu einer Hälfte aufgerissen, weil irgendwelche Kabel verlegt wurden. Ohne es zu ahnen, hatte ein Straßenbauunternehmen hier gute Vorarbeit geleistet.

Neele war schon ganz in ihrem Anzug. Ihre Aufgekratztheit wirkte auf eine irritierende Weise fröhlich auf ihn. Sie setzte die Atemschutzmaske auf und machte Kniebeugen. Dann schob sie die Maske hoch, lachte ihn an und sagte: »Es ist dunkel genug, und bei dem Schietwetter geht da kein Mensch spazieren. In einer halben Stunde ist alles erledigt. Dann fahren wir hierhin zurück, verbrennen diese Klamotten und warten in Ruhe darauf, dass die Börsenkurse abstürzen. Niemand wird uns verdächtigen«, beteuerte sie, um ihm Mut zu machen. »Niemand, mein Liebling. Wir haben uns nie politisch betätigt. Wir gehören keiner Sekte an und auch sonst keiner radikalen Minderheit. Wir parken mal falsch und fahren mal zu schnell in der Innenstadt, und das war's.«

Sie hob die rechte Hand und spreizte die Finger. »Gib mir fünf!«, forderte sie, und er schlug seine rechte Handfläche gegen ihre.

Es kam ihm fast so vor, als würden sie das Ganze dadurch auf das Niveau eines Abiturientenstreichs reduzieren, aber es würden Menschen sterben. Noch heute. Einige hundert, vermutete er.

Weil er zu nervös war, musste sie fahren. Sie trugen die Atemschutzgeräte noch nicht. Er hatte beide zwischen den Beinen auf dem Schoß. Um die Schultern hatten sie sich Wolldecken gelegt, damit ein zufällig Vorbeifahrender nicht erkennen konnte, dass sie Schutzanzüge trugen.

Sie waren schon auf der Ostermarscher Straße, als Neele das Radio einschaltete. Es kam ihr vor wie eine Fügung, wie ein Hinweis des Universums. Radio Ostfriesland spielte ein Weihnachtslied von Bettina Göschl. Das Lied hieß »Mein Wunschzettel« und erzählte von einem Kind, das all seine Wünsche fürs Christkind aufschreibt.

Irgendwie, dachte Neele, schließt sich ein Kreis. Als ich vor ten Cate stand, hat ebendiese Bettina Göschl ein Konzert gegeben, nachdem ich die Drohbriefe verteilt hatte und über den Weihnachtsmarkt geschlendert bin.

Diese Göschl mit ihren Liedern war ein Symbol für das heile, intakte Ostfriesland, das es bald schon nicht mehr geben würde.

Justus' Handy klingelte. Er sah seine Frau an, zuckte mit den Schultern und fragte: »Hätte ich es ausmachen sollen? Es ist das Altersheim.«

»Geh ruhig ran.«

Er erschrak über die Nachricht so sehr, dass er zunächst gar nicht antworten konnte. Er rutschte im Beifahrersitz zusammen wie jemand, der durch einen Tiefschlag ausgeknockt worden ist, und so schmerzverzerrt war auch sein Gesicht.

Das Handy fiel in den Fußraum, und er griff die rechte Hand seiner Frau. Sie hatte Angst, dass er ihr ins Steuer greifen wollte, und stieß ihn zurück. »Was ist denn, verdammt?«

»Meine Mutter ... Es geht ihr schlecht ... Sie ist aus dem Bett gefallen ... Sie hat hohes Fieber ... Wir müssen sofort hin!«

»Aus dem Bett gefallen?«

»Ja, verdammt, das haben sie mir gerade gesagt!«

»Heißt das, sie wird sterben?«

Er riss den Mund weit auf, bekam aber keinen Laut heraus,

schluckte und versuchte es noch einmal. »Ja, das weiß ich doch nicht!«

Er bückte sich und suchte nach dem Telefon. Jetzt waren auch die Atemmasken von seinen Knien gerutscht.

Neele bremste ab und hielt am Straßenrand.

»Gib mir das Handy!«

Er tat es.

»Ja, hier Neele Schaard. Was ist mit meiner Schwiegermutter?«

»Sie ist aus dem Bett gefallen. Sie hat mehrere Knochenbrüche. Sie ruft nach Ihnen, also nach ihrem Sohn. Es wäre gut, wenn Sie kommen könnten und …«

Neele drückte das Gespräch weg.

»Sie lebt noch«, sagte sie zu Justus. Der antwortete: »Wir müssen hin.«

»Jetzt? Sofort?«

»Ja. Ich würde es mir nie verzeihen, wenn sie stirbt und ich war nicht bei ihr …«

»Heißt das, ich soll jetzt umdrehen, und wir fahren nach Emden ins Altersheim?«

»Ja.«

Sie zeigte auf ihre Schutzkleidung. »So?«

»Natürlich nicht. Wir müssen erst nach Hause, uns umziehen und …«

»Und unsere Aktion?«

»Das ist mir völlig egal … Die machen wir danach. Wir müssen jetzt erst mal da hin. Das verstehst du doch? Das ist einfach … wichtiger.«

Sie schwiegen sich jetzt an, und Neele wusste bereits, dass sie zurückmussten, um ins Altersheim zu fahren, und dass die geplante Aktion im Moment undurchführbar war.

Bettina Göschl sang jetzt:

»Dann kommt meine Mama und sieht mich traurig an,
weil die Oma krank ist und vielleicht nicht kommen kann.
All die vielen Wünsche hab ich jetzt nicht mehr,
ich fänd's am schönsten, wenn die Oma bei uns wär.«

Die Lippen von Justus, der Weihnachtslieder immer nur kitschig und blöd fand und Kinderlieder erst recht, begannen zu zittern. Er schämte sich seiner Tränen nicht. Neele wendete und fand ihren Justus in diesen Sekunden liebenswerter denn je. Welch ein Mann, dachte sie. Ich kann mit ihm das Trinkwasser in Norden vergiften, und gleichzeitig ist er so weich, dass er bei einem Kinderlied zu weinen beginnt.

»Mein Wunschzettel wird nicht voll,
nur den Wunsch hier find ich toll,
Oma ganz gesund zu sehen,
mit ihr lachen, spielen gehen.
Ja, zum Fest wünsch ich mir sehr,
dass meine Oma bei uns wär.«

Sie lenkte jetzt mit links und streichelte mit der rechten Hand über Justus' Gesicht. Seine Tränen benetzten ihre Finger.

»Alles wird gut, mein Liebling«, sagte sie. »Alles wird gut. Wir fahren jetzt nach Hause, ziehen uns schnell um und dann ab zu deiner Mutter. Sie wird noch nicht sterben. Noch lange nicht. Sie wird noch erleben, wie ihr Sohn aufsteigt, weil er die Depots seiner Kunden mit Kohle gefüllt hat. Weil ihr Sohn einer ist, der das Geld mit der Schubkarre hereinfährt. Sie wird *so* stolz auf dich sein, Justus, *so* stolz!«

»Ja«, sagte er. »Das wünsche ich mir so sehr. Vorher soll sie nicht sterben.«

Heute brachte der Pfeifenqualm von Kurt Fröbel Genzler fast dazu, sich zu übergeben. Der Latakiageruch war heute beißender denn je. Die Fenster des schwarzen Audi A7 waren geschlossen, und die Klimaanlage pustete warme Luft in den Fahrzeuginnenraum.

Genzler sah sich schon seinen Anzug in die Reinigung bringen, um den Geruch wieder herauszubekommen. So konnte er jedenfalls seine Schwester nicht besuchen.

Fröbel paffte weiter und sah Genzler mit diesem abschätzenden Röntgenblick an, der signalisieren sollte: *Ich weiß alles über dich und warte nur darauf, dass du einen Fehler machst. Deine Personalakte wird immer dicker.*

Genzler hasste es, kontrolliert zu werden. Aber in einer Welt, in der jeder jedem misstraute, wurden selbst die Kontrolleure kontrolliert.

Er wollte die Verantwortung nicht alleine tragen.

Großmann hätte sich schon vor Stunden melden müssen. Dass er nicht selbst angerufen hatte, konnte Genzler noch unter der üblichen arroganten Disziplinlosigkeit von diesem Snob einordnen. Aber er ging auch nicht ans Handy, und das machte Genzler nervös.

Er hatte Angst, den Kontakt zu seinem wichtigsten Informanten zu verlieren. Ihrer beider Schicksale waren auf fatale Weise miteinander verknüpft.

»Serkan dreht völlig durch«, sagte Genzler. »Er hat angekündigt, Nummer eins umzubringen.«

Fröbel schwieg lange und rauchte nur. Dann kramte er nach einem Pfeifenbesteck und drückte die Glut im Pfeifenkopf mit einem silbernen Stampfer zusammen.

»Hunde, die bellen, beißen nicht.«

Genzler schluckte. Er drückte den Knopf für die Fensterscheibe, um sie wenigstens einen Zentimeter abzusenken, damit ein wenig von dem Qualm die Möglichkeit hatte, das Auto zu verlassen. Er widersprach seinem Kontrolleur nicht gerne. Er fühlte sich abhängig von ihm, was dienstrechtlich aber gar nicht der Fall war.

»Das sehe ich anders«, sagte Genzler.

»Warum sollte er uns vorher erzählen, was er plant? Das sind doch nur Drohungen, damit wir uns um Nummer eins kümmern.«

»Nein, ich kenne Serkan seit vielen Jahren. Das ist für ihn eine Frage der Ehre.«

»Der Ehre?«

»Ja. Sein Wertesystem ist auch nicht verrückter als unseres.«

»Wertesystem?«

»Ja, Wertesystem. Es ist nicht so, als hätte der keine Moral. Es ist nur eine völlig andere als unsere. Der tut auch nur Dinge, die nicht gegen seine Wertvorstellungen verstoßen.«

»Und was haben Sie jetzt vor?«

»Serkan zu verhaften macht keinen Sinn. Er würde es ohnehin nicht selbst tun, sondern seine Leute losschicken. Es muss auch gar keiner seiner eigenen Männer sein. Es gibt allein in Wilhelmshaven mindestens drei Dutzend Vorstadtganoven, die sich sofort ins Zeug werfen, um bei Serkan einen guten Eindruck zu hinterlassen. In Ostfriesland könnte er rasch eine kleine Armee zusammenstellen.«

»Wollen Sie unsere Nummer eins unter Polizeischutz stellen? Das würde seinen Spielraum behindern, ihn unter Umständen von all seinen Informationen abschneiden und damit für uns wertlos machen.«

»Ich will ihn warnen. Wenn Serkan ihn tötet, bevor wir die Information von ihm haben, geschieht eine Katastrophe. Wir haben nur einen Weg, an die verdammten Giftstoffe zu kommen und uns den Koffer zurückzuholen. Und der führt über Großmann.«

»Und der weiß längst Bescheid, stimmt's?«

»Na klar. Er versucht nur, den Preis in die Höhe zu treiben.«

Fröbel drehte die Pfeife zwischen seinen Fingern, als könne er eine Idee herausquetschen. »Geld«, sagte er, »spielt doch überhaupt keine Rolle.«

»Er fordert die Köpfe von Serkan Schmidtli, Frank Weller und Ann Kathrin Klaasen.«

»Und? Was spricht dagegen, ihm zu geben, was er verlangt?«

Genzler verringerte das Tempo und sah zu Fröbel herüber.

»War das eine ernstgemeinte Frage oder ein Vorschlag? Vielleicht gar ein Befehl?«, wollte Genzler wissen.

»Ich erteile hier keine Befehle. Ich berichte nur nach oben, ob Sie die Sache noch im Griff haben oder ausgewechselt werden müssen.«

Genzler musste sich eingestehen, dass ihm nichts lieber gewesen wäre.

Sie fuhren schon am Norder Tor vorbei, sahen die Windmühlen und die Doornkaatflasche. Ihm war, als würden die Scheinwerfer seines Autos diese Wahrzeichen nicht beleuchten, sondern niedermähen.

»Also, was haben Sie vor?«, fragte Fröbel.

»Ich werde jetzt zu ihm gehen und ihm sagen, dass er sich Serkan holen kann. Auf den können wir verzichten. Und dass wir Ann Kathrin Klaasen und Frank Weller aus dem Dienst entfernen, sobald er uns gegeben hat, was wir brauchen.«

»Aus dem Dienst entfernen heißt dann, dass die beiden auch zum Abschuss freigegeben sind?«

Genzler schluckte und fuhr an der Polizeiinspektion vorbei. Er sah sich plötzlich in zwanzig Jahren. Vor ihm saß Lukas, sein Neffe. Er war inzwischen ein erwachsener Mann geworden, und er versuchte, Lukas jetzt zu erklären, warum er damals so gehandelt hatte.

Er sah sich um Worte ringen. Schweißnass. Und immer wieder Sätze sagen wie: »Es ging nicht anders. Wir standen unter Druck. Es ging um alles oder nichts.«

Er kam sich erbärmlich vor.

Als er den Wagen in Norddeich im Fledderweg vor dem Ferienhaus parkte, wusste er gleich, dass etwas geschehen war. Die Garagentür stand offen. Der schwarze BMW war nicht da.

Als Genzler die Wagentür öffnete, schoss der Qualm heraus wie aus einem heißen Räucherofen, bei dem der Deckel abgehoben wird.

Fröbel blieb im Auto sitzen, obwohl Genzler ihn aufforderte, mitzukommen. Doch Fröbel hatte nicht vor, sich so sehr ins operative Geschäft zu begeben. Je näher man der Sache kam, umso mehr konnte man falsch machen. Er war nicht dazu da, Fehler zu machen, sondern nur, die von anderen zu registrieren.

Genzler hatte ein Mikro in der Tasche, und Fröbel konnte problemlos mithören.

Durch die Garage konnte Genzler direkt ins Haus. Auch hier war die Tür nicht verschlossen. An den Treppenkanten klebten Blutspuren und Haare.

Er war lange genug Polizist, um sich genau vorstellen zu können, was hier geschehen war. Jemand war mit dem Kopf auf jede einzelne Stufe geknallt.

»Hier ist ein Verbrechen geschehen«, sagte Genzler, und Fröbel ärgerte sich. Eigentlich sollte er über dieses Mikro nicht mit ihm reden. Es war zum Abhören gedacht, nicht zur direkten Kommunikation. Außerdem konnte Fröbel nicht antworten, sondern nur mithören.

»Entweder«, sagte Genzler, »hat er hier oben jemanden schwer in die Mangel genommen und dann runter ins Auto gebracht, oder jemand hat sich unsere Nummer eins geholt. Dann sind wir alle am Arsch.«

Das war nun doch zu viel. Fröbel sprang aus dem Wagen, knallte die Tür hinter sich zu und lief ins Haus.

Genzler war schon im Schlafzimmer, sah das zerwühlte Bett, das umgestürzte Frühstückstablett, den verschütteten Kaffee und sagte, ohne sich nach Fröbel umzudrehen: »Wer immer in diesem Bett gelegen hat, befindet sich jetzt vermutlich verletzt im Kofferraum des BMW.«

Genzler überlegte. Es war ein Leichtes, feststellen zu lassen, ob die Blutspuren von Großmann stammten oder von einer anderen Person.

Er ging in die Küche. Hier hatte jemand das Frühstück vorbereitet. Ein Glas war heruntergefallen. Die Kaffeemaschine stand noch auf Standby. Vor wenigen Stunden waren hier Rühreier mit Krabben zubereitet worden.

»Er war mit seiner Geliebten hier«, sagte Genzler. »Dann sind die beiden überfallen worden. Die Wohnung ist nicht durchsucht worden. Warum nicht?«

Fröbel antwortete nicht. Er hörte nur zu. Er rauchte jetzt nicht mehr, er hielt die Hand mit der Pfeife in der Jackentasche, so als dürfe er mit seinem Tabaksqualm den Tatort nicht verunreinigen.

»Wir nehmen eine Probe von den Haaren und dem Blut«, entschied Genzler. »Wir rufen nicht die Spusi. Wir hängen das hier jetzt nicht an die große Glocke. Vielleicht kommen sie zurück, um die Wohnung zu durchsuchen ... oder ...« Genzler sprach seine Gedanken laut aus, »oder sie haben es längst. Wir können jetzt nicht mit großem Aufwand einen Mann als vermisst melden, der eigentlich seine Seebestattung schon längst hinter sich hat.«

»Was haben Sie vor?«, fragte Fröbel und beneidete Genzler nicht darum, eine Entscheidung fällen zu müssen. Er war froh, dass er sich heraushalten konnte und nur Beobachter war.

Genzler ging zum Fenster und suchte einen Blick aufs Meer, konnte es aber von hier aus nicht sehen. Nichts wäre ihm jetzt lieber gewesen als ein freier Blick in die Weite. Er war hier nur ein paar Meter vom Deich entfernt. Zu gern wäre er hingelaufen, um sich auf den Deichkamm zu stellen.

»Ich kenne Nummer eins sehr gut«, sagte er. »Ich habe gelernt, mit seinen Gedanken zu denken. Wenn er selbst von hier entführt wurde, wird er den Tätern eine Information geben, die sie wieder hierhin zurückbringt.«

»Warum?«

Genzler lächelte. »Weil er genau weiß, wie wertvoll er für uns ist. Weil er weiß, dass wir ihn suchen werden, wenn er sich nicht meldet. Und er wird versuchen, uns seine Kidnapper in die Arme zu treiben, damit wir ihn raushauen können. Er ist ein Fuchs. Der weiß immer genau, was er tut.«

»Und wenn die Blutspuren nicht von ihm sind«, fragte Fröbel, »sondern er selbst hier jemanden übel zugerichtet hat und …«

»Dann wird er sowieso zurückkommen. Es ist seine Ferienwohnung. Er wird die Spuren beseitigen wollen und hier wieder so weit aufräumen, dass die Putzfrau den Rest machen kann.«

Fröbel musste voller Respekt eingestehen, dass an diesen Überlegungen etwas dran war.

Ohne einen Cent in der Tasche und trotz der Kälte nassgeschwitzt, mit juckender Haut und fettigen Haaren, betrat Ann Kathrin das Botticelli. Ihre Bewegungen waren noch immer durch die Nachwirkungen der Psychopharmaka verlangsamt. Immer wieder hatte sie das Gefühl, einzuschlafen, und wenn sie aufschreckte, wusste sie nicht, wie lange sie weg gewesen war.

Mit der ständigen Müdigkeit kam die Sorge, nie wieder richtig schlafen zu können, sondern ab jetzt alle paar Minuten im Bett angststeif hochzuschrecken.

Das italienische Restaurant lag nicht weit von einem Einkaufszentrum entfernt in der Oststadt. Hier hatte sie mit Weller am Tag nach dem Peter-Gabriel-Konzert gegessen. Sie waren verliebt, und dementsprechend gut hatte es ihnen geschmeckt. Sie hatte sich dort geborgen und bestens umsorgt gefühlt. Und wenn sie jetzt etwas brauchte, dann Geborgenheit und Fürsorge.

Der Ort zog sie magisch an. Es war warm, und es roch gut. Und sie wollte einfach nur hier sitzen, ausruhen und abwarten, bis sie geholt wurde. Nach dem Gespräch mit Rita Grendel wussten ihre Freunde Bescheid und würden eine Möglichkeit suchen, ihr zu helfen.

Sie musste milde lächeln bei dem Gedanken, dass jetzt vermutlich ein Maurer, ein Konditor und ein Journalist unterwegs waren, um sie aus dieser Intrigenfalle von Polizei und Geheimdiensten herauszuholen.

Sie nahm an einem Tisch in der Ecke Platz. Von hier aus konnte sie die Tür sehen, saß aber trotzdem ziemlich geschützt.

Der Wirt nahm mit einer freundlichen Geste das »Reserviert«-Schild vom Tisch. Ann Kathrin hatte es nicht gesehen, bevor er danach griff.

Sie bestellte sich eine große Flasche Wasser und einen Pfefferminztee. Sie wusste nicht, ob sie während der Bestellung eingeschlafen war.

Der Kellner sah sie amüsiert an und grinste verständnisvoll. Er fragte, ob er ihr die Speisekarte bringen solle. Sie spürte plötzlich einen Bärenhunger und sah sich im Geiste schon eine Riesenportion Pasta verschlingen. Trotzdem sagte sie: »Nein, danke, ich warte noch auf meinen Mann.«

Es tat ihr gut, den Satz auszusprechen. Es erdete sie. Ja, dachte sie, ich habe einen Mann. Ich bin eine verheiratete Frau. Und das war viel wichtiger als die Tatsache, dass sie Hauptkommissarin der Mordkommission Aurich war.

Sie hatte Freunde. Sie lebte in einem Zusammenhang, der ihr plötzlich gar nicht so zerbrechlich vorkam. Nein, ihr Beziehungsgeflecht würde diese Zerreißprobe überstehen.

Wieder schloss sie die Augen und sah Rita Grendel im Distelkamp am Telefon eine Rettungsaktion organisieren.

Ihre klammen Finger wurden langsam warm. Sie rieb die Handflächen gegeneinander.

Alles wird gut, dachte sie. Alles wird gut. Aber wie kann ich meine Freunde darüber informieren, wo ich bin, ohne dass die falschen Leute es erfahren …

Der Kellner brachte ihr den Tee. Sie legte die Hände um das Glas, hielt die Nase darüber und roch.

Alles wird gut, dachte sie. Alles wird gut.

Das ein Meter achtzig breite Bett in diesem Ferienhaus eignete sich hervorragend für Fesselspiele. Links und rechts ragten an Kopf- und Fußende armdicke Holztürme zur Decke, genau passend, um Handfesseln daran zu befestigen. Darüber ein Stoffdach, von dem seidene Tücher herunterhingen.

So stellten sich Urlauber das Gemach einer Prinzessin vor oder das ideale Bett für Hochzeitsreisende.

Eigentlich hatte sie vorgehabt, nicht nur Großmanns Hände, sondern auch seine Beine mit Kabelbindern zu fixieren, doch er wirkte nicht mehr wie jemand, der in der Lage war, wegzulaufen. Sein Widerstand war gebrochen.

Er tat ihr fast ein bisschen leid. Sie hatte mehr von ihm erwartet. Er, der so viele Leute über die Klinge hatte springen lassen. Der eiskalte Profi war schachmatt.

Sie hielt ihm ein Fläschchen japanisches Minzöl unter die Nase, um ihn zu wecken. Er zuckte vor dem beißenden Geruch zurück, so dass er mit dem Kopf gegen die Wand knallte.

»Sei vorsichtig«, sagte sie, »dein Gehirn ist eh schon fast Matsche. Wir wollen doch beide, dass du noch ein bisschen mitkriegst.«

Er schaute nach links und rechts. Er sah die Kabelbinder an seinen Handgelenken. Sie schnitten ins Fleisch. Zum ersten Mal im Leben machte sich das Gefühl in ihm breit, verloren zu haben. Dies hier war anders als alles zuvor. Egal, was geschehen war, er hatte immer noch ein paar Trümpfe in der Hinterhand gehabt, zum Beispiel ein Angebot, das er seinem Gegner machen konnte. Es war meist irgendein Deal denkbar gewesen, ein Befreiungsschachzug.

Aber jetzt war er ratlos. Diese Frau wirkte unbestechlich. Was sie tat, passte nicht zu ihrer Erscheinung, und doch tat sie es mit Leib und Seele. Sie wirkte, als sei sie völlig eins mit sich selbst.

Er wollte sich nicht aufgeben. Er rang darum, wieder der Alte zu werden. Ein ausgebuffter Kerl, der immer einen Plan B hatte. Es musste eine Chance geben. Musste. Musste. Musste.

Sie handelte nicht in Serkans Auftrag, das war klar. Sie arbeitete garantiert auf eigene Rechnung. Sie war nur sich selbst verpflichtet.

Ein kleiner Lichtblick am Horizont erschien ihm. Genzler! Ich muss Genzler informieren, wo ich bin. Der Sauhund wird mich raushauen, und dann flicken sie mich in irgendeinem Krankenhaus wieder zusammen, dachte er. Vielleicht werde ich im Rollstuhl landen. Aber ich werde leben.

Leben! Leben! Leben!

Und nur darauf kommt es jetzt an, sagte er sich

Er hatte nur keinen Schimmer, wie er Genzler informieren sollte.

Er kam sich jämmerlich dabei vor, in diese Liebesfalle geraten zu sein. Opfer einer jungen Frau mit Mandelaugen, schmalen Hüften und großem, geschwungenem Mund.

Es gab einen Flachbildschirm an der Wand, so ausgerichtet, dass die Pärchen Arm in Arm vom Bett aus fernsehen konnten. Inga machte sich daran zu schaffen.

Rechts neben dem Bildschirm stand ein Paravent aus schwarzer Seide mit einem chinesischen Drachen darauf.

Was zum Teufel, fragte er sich, hat das Luder vor?

Sie schloss ein Gerät an und installierte einen Stick.

Will sie mit mir Filme gucken? Wie verrückt ist sie eigentlich?

Er versuchte, seine Beine zu bewegen. Das rechte gehorchte ihm überhaupt nicht, über das linke hatte er aber noch Gewalt. Er fragte sich, ob er in der Lage war, sie in eine Beinschere zu nehmen, um ihr die Luft abzudrücken. Es sprach vieles dagegen. Seine Beweglichkeit war sehr eingeschränkt, und jeder Versuch bereitete ihm höllische Schmerzen. Außerdem, selbst wenn es ihm gelänge, sie auf dem Bett zwischen seinen Schenkeln zu erwürgen, so ergab das immer noch keine annehmbare Perspektive. Wenn er nicht in der Lage war, sich hier bemerkbar zu machen, würde er, ans Bett gefesselt, verhungern und verdursten.

Es musste einen Ausweg geben. Musste. Musste. Musste.

Er durfte diese dunklen Gedanken, endgültig verloren zu haben, nicht zulassen. Der Tod war ein Weggefährte der Mutlosigkeit, so viel hatte er im Laufe der letzten Jahrzehnte gelernt.

Plötzlich stand Inga wieder vor ihm. Sie hielt eine Schere in der Hand und fuchtelte damit vor seinen Augen herum.

»Damit sollte ich dir die Zunge rausschneiden, du Mistkerl, wie ihr es mit meiner Mutter gemacht habt! Aber jetzt noch nicht. Du sollst ja nicht zu schnell verbluten.«

Sie nahm die Schere in die Faust und stieß sie in den linken Holzturm am Fußende des Bettes. Dort vibrierte die Schere geradezu drohend.

Vom Gefühl her war es für ihn so, als hätte sie ihm die Schere in die Beine gerammt, denn der Ruck, der durchs Bett ging, bereitete ihm zusätzliche Schmerzen.

Ann Kathrin winkte den Kellner zu sich und bat ihn um ein Telefon. Er brachte es ihr. Sie suchte nach einer Möglichkeit, im Display die Rufnummer zu unterdrücken, fand sie aber nicht.

»Kann ich Ihnen behilflich sein?«, fragte der Kellner.

Sie lächelte ihn an. »Ja. Ich war hier mit meinem Mann essen, also, er hat mir hier den Heiratsantrag gemacht. Er weiß jetzt nicht, wo ich bin. Ich finde, er sollte diesen Ort ganz von allein finden. Ich will nicht, dass er die Nummer sieht und dann einfach zurückruft.«

Der Kellner hatte durchaus eine romantische Seite und verstand sofort, was sie vorhatte.

»Es ist so eine Art Schnitzeljagd in Liebesdingen?«

»Ja«, erwiderte sie. »Er soll sich an unseren schönen Tag erinnern und mich hier finden.«

»Dann ist heute also Ihr Hochzeitstag?«

Sie nickte, dankbar dafür, dass er ihr Spiel mitspielte, obwohl sie vermutlich in seinen Augen für einen Hochzeitstag nicht wirklich passend angezogen war.

Er folgerte daraus: »Haben Sie diesen Pullover getragen, als Sie ihn kennengelernt haben?«

Sie nickte. »Ich habe ihn damals gestrickt.«

Der Kellner lachte schallend und gab ihr das Telefon zurück. »So, jetzt kann niemand im Display sehen, von wo aus Sie anrufen. Ich wünsche Ihnen und ihm viel Erfolg.«

»Danke.«

Sie rief aber aus Angst, der Anruf könne zurückverfolgt werden, Weller nicht direkt an, sondern wählte noch einmal den Umweg über Rita Grendel.

»Bleib, wo du bist, mein Schätzchen. Wir finden dich«, sagte Rita, um Ann Kathrin Mut zu machen. »Die ganze Bande ist schon unterwegs.«

»Sag meinem Liebsten *Peter Gabriel.* Dann weiß er, wo er mich zu suchen hat.«

Rita gab ihr ein Küsschen durchs Telefon, verbunden mit dem nochmaligen Versprechen: »Wir finden dich!«

Sie drückten beide gleichzeitig das Gespräch weg, so als

könne eine zu lange Verbindung den Teufel aus der Hölle heraufbeschwören.

Rita Grendels Gespräch mit Frank Weller wurde direkt zu POR Diekmann übertragen. Neben ihr saß Staatssekretär Dr. Kaiser, um die Sache hier endgültig zum Abschluss zu bringen.

Eine Schachtel Pralinen stand offen auf Diekmanns Schreibtisch, verführerische Dickmacher, die er ihr geschenkt hatte, damit sich ihre Nerven beruhigten.

»Peter Gabriel ist in der TUI-Arena Hannover aufgetreten. Da treibt sie sich also herum«, folgerte er.

Diekmann verzog den Mund und belehrte Dr. Kaiser: »O nein. Ich kenne sie besser. Ann Kathrin Klaasen ist eine romantische Kuh. Die war garantiert vorher oder nachher mit ihrem Weller irgendwo essen. Ein romantisches, kleines Restaurant.«

»Wie heißt es?«

Entweder war Dr. Kaiser so nervös, oder Diekmann hatte seine intellektuellen Fähigkeiten ernsthaft überschätzt. Sie wollte ihn nicht gegen sich aufbringen. Er konnte ihr bei ihrer weiteren Karriere noch sehr nützlich sein. Deswegen formulierte sie es nicht so barsch, wie sie es Untergebenen gegenüber getan hätte: »Es ist mit Sicherheit ein Geheimnis zwischen Ann Kathrin Klaasen und Weller. Ein Liebesnest. Ein kleiner Ort. Sie sagt nur *Peter Gabriel*, er erinnert sich an den Tag und weiß genau, wo sie sich befindet. Könnte auch ein Hotel oder eine Pension sein, wo sie nach dem Konzert eine Liebesnacht verbracht haben.«

Sie sagte es so spöttisch, dass sie sich fast neidisch anhörte.

»Ja«, sagte Dr. Kaiser nachdenklich, »Pärchen machen so etwas. Meine erste Frau hätte nur *Dänemark* sagen müssen, und ich hätte gleich gewusst, wo genau sie sich dort befindet, weil wir da gemeinsam …« Er sah Diekmanns Gesicht an, dass sie das jetzt nicht hören wollte, und winkte ab: »Ach, ist ja auch egal.«

»Ich kann«, gestand POR Diekmann, »unsere Kräfte hier nicht einsetzen. Ich kann im Grunde keinem trauen. Im Zweifelsfall werden sie zu Weller und Klaasen halten.« Sie ballte die Faust, dass die Fingernägel sich in ihre Handballen gruben und die Knöchel weiß hervortraten. »Diese ganze ostfriesische Mischpoke geht mir so was von auf den Geist!«

»Macht nichts«, sagte Dr. Kaiser, »unsere Leute sind auch näher dran. Ann Kathrin Klaasen sitzt also in einem Café oder in einem Restaurant, in dem sie damals waren, und wartet dort auf ihren Frank. Wir brauchen keine zwei Stunden, um sämtliche Cafés und Restaurants in Hannover zu durchsuchen. Ich werde alle verfügbaren Leute einsetzen.«

Diekmann schüttelte den Kopf. »Und Hotels! Pensionen! Hotelbars! Aber warum so ein Aufstand? Heften wir uns doch einfach an Wellers Fährte. Er führt uns garantiert zu ihr.«

»Wir sollten schneller da sein als er«, sagte Kaiser bedeutungsschwanger, »wenn wir ihre Pläne durchkreuzen wollen.«

Dann zog er sich mit seinem Handy in den Nebenraum zurück.

Es war lausig kalt in der Ferienwohnung im Fledderweg, denn um den Qualm besser aushalten zu können, hatte Genzler ein Fenster gekippt. Er unterdrückte ein Husten, trank gegen das Kratzen im Hals ein Glas Wasser und bat Kurt Fröbel um Verständnis.

»Er wird es schon riechen, wenn er in die Straße einbiegt. Nummer eins arbeitet mit allen Sinnen. Der ist hoch geschult. Dem fällt sofort auf, dass wir hier …«

In dem Moment klingelte es unten an der Tür.

»Wieso klingelt der?«, fragte Fröbel.

»Vielleicht, weil genau das geschehen ist, was ich gerade gesagt habe. Er riecht den Qualm, er sieht, dass das Fenster auf ist ... Er sieht unser Auto. Er macht sich seinen Reim darauf.«

Fröbel verstand die Logik nicht. »Und klingelt dann?«

Genzler lief runter, um zu öffnen.

Vor der Tür stand Wladimir Kuslik, der sich große Hoffnungen darauf machte, Serkan Schmidtlis Imperium bald übernehmen zu können. Er würde erst für Serkan alle Leute ausschalten, die ihm oder der Organisation gefährlich werden könnten. Und ganz zum Schluss Serkan selbst. So einfach sah sein Plan aus, und er befand sich in der heißen Phase der Verwirklichung.

Genzler sah die Augen des Manens und wusste, dass er gekommen war, um zu töten.

Ich muss schneller sein, oder ich werde sterben, dachte Genzler, aber er war unfähig, seine Waffe zu ziehen. Etwas lähmte ihn. Alles, was er bisher gelernt hatte, war wie weggeblasen.

Er wurde von einer unendlichen Traurigkeit gelähmt. Er würde seine Schwester und den kleinen Lukas nie mehr sehen. Er hatte den Absprung, von dem er so oft geträumt hatte, endgültig verpasst. Die Chance, auszusteigen und irgendwo als friedlicher Pensionär zu leben, gab es nicht mehr. Dies hier war sein Ende.

Er öffnete den Mund, um noch etwas zu sagen. Es klang wie das Seufzen eines schwerkranken Menschen.

Der Schalldämpfer war länger als die Glock, aus der Wladimir Kuslik zwei Kugeln direkt in Genzlers Brust abfeuerte.

Wladimir Kuslik war mit seinem Bruder Boris gekommen, der ihm treu ergeben den Rücken deckte, bereit, jede Kugel mit seinem eigenen Körper aufzufangen, damit Wladimir verschont blieb.

Wladimir wusste, dass er keinen besseren Mitstreiter haben konnte als seinen Bruder. In einer Welt, in der es nur um Geld ging und Verrat das wichtigste Mittel war, sein Ziel zu erreichen, war Loyalität wichtiger als alles andere, und nichts schweißte so sehr zusammen wie Blutsverwandtschaft.

Wladimir fotografierte mit seinem Handy noch den sterbenden Genzler auf der Treppe, um sofort ein Beweisfoto an Serkan zu schicken.

Boris, der auch »Das Ohr« genannt wurde, sagte: »Lass uns nach oben gehen. Da ist noch einer. Ich höre ihn genau.«

Boris schniefte. Ein Auftragskiller mit Grippe, das kam nicht gut. Krankheiten waren etwas für Normalos oder Opfer. Nichts für Profikiller wie sie.

Wladimir hatte versucht, die Hühnersuppe nachzukochen, mit der ihre Oma die Widerstandskräfte ihrer Enkelkinder jedes Jahr zur Winterzeit gestärkt hatte. Ein Suppenhuhn, viele Zwiebeln und eine Menge Knoblauch gehörten dazu. Aber Oma hatte ihm nicht das vollständige Rezept hinterlassen. Ihre Suppe schmeckte anders, und vor allen Dingen wirkte sie auch besser. Da waren mehr Kräuter drin und richtige, schwarze Pfefferkörner, nicht dieser bunte Staub.

Fröbel hatte durch einen Türspalt gesehen, was unten auf der Treppe geschehen war. Er rannte panisch ins Schlafzimmer. Er wusste nicht, wohin. Er kam nicht mal auf die Idee, seine Heckler & Koch zu ziehen oder über sein Handy die Kollegen zu verständigen. Am liebsten wäre er einfach unterm Teppich verschwunden oder wie ein Holzwurm ins Buchregal gekrochen.

Er versteckte sich im Kleiderschrank. Er fand den Gedanken nicht mal lächerlich. Er zitterte so sehr, dass er sich an den herunterhängenden Hemden festhielt. Dabei machten die Kleiderbügel über ihm knarzende Geräusche.

Fröbels Pfeife lag auf dem Teppich. Boris deutete mit seiner Glock darauf und sagte: »Der Scheiß-Arsch muss hier noch irgendwo sein.«

Dann hörte er das Klirren der Kleiderbügel, die von der Stange rutschten.

Boris feuerte durch die geschlossene Schranktür. Fröbels schwerer Körper fiel innen gegen die Tür. Sie öffnete sich, und Fröbel sackte heraus. Ein blauweiß gestreiftes Hemd hing über seinem Gesicht. Der Plastikbügel, an dem es aufgehängt worden war, war zerbrochen.

Boris zog es weg, bevor er seine Waffe zum Todesschuss auf Fröbels Stirn setzte. Es machte nur kurz *Plopp*.

Auch von Fröbel schossen sie ein Handyfoto und schickten es an Serkan Schmidtli.

Petra Wiegand servierte Serkan gerade einen schwarzen Tee. Er wischte auf seinem Handy herum. Er wirkte nervös auf sie, blass und kränklich.

Er wartete auf eine Nachricht, die irgendwie Erlösung bringen sollte. Das war ihr klar. Doch als die Fotos ihn erreichten, brüllte Serkan: »Das ist er nicht, ihr Idioten!«

Er sah Petra an, und wenn sie sich nicht täuschte, hatte er Tränen in den Augen.

»Sie haben Genzler umgebracht. Die Wahnsinnigen haben Genzler getötet! Jetzt haben wir mit keinerlei Rücksichtnahme mehr zu rechnen. Er hat uns immer vor dem Zugriff der Behörden geschützt«, sagte Serkan deprimiert.

Er löschte die Fotos von seinem Handy, rief aber gleich bei Wladimir an. Der entschuldigte sich wortreich: »Wir haben einen guten Job gemacht. Wer ist Scheiß-Genzler? Ich kenne den nicht!«

Serkan musste schlucken. Er hatte so viel Speichel im Mund, dass er Angst hatte, er könne von seinen Lippen sprühen. »Der Mann, um den es geht, ist nicht mehr im Fledderweg. Ich habe eine neue Ortung. Er befindet sich in Dangast-Varel. Ich schicke euch die genauen Koordinaten.«

»Gut, Chef. Dann fahren wir jetzt da hin und machen ihn alle.«

Justus Schaard erkannte seine eigene Mutter nicht wieder, oder sein Gehirn weigerte sich, die Informationen zu verarbeiten. Er stand in ihrem Zimmer, sah sie in ihrem Bett, aber er wollte sich umdrehen und wieder rausgehen, weil er glaubte, das sei nicht seine Mutter. Die Frau da mit den blauschwarzen Flecken im Gesicht, dem Pflaster auf der Nase und dem verbundenen Arm, aus dem Finger wie verkrampfte Krallen ragten, war tot. Der Mund weit aufgerissen. Die dünnen Lippen geplatzt. Die Zunge quoll weiß hervor, als sei ihr der Mundraum im letzten Moment zu eng geworden.

Neele legte eine Hand in Justus' Rücken. Sie wusste, dass ihr Mann jetzt wirklich am Abgrund stand. Er wankte und drohte hinabzustürzen. Aber er war nicht in der Lage, in den Schlund zu schauen.

»Wo … wo ist meine Ma?«, fragte er wie ein verwirrtes kleines Kind.

Neele deutete auf die Tote im Bett.

Er schüttelte geradezu empört den Kopf. Seine Lippen zitterten. »Nein. Das … das ist nicht meine …«

Weiter kam er nicht. Seine Stimme versagte. Er hüstelte, wie er es als kleiner Junge getan hatte, wenn ihm etwas peinlich gewesen war.

Schnelle Schritte hallten durch den Flur. Die Altenpflegerin Ulla Hertling öffnete die Tür.

»Mein Beileid«, sagte sie leise, nahm Justus' Hand und schüttelte sie. »Ihre Mutter ist vor wenigen Minuten verstorben. Ich habe gerade mit Dr. Jones telefoniert. Er kommt gleich. Der Tod muss ja offiziell festgestellt werden …«

Justus sah seine Frau an, als würde er die Worte der Pflegerin nicht verstehen und bräuchte dafür eine Übersetzung.

Nur sehr langsam wagte er sich ans Bett. Er stand keine zwei Schritte weit weg, doch es war schwer für ihn, diesen weiten Weg zu überwinden. Er knickte in den Knien ein. Neele und Frau Hertling hielten ihn.

»Ich war nicht da, als sie gestorben ist!«, schrie er plötzlich auf.

Ulla Hertling tröstete ihn: »Ihre Mutter war nicht allein, als sie starb. Ich war bei ihr hier im Zimmer.«

»Hat sie noch etwas gesagt?« Er hielt dankbar die Hand der Altenpflegerin. Er zitterte.

»Ja«, sagte sie. »Sie hat Ihren Namen gerufen.«

Ein Lächeln huschte über Justus' Gesicht.

»Felix-Jonathan. Zweimal hat sie ganz laut und deutlich Felix-Jonathan gerufen, und dann noch: Danke, mein Sohn.«

Justus schossen Tränen in die Augen, er wandte sein Gesicht ab und vergrub es in Neeles Armen.

»Mein Mann«, sagte Neele erklärend, »heißt Justus. Felix-Jonathan ist sein Bruder.«

Schwester Ulla erschrak. »Oh, das wollte ich nicht. Ich hatte ja keine Ahnung … Ich habe Ihren Bruder hier nie gesehen. Ich dachte, Sie sind ein Einzelkind, Herr Schaard.«

»Eben«, sagte Neele und drückte ihren verzweifelten Mann. Ulla Hertling ließ die beiden alleine, damit sie Abschied nehmen konnten. Sie kannte Herrn Schaard als großzügigen, netten Menschen. Es tat ihr leid, ihn nicht einfach belogen zu haben.

Warum habe ich so unbedacht die Wahrheit gesagt? Warum bin ich völlig logisch davon ausgegangen, er sei ihr einziger Sohn?

Sie erinnerte sich an Frau Schwaiger, die liebevoll von ihrem Mann nach dem Schlaganfall gepflegt worden war. Jahrelang kam er täglich, wusch und fütterte sie, doch im Tod rief sie dann in seinem Beisein den Namen eines anderen Mannes: ihres Geliebten, der vor über vierzig Jahren gestorben war.

Ulla Hertling hatte das Leid im Gesicht von Herrn Schwaiger gesehen, für den die letzten Jahre dadurch entwertet worden waren.

Nicht immer sagten Sterbende noch ein paar bedeutende oder gar tröstende Worte, bevor sie gingen, manchmal schlugen sie ihren Freunden und Verwandten auch einen Nagel in die Seele.

Sie blieb noch einen Moment vor der Tür stehen und hörte Justus Schaard weinen. Sie mochte Männer, die ihre Gefühle zeigen konnten. Ihr Mann war dazu schon lange nicht mehr in der Lage.

Weller schloss kurz die Augen und sah den VW-Tower vor sich und das Bredero-Hochhaus. Innerlich ging er auf den Raschplatz zu. Er sah die Lister Meile und spürte Ann Kathrins Nähe.

Sie fuhren mit dem Taxi, weil Ubbo Heide das am sichersten fand. Ein Taxi brachte Gäste zu einem Restaurant. Das war unverdächtig.

Ubbo hatte alles mit ihnen besprochen und klare Anweisungen gegeben. Er blieb mit Rupert draußen im Taxi, und Weller ging ins Botticelli.

»Wir müssen gleich in drei verschiedene Richtungen«, sagte Ubbo Heide zum Fahrer. »Bitte rufen Sie noch zwei Ihrer Kollegen. Ich bleibe bei Ihnen im Auto, hier ist es ja mit dem Rollstuhl kein Problem.«

Dem Taxifahrer waren die drei von Anfang an nicht ganz geheuer gewesen. Da war etwas in ihren Blicken und in ihrer hektischen Art, das ihn ein gutes Geschäft wittern ließ. Etwas sagte ihm, dass sie Polizisten waren oder zumindest Privatdetektive, und der im Rollstuhl war ganz klar ihr Boss.

Der Taxifahrer fühlte sich sicher mit ihnen, und es war aufregend. Er stellte sich schon vor, wie er das später seiner Frau erzählen würde. Aber was eigentlich bisher geschehen war, war ja im Grunde nichts Spannendes. Es war nur so ein Gefühl in ihm, dass hier etwas ganz Außergewöhnliches geschah.

Weller sah Ann Kathrin sofort und ging direkt auf sie zu. Sie sprang auf und umarmte ihn. Sie sagten nichts, hielten sich zunächst nur ganz fest, wie um sich zu vergewissern, dass das jetzt die Wirklichkeit war.

Ann Kathrin beschnüffelte ihren Frank richtig. Er roch so gut! So vertraut …

Schon war der Kellner da und fragte nach ihren Wünschen.

»Hast du schon was zu essen bestellt?«, fragte Weller, als seien sie wirklich gekommen, um hier romantisch zu speisen.

»Nein«, sagte sie, »ich habe natürlich auf dich gewartet.«

Ganz selbstverständlich bestellte Weller Spaghetti mit Trüffeln und vorweg eine Minestrone. Der Kellner verschwand hinter der Theke, und Weller flüsterte Ann Kathrin zu: »Keine Angst, Ann. Ich will nicht hier essen. Aber wenn gleich ein paar aufgescheuchte Kollegen hier hereinstürmen und nach uns fragen …«

Ann Kathrin fuhr fort: »Werden sie glauben, dass wir noch irgendwo in diesem verwinkelten Laden sind und auf unser Essen warten. Vielleicht zur Toilette sind, um uns frisch zu machen oder …«

Weller sah aus dem Fenster. Zwei Taxen fuhren gerade vor. Sie gingen rasch nach draußen und stiegen in eine davon. Er versprach ihr, später von zu Hause aus die offene Rechnung im Botticelli zu begleichen.

Seit Weller bei ihr war, hatte Ann Kathrin noch nicht einmal das Gefühl gehabt, einschlafen zu müssen, aber jetzt, auf dem Rücksitz im Taxi, kam wieder diese lähmende Müdigkeit. Sie wollte Weller fragen, wohin die Reise ginge. Sie saßen gemeinsam hinten. Sie legte ihren Kopf auf seinen Oberschenkel. Gab es überhaupt irgendwo einen sicheren Ort?

Hinter ihnen brachte Rupert seinen Taxifahrer zu einem Blitzstart mit quietschenden Reifen. Rupert versuchte, Aufmerksamkeit auf sich zu lenken. Das hatte Ubbo Heide ganz klar von ihm verlangt. Rupert hatte Wellers Handy in der Tasche und wusste genau, dass er jetzt der Fuchs war, den die Meute hetzte.

Das gefiel Rupert. Er würde es ihnen nicht leichtmachen. Bruce Willis oder Schwarzenegger hätten den Taxifahrer garantiert mit vorgehaltener Waffe aussteigen lassen und die Kiste bei einer Verfolgungsjagd zu Schrott gefahren. Aber Rupert war ja gerade dabei, einen eigenen Stil zu entwickeln. Er war noch unsicher, wie es genau laufen würde, aber er tat sein Bestes.

So, ihr Arschlöcher, dachte er, wenn ihr mich jetzt abhört, dann viel Spaß.

Er wählte Rita Grendel an. »Hör mal, süße Maus«, sagte er, »gute Nachrichten: Wir haben Ann Kathrin. Wir bringen sie nach Hude in die Buchhandlung Lesen & Mehr, da hat sie eine Freundin, und die hat …«

Rita unterbrach ihn scharf: »Wenn ihr sie wirklich da hinbringt, wieso rufst du Idiot dann hier an und sagst das am Telefon? Wie blöd bist du eigentlich?«

Das ist gut, dachte Rupert, das verwirrt die Bande noch mehr. Jetzt wissen sie nicht mehr, was sie denken sollen.

Dann sagte er mit dramatischer Betonung: »Prinzessin! Sieben Jungfrauen in Bremerhaven schweben über *Die letzte Kneipe vor New York*, während ein Prinz in Dubai seine Zelte abbricht und seinen Pferden Hafer gibt.«

»Okay«, sagte Rita, »so können wir es machen.«

Sie legte auf und kicherte.

Zwanzig Minuten später stürmten sieben Polizisten in Bremerhaven in das Atlantic-Hotel, weil seine Bauweise an ein berühmtes Hotel in Dubai erinnerte: das Jumeirah Beach Dubai. Gleichzeitig begann die Durchsuchung der Räume im Hotel Haverkamp, denn irgendeine Bedeutung musste es doch haben, dass *der Prinz seine Zelte abbricht und seinen Pferden Hafer gibt. Die letzte Kneipe vor New York* bekam natürlich auch Besuch.

Rupert erkannte die zwei Zivilfahrzeuge, die ihm folgten, sofort. Er hielt dem Taxifahrer einen Geldschein hin und sagte so cool, wie es außer ihm nur noch Humphrey Bogart oder höchstens 007 hingekriegt hätte, aber gespielt von Sean Connery oder Roger Moore, keineswegs von Daniel Craig: »Die beiden Wagen da verfolgen uns. Hängen Sie die ab.«

Der Taxifahrer hieß Karl Wunsch. Er fuhr sich über seinen Glatzenansatz. Er steckte den Geldschein ein und freute sich. »Darauf warte ich seit fünfzehn Jahren.«

»Auf ein Trinkgeld von zwanzig Euro?«

»Nein, darauf, dass endlich mal jemand einsteigt und sagt: *Verfolgen Sie den Wagen* oder *Hängen Sie den da ab*. Mann! Ich hab das so oft im Film gesehen. Aber dann immer nur Leute zum Bahnhof gefahren oder Besoffene aus Kneipen abgeholt.«

Karl gab Gas, zog die Handbremse und riss das Lenkrad herum. Der Wagen schleuderte, drehte sich und fuhr in entgegengesetzter Richtung weiter.

Rupert war beeindruckt, und auf das Hupkonzert reagierte Karl Wunsch mit erhobenem Mittelfinger.

Die beiden Verfolgerautos tauchten nicht wieder auf.

Stattdessen näherte sich ein blauweißer Mercedes-Polizeiwagen.

»Die lassen wir auch alt aussehen«, lachte Rupert. »Geben Sie Gummi!«

»Wenn ich meine Lizenz verliere und sogar meinen Führerschein, habt ihr dann eventuell in eurer Truppe Platz für einen wie mich? Ein Wort von Ihnen, und ich hau in den Sack, Kumpel. Mein Name ist übrigens Karl Wunsch.«

Er hielt Rupert die Hand hin, und Rupert schlug ein.

Rupert genoss die Situation. Er fläzte sich im Sitz. »Meine Organisation wird dafür sorgen, Karl, dass Sie diese Nummer hier nie bereuen werden. Im Gegenteil!«

»Das ist ein Wort!«

Die nächste Ampel nahmen sie bei tief Gelb. Der Polizeiwagen hinter ihnen schaltete die Alarmsirenen ein.

Ubbo Heide winkte aus dem Großraumtaxi die Beamten herbei, die das Botticelli unverrichteter Dinge verlassen hatten.

»Kollegen«, sagte er, »schaltet besser mal einen Gang runter. Nichts ist, wie es aussieht. Die Frau, die ihr sucht, ist eine der besten Polizistinnen unseres Landes, und ihr Mann …«

Der junge Beamte erkannte Ubbo Heide. »Sie haben ein Buch geschrieben«, sagte er, »über ungelöste Fälle …«

Ubbo Heide nickte geschmeichelt.

»Das ist der Kripochef aus Ostfriesland«, sagte der Beamte zu seinem Kollegen.

Sein Vorgesetzter drängte ihn zur Seite. »Ihre Schützlinge haben da drin die Zeche geprellt.« Er zeigte aufs Botticelli. »Und jetzt liefern sie sich wie Verkehrsrowdys eine filmreife Verfolgungsjagd mit inzwischen vier Einsatzfahrzeugen, von denen eins bereits durch einen Auffahrunfall geschrottet wurde.«

Rupert, dieser Teufelskerl, dachte Ubbo Heide und ballte anerkennend die Faust. Er lenkt sie von Ann Kathrin ab. Ich wusste, dass er in so was gut ist.

»Versuchen Sie nicht, uns zu stoppen, Herr Heide. Pfeifen Sie diese Irren zurück. Sie können es doch. Das sind doch praktisch Ihre Leute, stimmt's?«

»Ja«, lachte Ubbo Heide stolz, »verdammt, das sind sie. Ich habe sie ausgebildet und ihnen eine Menge Tricks beigebracht.«

In einem Parkhaus am Hauptbahnhof stiegen Weller und Ann Kathrin in einen gelben Bulli ein, auf dem die Aufschrift *Eine Kelle für alle Fälle* für Peter Grendels Baufirma warb. Am Steuer saß Peter und zwinkerte ihnen zu.

Als Ruperts Taxi durch einen quergestellten Polizeiwagen auf der Berliner Allee gestoppt wurde, lobte Rupert seinen Fahrer Karl: »Gut gemacht! Jetzt steigen wir mit erhobenen Händen aus.«

Erleichtert sagte Karl Wunsch: »Ich hatte schon befürchtet, dass wir uns den Weg freischießen müssen.«

»Nein«, lachte Rupert, »wir sind Gentlemen. Wir arbeiten mit Köpfchen.«

Rupert ließ sich amüsiert und ohne jede Gegenwehr als Frank Weller festnehmen. Er gab sein Handy ab.

Karl rief ihm hinterher: »Und vergiss nicht, wer dir geholfen hat, Kumpel! Ich gehöre ab jetzt zu eurer Truppe! Wunsch! Ich heiße Karl Wunsch!«

Rupert zeigte ihm den erhobenen Daumen.

Knapp zehn Minuten später rückte Rupert in der Polizeiinspektion damit heraus, nicht Frank Weller zu sein, sondern Rupert. Er zeigte sogar freiwillig seinen Ausweis vor, den er sich in den Schuh geschoben hatte.

Dann gab er seinen Hannoveraner Kollegen einen Tipp. Weller und Ann Kathrin seien in einem Auto vom Café ten Cate auf der Flucht.

Rupert strahlte sie an und verbeugte sich, wie ein Schauspieler sich am Ende der Vorstellung vor seinem Publikum verbeugt, in der Hoffnung auf Applaus. Der blieb allerdings aus.

Jörg und Monika Tapper wurden mit ihrem Ten-Cate-Tortenexpress kurz hinterm Stadtpark auf der Kleefelder Straße gestoppt. Zunächst verwechselten die Beamten Monika mit Ann Kathrin Klaasen, was die durchaus schmeichelhaft fand und ihr die Möglichkeit gab, ihrer Freundin noch einen größeren Vorsprung zu verschaffen.

Selbst als klarwurde, dass Jörg nicht Weller und Monika nicht Ann Kathrin war, gab ein übereifriger Hannoveraner Kollege immer noch nicht auf. Er wollte den Wagen durchsuchen, und Jörg Tapper zeigte auf die Transportbox für die vierstöckige Hochzeitstorte.

»Ja«, sagte er, »ihr habt gewonnen. Ann Kathrin ist da in der Torte.«

Der Beamte wollte nachgucken, aber sein Kollege hielt ihn fest und brummte: »Die haben uns für heute schon genug verarscht.«

Auf dem Autohof Apen/Remels wechselten Ann Kathrin und Weller noch einmal das Fahrzeug. Hier wartete nicht nur Holger Bloem mit seinem VW Crafter vom SKN-Verlag, sondern auch Ubbo Heide war in der Zwischenzeit eingetroffen. Plötzlich fanden es alle ganz selbstverständlich, etwas zu essen, und bestellten sich die legendären XXL-Burger.

Nur Weller bestand auf einem Matjesbrötchen. Nichts sonst konnte seine Nerven jetzt noch beruhigen.

Weller schwieg und aß. Wenn das hier vorbei ist, dachte er, wird die Polizei Ostfrieslands eine andere sein. Wer weiß, ob wir dann noch dazugehören.

Er dachte wieder an seinen Fischstand in Norddeich. Es erschien ihm sehr verlockend, bald schon dort Matjesbrötchen an Touristen zu verkaufen. Sie mussten nur erst dies hier zu Ende bringen.

Obwohl schwere Aufgaben ungelöst vor ihnen lagen, machte sich ein eigenartiges Triumphgefühl breit, allen ein Schnippchen geschlagen zu haben.

Ubbo Heide saß mit seinem Rollstuhl vor dem großen Strandkorb in der Mitte des Raumes, dass es wirkte, als habe er darin Platz genommen. Der Rollstuhl verschwand optisch.

Ubbo Heide bestimmte das weitere Vorgehen: »Frank und Ann werden sich jetzt trennen. Glaubt mir, sie werden an dir kleben wie Fliegen, Frank. Du gehst morgen einfach zum Dienst. Überhaupt werden wir versuchen, Normalität einkehren zu lassen. Du fährst mit Peter Grendel zurück. Ann und ich fahren mit Holger.«

»Hört sich gut an«, sagte Peter Grendel. »Aber wie geht es denn insgesamt weiter?«

Holger Bloem räusperte sich. Er sprach sachlich, ruhig, und seine Worte taten allen gut. »Es gibt«, sagte er, »in unserem Land eine freie Presse, und wenn alles durcheinandergeraten ist, dann kann es hilfreich sein, die Dinge aufzudecken und zu benennen. Sobald eine große Ungerechtigkeit einer breiten Öffentlichkeit bekannt wird, verändern sich die Dinge, werden unhaltbar und …«

Ann Kathrin griff quer über den Tisch Holgers Hand und drückte sie so sehr, dass es ihm weh tat.

»Ja, Holger. Ich werde den Mörder meines Vaters präsentieren. Am besten auf einer Pressekonferenz. Wenn klar ist, welche Sauereien da gelaufen sind, dann …«

»Wird man die Verantwortlichen zur Rechenschaft ziehen, und du wirst vollständig rehabilitiert, Ann Kathrin.«

»Aber wie willst du denn einen Mann finden, der von der Polizei versteckt und mit falschen Papieren ausgestattet wurde?«, fragte Peter Grendel. »Die berühmte Nadel im Heuhaufen ist dagegen ein Kinderspiel. Da könnte man wenigstens einen Magneten einsetzen oder so …«

Ubbo Heide schob seinen Teller weg. Er hatte den XXL-Burger nur zur Hälfte geschafft.

»Kann ich dich einen Moment alleine sprechen, Ann?«

Sie erhob sich augenblicklich und schob ihn mit dem Rollstuhl ein Stückchen von den anderen weg zur Theke.

»Ich weiß, wie wir ihn finden können, Ann.«

»Das ist nicht dein Ernst?!«

»Doch. Ich weiß es. Wenn ich dir sage, wo er ist – was wirst du dann tun?«

»Genau das, was Holger vorgeschlagen hat«, antwortete sie, doch Ubbo glaubte ihr kein Wort.

Er sah zu Weller, der merkwürdig ruhig war und genau dasselbe dachte wie Ubbo. Egal, was Ann Kathrin jetzt sagte, sie würde ihn töten, und das wäre vermutlich auch besser so. Irgendjemand musste endlich einen Schlussstrich ziehen.

»Warum«, fragte Ann Kathrin, »willst du es mir sagen und nicht allen?«

Er sah sie von unten an. Er war blass und hatte Ränder unter den Augen. Aber trotzdem war er schon fast wieder zu dem Mann geworden, an dessen Schultern sie sich in schweren Zeiten anlehnen konnte.

»Weil es dir zusteht«, sagte er. »Ich hätte es dir schon vor Jahren sagen sollen. Er ist der Teufel, der dich die ganze Zeit getrieben hat. Er hat dich in diese Situation gebracht. Uns alle. Schau nur, wie sie dasitzen. Was ist aus uns geworden? Wir agieren wie eine Verschwörerbande. Die Lüge ist zur Wahrheit geworden, und wer die Wahrheit ausspricht, wird für verrückt erklärt. Das muss ein Ende haben.«

»Also«, fragte Ann Kathrin, »wo ist er?«

»Ganz so einfach ist es nun doch nicht, mein Mädchen … Du wirst dich«, sagte Ubbo, »alleine durchschlagen müssen, Ann. Für diesmal haben wir sie reingelegt und ausgetrickst, aber spätestens in ein paar Stunden werden sie bei all deinen Freunden das Unterste zuoberst kehren. Die werden die Backstube durchsuchen und alle Filialen von ten Cate. Peter Grendels Baustellen und Holger Bloems Redaktionsräume. Hier stehen eine Menge Existenzen auf dem Spiel. Bis jetzt war das Gefangenenbefreiung. Bestenfalls. Aus der Sache kommen wir alle einigermaßen unbeschadet raus. Aber wenn du den Mörder deines Vaters erschießt, müssen wir alle so weit weg sein, dass daraus nicht auch noch Beihilfe zum Mord wird.«

Er zeigte auf die anderen. »Am besten ist es, wenn keiner von denen auch nur eine Ahnung hat. Sie sollen ruhig glauben, dass du das alles ernst meinst mit der Pressekonferenz …«

»Ja«, sagte sie, »ich verstehe. Ab jetzt bin ich auf mich alleine gestellt.«

»Holger hat in seinem Auto einen Koffer mit Sachen, die dir passen sollten. Außerdem ein Handy mit Prepaidkarte und einen neuen Laptop.« Er reichte ihr einen Briefumschlag. »Und das hier dürfte für den Anfang helfen.«

Sie sah nicht in den Umschlag, sie wusste, dass Geldscheine drin waren. Kleine, nicht durchnummerierte Scheine.

Sie sagte nicht danke. Sie blickte ihn nur an.

Gemeinsam mit Ubbo Heide und Holger Bloem fuhr Ann Kathrin nach Oldenburg-Ofenerdiek. In der Weißenmoorstraße, nahe der ehemaligen Kirche, die jetzt ein Kulturzentrum war, wohnte der Chirurg Gerhard Bruikmann. Er hatte, so verstand Ann Kathrin, einigen Prominenten, die Angst vor Entführungen hatten, Ortungschips eingepflanzt, vergleichbar mit denen, die Meeresbiologen Walen unter die Haut schossen, um ihre Wege in den Weltmeeren zu erkunden.

Unter seinen Klienten waren Politiker, Manager, und, so dämlich sich das anhörte, auch zwei Schlagerstars und ein Promikoch.

Es war eine leichte und sehr gut bezahlte Arbeit. Bruikmann hatte auch Großmanns Knie operiert und im Rahmen dieser OP in Serkan Schmidtlis Auftrag einen Chip unter seiner Haut versteckt. Daher wusste Serkan immer, wo sein Widersacher sich befand.

Sie hätten auch zu Serkan fahren können, aber es erschien Ubbo Heide viel besser, Bruikmann direkt zu befragen.

»Er hat mir die Sache damals gebeichtet«, sagte Ubbo Heide. »Er ist eine ehrliche Haut, hat eine Weile als Gefängnisarzt gearbeitet. Serkan Schmidtli hat ihn erpresst. Irgendwann hielt er es nicht mehr aus und hat sich mir offenbart.«

Holger Bloem hatte geschwiegen und nur zugehört. Er fühlte sich durch das Vertrauen, das nicht nur Ann Kathrin, sondern auch Ubbo Heide in ihn setzten, geehrt. Er würde die beiden niemals enttäuschen.

Ubbo Heides Worte hatten ihn nachdenklich gemacht. »Das heißt, irgendwann werden wir so weit sein, dass jeder schon bei Geburt so einen Chip eingepflanzt bekommt, und dann können wir jeden Menschen jederzeit orten?«

Ubbo Heide gab ihm recht. »Ja, vermutlich. Ein erschreckender Gedanke, und doch hat er auch etwas Beruhigendes an sich. Bei jeder Kindesentführung wird die Diskussion wieder neu entfacht. Ein Kind mit einem Ortungschip ist sofort auffindbar.«

»Es sei denn«, gab Ann Kathrin zu bedenken, »jemand ertastet dieses Ding im Körper und operiert es dem Kind an Ort und Stelle raus.«

Holger Bloem schüttelte sich.

»Ihr wusstet also auch immer, wo der Mörder meines Vaters war«, stellte Ann Kathrin kalt fest.

Ubbo Heide sah auf seine Hände. Sie zitterten, und es fühlte sich an, als ob es nie wieder aufhören würde.

»Ja, das wussten wir«, sagte Ubbo, und ihm war, als hätte er damit Großmanns Todesurteil endgültig unterschrieben.

Inga spielte die Szene noch einmal ab. Sie hatte sie auf dem Display ihres iPhones bereits zweimal gesehen, doch sie wollte, dass auch Großmann, der Kontrollfreak, zur Kenntnis nahm, was in seiner Ferienwohnung geschehen war.

»Guck mal«, sagte sie, »Wladimir und Boris, die schärfsten Konkurrenten von Khalid und Thumm. Jetzt sind sie am Drücker. Khalid hat so oft über sie geschimpft. Er nannte sie *primitiv wie Tiere*. Sie sind eben solche Soziopathen wie du, kennen nur ihr eigenes Interesse. Keinerlei Empathie für andere. Kein Mitleid. Nichts.«

Er starrte auf den Flachbildschirm an der Wand. Die Kamera oben über der Tür, nicht größer als ein Fliegenschiss, hatte klare Aufnahmen gemacht. Er konnte Genzlers Gesicht sehen. Seine Fassungslosigkeit. Sein Unvermögen, sich zu wehren. Dann traf ihn die erste Kugel.

»Was glaubst du? Ihr Angriff galt dir, oder nicht? Und weil du nicht da warst, haben sie jetzt eben Genzler getötet und diesen Pfeifenraucher. Sie werden auch hierherkommen. Wetten, sie sind schon unterwegs? Ich könnte dich ihnen einfach überlassen … Aber …«

Großmann stöhnte, biss auf den Gummiball in seinem Mund und versuchte wieder, sich den Knebel abzuschütteln, was ihm nicht gelang.

»Du möchtest, dass ich dich vor ihnen schütze? Oh, du Dummchen, das ist keine gute Idee. Sieh mal, sie werden dich einfach ausknipsen und anschließend ein Handyfoto von dir machen, so wie von Genzler. Soll ich es dir noch mal vorspielen? Das ist alles ganz kurz und schmerzlos. Ich dagegen werde dich langsam sterben lassen. Erst soll deine Seele in Hoffnungslosigkeit und Schmerz verrecken, danach dein nutzloser Körper. Verglichen mit meinem Zorn sind diese beiden Killer da friedliche Pfadfinder auf der Schnitzeljagd.«

Sie lachte und schaltete das Bild weg.

Jetzt teilte sich der Flachbildschirm in vier verschiedene Außenaufnahmen des Hauses in Dangast, in dem sie Großmann ans Bett gekettet hatte.

Der Parkplatz. Die Haustür. Die Hintertür. Die Seitenfenster.

Sie klatschte gegen sein verletztes Bein. »Wie gut, dass einer wie du Paranoia hat. Ich habe einfach deinen Überwachungskoffer geplündert. Sozusagen deine mobile Anlage. Weißt du eigentlich, dass du nicht nur überall in deinen Wohnungen Kameras hast, sondern auch noch vier Koffer voll mit dem ganzen Überwachungsmist? Alles fein einsatzbereit, um unterwegs jedes Hotelzimmer zu verkabeln.«

Sie schlug gegen seinen Kopf. »Mann, bist du krank!«

Dann streichelte sie seine Wange. »Aber eigentlich muss ich dir ja dankbar sein. Deine Ausrüstung ist jetzt ganz schön hilfreich. Sieh nur, ich glaube, sie kommen. Ja! Sie parken kackfrech direkt vor dem Haus. So sind sie. Strunzdoof, aber voller Selbstvertrauen. – Na, mein Liebling, hast du jetzt Angst, dass sie dich gleich erledigen? Oder ist es mehr eine Erlösung für dich, weil sie dir viele Schmerzen ersparen könnten? Drückst du ihnen die Daumen oder mir? Weißt du noch, was du nach der ersten Liebesnacht zu mir gesagt hast, als ich immer noch mal und noch mal wollte? Du hast gesagt: *Du bringst mich um, Kleines.* Und du wusstest gar nicht, warum ich mich so kaputtgelacht habe. Tja, jetzt weißt du es. Ich bringe dich wirklich um. *Ich* werde dich richten, nicht diese Kretins.«

Justus regredierte zunehmend. Gerade noch wollte er ganz Ostfriesland ausrotten und allen *zeigen, wo der Hammer hängt,* sprach wie ein eiskalter Killer, und jetzt kam es Neele so vor, als sei er ins Kindergartenalter abgerutscht. Schnodder an seiner Nase, glasige Augen, völlig verheult und für Erwachsene unerreichbar. Seine Körperhaltung, wie er zusammengekauert auf dem Boden vor dem Bett saß, und selbst sein Gesichtsausdruck waren die eines ungläubigen Kindes. Seine Haare waren verwuschelt.

Sie wollte ihm die Nase putzen, aber er wehrte sie ab.

»Nicht. Lass mich!«

Sie blieb einfach, und weil sie nicht wusste, was sie tun sollte, begann sie, ein Kinderlied zu summen.

Der kindliche Teil seiner Seele hatte gehofft, Dr. Jones könnte den Tod zum Irrtum erklären und die Mutter mit einer Spritze oder ein bisschen Sauerstoff wieder ins Leben zurückholen. Aber nachdem Dr. Jones gegangen war, brach Justus innerlich völlig zusammen.

Eigentlich, dachte Neele, müssten wir seinen Bruder informieren. Aber das war ihr jetzt einfach zu viel. Sie beschloss, sobald Justus wieder mehr Boden unter den Füßen hatte, mit ihm gemeinsam die Biokampfstoffe einzusetzen und erst danach den Bruder vom Tod der Mutter in Kenntnis zu setzen.

Das mit der Beerdigung könnte überhaupt ein Problem werden. Während des Massensterbens würde es vermutlich keine normalen Beerdigungen mit Trauerfeier mehr geben, oder? Ihr fehlte da einfach die Erfahrung. Würde es Massengräber in Ostfriesland geben? Verbrennungen? Kämen Hilfskräfte von woanders her, um die Leichen zu beseitigen? Mitarbeiter der Beerdigungsinstitute würden ja nicht verschont werden. Vielleicht gab es da überhaupt nicht mehr genügend Personal.

Sie stellte sich in dem Chaos eine würdige Beerdigung ihrer Schwiegermutter schwer vor. Sollten sie deshalb den Termin verschieben? Nein, im Gegenteil, so würde es ihnen wenigstens erspart bleiben, diesen blöden Bruder zu treffen. Sie mochte ihren Schwager genauso wenig, wie Justus ihn leiden konnte. Er war ein blöder Angeber.

Andererseits gab es jetzt eigentlich keinen rechten Grund mehr, das Trinkwasser zu vergiften ... Sie konnten die zehn Millionen nehmen und irgendwo ein neues Leben beginnen. Auf seine Mutter mussten sie ja keine Rücksicht mehr nehmen. Warum nicht gleich alle Brücken hinter sich abbrechen?

Gleichzeitig stellte sie sich die Frage, wie sie diesen Kampfstoffmüll entsorgen sollte.

Plötzlich geschah etwas mit Justus. Sein Gesicht veränderte sich. Er schien zu versteinern. Dann richtete er sich auf. Er kam ihr größer vor, breiter, voller Kampfeslust. Aggressiv und kraftvoll.

Er schimpfte los: »Wie konnte meine Mutter aus dem Bett fallen? Und wieso liegen hier keine Matten vor den Betten, die den Fall bremsen und abfedern? Warum musste sie auf die harten Fliesen krachen?«

Neele wollte ihn halten, doch er stürmte bereits in den Flur, um einen Verantwortlichen zur Rechenschaft zu ziehen. Er wusste nicht, wohin mit seiner überschäumenden Wut.

Die Altenpflegerin Ulla Hertling kam gerade aus dem Zimmer einer Dame, deren Windeln sie gewechselt hatte. Sie trug noch Gummihandschuhe und hielt einen Plastikeimer in der Hand, voll mit Tüchern und Watte.

Die Tür stand noch einen Spalt offen, weit genug, dass Justus die alte Dame sehen konnte. An ihrem Bett war ein Schutz angebracht, der verhindern sollte, dass sie herausfiel.

»Warum hatte meine Mutter kein solches Brett am Bett?«, brüllte Justus und zeigte ins Zimmer. »Sie könnte noch leben, wenn Sie ihr auch so ein verdammtes Brett ...«

Frau Hertling schloss leise die Tür und unterbrach ihn. Sie nahm ihm den Wutausbruch nicht übel. Sie hatte viel Erfahrung mit Angehörigen und Patienten.

»So etwas dürfen wir nicht einfach anbringen. Das ist Freiheitsberaubung. Dafür brauchen wir eine richterliche Anordnung. Wir konnten ja nicht wissen, dass Ihre Mutter ...«

Justus fuchtelte mit den Armen in der Luft herum. »Ach ja? Sie konnten es nicht wissen? Ja, beobachten Sie denn die Menschen überhaupt nicht? Haben Sie das denn nicht gelernt? Sind Sie nicht auf so eine Situation vorbereitet? Sie haben Ihre Aufsichtspflicht verletzt! Das sind doch alte, demente Menschen, die nicht mehr für sich selbst sprechen können! Da muss man eben einfach besser aufpassen!« Er zeigte auf ihre Augen. »Hingucken, heißt die Devise! Vorausschauend planen und nicht warten, bis das Kind in den Brunnen gefallen ist!«

»Ich verstehe Ihre Aufregung, aber …«

Er hörte ihr gar nicht zu. Er ließ nichts gelten. Er brauchte einen Schuldigen, jemanden, den er verantwortlich machen konnte, um sich selbst wieder leichter zu fühlen.

»Meine Mutter«, schrie er, »könnte noch leben, wenn Sie nicht so verdammt faul und nachlässig gewesen wären!«

Ulla Hertling zog die Gummihandschuhe aus. Etwas spritzte gegen Justus' Hemd. Er hatte das Gefühl, es wäre mit Absicht geschehen.

Er holte aus, wollte sie schlagen, aber Neele stoppte seinen Arm in der Luft.

»Es tut mir leid«, sagte Ulla Hertling mit kratziger Stimme, »aber ich kann nichts dafür, dass Ihre Mutter den Namen Ihres Bruders gerufen hat und nicht den Ihren.«

Er drehte sich um. Er hatte Mühe, seine Wut so weit im Zaum zu halten, diese Frau nicht einfach niederzuschlagen.

Neele führte ihn weg. Zurück ins Totenzimmer. Sie warf Frau Hertling einen entschuldigenden Blick zu.

Als sie allein waren, sagte Justus zu seiner Frau: »Dafür werden sie bezahlen. Alle. Noch heute Nacht. Sie sollen alle sterben. Lass es uns tun. Sofort!«

Großmann hatte mit übermäßigem Speichelfluss zu kämpfen. Er stieß mit der Zunge immer wieder gegen den Gummiball in seinem Mund. Das Schlucken fiel ihm schwer, und er hatte Angst, an seiner eigenen Spucke zu ersticken.

Wenn er den Kiefer in einer schmerzhaften Weise verrenkte und den Kopf dann schräg legte, konnte ein dünnes Rinnsal aus seinem Mund tropfen. Es lief an seiner Wange herunter und gab ihm wider jede Vernunft einen Funken Hoffnung zurück.

Er schnaufte. Das Atmen durch die Nase wurde zu einem Problem. Im Mund hatte er zu viel Flüssigkeit, aber die Nase trocknete von innen aus. Ihm war, als würde er sandige Luft einatmen.

Auf dem großen Bildschirm konnte er verfolgen, was geschah.

War das Ganze eine Inszenierung von Serkan? Hatte er sich dieses grausame Spiel ausgedacht? Ja, sah er ihm zu, während er hier auf dem Bett gefesselt um sein Leben kämpfte?

Der Gedanke, dass dieses Schwein jetzt vielleicht in seinem Rollstuhl saß und aus türkischen Gläsern ostfriesischen Tee schlürfte, sich von seiner fetten Betreuerin bedienen ließ und dabei jede Minute genoss, die er ihn leiden sehen konnte, flammte durch seinen Körper wie ein Aufruf: Wehr dich!

Nein, diesen Spaß wollte er Serkan nicht gönnen. Zu sterben, das war eins. Seit er sich darüber klargeworden war, dass niemand diese Erde lebend verließ, sondern jeder irgendwann sterben musste, war ihm vieles leichtergefallen. Er hatte die Tatsache akzeptiert, und das hatte ihn frei gemacht. Die Frage war nur, wie und wann, nicht ob.

Vielleicht war seine Zeit jetzt gekommen. Doch er wollte nicht zu Serkans Vergnügen sterben.

Er sah Wladimir klingeln. Boris stand einen Schritt hinter ihm und blickte nach rechts und links. Boris war nervös. Wladimir überhaupt nicht. Er hielt seine Glock mit unterarmdickem Schalldämpfer in der Hand.

Das ist kein Spiel, dachte Großmann, das haben die nicht einfach inszeniert, um mir Angst einzujagen. Der kommt wirklich, um Inga umzulegen.

»Mist«, sagte Inga, »ich krieg die Tür nicht auf. Hier klemmt was. Kannst du mal mitdrücken?«

Wladimir nickte und warf sich gegen die Tür.

Inga riss die Tür auf und sprühte dem hereinstürzenden Wladimir Pfefferspray ins Gesicht. Dann knallte sie die Tür sofort wieder zu.

Er jaulte vor Wut und Schmerz.

Eine Kugel ploppte aus dem Schalldämpfer und schlug in die Wand.

Clever gemacht, Mädchen, dachte Großmann und staunte über sich selbst, denn am liebsten hätte er sie für diese Aktion gelobt. Aber trotzdem bist du nicht schnell genug. Du hast ihm erlaubt, einen Schuss abzugeben. So etwas kann ein tödlicher Fehler sein und darf nicht passieren …

Sie sprang auf Wladimirs rechte Hand, brach ihm die Finger und nahm ihm die Glock ab.

Großmann rechnete damit, dass sie ihn augenblicklich erschießen würde, aber das tat sie nicht. Sie verschwand aus dem Bildausschnitt, war im Bruchteil einer Sekunde wieder da, den Baseballschläger hoch über ihrem Kopf, und ließ ihn auf Wladimirs Schädel krachen.

Draußen rannte Boris von der Tür weg, weil er befürchtete, sie könne hindurchschießen. Er zertrümmerte die Scheiben im Wohnzimmer und stieg in den beleuchteten Raum ein. Er konnte ein Niesen nicht unterdrücken.

Inga erwartete ihn bereits, stand mit ihrem Baseballschläger neben dem Fenster hinter dem Vorhang.

Sie ließ ihn hereinkommen, und bevor er sich orientiert hatte, schlug sie zu.

Das, dachte Großmann spöttisch, war der Einsatz von zweien

der gefährlichsten Männer in Norddeutschland ... Wenn er nicht einen Gummiball im Mund gehabt hätte, hätte er die Lippen verzogen und sein ironisches Lächeln aufblitzen lassen.

Er kam sich nicht mehr ganz so jämmerlich vor, weil er sich von ihr hatte austricksen lassen. Sie war gut. Verdammt gut.

Er begriff nicht, warum sie die beiden nicht tötete. Was hatte sie vor?

Es gab hinter der Haustür am Ende des Flurs eine schmale Treppe runter in den Keller. Er sah zu, wie Inga Wladimir dorthin zerrte und einfach die Treppe hinunterwarf. Dann holte sie Boris aus dem Wohnzimmer und stieß ihn ebenfalls hinab zu seinem Bruder.

Sie wischte ihre Hände an ihrer Kleidung ab, so als hätte sie sich schmutzig gemacht. Sie holte Kabelbinder und ging runter in den Keller.

Jetzt konnte Großmann sie nicht mehr sehen. Er stellte sich vor, dass sie die beiden an Händen und Hals im Keller fixieren würde, vielleicht an einem Heizungsrohr.

Was hast du vor, dachte er. Verdammt nochmal, was hast du gottverdammtes Luder vor?

Sein linkes Bein begann zu zittern. Das Zittern breitete sich über seinen ganzen Körper aus. Der Gummiball verhinderte, dass seine Zähne aufeinanderklapperten.

Holger Bloem parkte direkt vor dem Kulturzentrum Ofenerdiek. Dort spielte eine Jazzband, aber sie würden keine Zeit haben, um zuzuhören. Sie wollten gleich zu Gerhard Bruikmann, der in der Weißenmoorstraße im ersten Stock wohnte.

Es gab keinen Fahrstuhl, Ann Kathrin und Holger trugen Ubbo Heide im Rollstuhl gemeinsam hoch.

Dr. Bruikmann war knapp vierzig Jahre alt und sehr freundlich und umgänglich. Er wirkte ausgemergelt wie ein Marathonläufer, und er hatte lange dünne Finger, deren Gelenke dick hervorstanden. Er hatte großen Respekt vor Ubbo Heide und sprach die ganze Zeit in seine Richtung. Ann Kathrin verstand, dass es diesem Mann wichtig war, was Ubbo Heide von ihm dachte. Vor seinen Augen wollte er geradestehen können.

Er entschuldigte sich die ganze Zeit. Zunächst für die Unordnung im Raum, dann dafür, dass er leider nur Leitungswasser, aber keine Limonade oder alkoholische Getränke anbieten konnte. Er trinke grundsätzlich keinen Alkohol, behauptete er, und habe auch nie welchen im Haus. Er könne aber einen Tee machen.

Ann Kathrin unterbrach ihn: »Wir sind nicht hier, weil wir durstig sind. Bitte helfen Sie mir. Können Sie mir wirklich verraten, wo sich der Mörder meines Vaters aufhält?«

Dr. Bruikmann sah zu Ubbo Heide. Ubbo nickte.

»Ich weiß«, sagte Bruikmann, »dass das nicht ganz in Ordnung ist. Aber ich habe nur so privat, sagen wir, aus Neugier, meinetwegen nennen Sie es Hobby oder auch weil ich stolz darauf war, alle, denen ich einen Sender implantiert habe, hier auf meinem Computer. Ich kann Ihnen die Bewegungsbilder aller ...«

Wieder unterbrach Ann Kathrin ihn. »Wir sind nur an einem interessiert.«

Er nickte und setzte sich an seinen PC.

Holger Bloem sah sich um. Das Zimmer war karg eingerichtet. Hier arbeitete jemand, dem jeder Sinn für schöne Sachen fehlte oder der es sich aus irgendeinem Grund nicht gestattete, schöne Dinge um sich zu haben. Es gab keine Blume, kein Bild an der Wand, keine Buchregale.

Warum, fragte Holger Bloem sich, lebt jemand so? Keine Sessel, sondern Holzstühle. Brauchte dieser Mann keine Musik, keine Kunst um sich? War das hier eine Art Kloster oder Gefängnis mitten in Oldenburg?

»Muss ich«, fragte Dr. Bruikmann, »mit irgendwelchen Schwierigkeiten rechnen?«

»Nein«, sagte Ann Kathrin, »das müssen Sie nicht.«

Er tippte etwas ein. Auf dem Bildschirm erschien die Landkarte von Ostfriesland.

Dann war es, als würde eine Kamera immer schneller von oben zum Jadebusen heruntersausen, über Varel nach Dangast. Zunächst sah es aus, als würde sie im Meer landen, aber dann steckte ein blinkender Punkt auf einem Haus ganz nah an der Küste.

Ann Kathrins rechte Hand krampfte sich in Holger Bloems Oberarm. Ihre Fingernägel gruben sich in seine Haut. Trotzdem zog er den Arm nicht weg. Er beschloss gerade, ein Sonderheft des Ostfriesland-Magazins über Ann Kathrin Klaasen und diesen Fall zu machen. Vielleicht gar ein Buch darüber zu schreiben. Auf jeden Fall würde er mit aller Kraft an ihrer Seite stehen.

»Hier«, sagte Dr. Bruikmann, »ist Ihr Mann.«

Ann Kathrin wollte sofort aus der Wohnung raus, doch Ubbo Heide hielt sie noch einen Moment. Er sagte zu Dr. Bruikmann: »Sie werden mit niemandem über das hier sprechen. Sie werden niemand anderem den Standort verraten.«

»Ich glaube«, sagte Holger Bloem, »wenn das alles hier vorbei ist, würde ich gerne mit Ihnen ein Interview fürs Ostfriesland-Magazin machen.«

Dr. Bruikmann nickte erleichtert.

Sie waren wieder zu Hause, und Justus Schaard leerte im Stehen ein Glas Weißwein, als sei es Mineralwasser. Dann rülpste er laut und goss sich das Glas erneut voll.

Er stand vor der geöffneten Kühlschranktür. Neele gefiel das nicht.

»Wir sollten nüchtern sein, wenn wir das tun, was wir tun wollen.«

»Ach ja?«, zischte er und sah sie zynisch an.

Unter diesen Blicken hatte sie früher manchmal gelitten. Dann wurde sie in seinen Augen zum Insekt, so als würde er in der Evolution viele Stufen über ihr stehen. Dann war er nicht der kleine Junge, sondern eher ein arroganter Herrscher, der seine Bildung angeberisch vor sich her trug.

Sie nahm ihm die Flasche aus der Hand, als würde sie ihn entwaffnen. Ein paar Tropfen aus seinem Glas patschten auf den Boden.

Sie trank trotzig aus der Flasche.

»Wir müssen das alles nicht mehr machen«, sagte sie. »Wir müssen keine Rücksicht mehr auf deine Mutter nehmen. Wir können hier abhauen. Ich habe das Geld. Mehr als wir ausgeben können. Lass uns die Koffer packen und einfach abhauen.«

Er riss die Flasche wieder an sich und goss sich noch einmal ein. »Ach, kriegt die Eiserne Lady plötzlich Skrupel? Sollen wir jetzt, auf halbem Weg, aufhören?«

»Ich finde«, sagte sie, »wir sollten darüber nachdenken.«

»Und bei der Quartalsprüfung kommt dann raus, was ich gemacht habe, und wir sind abgehauen. Die zählen eins und eins zusammen, die wissen sofort, wer sich die zehn Millionen unter den Nagel gerissen hat. Dann sind wir für die so was wie Bonnie und Clyde. Sie werden uns überall jagen. Die setzen eine Summe auf uns aus, und jeder kleine Vorstadtgangster wird versuchen, sie sich zu verdienen. Nee, Neele, das ziehen wir jetzt durch.«

Ihr war klar, dass es nicht einfach um die Durchführung dieser Straftat ging, sondern dass hier gerade ihre Beziehung neu diskutiert wurde. Eine neue Rangordnung wurde festgelegt. Er versuchte, wieder Oberhand zu gewinnen.

Sie verschränkte die Arme vor der Brust und sagte: »Ohne

mich. Mir reichen die zehn Millionen. Ich scheiß auf meinen guten Ruf.«

»Na gut«, sagte er. »Dann ziehe ich es eben alleine durch.«

Sie sah ihm zu, wie er in den weißen Anzug schlüpfte und sich für die schwarze Vollmaske entschied.

In der Tür blieb er noch einmal stehen und sah sie an.

Sie schüttelte den Kopf. »Ohne mich.«

»Wenn du schlau bist«, sagte er, »trinkst du heute kein Leitungswasser mehr.«

Dann verließ er das Haus.

Schrader übergab seinen Dienstwagen im Teichhuhnweg an Ann Kathrin. Niemand, so glaubten die ostfriesischen Kripoleute, käme auf die Idee, Ann Kathrin könnte sich in einem Polizeiauto an der Küste fortbewegen.

Mein Gott, siehst du fertig aus, dachte Schrader und wusste einen Moment lang nicht, ob er den Satz nur gedacht hatte oder ob er ihm rausgerutscht war.

Er steckte ihr eine Heckler & Koch zu.

»Ist das deine?«, fragte sie.

Er schüttelte stumm den Kopf. Das reichte ihr aber nicht als Antwort.

»Frag besser nicht«, sagte er. »Mir wird schon schlecht, wenn ich nur dran denke.«

Sie wusste nicht, ob er damit die Umstände meinte, wie er an die Waffe gekommen war oder wem sie gehörte, oder ob ihm nur bei dem Gedanken schlecht wurde, was sie damit vorhatte. Sie überprüfte die Waffe. Dann fuhr sie los.

Schrader sah ihr nach.

Ann Kathrin fuhr zur Ammerland-Klinik Westerstede. Direkt auf dem Parkplatz vor dem Hauptgebäude wechselte sie noch einmal das Fahrzeug. Hier wartete ihr Sohn Eike mit seiner Freundin Rebekka in ihrem zehn Jahre alten VW Golf. Rebekka hatte sogar das Schild *Arzt* hinter die Windschutzscheibe geklemmt.

Die beiden Frauen umarmten sich kurz. Eike küsste seine Mutter und drückte sie fest. Das tat ihr gut.

»Mach keinen Scheiß, Mama«, flehte er.

Dann stieg sie in den Golf und gab Gas.

Bis Dangast waren es knapp fünfunddreißig Kilometer. Es herrschte wenig Verkehr, und es fiel Schnee, der aber nicht liegen blieb, sondern sich in Matsch verwandelte.

Weller ging im Distelkamp auf und ab wie ein Tier im Käfig. Er wusste genau, was Ann Kathrin jetzt tat, und er hatte das Gefühl, dabei an ihre Seite zu gehören, ihr den Rücken decken zu müssen. Ja, am liebsten hätte er den Fluchtwagen gefahren. Er fand es unerträglich, jetzt hier vor dem Buchregal im Wohnzimmer herumzutigern.

Würde Ann Kathrin wirklich den Mörder ihres Vaters ausknipsen?

Weller war gegen die Todesstrafe, Ann Kathrin ebenfalls. Ubbo Heide hatte sich immer gegen überzogene Polizeigewalt und immer auch gegen die Todesstrafe ausgesprochen. Im Grunde waren sich doch in dieser Frage alle Kollegen einig. Und doch war jetzt etwas anders. Der Staat hatte auf hinterfotzige Art seinen Anspruch auf das Gewaltmonopol in diesem Fall verspielt, fand Weller. Sie hatten einen verurteilten Mörder freigelassen und ihn mit viel Geld, einem neuen Namen und Papieren ausgestattet.

Okay, sie hatten dafür ihre Gründe, aber jetzt galten die alten Spielregeln nicht mehr. Wenn der Staat oder eine einflussreiche Gruppe im Staat sich über die Gesetze stellte, dann mussten die Bürger die Sache eben selbst in die Hand nehmen.

Die nicht korrumpierten Polizeikräfte greifen jetzt in Gestalt von Ann Kathrin durch, dachte Weller.

O ja, er hätte mühelos eine leidenschaftliche Verteidigungsrede für seine Frau halten können, und doch war da eine Stimme in ihm, die orakelte, das alles könne verdammt nach hinten losgehen und sei in Ruhe emotionslos bei Lichte betrachtet völliger Irrsinn.

Er hätte sie gern angerufen und mit ihr geredet, aber jede Kommunikation konnte ihren Standort verraten.

Er spürte trotzdem ihre Nähe. Wenn er die Augen schloss, war es, als würde er neben ihr im Auto sitzen. Wenn alles nach Ubbo Heides Plan verlief, steuerte sie jetzt den Wagen der Assistenzärztin Rebekka Simon.

Sie veranstalteten eine Art Schnitzeljagd, bei der sie ständig falsche Spuren legten, um ihre Kollegen zu verwirren.

Draußen fuhren im Distelkamp 13 zwei Autos vor. In einem blieben zwei Leute sitzen und beobachteten das Haus. Aus dem anderen stieg Huberkran aus und klingelte.

Weller öffnete ihm.

»Darf ich reinkommen?«, fragte Huberkran.

Weller machte eine einladende Geste, aber ein abweisendes Gesicht. »Klar doch.«

Weller hoffte, dass Huberkran nicht vorhatte, zum Judas zu werden.

»Frank«, sagte Huberkran und dachte scheinbar nicht daran, sich zu setzen, »wir kennen uns lange genug. Lass uns Klartext reden.«

»Aber sicher doch. Klartext.«

»Wir haben alle ein paar grässliche Tage hinter uns, und die letzten Stunden waren ein Albtraum.«

»Worauf willst du hinaus?«

Der fränkische Exkollege, der jetzt eine Sicherheits- und Beraterfirma betrieb, antwortete: »Wo ist Ann Kathrin?«

Weller lachte bitter. »Also doch! Du bist der Erfüllungsgehilfe des Innenministeriums. Oder der Naumann-Gruppe. Oder wie immer sich euer Scheiß-Eliteverein jetzt nennt.«

»Frank! Ich meine es nur gut. Noch kann man ein paar Dinge ins Lot kriegen und regeln. Aber wenn du dich jetzt stur stellst, dann …«

»Erwartest du echt, dass ich meine eigene Frau verrate? Was ist nur aus dir geworden, Huberkran?!« Weller sah zur Decke. »Ich glaub es nicht … Du also auch … So, und jetzt verlasse bitte mein Haus.«

»Frank, sei doch vernünftig, ich …«

»Sofort!«

Weller zeigte zur Tür. Trotzdem machte Huberkran noch einen Versuch: »Ihr werdet eine Menge Schwierigkeiten bekommen. Ich kann vielleicht noch etwas für euch tun. Ich hätte in meiner Firma sogar einen verantwortungsvollen Posten … Du würdest das Doppelte verdienen … Bei mir sind viele Exbullen.«

»Hau ab«, zischte Weller, »hau ab, bevor ich mich vergesse und dir die Fresse poliere!«

Ann Kathrin spürte die Umarmung ihres Sohnes noch immer wie ein warmes Tuch um ihre Schultern.

Sie fuhr mit hohem Tempo. Sie fürchtete den Sekundenschlaf. Es kam ihr so vor, als würden die Schneeflocken, die auf die Windschutzscheibe fielen, auf ihrer Haut schmelzen und in kalten, dünnen Eiswasserfäden an ihr hinunterrieseln. Obwohl die Heizung des Golfs sehr gut funktionierte und heiße Luft in den Fußraum gepustet wurde, fror sie.

Sie wischte sich immer wieder über die Stirn und klatschte sich mit der offenen Hand ins Gesicht, um wach zu bleiben.

Sie hörte die Stimme ihres Vaters. Er wollte ihr etwas sagen, aber anders als sonst war er sehr weit weg. Er rief etwas, doch sie verstand ihn nicht.

Dann erschrak sie. Stand er da auf der Fahrbahn? Winkte er ihr, oder war es ein anderer Mann, und ihr Verstand spielte ihr einen Streich?

Im Licht der Scheinwerfer hatte sie dort jemanden gesehen. Sie bremste. Vielleicht hatte jemand einen Unfall und brauchte Hilfe.

Sie stieg aus dem Wagen. Schneeflocken küssten ihr Gesicht. Sie sah sich um. Sie rief: »Hallo! Hallo! Ist da jemand?«

Sie musste viel Kraft aufbringen, um nicht zu rufen: *Papa?! Papa?! Bist du da?*

Sie sagte es auf wie einen auswendig gelernten Text: »Dein Vater ist tot. Er kann dir nicht winken. Du bist unterwegs, um seinen Mörder zu stellen.«

Dann stieg sie wieder ein, klatschte aufs Lenkrad und sagte: »Sie haben deinen Mörder freigelassen, Papa. Aber damit kommen sie nicht durch. Diesmal wirst du gewinnen, Papa!«

Ihre Kopfhaut juckte. Sie ließ die Scheibe ein Stückchen herunter. Der Wind tat gut. Er ließ ihre Haare flattern und kühlte ihr Gesicht. Der Wind hielt sie wach.

In ihrem Magen tobte diese pochende, mörderische Wut wie ein wildes Tier, das versucht, seinem Käfig zu entfliehen.

Neele Schaard holte sich einen Becher Erdbeerjoghurt aus dem Kühlschrank. Sie riss ihn auf. Sie schloss die Kühlschranktür nicht, sondern ging mit dem Becher in der Hand zur Anrichte. Dort standen drei Gläser mit Müsli. Eins mit getrockneten Früchten, eins mit Nüssen und eins mit Rosinen.

Sie nahm das mittlere Glas mit der Nussmischung und wollte ein paar Nüsse und Weizenkörner in den Erdbeer-Sahne-Joghurt regnen lassen, aber ein ganzer Klumpen löste sich und fiel in den Becher. Joghurt schwappte heraus, klatschte auf den Boden und blieb an ihren Fingern kleben.

Einen Augenblick stand sie ganz still. Dann feuerte sie den Becher mit voller Wucht in den offenen Kühlschrank und warf gleich noch das Müsliglas hinterher. Es prallte vom oberen Rand des Kühlschranks ab und zerschellte auf dem Boden.

Neele trat die Kühlschranktür zu und lief ins Wohnzimmer. Sie brüllte dort die Wand an und hatte das Gefühl, der Kalender mit den Küstenbildern würde verrutschen.

Es tat im Hals weh und in den Ohren, aber ihrer Seele tat es gut. All die Enttäuschungen, der aufgestaute Zorn, der heiße Schmerz der Demütigungen, die sie ertragen hatte, bahnten sich einen Weg durch ihren Hals. Das war gut! Es musste raus aus ihrem Körper.

Ich habe so viel geschluckt, dachte sie, ich habe mehr Gift in mir, als in diese kleinen Fläschchen mit Biokampfstoffen hineinpasst.

Jetzt, da sie alles bis hierher völlig auf sich allein gestellt vorangetrieben hatte, brachte er es ohne sie zu Ende. Noch einmal hatte er sich gegen sie und für die Börse entschieden. Ja, so empfand sie es. Er hätte mit ihr und den zehn Millionen durchbrennen können, und was tat er stattdessen? Er ließ die Kurse in den Keller krachen, um seinen Anlegern fette Gewinne zu bescheren und dann als Held dazustehen. Als Magier der Chartanalyse und der Vermögensverwaltung!

Sie sah ihn schon als strahlenden Mittelpunkt im Kreis der Anzug- und Schlipsträger, der bewunderte Zauberer der Geldvermehrung. Aufgeregte junge Damen in Kleidergröße 34/36 würden ihn auf ihren hochhackigen Schuhen bewundern und hoffen, seine Mitarbeiterinnen werden zu dürfen.

Wahrscheinlich würde er sich für sie schämen, weil sie sich in den feinen Kreisen der ostfriesischen Geschäftswelt nicht richtig benehmen konnte. Ihre Tattoos würden garantiert wieder Thema werden.

Im Grunde, dachte sie, würden sie das gleiche Leben führen wie vorher, nur eben wesentlich reicher.

Und dann brüllte sie die Wand erneut an. »Und wieder einmal geht es nicht um mich!«

Carola Heide schob den Rollstuhl ihres Mannes über den Weihnachtsmarkt. Die ersten Stände schlossen schon.

»Am liebsten würde ich dich jetzt sofort nach Wangerooge zurückbringen, aber jetzt gibt es keine Fähre mehr, und der nächste Flieger geht erst morgen früh. Aber den nehmen wir.«

»Ich kann noch nicht zurück«, sagte Ubbo. »Es ist noch nicht vorbei. Ich muss dabeibleiben, bis …«

Carola hielt vor einem weihnachtlich geschmückten Schaufenster und schob den Rollstuhl so, dass Ubbo sich selbst sehen musste.

»Sieh dich an. Du kannst nicht mehr. Was denkst du, wie das alles endet? Wenn ihr so weitermacht, landet ihr alle im Gefängnis.«

Er bemühte sich, seinem Spiegelbild zu entgehen. Er schaffte es einfach nicht, sich anzuschauen.

»Wir gehen nicht ins Gefängnis, Carola. Wir sind die Guten!«

Sie verzog den Mund. »Ich habe inzwischen Mühe, das auseinanderzuhalten.«

Er walkte sich das Gesicht durch. »Ja, und das ist unsere Schuld. Wir haben es versäumt, die Grenzen klar zu ziehen. Das müssen wir jetzt korrigieren.«

Sie seufzte. »Was wird Ann Kathrin jetzt tun? Du trägst eine Mitverantwortung. Wird sie jetzt das tun, wovor du sie die ganze Zeit bewahren wolltest?«

Sie traute sich nicht, das Wort auszusprechen, und auch er tat es nicht.

»Ja«, sagte er, »ich fürchte, sie wird alttestamentarisch reagieren.«

Körperliche Arbeit war so gar nicht Justus' Ding. In diesem Anzug, mit dieser Maske auf dem Gesicht, dazu noch die Schneeflocken … Auf dem Wasserrohr war eine dicke Eisschicht. Alles, was er anfasste, war kalt und nass, und obwohl er Schutzkleidung trug, ekelte er sich vor den Dingen. So gern hätte er wieder am Computer gesessen, seine Chartanalysen betrachtet und die Welt mit einem Mausklick dirigiert. Das hier war alles so konkret …

Der Sichtschutz seiner Atemmaske beschlug. Er hob sie an, um einmal darunter richtig Luft zu holen. Die kalte Luft tat fast weh, als er sie einatmete.

Inga war mit dem Baseballschläger zurück an Großmanns Bett gekommen. Inzwischen ahnte er den Sinn der Inszenierung. Er sollte sehen, was auf ihn wartete. Sie würde ihn nicht einfach erschießen. Das hätte sie auch Wladimir und Boris überlassen können. Nein, sie würde seine Knochen einzeln zertrümmern, mit dieser verdammten Keule.

Inga machte langsame Bewegungen, so als würde sie jede Millisekunde genießen. Sie holte einen Benzinkanister hinter dem Paravent hervor.

Er konnte sie beobachten, wie sie eine nasse Spur durchs Haus zog, vom Keller bis hin zu dem Bett, an das er gekettet war. Dann drapierte sie einige Brandbeschleuniger auf seinem Bett. Die tödlichen Würfel wirkten auf ironische Weise wie aus einer versehentlich umgekippten Pralinenschachtel gefallene, mit weißer Kuvertüre überzogene Köstlichkeiten.

»Der Feuertod«, sagte Inga, »soll ja besonders qualvoll sein. Was denkst du? Ist da was dran? Nicht ohne Grund wurden Hexen ja früher verbrannt. Nur im Gegensatz zu dir waren diese armen Frauen unschuldig.«

Da erschien auf dem Bildschirm ein Golf. Er parkte neben dem Wagen, mit dem Wladimir und Boris gekommen waren. Ann Kathrin Klaasen stieg aus.

Der Bewegungsmelder ließ die beiden Außenlampen anspringen, und obwohl es schneite und der Blickwinkel ungünstig war, erkannte Großmann Ann Kathrin sofort.

War sie gekommen, um ihm zu helfen, fragte er sich. Ausgerechnet sie? Warum rückte hier nicht eine SoKo an, um ihn rauszuhauen? Wenn die Kripo wusste, wo er war, wo, verflucht, blieben dann die schwerbewaffneten Eingreiftruppen?

Machten Inga und Ann Kathrin Klaasen etwa gemeinsame Sache? War das irgend so eine Weiberverschwörung gegen ihn? Oder würde Inga Ann Kathrin gleich zu den anderen Störenfrieden in den Keller befördern?

»Sieh mal einer an«, lachte Inga und deutete mit dem Baseballschläger auf den Bildschirm. »Heute versammeln sich hier aber auch alle, die dich gerne umlegen möchten. Du scheinst die Meute ja geradezu magisch anzuziehen.«

Die anderen Kameras zeigten nichts Verdächtiges.

»Kann es sein, dass sie alleine kommt?«, fragte Inga ihren Gefangenen, der allerdings jeder Möglichkeit zu antworten beraubt war. »Ist Ann Kathrin Klaasen wirklich so naiv oder so selbstsicher?«

Ann Kathrin registrierte die eingeschlagene Fensterscheibe. Es roch nach Benzin. Alle ihre Sinne waren in flirrender Alarmbereitschaft. Sie entschied sich, zu klingeln.

Sie stellte sich vor, wie es wäre, wenn er öffnen würde und sie ihm endlich in die Augen sehen könnte.

Ich bin gekommen, um abzurechnen, wollte sie sagen. Oder vielleicht würde sie ihn auch einfach nur anschauen.

Sie überprüfte den Sitz der Heckler & Koch. Sie hatte sich die Waffe in den Hosenbund geschoben. Sie spürte den kalten Griff knapp unterhalb ihres Bauchnabels.

Wenn er zieht, werde ich schneller sein, dachte sie.

Ann Kathrin hatte das Gefühl, ihr Vater würde ihr zusehen, als sie den Klingelknopf drückte. Etwas von seiner Energie war spürbar. Ja, sie konnte ihn trotz dieses Benzingestanks riechen. Da war eine Erinnerung an ihn, die war stärker als die sie umgebende Realität.

Sie hörte keine Schritte. Niemand näherte sich der Tür. Aber es summte, und sie sprang auf.

Hatte er sie entdeckt und war auf den Besuch vorbereitet? Stand er mit schussbereiter Waffe hinter der Tür?

Ann Kathrin öffnete die Tür tastend mit ihrem rechten Fuß. Sie erfasste den Flur mit einem Blick. Sie sah die Benzinspur, die zur Kellertreppe führte und dann nach oben ins nächste Stockwerk. Von dort fiel Licht auf die Treppe und ließ die Benzinlache in Regenbogenfarben schillern.

Ann Kathrin zog die Heckler & Koch, nahm sie in beide Hände und lief instinktiv die Treppe hoch.

Sie hatte sich die Begegnung mit dem Mörder ihres Vaters anders vorgestellt. Sie dachte, auf einen kampfbereiten Mann zu treffen, der sie mit seinem höhnischen Grinsen zu verunsichern suchte. Ein Mann, der sich für überlegen hielt. Vielleicht mit einem Messer auf sie losging oder mit seiner Beretta auf sie zielte, aber ganz sicher hatte sie nicht damit gerechnet, einen ans Bett geketteten Schwerverletzten mit Knebelball im Mund anzutreffen. Er sah erbärmlich aus und von Angst zerfressen.

Er sollte ein Opfer der Flammen werden, das war klar. Ann Kathrin registrierte das benzingetränkte Laken und die Brandbeschleuniger.

Für einen kurzen Moment war der Anblick so schockierend, dass sie die antrainierten Verhaltensregeln missachtete. Sie sicherte nicht die Ecken und vergaß, ihren Rücken zu schützen. Sie stand einfach nur da und staunte.

Er konnte die Tür unmöglich aufgedrückt haben. Es musste sich eine zweite Person im Haus befinden, eine Person, die ihn in diese Lage gebracht hatte.

Ann Kathrin schwenkte die Waffe nach links. Nichts.

Dann drehte sie sich, zielte auf die Treppe. Nichts.

Sie duckte sich, als müsse sie einem Schlag ausweichen und checkte die Lage rechts neben sich. Da war der Paravent mit dem chinesischen Drachen. Dahinter befand sich ganz klar ein Mensch.

»Herzlich willkommen, Frau Klaasen«, sagte Inga und trat hervor.

Mit einer Frau hatte Ann Kathrin nicht gerechnet.

Inga deutete auf Großmann. »Tja, das ist er. Der Mann, der Ihren Vater getötet hat und so viele andere auch.«

Da die Frau unbewaffnet war, senkte Ann Kathrin ihre Heckler & Koch.

»Woher wissen Sie das? Wer sind Sie?«

Inga breitete die Arme aus. »Oh, ich habe alles über Sie gelesen, Frau Klaasen. Ich habe Sie bewundert, wie konsequent Sie diesen Typen gejagt haben. Ich bin wie Sie! Ich habe auch noch eine Rechnung mit ihm offen. Meine Mutter hat er nach Deutschland geholt.«

Großmann strampelte mit den Füßen wie ein Kind, das nicht im Bett bleiben und auf sich aufmerksam machen will.

»Er hat mal einen florierenden Mädchen- und Frauenhandel betrieben.«

»Ja, ich weiß«, sagte Ann Kathrin.

»Meine Mutter war eine von diesen gehandelten Sexsklavinnen aus Thailand. Er hat sie an einen deutschen Ehemann verkauft. Der Haken war nur – mein Vater, das Schwein, wollte eine stumme Frau. Viele Männer wollen gerne stumme Frauen. Sie konnten gar nicht genug Nachschub aus den Behindertenheimen in Thailand holen. Da haben sie dann meine Mutter eben stumm gemacht.«

Ann Kathrin wurde schwindlig. Sie wollte sich setzen und einen Moment ausruhen. Sie fragte: »Was ist heute mit Ihrer Mutter?«

»Sie hat einen verdammt langen Leidensweg hinter sich. Depressionen. Krankheit. Tablettensucht. Und schließlich hat sie es gar nicht mehr ausgehalten und sich aufgehängt. Ich habe mein ganzes Leben lang davon geträumt, ihren Tod zu rächen. Ich dachte, er sei tot. Aber dann, als ich den Job in der Pizzeria suchte, um mein Studium zu finanzieren, da erfuhr ich die Wahrheit. Es ging dort die ganze Zeit um den Mann, der Schmidtli in den Rollstuhl gebracht hat. Und das war er.«

Sie zeigte auf Großmann. »Und wie sind Sie drauf gekommen? Sie müssen sich doch von Ihren Kollegen ganz schön verarscht fühlen, oder?«

»Ja«, sagte Ann Kathrin, »das kann man wohl sagen. Ich bin auf seine Spur gestoßen, weil es in seiner Nähe einen Mord gab, und die Ermittlungen …«

Sie schwieg. Vielleicht lag es am Benzingeruch oder an der ganzen aufgeregten Situation und dem Rest Psychopharmaka in ihrem Körper. Das Schwindelgefühl wurde heftiger. Trotzdem ging Ann Kathrin zu Großmanns Bett, um den Knebel zu lösen. Sie ertastete die Schnalle an seinem Hinterkopf und fühlte, dass er zwischen den Haaren offene, nasse Wunden hatte.

Inga lachte. »Möchtest du seine Schreie hören, wenn er brennt, oder was hast du vor? Erwartest du eine Entschuldigung von ihm? Enttäusch mich nicht! So dumm bist du doch nicht, oder? Der würde jetzt alles sagen, was du willst, nur um sein Scheißleben zu retten.«

Was hier geschieht, ist nicht in Ordnung, dachte Ann Kathrin. Oder war es nur die Stimme ihres Vaters in ihrem Kopf? Sie wusste es nicht, aber da war so ein Unwohlsein, und Großmann machte spastische Bewegungen, als brauche er den ganzen Körper, um die Mundmuskulatur zu beherrschen. Aber er brachte trotzdem nur Töne heraus, keine Worte oder gar ganze Sätze.

»Kommen Sie, Frau Klaasen. Wir sind doch Schwestern. Leidensgefährtinnen. Ihr Vater. Meine Mutter. Werfen wir eine Münze, wer von uns die Ehre hat, den Laden hier anzuzünden? Dann setzen wir uns draußen ans Meer und sehen den Flammen zu und genießen seine Schreie.«

Ann Kathrin hörte die Stimme ihres Vaters: *Die Guten, Ann, müssen sich anders verhalten als die Bösen. Nur das unterscheidet sie voneinander.*

Inga hielt ein Sturmfeuerzeig hoch. »Komm, Schwester. Wir müssen es von unten tun. Hier oben ist es zu gefährlich. Wir wollen ja schließlich nicht mit verbrennen.«

Da hatte Großmann die Kontrolle über Lippen und Zunge zurück. Er spuckte und hustete. Es war nur ein Krächzen, wie von einer staubigen Schallplatte, die seit Jahren nicht mehr abgespielt worden war. Aber beide Frauen verstanden ihn trotzdem gut. Er spielte seinen letzten Trumpf aus. Er wusste nicht einmal, ob es immer noch einer war.

»Ich weiß, wer die Biokampfstoffe hat. Ich habe Namen und Adressen. Ich kann euch zu dem geklauten Koffer führen.«

Ann Kathrin sah ihn an, dann Inga. Die wedelte wild mit den Fingern vor Ann Kathrins Gesicht herum. »Glaub ihm nicht,

Schwester! Der will sich nur wieder rausreden ... Du lässt dich doch jetzt von dem nicht einlullen, oder?«

Er konnte nicht weitersprechen. Ein Hustenkrampf schüttelte ihn.

Ann Kathrin sah sich nach etwas Trinkbarem für ihn um.

Er keuchte: »Sie haben mich rausgelassen und mir eine neue Identität verschafft, weil etwas Größeres auf dem Spiel stand! Sie werden das Trinkwasser in Ostfriesland vergiften, und Ostfriesland ist erst der Anfang. Viele, viele Menschen werden sterben. Ich kenne das Labor, und ich weiß, wer den Koffer hat ...«

»Du lässt dich von dem doch jetzt nicht bequatschen«, schrie Inga.

Großmann redete um sein Leben: »Wenn ich sterbe, habt ihr die letzte Chance verspielt ...«

Wieder hustete er.

Ann Kathrin sagte: »Ich fürchte, er hat recht. Es gibt tatsächlich eine Erpressung. Ich weiß von der ganzen Sache ...«

In Inga zerbrach die Hoffnung darauf, vielleicht eine Mitstreiterin gefunden zu haben.

»Wer hat die Kampfstoffe?«, fragte Ann Kathrin ihn direkt.

»Wasser!«, bettelte Großmann hustend. »Ich brauche etwas zu trinken. So kann ich nicht sprechen. Und macht mich los!«

Ann Kathrin hörte Hilfeschreie aus dem Keller.

»Ich hole euch Wasser«, sagte Inga und verschwand kurz hinterm Paravent. Sie kam aber nicht mit einer Flasche zurück, sondern mit ihrem Baseballschläger.

Eine nackte Neonröhre flackerte an der Decke. In unregelmäßigem Rhythmus ging das Licht an und wieder aus. Dabei zirpte es laut, als würde ein Hornissenschwarm sein Nest verteidigen wollen.

Wladimir Kuslik lag bewusstlos mit dem Gesicht nach unten auf dem Kellerboden, aber er lebte noch. Boris sah die dicke Staubflocke, die bei jedem Einatmen näher rollte und bei jeder Ausatmung seines Bruders wieder weggepustet wurde. Gerade so weit, dass sie danach wieder herangesaugt werden konnte.

Diese Staubflocke gab Boris Hoffnung. Solange Wladimir lebte, war auch er nicht verloren. Er konnte sich eine Existenz ohne seinen Bruder gar nicht vorstellen. Was sollte aus ihm werden? Wovon sollte er leben? Wie mit all den Problemen des Alltags fertig werden? Wie machte man aus schwarzem Geld weißes? Wie unterschied man einen echten Auftraggeber von einem V-Mann? Wie wusch man Wäsche? Wie kam der Kniff in die Anzughose, und verdammt nochmal, wie kochte man eine richtig gute Hühnersuppe ohne die Scheiß-Geschmacksverstärker? Was sonst sollte gegen Grippe und Erkältung in dieser Jahreszeit helfen?

Boris hielt seine Hände ganz still und drückte sie gegen das Rohr, denn bei jeder Bewegung schnitt der Kabelbinder, mit dem sie ihn gefesselt hatte, tief in seine Haut. Verglichen damit waren Handschellen angenehm.

Noch einmal brüllte Boris: »Hilfe!«

Sein Bruder schreckte von dem Schrei hoch. Am liebsten hätte er Boris geohrfeigt. Eine Schniefnase war schon schlimm genug, aber um Hilfe schreien, das ging gar nicht! Sie waren doch keine Kinder! Aber Wladimirs Hände waren an die Heizung gebunden.

»Psst!«, zischte er. Doch Boris roch das Benzin und ahnte, was das Teufelsweib plante.

Unter der Tür breitete sich eine Lache aus. Boris konnte nicht mehr aufhören zu schreien.

Ann Kathrin hörte, dass dort unten im Keller ein Mann in Not sein musste. Sie sah die Schere im Holz stecken wie ein Schlachtermesser im Fleisch.

»Wer ist das«, fragte sie, »und was ist hier eigentlich …«

Es gelang ihr nicht mehr, die Frage vollständig auszuformulieren. Der Baseballschläger traf sie von hinten am Kopf.

Ann Kathrin stürzte nach vorn. Ihr Gesicht lag jetzt auf dem Laken zwischen Großmanns Beinen.

»Dann verreck doch mit ihm, du blöde Hippe!«, schimpfte Inga. Sie wusste, dass sie nicht länger warten konnte. Langsam wurde dieser Ort zu bekannt. Das einsame Ferienhaus am Meer verwandelte sich zusehends in einen Anziehungspunkt für Gangster und Polizisten.

Sie lief die Treppe runter.

Sie zündete das Sturmfeuerzeug. Die Flamme schien direkt aus ihrer rechten Hand zu kommen.

Sie rief: »Brenne! Brenne!«

Es hörte sich selbst für sie wie eine Zauberformel an.

Dann warf sie das Feuerzeug in die Regenbogenlache.

Es zischte, und die Flammen züngelten noch. Zunächst langsam, nicht explosionsartig, wie sie gedacht hatte. Dann lief das Feuer aber immer schneller die Treppe rauf.

Inga trat ins Freie und schloss die Tür hinter sich. Es gefiel ihr, Großmann brüllen zu hören. Sie war froh, ihm die Zunge nicht herausgeschnitten zu haben.

Sie setzte sich in den schwarzen BMW. Aus dem Wohnzimmerfenster schlugen bereits die Flammen.

Es war Großmanns tierischer Schrei, der Ann Kathrins Lebensgeister wieder weckte. Sie wusste sofort, dass es jetzt um ihr Leben ging.

Sie riss die Bettdecke weg und schlug damit nach den Flammen. Die Brandbeschleuniger flogen durch den Raum. Die Decke fing sofort Feuer. Die Treppe brannte abwärts bereits lichterloh.

Ann Kathrin lief zum Fenster und öffnete es. Der hereinströmende Sauerstoff war Nahrung für das gierige Feuer.

»Wenn du mich rettest, rettest du Ostfriesland!«, brüllte Großmann.

Schon war sie bei ihm und säbelte mit der Schere die Kabelbinder an seinem linken Handgelenk durch.

»Wer hat den Koffer? Wie heißt der Erpresser?«, fragte sie.

»Ich sage alles! Aber bring mich erst hier raus!«

Sie schob ein Blatt der Schere zwischen die Haut seines linken Handgelenks und den Kabelbinder. Das Ding saß verdammt fest.

Sie schnitt ihn frei.

»Name und Adresse!«, forderte sie. »Vorher mache ich nicht weiter.«

»Neele Schaard«, kreischte er, »aus Süderneuland!«

Es hätte ein erfundener Name sein können, aber Ann Kathrin glaubte ihm.

Die Flammen züngelten schon an ihren Beinen hoch. Der brennende Paravent stürzte um.

Sie schnitt den zweiten Kabelbinder durch und zerrte Großmann vom Bett zum Fenster. Ihr blieb keine andere Wahl. Sie hob ihn an und schob seinen Oberkörper nach draußen. Schneeflocken zischten in die Flammen.

Großmann versuchte, sich an Ann Kathrin festzuklammern. Sie machte sich frei. Dann krachte sein Körper nach unten. Er schlug hart auf das Dach vom Golf auf.

Ann Kathrin sprang hinterher. Sie landete auf Großmanns Körper und brach ihm so vier Rippen.

Sie verlor aber nicht das Bewusstsein. Sie kletterte von Großmann und dem Golf herunter. Sie roch nach Qualm, und ihr rechtes Jeansbein kokelte.

Sie kramte in der Tasche nach ihrem Handy. Sie spürte die rechte Seite nicht mehr. Ihr Arm hing schlapp herab.

Sie wählte Weller mit links an.

»Ich bin in Dangast! Ich habe ihn. Der Giftkoffer ist im Besitz von Neele Schaard aus Süderneuland. Sie ist die Erpresserin.«

Sie hörte seine Antwort nicht mehr. Zunächst fiel ihr Arm schlaff herunter. Dann brach sie zusammen.

Während Weller in die Garage zu seinem Wagen rannte, telefonierte er mit Marion Wolters:

»Ann Kathrin ist in Dangast. Schickt einen Notarzt und ... Ja, verdammt, wo genau ... ortet einfach ihr Handy! Und wo wohnt Neele Schaard in Süderneuland? Such die Adresse raus und schick unsere Leute hin. Ich bin unterwegs. Und wenn ich *unsere* Leute sage, dann meine ich *nur* unsere Leute!«

»Klar«, sagte sie. »Ich bin ja vielleicht dick, aber bestimmt nicht doof.«

Inga fühlte sich nicht so gut und frei, wie sie gehofft hatte. Aber sie raste auf der winterlichen Fahrbahn mit dem Gefühl, etwas beendet zu haben. Überfrierende Nässe machte die Straße gefährlich glatt.

Touristen, die die Weihnachtszeit in Dangast verbringen wollten, hatten die Flammen gesehen und den Notruf gewählt. Ein Polizeiwagen aus Varel kam ihr entgegen. Hinter ihm ein Achtzehnjähriger in Papis Auto auf dem Weg zu seiner Freundin, mit hundertzwanzig Stundenkilometern statt der erlaubten siebzig.

Er geriet ins Schleudern. Inga konnte gerade noch ausweichen. Doch ihr Wagen überschlug sich dreimal.

Inga starb im Krankenwagen, während die Freiwillige Feuerwehr in Dangast aus dem brennenden Haus zwei an Heizungsrohre gefesselte Männer retten konnte.

Vor Schaards Einfamilienhaus hielten zwei Fahrzeuge gleichzeitig. Aus dem weißen C4 sprang Weller. Aus dem Polizeiwagen stürmten Rupert und Sylvia Hoppe.

Weller sah durchs Fenster eine Frau, die inmitten einer zertrümmerten Wohnzimmereinrichtung saß und Milch aus einem Tetrapack trank.

Sylvia Hoppe und Rupert klingelten vorne, während Weller das gekippte Fenster mit einem Haken ganz öffnete und in die Wohnung stieg.

Sie mussten die gefährliche Frau nicht überwältigen. Im Grunde war Neele Schaard froh, dass endlich alles vorbei war.

Weller sagte ruhig: »Wir suchen einen Koffer, den Sie haben.«

Er hatte Mühe, in dieser Wohnung zu stehen. Er wollte nichts lieber, als bei Ann Kathrin sein. Aber er wusste, dass er das jetzt nicht den Kollegen überlassen konnte. Ann Kathrin hätte es so gewollt.

Neele Schaard nickte, während Rupert sich in der Küche umsah und zu Sylvia Hoppe flüsterte: »Selten so eine Sauerei gesehen.«

»Ja, was jetzt?«, fragte Weller ungeduldig.

»Mein Mann hat den Koffer«, sagte Neele.

Weller flüsterte es fast, als hätten er und Neele Schaard ein gemeinsames Geheimnis zu hüten: »Wird er damit das tun, was wir alle befürchten?«

»Ja, vermutlich. Falls er es nicht schon erledigt hat.«

»Wo ist er jetzt?«

»Kennen Sie die Ostfriesische Milchkanne in der Nordseestraße?«

»Sicher«, sagte Weller.

»Da liegen die Rohre offen …«

Weller rannte zu seinem Auto.

»Hinterher«, sagte Neele Schaard zu Sylvia Hoppe und Rupert, »ist man immer klüger …«

»Nee«, antwortete Rupert, »nicht immer. Manchmal hat man hinterher auch einfach einen Kater oder ist pleite oder man sitzt im Knast.«

Weller raste über die Norddeicher Straße zur Nordseestraße. Er sah im Scheinwerferlicht einen Mann in Schutzkleidung, der sich an den Rohren zu schaffen machte, die der Neuschnee weiß färbte.

Weller richtete seine Waffe auf ihn und rief: »Hände hoch, Polizei!«

Justus Schaard hob tatsächlich die Hände. Weller kam näher und zielte dabei auf ihn.

Justus hielt ein Fläschchen in der Hand. »Wenn ich das fallen lasse, Herr Kommissar, ist die Gegend hier verseucht …«

»Und wenn ich schieße, hast du Spinner ein Loch in der Stirn!«, konterte Weller und hoffte, sich für diese Aussage nie irgendwo verantworten zu müssen.

»Würden Sie schießen?«, fragte Justus.

»Würden Sie das Giftzeug fallen lassen?«, fragte Weller. Dabei kam er näher. »Ist schon irgendetwas von dem Dreckszeug im Leitungssystem?«

Justus Schaard schüttelte den Kopf.

»Dann zieh jetzt dein Clownskostüm aus und gib auf. Der Staatsanwalt wird das als Rücktritt von der Tat werten. Das macht über den Daumen gepeilt später den Unterschied zwischen zehn oder dreißig Jahren Knast aus.«

»Erschießen Sie mich, Herr Kommissar. Ich kann und will so nicht weiterleben«, sagte Justus.

Weller kam näher, seine Waffe ganz auf Justus' Kopf gerichtet. Weller hielt die Heckler & Koch jetzt nur mit rechts. Mit links nahm er Schaard das Fläschchen ab.

»Erschießen Sie mich!«, forderte Schaard noch einmal.

»Nee«, sagte Weller, »mach ich nicht. Für so einen Drecksack wie dich werfe ich doch nicht all meine Prinzipien über Bord. Wo ist der Rest von dem Zeug?«

Schaard zeigte auf den Boden vor sich, wo der geöffnete Koffer lag. Plötzlich machte er einen Ausfallschritt in Richtung Koffer, wollte weitere Fläschchen an sich reißen.

Weller stoppte ihn mit einem Fußtritt. Schaard stürzte in das Erdloch und lag auf dem Wasserrohr. »Mein Rücken, mein Rücken! Ich hab mir das Rückgrat gebrochen!«, kreischte er.

»Hattest du denn jemals eins?«, fragte Weller.

In der Ferne hörte er Polizeisirenen. Die Kollegen kamen. Schrader und Benninga waren zuerst bei Weller.

Lag sie wirklich auf einer Wiese? Waren das Blumen?

Ann Kathrin nahm die Welt um sich herum wie durch einen schlierenverklebten Schleier wahr. Tief in sich drin wusste sie, dass sie gerettet und alles gut war. Aber sie hatte noch keine wirkliche Orientierung zu Zeit und Raum.

Es waren mehrere Menschen im Zimmer. Ihre Stimmen waberten wie durch Lautsprecher verzerrt zu Ann Kathrin herüber.

»Du bist in der Ubbo-Emmius-Klinik, Ann. Keine Angst. Alles wird gut.«

Es war Wellers Stimme, und sie spürte, wie sehr sie diesen Mann liebte.

Sie sank tiefer ins Kissen zurück. Jetzt erkannte sie Ubbo

Heide. Er hielt einen großen Blumenstrauß in der Hand. Holger Bloem stand hinter Ubbos Rollstuhl.

Weller saß an ihrem Bett. »Du hattest in jedem Punkt recht, Ann«, sagte er und streichelte ihr Gesicht.

»Ihr … dürft … ihn«, stammelte sie, »nicht … wieder … laufen … lassen …«

»Nein«, sagte Weller, »keine Sorge. Diesmal wird er das Gefängnis nicht mehr als freier Mann verlassen.«

Ann Kathrin lächelte.

»Frau Diekmann«, sagte Weller, »hat sich beurlauben lassen und um ihre Versetzung aus Ostfriesland gebeten. Vermutlich, um ihrem Rausschmiss zuvorzukommen.«

»Das wird ihr aber nicht gelingen«, sagte Ubbo Heide. »Der Rest ist eine Frage von parlamentarischen Untersuchungsausschüssen. Es werden ganz oben ein paar Köpfe rollen, damit wir den Laden auch unten wieder in Ordnung bringen können.«

Holger Bloem nickte. »Ja, und der Rest ist nicht mehr eure Aufgabe. Zum Glück gibt es ja eine freie Presse, die diesen Prozess kritisch begleiten wird. Das ist nun unsere Aufgabe.«

Weller beugte sich vor und küsste Ann Kathrin vorsichtig.

»Ich bin so froh«, flüsterte er, »dass ich dich wiederhabe. Ich will nie mehr ohne dich sein. Einen winzigen, schrecklichen Moment lang habe ich sogar geglaubt, du hättest mich verlassen.«

»Warum sollte ich das denn tun?«, fragte Ann Kathrin. »Ich liebe dich doch!«

ENDE

Wenn Sie wissen wollen, wie es weitergeht mit
Ann Kathrin Klaasen, Frank Weller, Ubbo Heide und
Rupert, dann lesen Sie die ersten Seiten des neuen Romans

Ostfriesenschwur

Der zehnte Fall für Ann Kathrin Klaasen

(erscheint im Februar 2016)

»Solange das Beamen nicht erfunden wird, sind wir alle eine benachteiligte Generation.«
Hauptkommissar Rupert, Kripo Aurich

Ubbo Heide hatte die Nacht mit seiner Lieblingsbeschäftigung verbracht: einfach nur dasitzen und aufs Meer schauen.

Dies war der schönste Platz auf Erden für ihn. Hier, mit diesem Blick auf die Naturgewalt der Nordsee, verlor sogar der Rollstuhl seine Macht über ihn.

Ubbos Gedanken flogen. Er fühlte sich frei und gut. Alles war plötzlich in Ordnung. So war er eingeschlafen, während das Teelicht im Stövchen flackernd neben ihm erlosch.

Die frühe Fähre brachte mit den Touristen auch die Post vom Festland zur Insel.

Gegenüber dem Café Pudding wurde die Windstärke mit sieben bis acht gemessen, was offiziell *Steife Brise* hieß und von den meisten Küstenbewohnern als notwendige Erfrischung angesehen wurde.

Seine Frau Carola kam mit Seelchen vom Inselbäcker zurück, deckte den Tisch und brühte frischen Tee auf, wie Ubbo ihn gern mochte: mit Pfefferminzblättern im Schwarztee.

Er schnarchte leise. Ihr gefiel das vertraute Geräusch. Im Sitzen schnarchte er wie ein asthmatischer Seehund. Im Liegen – besonders in Rückenlage – war er laut wie eine rostige Kreissäge.

Carola Heide hatte das Ostfriesland-Magazin mitgebracht und las im Stehen am Tisch einen Bericht von Holger Bloem.

Der Postbote klingelte. Ubbo schreckte hoch und tat so, als hätte er gar nicht geschlafen, sondern sei schon lange wach.

Während sie die Tür aufdrückte, sagte sie: »Neuer Kripochef

soll ein gewisser Büscher aus Bremerhaven werden. Kennst du den?«

Ubbo Heide lächelte. »O ja, den kenne ich …«

Ubbo rollte zum Frühstückstisch. Er angelte sich das Ostfriesland-Magazin. Er nannte es liebevoll OMA, und die neue Ausgabe war wichtiger für ihn als das Essen.

Carola holte Aufschnitt aus dem Kühlschrank und drapierte alles liebevoll auf einem Brettchen.

Holger Bloem schrieb auch über Ubbo Heide und sein Buch mit den ungelösten Kriminalfällen. Erstaunlicherweise war das Buch inzwischen in der 3. Auflage. Ubbo wurde zu Lesungen und Diskussionen eingeladen. Er, der ehemalige Chef der ostfriesischen Kripo, litt noch immer daran, einige Verbrechen nicht wirklich aufgeklärt zu haben. Er hasste es, wenn Mörder oder Kinderschänder frei herumliefen. Es gefiel ihm auf eine selbstquälerische und gleichzeitig kokettierende Art, über diese Fälle und das Unvermögen der Justiz sowie über sein eigenes Versagen zu reden.

Diese Veranstaltungen gaben ihm das Gefühl, etwas Sinnvolles zu tun, indem er seine Erfahrungen weitergab. Er eröffnete stets mit den Worten: *»Wenn es stimmt, meine Damen und Herren, dass man aus Fehlern klug wird, sitzt vor Ihnen ein weiser Mann. Wenn nicht, bin ich auch nur einer der üblichen Trottel.«*

Holger Bloem zitierte diesen Satz und nannte Ubbo Heide *»die sympathische Vaterfigur der ostfriesischen Kriminalpolizei«*.

Inzwischen war der Postbote oben angekommen. Carola öffnete ihm die Tür und nahm ein großes Paket im Empfang. Es war an Ubbo Heide adressiert.

»Von wem ist das denn?«, fragte Carola.

Der Absender war mit Füller geschrieben und die Tinte verwischt.

Sie versuchte, etwas zu entziffern.

»Kennst du einen Herrn Ruwsch? Oder Rumsch?«

Ubbo schüttelte den Kopf. »Nie gehört.«

Das Ganze sah mindestens nach einer doppelstöckigen Torte oder sechs Flaschen Wein aus.

Carola Heide säbelte an dem Paket herum, das mit viel Klebeband eingewickelt war.

»Hast du etwas bestellt?«, fragte sie.

»Nein, und Geburtstag habe ich auch nicht.«

Da waren eine Menge Styroporkügelchen, und zwischen ein paar Kühlelementen klemmte ein blauer Müllsack fest. Er war mit Kabelbinder zugeschnürt.

Carola hob ihn aus der Kiste und stellte ihn auf den Frühstückstisch. Ein paar Styroporkugeln rollten auf die Käsescheiben. Eine fiel in Ubbos Teetasse.

Mit dem Brotmesser stach Carola Heide vorsichtig in den Müllbeutel. Luft entwich zischend. Noch konnte sie nicht sehen, was drin war.

Ubbo schnitt ein Seelchen auf. Er hatte diese besondere Brötchenart auf Wangerooge lieben gelernt und aß sie am liebsten mit Honig oder Bierwurst.

Dann sah er aus seinem Blickwinkel zunächst die Haare und die Nase. Instinktiv griff er hin, um Carola das Messer abzunehmen, aber da schrie seine Frau schon, denn mitten auf ihrem Frühstückstisch ragte ein abgetrennter Kopf aus einem Müllbeutel. Die Haare fettig verwuselt und blutverklebt.

Carola fasste hinter sich ins Leere. Das Messer polterte zu Boden.

Nein, sie wurde nicht ohnmächtig, aber sie brauchte so viel Abstand vom Tisch wie möglich und streckte die Hände weit von sich.

»Ist das da echt?«, fragte sie atemlos.

»Ich fürchte, ja«, sagte Ubbo. Er konnte es nicht nur sehen, sondern auch riechen.

Nein, die Sache ließ sich nicht schönreden. Für Büscher war es eine Strafversetzung von Bremerhaven nach Ostfriesland, höhere Gehaltsklasse hin oder her. Er sollte dieses Himmelfahrtskommando übernehmen und Chef der legendären Ann Kathrin Klaasen werden.

Der eine Typ trug eine rote Krawatte, der andere eine blaue. Doch beide Herren waren sich einig. Der eine wollte Büscher nur zu gern loswerden, und der andere wollte Büscher haben.

Die beiden waren sich handelseinig, und Büscher kam sich vor wie ein Esel auf dem Jahrmarkt, der an den Meistbietenden versteigert wurde.

»Es gibt«, so hatte der mit der blauen Krawatte gesagt, »eine Autorität, die der Dienstrang verleiht. Die haben Sie ab jetzt, Herr Büscher. Aber es gibt immer auch noch eine andere Form von Autorität, die kommt aus der Person selbst. Das ist die Achtung und Anerkennung für Ihre Taten. Die müssen Sie sich erst erwerben. Im Moment hat die Ann Kathrin Klaasen. Diese ganze Dienststelle in Ostfriesland wurde uns als eine verschworene Gemeinschaft geschildert. Die wirken von außen vielleicht, als ob sie sich spinnefeind seien, aber in Wirklichkeit halten die zusammen wie Hopfen und Malz … wollte sagen, Pech und Schwefel. Ihre glücklose Vorgängerin, Frau Diekmann, ist genau daran gescheitert.«

Er blätterte in seinen Papieren und schluckte. Er sah für Büscher aus wie einer, der dringend ein Bier brauchte. Mit trockenem Mund fuhr er fort:

»Seit der Pensionierung von Ubbo Heide führt im Grunde Ann Kathrin Klaasen diese Dienststelle – wenn auch ohne jeden offiziellen Auftrag. Aber sie genießt die Anerkennung der Kollegen. Das darf man nicht unterschätzen!«

Er lockerte seine blaue Krawatte.

»Sie hat vier Serienkiller gefasst, und dieser Journalist Bloem hat eine Legende aus ihr gemacht. Ich will nicht unerwähnt lassen, dass wir im Hause durchaus darüber nachgedacht haben, Frau Klaasen zur Leiterin der Dienststelle zu machen. Es gab tatsächlich Stimmen dafür. Aber es geht letztendlich nicht. Sie ist eine zu schwierige Persönlichkeit. Nicht ernsthaft teamfähig. Ständig im Clinch mit Autoritäten. Ich würde sie mal eigenbrötlerisch nennen.«

Er wurde heiser und hüstelte. Aber niemand bot ihm etwas zu trinken an. Er versuchte, es nur noch hinter sich zu bringen.

»Frau Klaasen hat einen Innenminister das Amt gekostet und zwei Staatssekretären. Niemand, der politische Verantwortung wahrnimmt, fühlt sich in ihrer Nähe wohl, was nicht heißt, dass man sich nicht gern mit ihr fotografieren lässt. Immerhin ist sie in der Öffentlichkeit sehr beliebt.«

Er konnte den Hustenreiz nicht länger unterdrücken und fingerte ein Lutschbonbon aus seiner Hosentasche.

»Wir haben zwei Absolventen, die ihr Studium an der Deutschen Hochschule der Polizei in Hiltrup abgeschlossen haben und sich um die Stelle bewerben.«

Er winkte ab und verzog den Mund. Das Bonbon klebte jetzt an seinem Gaumen fest.

»Hervorragende Leute, ohne jede Frage, aber in dem Fall wäre das so, als würde man Schafe zu den Wölfen treiben.«

Büscher erinnerte sich daran, dass er in diesem Moment auf seine Schuhe geblickt hatte. Vorne war das Leder abgestoßen, und sie hatten Schuhcreme nötig.

Der mit der roten Krawatte, sein Vorgesetzter aus Bremerhaven, sagte: »Nun gucken Sie doch nicht so bedröppelt. *Leiter Zentraler Kriminaldienst,* das ist doch etwas! Und Sie werden vom Kriminalhauptkommissar zum Ersten Kriminalhauptkommissar ernannt.«

Der mit der blauen Krawatte sah auf die Uhr und erwähnte einen wichtigen Termin im Innenministerium. Er stöhnte: »Auch aus der Polizeidirektion Osnabrück gibt es eine Bewerbung. Aber wir wollen hier einen Externen, der mit nichts und niemandem verstrickt und verbandelt ist. Einen durchsetzungsfähigen Kollegen mit viel Lebenserfahrung. Kurz – Sie sind unser Mann, Herr Büscher.«

Sie hatten ihm beide viel Erfolg gewünscht und die Hände gedrückt. Der mit der roten Krawatte hatte feuchte Handinnenflächen und sah ihn so merkwürdig an, als würde Büscher ihm leidtun.

Die Auricher Dienststelle im Fischteichweg kam Büscher vor wie Draculas Schloss. Ann Kathrin Klaasen und ihr Mann Frank Weller waren im Urlaub auf Langeoog. Büscher hatte also noch drei Tage Zeit, sich auf das erste Aufeinandertreffen vorzubereiten. Vielleicht konnte er es schaffen, ein paar Leute für sich zu gewinnen oder wenigstens die Gruppendynamik hier zu verstehen, bevor der eigentliche Hexentanz losging.

Das Wetter war klar, sonnig, mit einem frischen Nordwestwind. Auf seinem Schreibtisch lag ein Zettel, wie zufällig vergessen oder auch wie eine Drohung: *Wer nicht mit der Zeit geht, muss mit der Zeit eben gehen.*

Überall lag dieses Ostfriesland-Magazin herum. Ein Bericht von Holger Bloem über Ann Kathrin Klaasen hing hinter Glas an der Wand im Flur. Anderswo landete so etwas an der Pinnwand oder in einem Postfach und später im Papierkorb. Hier wurde eine Reliquie daraus.

Büscher machte Kniebeugen vor seinem neuen Schreibtisch. Es knirschte unschön.

Ich brauche hier Verbündete, dachte er. Ich muss mir ein Netz knüpfen. Einen Freund finden oder wenigstens ein paar Leute, denen ich einigermaßen vertrauen kann.

Jeden Fisch kann man mit irgendetwas ködern, das hatte er beim Angeln gelernt. Es gab Raubfische, die bissen in blinkendes, schillerndes Blech, wenn es sich nur verführerisch genug im Wasser bewegte. Andere schluckten aasige Fischfetzen oder ein Stück

Fleisch. Er wusste: Der Köder muss dem Fisch schmecken, nicht dem Angler.

Er hörte Schritte auf dem Flur, öffnete die Tür einen Spalt und spähte hinein. Er sah Rupert.

Büscher schlenderte ein paar Schritte in Richtung Kaffeeautomat. Rupert hatte nicht damit gerechnet, heute dem neuen Chef einfach so im Flur zu begegnen. Er hatte sich eine feierliche Amtseinführung vorgestellt, mit irgendeinem Willi Wichtig vom Innenministerium, Reden würden gehalten werden und es gäbe bestimmt auch einen kleinen Umtrunk. Vielleicht nicht gerade Champagner und Kaviarhäppchen, aber doch wenigstens mit Bier und einer Knackwurst.

Außerdem war Rupert damit beschäftigt, einen Werbetext für die neue Mitgliederkampagne des Schützenvereins zu entwerfen, und das nahm ihn voll und ganz in Anspruch.

Rupert hielt Büscher für den lang erwarteten »Fachmann«, der den Kaffeeautomaten reparieren sollte, denn das Teil spuckte zwar Gemüsesuppe aus, wenn man auf Latte Macchiato drückte, und Kakao, wenn jemand einen Caffe Crema wollte, aber niemals und unter keinen Umständen Kaffee. Der Automat war schon dreimal ausgewechselt worden, war groß, brummte und stand im Grunde nur im Weg.

»Wird auch Zeit, dass ihr Penner das Ding hier zum Laufen bringt!«, bollerte Rupert los und trat gegen die Stelle, an der das Blech schon ganz eingedellt war.

Büscher sah Rupert fragend an.

»Ja, guck nicht so dämlich! Das ist schon der dritte Kasten, der nicht geht! Wie blöd seid ihr eigentlich? Arbeitet bei euch auch jemand, der das gelernt hat? Dann schickt den doch endlich. Idioten waren nämlich schon genug hier.«

»Ich verstehe nichts von Kaffeeautomaten.«

Rupert verzog den Mund und spottete: »Ja, das hab ich mir gedacht. Ihr gehört doch im Grunde alle in den Knast!«

Büscher räusperte sich. »Mein Name ist Büscher.« Er zeigte hinter sich auf die Tür. »Und das da wird mein neues Büro.«

Rupert hatte keine Ahnung, wie dumm er aussehen konnte, wenn sein Mund so fassungslos offen stand, als wolle er sich zum menschlichen Staubsauger ausbilden lassen.

»Sie sind ... ich meine, Sie werden ...«

Büscher reichte ihm die Hand. »Leiter Zentraler Kriminaldienst.«

Rupert nahm die Hand und schüttelte sie. »Hauptkommissar Rupert. Entschuldigen Sie bitte ... Ich dachte, Sie sind ...«

»Ein Idiot. Schon klar ...«

Um rasch vom Thema abzulenken, sagte Rupert: »Tut mir leid, ich war ganz in Gedanken. Wir wollen für den Schützenverein eine Werbekampagne für neue Mitglieder machen ... ich arbeite an einem einprägsamen Werbeslogan ...«

»Sehr interessant«, log Büscher und heuchelte Interesse. Rupert schluckte den Köder dankbar, und Büscher spürte ihn schon an der Angel zucken.

»Wie finden Sie den? – *Mitglied werden! Schießen lernen! Freunde treffen!*«

Büscher wog den Kopf hin und her. »Schießen lernen! Freunde treffen!? – Ja, nicht schlecht. Das rückt auch die Geselligkeit und die Kameradschaft in den Vordergrund.«

Sylvia Hoppe stürmte die Treppe hoch. Sie sah aus, als hätte sie schlecht geschlafen und zu wenig gegessen. Sie war außer Puste.

»Entweder«, hechelte sie, »die haben sich auf Wangerooge den letzten Rest Verstand weggesoffen, oder irgendein Irrer hat Ubbo Heide einen abgetrennten Kopf per Post geschickt.«

Rupert lächelte erleichtert. Er brauchte jetzt genau so eine Katastrophenmeldung, um aus der blöden Situation mit Büscher herauszukommen. Da kam ihm so ein abgeschlagener Kopf gerade recht.

Rupert plusterte sich auf: »Dann brauchen wir jetzt das ganz große Besteck. Spusi! Gerichtsmedizin! Einen Hubschrauber und …« Er sah Büscher an. »Tut mir leid. Nett, Sie kennengelernt zu haben. Hätte mich gerne noch länger mit Ihnen unterhalten, aber jetzt wartet Arbeit auf uns. Sie haben es ja mitgekriegt.«

Rupert wollte schon mit Sylvia Hoppe loslaufen, aber Büscher rief: »Moment noch! Ich bin hier der Chef im Ring! Gehört Wangerooge denn überhaupt zu unserem Einsatzgebiet? Ist das nicht schon Landkreis Jever?«

Sylvia Hoppe verzog die Lippen und machte eine Geste, als hätte sie für solche Kinkerlitzchen jetzt wirklich keine Zeit. »Landkreis Friesland!«

»Eben! Das ist die Aufgabe unserer Kollegen …«

Rupert erklärte es ganz langsam und überdeutlich, als sei Büscher begriffsstutzig: »Es geht um Ubbo Heide! Unseren Chef!«

Sylvia Hoppe zog Rupert mit sich. Sie wollte keine Zeit verlieren.

»Ich bin Ihr Chef«, sagte Büscher kleinlaut. Er war sich nicht sicher, ob die zwei ihn noch gehört hatten. Sie waren schon auf der Treppe.

Ubbo Heide, dachte er. Ausgerechnet Ubbo Heide. Und dann wurde ihm klar, dass er als Chef nicht, wie befürchtet, immer in der zweiten Reihe hinter Ann Kathrin Klaasen stand, sondern im Grunde kam er erst an dritter Stelle. Sie nannten Ubbo Heide immer noch ihren Chef. Hier gab es Rangfolgen und Strukturen, die mit den offiziellen Stellenplänen nichts zu tun hatten.

Am liebsten wäre er wieder nach Hause gefahren, um an der Geeste mit dem Blinker Hechte zu jagen, statt hier in Ostfriesland Verbrecher.

Es war Ende Mai. Die Schonzeit für Hechte war vorbei. Seine offensichtlich auch.

Ann Kathrin Klaasen stand mit Frank Weller oben im Wasserturm auf Langeoog und genoss den 360°-Rundumblick über die Insel. Das Meer sah aus wie ein heruntergefallener, wolkenloser Himmel. Sie legte ihren Kopf an Franks Schulter. Er hielt sie auf angenehme Weise fest.

Sie atmete tief. Die Nachrichten hatten sie beunruhigt. Raketen auf Israel. Bomben auf Gaza. Selbstmordattentate im Irak.

»Was bin ich froh«, flüsterte Ann Kathrin in Franks Ohr, »in diesem Land zu leben. Ohne Terror ... Im Frieden.« Sie zeigte auf die Dünenlandschaft und das Meer. »Wenn ich so etwas sehe, dann bekomme ich ein schlechtes Gewissen, weil es uns so gutgeht. Es ist fast zu schön ... Wenn das ein Maler einfach so malen würde, wie es ist, wäre das doch viel zu kitschig, oder?«

Weller wusste genau, wo sie gerade innerlich war. Sie empfand Unheil und Unrecht irgendwo auf der Welt manchmal so, als würde es ihr selbst gerade geschehen oder als sei sie schuld daran. Das passierte nicht immer, aber besonders in so beglückenden Momenten wie diesem hier, im Wasserturm mit dem gigantischen Ausblick.

Er war froh, dass sie noch drei Tage auf der Insel hatten.

»Lass uns gleich ein Fischbrötchen essen, und dann radeln wir zur Flinthörn. Da ist jetzt kein Mensch. Wir gehen am Wasser spazieren und ...«

Ann Kathrin hatte ihr Handy auf Lautlos gestellt, aber Wellers spielte jetzt *Piraten Ahoi!* Er zog es rasch aus der Hosentasche und schaute aufs Display.

»Rupert. Was will der Arsch denn jetzt? Der weiß doch, dass wir Urlaub haben ...«

»Wahrscheinlich«, spottete Ann Kathrin, »sucht er wieder seinen Haustürschlüssel oder hat sein Passwort vergessen ...«

Weller nahm das Gespräch nicht an, aber er wusste, dass ihn jetzt den Rest des Tages die Frage wurmen würde, was auf der Dienststelle los war. Noch mehr ärgerte er sich darüber, dass Rupert vermutlich ahnte, wie es ihm jetzt ging. Es war ihm also gelungen, sich in diesen herrlichen Urlaubstag zu drängeln.

Ann Kathrin sah Weller an, dass er mit sich haderte, ob er Rupert zurückrufen sollte oder nicht. Sie ließ ihr Handy in der Tasche und sagte: »Wenn du einen digitalen Entzug bekommst, guck ruhig in deine E-Mails und ruf ihn an, und danach fahren wir mit dem Rad los.«

In dem Augenblick kam eine Nachricht über *WhatsApp* für Weller an. Rupert schrieb: *Geh ran. Ist wichtig. Geht um Ubbo. Abgehackter Kopf.*

Weller zeigte Ann Kathrin die Nachricht. Dabei hielt er sein Handy-Display vor die Postkartenaussicht, was für Ann Kathrin alles noch verrückter erscheinen ließ.

Weller zischte: »Wenn das ein Scherz sein soll, dann ...

Aber Ann Kathrin war sich sicher: »Das ist kein Scherz.«

Ihr wurde schlecht bei dem Gedanken.

Während Weller Rupert anrief, hielt sie sich am Treppengeländer fest und sah nach unten. Fast, dachte sie, hätte die Schönheit der Landschaft mich darüber hinweggetäuscht, wie böse und unberechenbar Menschen sein können.

Dann schickte sie ein Stoßgebet zum Himmel: »Nicht Ubbo! Bitte, lieber Gott, nicht Ubbo Heide.«

Weller drängelte sich an den Touristen, die nach oben wollten, vorbei, die Wendeltreppe des Wasserturms hinunter. Ann Kathrin stürmte hinter ihm her.

Die Menschen hatten nur wenig Verständnis für die Hektik der beiden. Ein Rentner aus dem Ruhrgebiet rief: »Nun machen Sie doch nicht so einen Stress! Wir sind doch hier im Urlaub und nicht auf der Flucht.«

Weller und Ann Kathrin holten ihr Gepäck gar nicht erst im Dünenhotel Strandeck ab. Sie meldeten sich dort nicht einmal, sie ließen die Koffer einfach da und fragten am Flugplatz abgehetzt, ob sie eine Maschine nach Wangerooge chartern könnten.

Nach Luft schnappend stand Ann Kathrin neben Weller, während er den Flug buchte.

Jetzt sehen wir wirklich aus, als wären wir auf der Flucht, dachte sie. Oder zumindest wie zwei Menschen in höchster Not, die es verdammt eilig haben.

Die Formalitäten waren ostfriesisch kurz, mit fünf Worten erledigt:

»Wann?«

»Jetzt.«

»Ihr zwei?«

»Jo.«

Weller hielt mutig seine EC-Karte der Sparkasse Aurich-Norden hin und hoffte, dass sein Konto gedeckt war. Ann Kathrin schob ihn zur Seite und gab ihre EC-Karte ab. Sie nickte der Flugplatzmitarbeiterin nur kurz zu. Die lächelte auf eine verständnisvolle Art, als würden sie und Ann Kathrin sich seit vielen Jahren kennen und ein geheimes Wissen über die Männer dieser Welt teilen.

Knapp fünfzehn Minuten später landeten Weller und Ann Kathrin auf Wangerooge.